NICHOLAS SPARKS

Né en 1965 dans le Nebraska, Nicholas Sparks a été représentant en produits pharmaceutiques, avant de s'imposer comme l'un des plus grands écrivains romantiques avec *Les pages de notre amour* (Robert Laffont, 1997) ou encore *Une bouteille à la mer* (Robert Laffont, 1999), adapté au cinéma en 1998 avec Paul Newman et Kevin Costner. Plus récemment, il a publié chez Robert Laffont *Comme avant* (2005) et *La raison du cœur* (2007). Son nouveau best-seller, *Premier regard* (2008). Son dernier roman, *Un choix* (2009), est paru chez Michel Lafon.

Nicholas Sparks vit aujourd'hui avec sa femme et ses cinq enfants en Caroline du Nord.

PREMIER REGARD

NICHOLAS SPARKS

PREMIER REGARD

Traduit de l'américain par Francine Siety

ROBERT LAFFONT

Titre original :
AT FIRST SIGHT
Publié par Warner Books, Inc., New York

© Nicholas Sparks, 2005
Traduction française : Éditions Robert Laffont, S.A., Paris, 2008
ISBN 978-2-266-18946-0

*Ce roman est dédié à Miles, Ryan,
Landon, Lexie et Savannah*

Prologue

Février 2005

Le coup de foudre est-il possible ?

Assis dans son séjour, il se posait cette question pour la centième fois au moins. Dehors, le soleil hivernal s'était depuis longtemps couché. Une traînée de brouillard grisâtre apparaissait derrière la fenêtre, et seul le doux martèlement d'une branche contre la vitre troublait le silence nocturne.

Pourtant, il n'était pas seul. Il s'extirpa du canapé et marcha jusqu'au bout du couloir pour jeter un coup d'œil. En la contemplant, il songea à s'allonger auprès d'elle ; il aurait ainsi une excuse pour fermer les yeux. Un peu de repos lui ferait le plus grand bien, mais il ne voulait pas risquer de s'endormir si tôt. Comme elle bougeait légèrement, il se contenta de l'observer en laissant son esprit dériver vers le passé.

Qui était-il alors ? Et maintenant ? Des questions simples, en apparence. Né d'un père irlandais et d'une mère italienne, il s'appelait Jeremy, était âgé de quarante-deux ans, et gagnait sa vie en écrivant des articles pour des magazines. Telles étaient ses réponses quand on le questionnait. Des réponses exactes, mais il s'interrogeait parfois sur la nécessité d'ajouter quelques précisions. Devait-il signaler, par exemple, qu'il était allé cinq ans plus tôt en Caroline du Nord pour enquêter sur un mystère ? Qu'il y avait connu l'amour, non pas une, mais deux fois, cette année-là ? Et que ces souvenirs étaient à la fois beaux et douloureux, de sorte qu'il n'aurait su dire, même maintenant, si c'était la joie ou la tristesse qui prédominait quand il se souvenait de tous ces moments.

Il tourna le dos à la porte et regagna le séjour. Il ne ressassait pas ces événements, mais il ne les chassait pas non plus de son esprit. Effacer ce chapitre de sa vie lui semblait aussi aberrant que changer sa date de naissance. Et s'il lui arrivait de souhaiter revenir en arrière pour faire disparaître son chagrin, il se rendait compte qu'il compromettrait ainsi son bonheur. De cela, pas question !

C'était aux heures les plus sombres de la nuit qu'il se souvenait généralement de sa soirée au cimetière avec Lexie. Soirée au cours de laquelle il avait vu ces lumières fantomatiques pour lesquelles il était venu depuis New York...

Il avait alors pris conscience de ce que Lexie représentait pour lui. Comme ils attendaient dans les ténèbres, elle lui avait raconté une anecdote au sujet de son enfance. Orpheline dès son plus jeune âge (il le savait déjà), elle s'était mise à avoir des cauchemars quelques années après la mort accidentelle de ses parents. De terribles cauchemars répétitifs, où elle assistait à l'accident. Ne sachant que faire pour remédier à ses angoisses, Doris, sa grand-mère, l'avait finalement amenée au cimetière afin de lui montrer les mystérieuses lumières. Pour une petite fille, ces lumières relevaient du miracle, et elle les avait aussitôt considérées comme les fantômes de ses parents. C'était exactement ce dont elle avait besoin, et ses cauchemars l'avaient aussitôt laissée en paix.

Ému par cette histoire et touché que ces innocentes croyances aient pu apaiser son deuil, il avait aperçu lui-même ces lumières un peu plus tard dans la soirée, et avait demandé à Lexie ce qu'elles étaient réellement à son avis. « Ce sont mes parents, avait-elle soufflé en se penchant vers lui. Je pense qu'ils voulaient te voir. »

Il avait alors eu envie de l'étreindre. C'était l'instant où il était tombé amoureux d'elle, et jamais il n'avait cessé de l'aimer.

Dehors, le vent de février se réveilla. Rien n'était visible dans la profonde obscurité. Il s'allongea avec un soupir de lassitude sur le canapé, en se laissant entraîner par les souvenirs de cette année-là. Comme de coutume, au lieu de chasser les images qui l'assaillaient, il les accueillit, les yeux fixés au plafond.

Et les souvenirs affluèrent...

1.

Cinq ans plus tôt
New York, 2000

— C'est tout simple, déclara Alvin. Il suffit de rencontrer une jolie fille, puis de sortir avec elle assez longtemps pour s'assurer qu'on partage les mêmes valeurs et qu'on est compatibles sur certains points « fondamentaux » de la vie en couple. À quelle famille rendra-t-on visite pendant les vacances ? Souhaite-on habiter une maison ou un appartement ; avoir un chien ou un chat ? Qui se douchera en premier le matin, quand il y a encore assez d'eau chaude ? Si l'on parvient à se mettre d'accord, on peut envisager de se marier. Tu me suis, Jeremy ?

— Oui, je te suis !

Dans l'appartement de Jeremy, sur l'Upper West Side, Jeremy Marsh et Alvin Bernstein avaient passé des heures à faire des cartons : c'était un samedi après-midi assez frais de février. De nombreux cartons étaient éparpillés ; certains déjà pleins et prêts à partir dans le camion de déménagement, d'autres à différents stades de remplissage. On aurait dit que quelque diable maléfique avait fait irruption pour semer le désordre, puis s'était enfui après avoir tout saccagé.

Jeremy s'étonnait d'avoir accumulé tant de bric-à-brac au fil des années, un fait que sa fiancée, Lexie Darnell, avait souligné toute la matinée. Vingt minutes plus tôt, après avoir levé les bras au ciel dans un geste d'impuissance, elle était allée déjeuner avec sa future belle-mère, en le laissant pour une fois seul avec Alvin.

— Alors, qu'es-tu en train de faire ? insista ce dernier.

— Exactement ce que tu viens de dire.

— Le contraire, à mon avis... Tu fonces droit sur le « oui » fatal, avant même de savoir si vous êtes faits pour vous entendre. Te rends-tu compte que tu connais à peine Lexie ?

Jeremy vida encore le contenu d'un tiroir de vêtements dans un carton, en souhaitant qu'Alvin change de sujet.

— Je la connais !

Alvin fourragea dans le tas de papiers entassés sur le bureau de Jeremy et poussa le tout dans le carton que celui-ci était en train de remplir. Étant son meilleur ami, il s'autorisait à lui dire ses quatre vérités.

— Je m'efforce simplement d'être honnête, Jeremy ; et je te dis ce que toute ta famille doit penser depuis des semaines. Le fait est que tu ne la connais pas assez bien pour aller t'installer là-bas, et moins encore pour te marier. Vous n'avez passé qu'une semaine ensemble ! Rien à voir avec Maria et toi... (Alvin se référait à l'ex-épouse de Jeremy.) Souviens-toi que je la connaissais moi aussi, et beaucoup mieux que tu ne connais Lexie ; eh bien, je n'ai jamais eu l'impression de la connaître assez bien pour la demander en mariage !

Jeremy ressortit les papiers du carton et les remit sur son bureau : il se souvenait qu'Alvin avait connu Maria avant lui, et restait en bons termes avec elle.

— Et alors ?

— Alors, imagine que je t'imite ! Que dirais-tu si je venais t'annoncer que j'ai rencontré une fille formidable et que je renonce à ma carrière, à mes amis, à ma famille, pour l'épouser et vivre avec elle dans le Sud ? Une fille comme cette Rachel... si j'ai bonne mémoire.

Employée au restaurant de la grand-mère de Lexie, Rachel avait tapé dans l'œil d'Alvin pendant son court séjour à Boone Creek, au point qu'il l'avait invitée à New York.

— Je te dirais que je suis ravi pour toi !

— Te souviens-tu de ta réaction quand j'étais sur le point d'épouser Éva ?

— Je m'en souviens, mais c'est différent.

— Ah, je pige ! Tu te crois sans doute plus mûr que moi.

— Oui. En outre, Éva n'était pas exactement le genre de fille à qui l'on passe la bague au doigt.

Alvin ne contesta guère ce point. Alors que Lexie était bibliothécaire dans une petite bourgade du Sud et souhaitait se fixer, Éva pratiquait l'art du tatouage à Jersey City. Elle avait réalisé la plupart des tatouages qu'Alvin exhibait sur ses bras, ainsi que presque tous ses piercings aux oreilles, qui lui donnaient l'air de sortir de prison. Cela ne le contrariait guère ; mais il avait mis un point final à leur relation en découvrant qu'elle vivait en ménage avec un autre homme.

— Maria elle-même pense que c'est absurde.

— Tu lui en as parlé ?

— Bien sûr, nous discutons de tout.

— Je suis content que tu sois si proche de mon ex-épouse, mais ça ne la regarde pas. Et toi non plus !

— J'essaye de te faire entendre raison. Tu vas trop vite en besogne, Jeremy. Tu connais à peine Lexie.

— Tu me l'as déjà dit.

— Je te le répéterai jusqu'à ce que tu admettes que vous êtes des étrangers l'un pour l'autre.

Comme les cinq frères aînés de Jeremy, Alvin ne lâchait jamais le morceau dans une discussion. Un chien rongeant un os...

— Elle ne m'est pas étrangère.

— Non ? Peux-tu me dire quel est son deuxième prénom ?

— Qu'est-ce que tu racontes ?

— Tu m'as bien entendu ! Je te demande quel est son deuxième prénom.

Jeremy écarquilla les yeux.

— Y a-t-il un rapport avec notre conversation ?

— Aucun. Mais si tu l'épouses, tu aurais intérêt à savoir comment elle s'appelle !

Jeremy ouvrit la bouche pour répondre, puis s'aperçut de son ignorance. Lexie ne lui avait rien dit à ce sujet, et il ne l'avait pas questionnée.

Sentant qu'il prenait l'avantage, Alvin revint à l'attaque.

— Et maintenant, peux-tu répondre aux questions suivantes ? Quelle était sa matière principale en fac ? Qui étaient ses copines ? Quelle est sa couleur favorite ? Préfère-t-elle le pain blanc ou le pain complet ? Quel est son film ou son show télévisé préféré ? Son auteur préféré ? Connais-tu au moins son âge ?

— Elle a une trentaine d'années...

— Une trentaine d'années ? C'est probable, en effet.

— J'ai la quasi-certitude qu'elle a trente et un ans.

— La quasi-certitude ? Si tu savais comme tu es ridicule ! On ne se marie pas sans connaître l'âge exact de sa future femme.

Jeremy ouvrit un autre tiroir, et déversa son contenu dans un autre carton. Alvin venait de marquer un point, mais il ne voulait pas l'admettre.

— N'es-tu pas content que j'aie finalement trouvé chaussure à mon pied ? soupira-t-il.

— J'en suis ravi, mais je n'imaginais pas que tu allais réellement quitter New York pour épouser Lexie ! Je croyais à une plaisanterie. D'accord, tu as rencontré une fille charmante... Si tu penses encore sérieusement à elle dans un an ou deux, je te traînerai moi-même à l'autel. Mais tu n'as aucune raison de te précipiter.

Jeremy se tourna vers la fenêtre. On voyait les habitants de l'immeuble d'en face derrière les vitres encadrées de briques recouvertes d'une suie grisâtre. Une femme parlait au téléphone ; un homme, enroulé dans une serviette, se dirigeait vers sa salle de bains ; une autre femme repassait tout en regardant la télévision. Depuis qu'il habitait là, il n'avait même pas échangé un salut avec l'un d'entre eux.

— Elle est enceinte, s'entendit-il marmonner.

Alvin douta d'abord d'avoir bien compris, mais la physionomie de Jeremy en disait long...

— Enceinte ?

— Elle attend une fille.

Éberlué, Alvin se laissa tomber sur le lit comme si ses jambes avaient cédé sous lui.

— Tu aurais dû me le dire !

— Elle m'a demandé de ne pas en parler pour l'instant. Je te prie de garder le secret...

— Oui, bien sûr.

— Et puis, j'ai autre chose à te dire.

Alvin leva les yeux, et Jeremy posa une main sur son épaule.

— J'aimerais que tu sois mon témoin.

Comment était-ce arrivé ?

Le lendemain, en faisant des courses chez FAO Schwarz avec Lexie, Jeremy se posait toujours cette question. Pas celle de savoir comment elle était tombée enceinte – il se souviendrait toute sa vie de cette nuit-là – mais ce qui lui était arrivé avec cette femme. Bien qu'il se soit montré serein en présence d'Alvin, il avait parfois l'impression qu'il allait jouer un rôle dans un mélo populaire, dans lequel tout était possible jusqu'au générique final.

Ce qui lui était arrivé était peu commun, et même tout à fait exceptionnel. Partir dans une petite bourgade afin d'écrire un article pour le *Scientific American*, rencontrer une jeune bibliothécaire, et tomber follement amoureux en quelques jours... Décider ensuite de renoncer à une éventuelle émission de télévision du matin et à la vie new-yorkaise pour s'installer à Boone Creek, Caroline du Nord, une ville à peine signalée sur la carte...

Tout cela le tourmentait, bien qu'il n'ait aucun doute au sujet de son avenir, ni à propos de la nuit inoubliable au cours de laquelle Lexie était tombée enceinte. En la regardant faire son choix parmi des montagnes de soldats Joe et de poupées Barbie – cadeaux destinés à gagner la sympathie de ses nombreux neveux et nièces – il était de plus en plus sûr de lui. Il sourit à l'idée du mode de vie qui l'attendait. De paisibles dîners, des promenades romantiques, des fous rires et des caresses devant la télévision. Des valeurs sûres, qui donneraient un sens à son existence. Il n'était pas assez naïf pour se figurer qu'ils n'auraient jamais de querelles ou même de véritables disputes, mais ils traverseraient sans dommages ces zones de turbulence, pour s'apercevoir en fin de compte qu'ils étaient parfaitement assortis. Un avenir idyllique...

Lexie, perdue dans ses pensées, le frôla du coude au passage, et il se surprit en train d'observer un couple, arrêté devant une montagne d'animaux en peluche. Comment ne pas les remarquer ? Âgés d'une trentaine d'années, élégamment vêtus – lui avait l'apparence d'un banquier ou d'un avocat, elle d'une femme passant ses après-midi chez Bloomingdale's –, ils étaient chargés d'une demi-douzaine de sacs venant de magasins différents. Le diamant, au doigt de la jeune femme, avait la taille d'une bille. (Bien plus imposant que la bague de fiançailles qu'il venait d'acheter pour Lexie !) En les observant plus attentivement, il se dit qu'une nurse devait les accompagner habituellement au cours de telles pérégrinations, car ils semblaient débordés par les exigences du moment.

Ils avaient un bébé qui hurlait dans sa poussette et dont les cris perçants figeaient sur place tous les clients du magasin. Le frère aîné, un gamin d'environ quatre ans, hurlait encore plus fort que sa sœur et se jeta brusquement à terre. Les parents arboraient l'expression paniquée de soldats sous le feu de l'ennemi. Pâles et les yeux cernés, ils paraissaient à bout de nerfs malgré leur volonté de sauver les apparences. La mère finit par extraire la petite fille de sa poussette et la prendre dans ses bras, et son mari lui tapota le dos.

— Tu ne vois pas que j'essaye de la calmer ? aboya-t-elle. Occupe-toi plutôt d'Elliot !

Le mari, réprimandé, se pencha vers son fils qui trépignait à terre, et piquait une colère noire.

— Tais-toi immédiatement ! lui ordonna-t-il d'une voix morne, en agitant un doigt.

Ça m'étonnerait que ça marche, pensa Jeremy.

Elliot, écarlate, se tordait de rage. Et Lexie, qui s'était arrêtée de chercher, fixait elle aussi maintenant son attention sur le couple. Un spectacle impossible à ignorer... Le bébé hurlait, Elliot hurlait, la femme suppliait son mari d'intervenir, et ce dernier criait qu'il faisait de son mieux.

Un attroupement s'était formé autour de la bienheureuse famille. Les femmes regardaient avec un mélange de jubilation et de pitié : ravies de ne pas être le point de mire, tout en sachant – sans doute par expérience – ce qu'endurait le jeune couple. Les hommes, pour leur part, semblaient brûler d'envie de s'éloigner au maximum de ce tintamarre.

Elliot se cogna la tête contre le plancher et ses cris redoublèrent.

— Partons ! dit finalement la mère.

— Tu crois que je n'ai pas essayé ?

— Attrape-le !

— J'essaye, répondit le mari, exaspéré.

Elliot se débattait. Lorsque son père finit par l'empoigner, il frétilla comme un serpent, agitant sa tête de tous côtés et lançant des ruades. Des gouttelettes de sueur perlaient sur le front du père, qui grimaçait sous l'effort, tandis que le fils prenait les proportions d'un mini Hulk, gonflé de rage.

Ils finirent par se diriger vers la sortie, alourdis par leurs nombreux sacs et leur poussette, et maîtrisant tant bien que mal leurs deux enfants. La foule se retira comme la mer Rouge à l'approche de Moïse, et la famille s'éloigna, tandis que décroissaient lentement les cris des deux petits.

— Les pauvres ! fit Jeremy, inquiet à l'idée qu'une telle vie l'attendait d'ici à quelques années.

— À qui le dis-tu ! approuva Lexie, qui semblait partager son appréhension.

Jeremy resta aux aguets jusqu'au moment où les hurlements cessèrent : la famille avait dû sortir du magasin.

— Notre enfant ne piquera jamais une colère pareille ! déclara Jeremy.

Lexie avait posé une main sur son ventre.

— Jamais ! Ce n'était pas du tout normal...

— Et les parents ne savaient absolument pas s'y prendre, insista Jeremy. Tu l'as entendu parler à son fils ? On l'aurait cru devant un tribunal...

— Lamentable ! Et tu as vu cette querelle de couple ? Rien d'étonnant s'ils ne pouvaient pas contrôler leurs enfants. Les gosses sentent les tensions.

— Ce couple paraissait dépassé par les événements.

— C'est ça !

— Mais pourquoi ?

— Ils sont peut-être trop investis dans leurs problèmes personnels pour consacrer assez de temps à leurs enfants.

Toujours figé sur place, Jeremy regardait la foule de plus en plus clairsemée.

— Tu as raison, conclut-il, ce n'était pas du tout normal !

Ils se faisaient des illusions. Jeremy le savait en son for intérieur, Lexie aussi ; mais ils préféraient s'imaginer qu'ils n'auraient jamais à affronter pareille situation. Ils seraient mieux préparés, plus concernés, plus tendres et plus patients. Plus aimants...

Et leur fille s'épanouirait dans l'environnement qu'ils lui créeraient, Lexie et lui. Aucun doute à ce propos ! Nouveau-née, elle « ferait » ses nuits, puis les éblouirait par son vocabulaire précoce et ses capacités motrices au-dessus de la moyenne. Elle traverserait les tumultes de l'adolescence sans flancher, se méfierait de la drogue et froncerait les sourcils devant les films interdits aux moins de dix-huit ans. Quand viendrait l'âge de les quitter, ses notes brillantes lui permettraient d'entrer à Harvard ; elle serait championne américaine de natation, et trouverait tout de même le temps de faire du bénévolat, en été, pour des causes humanitaires.

Bien qu'il n'eût aucune expérience en la matière, Jeremy se doutait que la tâche ne serait pas si simple. Mais à quoi bon anticiper ?

Une heure plus tard, il était assis avec Lexie à l'arrière d'un taxi, coincé dans le flot des voitures se dirigeant vers le Queens. Elle feuilletait un exemplaire récemment acheté de *À quoi s'attendre quand on attend un enfant ?* tandis qu'il regardait les passants à travers la vitre. C'était leur dernière soirée à New York : il y avait fait venir Lexie pour la présenter à ses parents, et ceux-ci avaient organisé une petite réception chez eux. Relativement petite, car avec ses cinq frères, leurs épouses, et ses dix-neuf neveux et nièces, la maison serait pleine à craquer comme d'habitude. Tout en se réjouissant de les revoir tous, il ne parvenait pas à oublier le spectacle de ce malheureux couple. Une situation assez banale, en fait ; leur épuisement mis à part. Il se demandait si Lexie et lui en arriveraient là, ou s'ils auraient la chance d'être épargnés.

Peut-être Alvin avait-il vu juste. Il adorait Lexie – sinon il ne l'aurait pas demandée en mariage – mais il ne pouvait pas prétendre la connaître parfaitement. Le temps lui avait manqué pour cela, et plus il y songeait, plus il se disait qu'il aurait été préférable de vivre en couple avant le mariage. Histoire de s'habituer... Ayant déjà l'expérience de la vie conjugale, il savait qu'on n'apprend pas en un jour à cohabiter avec une autre personne. Nul n'est dénué de bizarreries, mais on cherche toujours à les dissimuler au début. Lexie dormait-elle avec l'un de ces masques verts, censés tenir les rides à distance ? Dans une telle hypothèse, comment supporterait-il de la voir ainsi tous les matins au réveil ?

— À quoi penses-tu ? lui demanda-t-elle.

— Hum ?

— Je te demandais à quoi tu penses. Tu as un drôle d'air...

— À rien.

— Un grand rien ou un petit rien ?

Il se tourna vers elle, les sourcils froncés :

— Quel est ton deuxième prénom ?

En quelques minutes, Jeremy lui posa la série de questions suggérées par Alvin et obtint les réponses suivantes : son second prénom était Marin ; sa matière principale avait été l'anglais ; sa meilleure amie, en fac, s'appelait Susan ; le violet était sa couleur favorite ; elle préférait le pain complet ; elle aimait regarder *Trading Spaces* à la télévision ; elle trouvait Jane Austen fabuleuse ; elle aurait trente-deux ans le 13 septembre.

Et voilà !

Il se cala dans son siège, satisfait ; Lexie continua à feuilleter son livre. Au lieu de le lire réellement, elle se contentait de parcourir certains passages comme si elle souhaitait s'en faire une idée. Procédait-elle de la même manière quand elle faisait ses études ? Comme l'avait affirmé Alvin, il ignorait encore beaucoup de choses à son sujet, mais il en connaissait un bon nombre également. Fille unique, elle avait grandi à Boone Creek, Caroline du Nord. Ses parents avaient trouvé la mort dans un accident de voiture quand elle était enfant, et ses grands-parents maternels l'avaient élevée. Doris et... Il devrait se renseigner au sujet de ce prénom. Étudiante à l'université de Caroline du Nord, à Chapel Hill, elle était tombée amoureuse d'un certain Avery. Elle avait vécu un an à New York, où elle était stagiaire à la bibliothèque de la New York University. Avery l'ayant trompée, elle était rentrée à Boone Creek, pour diriger la bibliothèque municipale, comme jadis sa propre mère.

Par la suite, elle s'était éprise d'un homme qu'elle désignait par les termes vagues de « M. Renaissance », lequel était parti sans un regard en arrière. Depuis, elle menait une vie paisible, sortant occasionnellement avec le shérif adjoint, jusqu'au jour où lui-même avait surgi. Dernier point important : Doris – propriétaire d'un restaurant à Boone Creek – prétendait aussi avoir des dons de voyante, y compris celui de prédire le sexe des bébés. Lexie savait ainsi qu'elle allait mettre au monde une fille.

Certes, tout le monde ignorait, à Boone Creek, que Lexie était enceinte. Mais beaucoup de gens savaient-ils qu'elle se passait les cheveux derrière les oreilles quand elle était nerveuse ? Qu'elle était une excellente cuisinière ? Qu'elle aimait se réfugier, au calme, dans un cottage, près du cap Hatteras, où ses parents s'étaient mariés ? Savaient-ils que non seulement elle était intelligente et belle, avec ses yeux violets, son visage ovale légèrement exotique et ses cheveux sombres, mais qu'elle avait déjoué ses tentatives maladroites pour coucher avec elle ? Il appréciait que Lexie ait du caractère, dise franchement son point de vue, et s'oppose à lui quand elle le croyait dans l'erreur. Elle était capable de tout cela avec une délicieuse féminité que soulignait son chaleureux accent du Sud. Et pour parfaire le tout, elle était époustouflante quand elle portait un jean moulant ! Il était donc tombé follement amoureux.

Et que savait Lexie à son sujet ? se demanda Jeremy. L'essentiel, en principe.

Élevé dans le Queens, il était le plus jeune des six enfants d'une famille irlando-italienne. Après avoir souhaité enseigner les mathématiques, il s'était découvert un goût pour l'écriture, et était devenu chroniqueur au *Scientific American*, où il débusquait les phénomènes soi-disant paranormaux. Il avait épousé Maria ; mais sa femme l'avait quitté, après avoir découvert qu'il était stérile, à la suite de nombreuses consultations d'un médecin spécialisé. Ensuite, il avait traîné pendant de nombreuses années dans les bars et fréquenté quantité de femmes, en évitant des relations sérieuses, comme s'il avait l'intuition qu'il ne deviendrait jamais un bon mari. À l'âge de trente-sept ans, il était allé à Boone Creek pour enquêter sur l'apparition de mystérieuses lumières dans le cimetière de la ville, dans l'espoir que cette enquête lui permettrait de décrocher une participation régulière à l'émission télévisuelle *Good Morning America*. En fait, il n'avait fait que penser à Lexie. Ils avaient passé quatre jours enchanteurs ensemble, suivis par une terrible dispute. De retour à New York, il avait compris qu'il ne pouvait plus vivre sans elle, et il était retourné à Boone Creek pour lui déclarer son amour. En échange, elle avait posé sa main sur son ventre et il avait cru au miracle : elle était enceinte, et il allait devenir père...

Il sourit en se disant que c'était une belle histoire, peut-être digne de devenir un roman.

Malgré ses efforts pour lui résister, Lexie avait

donc succombé à son charme. Pourquoi ? se demanda-t-il en lui jetant un coup d'œil furtif. Il ne se considérait pas comme un être repoussant, mais qu'en est-il de l'attraction réciproque d'un homme et d'une femme ? Il avait écrit autrefois de nombreux articles à ce sujet et pouvait discuter du rôle des phéromones, de la dopamine, de l'instinct sexuel, mais rien de scientifique n'expliquait ses sentiments à l'égard de Lexie, ni ce qu'elle-même ressentait pour lui. Il savait simplement qu'ils étaient faits l'un pour l'autre, et il avait l'impression d'avoir toujours suivi un chemin qui le menait inexorablement à elle.

C'était une vision romantique et même poétique, alors qu'il était peu enclin à la poésie. Elle avait ouvert son cœur et son esprit à des émotions et des idées nouvelles ; en cela, elle était peut-être la femme de sa vie. Quelle qu'en fût la raison, il avait la certitude que l'avenir lui souriait, tandis qu'il roulait en taxi aux côtés de son adorable future épouse.

Il lui prit la main.

Que lui importait finalement d'abandonner son appartement new-yorkais et de laisser sa carrière en suspens pour s'installer quelque part au bout du monde ? Que lui importait de s'embarquer pour une année où il devrait prévoir un mariage, l'installation d'une maison, et l'arrivée d'un bébé ?

Était-ce si terrible ?

2.

Il l'avait demandée en mariage au sommet de l'Empire State Building, le jour de la Saint-Valentin.

Rien d'original, mais est-il possible d'innover en matière de demandes en mariage, quelle que soit la manière dont on s'y prend ?

On peut être assis, debout, agenouillé ou couché. On peut être en train de dîner chez soi ou ailleurs, à la lumière des candélabres ou non, en train de boire du vin, d'admirer le lever ou le coucher du soleil, ou dans une situation plus ou moins romantique. Quelque part, à un moment ou un autre, quelqu'un d'autre en a fait autant ; il ne risquait donc pas d'avoir déçu Lexie. Certains hommes jouent le grand jeu – lettres inscrites dans le ciel, affiches, bague découverte au cours d'une chasse au trésor –, mais il avait l'intuition que Lexie n'était pas du genre à exiger une originalité exceptionnelle. En plus, la vue sur Manhattan était à couper le souffle, et Jeremy se disait que, s'il revenait sur les points essentiels – pourquoi il voulait passer sa vie avec elle, la façon dont il avait offert la bague et demandé sa main –, il avait plutôt bien mené son affaire.

Cette demande en mariage n'était d'ailleurs pas totalement une surprise. Ils n'en avaient pas parlé précisément jusque-là, mais le fait qu'il aille s'installer à Boone Creek et différentes conversations sur le mode du *nous*, au cours des dernières semaines, ne laissaient aucun doute sur ce point. Par exemple : *nous* devrions acheter un couffin à mettre près de notre lit, ou *nous* devrions rendre visite à tes parents. Dans la mesure où Jeremy n'avait pas manifesté d'opposition à ces projets, on pouvait estimer que Lexie l'avait déjà plus ou moins demandé en mariage.

Même si elle n'avait pas été vraiment stupéfaite, elle avait paru enchantée. Sa première réaction, aussitôt après s'être jetée dans ses bras, avait été d'appeler Doris pour lui annoncer la nouvelle ; une conversation qui avait duré vingt bonnes minutes. Il aurait dû s'y attendre, et d'ailleurs il n'y voyait aucun inconvénient.

Malgré son calme apparent, le fait qu'elle ait accepté de s'engager avec lui pour toujours le troublait profondément.

Environ une semaine après, dans le taxi qui les menait à la maison de ses parents, le regard de Jeremy se posa sur la bague qu'elle portait à son doigt. Les fiançailles, à la différence d'une simple fréquentation, étaient une étape décisive, que la plupart des hommes – lui inclus – savaient apprécier. Par exemple, il pouvait à l'instant même se pencher pour l'embrasser. Loin de la choquer, il lui ferait probablement plaisir.

Cependant, Lexie regardait à travers la vitre d'un air sombre.

— Ça ne va pas ? s'étonna-t-il.

— Et s'ils ne m'aimaient pas ?

— Qu'est-ce que tu racontes ? Ils vont t'aimer ! En plus, ma mère et toi, vous avez déjà déjeuné ensemble. D'après ce que tu m'as dit, vous avez plutôt sympathisé...

— Je sais...

Le manque de conviction de Lexie surprit Jeremy.

— Quel est ton problème ?

— Ils pourraient considérer que je t'arrache à eux. Et si l'amabilité de ta mère cachait une certaine animosité ?

— Sûrement pas ! Je t'assure que tu as tort de t'inquiéter. Ils savent que je quitte New York parce que j'éprouve le besoin d'être avec toi et ils en sont ravis. Depuis des années, ma mère me harcèle pour que je me remarie.

— Bien, fit Lexie, les lèvres pincées, mais ce n'est pas une raison pour leur annoncer que je suis enceinte.

— Pourquoi ?

— Ça fera mauvaise impression.

— Ils finiront bien par le savoir.

— Pas ce soir, je t'en prie, Jeremy. Qu'ils apprennent d'abord à me connaître ! Laisse-leur le temps de comprendre que nous allons nous marier. C'est un choc suffisant pour une soirée ; on s'occupera du reste plus tard.

— Comme tu voudras. Mais je tiens à te dire que si la nouvelle s'ébruitait par hasard, tu n'aurais aucun souci à te faire.

Lexie écarquilla les yeux.

— Si la nouvelle s'ébruitait... Leur aurais-tu déjà annoncé que je suis enceinte ?

— Bien sûr que non ! J'en ai peut-être touché un mot à Alvin...

Lexie devint blême.

— À Alvin ?

— Désolé, ça m'a échappé. Mais ne t'en fais pas, je n'en parlerai à personne d'autre.

— Hum ! fit-elle, après un instant d'hésitation.

Jeremy lui prit la main.

— Je ne recommencerai pas. Et tu n'as aucune raison de t'inquiéter !

— Facile à dire...

Lexie ébaucha un sourire contrit et se retourna vers la vitre. Encore un souci de plus... Était-ce donc si difficile de garder un secret ?

Elle savait qu'Alvin serait discret et que Jeremy avait cru bien faire, mais le problème n'était pas là. Pourquoi ne réfléchissait-il pas à la réaction de sa famille en apprenant la nouvelle ? Ces personnes certainement sensées (sa mère lui avait même semblé aimable) n'allaient pas la considérer comme une femme de mauvaise vie, mais leur mariage précipité ne manquerait pas de les intriguer. Il suffisait de se mettre à leur place ! Six semaines plus tôt, Jeremy et elle ne s'étaient jamais rencontrés, et, après un tourbillon à nul autre pareil, ils étaient maintenant fiancés.

Mais s'ils apprenaient qu'elle était enceinte ?

Eh bien, ils s'imagineraient que Jeremy l'épousait uniquement pour cela ! Au lieu de le croire quand il proclamerait son amour pour sa fiancée, ils se contenteraient de hocher la tête, d'un air indulgent, en marmonnant : « C'est très gentil. » Et ils se feraient un plaisir de faire des commentaires derrière leur dos. Jeremy avait une famille unie et à l'ancienne mode, qui se réunissait plusieurs fois par mois. C'est du moins ce qu'il lui avait raconté, et elle était tout sauf naïve. De quoi parle-t-on en famille ? De la famille ! De ses joies, de ses drames, de ses contrariétés et de ses succès... Les familles unies en font leur pain quotidien. Donc, si la nouvelle s'ébruitait, au lieu de parler de ses fiançailles, on parlerait de sa grossesse, en se demandant si Jeremy savait vraiment ce qu'il faisait. Et, pis encore, s'il ne s'était pas laissé piéger.

Mais si elle se trompait ? Tous les proches de Jeremy seraient peut-être enchantés par cette situation. Ils considéreraient que ses fiançailles et sa grossesse n'avaient rien à voir, ce qui était la pure vérité. Elle s'envolerait alors de chez ses futurs beaux-parents le cœur léger.

Elle ne voulait surtout pas de problème avec sa belle-famille. Généralement on n'y peut rien ; raison de plus pour partir du bon pied.

Par ailleurs, elle admettait, à son corps défendant, qu'elle-même aurait été sceptique, à la place de la famille de Jeremy. Le mariage est un pas décisif à franchir, surtout pour un couple qui se connaît depuis peu. Bien que la mère de Jeremy ne l'ait pas mise sur le gril, elle s'était sentie jugée au cours de leur déjeuner en tête à tête. Sans doute avait-elle fait bonne impression, car sa future belle-mère l'avait prise dans ses bras en la quittant et elles s'étaient embrassées.

Un heureux présage, avait-elle conclu, même si le clan devait mettre un certain temps à l'accueillir réellement en son sein. À la différence des autres belles-filles, elle ne serait pas présente à l'occasion des week-ends, et sa période d'essai ne se terminerait que lorsqu'elle aurait eu l'occasion de faire ses preuves. L'affaire d'une année ou deux, au moins... Mais peut-être pourrait-elle accélérer le processus grâce à des lettres et des coups de téléphone réguliers.

Dans ces conditions, penser à acheter du papier à lettres...

À vrai dire, elle-même était un peu troublée par la rapidité des événements. Jeremy était-il vraiment amoureux ? Et elle ? À ces questions qu'elle s'était posées des dizaines de fois au cours des semaines précédentes, elle avait toujours apporté les mêmes réponses : certes, elle était enceinte, et il était le géniteur, mais elle ne l'aurait pas épousé sans la conviction qu'ils seraient heureux ensemble.

D'ailleurs, pourquoi ne seraient-ils pas heureux ?

Jeremy se posait-il lui aussi des questions au sujet de leur mariage précipité ? Vraisemblablement. Mais pourquoi semblait-il beaucoup plus détendu qu'elle sur ce point ? Parce qu'il avait déjà l'expérience du mariage, ou bien parce que c'était lui qui avait cherché à la conquérir lors de son séjour d'une semaine à Boone Creek ? De toute manière, il avait toujours semblé avoir plus de certitudes qu'elle, à propos de leur relation ; un paradoxe, car il se considérait en principe comme un sceptique.

Elle lui jeta un coup d'œil, qui lui permit d'apprécier au passage ses cheveux sombres et sa fossette. Au premier regard, elle l'avait trouvé séduisant. Mais Doris n'avait-elle pas insinué, après avoir fait sa connaissance, qu'il ne faut jamais se fier aux apparences ?

Eh bien, ce serait à elle de juger !

Ils arrivèrent les derniers chez les parents de Jeremy. Toujours anxieuse devant la porte de la maison, Lexie se figea sur les marches du perron.

— Ils vont t'aimer, lui chuchota Jeremy pour la rassurer. Fais-moi confiance !

— Reste auprès de moi, s'il te plaît.

— Où voudrais-tu que j'aille ?

Ce fut beaucoup moins terrible que ne le redoutait Lexie, bien que Jeremy n'ait pas tenu sa promesse de rester auprès d'elle. Debout sur la véranda, derrière la maison, sautillant d'un pied sur l'autre et croisant les bras pour se protéger de l'air glacial, il regarda son père s'affairer autour du barbecue. M. Marsh adorait s'acquitter de cette tâche par tous les temps. Enfant, Jeremy l'avait vu dégager la neige à la pelle autour du barbecue et disparaître dans un véritable blizzard, pour resurgir une demi-heure plus tard, avec toute une platée de steaks, une couche de givre à la place des sourcils.

Jeremy aurait préféré rester à l'intérieur, mais sa mère l'avait prié de tenir compagnie à son père ; sa manière personnelle de lui demander de veiller sur lui. Il avait eu un infarctus deux ans avant, et elle s'inquiétait à son sujet, même s'il affirmait ne jamais prendre froid. Elle se serait volontiers occupée du barbecue à sa place, mais il fallait aussi gérer les trente-cinq personnes qui avaient envahi la maisonnette de grès brun. Quatre marmites mijotaient sur la cuisinière, ses frères occupaient tous les sièges du séjour, ses neveux et nièces faisaient la navette entre le fond de cette pièce et le sous-sol... Il s'assura, à travers les vitres, que sa fiancée allait bien.

Sa « fiancée »... Ce mot éveilla en lui une impression d'étrangeté – sans aucun rapport avec son sens – due à la façon dont ses différentes belles-sœurs le prononçaient. Ce qu'elles avaient déjà fait au moins une centaine de fois ! À peine avaient-ils franchi le seuil, et sans même laisser à Lexie le temps d'enlever sa veste, Sophia et Anna s'étaient ruées vers eux, en ponctuant chacune de leur phrase de ce terme.

« Il est temps que tu nous présentes ta *fiancée* ! »

« Raconte-nous ce que vous avez fait, ta *fiancée* et toi ! »

« Tu devrais verser à boire à ta *fiancée* ! »

En revanche ses frères, plus réservés, évitaient ce mot au maximum.

« Alors, Lexie et toi ? »

« Lexie est-elle contente de son séjour, pour l'instant ? »

« Raconte-moi comment vous vous êtes connus Lexie et toi. »

Une manie féminine, supposa Jeremy. En effet, il n'utilisait ce mot guère plus que ses frères. Il songea même à écrire une chronique à ce propos, avant de conclure que son rédacteur en chef ne trouverait pas ce sujet assez sérieux pour le *Scientific American*. Sa préférence allait aux articles sur les OVNI ou sur le yéti. Bien qu'il l'ait autorisé à poursuivre sa chronique depuis Boone Creek, ce type ne lui manquerait nullement.

Jeremy tenta de se réchauffer en se frictionnant les bras, tandis que son père faisait sauter l'un des steaks. Son nez et ses oreilles étaient rougis par le froid.

— Passe-moi le plat, fit-il. Ta mère l'a posé sur la balustrade, là-bas. Les hot dogs sont presque prêts !

Jeremy prit le plat et rejoignit son père.

— Tu sais, il fait rudement froid ici !

— Ce n'est rien. En plus, les braises me tiennent chaud.

Son père était l'un des derniers survivants d'une génération habituée au charbon de bois. Une année, il lui avait offert un gril à gaz ; son cadeau de Noël avait pris la poussière au garage jusqu'au jour où son frère Tom avait demandé s'il pouvait le prendre.

Son père se mit à empiler des hot dogs sur le plat.

— Je n'ai pas eu l'occasion de beaucoup lui parler, mais Lexie me paraît charmante..., grommela-t-il.

— Elle *est* charmante, p'pa !

— Tu as bien mérité de trouver la femme de tes rêves ! Je n'aimais pas tellement Maria... J'ai senti dès le début que quelque chose ne collait pas entre vous.

— Tu aurais dû me le dire.

— M'aurais-tu écouté ? Tu savais toujours tout !

— Qu'a pensé maman de Lexie, après leur déjeuner d'hier ?

— Elle lui a plu. Et, à son avis, elle arrivera à te tenir en main.

— Est-ce une bonne chose ?

— De la part de ta mère, tu ne peux pas espérer mieux.

Jeremy sourit.

— As-tu un conseil à me donner ?

Son père posa le plat, puis hocha la tête.

— Aucun ! Tu es un adulte ; à toi de décider tout seul. En outre, je ne vois pas ce que je pourrais te dire... Je suis marié depuis près de cinquante ans, et il m'arrive encore de ne rien comprendre à ta mère.

— Pas très rassurant...

— Tu t'habitueras.

Le père de Jeremy s'éclaircit la voix.

— Mais j'ai peut-être une chose à te dire...

— Laquelle ?

— Deux choses, en fait ! Premièrement, ne prends pas ses reproches à cœur si elle se met en colère. Tout le monde peut se fâcher, tu n'as donc pas à te sentir visé.

— Et, deuxièmement ?

— Appelle ta mère ! Le plus possible... Elle fond en larmes chaque jour depuis qu'elle a appris ton départ. Et méfie-toi de l'accent du Sud. Elle ne te le dira pas, mais, à certains moments, elle a du mal à comprendre Lexie.

— Promis ! fit Jeremy en riant.

Quelques heures après, ils regagnaient le Plaza. Son appartement étant sens dessus dessous, Jeremy avait décidé qu'ils passeraient leur dernière nuit à l'hôtel. Une vraie folie !

— Ce n'était pas si effroyable ? fit-il.

— Au contraire ! Tu as une famille extraordinaire, et je comprends pourquoi tu ne voulais pas t'éloigner.

— Je continuerai à les voir souvent ! Chaque fois que je passerai à New York pour mon travail...

Lexie hocha la tête. Comme le taxi se dirigeait vers le centre, elle regarda les gratte-ciel et le flot des voitures, en s'étonnant de l'animation qui l'entourait. Bien qu'elle ait déjà vécu à New York, elle avait oublié la foule, la hauteur des buildings, le bruit. Rien à voir avec l'univers dans lequel Jeremy allait vivre maintenant. Toute la population de Boone Creek n'atteignait pas le nombre de gens vivant dans un seul bloc !

— La ville ne va pas te manquer ? s'enquit-elle.

— Un peu, admit Jeremy, après avoir laissé son regard planer à travers la vitre ; mais j'ai trouvé dans le Sud ce que je cherche depuis toujours.

Après une nuit merveilleuse au Plaza, une nouvelle vie allait commencer pour eux.

3.

Le lendemain matin, alors que la lumière commençait à percer à travers les rideaux, Jeremy commença à ouvrir les yeux. Lexie dormait sur le dos, ses longs cheveux sombres déployés sur l'oreiller. Au-delà de la fenêtre, il entendait le son étouffé de la circulation new-yorkaise au petit matin : coups de klaxon et vrombissements des camions montant et descendant la Cinquième Avenue.

À vrai dire, il n'aurait pas dû entendre le moindre bruit, car la nuit passée dans cette suite lui avait coûté une fortune, et il s'attendait à des fenêtres insonorisées. Malgré tout, il était loin de se plaindre. Lexie avait adoré cet endroit : ses hauts plafonds, ses lambris anciens, le garçon stylé qui leur avait apporté des fraises enrobées de chocolat et du cidre (à la place du champagne), le peignoir luxueux et les mules confortables, le lit moelleux. Tout !

Elle était belle, songea-t-il en effleurant sa chevelure d'une caresse ; et, à son grand soulagement, elle ne s'affublait pas de l'un de ces vilains masques de beauté verts, qu'il avait vaguement imaginés la veille. Mieux encore, elle ne portait ni bigoudis ni pyjama, et elle ne traînait pas une demi-heure dans la salle de bains comme tant de femmes. Elle s'était

37

simplement rincé le visage et brossé les cheveux, avant de se glisser à côté de lui dans le lit.

Quoi qu'en dise Alvin, il la connaissait donc. Pas totalement, mais il y a un temps pour tout. Ils se découvriraient l'un l'autre, et finiraient par trouver leur rythme. Certaines surprises étaient inévitables – comme dans tous les couples. Un jour, elle connaîtrait le véritable Jeremy, délivré de son besoin perpétuel de « faire bonne impression ». En présence de Lexie, il oserait être lui-même : c'est-à-dire paresser en survêtement ou grignoter des chips devant la télévision.

Les mains jointes sur sa nuque, il éprouva une satisfaction soudaine. Elle l'aimerait tel quel !

Enfin, peut-être...

Il fronça les sourcils en se demandant si elle se doutait des risques qu'elle prenait. Faisait-elle une bonne affaire en l'épousant ? Sans vouloir se déprécier, il avait ses manies, comme tout le monde. Serait-elle contrariée, par exemple, quand elle remarquerait qu'il laissait toujours le siège des toilettes remonté ? Il se souvenait que l'une de ses anciennes petites amies ne pouvait pas supporter cette mauvaise habitude. Et que penserait Lexie du fait qu'il se souciait beaucoup plus du score des Knicks que de la dernière tornade en Afrique ? En outre, il lui arrivait parfois de manger des aliments tombés à terre, s'ils ne semblaient pas souillés...

Telle était sa véritable personnalité. Allait-elle trouver cet homme-là à son goût ? Que se passerait-il si elle considérait comme des faiblesses de caractère ce qu'il qualifiait lui-même de manies stupides ? Et si...

La voix de Lexie l'arracha à ses pensées.

— À quoi penses-tu ? On dirait que tu broies du noir.

— Je suis loin d'être parfait, tu sais.

— Qu'est-ce que tu racontes ?

— Je tiens à t'avouer que j'ai des défauts.

— Vraiment ? Moi qui te croyais capable de marcher sur l'eau...

— Je suis sérieux, Lexie ! Tu dois savoir ce que tu risques avec moi, avant que nous soyons mariés.

— Pour que je réfléchisse à deux fois ?

— Exactement. J'ai des manies, Lexie.

— Lesquelles ?

Après avoir réfléchi, il décida de commencer par ses fautes les plus vénielles.

— Je laisse le robinet couler quand je me brosse les dents. C'est plus fort que moi, et je ne sais pas si je pourrai changer.

Lexie fit un effort pour garder son sérieux.

— Je comprends... As-tu d'autres aveux à me faire ?

— Je ne mange pas les biscuits cassés. S'il ne reste que des débris au fond d'un sachet, je le jette. C'est du gaspillage, mais je ne peux pas m'en empêcher. Je trouve que le goût est différent !

— Hum ! Ça sera difficile, mais je pense que je me ferai une raison.

Les lèvres pincées, Jeremy se demanda s'il devait lui parler du siège des toilettes. Sachant qu'il s'agissait d'un point litigieux avec certaines femmes, il décida de faire momentanément l'impasse.

— Tout cela ne te décourage pas, Lexie ?

— Je pense que ça ira.

— Tu crois ?

— J'en suis certaine.

— Et si je disais que je me coupe les ongles des orteils au lit ?

— Bon, ça suffit, mon vieux.

Jeremy l'étreignit en souriant.

— Tu m'aimes même si je ne suis pas parfait ?

— Bien sûr que je t'aime !

Fabuleux, songea Jeremy.

À l'approche de Boone Creek, tandis que les premières étoiles scintillaient dans le ciel, Jeremy constata que le paysage n'avait pas changé. Il n'en fut nullement surpris dans la mesure où tout semblait immuable dans ce secteur depuis un siècle ; peut-être même deux ou trois. À partir de l'aéroport de Raleigh, les deux côtés de l'autoroute faisaient penser à une version longue du film *Un jour sans fin*. Fermes délabrées, champs arides, granges à tabac en ruine, bosquets espacés de plus d'un kilomètre, de rares agglomérations impossibles à distinguer les unes des autres...

Avec Lexie, à ses côtés, le trajet n'avait tout de même pas été trop pénible. De bonne humeur toute la journée, elle était devenue plus joyeuse que jamais à mesure qu'elle approchait de sa terre natale – dont il serait bientôt l'hôte. Ils avaient évoqué pendant des heures leur séjour à New York, mais l'expression de béatitude qui se peignit sur le visage de Lexie au niveau de la Pamlico River ne pouvait passer inaperçue.

Il se souvint qu'à son premier séjour, il avait eu grand-peine à trouver Boone Creek. Le seul tournant en direction du centre-ville se situant en retrait de l'autoroute, il avait raté la sortie la plus proche, ce qui l'avait obligé à se garer pour consulter sa carte. Mais une fois sur Main Street, il avait été charmé.

Dans sa voiture, Jeremy hocha la tête, perplexe. Lexie l'avait charmé, et non la ville ! Celle-ci était désuète comme toutes les petites bourgades ; quant à la trouver charmante, c'était une autre affaire... Il se souvint que, de prime abord, elle lui avait paru sombrer dans une lente décrépitude. Le centre-ville se composait de quelques maigres blocs, avec de nombreux commerces murés de planches, et des devantures à la peinture de plus en plus écaillée au passage des camions de déménagement quittant les lieux. Ville autrefois florissante, Boone Creek dépérissait depuis que la mine de phosphore et l'usine de textiles avaient fermé ; il s'était même demandé plus d'une fois si elle parviendrait à survivre.

Dieu seul le savait. Mais puisque c'était là que Lexie voulait passer sa vie, il s'inclinait devant son choix.

D'ailleurs, il suffisait de surmonter cette première impression de décrépitude pour trouver Boone Creek pittoresque, avec ses arbres espagnols aux branches moussues, comme il se doit dans le Sud. Au confluent de deux cours d'eau, Boone Creek et Pamlico River, une promenade en planches permettait d'apercevoir les voiliers au fil de l'eau. Selon la formule quelque peu énigmatique de la chambre de commerce, les azalées et les cornouillers « explosaient au printemps en une cacophonie de couleurs, ne pouvant rivaliser qu'avec le crépuscule flamboyant des feuilles d'automne en octobre ».

En tout cas, pour Lexie, qui avait tendance à les considérer comme des membres de sa famille, les gens du cru représentaient l'atout majeur de sa ville natale. Jeremy se gardait d'objecter que toute famille inclut quelques oncles et tantes cinglés, Boone Creek ne faisant nullement exception à la règle avec ses personnages hors norme.

Il dépassa la Lookilu Tavern – où allaient traîner les gens du coin après leur travail –, la pizzeria, la boutique du coiffeur. Au coin de la rue s'élevait une imposante bâtisse de style gothique : la bibliothèque du comté, où travaillait Lexie. Lorsqu'ils s'engagèrent dans la rue d'Herbs, le restaurant de Doris, sa grand-mère, elle leva la tête. Curieusement, c'était Doris qui l'avait attiré la première fois dans cette ville. En tant que voyante, elle figurait en bonne place parmi les personnages hauts en couleur de Boone Creek.

À l'autre extrémité du bloc, l'ancienne demeure victorienne d'Herbs semblait illuminée. Des voitures stationnaient de chaque côté de la rue.

— Je croyais qu'Herbs ouvrait uniquement au petit déjeuner et au déjeuner, s'étonna Jeremy.

— Exact.

Se souvenant de la « modeste réception » – laquelle incluait la plupart des notables du comté – donnée en son honneur par le maire, lors de sa précédente visite, Jeremy crispa ses mains sur le volant.

— Ne me dis pas qu'on nous attend !

— Contrairement à ce que tu t'imagines, nous ne sommes pas le centre du monde. Ce lundi est le troisième du mois...

— Et alors ?

— Le conseil municipal se réunit, et, après, on joue au bingo.

— Pourquoi au bingo ?

— Un moyen astucieux d'attirer les gens aux réunions.

— Hum ! fit Jeremy, ébahi.

Mais de quel droit aurait-il porté un jugement, même si personne ne jouait au bingo dans son milieu ?

Lexie lui sourit.

— Ne fais pas cette tête-là... Tu vois toutes ces

voitures ? Personne ne venait aux réunions munici-
pales, avant le bingo. Les gagnants reçoivent des
prix...

— Je parie que c'est une idée de Gherkin, le
maire !

— Tu ne risques pas de te tromper, admit Lexie
en riant de bon cœur.

Gherkin était installé au fond de la salle, entre des
tables que l'on avait rapprochées. Jeremy reconnut,
de chaque côté, deux membres du conseil municipal
– un notaire au visage émacié ainsi qu'un médecin
corpulent – et, à l'autre bout, Jed, assis les bras
croisés et la mine renfrognée.

Jed, un homme énorme, avait le visage en partie
dissimulé par une barbe et une crinière rebelle,
ce qui lui donnait l'apparence d'un mammouth
laineux. Un physique tout à fait approprié, car il était
non seulement le propriétaire des Greenleaf Cot-
tages – les seuls logements disponibles en ville – mais
le taxidermiste attitré de Boone Creek. Jeremy avait
dormi une semaine entière dans une chambre de
Greenleaf, parmi divers spécimens empaillés de la
faune locale.

Debout autour des tables, leurs cartes de bingo
étalées devant eux, les clients remplissaient fréneti-
quement les cases appropriées, tandis que Gherkin
parlait au micro. Un nuage de fumée de cigarettes
flottait comme du brouillard malgré les ventilateurs
vrombissant au plafond. La plupart des hommes por-
taient des salopettes, des chemises écossaises et des
casquettes. Ils semblaient tous s'être procuré leur
tenue à la solderie locale, alors que Jeremy était vêtu
de noir de la tête aux pieds, à la manière de tant de
New-Yorkais. Il eut la sensation soudaine de deviner

43

ce que pouvait ressentir Johnny Cash lorsqu'il chantait des airs *country* à la foire du comté.

La voix du maire, au micro, dominait avec peine le brouhaha : « B-11... N-26... »

À chaque numéro appelé, la foule devenait plus bruyante. Ceux qui n'avaient pas la chance d'avoir une table disposaient leurs cartes sur l'appui des fenêtres ou contre les murs ; des paniers de beignets circulaient, comme si les gens du pays, impatients de gagner, avaient besoin de lipides pour calmer leurs nerfs à vif. Lexie et Jeremy se faufilèrent parmi eux et aperçurent Doris en train de décharger des paniers supplémentaires de beignets sur un plateau. Plus loin, Rachel, la serveuse quelque peu agui- cheuse du restaurant, chassait d'un geste la fumée des cigarettes. À Boone Creek, contrairement à New York, il n'y avait pas d'ostracisme envers les fumeurs ; fumer semblait, en fait, presque aussi populaire que le jeu de bingo.

— Serait-ce le carillon du mariage ? lança soudain le maire.

L'appel des numéros ayant cessé, on n'entendait plus que le vrombissement des ventilateurs. Tous les visages se tournèrent vers Lexie et Jeremy, qui n'avait jamais vu de toute sa vie tant de cigarettes collées aux lèvres.

Se souvenant alors de l'usage local, il adressa un signe de tête accompagné d'un salut à l'assistance, qui fit de même.

— Laissez-moi passer, je vous prie ! vociférait Doris.

Un mouvement s'esquissa, tandis que les gens se serraient les uns contre les autres pour dégager la voie. À peine apparue, elle prit Lexie dans ses bras ; et son regard courut de sa petite-fille à Jeremy. La foule eut la même réaction : elle semblait participer aux retrouvailles, ce qui n'était pas faux, étant donné sa proximité, constata Jeremy.

— Ma parole ! fit Doris, avec son accent du Sud à couper au couteau. Déjà de retour ?

— Ce monsieur n'a pas le pied léger sur l'accélérateur, ironisa Lexie. Les limites de vitesse n'ont pas l'air de l'inhiber.

— Un bon point, Jeremy ! plaisanta Doris en lui adressant un clin d'œil. Vous allez me raconter votre semaine à New York ; je veux tout savoir... Et cette bague dont j'ai entendu parler ?

Tous les regards se braquèrent sur la bague de Lexie. Quand elle leva la main, les cous se tendirent. Quelques personnes émirent des « oh » et des « ah » ; certaines se rapprochèrent pour mieux voir, et Jeremy sentit l'haleine d'un individu balayer sa nuque.

— Si c'est pas beau ! murmura quelqu'un.

— Lève la main plus haut, Lexie, ajouta un autre.

— On dirait ces zircons cubiques qu'on peut commander sur Internet, remarqua une femme.

Lexie et Doris semblèrent tout à coup s'apercevoir qu'elles étaient le point de mire de toute l'assemblée.

— Mes amis, le spectacle est terminé, fit Doris. J'ai besoin de bavarder tranquillement avec ma petite-fille, pour rattraper le temps perdu. Faites-nous un peu de place !

La foule, déçue, fit mine de se retirer ; mais, ne sachant où se diriger, les gens traînaient les pieds.

— Allons au fond, suggéra finalement Doris, en prenant la main de Lexie.

Comme elles s'éclipsaient dans le bureau, juste derrière la cuisine, Jeremy leur emboîta le pas.

Sous le feu des questions rapides de sa grand-mère, Lexie lui parla de leur visite à la statue de la

Liberté, à Times Square, et bien sûr à l'Empire State Building. Plus vite elles parlaient, plus leur accent du Sud empêchait Jeremy de saisir leurs paroles. Il crut comprendre que Lexie avait apprécié sa famille, mais fut rien moins que ravi d'apprendre que tout lui rappelait le feuilleton *Everybody Loves Raymond*, « en dix fois plus imposant, avec des beaux-parents cinglés dans un autre style ».

— Très drôle, dit Doris. Et maintenant, laisse-moi regarder cette bague de plus près !

Fière comme une collégienne, Lexie tendit sa main.

— Vous l'avez choisie vous-même ? s'enquit Doris, impressionnée.

— Avec un peu d'aide...

— Elle est splendide.

À cet instant, Rachel passa la tête dans l'embrasure de la porte.

— Salut, Lex ; salut, Jeremy. Désolée de vous interrompre, mais on va manquer de beignets, Doris. Veux-tu que je lance une nouvelle fournée ?

— Probablement... Mais viens d'abord voir la bague de Lexie.

La bague... Toutes les femmes du monde se pâment devant les bagues aussi voluptueusement que lorsqu'elles prononcent le mot *fiancée*, songea Jeremy.

Rachel s'approcha. Avec sa chevelure auburn et sa silhouette filiforme, elle était toujours aussi sexy, mais Jeremy la sentit plus morose que d'habitude. Rachel et Lexie avaient été camarades de classe. Tout en restant assez proches – la population de la ville étant assez réduite – elles avaient pris des distances lorsque Lexie avait poursuivi ses études universitaires.

— Superbe ! fit-elle, après avoir observé la bague.

Félicitations, Lex. Vous aussi, Jeremy, je vous félicite. Toute la ville est en transes depuis que ça se sait...

— Merci, Rach. Ça se passe comment avec Rodney ? s'enquit Lexie.

Rodney, un shérif adjoint, passionné d'haltérophilie, avait le béguin pour Lexie depuis son enfance. Il n'avait pas vu d'un bon œil les derniers événements. Bien qu'il se soit mis à fréquenter Rachel peu après, il aurait certainement préféré que Jeremy reste à New York.

Rachel baissa les yeux.

— Ça va...

Lexie crut bon de ne pas insister.

— Écoutez, reprit Rachel, en chassant une mèche de cheveux de sa joue, j'aimerais bavarder tranquillement avec vous ; mais les gens sont déchaînés dès qu'il est question de beignets et de bingo ! On ne devrait pas laisser le maire utiliser ce restaurant pour ses réunions. J'espère qu'on aura plus de temps pour causer tout à l'heure...

Dès qu'elle eut disparu, Lexie se pencha vers Doris.

— Elle a un problème ?

— Toujours le même ! Rodney et elle se sont querellés il y a quelques jours.

— J'espère que je n'y suis pour rien.

— Bien sûr que non !

Jeremy resta cependant sceptique. Rodney avait beau fréquenter Rachel, il le soupçonnait d'avoir gardé un faible pour Lexie. Entre adultes, les sentiments amoureux ne s'effacent pas du jour au lendemain. En outre, la querelle évoquée par Doris semblait coïncider avec l'annonce de ses fiançailles avec Lexie.

Gherkin arracha Jeremy à ses pensées.

— Ah, vous voilà !

Le maire de Boone Creek, guetté par l'embonpoint et par la calvitie, n'avait aucun sens des couleurs. Il portait ce jour-là un pantalon violet en polyester, une chemise jaune, et une cravate à motifs cachemire. Politicien accompli, il parlait sans reprendre son souffle ; et le flot de ses paroles faisait penser à un typhon.

Comme de juste, il était intarissable.

— Vous vous cachez au fond du restaurant... Si j'étais moins malin, je vous soupçonnerais de manigancer quelque chose pour priver notre ville d'une cérémonie qu'elle a bien méritée.

Il s'approcha et se mit à pétrir la main de Jeremy, qu'il dévisageait en haussant les sourcils.

— C'est bon de vous revoir... Oui, j'ai mon idée ! Pleins feux sur la grande place, ou peut-être sur les marches de la bibliothèque... Avec suffisamment de battage et une bonne organisation, on pourrait espérer la visite du gouverneur ! Il est l'un de mes amis, et si ça coïncide avec la date de sa campagne électorale, on ne sait jamais...

Jeremy s'éclaircit la voix.

— Nous n'avons pas encore discuté de la cérémonie, mais nous prévoyons de nous marier dans l'intimité.

— Quelle absurdité ! Ce n'est pas tous les jours que l'une de nos plus brillantes concitoyennes épouse une célébrité.

— Je ne suis pas une célébrité, mais un simple journaliste. Nous avions déjà abordé ce point...

— À quoi bon faire le modeste, Jeremy ? Je vois ça comme si j'y étais.

Gherkin cligna des yeux comme s'il voyait réellement l'avenir de Jeremy.

— Aujourd'hui des chroniques pour le *Scientific American* ; demain votre émission personnelle, diffusée dans le monde entier, depuis Boone Creek, Caroline du Nord.

— J'ai des doutes...

— Il faut voir grand, mon garçon. S'il ne s'était pas autorisé à rêver, Christophe Colomb n'aurait jamais découvert le Nouveau Monde, et Rembrandt n'aurait jamais pris un pinceau.

Après avoir donné une claque sur le dos de Jeremy, Gherkin se pencha pour embrasser Lexie sur la joue.

— Plus ravissante que jamais, Mlle Lexie ! Les fiançailles vous réussissent à merveille, ma chère.

— Merci, Tom, murmura la jeune femme.

Doris roulait des yeux furibonds et se préparait à chasser le maire de la salle quand celui-ci fixa à nouveau son attention sur Jeremy.

— Vous voulez bien parler affaires un moment ? D'accord ?

Il ne prit pas la peine d'attendre une réponse.

— Je serais indigne de mes fonctions si je négligeais de vous poser la question suivante : avez-vous un projet d'article au sujet de Boone Creek, maintenant que vous vous installez parmi nous ? Ça serait une bonne idée... dans votre intérêt et celui de la ville ! Savez-vous, par exemple, que trois des quatre plus gros poissons-chats de Caroline du Nord ont été pêchés à Boone Creek ? Trois sur quatre, vous vous rendez compte ? Notre eau a peut-être des propriétés miraculeuses...

Jeremy ne sut que répondre. Il imaginait déjà le titre : « Eaux miraculeuses pour poissons-chats géants ». Son rédacteur en chef en ferait une tête ! Ce n'était pas le moment de courir ce risque, car il se sentait dans ses petits souliers depuis sa décision de quitter New York. S'il y avait des licenciements au magazine, il s'attendait à être le premier visé. Ses craintes ne concernaient pas ses revenus : il tirait l'essentiel de ses ressources des articles que lui achetaient d'autres magazines et certains journaux, et il avait réalisé de fructueux investissements depuis des années. Il avait donc de quoi subsister pendant un certain temps, mais sa chronique du *Scientific American* lui assurait une stabilité financière appréciable.

— J'ai déjà écrit mes six prochaines chroniques, répondit-il, et j'ignore encore le sujet de la suivante, mais je n'oublierai pas votre suggestion.

Le maire hocha la tête d'un air satisfait.

— Je compte sur vous, mon garçon ! Permettez-moi de vous souhaiter officiellement à tous les deux un heureux retour à Boone Creek. Je suis ravi que vous ayez choisi notre belle ville comme résidence permanente... Mais je dois retourner maintenant au bingo... Rhett appelle les numéros ; il sait à peine lire... On risque une émeute s'il commet la moindre erreur ! Que feraient les sœurs Garrison si elles soupçonnaient une tricherie ?

— Les gens prennent le bingo au sérieux, approuva Doris.

— Oh, que oui ! Et maintenant, je vous prie de m'excuser. Mon devoir m'appelle !

Gherkin effectua une pirouette – d'une rapidité remarquable vu son embonpoint – et sortit de la salle. Jeremy se contenta de hocher la tête. Après avoir jeté un coup d'œil de l'autre côté de la porte pour s'assurer que personne n'arrivait, Doris désigna du doigt le ventre de sa petite-fille.

— Comment te sens-tu, Lexie ?

En écoutant les deux femmes chuchoter à propos de la grossesse de Lexie, Jeremy pensa au paradoxe lié au fait d'avoir des enfants et de les élever.

La plupart des gens ont conscience des responsabilités qui leur incombent. Ayant observé ses frères et leurs épouses, il savait à quel point leur vie avait changé après la naissance de leurs enfants : plus de grasses matinées pendant les week-ends ou de dîners improvisés en ville ! Ils prétendaient n'éprouver aucun regret, et affirmaient leur altruisme de parents, prêts à tous les sacrifices dans l'intérêt de leurs enfants. Ils n'étaient pas uniques en leur genre... Les couples qu'il connaissait à New York poussaient souvent cette attitude à l'extrême. Chaque enfant devait fréquenter les écoles les plus huppées, avoir les professeurs de piano les plus doués, participer aux meilleurs camps sportifs, afin d'être admis un jour ou l'autre dans un prestigieux établissement de l'Ivy League.

Tout ce dévouement n'était-il pas fondé, en réalité, sur une bonne dose d'égocentrisme ?

Le paradoxe était là, conclut Jeremy. En fait, rien n'oblige les gens à avoir des enfants. Ils effectuent ce choix pour deux raisons essentielles : c'est une étape fondamentale pour un couple, mais surtout la révélation d'un besoin profondément enfoui de créer une version miniature de soi-même. Se prenant pour des êtres merveilleux, les humains sont révoltés à l'idée d'exister en un seul exemplaire sur cette terre.

Quant aux sacrifices menant à l'Ivy League ? Si un gamin de cinq ans en a entendu parler, c'est uniquement parce que ses parents lui accordent une importance démesurée. Les parents souhaitent donc créer non seulement un enfant à leur image, mais si possible encore *mieux* qu'eux. Quel homme ou quelle femme s'imaginerait à un cocktail, trente ans plus tard, tenant des propos tels que : « Oh, Jimmy, va beaucoup mieux ! Il est en liberté conditionnelle, et il a presque renoncé à la drogue » ? Chacun espère pouvoir dire : « Non seulement Emmett est milliardaire, mais il termine un doctorat de microbiologie, et le *New York Times* vient de publier un article sur ses dernières recherches, pouvant mener à la guérison du cancer. »

Certes, ils n'avaient pas à se sentir directement concernés, Lexie et lui, songea Jeremy. Ils ne correspondaient pas à la norme des futurs parents, d'autant plus que la conception de leur enfant n'avait pas été planifiée. Elle avait eu lieu à un moment où aucun d'eux ne pensait à « un petit être à son image », et ce n'était pas « une étape fondamentale » de leur relation, pour la bonne raison qu'ils n'avaient pas encore de véritable relation. Ils avaient conçu un enfant dans un contexte de beauté et de tendresse, sans le narcissisme des autres géniteurs. Lexie et lui étaient donc meilleurs et moins égocentriques, ce qui, à longue échéance, donnerait un maximum de chances à leur enfant quand viendrait le moment d'être admis à Harvard.

— Ça va ? fit Lexie. Je te trouve bien calme depuis notre départ de Herbs.

Dix heures approchaient. Ils étaient chez Lexie, dans son ancien bungalow, en bordure d'une pinède. Derrière les fenêtres, les cimes des arbres dodelinaient sous la brise ; et les aiguilles de pin semblaient presque argentées au clair de lune. Une bougie, posée sur la table basse, projetait sa lumière vacillante sur un plat que leur avait préparé Doris.

— Je pensais à notre bébé...

— Vraiment ? demanda Lexie, pelotonnée contre lui, sur le canapé.

— Vraiment ! Tu t'imagines que je ne pense jamais à lui ?

— Non, pas du tout, mais je te croyais sur une autre longueur d'onde quand nous en avons parlé, Doris et moi. Alors, à quoi pensais-tu ?

Il l'attira plus près de lui, en jugeant préférable de ne pas prononcer le mot « narcissique ».

— Je me disais que notre bébé a beaucoup de chance de t'avoir comme mère.

Lexie sourit et se tourna vers lui d'un air attentif.

— J'espère que notre fille aura ta fossette.

— Tu aimes ma fossette ?

— Je l'adore, mais j'espère qu'elle aura mes yeux.

— Que reproches-tu aux miens ?

— Rien du tout !

— Alors, pourquoi préfères-tu les tiens ? Je peux t'assurer que ma mère adore mes yeux.

— Moi aussi. Je trouve ton regard irrésistible, mais un bébé n'a pas besoin d'un regard irrésistible.

— Et encore ? fit Jeremy en riant.

Lexie le dévisagea un moment.

— Je veux qu'elle ait mes cheveux, mon nez, et mon menton... Mon front aussi !

— Ton front ?

— Oui, tu as une ride entre les sourcils.

Il y passa son doigt comme s'il en prenait conscience à cet instant.

— C'est parce que je fronce les sourcils quand je me concentre profondément. Tu ne veux pas que ta fille réfléchisse ?

— Et toi tu voudrais qu'elle ait des rides ?

— Non, mais tu n'apprécies que ma fossette ?

— Et si elle avait tes oreilles ?

— Mes oreilles ? Elles n'ont aucun intérêt.

— Je les trouve mignonnes.

— Mignonnes ?

— Elles sont parfaites. Il n'y a pas d'oreilles plus parfaites sur terre. J'ai entendu des gens les admirer !

Jeremy éclata de rire.

— Elle aura donc mes oreilles et ma fossette ; tes yeux, ton nez, ton menton, ton front. Quoi d'autre ?

— Arrêtons-nous ! Je crains ta réaction si je souhaite qu'elle ait aussi mes jambes. Tu es hypersensible, aujourd'hui.

— Je ne suis pas hypersensible, mais je crois savoir que j'ai autre chose à offrir que mes oreilles et ma fossette. Quant à mes jambes, je tiens à te dire qu'elles ont tourné des têtes...

— Bon, je rends les armes ! Et que penses-tu à propos de nos noces ?

— Changerais-tu de sujet ?

— Il faut en parler. Tu as ton mot à dire !

— Je comptais te laisser la direction des opérations.

— Eh bien, j'aimerais que notre mariage soit célébré près du phare. À côté du cottage...

Lexie faisait allusion au phare du cap Hatteras, où s'étaient mariés ses parents.

— Je comprends, murmura-t-il.

— C'est un parc national, il nous faudra donc obtenir une autorisation, reprit Lexie. Nous pourrions nous marier à la fin du printemps ou au début de l'été... Je ne voudrais pas que mon ventre se remarque sur les photos.

— Bonne idée ! Tu crains les ragots si les gens devinent que tu es enceinte...

— Tu n'as pas d'opinion précise au sujet de nos noces ? fit Lexie en riant. Aucun rêve particulier à réaliser ?

— Pas spécialement. Mais j'ai un point de vue

plus net en ce qui concerne ma dernière soirée de célibataire...

Lexie fit mine de lui asséner un coup de poing sur l'estomac.

— Fais gaffe !

Puis elle ajouta posément :

— Je suis heureuse que tu sois ici.

— Je suis heureux moi aussi.

— Quand veux-tu aller visiter des maisons ?

Cette manière de passer du coq à l'âne rappela à Jeremy que le cours de sa vie avait subi un changement radical.

— Pardon ?

— Nous devons visiter des maisons, puisque nous allons en acheter une.

— Nous pourrions vivre ici !

— Ici ? C'est trop petit chez moi. Où installerais-tu ton bureau ?

— Dans la chambre d'amis. Il y a beaucoup de place !

— Et notre fille ? Où dormira notre fille ?

Le bébé ! Pendant une seconde, il l'avait totalement oublié...

— Quel genre de maison voudrais-tu ?

— Une maison au bord de l'eau, si ça te convient.

— Oui, au bord de l'eau...

— Et puis, ajouta Lexie, rêveuse, j'aimerais une grande véranda et une demeure accueillante, avec des pièces spacieuses, des fenêtres qui laissent pénétrer le soleil... Et un toit en zinc. Il n'y a pas de son plus romantique que celui de la pluie tombant sur un toit en zinc !

— J'aime les sons romantiques.

Lexie parut se rembrunir.

— On dirait que tu t'en fiches.

— Tu oublies que je vis depuis quinze ans dans

55

un appartement. Mes préoccupations étaient différentes... Je m'inquiétais plutôt du fonctionnement de l'ascenseur.

— Si j'ai bonne mémoire, le tien ne fonctionnait pas.

— Ce qui te prouve que je ne suis pas trop exigeant !

— Tu sais, fit Lexie en souriant, je vais être très occupée à la bibliothèque cette semaine par une montagne de paperasses, mais nous pourrons commencer nos recherches ce week-end.

— Bonne idée.

— Que feras-tu pendant que je travaille ?

— Je vais sans doute effeuiller les pétales des marguerites en me languissant d'amour pour toi.

— Sérieusement !

— J'essayerai d'établir un emploi du temps. Il faut que je m'occupe de mon ordinateur et de mon imprimante, et que j'obtienne un accès à haut débit pour mes recherches sur Internet. J'aimerais avoir quatre ou cinq chroniques d'avance, pour travailler tranquillement si un bon sujet se présente. Ça permettra aussi à mon rédacteur en chef de dormir tranquille.

Lexie réfléchit un moment en silence.

— Je pense que tu n'obtiendras pas le haut débit à Greenleaf ; ils n'ont même pas le câble.

— Il ne s'agit pas de Greenleaf ! Je comptais y accéder d'ici !

— Tu ferais bien de profiter de la bibliothèque, puisque c'est à Greenleaf que tu vas t'installer.

— Qui te parle de Greenleaf ?

Lexie glissa sous le bras de Jeremy et lui fit face.

— Où voudrais-tu aller ?

— Je pensais rester chez toi.

— Avec moi ?

— Bien sûr !

56

— Nous ne sommes même pas encore mariés...

— Et alors ?

— Ça va te paraître vieux jeu, mais les habitants de Boone Creek ne vivent pas en couple avant le mariage. On pourrait nous soupçonner de coucher ensemble...

Il la dévisagea, éberlué.

— Nous couchons ensemble ! Je te rappelle que tu es enceinte.

— J'avoue que c'est assez stupide, et si ça ne tenait qu'à moi, tu habiterais ici. Les gens finiront par s'apercevoir que je suis enceinte et ils seront indulgents... Mais ce n'est pas parce qu'ils sont prêts à pardonner que nous devons cohabiter. Ils feraient des commérages derrière notre dos et mettraient des années à oublier que nous avons vécu « dans le péché ». Cette étiquette nous collerait à la peau !

Lexie prit la main de Jeremy.

— Je sais que c'est beaucoup te demander, mais accepterais-tu de faire cela pour moi ?

Jeremy eut une pensée pour Greenleaf : une série de maisonnettes délabrées, au milieu d'un marais peuplé de serpents ; Jed, le patron rébarbatif et silencieux ; les animaux empaillés décorant les chambres.

— Oui, grommela-t-il, mais Greenleaf...

— Sinon, où aller ? Il y a un cabanon derrière la maison de Doris

— Je crois avec une salle de bains – mais ça ne vaut pas Greenleaf.

— Jed me terrorise...

— Je comprends, mais quand j'ai réservé, il m'a promis d'être plus aimable, maintenant que tu es des nôtres. En plus, si tu restes un certain temps, il a l'intention de t'accorder une ristourne !

— Bonne nouvelle, articula Jeremy, au prix d'un effort surhumain.

Lexie effleura son avant-bras.

— Je m'occupe de tout. Si tu es discret, tu pourras venir me voir quand tu voudras. Je te préparerai même à dîner.

— Discret ?

— Tu éviteras de garer ta voiture devant chez moi. Et, si cela se produit, tu auras intérêt à partir avant le lever du jour, pour ne pas te faire remarquer.

— Pourquoi ai-je l'impression soudaine d'avoir seize ans et de faire le mur derrière le dos de mes parents ?

— Parce que c'est exactement ce qui va se passer. À un détail près : les habitants de Boone Creek ne sont pas aussi indulgents que papa et maman...

— Alors, pourquoi allons-nous vivre ici ?

— Parce que tu m'aimes, murmura Lexie.

4.

Au cours du mois suivant, Jeremy commença à s'adapter à sa nouvelle vie. Alors qu'à New York les premiers signes du printemps apparaissaient en avril, ils se manifestaient plusieurs semaines avant à Boone Creek. Dès le début du mois de mars, les arbres se couvraient de bourgeons, le froid du matin cédait progressivement la place à une agréable fraîcheur, et il suffisait de porter une chemise à manches longues quand la température était douce, l'après-midi. L'herbe, brunâtre pendant l'hiver, virait petit à petit au vert émeraude, atteignant la plénitude de sa couleur quand fleurissaient les cornouillers et les azalées. La senteur des pins et une brume salée imprégnaient l'air ; seules d'occasionnelles traînées de nuages troublaient l'étendue bleue du ciel. À la mi-mars, la ville semblait plus lumineuse et plus vivante, comme si l'hiver n'était qu'un lointain souvenir.

Le mobilier de Jeremy avait fini par arriver ; il l'avait entreposé dans le cabanon, derrière la maison de Doris. À certains moments, il se demandait s'il n'aurait pas intérêt à s'installer là où se trouvaient ses meubles. Il s'était pourtant habitué à vivre en bon voisinage avec Jed ! Bien qu'il ne lui ait pas encore adressé une seule fois la parole, ce dernier n'oubliait jamais de lui transmettre ses messages. Messages difficilement lisibles et parfois enduits d'un produit bizarre – peut-être le baume servant à empailler les animaux, ou quelque autre substance dont il faisait usage. En tout cas, cela aidait à les coller directement sur sa porte, et ni lui ni Jed ne se formalisaient des taches sirupeuses qui restaient sur le bois.

Par ailleurs, une sorte de routine s'était instaurée. Comme l'avait prédit Lexie, un accès haut débit était impossible à Greenleaf, mais il avait bricolé un système lui permettant de récupérer ses e-mails et d'effectuer des recherches à bas débit. Cinq minutes d'attente pour charger une page... Un point positif : ce problème de connexion lui donnait d'excellents prétextes pour aller presque chaque jour en bibliothèque. Il retrouvait parfois Lexie dans son bureau, ou bien ils allaient déjeuner ensemble ; au bout d'une heure, elle marmonnait généralement qu'elle aurait aimé passer la journée avec lui mais qu'elle avait du travail. Sans se faire prier, il reprenait place devant l'un des ordinateurs afin de poursuivre ses recherches.

Nate, son agent, lui laissait sans cesse des messages, lui demandant s'il avait des sujets en vue, puisque la proposition d'émission télévisée était « toujours d'actualité ». Comme la plupart des agents, Nate était un optimiste invétéré ; Jeremy lui répondait invariablement qu'il serait le premier informé dès qu'il aurait un projet en tête. Mais il n'en avait aucun et n'avait pas écrit la moindre chronique depuis son arrivée dans le Sud. Avec tous ces bouleversements, il avait de bonnes raisons d'être perturbé.

Il essayait du moins de s'en persuader. En fait, il avait eu quelques idées, qui n'avaient abouti à rien.

Quand il s'asseyait pour écrire, son cerveau ne fonctionnait plus et ses doigts devenaient arthritiques. Il écrivait une ou deux phrases, réfléchissait pendant une vingtaine de minutes, et finissait par tout effacer. Pendant des journées entières, il écrivait et effaçait, sans rien garder en fin de compte. Il lui arrivait de se demander pourquoi son clavier lui manifestait une telle hostilité, puis il pensait à autre chose, car il avait d'autres soucis à gérer... Lexie, le mariage, le bébé, et, naturellement, sa dernière soirée de célibataire. Alvin cherchait à en fixer la date depuis son départ de New York, mais cela dépendait du service des parcs nationaux. Malgré l'insistance de Lexie, Jeremy n'avait trouvé personne pour faciliter sa démarche ; il avait donc conseillé à Alvin de programmer cette fameuse soirée le dernier week-end d'avril. Après tout, le plus tôt serait le mieux. Alvin avait raccroché avec des gloussements d'excitation et la promesse d'une nuit inoubliable.

Il ne demandait qu'à le croire car, tout en s'habituant à Boone Creek, il s'était rendu compte que New York lui manquait. Le monde dans lequel il vivait maintenant était totalement dépourvu de distractions.

À New York, il sortait de chez lui, marchait dans n'importe quelle direction deux blocs plus loin, et trouvait un tas de films à voir : depuis les derniers films d'action et d'aventure jusqu'aux productions françaises les plus sophistiquées. Il n'y avait pas de salle de cinéma à Boone Creek, et la plus proche – à Washington – ne disposait que de trois écrans, dont l'un semblait réservé aux derniers dessins animés de Disney.

À New York, il pouvait toujours essayer un nouveau restaurant et goûter une cuisine vietnamienne, grecque, ou éthiopienne, selon l'humeur du moment. À Boone Creek, le choix était limité : une pizza dans un carton, ou une cuisine « familiale » au Ned's Diner, où l'on ne servait que des fritures, et où tant d'huile flottait dans l'air qu'il fallait s'essuyer le front avec une serviette avant de sortir. Il avait même entendu des gens discuter de la meilleure manière de filtrer la graisse du bacon pour préserver son parfum, et de la quantité de matière grasse à ajouter aux choux avant de les recouvrir de beurre. Les gens du Sud avaient trouvé moyen de transformer les légumes en une nourriture malsaine.

Il manquait sans doute d'indulgence, mais sans restaurants et sans films à voir, qu'étaient censés faire les jeunes couples ? Quand on voulait entreprendre une promenade agréable en ville, on pouvait à peine marcher quelques minutes dans la même direction sans tourner en rond. Lexie trouvait cela parfaitement normal et se contentait, après son travail, de passer la soirée sur la véranda à boire du thé sucré ou de la limonade, en saluant les passants occasionnels. Si le temps s'avérait orageux, la possibilité de contempler les éclairs égayait la soirée. Craignant qu'il se lasse de la véranda, Lexie l'avait assuré qu'il verrait tant de lucioles en été qu'il se croirait déjà devant les illuminations de Noël.

— Je meurs d'impatience ! lui avait-il répondu en soupirant.

L'événement marquant des dernières semaines avait été l'achat de sa toute première voiture. Une préoccupation typiquement masculine peut-être, mais quand il avait décidé de partir à Boone Creek, c'était l'un des projets qui lui tenaient à cœur. Il n'avait pas économisé et investi pour rien depuis des années ! Par chance, il avait acheté Yahoo ! et AOL – à la suite d'un article sur l'avenir d'Internet – et revendu ses actions à leur maximum, avant de réaliser une partie de son portefeuille lors de son installation à Boone Creek.

Il imaginait à l'avance les moindres détails de cette démarche : parcourir différents magazines automobiles, puis aller chez le concessionnaire, s'asseoir derrière le volant, et respirer enfin la merveilleuse odeur d'une voiture neuve. Ayant maintes fois regretté que l'usage d'une voiture soit absolument surperflu à New York, il avait hâte de se glisser dans un coupé sport à deux portes ou une décapotable, pour un essai sur les routes paisibles du comté. Le jour J, un sourire flottait sur ses lèvres à l'idée de conduire la voiture de ses rêves.

Il ne s'attendait pas à la réaction de Lexie lorsqu'il contempla une élégante décapotable deux portes, et passa une main sur les courbes brillantes de sa carrosserie.

— Qu'en penses-tu ? fit-il.

Elle regarda le véhicule, médusée.

— Où mettras-tu le siège du bébé ?

— En famille, nous utiliserons ta voiture. Celle-ci est pour nous deux, quand nous voudrons faire une escapade à la mer ou à la montagne, ou partir en week-end à Washington D.C.

— Ma voiture est à bout de course. Il vaudrait mieux trouver un véhicule à usage familial...

— Par exemple ?

— Que dirais-tu d'un mini-van ?

Jeremy écarquilla les yeux.

— Non, pas question ! Je n'ai pas attendu trente-sept ans pour acheter un mini-van !

— Pourquoi pas une berline ?

— Mon père en conduit une. Je suis trop jeune pour acheter une berline.

— Et un 4×4 ? Ils sont sportifs et solides. On peut les conduire en montagne.

Jeremy essaya de s'imaginer derrière le volant d'un 4×4, puis hocha la tête.

— L'idéal pour une mère de famille banlieusarde ! J'ai vu un plus grand nombre de 4×4 sur le parking des magasins Wal-Mart que sur les routes de montagne. D'autre part, ils polluent plus qu'une voiture ordinaire, et je me soucie de l'environnement.

Il accompagna cette déclaration d'un grand geste, en espérant que Lexie le prendrait au sérieux.

— Alors, que faire ? s'exclama-t-elle, pensive.

— Revenons-en à mon premier choix. Imaginenous roulant tous les deux, cheveux au vent...

— Tu parles comme un représentant de commerce, s'esclaffa Lexie. Je t'avoue qu'une luxueuse petite décapotable m'enchanterait moi aussi ; mais rends-toi compte que ça ne serait pas très pratique.

Il l'observa, la gorge sèche, en sentant son rêve s'évanouir. Elle avait certainement raison...

— Laquelle veux-tu ? s'entendit-il murmurer.

— Je pense que celle-ci serait une bonne voiture familiale.

Lexie lui montrait une berline quatre portes, au milieu du hall d'exposition.

— Elle offre les meilleures conditions de sécurité, d'après le *Consumers Report*. Elle est fiable, et on peut obtenir une garantie jusqu'à cent mille kilomètres.

Cette voiture répondait à tous les critères essentiels, mais Jeremy sentit sa gorge se serrer quand il la vit de près. Il ne lui manquait plus que des panneaux en bois et des pneus à flanc blanc !

Impressionnée par son expression, Lexie glissa ses bras autour de son cou.

— Ce n'est sans doute pas la voiture de tes rêves,

mais que dirais-tu si nous la commandions en rouge pompier ?

Il haussa un sourcil.

— Avec des flammes peintes sur le capot ?

— Si c'est vraiment ce que tu souhaites...

— Non. Je voulais juste voir à quoi je pouvais prétendre.

Elle l'embrassa sur la joue.

— Merci ! Je suis sûre que tu auras l'air très sexy au volant.

— Je vais ressembler à mon père !

— Tu ressembleras au père de notre bébé, un privilège exceptionnel.

Il sourit, car elle cherchait à lui remonter le moral ; mais une heure plus tard, quand il signa les papiers, il restait encore quelque peu accablé par les regrets.

Bien qu'il éprouvât une légère déception chaque fois qu'il se glissait derrière le volant, il ne fut malgré tout pas trop mécontent de son sort. Comme il n'écrivait pas, il disposait de beaucoup plus de temps qu'avant. Des années durant, il avait sillonné le monde à l'affût d'articles originaux. S'intéressant à tout, depuis l'Abominable homme des neiges de l'Himalaya jusqu'au saint suaire de Turin, il dénonçait impostures, légendes et canulars. Entre-temps, il écrivait des articles au sujet d'escrocs, de voyants, de guérisseurs, tout en s'acquittant de ses douze chroniques annuelles.

Cette pression permanente lui laissait à peine le temps de souffler, et ses innombrables voyages étaient devenus une source de tension entre Maria, son ex-femme, et lui. Elle aurait souhaité qu'il renonce à son activité en free-lance en faveur d'un emploi régulier pour l'un des grands journaux new-yorkais.

Il n'avait jamais pris cette suggestion au sérieux ; devant la tournure des événements, il se demandait maintenant s'il avait eu tort.

Le stress continuel auquel il était soumis se manifestait dans d'autres domaines aussi. Depuis des années, il éprouvait le besoin d'agir dès qu'il ouvrait l'œil, ne pouvait pas rester assis plus de quelques minutes d'affilée, et avait toujours quelque chose à lire, à étudier ou à écrire. Petit à petit, il était devenu incapable de se détendre, de sorte que les mois se télescopaient sur une longue période de sa vie, et que rien ne lui permettait de différencier une année de la suivante.

Ce dernier mois à Boone Creek, aussi ennuyeux fût-il, avait un côté apaisant. Il n'avait rien à faire, mais, vu le rythme trépidant de ses quinze dernières années, il ne trouvait aucune raison de s'en plaindre. Pourquoi refuser ces vacances non planifiées, qui lui offraient un précieux repos ? Pour la première fois depuis une éternité, il vivait à *son* rythme. L'ennui n'était peut-être qu'une sorte de raffinement sous-estimé...

Il aimait s'ennuyer en compagnie de Lexie. Pas spécialement pendant leurs soirées sur la véranda, mais quand il l'enlaçait pour suivre un match de base-ball à la télévision. Il se sentait bien avec elle, et il adorait leurs conversations paisibles à table, ou la chaleur de son corps lorsqu'ils s'asseyaient au sommet de Riker's Hill. Il attendait ces instants-là avec un enthousiasme surprenant, mais il appréciait plus encore les matinées où ils paressaient longuement au lit. Un plaisir coupable, réservé aux jours où elle allait le chercher à Greenleaf après son travail, de peur que des voisins curieux n'aperçoivent sa voiture dans l'allée. La clandestinité rendait ce plaisir plus intense encore. Une fois levés, ils lisaient le journal dans la petite cuisine, en prenant leur petit déjeuner. Généralement, elle portait encore son pyjama et ses pantoufles duveteuses. Ses cheveux étaient emmêlés et ses yeux embués de sommeil. Aussitôt que le soleil matinal s'infiltrait à travers les fenêtres, elle lui apparaissait indiscutablement comme la plus belle femme du monde. Ayant surpris son regard, elle lui prenait parfois la main, et il se remettait à lire. La main dans la main, ils s'abandonnaient à leur rêverie. Y avait-il plus grand bonheur sur terre ?

Il avait fallu aussi se mettre en quête d'une maison. Lexie savait assez précisément ce qu'elle souhaitait, et il n'y avait qu'un nombre restreint de maisons en vente à Boone Creek. Jeremy avait supposé qu'ils trouveraient satisfaction en quelques jours, et même en un après-midi, si la chance leur souriait.

Il se trompait ! Ils passèrent trois longs week-ends à visiter, au moins deux fois, les maisons en vente de la ville. Une expérience plutôt déprimante, car le jugement qu'il portait sur tous ces intérieurs était rien moins que favorable.

Dans cette ville historique, aux charmantes façades, on éprouvait, aussitôt le seuil franchi, l'impression d'avoir fait un bond en arrière dans les années 1970. Depuis l'époque de *Brady Bunch*, le feuilleton télévisé, il n'avait jamais vu tant de tapis beiges à longues mèches, de papier mural orange et d'éviers de cuisine citron vert. D'étranges odeurs – de naphtaline, de litière à chats, de couches souillées ou peut-être de pain moisi – choquaient parfois ses narines. Et, la plupart du temps, le mobilier lui faisait au minimum hocher la tête. En trente-sept années d'existence, il n'avait pas songé une seule fois à installer des rocking-chairs dans sa salle de séjour et des canapés sur sa véranda. Mais on s'habitue à tout...

Ils avaient d'innombrables raisons de dire non, et même si un détail ou un autre éveillait leur intérêt et les incitait à dire oui, c'était généralement absurde.

— Cette maison a une chambre noire ! s'exclama-t-il un jour.

Réplique de Lexie :

— À quoi bon ? Tu n'es pas photographe...

— Suppose que je devienne photographe !

Ou bien, Lexie émerveillée :

— J'adore les hauts plafonds. J'ai toujours rêvé d'un haut plafond dans ma chambre.

Réplique de Jeremy :

— La chambre est minuscule. Un lit double y tient à peine !

— Je sais, mais le plafond est si haut...

Lexie finit par trouver une maison à son goût ; quant à lui, il hésitait encore. C'était une construction géorgienne en brique et à étage, avec une véranda ouverte, donnant sur Boone Creek. La disposition des pièces plaisait à Lexie. Sur le marché depuis deux ans, cette maison était une affaire – et même plus selon les critères new-yorkais –, mais une importante rénovation s'imposait. Quand Lexie demanda à la visiter une troisième fois, Mme Reynolds, l'agent immobilier, sentit qu'elle allait mordre à l'hameçon.

Cette petite dame effacée, aux cheveux grisonnants, arbora soudain un sourire satisfait, en affirmant à Jeremy que la rénovation ne coûterait pas plus cher que le prix d'achat.

— Très bien ! s'exclama-t-il, en effectuant un rapide calcul pour savoir si son compte en banque lui permettrait d'assumer les frais.

— Ne vous inquiétez pas, reprit Mme Reynolds ; c'est le choix idéal pour un jeune couple... Surtout si vous comptez fonder une famille. De telles maisons ne courent pas les rues.

Dans ce cas, pourquoi celle-ci n'avait-elle pas trouvé preneur depuis deux ans ? Jeremy préparait une remarque acerbe quand il vit Lexie esquisser un signe depuis l'escalier.

— Je peux remonter là-haut ?

Mme Reynolds lui décocha un sourire, probablement à la pensée de sa commission.

— Bien sûr, ma chère ! Je vous rejoins. À propos, songez-vous à avoir des enfants ? Dans ce cas, je dois absolument vous faire visiter le grenier. Ce serait une salle de jeu fantastique !

Tandis que Mme Reynolds accompagnait Lexie, Jeremy se demanda si elle avait deviné, par hasard, que Lexie et lui avaient déjà dépassé le stade où l'on « songe » à procréer.

Il en douta, car Lexie tenait toujours à dissimuler sa grossesse, au moins jusqu'au mariage. Seule Doris savait... Ce n'était pas un problème pour lui, bien que Lexie l'ait entraîné récemment dans d'étranges conversations – plutôt destinées à rester entre femmes. Assise sur le canapé, il lui arrivait par exemple de se tourner brusquement de son côté en disant : « Mon utérus restera gonflé plusieurs semaines après la naissance », ou « Te rends-tu compte que mon col va se dilater de dix centimètres ? ».

Depuis qu'elle lisait des livres sur la grossesse, il n'entendait que trop souvent les mots « placenta », « cordon ombilical », « hémorroïdes » ; et si elle lui signalait une fois de plus que ses mamelons seraient irrités jusqu'au sang quand elle allaiterait, il finirait par sortir de la pièce. Comme la plupart des hommes, il avait une connaissance très vague de la croissance d'un embryon et s'y intéressait encore moins. En revanche, il se sentait beaucoup plus concerné par le processus de fécondation, et en aurait volontiers discuté... surtout si elle lui avait parlé de sa voix sensuelle et avec un regard langoureux, en buvant du vin dans une pièce éclairée aux chandelles.

Or, elle prononçait ces mots-là comme si elle énumérait les ingrédients d'une boîte de céréales. De telles conversations, au lieu de stimuler son enthousiasme au sujet des événements futurs, lui procuraient en général une sensation d'écœurement.

Son excitation persistait malgré tout. Il était bouleversé à l'idée que Lexie porte *son* enfant. Il éprouvait une réelle fierté à l'idée qu'il avait contribué, en tant que géniteur, à la perpétuation de l'espèce. À tel point qu'il regrettait souvent que Lexie l'ait prié de garder le secret.

Perdu dans ses pensées, il mit quelques secondes à s'apercevoir que Lexie et Mme Reynolds étaient redescendues.

— Cette maison est la bonne ! déclara Lexie, rayonnante, en lui prenant la main. Peut-on l'acheter ?

Pris de court à l'idée qu'il devrait vendre une bonne partie de son portefeuille d'actions, il lui répondit néanmoins qu'il s'inclinait devant son choix, en espérant qu'elle serait sensible à son intonation magnanime.

Le soir même, les papiers étaient signés, et leur offre acceptée le lendemain matin. Ironie du sort, la maison leur appartiendrait le 28 avril, jour où il irait à New York enterrer sa vie de garçon. Plus tard, il prit conscience qu'il était devenu un tout autre homme au cours du dernier mois...

5.

— Tu n'as toujours pas réservé une date au phare ?

La dernière semaine de mars, Jeremy raccompagnait Lexie à sa voiture, après son travail.

— J'ai essayé, expliqua-t-il, mais ces gens-là sont impossibles ! La moitié d'entre eux refuse de me parler tant que je n'ai pas rempli les formulaires, et l'autre moitié a l'air perpétuellement en vacances.

— À ce rythme, on en sera toujours au même point en juin.

Jeremy promit de trouver une solution.

— Je compte sur toi, insista Lexie. J'aimerais autant que mon ventre ne se remarque pas, et le mois d'avril approche. Je ne vois pas comment je pourrais tenir jusqu'en juillet ! Mes pantalons deviennent trop étroits, et mon derrière grossit déjà.

Jeremy hésita à s'aventurer sur ce terrain miné. Depuis quelques jours, les allusions de Lexie à son poids devenaient de plus en plus fréquentes. S'il lui répondait « Normal que tu grossisses... tu es enceinte ! », il serait condamné à dormir chaque nuit à Greenleaf pendant toute la semaine.

— À mes yeux, tu es toujours la même, murmura-t-il.

71

Lexie hocha la tête, songeuse.

— Demande son avis au maire !

Jeremy s'efforça de garder son sérieux.

— Gherkin pense que ton derrière grossit ?

— Mais non ! Je te parlais du phare... Il peut sûrement nous aider.

— D'accord, fit Jeremy en étouffant un rire.

Taquine, elle lui tapota l'épaule.

— D'ailleurs, mon derrière n'a pas grossi.

— Bien sûr que non ! approuva-t-il.

Avant de rentrer, ils s'arrêtèrent comme d'habitude pour voir où en était la rénovation.

La maison n'entrait officiellement en leur possession que fin avril, mais la propriétaire – qui l'avait reçue en héritage et vivait dans un autre État – les avait autorisés à commencer les travaux.

Lexie s'était lancée avec enthousiasme. Connaissant presque tout le monde en ville – charpentiers, plombiers, carreleurs, couvreurs, peintres et électriciens –, elle avait pris la direction des opérations, avec une idée exacte du résultat attendu. Jeremy, quant à lui, se contentait de faire les chèques, ce qui lui suffisait amplement, étant donné qu'il n'avait aucune envie de s'impliquer en personne dans ce projet.

Bien qu'il n'ait aucune idée précise sur le déroulement des opérations, il se sentait pour le moins déconcerté. Des équipes entières étaient au travail depuis une semaine ; il était ébahi par ce qu'elles avaient accompli dès le premier jour. Cuisine démantelée, bardeaux empilés sur la pelouse de façade, moquettes ainsi que de nombreuses fenêtres déposées. D'énormes tas de gravats étaient dispersés aux quatre coins de la maison, mais il commençait à croire que les ouvriers passaient leur temps à les transférer d'un endroit à l'autre. S'il venait les surprendre au milieu de la journée, aucun d'eux ne semblait réellement actif. Ils buvaient du café, debout en petits groupes, ou fumaient sur la véranda derrière la maison. Quant à travailler... Ils prétendaient attendre une livraison de l'entrepreneur ou faire une « petite pause ». Inutile d'ajouter que la plupart étaient payés à l'heure.

Il éprouvait donc un vague sentiment de panique – sur le plan financier – quand il reprenait le chemin de Greenleaf.

Cependant, Lexie semblait assez satisfaite des progrès réalisés, et remarquait certaines choses qui lui échappaient totalement. « Tu as vu qu'ils ont commencé l'installation électrique du premier étage ? » Ou bien : « Ils ont installé la nouvelle tuyauterie dans les murs pour nous permettre de placer l'évier sous la fenêtre. »

Il hochait la tête d'un air approbateur.

En dehors des chèques à l'intention de l'entrepreneur, il n'avait toujours rien écrit. Heureusement, il croyait avoir compris pourquoi. Il s'agissait moins d'un blocage que d'une surcharge mentale. Tant de choses changeaient : des plus évidentes aux plus infimes. Par exemple, il s'était toujours habillé dans un style typiquement new-yorkais. Abonné à un magazine de mode, il était adepte des chaussures Bruno Magli et des chemises italiennes. Alors que ses ex-petites amies le complimentaient souvent sur son élégance, Lexie avait un tout autre point de vue et voulait apparemment exercer son influence dans ce domaine.

Deux jours plus tôt, elle lui avait offert un cadeau : cette attention l'avait ému... jusqu'au moment où il avait ouvert le paquet. Il contenait une chemise écossaise. Écossaise comme celles que portent les bûcherons... Et un jean Levi's.

— Merci, avait-il articulé du bout des lèvres.

— Ça ne te plaît pas ?

— Mais si !

— Tu n'es pas sincère.

— Je le suis !

— Je voulais simplement que tu aies dans ta penderie des vêtements faciles à porter avec tes copains.

— Quels copains ?

— Tes copains d'ici. Au cas où tu aurais envie d'une partie de poker... d'aller à la pêche, ou à la chasse...

— Je ne joue pas au poker. La chasse et la pêche ne m'intéressent pas. Et je n'ai aucun copain ici !

C'était la pure vérité.

— Je sais, admit Lexie, mais tu auras peut-être envie d'en avoir un. Rodney, par exemple, va jouer au poker une fois par semaine, et Jed est probablement le meilleur chasseur de la région.

— Rodney et Jed ? s'étonna Jeremy, qui n'avait jamais songé à passer plusieurs heures avec l'un d'entre eux.

— Qu'as-tu à leur reprocher ?

— Jed ne m'aime pas, et je suppose que Rodney non plus.

— Quelle idée ! Ils n'ont aucune raison de t'en vouloir... Mais si tu allais bavarder avec Doris, demain, elle aurait peut-être de meilleures idées.

— Jouer au poker avec Rodney ? Chasser avec Jed ? Je serais prêt à payer pour voir ça, hurlait Alvin dans le combiné.

Ayant filmé les mystérieuses lumières du cimetière, il savait exactement de qui il s'agissait et gardait un souvenir mitigé de chacun d'eux. Rodney l'avait jeté en prison – pour des motifs forgés de toutes pièces – après qu'il eut flirté avec Rachel au Lookilu et Jed le terrorisait comme il terrorisait Jeremy.

— Je te vois comme si j'y étais, avançant à travers la forêt dans tes chaussures Gucci et ta chemise écossaise...

— Des chaussures Bruno Magli, rectifia Jeremy.

— Peu importe ! C'est fabuleux... Le rat des villes s'en va aux champs, parce que sa petite femme l'y envoie. Préviens-moi quand tu iras à la chasse, je viendrai te filmer avec ma caméra, histoire de garder une trace pour la postérité.

— Bon, passons !

— Pourtant, elle n'a pas entièrement tort. Il faudrait que tu te fasses des copains... À propos, te souviens-tu de cette fille que j'ai rencontrée ?

— Rachel ?

— Oui. Tu la vois de temps en temps ?

— Parfois. En fait, elle sera notre demoiselle d'honneur ; tu la reverras donc bientôt.

— Que devient-elle ?

— Tu auras du mal à le croire... Elle fréquente Rodney.

— Le shérif adjoint aux muscles hypertrophiés ? Elle aurait pu trouver mieux. Mais j'ai une idée ! Vous pourriez sortir tous les quatre : dîner à Herbs, suivi d'une soirée sur la véranda...

Jeremy éclata de rire.

— Tu serais parfaitement à l'aise ici. J'ai l'impression que tu connais déjà toutes les distractions qu'offre Boone Creek.

— Je m'adapte toujours à merveille ! Si tu rencontres Rachel, tu peux la saluer de ma part et lui dire que je me réjouis de la revoir.

— Je n'y manquerai pas.

— Tu écris, en ce moment ? Je suppose que tu as hâte d'être sur une nouvelle piste.

Jeremy se trémoussa sur son siège.

— J'aimerais bien.

— Tu n'écris plus du tout ?

— Pas une ligne depuis mon arrivée ! Entre le mariage, la maison, et Lexie, je n'ai pas une seconde à moi.

— Tu n'écris même pas ta chronique ? reprit Alvin après un silence.

— Non.

— Pourtant, tu aimes écrire.

— Je sais, mais je m'y remettrai dès que le calme sera revenu.

— Bien, fit Alvin, sceptique. Quant à ta dernière soirée de célibataire... Ça va être génial. Tout le monde est prêt, et je te promets une soirée inoubliable.

— Souviens-toi que je ne veux pas de danseuses ! Ni de blonde en tenue aguichante surgissant d'un gâteau.

— Allons, c'est la coutume !

— Aurais-tu oublié, Alvin, que je suis amoureux ?

— Lexie s'inquiète à votre sujet, fit Doris. Elle tient à vous...

Le lendemain, en début d'après-midi, elle déjeunait avec Jeremy à Herbs. La plupart des clients avaient terminé leur repas, et la salle se vidait. Selon son habitude, elle avait insisté pour le nourrir, sous prétexte qu'il n'avait que la peau sur les os. En l'occurrence, il se régalait d'un sandwich poulet-pesto, au pain de seigle.

— Elle a tort de s'inquiéter, protesta-t-il. Simplement, il se passe beaucoup de choses à la fois.

76

— Elle le sait, mais elle voudrait que vous vous sentiez heureux ici...

— Je suis heureux.

— Vous êtes heureux parce que vous êtes avec elle, et elle en a conscience. Au fond, elle souhaiterait que vous vous plaisiez autant qu'elle à Boone Creek ; que vous y ayez des amis et que vous vous sentiez comme chez vous. Elle sait que vous avez fait un sacrifice en quittant New York, et elle a l'impression de vous imposer son choix.

— Elle ne m'impose rien. Si j'avais des regrets, je serais le premier à lui dire. Mais, tout de même, Rodney ou Jed...

— Je vous assure que ce sont de braves types une fois qu'on les connaît ; et Jed m'a raconté d'excellentes blagues. Mais si vous n'avez pas les mêmes loisirs, ça peut difficilement coller !

Un doigt sur les lèvres, Doris prit le temps de réfléchir.

— Que faisiez-vous avec vos amis à New York ?

Jeremy se revit en train d'aller dans des bars avec Alvin, ou de flirter avec des femmes.

— Des distractions masculines, dit-il, évasif. J'assistais à des matches de base-ball, je jouais au billard de temps en temps, je traînais pas mal... Bon, je suis sûr que je finirai par me faire des amis, mais je suis trop occupé pour l'instant.

Doris pesa sa réponse.

— Lexie m'a appris que vous n'écrivez pas.

— En effet.

— C'est parce que...

— N'allez surtout pas croire que je ne me sens pas bien ici ! L'écriture n'est pas un travail ordinaire... On ne peut pas s'y mettre en ayant l'esprit ailleurs. Il faut de la créativité et des idées, ce qui n'est pas toujours évident... Malheureusement, on ne peut pas être créatif sur commande, mais j'ai appris, au cours de ces quinze dernières années, que l'inspiration finit toujours par revenir.

— Vous êtes à court d'idées ?

— Je manque d'idées originales ! J'ai imprimé des centaines de pages sur l'ordinateur de la bibliothèque, mais il s'agit toujours de sujets que j'ai déjà abordés. Et, généralement, plus d'une fois.

— Voulez-vous utiliser mon carnet ? fit Doris pensive. Comme vous n'y croyez pas, vous pourriez peut-être... écrire un article au sujet de vos investigations.

Il s'agissait de son journal intime, dans lequel elle déclarait avoir le pouvoir de prédire le sexe des bébés. Des centaines de noms et de dates figuraient sur ses pages, y compris l'annonce de la naissance d'une petite fille qui s'appellerait Lexie.

À vrai dire, ce n'était pas la première fois que Doris lui faisait cette proposition. Mais il l'avait rejetée d'abord parce qu'il doutait de ses dons, ensuite parce qu'il craignait de la blesser en exprimant son scepticisme.

— Peut-être, marmonna-t-il.

— Vous n'aurez qu'à prendre votre décision après l'avoir examiné de près. Ne vous inquiétez pas ; je vous promets de rester sereine devant la célébrité si vous décidez d'écrire un article à ce propos ! Attendez-moi ici, il est dans mon bureau.

Sans laisser à Jeremy la possibilité d'objecter, elle s'était levée et fonçait déjà vers la cuisine. La porte d'entrée s'ouvrit alors en grinçant, et Gherkin, entra.

— Jeremy, mon garçon !

Le maire asséna une grande claque dans le dos de Jeremy.

— Vous ici ? Je pensais que vous faisiez des prélèvements d'eau, pour trouver des indices concernant notre dernier mystère.

Le poisson-chat...

— Désolé de vous décevoir, monsieur le maire. Comment allez-vous ?

— Ça va, ça va, mais je suis débordé. Ces temps-ci, j'ai à peine le temps de fermer l'œil ! C'est une chance que je me contente de quelques heures de sommeil chaque nuit, depuis que j'ai failli m'électrocuter, il y a une dizaine d'années... L'eau et l'électricité ne font pas bon ménage.

— Je l'ai déjà entendu dire ! Écoutez... je suis content de vous rencontrer, car Lexie m'a demandé de vous parler de notre mariage.

Gherkin haussa les sourcils.

— Vous avez réfléchi à ma suggestion de le célébrer comme un événement local et d'y convier le gouverneur ?

— Pas du tout ! Lexie voudrait que la cérémonie ait lieu au phare du cap Hatteras, et je n'ai pu joindre personne au service des parcs nationaux pour obtenir l'autorisation. Pourriez-vous m'apporter votre aide ?

Après réflexion, Gherkin émit un petit sifflement.

— Pas si facile ! Les relations avec les pouvoirs publics sont généralement très délicates. C'est un peu comme si on traversait un champ de mines ; on a intérêt à avoir un bon guide.

— Voilà justement pourquoi nous avons besoin de votre aide.

— Je ne demande pas mieux, mais les préparatifs du festival du Héron, l'été prochain, me prennent un temps fou. C'est le plus grand événement local... Encore plus médiatique que la visite guidée des demeures historiques ! Nous avons un carnaval pour les enfants, une fête foraine le long de Main Street, une parade, et toutes sortes de concours. Myrna Jackson était censée présider la parade, mais elle vient de m'appeler : elle annule à cause de son mari. Connaissez-vous Myrna Jackson ?

— Je ne crois pas...

— La célèbre photographe ?

— Désolé, mais...

— Une célébrité, cette Myrna. Probablement la meilleure photographe du Sud... Elle a passé un été à Boone Creek quand elle était enfant, et elle nous avait fait l'honneur d'accepter. Voilà que, brusquement, son mari est frappé d'un cancer. Quelle calamité ! Nous prions tous pour son rétablissement, mais sa maladie nous met dans le pétrin. Ça ne sera pas facile de dénicher quelqu'un pour remplacer Myrna. Quelqu'un de célèbre... Je vais passer des heures au téléphone ! Malheureusement, je n'ai pas de relations dans le monde des célébrités... à part vous, bien sûr.

Jeremy dévisagea le maire.

— Vous me proposez la présidence ?

— Non, certainement pas. Vous avez déjà reçu une clef de notre ville. Il me faut quelqu'un d'autre... quelqu'un dont le nom parle à la population. Vous savez, reprit Gherkin en hochant la tête, malgré la beauté prodigieuse de notre ville et la valeur exceptionnelle de nos chers concitoyens, il n'est pas facile de « vendre » Boone Creek à quelqu'un d'une grande métropole. C'est une tâche qui ne m'enchante pas, d'autant plus que j'ai tout le reste à organiser pour le festival. Alors, l'idée de contacter les pouvoirs publics...

Gherkin laissa sa phrase en suspens, comme si la requête de Jeremy était à peine concevable, mais ce dernier n'était pas dupe.

Le maire avait l'art de manipuler les gens et comptait manifestement sur lui pour résoudre son problème, en échange de l'autorisation dont il avait besoin.

Une question majeure se posait toutefois : lui-même souhaitait-il jouer son jeu ? Franchement non, quoique...

— J'aurais peut-être une offre à vous faire, soupira-t-il. Quel genre de personne souhaitez-vous inviter ?

Gherkin porta une main à son menton, comme si l'avenir du monde dépendait de son dilemme personnel.

— Je n'ai pas d'idée préconçue..., mais il me faut une célébrité qui mette la ville en émoi, et agisse comme un aimant sur la foule.

— Si je vous trouvais quelqu'un... à condition, bien sûr, que vous m'aidiez à obtenir cette autorisation ?

— Voilà une bonne idée ! Je m'étonne de ne pas y avoir pensé moi-même. Laissez-moi le temps de réfléchir un moment (Gherkin se tapota les lèvres). Oui, ça pourrait marcher, à condition que vous me trouviez l'oiseau rare. Qu'avez-vous à me proposer ?

— J'ai interviewé des tas de gens, ces dernières années. Des scientifiques, des professeurs, des lauréats du prix Nobel...

Gherkin hochait la tête, tandis que Jeremy poursuivait son énumération.

— Des physiciens, des chimistes, des mathématiciens, des explorateurs, des astronautes...

— Vous avez dit des astronautes ?

— Les types qui étaient à bord de la navette spatiale... J'ai écrit un grand article sur la NASA, il y a quelques années, et j'ai sympathisé avec certains d'entre eux. Je pourrais leur passer un coup de fil...

Gherkin claqua des doigts.

— Marché conclu ! J'imagine déjà les affiches :
« Le festival du Héron : le cosmos sur le pas de votre
porte. » Et nous pourrions utiliser ce thème pendant
tout le week-end. Concours de dégustation de
« croissants de lune », chars en forme de fusées ou
de satellites...

— Vous recommencez à tanner Jeremy avec cette
stupide histoire de poissons-chats ? lança Doris, qui
revenait dans la pièce, son carnet sous le bras.

— Absolument pas ! Jeremy m'a proposé aimablement de me trouver quelqu'un pour la présidence
de la parade, cette année. Il nous promet un véritable astronaute... Qu'en dites-vous, si nous prenions
le cosmos comme thème du festival ?

— Génial ! s'exclama Doris.

Gherkin, bouffi d'orgueil :

— Je suis de votre avis, Doris. Quant à vous,
Jeremy, quel week-end vous conviendrait pour la
cérémonie ? L'été pourrait poser un problème à
cause des touristes...

— Mai ?

— Début ou fin mai ?

— Peu importe, du moment qu'une date est fixée ;
mais le plus tôt sera le mieux.

— Eh bien, c'est d'accord ! Et tenez-moi au
courant dès que vous aurez parlé à votre astronaute.

Gherkin fit volte-face et disparut ; Doris riait sous
cape en s'asseyant.

— Il vous a bien eu, il me semble.

— Non, je l'ai vu venir. Lexie s'impatiente au sujet
de cette autorisation !

— À part ça, vos projets s'annoncent bien ?

— Je suppose, mais nous avons des points de vue
un peu différents. Elle souhaiterait une cérémonie
discrète et intime ; j'objecte que même si je n'invite

que ma famille, il n'y aura pas assez d'hôtels dans la région pour recevoir tout le monde. Je souhaiterais aussi inviter Nate, mon agent ; elle affirme que si l'on invite un ami, il faut inviter tous les autres ! Enfin, ça ira... Mes frères, à qui j'ai déjà expliqué le problème, ne sont pas enchantés, mais ils se font une raison.

Doris allait répondre quand Rachel fit irruption, les yeux rouges et bouffis. Elle renifla en apercevant Doris et Jeremy, se figea un instant, puis se dirigea vers le fond de la salle.

— On dirait qu'elle a besoin de s'épancher dans votre sein, observa Jeremy, impressionné par son visage soucieux.

— Vous permettez ?

— Bien sûr ! Nous reparlerons une autre fois de l'organisation du mariage.

— Merci, et surtout gardez ceci ! Je vous garantis que ça vaut le coup ; vous aurez beau chercher, vous ne trouverez pas le moindre truquage !

Jeremy prit le carnet que lui tendait Doris, et hocha la tête, sans avoir encore décidé s'il s'en servirait ou non.

Dix minutes plus tard, Jeremy se rendait à son cottage de Greenleaf : quand il passa devant le bureau du patron, il s'y dirigea et ouvrit la porte. Ne trouvant pas Jed à son poste, il supposa qu'il était dans le cabanon où il exerçait ses activités de taxidermiste.

Pourquoi ne pas y faire un tour ? Autant rompre la glace, puisque, selon Lexie, cet homme avait l'usage de la parole.

Le long du sentier raviné menant au cabanon, il flaira une odeur de mort et de pourriture. Une fois entré, il aperçut un long établi, criblé de taches sanguinolentes et jonché de dizaines de couteaux et d'outils redoutables : vis, poinçons et tenailles... Sur des étagères et dans tous les recoins de la pièce s'entassaient d'innombrables spécimens du travail de Jed. Des perches aux opossums et aux cerfs, toutes ses créations étaient représentées en posture d'attaque.

À la gauche de Jeremy, une sorte de comptoir, maculé de sang lui aussi, devait servir à ses transactions commerciales. Il eut un haut-le-cœur...

Le taxidermiste, affublé d'un tablier de boucher, leva les yeux en l'apercevant.

— Salut, Jed ! Comment allez-vous ?

Silence...

— Je voulais simplement voir votre lieu de travail, reprit Jeremy, tétanisé. Je n'ai pas encore eu l'occasion de vous dire à quel point votre activité me fascine...

Il s'interrompit dans l'espoir que Jed allait se décider à parler, mais ce dernier le fixait comme s'il n'était qu'un moucheron écrasé sur un pare-brise.

Jed, énorme et bestial, avait un couteau en main et ne semblait pas d'une humeur particulièrement clémente. Jeremy fit pourtant une nouvelle tentative :

— Vous avez l'art de représenter tous ces animaux toutes griffes dehors, et prêts à bondir en rugissant. Au Museum d'histoire naturelle de New York, la plupart ont l'air paisible. Les vôtres paraissent féroces... C'est la première fois que je vois ça !

Jed fronçant les sourcils, Jeremy comprit que sa manœuvre ne le mènerait à rien.

— Lexie m'a appris que vous êtes un excellent chasseur, risqua-t-il, en transpirant brusquement.

Pour ma part je ne chasse pas. Dans le Queens, nous n'avons que des rats...

Un silence de Jed répondit au rire forcé de Jeremy, qui reprit, de plus en plus tendu :

— Chez nous, il n'y a pas l'ombre d'une biche en train de gambader au coin de la rue... Et si c'était le cas, je ne serais pas capable de tirer... Vous savez, après le film *Bambi*...

Obnubilé par le couteau que brandissait Jed, Jeremy eut la soudaine impression de parler dans le vide, mais c'était plus fort que lui.

— Une question de tempérament... Je n'ai aucun préjugé contre la chasse, bien sûr... La NRA[1], la Déclaration des droits, le deuxième amendement... La chasse est une tradition américaine, n'est-ce pas ? Un cerf en ligne de mire, et boum ! L'animal tombe à terre...

Tandis que Jed faisait passer son couteau d'une main à l'autre, Jeremy ne songeait plus qu'à déguerpir.

— Maintenant que je vous ai salué, je tiens à vous souhaiter bonne chance pour vos nombreuses créations... J'ai hâte de les voir... Auriez-vous reçu un message pour moi ?

Il se balança d'un pied sur l'autre.

— Non ? Eh bien, j'ai eu grand plaisir à vous parler !

Jeremy s'installa devant son bureau et contempla l'écran vide, en essayant d'oublier sa mésaventure avec Jed. Il souhaitait de tout son cœur trouver quelque chose à écrire, mais la source semblait tarie.

Tous les écrivains connaissent ce genre de panne, à laquelle il n'existe pas de remède miracle, car

---

1. *National Riffle Association*, en faveur du port d'armes par les citoyens américains. *(N.d.T.)*

chacun fonctionne à sa manière. Certains travaillent le matin, d'autres l'après-midi, ou tard dans la nuit. D'autres encore écrivent en musique, ou encore exigent un silence absolu. Il connaissait un auteur qui écrivait nu, enfermé dans sa chambre, et priait son assistant de confisquer ses vêtements tant qu'il ne lui aurait pas glissé cinq pages écrites sous la porte. Certaines de ses connaissances regardaient le même film un nombre incalculable de fois, alors que d'autres ne trouvaient l'inspiration qu'après avoir bu ou fumé avec excès. Quant à lui, il n'avait rien d'excentrique ! Jusque-là, il écrivait quand il le voulait et partout ; il ne pouvait donc pas compter sur un simple détail pour régler le problème.

Sans être vraiment paniqué, il commençait pourtant à s'inquiéter : il n'avait pas rédigé une seule ligne depuis deux mois. À cause des exigences de son magazine – qui programmait habituellement ses articles six mois à l'avance –, il avait en réserve assez de chroniques pour tenir jusqu'en juillet. Il lui restait donc un peu d'oxygène avant que ne surviennent de sérieux ennuis avec le *Scientific American*. Mais ses articles en free-lance lui permettaient de régler l'essentiel de ses factures ! Il avait pratiquement vidé son compte pour payer sa voiture, ses dépenses quotidiennes, ses intérêts bancaires, et la rénovation de plus en plus coûteuse de la maison. Combien de temps pourrait-il encore tenir, alors qu'un vampire semblait s'acharner sur ses finances ?

Il commençait à se croire victime d'un véritable blocage.

Contrairement à ce qu'affirmaient Alvin ou Doris, il n'était pas simplement perturbé par ses nouvelles occupations ou le cours imprévisible suivi par sa vie... Après tout, il avait continué à écrire après son divorce. Il en avait même ressenti la nécessité, afin de se changer les idées. L'écriture était une évasion à l'époque, mais plus maintenant. Que deviendrait-il s'il ne parvenait pas à franchir ce cap ?

Il perdrait son emploi et ses revenus. Comment s'y prendrait-il pour entretenir financièrement Lexie et leur fille ? Deviendrait-il un père au foyer, tandis que sa femme travaillerait pour faire bouillir la marmite ? De telles perspectives le troublaient.

Du coin de l'œil, il entrevit le journal de Doris. Allait-il la prendre au mot, dans l'espoir de trouver, dans ses écrits, des éléments intéressants et originaux qui raviveraient son inspiration ? À condition qu'elle dise vrai... Mais pouvait-elle réellement prédire le sexe des bébés ?

En aucun cas ! conclut-il. Il s'agissait peut-être de la plus grande coïncidence de l'histoire, mais ce n'était pas crédible. Il n'y avait aucun moyen de deviner le sexe d'un enfant en posant la main sur le ventre d'une femme.

Alors, pourquoi était-il prêt à admettre qu'il allait avoir une fille ? Pourquoi avait-il la même certitude que Lexie ? Quand il s'imaginait tenant un nouveau-né dans ses bras, pourquoi voyait-il toujours un enfant enveloppé d'un lange rose ? Il s'interrogea un moment, calé dans son siège, avant de décider qu'il ne partageait pas totalement la conviction de Lexie. Il se contentait de reprendre son point de vue : le fait qu'elle évoquait toujours la naissance d'une petite fille exerçait une certaine influence sur lui.

Il s'arracha à sa réflexion et, au lieu d'écrire, se mit à parcourir ses nouveaux sites préférés sur Internet, dans l'attente d'une illumination. Sans le haut débit, il progressait avec une lenteur consternante, mais il accéda, sans se décourager, à plusieurs sites : l'un consacré aux OVNI, un autre aux maisons hantées, et le dernier dans lequel James Randi s'efforçait, comme lui, de percer à jour divers canulars et impostures.

Depuis des années, Randi s'engageait à verser cent millions de dollars à tout médium capable de prouver ses dons sous un rigoureux contrôle scientifique. Pour l'instant, aucun d'eux – y compris les plus renommés, passant à la télévision et écrivant des livres – n'avait encore relevé ce défi. Dans l'une de ses chroniques, lui-même avait fait une semblable proposition (à échelle réduite, bien sûr) avec des résultats identiques. Les pseudo-spirites excellent surtout dans l'art de se vendre... Il se souvint de la manière dont il avait confondu Timothy Clausen, un homme censé communiquer avec l'esprit des morts. C'était son dernier article majeur, avant son voyage à Boone Creek en quête de fantômes. Voyage au cours duquel il avait rencontré Lexie.

Le site de Randi commentait, avec son incrédulité habituelle, une multitude d'histoires et d'événements soi-disant miraculeux ; mais, au bout de quelques heures, Jeremy se déconnecta, conscient de ne pas être plus inspiré qu'au début de ses recherches.

Il consulta sa montre. Comme il était près de cinq heures, il songea à aller voir où en étaient les travaux de sa future maison. Les ouvriers avaient peut-être déplacé quelques piles de gravats, de manière à donner l'impression qu'ils auraient terminé avant la fin de l'année. Malgré les innombrables factures déjà réglées, il finissait par douter de pouvoir un jour emménager. De peur de sombrer dans un profond découragement, il préféra renoncer à cette visite. À quoi bon, en effet, rendre cette journée maussade encore plus pénible ?

Décidé à aller retrouver Lexie à la bibliothèque, il enfila une chemise propre et brossa rapidement ses cheveux avant de s'asperger d'eau de Cologne. Sur son chemin, il passa devant Herbs. Les cornouillers et les azalées se flétrissaient déjà ; mais devant les maisons et à la base des arbres, des tulipes et des jonquilles aux couleurs resplendissantes commençaient à éclore. Sous la chaleur d'une brise du sud, on se serait cru en début d'été plutôt que fin mars – l'un de ces jours qui attirent une foule de promeneurs à Central Park.

Il s'arrêta chez le fleuriste pour offrir un bouquet à sa bien-aimée. Le seul fleuriste de la ville vendait aussi des appâts et du matériel de pêche ; malgré un choix restreint, il sortit de la boutique avec un bouquet printanier que Lexie adorerait certainement.

Quelques minutes plus tard, il se rembrunit en arrivant devant la bibliothèque : la voiture de Lexie n'était pas garée à son endroit habituel. Il observa la fenêtre de son bureau ; aucune lumière n'y brillait. Supposant qu'elle était à Herbs, il y retourna, mais sa voiture ne s'y trouvait pas non plus. Elle avait donc écourté sa journée de travail...

Comme elle n'était pas garée dans son allée, il supposa qu'elle faisait du shopping.

Après avoir effectué un demi-tour, il sillonna lentement la ville. La voiture de Lexie stationnait près d'un container d'ordures, derrière la pizzeria. Il freina aussitôt pour se garer ; Lexie avait sans doute souhaité faire quelques pas sur la promenade en planches, par un si beau jour.

Il attrapa son bouquet de fleurs et s'engagea entre les maisons, dans l'espoir de la surprendre, mais il s'arrêta net au tournant.

Il avait aperçu Lexie là où il s'attendait à la voir : sur un banc surplombant le fleuve. Contrairement à ce qu'il avait supposé, elle n'était pas seule... Assise à côté de Rodney, elle semblait presque blottie contre lui.

De son poste d'observation, il pouvait difficilement distinguer autre chose. Il se souvint alors qu'ils étaient de grands amis depuis l'enfance. Cela le rassura jusqu'au moment où ils se déplacèrent sur le banc et où il se rendit compte qu'ils se tenaient par la main.

6.

Jeremy savait qu'il n'y avait pas lieu de s'inquiéter, car Lexie ne s'intéressait sûrement pas à Rodney ; mais la semaine suivante, quand vint le mois d'avril, il pensait encore à la scène qu'il avait surprise.

Lorsqu'il avait interrogé Lexie, elle lui avait affirmé que rien d'insolite n'était survenu ce jour-là et qu'elle avait passé l'après-midi à son travail. Il n'éprouva guère le besoin de la questionner davantage. Ravie qu'il lui offre un bouquet de fleurs, elle l'avait embrassé. Un baiser hésitant ? Ou particulièrement insistant, comme si elle avait une faute à se faire pardonner ? Non, rien de spécial, lui sembla-t-il. Leur conversation pendant le dîner et sur la véranda lui avait paru également dans la norme.

Malgré tout, il ne parvenait pas à chasser l'image de Lexie tenant la main de Rodney. Plus il y pensait, plus il se disait qu'ils avaient l'apparence d'un couple, ce qui n'avait rien d'alarmant en soi. Lexie et Rodney ne pouvaient pas se fréquenter secrètement : il passait presque toutes ses journées à effectuer des recherches en bibliothèque, et toutes ses soirées en compagnie de sa future femme. Comment aurait-elle pu éprouver le moindre regret au sujet de Rodney ? Le shérif adjoint avait le béguin pour elle depuis sa jeunesse et il leur était arrivé, autrefois, d'assister en couple à certaines festivités ; mais elle n'avait jamais souhaité aller plus loin dans ses relations avec lui. C'était du moins ce qu'elle prétendait...

Certes, il l'avait surprise en train de lui tenir la main ; mais pouvait-il en déduire que les sentiments de Lexie à l'égard de Rodney avaient changé ? Bon Dieu, il lui arrivait parfois de prendre la main de sa mère ! C'était un témoignage d'affection, et Lexie voulait peut-être manifester sa sympathie à Rodney, qui lui faisait part de ses soucis. Ils se connaissaient depuis des années ; un geste de réconfort n'avait donc rien d'étonnant en de telles circonstances.

Il n'allait tout de même pas demander à Lexie d'ignorer les êtres qui comptaient le plus dans sa vie. Ou de cesser de s'intéresser à autrui ! C'était justement cela qui l'avait attiré de prime abord. Lexie avait l'art de donner, aux gens de son entourage, l'impression qu'elle les considérait comme le centre du monde. Rodney figurait parmi ses proches, mais de là à déduire qu'elle était amoureuse de lui... Il n'avait aucune raison de s'inquiéter. Alors, pourquoi ressasser cet événement ? Et pourquoi avait-il ressenti un tel accès de jalousie ?

Eh bien, parce qu'elle avait menti. Peut-être par omission, mais il s'agissait néanmoins d'un mensonge. Il se leva, à bout de nerfs, empoigna les clefs de la voiture, et prit le chemin de la bibliothèque.

Ralentissant à son approche, il vit la voiture de Lexie garée à sa place habituelle. Une lumière brillait à la fenêtre de son bureau. Il resta quelques minutes aux aguets, avant de se détourner dès qu'il l'aperçut. Malgré l'absurdité de sa nouvelle obsession, il poussa un soupir de soulagement. Il n'avait vraiment aucun souci à se faire et il s'en voulut d'avoir imaginé, l'espace d'un instant, que Lexie serait peut-être absente. Pourtant son trouble persista jusqu'à son retour à Greenleaf.

Une fois de plus, il s'était monté la tête : Lexie et lui filaient le parfait amour. Il se reprocha ses soupçons. Histoire d'alléger sa mauvaise conscience, il songea à l'emmener dîner en ville le soir même.

Rien n'étant programmé pour eux en dehors des soirées sur la véranda, un petit changement de rythme leur serait profitable. La fréquentation des femmes lui avait appris qu'elles adoraient les surprises. Faire plaisir à Lexie... rien de tel pour se déculpabiliser d'avoir songé à l'épier !

Oui, ils allaient passer une soirée fabuleuse. Il lui offrirait même un autre bouquet de fleurs. Après avoir cherché une vingtaine de minutes sur Internet un endroit à la hauteur de la situation, il appela Doris – qui approuva son choix avec enthousiasme –, puis il réserva une table, et alla se doucher.

Comme il lui restait quelques heures avant d'aller chercher Lexie, il reprit place devant l'ordinateur, ses doigts posés sur le clavier. Mais après une journée presque entière devant son bureau, il constata qu'il n'avait pas écrit une ligne de plus que le matin à son lever.

— Je t'ai aperçu dans la journée, déclara Lexie en observant Jeremy par-dessus son menu.

— Ah oui ?

— Tu es passé devant la bibliothèque. Où allais-tu ?

Il se félicita qu'elle ne l'ait pas surpris les yeux rivés sur sa fenêtre.

— Nulle part... Je faisais simplement un tour en voiture, avant de me remettre à l'ordinateur.

Elle avait été émue, comme de juste, par le

bouquet de jonquilles qu'il lui avait offert, et par son invitation à dîner dans un restaurant hors de la ville. Mais elle avait tenu à passer chez elle pour se changer, ce qui avait retardé leur départ de trois bons quarts d'heure. Quand ils étaient arrivés à Carriage House, dans le voisinage de Greenville, leur table avait été donnée à quelqu'un d'autre et ils avaient dû attendre au bar une vingtaine de minutes.

Lexie parut hésiter à poser la question qui allait de soi. Elle lui demandait chaque jour des nouvelles de ses écrits, et il lui annonçait systématiquement qu'aucun changement ne s'était produit. Se laissait-elle gagner, elle aussi, par une certaine lassitude ?

— Des idées ? risqua-t-elle.

— Quelques-unes...

Théoriquement, il ne s'agissait pas d'un mensonge – car il avait eu cette idée bizarre au sujet de Rodney et elle – mais ce n'était pas à ce genre d'idée qu'elle faisait allusion.

— Ah bon !

— Je dois encore réfléchir, pour voir où cela me mènera.

— Génial, mon chéri ! s'exclama Lexie, de plus en plus enthousiaste. Il faut célébrer l'événement.

Elle parcourut du regard la salle aux lumières tamisées. Les serveurs en noir et blanc, et les candélabres sur chaque table, lui donnaient un cachet particulier.

— Comment as-tu fait pour découvrir ce restaurant ? Je rêvais depuis toujours d'y venir...

— Il m'a suffi de chercher un peu. Ensuite, j'ai appelé Doris.

— Elle adore ce lieu. Si elle avait le choix, je pense qu'elle tiendrait un restaurant dans le même style, à la place d'Herbs.

— Mais les frais seraient trop élevés ?

— Exactement. Que vas-tu commander ?

— Un chateaubriand, fit Jeremy en parcourant le menu. Je n'ai pas mangé un seul bon steak depuis mon départ de New York. Et des pommes de terre au gratin...

— Un chateaubriand est une épaisse tranche de filet de bœuf, si je ne me trompe ?

Jeremy referma le menu, en salivant déjà.

— Voilà pourquoi c'est délicieux !

Il remarqua que Lexie fronçait le nez.

— Un problème ?

— Ça contient combien de calories, à ton avis ? s'enquit-elle.

— Je ne sais pas ; et d'ailleurs je m'en fiche.

Lexie se replongea dans le menu avec un sourire contrit.

— Tu as raison... De telles soirées sont rares... Alors, autant en profiter, même si... c'est une livre de viande rouge...

Jeremy sentit un sillon creuser son front.

— Je ne mangerai peut-être pas tout.

— Ce n'est pas à moi de te dicter ta conduite. Tu peux manger ce que tu voudras !

— J'en ai bien l'intention.

Il la regarda en silence examiner le menu, tout en repensant au chateaubriand. À vrai dire, une énorme quantité de viande rouge, imbibée de cholestérol et de graisse. Les spécialistes déconseillaient de manger plus de cent grammes de viande à la fois, et ce steak pesait au moins cinq cents grammes. De quoi nourrir une famille entière !

Quand bien même... À son âge, il pourrait se rattraper le lendemain avec un jogging et quelques pompes supplémentaires !

— Par quoi es-tu tentée ? fit-il.

— J'hésite encore entre le thon grillé et le blanc

de poulet farci, en sauce. Avec des légumes à la vapeur...

Il reprit le menu, en remarquant qu'elle faisait mine de l'ignorer. Ce qui signifiait, évidemment, qu'elle le tenait à l'œil. Il détailla les plats, et parvint aux fruits de mer, puis aux volailles. Tout lui semblait délectable, mais pas autant que le chateaubriand. Encore une culpabilité dont il aurait souhaité se passer... Depuis quand notre nourriture était-elle devenue le reflet de notre personnalité ? S'il commandait un plat sain, il était un être respectable ; s'il préférait un plat malsain, il devenait méprisable. Après tout, il ne souffrait pas d'un excédent de poids ! Il commanderait donc le chateaubriand, en se promettant de n'en manger que la moitié, peut-être moins. Pour éviter tout gaspillage, il rapporterait le reste à la maison.

Il hocha la tête, satisfait de sa décision.

Quand le garçon apparut, Lexie commanda un jus d'airelles et un blanc de poulet farci. Il se fit servir lui aussi un jus d'airelles.

— Et comme plat principal ? demanda le garçon.

— Je prendrai du thon, dit-il, tandis que Lexie le dévisageait. À point...

Après le départ du garçon, elle ébaucha un sourire.

— Du thon ?

— Oui, ça m'a tenté quand tu me l'as signalé.

Elle haussa les épaules d'un air énigmatique.

— Tu as l'air contrariée ? s'étonna Jeremy.

— Ce restaurant est réputé pour ses steaks... J'espérais goûter une bouchée du tien.

Jeremy n'en croyait pas ses oreilles.

— Ça sera pour la prochaine fois, marmonna-t-il.

Finirait-il un jour par comprendre les femmes ? À force de les fréquenter, il avait eu parfois l'impression de progresser. Il espérait parvenir à deviner leurs réactions imprévisibles et leurs manies, afin de les utiliser à son avantage ; mais ce dîner en compagnie de Lexie lui avait prouvé qu'il avait encore du chemin à parcourir.

Le fait d'avoir commandé du thon à la place d'un chateaubriand lui importait peu. Le fond du problème était que la plupart des hommes recherchent l'admiration des femmes, et sont prêts à *presque* tout pour l'obtenir. Il soupçonnait celles-ci de n'avoir jamais compris ce fait élémentaire. Elles s'imaginent par exemple que les hommes passent un temps fou à leur bureau parce qu'ils accordent une importance primordiale à leur emploi ; ce qui n'a absolument rien à voir avec la réalité. Ils ne recherchent pas le pouvoir pour lui-même – à part une minorité d'entre eux –, mais parce qu'ils savent que les femmes sont attirées par le pouvoir, comme les hommes par les jolies créatures.

Il s'agit là de caractéristiques transmises de génération en génération depuis la nuit des temps. Les hommes et les femmes n'y peuvent rien ! Des années plus tôt, il avait écrit une chronique sur l'origine héréditaire des comportements. Selon lui, les hommes sont attirés par les femmes jeunes, belles et appétissantes, parce qu'elles sont probablement fécondes et en bonne santé (donc susceptibles de leur donner une descendance robuste), de même que les femmes recherchent les hommes assez puissants pour les protéger ainsi que leurs rejetons.

Cette chronique lui avait valu un abondant courrier, mais les réactions l'avaient déconcerté. Alors que les hommes semblaient d'accord avec son point de vue, les femmes avaient manifesté une opposition parfois véhémente. Quelques mois plus tard, il avait publié une autre chronique à ce sujet, en se référant aux lettres qu'il avait reçues.

Même s'il comprenait, objectivement, qu'il avait commandé du thon pour se faire admirer par Lexie – et éprouver ainsi un sentiment de puissance –, il ne parvenait toujours pas à deviner comment elle fonctionnait. Et sa grossesse ne simplifiait pas les choses. Certes, il ne s'y connaissait guère en la matière, mais il savait au moins que les femmes enceintes ont d'étranges envies. Ses frères l'avaient mis en garde : l'une de ses belles-sœurs rêvait de salades d'épinards, une autre de pastrami et d'olives, et une troisième se réveillait en pleine nuit pour manger de la soupe à la tomate et du cheddar. Quand il ne cherchait pas à écrire, il filait systématiquement au supermarché et revenait avec un chargement de denrées pouvant satisfaire les envies les plus improbables de Lexie.

Il ne s'attendait pas toutefois à ses sautes d'humeur soudaines.

Une semaine après leur dîner à Carriage House, des reniflements le réveillèrent. Assise sur son séant, Lexie avait le dos appuyé contre la tête du lit. Il distinguait à peine ses traits dans la pénombre, mais il remarqua une pile de mouchoirs en papier, sur ses genoux.

— Lex ? Ça ne va pas ? fit-il en s'asseyant à son tour.

— Je regrette de t'avoir réveillé !

— Pas de problème, mais dis-moi ce qui t'arrive.

— Ce n'est rien.

Lexie avait une voix enrouée, comme si elle était fort enrhumée.

Il l'observa, déconcerté ; elle continua à pleurer et renifler, sous son regard insistant.

— Je suis triste, dit-elle enfin.

— Veux-tu que je t'apporte quelque chose ? Du pastrami ? Une soupe à la tomate ?

Toujours en larmes, elle battit des paupières.

— Pourquoi du pastrami ?

— À tout hasard...

Il se glissa près d'elle pour l'enlacer.

— Alors, tu n'as pas faim ? Aucune envie particulière ?

— Non. Je suis triste, c'est tout.

— Et tu ne sais pas pourquoi ?

Voyant Lexie secouée de sanglots, Jeremy sentit sa gorge se serrer. Dans l'espoir de la réconforter, il s'entendit murmurer :

— Allons, allons, tout va s'arranger...

— Non, rien ne va s'arranger ! Je n'ai plus rien à espérer.

— Qu'est-ce que tu racontes ?

Au bout d'un moment, Lexie finit par retrouver un semblant de calme. Elle lui fit face, les yeux bouffis de larmes.

— J'ai tué mon chat !

Il s'attendait à tout sauf à cela. Les bouleversements de son existence l'avaient sans doute perturbée... À la suite d'une poussée hormonale, elle était peut-être en manque de ses parents... Sa crise de larmes était certainement liée à sa grossesse, mais il n'avait pas envisagé ce genre de réponse.

— Ton chat ? fit-il, après l'avoir observée un moment.

Elle saisit un autre mouchoir en papier et murmura entre deux sanglots :

— Je l'ai tué...

— Hum !

Que dire d'autre ? Il n'avait jamais vu le moindre chat chez elle, et elle n'avait jamais fait l'ombre d'une allusion à un chat. Il ne savait même pas qu'elle les aimait !

Il comprit à son attitude qu'il l'avait froissée.

— C'est tout ce que tu trouves à me répondre ? gémit-elle d'une voix rauque.

De plus en plus désemparé, il hésita entre plusieurs réactions. Devait-il s'indigner ? *Tu n'aurais pas dû faire cela, Lexie !* L'approuver ? *Tu as eu raison ; ce chat le méritait.* La réconforter ? *Tu es quelqu'un de bien, même si tu as tué ce chat.* Simultanément, il fouillait sa mémoire en se demandant s'il y avait réellement eu un chat et quel était son nom. En l'occurrence, comment avait-il pu rester si longtemps sans le remarquer ?

Tout à coup, une réponse adéquate lui vint à l'esprit.

— Si tu me racontais ce qui s'est passé ? fit-il d'un ton qu'il voulait apaisant.

C'était, apparemment, ce qu'elle souhaitait entendre. Ses sanglots se calmèrent peu à peu, et elle se moucha une fois de plus.

— J'avais lavé le linge... J'ai vidé le sèche-linge pour le recharger. Je savais qu'il aimait la chaleur, mais j'ai refermé la porte sans vérifier... C'est comme ça que j'ai tué Boots.

Ce chat s'appelait donc Boots... Cette histoire n'était pas plus claire pour autant.

— Quand est-ce arrivé ? risqua-t-il.

— Pendant l'été... Quand je faisais mes bagages pour Chapel Hill.

Il exulta :

— À l'époque où tu allais au lycée !

Elle lui jeta un regard manifestement navré et irrité.

— Bien sûr que j'allais au lycée... Qu'est-ce que tu croyais ?

— Désolé de t'avoir interrompue, murmura Jeremy d'un ton compatissant. Je t'écoute...

— Boots était mon bébé, susurra Lexie. Je l'avais trouvé quand il était un tout petit chaton... À l'époque où j'étais lycéenne, il dormait dans mon lit. Il était si mignon ! Brun roux, avec des pattes blanches – et je savais que Dieu me l'avait donné pour que je le protège. Je l'ai protégé... jusqu'au jour où je l'ai enfermé dans le sèche-linge.

Lexie s'empara d'un autre mouchoir.

— Il a dû se faufiler dans la machine quand je ne faisais pas attention. Ce n'était pas la première fois. J'avais l'habitude de vérifier, mais, je ne sais pas pourquoi, j'ai oublié ce jour-là. J'ai déposé des vêtements humides, fermé la porte, et appuyé sur le bouton.

Après un silence, elle reprit d'une voix étranglée par les larmes :

— J'étais en bas... une demi-heure plus tard... quand j'ai entendu des bruits sourds. Je suis allée voir, et je l'ai trouvé...

Elle s'effondra, en larmes, contre Jeremy, qui la serra instinctivement dans ses bras, en murmurant des paroles rassurantes.

— Tu n'as pas tué ton chat ; c'est un accident.

Les sanglots de Lexie redoublèrent.

— Mais tu ne te rends pas compte ?

— De quoi ?

— Je serai une mère effroyable... puisque j'ai enfermé mon malheureux chat dans le sèche-linge !

— Elle a continué à sangloter dans mes bras, expliqua Jeremy à Doris, avec qui il déjeunait le lendemain. Plus je lui répétais qu'elle serait une merveilleuse mère, moins elle me croyait. Elle paraissait inconsolable... Pour finir, elle s'est assoupie, et, à son réveil, elle semblait en meilleure forme.

— La grossesse, marmonna Doris, est un amplificateur à nul autre pareil. Tout le corps grossit – le ventre, les bras... Les émotions et les souvenirs aussi... On perd le nord à certains moments, et on fait des choses étranges... auxquelles on n'aurait jamais songé en temps normal.

La remarque de Doris ranima l'image de Lexie et Rodney se tenant par la main. Sur le point d'y faire allusion, il s'efforça de chasser ce souvenir.

— Jeremy, ça va ? s'inquiéta Doris.

— Oui, mais je suis assez préoccupé ces temps-ci.

— Au sujet du bébé ?

— Au sujet de tout ! Notre mariage, la maison... Nous signons l'acte de vente à la fin du mois, et la seule autorisation obtenue par Gherkin est pour le premier week-end de mai. Vous imaginez le stress que ça représente... Mais je vous remercie, en tout cas, d'avoir aidé Lexie à planifier la cérémonie.

— Inutile de me remercier ! Après notre dernière conversation, j'ai pensé que c'était la moindre des choses, et ça ne me donnera pas trop de mal. Je me charge du gâteau et j'apporterai quelques amuse-gueule pour la réception en plein air ; l'essentiel est d'obtenir l'autorisation officielle. Je recouvrirai les tables de pique-nique, le matin ; le fleuriste disposera quelques fleurs, et le photographe n'aura plus qu'à opérer.

— Il paraît qu'elle a finalement choisi sa robe.

— Oui, et celle de Rachel aussi, puisqu'elle est sa demoiselle d'honneur.

— Sa robe dissimulera son ventre ?

— C'était impératif ! Surtout, ne vous inquiétez pas, elle sera superbe. On ne dirait vraiment pas qu'elle est enceinte, mais il me semble que les gens commencent à avoir des soupçons.

D'un hochement de tête, elle désigna Rachel qui débarrassait une table.

— Je crois qu'elle sait.

— Comment l'aurait-elle appris ? Vous lui en avez parlé ?

— Bien sûr que non ! Mais les femmes ont un sixième sens pour deviner quand l'une d'elles est enceinte. J'ai entendu des ragots à l'heure du déjeuner... Et puis, Lexie est allée fouiner au rayon layette du grand magasin de Gherkin, en ville. On l'a remarquée...

— Elle ne sera pas contente.

— Je suppose qu'elle se fera une raison ; du moins, à longue échéance. Elle se doute bien qu'elle ne pourra pas garder son secret éternellement.

— Alors, je peux avertir ma famille dès maintenant ?

— Je vous conseille de demander son feu vert à Lexie. Elle craint toujours de ne pas être aimée... Votre mariage aura lieu dans l'intimité, et elle s'en veut de ne pouvoir inviter tout le « clan ». C'est le terme qu'elle a employé !

— Elle a raison, mais il s'agit d'un clan qu'elle pourra conquérir...

Doris prit son verre et Rachel s'approcha de leur table, un pichet de thé sucré à la main.

— Je fais le plein ?

— Avec plaisir, répliqua Jeremy.

Elle leur versa à boire.

— Bientôt le mariage ?

— Bientôt... Comment s'est passé le shopping avec Lexie ?

— Très sympa ! J'ai apprécié de prendre un peu le large. Vous voyez ce que je veux dire ?

Oh que oui ! pensa Jeremy.

— À propos, Alvin m'a chargé de vous dire bonjour.

— Sans blague ?

— Il se réjouit de vous revoir.

— Saluez-le de ma part !

Rachel tirailla son tablier.

— Voulez-vous des chaussons aux noix de pécan ? Il en reste quelques-uns.

— Non merci, je suis rassasié.

— Moi aussi, fit Doris.

Tandis que Rachel se dirigeait vers la cuisine, Doris posa sa serviette sur la table et concentra à nouveau toute son attention sur Jeremy.

— Je suis passée voir votre maison, hier. On dirait que ça avance.

— Vous trouvez ?

Doris se voulut rassurante.

— Je vous assure que ça progresse. Les gens d'ici ont un rythme de travail assez lent, mais ils finissent toujours par s'en tirer.

— J'espère qu'ils auront terminé avant que notre enfant entre au lycée. Nous venons d'apprendre que les termites ont fait des dégâts.

— C'était prévisible, dans une vieille maison !

— Comme celle du film *The Money Pit*, cette maison est un gouffre sans fond.

— Bien sûr ! Sinon, pourquoi aurait-elle été en vente depuis si longtemps ? Mais, après tout, quel que soit son prix, elle coûte moins cher que tout ce qui s'achète à Manhattan, non ?

— C'est quand même frustrant.

Doris dévisagea Jeremy un moment.

— Je parie que vous n'avez toujours pas écrit !

— Pardon ?

— Vous m'avez bien entendue. Vous n'écrivez

plus, alors que l'écriture est votre raison d'être. Si vous n'écrivez plus... eh bien, c'est comme la grossesse de Lexie, un mécanisme qui amplifie tout !

Doris voyait juste, songea Jeremy. Les frais de sa nouvelle maison, ses projets de mariage, l'attente du bébé, son adaptation progressive à la vie de couple pesaient beaucoup moins sur lui que le stress dû à son incapacité d'écrire.

La veille, il avait envoyé sa chronique au journal. Seules lui restaient maintenant quatre chroniques en réserve. Son rédacteur en chef du *Scientific American* commençait à lui laisser, sur son téléphone portable, des messages s'étonnant de son silence. Nate lui-même devenait soucieux : au lieu de le harceler pour qu'il trouve des sujets pouvant séduire les producteurs de télévision, il se demandait si « oui ou non » il travaillait.

Au début, il n'avait eu aucun mal à se justifier. Son rédacteur en chef et Nate comprenaient l'un comme l'autre à quel point sa vie avait changé récemment ; mais lui-même avait cessé d'être dupe quand il égrenait la litanie de ses excuses. Pourquoi ses pensées s'embrouillaient-elles chaque fois qu'il allumait son ordinateur ? Pourquoi ses doigts devenaient-ils inertes ? Et pourquoi ce phénomène se produisait-il uniquement quand il voulait écrire un article destiné à régler ses factures ?

Voilà où il en était ! Quand Alvin lui adressait des mails, il était capable de rédiger une longue réponse en quelques minutes. Même réaction s'il recevait des mails de son père, sa mère ou ses frères ; s'il avait une lettre à envoyer ; ou s'il voulait prendre des notes sur un sujet traité par Internet. Il pouvait encore écrire au sujet des émissions télévisées, de l'économie et de la politique. Il le savait, car il avait déjà essayé ! En fait, il pouvait écrire sur tout... pourvu qu'il s'agisse d'un domaine hors de sa spécialité. Dans ce cas, sa tête se vidait, et, pis encore, il lui semblait que son inspiration était définitivement tarie.

Avait-il perdu confiance ? Avant de s'installer à Boone Creek, il n'avait jamais éprouvé cette sensation bizarre.

Son déracinement était sans doute à l'origine de tout. Rien à voir avec la rénovation de sa maison et les préparatifs de son mariage ! Il se sentait bloqué depuis son retour dans cette bourgade, comme si c'était le prix à payer pour le choix qu'il avait fait. Mais fallait-il en déduire qu'il serait capable d'écrire à New York ? Il réfléchit un instant : cela n'avait plus aucune importance maintenant. À peine trois semaines, et il signait l'acte de vente, le 28 avril ; puis il irait enterrer sa vie de garçon, et il se marierait le 6 mai. Pour le meilleur ou pour le pire, il avait élu domicile à Boone Creek.

Il jeta un coup d'œil au carnet de Doris. Comment s'y prendre pour écrire un article à son sujet ? Une simple tentative, car il ne comptait pas s'atteler à cette tâche...

Les doigts sur le clavier, il se mit à réfléchir, mais, cinq minutes après, ses doigts n'avaient toujours pas bougé. Rien, absolument rien, ne lui venait à l'esprit, pas même une entrée en matière...

Déçu, il se passa une main dans les cheveux. Que faire ? Pas question d'aller voir la maison, car son humeur risquait d'empirer. Il décida de tuer le temps sur Internet. Il entendit le modem s'enclencher, vit l'écran se charger et lut attentivement la page d'accueil. Constatant qu'il avait deux douzaines de nouveaux messages, il cliqua sur la boîte de réception.

Après avoir détruit un grand nombre de messages

publicitaires, il ouvrit un message de Nate. Avait-il remarqué les articles au sujet d'une importante pluie de météores en Australie ? Il lui répondit qu'il avait déjà écrit quatre articles sur les météores, dont un l'année précédente, mais qu'il le remerciait de cette suggestion. Sur le point de détruire le dernier message dont l'objet n'était pas indiqué, il changea d'avis et se retrouva en train de contempler l'écran. La gorge sèche et les yeux rivés sur le clignotement du curseur qui semblait le narguer, il lut : « QU'EST-CE QUI VOUS DIT QUE VOUS ÊTES LE PÈRE DU BÉBÉ ? »

7.

QU'EST-CE QUI VOUS DIT QUE VOUS ÊTES LE PÈRE DU BÉBÉ ?

Toujours hypnotisé par ce message, Jeremy repoussa brusquement sa chaise en se levant de son bureau. *Bien sûr que le bébé est de moi ! Je le sais !* faillit-il s'écrier.

Mais, en fait, qu'en savait-il ?

Toutes sortes de réponses lui venaient à l'esprit. Lexie et lui avaient passé une merveilleuse nuit ensemble. Elle avait dit que le bébé était de lui et elle n'avait aucune raison de mentir. Ils allaient se marier. Le bébé ne pouvait être de personne d'autre.

C'était *son* bébé...

Oui ou non ?

S'il avait été un autre homme, si son histoire avait été différente, s'il avait connu Lexie depuis des années, la réponse aurait été évidente, mais...

Son problème, c'était qu'il y avait toujours un *mais*.

Il chassa cette pensée pour réfléchir posément. À quoi bon se monter la tête, même si ce message était agressif et presque pervers ? Qui était capable d'une telle vilenie ? Pour quelle raison ? Son auteur se croyait-il drôle ? Voulait-il semer la discorde entre Lexie et lui ?

Il eut un instant d'hésitation, la tête vide, puis son esprit se remit à fonctionner. Il connaissait la réponse, bien qu'il refuse de l'admettre.

Il était troublé parce que...

Parce que, lui dit une petite voix dans sa tête, *l'auteur de ce message savait que lui-même s'était posé cette question à un instant ou un autre.*

Non, c'était aberrant ! Il avait la certitude que ce bébé était le sien !

Quoique tu ne sois pas en mesure de féconder une femme, lui rappela la petite voix.

Subitement, tout lui revint en mémoire : son premier mariage avec Maria, leurs efforts pour qu'elle tombe enceinte, leurs visites aux services spécialisés, les analyses qu'il avait faites, et le verdict du médecin : « Il est fort peu probable que vous ayez un enfant un jour. »

C'était un euphémisme, car il avait appris au cours de cette visite qu'il était bel et bien stérile. Une triste réalité qui avait incité Maria à demander le divorce.

Il se souvenait des précisions données ce jour-là : ses spermatozoïdes étaient en nombre insuffisant et d'une faible motricité. Sous le choc, il avait envisagé de suivre des traitements... Il n'y avait rien à tenter, avait affirmé l'homme de sciences. Rien de vraiment efficace.

De sa vie, il n'avait éprouvé un tel désespoir ! Jusque-là, il s'était toujours cru capable d'avoir des enfants ; il avait donc réagi en devenant un tout autre homme après son divorce. Multipliant les conquêtes, il s'était préparé à rester définitivement célibataire. Mais il avait rencontré Lexie, et un miracle avait eu lieu : l'enfant qu'elle portait était le fruit de leur amour réciproque. Les années qu'il venait de passer lui avaient semblé dénuées de tout intérêt. À moins que...

Non, il n'avait aucun doute. Cet enfant était le sien. Tout allait dans ce sens : la date de sa conception, l'attitude de Lexie depuis le début, la manière dont Doris le traitait. Il se répéta cela comme un mantra, en espérant noyer les lointaines prédictions du médecin dans sa certitude.

Le message continuait pourtant à l'obséder. Qui l'avait envoyé ? Et pourquoi ?

Des années de recherches sur Internet lui avaient beaucoup appris en la matière. Bien que l'adresse de l'expéditeur lui soit inconnue, il avait l'intuition qu'il parviendrait à en retrouver la trace. Avec un peu de persévérance et les coups de téléphone adéquats, il pourrait détecter le serveur, puis l'ordinateur dont il était issu. Par ailleurs, il avait reçu ce message moins de vingt minutes plus tôt, à peu près au moment où il revenait à Greenleaf.

Mais enfin, *pourquoi* avait-il été la cible d'un tel message ? Hormis Lexie et Maria, personne – pas même ses parents ou ses amis – n'était au courant de sa stérilité. S'il s'était demandé un instant comment Lexie avait pu tomber enceinte en de telles circonstances, il ne s'était pas arrêté à cette interrogation. Mais puisque ni elle ni Maria n'avaient pu lui envoyer ce message, qui en était l'auteur ? S'agissait-il d'une farce ?

Doris lui avait signalé que certaines personnes, dont Rachel, se doutaient de la grossesse de Lexie. Il lui semblait toutefois que Rachel était au-dessus de tout soupçon. Elle était liée à Lexie depuis toujours. Se joue-t-on des tours pareils entre amies ?

S'il ne s'agissait pas d'une farce, ce mail était manifestement destiné à semer la zizanie entre Lexie et lui. Qui pouvait souhaiter cela ?

Le père véritable ? lui souffla la petite voix ; il se souvint alors de Lexie et Rodney se tenant par la main.

Lexie et Rodney... Après avoir envisagé cette hypothèse des milliers de fois, il l'avait finalement jugée absurde.

Mais comment expliquer ce mail ? lui répéta la petite voix.

En tout cas, conclut-il, ce n'était pas le style de Lexie ! Elle n'avait pas couché avec un autre homme cette semaine-là ; elle ne fréquentait personne d'autre. Et Rodney n'était pas du genre à envoyer un mail. En l'occurrence, il aurait plutôt cherché à affronter personnellement son rival.

Jeremy appuya sur la touche permettant de supprimer ce fâcheux message. Quand l'écran afficha la confirmation de son ordre, son doigt s'immobilisa. Désirait-il supprimer maintenant ce mail, sans avoir trouvé l'identité de son expéditeur ?

À vrai dire, il désirait savoir. Il prendrait son temps, mais il finirait par démasquer le coupable. Il lui dirait ses quatre vérités, et s'il s'agissait de Rodney... Lexie se chargerait de remettre les pendules à l'heure.

Certain d'arriver à ses fins, il conserva le message, avec l'intention de lancer immédiatement son enquête. Et dès qu'il en saurait plus, Lexie serait la première avertie.

Sa soirée avec Lexie apaisa ses doutes éventuels au sujet de sa paternité. Au cours du dîner, elle se montra aussi bavarde que de coutume ; et durant les semaines suivantes, elle se comporta comme si elle n'avait aucun souci.

Il avait du mal à partager son insouciance : leur mariage serait célébré dans à peine plus de deux semaines, ils signaient l'achat de la maison le vendredi suivant (bien qu'elle semble encore loin d'être habitable), et il commençait à se demander s'il avait oublié définitivement comment on écrit un article. Faute de mieux, il avait envoyé à son rédacteur en chef une autre chronique rédigée à l'avance.

Quant au mail, il n'avait pas encore pu trouver son origine : son mystérieux expéditeur avait bien dissimulé ses traces. Non seulement son adresse n'était pas mentionnée, mais son message avait été émis par un ensemble de serveurs, dont l'un était outre-mer, et l'autre refusait de donner des informations sans décision judiciaire. Par chance, il connaissait, à New York, une personne susceptible de l'aider, s'il était patient. Travaillant en free-lance pour le FBI, ce *hacker* était surchargé de travail.

À part une autre crise de larmes en pleine nuit, Lexie semblait beaucoup moins stressée que lui. Elle n'était pas pour autant exactement le genre de femme qu'il avait imaginé. Elle s'était totalement investie dans la grossesse, il s'en rendait compte. Certes, elle portait le bébé, subissait d'incroyables sautes d'humeur, et lisait tous les livres spécialisés – mais lui-même n'était ni indifférent, ni rebuté par les détails qui semblaient la passionner.

Le samedi matin suivant, sous un chaud soleil d'avril, Lexie agita son trousseau de clefs, alors qu'ils se préparaient à aller faire du shopping, comme si elle voulait lui offrir une dernière chance de se soustraire à ses devoirs paternels.

— Tu es sûr de vouloir m'accompagner aujourd'hui ?

— Sûr et certain !

— Tu voulais regarder un match de basket à la télé... Ça ne t'ennuie pas de le manquer ?

— Aucun problème, il y en aura d'autres demain.

— Je te préviens que ça prendra du temps...

— Et alors ?

— Je ne voudrais pas que tu t'ennuies.

— Je ne m'ennuierai pas ! J'adore le shopping.

— Depuis quand ? Il s'agit d'affaires de bébé...

— Raison de plus !

Lexie hocha la tête.

— À toi de juger.

Après leur arrivée à Greenville, une heure plus tard, Jeremy se demanda un instant si Lexie n'avait pas eu raison de chercher à le dissuader. L'entrepôt ne ressemblait à rien de ce qu'il avait vu à New York : une espèce de caverne d'Ali-Baba, avec de larges travées centrales, et un choix vertigineux d'articles pour bébé. Si l'achat de matériel représentait une preuve d'amour parental, c'était certainement l'endroit idéal. Ébahi, il passa un moment à errer, en s'interrogeant devant tout ce fatras.

Qui aurait cru, par exemple, qu'il existait des milliers de mobiles pouvant convenir au berceau d'un bébé ? Certains avec des animaux, d'autres multicolores ou ornés de formes géométriques noires et blanches, d'autres encore tournant lentement. Chacun d'eux répondait à des critères rigoureux, visant à stimuler le développement intellectuel du bébé. Lexie et lui avaient dû passer une vingtaine de minutes à tergiverser, période au cours de laquelle il s'était rendu compte que sa propre opinion ne pesait pas d'un grand poids.

— J'ai entendu dire que les bébés réagissent surtout au noir et blanc, dit Lexie.

— Alors, prenons celui-ci ! répondit Jeremy en désignant un mobile aux motifs géométriques noirs et blancs.

— J'allais choisir les animaux, et je ne pense pas qu'ils existent en noir et blanc.

113

— Il s'agit simplement d'un mobile, Lexie. Ce n'est pas si important.

— C'est important pour moi.

— Prenons celui-ci, avec ses hippopotames et ses girafes !

— Mais il n'est pas noir et blanc...

— Tu crois vraiment que si notre enfant n'a pas un mobile noir et blanc dès son plus jeune âge, il sera viré du jardin d'enfants ?

— Bien sûr que non !

Lexie restait debout dans la travée, les bras croisés, et toujours aussi hésitante.

— Que dis-tu de celui-ci ? suggéra finalement Jeremy. On peut remplacer ses panneaux noirs et blancs par des animaux ; en plus, il tourne en musique.

Elle lui jeta un regard presque navré.

— Tu n'as pas peur qu'il soit trop stimulant ?

Ils finirent par détecter le mobile idéal (noir et blanc, avec des animaux, mais pas de musique) et Jeremy eut l'intuition que le plus dur était passé. Effectivement, ils ne rencontrèrent aucune difficulté dans le choix des couvertures, des tétines, et même du berceau ; mais l'allée présentant les sièges de voiture les replongea dans la perplexité.

Comment avait-il pu supposer qu'un seul siège suffirait ? Il y avait de tout : « sièges pour moins de six mois, tournés vers l'arrière », « sièges légers et faciles à enlever », « sièges pouvant être fixés à une poussette », « sièges pour plus de six mois tournés vers l'avant », « sièges particulièrement résistants en cas d'accident ». Il fallait ajouter à cela un nombre incroyable de modèles et de couleurs, la plus ou moins grande facilité de maniement, les différents mécanismes de bouclage. Il fut agréablement surpris lorsqu'ils n'achetèrent que deux sièges, offrant selon *Consumer Reports* le meilleur rapport qualité-prix en matière de sécurité. Une appréciation qui le laissa sceptique, vu leur prix exorbitant, et le fait qu'ils atterriraient probablement au grenier quelques mois après la naissance du bébé. Mais la sécurité était fondamentale.

— Tu tiens à la sécurité de ton enfant ? lui avait demandé Lexie.

Sa réponse allait de soi. « Bien sûr ! » s'était-il exclamé, en chargeant les deux cartons sur une montagne d'achats. Ils avaient déjà empli deux chariots et venaient d'attaquer le troisième.

— À propos, quelle heure est-il ?

— Trois heures dix... soit une dizaine de minutes de plus que la dernière fois que tu m'as questionnée.

— Je n'aurais pas cru.

— Tu m'as dit la même chose il y a dix minutes.

— Désolé !

— Je t'avais prévenu que tu t'ennuierais...

Il mentit :

— Je ne m'ennuie pas. À la différence de certains pères, je m'intéresse à mon futur bébé.

— Bon, fit Lexie, amusée. En tout cas, nous avons presque fini.

— Vraiment ?

— Je n'ai plus qu'à regarder en vitesse quelques vêtements.

— Parfait, dit-il, bien qu'incrédule.

— J'en ai pour une minute.

Galant, il l'incita à prendre son temps. Ce qu'elle fit !

Ils passèrent des siècles aux rayons des vêtements. Les jambes lourdes, et chargé comme une mule, il finit par s'asseoir, tandis que Lexie examinait de près tous les vêtements proposés. Avant de faire son choix, elle fronçait les sourcils ou souriait béatement en imaginant leur petite fille ainsi revêtue – ce qui ne signifiait rien pour lui, car il n'avait pas la moindre idée de l'apparence qu'aurait leur progéniture.

— Que dirais-tu de Savannah ? fit Lexie, en admiration devant un nouvel ensemble, rose avec des lapins violets.

— Je n'y suis allé qu'une seule fois.

Elle reposa sa trouvaille.

— Je pensais à un prénom pour notre fille. Que dirais-tu de Savannah ?

— Non, ça évoque trop le Sud.

— Et alors ? Elle va naître dans le Sud.

— Je te rappelle que son papa est un yankee.

— Très bien. Quels prénoms te plaisent ?

— Anna, par exemple...

— Si je ne me trompe, la moitié des femmes de ta famille s'appellent Anna, objecta Lexie.

— Exact ! Mais elles seraient tellement flattées...

— Anna ne me convient pas. Je veux qu'elle ait un prénom bien à elle.

— Pourquoi pas Olivia ?

— On ne peut pas lui faire ça !

— Que reproches-tu à Olivia ?

— Il y avait une fille, au lycée, qui s'appelait Olivia. Elle était couverte d'acné.

— Et alors ?

— Ça me rappelle de mauvais souvenirs.

Cet argument tenait la route, songea Jeremy. Pour sa part, il n'aurait sûrement pas appelé sa fille... Maria.

— As-tu d'autres idées ?

— J'ai pensé à Bonnie, aussi.

— Non, je suis sortie avec une certaine Bonnie. Elle avait mauvaise haleine...

— Sharon ?

— Une certaine Sharon, que j'ai connue, était kleptomane.

— Linda ?

Jeremy haussa les épaules.

— Linda m'a jeté une chaussure à la figure.

Lexie le scruta, songeuse.

— Avec combien de femmes es-tu sorti depuis dix ans ?

— Aucune idée. Pourquoi ?

— Parce que j'ai l'impression que tu es sorti avec tous les prénoms de la terre.

— Tu exagères !

— Cite-moi un prénom qui n'évoque rien pour toi.

— Gertrude..., fit Jeremy, pensif. Honnêtement, je ne suis jamais sorti avec une femme prénommée Gertrude !

Lexie écarquilla les yeux, puis regarda à nouveau avec attention le petit ensemble qu'elle mit de côté avant de s'emparer d'un autre. Plus que dix milliards de vêtements à examiner, se dit Jeremy. À ce rythme, ils ne quitteraient pas ce lieu avant la naissance du bébé...

— Hum...

— Hum ?

— Gertrude... J'avais une tante Gertrude, une femme absolument délicieuse... Après tout, ce n'est pas une si mauvaise idée ; laisse-moi le temps de réfléchir.

— Une minute ! s'exclama Jeremy, horrifié à l'idée de donner ce prénom à un nouveau-né. Tu es vraiment sérieuse ?

— Il y a des diminutifs : Gertie, Trudy...

Jeremy se leva d'un bond.

— Pas question ! Je suis prêt à de nombreuses concessions, mais nous n'appellerons pas notre fille Gertrude. Je m'y oppose catégoriquement... En tant que père, j'ai mon mot à dire. Tu m'avais demandé le prénom de quelqu'un avec qui je n'étais jamais sorti.

— Bien, fit Lexie en reposant le vêtement qu'elle avait sous les yeux. Je te taquinais... C'est un prénom qui ne me plaît pas du tout.

Elle s'approcha de lui et glissa ses bras autour de son cou.

— J'ai une idée ! Pour me faire pardonner cette journée épuisante, si je t'invitais à un dîner romantique chez moi ? Des bougies, du vin... du moins pour toi. Et, après le dîner, on trouvera bien quelque chose à faire...

Lexie avait l'art de lui redonner goût à la vie, même après une journée infernale.

— J'ai peut-être une idée.

— Tu m'intrigues...

— Eh bien, tu vas voir.

— De mieux en mieux ! fit Lexie, taquine.

Elle se penchait pour l'embrasser quand son téléphone portable se déclencha. Intriguée, elle prit du recul, fouilla sans son sac, et répondit à la troisième sonnerie.

— Allô ?

Avant qu'elle en dise plus, Jeremy eut la certitude que quelque chose ne tournait pas rond.

Une heure plus tard, après être passés à la caisse et avoir rapidement chargé la voiture, ils étaient assis à une table de Herbs, face à Doris. Bien qu'ils aient déjà fait le tour du problème, celle-ci parlait si vite que Jeremy avait du mal à la suivre.

— Reprenons depuis le début, implora-t-il, les deux mains levées.

Doris inspira profondément.

— Je n'y comprends rien... Rachel a un côté imprévisible, mais jamais à ce point. Elle était censée travailler aujourd'hui, et personne ne sait où elle se trouve.

— Même pas Rodney ? fit Jeremy.

— Il est aussi perturbé que moi. Il l'a cherchée toute la journée, et ses parents aussi. Ce n'est pas son genre de disparaître sans rien dire. Et s'il lui était arrivé quelque chose ?

Doris semblait au bord des larmes. Rachel travaillait à son restaurant depuis une douzaine d'années et avait été l'amie de Lexie bien avant ; elle la considérait donc comme un membre de sa famille.

— Je suis sûr qu'il n'y a aucune raison de s'inquiéter, risqua Jeremy. Elle avait sans doute besoin de prendre du large...

— Sans informer personne ? Sans m'appeler pour me prévenir qu'elle ne viendrait pas ? Sans en parler à Rodney ?

— Qu'a-t-il dit exactement ? Se sont-ils disputés, par hasard ?

— Je n'en sais rien, marmonna Doris. Ce matin, il est venu me demander si Rachel était là. Quand je lui ai annoncé qu'elle n'était pas encore arrivée, il l'a attendue un moment, puis il a décidé de passer chez elle. Plus tard, il est revenu pour savoir si elle était apparue entre-temps, car il ne l'avait pas trouvée.

Lexie se joignit à la conversation.

— Il était en colère ?

— Apparemment non, fit Doris en saisissant une serviette. Mais il semblait inquiet...

Lexie garda le silence, et Jeremy s'agita sur sa chaise.

— Elle n'était allée nulle part ailleurs ? Chez ses parents, par exemple ?

Doris se mit à tordre la serviette qu'elle tenait dans la main.

— Vous savez comment est Rodney. Bien qu'il

n'ait rien dit, il a dû la chercher partout, après être passé chez elle.

— Et sa voiture n'était pas là ? s'enquit Jeremy.

— C'est ce qui m'inquiète le plus ! Il lui est peut-être arrivé quelque chose. Quelqu'un a pu... l'emmener.

— Vous songez à un enlèvement ?

— Ça va de soi ! Si elle avait disparu volontairement, où serait-elle allée ? Elle a été élevée à Boone Creek ; sa famille et ses amis vivent ici. Je ne l'ai jamais entendue parler de gens habitant Raleigh, Norfolk ou ailleurs. Et puis, elle n'est pas du genre à prendre la tangente sans prévenir !

Lexie écoutait, le regard vague, comme si elle était plongée dans d'autres pensées.

— Comment s'entendaient Rachel et Rodney ? insista Jeremy, auprès de Doris. D'après vous, il y avait une certaine tension entre eux...

— Rien à voir ! Rodney est encore plus anxieux que moi. Il n'est pour rien dans cette affaire.

— Je ne prétends pas le contraire. J'essayais seulement d'imaginer les raisons de son départ.

Doris resta imperturbable.

— Je sais ce que vous pensez, Jeremy. On peut facilement soupçonner Rodney d'avoir fait ou dit une chose qui aurait poussé Rachel à partir. Mais c'est absurde ! Rodney n'y est pour rien. Il s'agit de Rachel et de je ne sais qui... Laissez Rodney en dehors du coup ! Soit il est arrivé malheur à Rachel, soit elle a fait une fugue. Rien de plus simple.

— Je cherchais à comprendre..., murmura Jeremy, impressionné par son ton sans réplique.

À ces mots, Doris se radoucit.

— Bien sûr, dit-elle, il ne faut sans doute pas s'inquiéter outre mesure... mais quelque chose ne tourne pas rond. Je connais bien Rachel !

— Rodney a-t-il lancé un appel à toutes les patrouilles ?

— Je l'ignore, Jeremy ; du moins, je sais qu'il la cherche. Il m'a promis de me tenir au courant, mais j'ai un pressentiment. Un événement terrible se prépare, et cet événement vous concerne tous les deux.

Elle se fiait à son intuition, comprit Jeremy. Bien qu'elle se considère comme une voyante, capable en particulier de prédire le sexe des bébés avant leur naissance, Doris était habituellement modeste quant à sa clairvoyance dans d'autres domaines. Dans le cas présent, sa conviction était flagrante : la disparition de Rachel allait affecter chacun d'entre eux.

— Je ne comprends pas ce que vous suggérez là, dit Jeremy.

Doris se leva en soupirant et jeta la serviette froissée sur la table.

— J'ai du mal à y voir clair, admit-elle, face à la fenêtre. Rachel est partie, je sais que nous devons nous en inquiéter, mais ce n'est pas tout...

— Un malheur se prépare, conclut Lexie.

Doris et Jeremy se tournèrent en même temps vers elle. Lexie semblait partager la conviction de Doris, et même comprendre exactement ce que cette dernière formulait avec peine. Jeremy eut une fois de plus le sentiment de n'être qu'un étranger. Doris n'éprouvait pas le besoin d'en dire plus : étant sur la même longueur d'onde, sa petite-fille et elle se transmettaient des informations indéchiffrables pour lui. Il eut la soudaine impression qu'elles auraient pu être plus explicites si elles l'avaient souhaité, mais qu'elles préféraient le laisser dans l'ignorance... comme l'avait fait Lexie quand il l'avait surprise sur un banc avec Rodney.

Lexie tendait justement le bras à travers la table et reposait sa main sur celle de Jeremy.

— Je vais peut-être rester un moment avec Doris...

Tandis que cette dernière gardait le silence, il se leva, se sentant plus exclu que jamais, mais il parvint à se persuader que Lexie souhaitait tout simplement réconforter Doris.

— Bonne idée, marmonna-t-il avec un sourire forcé.

— Je suis sûr que Rachel va bien, claironna Alvin au téléphone. C'est une grande fille, et elle sait ce qu'elle fait.

Après avoir déposé les affaires de bébé chez Lexie, Jeremy avait hésité à l'attendre, puis décidé de regagner Greenleaf – non pour écrire, mais pour téléphoner à son ami. Il se demandait si, en fin de compte, il connaissait vraiment sa fiancée. Pourquoi semblait-elle plus inquiète au sujet de Rodney que de Rachel ? Et que signifiait le départ soudain de celle-ci ?

— Tu as raison, fit-il, mais ça m'intrigue tout de même ! Toi qui l'as rencontrée, penses-tu que c'est le genre de fille qui peut partir sur un coup de tête, sans prévenir son entourage ?

— Qui sait ? Mais il y a probablement un rapport avec Rodney.

— Pourquoi ?

— Elle sort avec lui, n'est-ce pas ? Ils ont pu se disputer... Si elle a l'impression qu'il est encore amoureux de Lexie... elle a peut-être eu envie de s'éloigner pour faire le point pendant quelques jours. Comme Lexie, quand elle s'était réfugiée sur la côte...

Était-ce la manière de réagir des femmes du Sud ?

se demanda Jeremy, frappé par la pertinence de cette remarque.

— C'est possible, mais Rodney n'a rien dit à Doris !

— Doris le prétend, mais qu'en sais-tu ? Lexie et elle sont peut-être en train d'en parler maintenant, et ce serait la raison pour laquelle elles désiraient rester seules. Doris se fait peut-être autant de souci pour Rodney que pour Rachel.

Jeremy, perplexe, ne dit mot.

— Dans ce cas, ajouta Alvin, cette histoire n'est sans doute pas bien grave. Je suis sûr que tout finira par s'arranger.

— Oui, tu dois avoir raison.

— Ça ne va pas, Jeremy ?

— Que veux-tu dire ?

— Tout cela... Tu parais de plus en plus déprimé chaque fois que je te parle.

Jeremy recourut à sa réponse standard :

— Je suis très occupé, et des tas de choses m'arrivent en ce moment.

— Bien sûr ! La rénovation de la maison te saigne à blanc, tu te maries, et tu vas avoir un bébé... Mais ce n'est pas la première fois que tu es sous pression. Avoue que ta vie est moins stressante qu'à l'époque de ton divorce avec Maria. Pourtant, tu avais gardé le sens de l'humour, à l'époque !

— Je l'ai gardé, Alvin. Si je n'étais pas capable de rire, je n'aurais plus qu'à me replier sur moi-même en me lamentant toute la journée.

— Tu t'es remis à écrire ?

— Non.

— As-tu des idées ?

— Non.

— Tu devrais peut-être écrire tout nu et confier tes vêtements à Jed pendant que tu travailles.

Jeremy rit de bon cœur.

— Bonne idée ! Je suis sûr que Jed serait enchanté.

— En plus, tu pourrais compter sur sa discrétion, car il ne parle à personne.

— Mais si, il parle.

— À qui ?

— D'après Lexie, il parle à tout le monde sauf à toi et moi.

— Tu t'es habitué à tous ces animaux empaillés de ta chambre ?

Jeremy s'aperçut qu'il ne les remarquait même plus.

— Crois-moi si tu veux, je me suis habitué...

— Une bonne chose ou non ?

— Honnêtement, je ne sais pas.

— Bon, écoute, j'ai quelqu'un chez moi et je suis un hôte en dessous de tout. Donc, je te quitte. Rappelle-moi plus tard, ce week-end ; sinon je m'en charge.

— D'accord, fit Jeremy avant de raccrocher.

Demain peut-être, songea-t-il en regardant son ordinateur. Au moment où il se relevait de sa table de travail, le téléphone sonna à nouveau.

— Ouais, fit-il, croyant qu'Alvin était au bout du fil.

— Bonjour, Jeremy, répliqua Lexie. Drôle de manière de répondre au téléphone !

— Je viens de raccrocher, et je croyais qu'Alvin me rappelait.

— Je suis vraiment désolée, mais je dois annuler notre dîner de ce soir... Remettons-le à demain, si tu veux bien.

— Pourquoi ?

— C'est à cause de Doris. Nous allons chez elle,

mais elle est encore perturbée. Je crois que je vais lui tenir compagnie un moment.

— Veux-tu que je passe vous voir ? J'apporterai à dîner.

— Non, ça va. Doris a tout ce qu'il nous faut, et, franchement, je ne sais pas si elle est d'humeur à manger. Avec ses problèmes cardiaques, je me sentirai plus tranquille si je m'assure que tout va bien.

— Je comprends, fit Jeremy.

— Je regrette tu sais...

— Ce n'est rien !

— Je te promets qu'on se rattrapera. Demain, peut-être... Et je porterai un vêtement moulant pendant que je prépare le dîner.

— Parfait, fit Jeremy d'une voix enjouée, malgré sa déception.

— Je te rappelle plus tard. D'accord ?

— D'accord.

— Tu sais que je t'aime, n'est-ce pas ?

— Je sais.

Lexie resta silencieuse au bout du fil ; et Jeremy s'aperçut, après avoir raccroché, qu'il avait omis de lui répondre « moi aussi ».

La confiance doit-elle se mériter ou existe-t-elle d'emblée ?

Quelques heures après, Jeremy hésitait encore sur la conduite à suivre. Plus il réfléchissait, moins il savait ce qu'il devait faire. Rester à Greenleaf ? Aller attendre Lexie chez elle ? Ou bien vérifier qu'elle était vraiment chez Doris ?

En fait, toute la question était là ! Il aurait pu trouver une excuse valable pour appeler Doris et la questionner. Devait-il en déduire qu'il ne faisait pas confiance à Lexie ? Et, dans ces conditions, pourquoi se marier ?

Parce que tu l'aimes, lui répondait une voix intérieure.

Effectivement il l'aimait, mais seul dans sa chambre silencieuse de Greenleaf, il se demandait malgré lui s'il s'agissait d'un amour aveugle. Quand il avait épousé Maria, il n'avait jamais eu le moindre soupçon à son égard, même à la fin de leur relation. Il ne passait jamais chez ses parents pour vérifier qu'elle y était, il l'appelait rarement à son bureau, et arrivait rarement à l'improviste. Elle ne lui avait jamais donné la moindre raison de douter d'elle, et il n'y avait jamais songé.

Qu'en déduire s'agissant de sa relation avec Lexie ?

Il avait apparemment deux points de vue différents sur elle.

Lorsqu'ils étaient ensemble il se reprochait ses tendances paranoïaques ; dès qu'ils étaient séparés, il laissait son imagination s'emballer.

Mais s'emballait-elle réellement ? Il l'avait surprise tenant la main de Rodney. Quand il l'avait questionnée sur ses activités de ce jour-là, elle avait omis de lui signaler cette rencontre. D'autre part, il avait reçu un mail étrange d'une personne qui s'était donné beaucoup de mal pour dissimuler son identité. Et quand Doris parlait de Rachel, Lexie cherchait avant tout à savoir si Rodney semblait fâché ou non.

D'autre part, si elle avait un penchant pour Rodney, pourquoi ne pas l'admettre ? Pourquoi accepter de l'épouser ? Pourquoi acheter une maison, aller faire du shopping pour le bébé, et passer presque toutes les soirées avec lui ? Parce qu'elle était enceinte ? Lexie respectait certaines conventions, mais pas à la manière des années 1950. Elle avait vécu avec son petit ami à New York, et elle lui avait parlé d'une liaison passionnée avec

126

M. Renaissance. Il ne l'imaginait pas renonçant à l'homme qu'elle aimait – Rodney, peut-être – sous prétexte qu'elle était enceinte. Elle l'aimait donc, comme elle venait de le lui dire au téléphone. Comme elle l'affirmait chaque fois qu'ils étaient ensemble. Comme elle le murmurait quand ils étaient tendrement enlacés...

Il n'avait aucune raison de ne pas la croire, conclut-il. Lexie était sa fiancée, et quand elle était censée être chez Doris, il ne devait pas en douter. Point final, si ce n'est qu'il en doutait parfois. Dehors, le ciel s'était assombri, et il voyait de son siège les branches des arbres se balancer doucement dans la brise. Des feuilles nouvellement écloses avaient des reflets d'argent à la lumière d'un croissant de lune.

Il n'avait qu'à attendre son appel sans bouger. Ils allaient se marier et il lui faisait confiance. Combien de fois, depuis qu'il l'avait surprise en compagnie de Rodney, s'était-il senti stupide de la surveiller, alors que sa voiture était garée près de la bibliothèque ? Une demi-douzaine de fois ? Une douzaine ? Pourquoi serait-ce différent ce soir-là ?

Mais il n'avait pas le choix... Comme un papillon attiré par la lumière, il attrapa ses clefs en maugréant, franchit la porte et alla se glisser derrière son volant.

La nuit était paisible et silencieuse, le centre-ville désert, et Herbs semblait étrangement peu accueillant dans les ténèbres. Il passa devant le restaurant sans ralentir et roula jusqu'à la maison de Doris. À la vue de la voiture de la vieille dame, garée dans l'allée, il soupira à la fois de regret et de soulagement. Il avait oublié jusque-là qu'il avait laissé Lexie à Herbs sans voiture à sa disposition.

Eh bien, se dit-il en étouffant un rire, tout était

clair. Il irait attendre Lexie chez elle. À son retour, il l'accueillerait calmement, il serait attentif à ses soucis, et il lui préparerait une tasse de chocolat chaud si elle voulait. Il avait fait une montagne d'une taupinière !

Dans la rue de Lexie, il chercha instinctivement la pédale du frein. Après avoir ralenti, il cligna des yeux, penché sur le pare-brise, pour s'assurer qu'il avait bien vu, et il s'agrippa brusquement au volant.

Sa voiture n'était pas dans l'allée et tout était éteint chez elle. Il freina à mort, fit demi-tour, indifférent au crissement des pneus sur l'asphalte, et fonça à travers la ville, en sachant exactement où la trouver. Si elle n'était ni à la bibliothèque, ni à Greenleaf, ni chez Doris, ni à Herbs, il ne restait plus qu'une hypothèse.

Et cette hypothèse se révéla exacte. Quand il s'engagea dans la rue où habitait Rodney, la voiture de Lexie était garée dans l'allée.

8.

Jeremy attendit sur la véranda de Lexie.

Il avait la clef, mais au lieu d'entrer, il préféra s'asseoir dehors sur une marche, ou plutôt aller bouillir de colère sur celle-ci. Parler avec Rodney était une chose, mentir à son sujet en était une autre ! Lexie avait menti. Elle avait annulé leur dîner, et quand elle lui avait téléphoné, elle avait menti effrontément au sujet de l'endroit où elle se trouvait.

Il guetta sa voiture, les mâchoires serrées.

Ses excuses ne l'intéressaient pas. Rien ne justifiait une telle conduite. Si elle lui avait dit qu'elle voulait parler à Rodney et qu'elle s'inquiétait à son sujet, cela ne l'aurait pas gêné. Il n'aurait certainement pas été enchanté, mais sans plus. Alors pourquoi ce goût du secret ?

C'était inadmissible. Elle n'aurait pas dû se comporter ainsi avec lui... ni même avec qui que ce soit. Et si elle continuait une fois qu'ils seraient mariés ? Allait-il passer sa vie à se demander si elle était vraiment là où elle était censée aller ?

Non, en aucun cas ! Ce n'était pas la vie de couple qu'il souhaitait mener. Il n'était pas venu à Boone Creek, au prix de tant de sacrifices, pour éprouver

129

une telle déception. L'aimait-elle, oui ou non ? L'annulation de leur dîner en amoureux, afin d'aller tenir compagnie à Rodney, lui laissait peu d'illusions sur ses sentiments.

Il comprenait son amitié pour cet homme, et il aurait pu admettre qu'elle cherche simplement à lui remonter le moral... si elle lui avait dit la vérité. Tout le problème était là.

Il se sentait en colère et blessé. Il était descendu dans le Sud pour partager sa vie avec Lexie, parce qu'il l'aimait. Ce n'était ni à cause du bébé, ni parce qu'il rêvait de s'installer derrière une clôture de piquets blancs, ni parce qu'il était envoûté par le romantisme du pays. Il était là parce qu'il voulait Lexie pour compagne.

Et maintenant elle lui mentait ! Une première fois, puis une deuxième. L'estomac serré, il ne savait plus s'il voulait donner des coups de poing dans le mur ou pleurer, le visage enfoui dans ses mains.

Il était toujours assis sur une marche lorsqu'elle arriva, une heure plus tard. Apparemment surprise de le voir, elle marcha pourtant vers lui comme si de rien n'était.

— Salut ! fit-elle, en lançant son sac par-dessus son épaule. Pourquoi es-tu ici ?

Jeremy se releva.

— Je t'attendais.

D'après sa montre il était neuf heures moins quelques minutes. Relativement tard...

Bien qu'il restât figé sur place, elle se pencha pour l'embrasser, sans s'offusquer de son inertie manifeste.

— C'est bon de te voir, murmura-t-elle.

Il l'observa un instant. Malgré sa colère (ou son

appréhension), il la trouva belle. L'idée qu'un autre la prenne dans ses bras lui était intolérable.

Elle tirailla sa manche.

— Un problème ?

— Ça va.

— Tu parais troublé.

C'était le moment idéal pour lui dire ce qu'il avait sur le cœur, mais il hésita.

— Je suis un peu fatigué... Comment était Doris ?

Lexie glissa une mèche de ses cheveux derrière son oreille.

— Inquiète. Rachel n'est toujours pas revenue et elle ne l'a pas appelée.

— Elle craint qu'il ne lui soit arrivé malheur ?

— Peut-être pas... Tu connais Doris. Une fois qu'elle s'est mis une idée en tête, elle n'en démord plus, et elle ne donne jamais d'explication logique. J'ai l'impression qu'elle pense que Rachel va bien... si on peut dire, et que la raison de son départ... En fait, je ne sais pas exactement ce que pense Doris, mais elle estime que Rachel n'aurait pas dû partir, et elle est terriblement perturbée.

Jeremy hocha la tête, perplexe.

— Si Rachel va bien, le problème est résolu, non ?

Lexie haussa les épaules.

— Je n'en sais rien. J'ai renoncé à comprendre les arrière-pensées de Doris, mais je sais qu'elle se trompe rarement ; j'en ai fait plusieurs fois l'expérience.

En observant Lexie, Jeremy eut l'impression qu'elle disait vrai au sujet de sa conversation avec Doris, mais elle évitait toute allusion à la suite de sa soirée.

— Alors, dit-il, tu as passé toute la soirée avec elle ?

— Pratiquement...

131

— Pratiquement ?

— Oui, fit-elle, comme si elle cherchait à évaluer ce qu'il savait.

— Que veux-tu dire par là ?

Silence de Lexie. Il la défia...

— J'ai fait un saut devant la maison de Doris ce soir, mais tu n'y étais pas.

Les bras croisés, elle recula d'un pas.

— Tu m'épiais ?

— Peu importe... En tout cas, tu ne m'as pas dit la vérité.

— Qu'est-ce que tu racontes ?

— Où es-tu allée ce soir après avoir quitté Doris ?

— Ici !

— Et avant ?

L'estomac de plus en plus noué, Jeremy espérait de tout son cœur qu'elle finirait par lui répondre franchement.

— C'est bien ça, tu m'épiais !

Le ton offusqué de Lexie mit le feu aux poudres.

— Il ne s'agit pas de moi ! rugit-il. Réponds à ma question.

— Pourquoi cries-tu ? Je t'ai dit où j'étais.

— Non ! Tu m'as dit où tu étais avant d'aller ailleurs. Où es-tu allée après avoir quitté Doris ?

Lexie haussa le ton à son tour.

— Arrête de crier ! Je ne comprends pas ce qui t'arrive.

— Tu es allé chez Rodney !

— Quoi ?

— Tu m'as bien entendu. Tu es allée chez Rodney, et j'ai vu que tu y étais.

Lexie recula encore d'un pas.

— Tu m'as suivie ?

— Non, je ne t'ai pas suivie ! Je suis allé chez

Doris, puis ici, et ensuite je t'ai cherchée. Devine ce que j'ai découvert ?

— Ce n'est pas ce que tu penses, protesta Lexie d'une voix étonnamment calme.

— À ton avis, qu'est-ce que je pense ? Que ma fiancée ne devrait pas passer sa soirée chez un autre homme ? Qu'elle aurait sans doute pu me dire où elle allait ? Que si elle me faisait confiance, elle m'aurait prévenu ? Que si elle m'aimait, elle n'aurait pas annulé notre dîner pour aller rejoindre un autre ?

— Ça n'a rien à voir avec toi, et je n'ai pas annulé notre dîner, objecta Lexie. Je t'ai proposé de le remettre à demain, et tu étais d'accord.

Jeremy s'avança vers elle.

— Il ne s'agit pas seulement du dîner, Lexie. Il s'agit du fait que tu as passé ta soirée avec un autre homme !

— Quand bien même ! Tu t'imagines que j'ai couché avec Rodney ? Que nous avons flirté sur le canapé ? Nous avons parlé, Jeremy. Nous n'avons pas cessé de parler ! Doris était fatiguée... Alors, j'ai voulu savoir si Rodney pourrait m'en dire davantage. Je suis passée chez lui, et nous avons parlé de Rachel.

— Tu aurais dû m'avertir.

— C'était mon intention et tu aurais pu te dispenser de m'interroger. Je t'aurais dit où je suis allée. Je n'ai aucun secret pour toi !

Jeremy haussa les sourcils.

— Ah bon ? Et le jour où tu étais sur la promenade en planches ?

— Quel jour ?

— Le mois dernier, quand tu tenais la main de Rodney.

Elle le dévisagea comme si elle le voyait pour la première fois.

— Depuis combien de temps me surveilles-tu ?

— Je ne te surveille pas, mais je t'ai surprise en train de lui tenir la main.

— Qui es-tu ? demanda Lexie, les yeux fixés sur lui.

— Ton fiancé ! Et j'estime que j'ai droit à une explication. D'abord je vous surprends la main dans la main, ensuite tu annules notre rendez-vous pour aller lui tenir compagnie...

— Tais-toi et écoute-moi ! hurla Lexie.

— J'essaye de t'écouter mais tu m'as menti.

— Non !

— Alors, pourquoi ne pas me parler de ce moment troublant où tu lui tenais la main ?

— J'essaye de t'expliquer qu'il n'y a pas de quoi en faire une montagne...

Il l'interrompit d'une voix rageuse.

— Ah bon ? Que dirais-tu si tu m'avais surpris tenant la main d'une ancienne petite amie, et si je t'avais ensuite laissée tomber pour lui tenir compagnie ?

— Je ne t'ai pas laissé tomber !

Lexie leva les bras au ciel.

— Je te répète que j'ai passé presque toute la soirée avec Doris, mais je n'arrivais toujours pas à y voir clair. Comme je m'inquiétais au sujet de Rachel, je suis allée voir Rodney pour essayer d'en savoir davantage.

— Après lui avoir tenu la main, évidemment.

Les yeux de Lexie lancèrent des éclairs.

— Mais non ! s'écria-t-elle d'une voix brisée. Nous nous sommes assis sur la véranda derrière la maison et nous avons causé. Combien de fois devrai-je te le répéter ?

— Un nombre suffisant pour admettre que tu m'as menti.

— Je ne t'ai pas menti.

Il la foudroya du regard en pointant vers elle un doigt accusateur.

— Non seulement tu m'as menti, ce qui me chagrine, mais tu continues à nier ! C'est encore plus navrant.

Sur ces mots, il descendit les marches de la véranda et regagna sa voiture sans même se retourner.

Jeremy fonça comme un aveugle à travers Boone Creek : aucune envie de retourner à Greenleaf, ni de s'arrêter au Lookilu, la seule taverne encore ouverte à cette heure. Bien qu'il y ait bu un verre une ou deux fois, il ne tenait guère à passer le reste de la soirée assis au bar, car il avait appris au moins une chose : les nouvelles – surtout lorsqu'elles sont mauvaises – se diffusent vite dans les petites bourgades. Craignant d'alimenter la rumeur publique, il préféra décrire un long circuit, sans but précis. À Boone Creek, on ne pouvait pas se perdre dans la foule comme à New York : il n'y avait pas de foule.

Il lui arrivait de haïr ce lieu.

Lexie lui vantait sans cesse la beauté du paysage et la gentillesse de ses concitoyens. Fille unique et orpheline de surcroît, comment pouvait-elle juger de leurs mérites ? Il avait parfois envie de la détromper, lui qui avait l'expérience d'une famille nombreuse. L'apparence aimable et amicale des habitants de Boone Creek lui semblait une façade derrière laquelle se dissimulaient des intrigues et des secrets, comme partout ailleurs. Doris, par exemple... Tandis qu'il leur posait des questions, Lexie et elle communiquaient par signes afin de le laisser dans l'ignorance. Quant à Gherkin, le maire, il poursuivait des objectifs personnels, au lieu de l'aider spontanément à obtenir les autorisations nécessaires. Après tout, les New-Yorkais avaient du bon. Quand ils n'étaient pas contents, ils vous le laissaient entendre sans essayer d'enjoliver les choses. Surtout s'il s'agissait de problèmes familiaux, ils allaient droit au but... Qu'attendait Lexie pour suivre leur exemple ? Au volant de sa voiture, il n'aurait su dire si sa colère croissait ou se dissipait. Devait-il retourner chez elle pour tirer les choses au clair, ou essayer de se calmer par ses propres moyens ? Il la soupçonnait de dissimuler, mais il n'aurait su dire quoi. Malgré l'évidence, il ne parvenait pas à imaginer qu'elle entretenait une liaison secrète avec Rodney. Cette idée lui paraissait absurde – à moins qu'elle l'ait totalement manipulé, ce dont il doutait. Néanmoins, il se passait entre eux quelque chose dont elle préférait ne pas parler. Et, bien sûr, il y avait ce mail.

Jeremy hocha la tête pour essayer de mettre de l'ordre dans ses idées. Après avoir sillonné la ville une troisième fois, il fila vers la campagne, conduisit quelques minutes en silence, puis s'arrêta devant le cimetière de Cedar Creek – où se trouvaient les mystérieuses lumières qui l'avaient attiré à Boone Creek, et où il avait aperçu Lexie la première fois.

À peine arrivé, il était venu y prendre quelques photos avant de commencer ses recherches pour l'article qu'il comptait écrire. Son apparition soudaine l'avait pris au dépourvu. Jamais il n'oublierait la grâce de sa silhouette, ni ses cheveux, doucement soulevés par la brise... C'était aussi dans ce cimetière qu'elle lui avait parlé de ses cauchemars d'enfant.

Lorsqu'il sortit de sa voiture, il fut frappé par l'aspect totalement différent du lieu. La nuit où il avait aperçu les mystérieuses lumières, le cimetière, noyé dans la brume, avait une apparence surnaturelle ; alors que sous un ciel clair d'avril et à la lueur de la lune, la forme de chacune des pierres tombales se détachait nettement. Il pouvait même retracer le chemin qu'il avait emprunté quand il cherchait à filmer les lumières.

Il franchit les grilles en fer forgé et entendit le doux crissement du gravier sous ses pieds. C'était sa première visite au cimetière depuis son retour à Boone Creek, et tandis qu'il cheminait à travers les pierres tombales brisées, ses pensées se tournèrent à nouveau vers Lexie.

Avait-elle dit vrai ? Partiellement. Se préparait-elle à lui dire où elle était allée ? Peut-être. Avait-il le droit d'être en colère ? Oui, certainement, conclut-il une fois de plus.

Cependant, il détestait se quereller avec elle. Il n'appréciait pas non plus son expression au moment où elle avait compris qu'il l'avait suivie, ni, à vrai dire, la manière dont lui-même avait agi. Il regrettait avant tout d'avoir surpris Lexie et Rodney en tête à tête, et nourri des soupçons que rien ne semblait justifier. Certes, elle était allée voir Rodney, mais Rachel avait disparu, et il était évident qu'elle devait lui parler.

Mais ce mail...

Le cimetière silencieux semblait s'éclairer. Pourtant, les lumières des fantômes n'apparaissaient que par les nuits de brouillard ! En clignant des yeux, il sut qu'il n'était pas victime d'une illusion : le cimetière s'éclairait effectivement. Déconcerté, il entendit alors le ronronnement d'un moteur, et, tournant la tête, vit les phares d'une voiture dans le virage. Qui pouvait venir là à pareille heure ? Le véhicule ralentit, et il eut la surprise de le voir se garer derrière le sien.

Malgré l'obscurité, il reconnut la voiture de Gherkin. La silhouette du maire surgit, au bout d'un instant, dans les ténèbres.

— Jeremy Marsh ? Êtes-vous là ?

Jeremy, sur le qui-vive, hésitait à répondre, quand il comprit que sa voiture l'avait trahi.

— Oui, monsieur le maire...

— Où ? Je ne vous vois pas.

— Par ici... près du grand arbre.

Gherkin se dirigea vers lui.

— Vous allez dans des lieux bizarres, Jeremy. J'ai eu toutes les peines du monde à vous trouver ! Mais j'aurais dû me douter que vous seriez ici, étant donné votre intérêt pour Cedar Creek... Ceci dit, il y a de meilleurs endroits si vous êtes tenté par la solitude. Apparemment, on a toujours tendance à retourner sur le lieu du crime, hein ?

Tout en parlant, Gherkin s'était planté devant Jeremy qui distinguait maintenant son accoutrement : pantalon en polyester rouge, chemise violette, et veste de sport jaune. Un véritable œuf de Pâques.

— Que faites-vous ici, monsieur le maire ? marmonna-t-il.

— Je venais vous parler, évidemment.

— Au sujet de l'astronaute ? J'ai laissé un message à votre bureau...

— Rien à voir avec l'astronaute ! J'ai bien reçu votre message ; d'ailleurs je ne doutais pas de votre succès, vu votre célébrité. En fait, j'étais plongé dans mes papiers, au bureau de mon magasin, quand votre voiture est passée. Je vous ai fait signe, mais vous n'avez pas dû me voir, et je me suis demandé : où peut bien aller Jeremy Marsh à pareille allure ?

— Monsieur le maire, je ne suis vraiment pas d'humeur à...

Gherkin fit mine de ne pas entendre.

— Je ne me suis pas alarmé à votre premier passage. Mais quand vous êtes passé une deuxième et une troisième fois, j'ai commencé à supposer que vous aviez besoin de parler à quelqu'un.

Le maire s'interrompit pour ménager ses effets et claqua une main sur sa cuisse.

— Je me posais des questions à votre sujet, et l'idée m'est venue en un éclair. Et si Jeremy allait au cimetière ?

Arborant un sourire triomphant, le maire se contenta de lui montrer du doigt un magnifique magnolia, au centre du cimetière.

— Vous voyez cet arbre ?

Avec ses racines noueuses et ses branches tentaculaires, l'arbre devait avoir plus d'un siècle.

— Vous ai-je déjà raconté l'histoire de ce magnolia ? reprit le maire.

— Non, mais...

— Il a été planté par Coleman Tolles, l'un des citoyens les plus illustres de notre ville, bien avant la guerre d'agression du Nord. Coleman dirigeait le grand magasin d'alimentation et il avait la plus jolie femme à des kilomètres à la ronde. Elle s'appelait Patricia. Son unique portrait a été détruit au cours de l'incendie de la bibliothèque, mais mon père jurait qu'il lui arrivait d'y aller uniquement pour le plaisir de le contempler.

Jeremy hocha la tête avec impatience.

— Monsieur le maire...

— Laissez-moi finir ! Cette anecdote pourrait vous éclairer quelque peu sur votre petit problème.

— Quel problème ?

— Celui que vous avez avec Mlle Lexie. À votre place, je ne serais pas trop perturbé si j'apprenais qu'elle a passé un moment avec un autre homme.

Jeremy, médusé, resta sans voix.

— Comme je vous le disais, reprit Gherkin, cette Patricia était une belle femme, et Coleman lui avait fait la cour pendant des années avant de l'épouser. Presque tous les hommes du comté la courtisaient et elle était sensible à leurs avances, mais ce brave Coleman avait fini par conquérir son cœur. Leur mariage avait été célébré avec le plus grand faste ! Ils auraient pu vivre heureux jusqu'à la fin de leurs jours si Coleman n'avait eu un tempérament jaloux. Patricia n'était pas du genre à repousser grossièrement ses anciens soupirants ; son mari ne l'a pas toléré.

Le maire hocha la tête à son tour.

— À la fin, une terrible dispute a éclaté entre eux, et Patricia n'a pas supporté le choc. Elle est tombée malade, et elle a passé deux semaines au lit avant que Notre-Seigneur la rappelle à lui. Le cœur brisé, Coleman a planté ce magnolia dans le cimetière, après son enterrement. Il a poussé ici : c'est un peu notre Taj Mahal local.

— Est-ce une histoire vraie ? demanda Jeremy, interloqué.

Le maire leva la main droite comme pour prêter serment.

— Que je sois foudroyé sur place si je mens !

Jeremy se demanda un instant comment cet homme pouvait se faire une idée aussi exacte de l'origine de ses soucis.

— Je me doutais, ajouta Gherkin, les mains enfouies dans ses poches, que cette histoire vous toucherait personnellement, vu les circonstances. Comme la flamme attire l'insecte, cet arbre doit vous avoir attiré au cimetière.

— Monsieur le maire...

— Je devine votre pensée, Jeremy. Vous vous

étonnez que je n'aie pas évoqué cette histoire lorsque vous vouliez écrire un article sur le cimetière.

— Non, ce n'est pas exactement cela.

— Alors, vous êtes surpris qu'il y ait tant d'anecdotes fascinantes au sujet de notre belle ville. C'est une véritable mine d'or... Vous seriez ébahi si je vous racontais tout ce que je sais au sujet des vieilles demeures du centre-ville !

— Ce n'est pas cela non plus, marmonna Jeremy, toujours intrigué.

— Alors, vous vous demandez comment je suis au courant de ce qui se passe entre Mlle Lexie et Rodney.

Comme Jeremy le regardait droit dans les yeux, Gherkin se contenta de hausser les épaules.

— Dans les petites bourgades, les nouvelles font vite leur chemin.

— Vous voulez dire que tout le monde est au courant ?

— Bien sûr que non ! Nous sommes peu nombreux à l'être et nous préférons éviter des ragots qui pourraient nuire à qui que ce soit. En fait, je m'inquiète comme tout le monde de l'absence mystérieuse de Rachel. Ce soir, j'ai parlé à Doris avant vous. Elle m'a paru effondrée ! Savez-vous qu'elle adore cette fille ? Je l'ai vue quand Rodney est passé, et je suis retourné à ses côtés après votre retour à Greenleaf.

— Et comment avez-vous appris le reste ?

— Une simple déduction, mon cher. Rachel et Rodney se fréquentent mais ont des problèmes. Rodney et Lexie sont amis, et je vous vois sillonner la ville en conduisant comme un fou. Dans ces conditions, il ne faut pas être grand clerc pour comprendre que Lexie est allée bavarder avec Rodney et que vous

141

êtes bouleversé, d'autant plus que vous subissez un terrible stress...

— Quel stress ?

— Le mariage, la maison, la grossesse de Lexie, naturellement !

— Vous n'ignorez rien de tout cela non plus ?

— Jeremy, mon garçon, vous devriez comprendre que les gens d'ici ont des antennes. La vie d'autrui est l'un de leurs principaux centres d'intérêt. Mais ne vous inquiétez pas ; je garderai mes lèvres hermétiquement closes jusqu'à l'annonce officielle ! En tant qu'élu, je m'efforce de rester au-dessus des ragots...

Jeremy décida aussitôt de se terrer au maximum à Greenleaf.

— Néanmoins, je suis surtout venu pour vous parler des femmes.

— Avez-vous une autre histoire à me raconter ?

Gherkin leva les mains au ciel.

— Je préférerais vous faire la leçon, en vous parlant de Gladys, mon épouse. Un être admirable, comme vous pourrez le constater, mais il lui est arrivé de manquer de franchise à mon égard. J'en ai longtemps souffert, et nous avons parfois haussé le ton à ce sujet ! J'ai fini par comprendre qu'il ne faut pas s'attendre à ce qu'une femme nous dise toujours la vérité, même si elle nous aime sincèrement. Les femmes, je vous assure, sont plus sensibles que nous. Quand elles ne disent pas toute la vérité, c'est en général par crainte de blesser leur compagnon. Leur amour n'est pas en cause !

— Vous voulez dire qu'elles ont raison de mentir ?

— Non, j'estime qu'il leur arrive souvent de mentir par amour.

— Et si je veux que Lexie me dise la vérité ?

— Alors, préparez-vous à l'affronter avec l'état d'esprit approprié.

Gherkin frissonna, tandis que Jeremy réfléchissait en silence.

— On commence à se geler ici, non ? Avant de vous quitter, je voudrais aborder un dernier point. Vous savez, en votre âme et conscience, que Lexie vous aime. Doris le sait, je le sais, ainsi que toute la ville. C'est un pur bonheur de vous voir ensemble... Vous n'avez donc pas à vous soucier du fait qu'elle est allée voir Rodney à un moment où il est dans l'épreuve.

Jeremy laissa errer son regard au loin. Bien que le maire soit encore à côté de lui, il se sentait soudain très seul.

De retour à Greenleaf, il songea à appeler Alvin. Mais s'il discutait avec son ami, il finirait par lui raconter toute sa soirée, ce qui n'était guère dans ses intentions. Il n'allait pas non plus se fier aux conseils de Gherkin. Si le maire s'accommodait de mensonges occasionnels dans sa vie conjugale, ce n'était pas ce que lui-même attendait de la part de Lexie.

Il était las de ses problèmes avec elle ; sans compter les préparatifs du mariage, la rénovation de sa maison, et son incapacité à écrire... Depuis son arrivée à Boone Creek, sa vie n'était qu'une longue suite d'embûches. Pourquoi ? Parce qu'il aimait Lexie ? Mais pourquoi devait-il endurer un tel stress alors qu'elle semblait en bonne forme ? Devait-il être le bouc émissaire ?

En vérité, cette vision des choses n'était pas tout à fait objective. Lexie aussi était stressée, non seulement à cause des préparatifs du mariage et de la maison à rénover, mais parce qu'elle était enceinte. Elle se réveillait en larmes au milieu de la nuit et devait surveiller tout ce qu'elle buvait et mangeait !

Simplement elle paraissait gérer ses soucis mieux que lui.

En désespoir de cause, il s'approcha de son ordinateur. Puisqu'il ne pouvait pas écrire, il comptait au moins prendre connaissance de ses mails ; mais il resta figé sur place à la vue du premier d'entre eux, ainsi libellé :

« VOUS A-T-ELLE DIT LA VÉRITÉ ? LISEZ LE JOURNAL DE DORIS, VOUS Y TROUVEREZ LA RÉPONSE. »

9.

— Qu'est-ce que ça veut dire, à ton avis ? marmonna Alvin, apparemment perplexe.

— Je ne sais pas, répliqua Jeremy.

Après avoir lu son mail pour la dixième fois, il avait finalement composé le numéro de son ami.

— As-tu consulté le journal de Doris ?

— Non. Je viens juste de recevoir ce message et je n'ai pas eu le temps de faire quoi que ce soit. Je voudrais simplement comprendre.

— Et si tu jetais un coup d'œil au journal de Doris comme il te le suggère ?

— Dans quel but ? Je ne sais même pas ce que je suis censé chercher. D'ailleurs, je te garantis que ce journal n'a rien à voir avec les derniers événements.

Calé dans son siège, Jeremy se leva pour arpenter la pièce, puis s'effondra à nouveau, tout en racontant à Alvin ce qu'il avait vécu au cours des dernières heures.

— Ai-je bien entendu ? dit finalement celui-ci, après avoir gardé le silence un moment. Elle était donc chez Rodney ?

— Exactement.

— Et elle ne te l'a pas dit ?

145

Jeremy, penché en avant, réfléchit à la meilleure manière de répondre.

— Elle m'a affirmé qu'elle était sur le point de me parler...

— Tu l'as crue ?

— Je ne sais pas, admit Jeremy.

— Je ne sais pas moi non plus que te dire !

— Comment expliques-tu que quelqu'un m'envoie de tels mails ?

— Cette personne dispose peut-être d'informations que tu n'as pas.

— À moins qu'elle souhaite surtout nous amener à rompre...

La question d'Alvin fusa à brûle-pourpoint :

— L'aimes-tu ?

Jeremy passa une main dans ses cheveux.

— Plus que ma vie !

Comme s'il souhaitait remonter le moral de son ami, Alvin prit un ton enjoué.

— En tout cas, tu vas aborder cette autre phase de ta vie avec une soirée d'enfer. Plus que six jours !

Pour la première fois depuis des heures, Jeremy ébaucha un sourire.

— Je me réjouis.

— À juste titre ! Ce n'est pas si souvent que mon meilleur ami se marie... Je me réjouis moi aussi de te voir, et je suis sûr qu'un petit séjour à New York te remontera le moral. Te souviens-tu que j'ai séjourné à Boone Creek ? Je sais qu'il n'y a rien de mieux à faire que regarder pousser ses ongles.

Et observer les gens, se dit tout bas Jeremy.

— Malgré tout, appelle-moi si tu découvres quelque chose dans le journal de Doris, ajouta Alvin. Je dois t'avouer que je commence à vivre tes aventures par personne interposée.

146

— Je ne considère pas ces mails comme des aventures !

— Appelle-les comme tu voudras, mais tu ne peux pas nier qu'ils t'ont obligé à réfléchir.

— Je ne le nie pas.

— Si tu épouses finalement Lexie, tu as intérêt à lui faire confiance.

— À qui le dis-tu ! soupira Jeremy.

Pour la seconde fois, ce soir-là, Jeremy se demanda ce que signifiait « faire confiance à quelqu'un ». Tout le problème était là. La plupart du temps il faisait confiance à Lexie, mais, récemment, cela n'avait pas été si facile.

Et ce mail, suivi d'un second...

Allait-il apprendre, grâce au journal de Doris, des détails qu'il ignorait au sujet de Lexie, ou qu'il préférait ignorer ?

Qu'adviendrait-il alors de ses sentiments à son égard ? Serait-il enclin à jeter l'éponge et à partir sans même un regard en arrière ?

Il tenta de faire concorder les différents éléments. La personne qui avait envoyé les mails savait non seulement que Lexie était enceinte et qu'il disposait du journal de Doris, mais avait l'audace de suggérer qu'il allait découvrir un fait que lui cachait Lexie. Cette personne souhaitait, évidemment, les amener à rompre.

Qui était-ce ? Plus d'un habitant de Boone Creek avait pu deviner que Lexie était enceinte ; mais qui se doutait qu'il était en possession du journal ? Et, à part Lexie, il ne voyait qu'une seule personne connaissant le contenu de celui-ci.

Doris...

Ses soupçons lui semblèrent absurdes. C'était elle qui avait poussé, la première, Lexie vers lui. Elle l'avait aidé à mieux comprendre son comportement, et c'était à elle aussi qu'il avait confié son problème de blocage.

Perdu dans ses pensées, il mit un moment à se rendre compte que l'on frappait à la porte. Il traversa la pièce pour aller ouvrir. Sur le seuil, Lexie ébauchait un sourire. Malgré son air intrépide, elle avait les yeux rouges et gonflés de larmes.

— Salut, dit-elle doucement lorsque le silence devint intenable.

— Salut, Lex.

Comme il n'esquissait pas le moindre geste, elle murmura, les yeux rivés au sol :

— Tu te demandes ce que je viens faire ici, non ? J'espérais que tu reviendrais...

Jeremy resta muet ; elle glissa une mèche de ses cheveux derrière son oreille.

— Je voulais te demander pardon... Tu avais raison sur toute la ligne ! J'aurais dû te prévenir et j'ai eu tort d'agir de cette manière.

Après avoir scruté un instant son visage, Jeremy recula d'un pas. Elle entra dans la chambre avec son autorisation tacite et s'assit sur le lit, tandis qu'il prenait place sur une chaise, devant le bureau.

— Pourquoi ne m'as-tu pas prévenu ? fit-il.

— Je n'avais pas l'intention d'y aller. Tu auras peut-être du mal à me croire, mais quand j'ai quitté Doris, je pensais rentrer chez moi. L'idée d'aller voir Rodney m'est venue tout à coup... Je me suis dit qu'il pourrait peut-être me dire où était allée Rachel.

— Mais avant... sur la promenade ? Pourquoi m'avoir caché cela ?

— Rodney passe par des moments pénibles. Je comprends tes soupçons, mais nous sommes de vieux copains et je cherchais simplement à lui remonter le moral.

Une fois de plus, elle évitait de répondre à sa question.

— Assez joué, Lexie ! articula-t-il d'une voix grave. Je ne suis pas d'humeur à plaisanter et j'ai besoin de savoir pourquoi tu ne m'as rien dit.

Lexie se tourna vers la fenêtre, mais la lumière de la lampe brillait dans ses yeux.

— C'était pénible... Au début, je n'ai pas voulu m'en mêler. Et je ne voulais pas t'impliquer non plus... Mais il a bien fallu...

Lexie hocha la tête en soupirant.

— En fait, Rodney et Rachel se sont beaucoup disputés ces derniers temps, à mon sujet. Elle supporte mal que je sois sortie avec lui... Et surtout, elle est persuadée qu'il est encore amoureux de moi ! Elle prétend qu'il lui arrive d'évoquer mon nom, toujours au mauvais moment. Rodney pense qu'elle exagère, et c'est de cela que nous parlions sur la promenade.

Jeremy joignit les mains.

— Quels sentiments Rodney éprouve-t-il à ton égard ?

— Je ne sais pas... Ça ressemble à une dérobade, admit Lexie devant l'air sceptique de Jeremy, mais que dire ? Rodney est-il encore attaché à moi ? Sans doute, mais nous nous connaissons depuis si longtemps ! Si nous n'étions pas fiancés, toi et moi, fréquenterait-il Rachel ? Je pense que oui. Sincèrement, j'ai toujours pensé que ces deux-là sont faits pour s'entendre. Mais...

Lexie s'interrompit, les sourcils froncés.

— Tu n'as aucune certitude, suggéra Jeremy.

— Aucune... bien qu'il sache parfaitement que je suis fiancée à quelqu'un d'autre. Il admet que ça ne peut pas marcher entre nous, et je sais qu'il tient à Rachel. Mais Rachel est sur le qui-vive à mon sujet et il complique les choses par sa maladresse ! Un jour où ils étaient en voiture, il paraît que Rachel lui a fait une scène parce qu'il levait les yeux vers la bibliothèque. Elle lui reprochait de penser à moi, et ils se sont disputés pendant des heures. Il avait beau lui dire que c'était un simple réflexe, elle affirmait qu'il cherchait des excuses et que jamais il ne se consolerait de m'avoir perdue. Le lendemain, toujours perturbé, il est passé à la bibliothèque pour me demander conseil ; nous sommes allés discuter sur la promenade. Lexie se redressa, pensive. Et ce soir, je te répète que je me suis décidée à la dernière minute. Comme je les aime tous les deux, je voudrais qu'ils se mettent d'accord et je me fais un devoir de les aider. Ou, du moins, d'être à l'écoute quand l'un d'eux souhaite me parler. Je suis piégée dans cette histoire et je me demande ce que j'ai de mieux à faire.

— Tu as sans doute eu raison de ne pas m'en parler. Ces mélos à l'eau de rose ne sont pas ma tasse de thé.

Lexie parut se détendre pour la première fois depuis son arrivée.

— Moi non plus, Jeremy. Parfois je regrette l'anonymat de New York. Ces histoires sont lassantes... J'ai éveillé tes soupçons, je t'ai mis en colère, et j'ai aggravé mon cas en essayant de dissimuler. Si tu savais comme je suis désolée ! Plus jamais je ne recommencerai...

Sentant que sa voix allait se briser, Jeremy se leva et alla s'asseoir à côté d'elle sur le lit. Quand il prit sa main, elle avait le souffle haletant, les épaules tremblantes.

— Ne pleure pas, souffla-t-il.

Le visage entre les mains, elle éclata en sanglots.

— Tout ira bien, reprit-il en l'enlaçant.

— Non... non...

— Je t'assure que je te pardonne !

Entre deux sanglots, elle se mit à bégayer.

— Non... je ne te crois pas... la manière dont tu me regardais... à la porte... quand je suis arrivée...

— J'étais encore furieux, mais plus maintenant.

Elle frissonna, le visage toujours enfoui entre ses mains.

— Jeremy, tu me détestes... Nous allons avoir un bébé, et nous passons notre temps à nous disputer...

Tout allait de mal en pis ! Un problème d'hormones, supposa Jeremy, qui s'imaginait, comme la plupart des hommes, que la plupart des explosions d'émotions excessives s'expliquaient ainsi.

— Je t'assure que tout va bien maintenant, articula-t-il.

— Je n'aime pas Rodney. C'est *toi* que j'aime !

— Je sais.

— Je te promets de ne plus jamais parler à Rodney !

— Tu peux lui parler... à condition de ne pas lui rendre visite chez lui, et de ne pas lui tenir la main.

Les sanglots de Lexie redoublèrent et sa réponse fusa :

— Je t'avais bien dit que tu m'en voulais encore !

Une demi-heure après, Lexie pleurait toujours. En désespoir de cause, Jeremy avait jugé préférable de se taire, car ses dénégations n'avaient fait qu'empirer les choses. Comme un enfant après un gros chagrin, des hoquets secouaient sa poitrine, et elle faisait la grimace comme si elle était au bord d'une nouvelle crise de larmes.

— Coucou ! dit-elle enfin d'une voix rauque, quand elle se sentit mieux.

— Coucou !

151

— Je te demande pardon... Je ne comprends pas ce qui m'est arrivé.

— Tu as pleuré...

Elle lui décocha un regard un peu différent de son regard habituel, sans doute à cause de ses yeux bouffis.

— As-tu appris du nouveau au sujet de Rachel ?

— Rodney a la quasi-certitude qu'elle n'est pas partie aujourd'hui, mais hier après son travail... Ils s'étaient disputés jeudi soir ; elle lui aurait déclaré que tout était terminé entre eux et qu'elle ne voulait plus jamais le revoir. Quand il est passé devant chez elle, un peu plus tard, sa voiture n'était pas dans l'allée.

— Il l'épie ? lança Jeremy, rassuré à l'idée que d'autres que lui avaient eu cette faiblesse.

— Non, il voulait calmer le jeu. Si elle est partie vendredi soir, elle comptait peut-être s'absenter pendant tout le week-end... Mais cela n'explique pas pourquoi elle n'a pas prévenu Doris de son absence... et cela ne nous dit pas non plus où elle est allée.

D'après Doris et Lexie, Rachel n'avait pas d'amis hors de Boone Creek, se souvint Jeremy.

— Elle aurait pu aller au bord de la mer, pour être seule... Ou au moins pour s'éloigner de Rodney pendant quelques jours...

— Pourquoi pas ? Mais j'ai l'impression que... Lexie sembla peser ses mots. Ces derniers temps, Rachel a parfois un comportement bizarre, même avec moi. On dirait qu'elle traverse une crise existentielle...

— Elle est trop jeune pour la crise de la quarantaine ! Je pense moi aussi qu'il s'agit de sa relation avec Rodney.

— Oui, mais ce n'est pas tout. Il me semble qu'elle se replie sur elle-même. Alors qu'elle est très bavarde habituellement, elle n'a pas dit grand-chose quand nous avons fait du shopping pour sa robe de demoiselle d'honneur. Comme si elle me faisait des cachotteries !

— Peut-être qu'elle planifie ce week-end depuis un certain temps.

— C'est possible.

Un long silence s'installa, pendant lequel Lexie tenta d'étouffer un bâillement.

— Excuse-moi, dit-elle ensuite d'un air contrit. Je commence à me sentir fatiguée.

— Pleurer une heure entière est une activité épuisante.

— Attendre un enfant aussi ! Je me sens lasse ces temps-ci. À la bibliothèque, il m'arrive même de fermer ma porte pour poser ma tête sur mon bureau.

— Rien de plus normal, tu portes mon enfant, après tout. Maintenant, tu ferais bien de rentrer dormir chez toi.

Lexie haussa un sourcil.

— Tu m'accompagnes ?

— Ce n'est pas souhaitable. Tu sais comment ça se passe dans ces cas-là...

— Tu veux dire qu'on ne dort pas tout de suite ?

— Je n'y peux rien !

— Tu es sûr de ne pas rester ici parce que tu es...

Il l'interrompit en souriant.

— Je ne suis plus en colère, Lexie. Maintenant que je comprends, je me sens beaucoup mieux.

— Bien ! dit-elle en s'étirant, après l'avoir embrassé.

Son ventre n'était plus aussi plat, constata Jeremy, dont le regard s'attarda un instant de trop sur cette partie de son anatomie.

— Arrête de regarder ma graisse !

Il s'empressa de la rassurer.

— Tu n'as pas de graisse, Lexie. Tu es enceinte et tu es belle.

Elle le dévisagea comme si elle doutait encore de l'avoir rassuré ; il craignit même qu'elle reprenne leur conversation à zéro.

Sur le pas de la porte, ils échangèrent un baiser d'adieu, et il la regarda marcher jusqu'à sa voiture, en repensant à la soirée qu'il venait de passer.

— Hé, Lexie ! lança-t-il.

Elle se retourna.

— Oui, Jeremy ?

— J'ai oublié de te demander... Doris possède-t-elle un ordinateur ?

— Non.

— Pas même à son travail ?

— Non, elle est beaucoup trop vieux jeu ! Pourquoi cette question ?

— Pour rien...

Jeremy remarqua l'air intrigué de Lexie, mais évita de s'appesantir.

— Dors bien, fit-il. Je t'aime.

— Je t'aime moi aussi, souffla Lexie en se glissant derrière le volant.

Jeremy la regarda démarrer, faire marche arrière, puis s'engager dans l'allée de gravier. Sa voiture disparut dans les ténèbres. Quelques minutes après, il était devant son bureau, calé dans son siège et les pieds en l'air.

Cette soirée lui avait apporté des explications. Ses soupçons au sujet de Rodney n'avaient plus lieu d'être... si tant est qu'il les ait pris au sérieux jusque-là. Seul restait le problème des mails.

Si Lexie disait vrai, Doris n'y était pour rien. Mais qui, à part elle, pouvait en être l'auteur ?

Il se surprit les yeux fixés sur le carnet de Doris, posé sur sa table. Combien de fois avait-il songé à le lire, dans l'espoir d'y trouver l'inspiration ? Bizarrement, il détourna son regard et son dernier mail lui revint à l'esprit : « VOUS A-T-ELLE DIT LA VÉRITÉ ? LISEZ LE JOURNAL DE DORIS. VOUS Y TROUVEREZ LA RÉPONSE. »

Quelle vérité ? Quelle réponse était-il censé trouver dans le journal de Doris ?

Il n'en savait rien, et il n'avait même pas la certitude de vouloir trouver une réponse ; mais, poussé par la curiosité éveillée par le message qu'il avait reçu, il tendit la main vers le carnet.

10.

Jeremy passa une bonne partie de la semaine suivante à examiner le journal de Doris.

Ses indications étaient généralement méticuleuses. Aux deux cent trente-deux noms inscrits à la plume s'ajoutaient les initiales de vingt-huit femmes, sans qu'elle ait jugé bon d'expliquer la raison pour laquelle leur désignation n'était pas plus précise. Les pères étaient d'habitude identifiés, mais pas systématiquement. La plupart du temps, Doris indiquait la date de la visite, le nombre probable de semaines de grossesse, et le sexe qu'elle prédisait au bébé. Les futures mères signaient de leur nom. Trois d'entre elles ne savaient même pas qu'elles étaient enceintes.

Sous chaque prédiction, Doris avait laissé un espace vacant, où elle avait écrit – parfois avec une plume d'une couleur différente – le nom et le sexe de l'enfant, une fois qu'il avait vu le jour.

Dans certains cas, elle avait ajouté l'annonce de naissance parue dans le journal local. Comme l'avait affirmé Lexie, toutes ses prophéties étaient justes ; mais elle s'était abstenue treize fois de prédire le sexe du bébé. Ni elle ni Lexie n'avait mentionné ce détail. Jeremy supposa, d'après ce qu'il lut ensuite, que la mère était susceptible de faire une fausse couche.

L'ensemble formait une longue liste inextricable.

19 février 1995, Ashley Bennett, 23 ans, enceinte de douze semaines. Père : Tom Harker. GARÇON. Signature d'Ashley Bennett.
Toby Roy Bennett, né le 31 août 1995.
12 juillet 1995, Terry Miller, 27 ans, enceinte de neuf semaines. Sérieuses nausées matinales. Deuxième enfant. FILLE. Signature de Terry Miller.
Sophie May Miller, née le 11 février 1996.

Jeremy poursuivit sa lecture dans l'espoir de détecter des indices inattendus. Au milieu de la semaine, après avoir examiné chaque paragraphe plus d'une demi-douzaine de fois, il eut l'impression de passer à côté de quelque chose. Il relut tout le carnet en commençant par la fin, et une fois encore depuis le début.

Le vendredi matin il finit par trouver – une demi-heure avant de rejoindre Lexie pour la signature de l'acte de vente de leur maison. Bien qu'il n'ait pas encore fait ses bagages pour son voyage à New York, il resta figé devant le paragraphe que Doris avait griffonné d'une main tremblante :

28 septembre 1996 : L. M. D., 28 ans, sept semaines de grossesse. Trevor Newland, père supposé. Grossesse découverte par hasard.

Rien d'autre n'était mentionné, ce qui signifiait que la mère avait fait une fausse couche.

Il s'agrippa au carnet, le souffle coupé. Un seul nom, qui ne lui disait rien, mais des initiales qu'il connaissait bien...

L. M. D., pour *Lexie Marin Darnell*.

Lexie avait été enceinte d'un autre homme. Encore un mensonge par omission !

Les pensées de Jeremy s'emballèrent. Lexie lui avait menti à ce propos, comme elle lui avait menti au sujet de ses rencontres avec Rodney, et comme elle lui avait caché, bien avant, le fait qu'elle connaissait l'origine des mystérieuses lumières. Des mensonges et des cachotteries... Un comportement systématique ?

Mais alors, qui était Lexie ? Pourquoi réagissait-elle ainsi ? Si elle lui avait parlé, il aurait compris...

Devait-il être furieux ou triste ? Ou bien les deux à la fois ? Il avait besoin de réfléchir. Malheureusement, le temps lui manquait. Lexie et lui seraient bientôt propriétaires de leur maison ; ils se mariaient la semaine suivante. Or, Alvin avait eu raison sur toute la ligne. Il la connaissait mal, et il ne lui faisait pas totalement confiance. Elle s'était justifiée, et, prises une à une, ses explications tenaient la route. Mais allait-elle continuer à jouer avec la vérité ? Et lui-même supporterait-il de vivre ainsi ? Il en revint au cœur du problème : qui lui avait adressé ce mail ? Le *hacker* qu'il avait chargé de découvrir son origine l'avait appelé au début de la semaine : ce mystérieux message n'avait pas été envoyé de Boone Creek, et il espérait lui donner bientôt une réponse. Ce qui signifiait... ?

Il n'en savait rien et il n'avait pas le temps d'y songer. Le rendez-vous avec le notaire, pour signer la vente de la maison, avait lieu dans vingt minutes. Fallait-il différer la signature de l'acte ? Était-ce encore possible s'il le souhaitait ?

Anxieux, il quitta sa chambre de Greenleaf comme un automate.

Dix minutes plus tard, toujours perturbé, il se

garait devant la maison de Lexie, qui apparut aussitôt sur le seuil.

Elle s'était habillée pour l'occasion : tailleur-pantalon beige et blouse bleu pâle. Quand elle descendit allègrement les marches de la véranda, un sourire aux lèvres, il faillit oublier un instant qu'elle était enceinte.

Enceinte, comme elle l'avait déjà été une première fois... Il sentit son animosité se réveiller, mais Lexie ne sembla pas s'en apercevoir.

— Bonjour, chéri. J'ai bien cru que nous allions être en retard...

Incapable de lui répondre ou même de la regarder, il hésita. Allait-il se confronter à elle immédiatement, ou prendre le temps de réfléchir à tout cela ?

— Ça va ? murmura-t-elle, une main sur son épaule. Tu as l'air soucieux...

Il s'agrippa au volant pour garder son calme.

— Je suis pensif...

— As-tu envie de me parler ?

— Non.

Déconcertée, elle se cala dans son siège et boucla sa ceinture de sécurité.

— C'est excitant, non ? Elle espérait à la fois changer de sujet et détendre l'atmosphère. Notre première maison ! J'espère que nous pourrons célébrer l'événement. Veux-tu que nous déjeunions ensemble avant que tu files à l'aéroport ? Nous allons rester quelques jours sans nous voir...

La voiture fit un bond en avant.

— Pourquoi pas ?

— Tu n'as pas l'air très enthousiaste à l'idée de déjeuner avec moi !

Il fit mine de scruter la route, les mains agrippées au volant.

— Je t'avais prévenue que je partais !

— Eh bien, merci, grommela Lexie en se tournant vers la vitre.

— Maintenant c'est toi qui te fâches ?

— Je ne comprends pas la raison de ta mauvaise humeur. Tu devrais être en pleine forme ! Nous achetons une maison, et tu vas enterrer ta vie de garçon. Au lieu de te réjouir, tu fais une mine d'enterrement.

Jeremy s'abstint de répondre. S'ils s'affrontaient, il n'aurait pas le temps de se calmer avant d'arriver chez le notaire, et ils risquaient de se disputer en public. D'ailleurs, il ne savait même pas comment aborder le sujet. Mieux valait remettre les explications à plus tard.

Un lourd silence plana pendant le reste du trajet, l'atmosphère devenant de plus en plus tendue à mesure que les minutes s'écoulaient.

Lorsqu'elle descendit de voiture, devant le cabinet du notaire, pour saluer Mme Reynolds qui les attendait, Lexie ne lui jeta pas un regard.

Elle était furieuse ? Dans ce cas, bienvenue au club ! Il referma sa portière, et traîna les pieds sans chercher à la rattraper.

— Le grand jour est enfin arrivé ! claironna Mme Reynolds, en souriant à Lexie qui approchait. Fin prêts, tous les deux ?

Lexie hocha la tête, tandis qu'il restait muet. Mme Reynolds les observa l'un après l'autre, et son sourire se figea. Elle avait assez d'expérience pour détecter les symptômes d'une querelle, mais ce n'était pas son problème majeur. Sa seule mission était d'obtenir leurs signatures, avant que leur dissension n'ait dégénéré en un conflit risquant de faire annuler la vente.

— Je crois que l'on nous attend déjà, lança-t-elle,

comme si elle n'avait pas remarqué leur expression morose. Nous allons dans la salle de conférence...

Elle s'avança vers la porte.

— Par ici. Vous faites une excellente affaire, tous les deux ! Quand la rénovation sera achevée, vous posséderez une maison de rêve.

Faute de réponse, elle ajouta en maintenant la porte ouverte :

— Dans le couloir, la deuxième porte à gauche.

Une fois à l'intérieur, elle pressa le pas. Ils la suivirent, mais la pièce était vide.

— Prenez un siège, susurra Mme Reynolds. Je reviens dans une minute, avec le notaire.

Ils s'assirent de chaque côté dès qu'elle eut disparu. Jeremy prit un crayon et se mit à marteler nerveusement le bureau.

— Qu'est-ce qui ne tourne pas rond ? demanda Lexie au bout d'un moment.

Jeremy resta muet, malgré son insistance.

— Tu refuses de me parler ?

Il fit en sorte de croiser son regard.

— Dis-moi ce qui s'est passé avec Trevor Newland. Ou devrais-je plutôt l'appeler M. Renaissance ?

Lexie, abasourdie, hésitait à répondre quand Mme Reynolds réapparut sur le seuil, escortée par le notaire. Ils prirent place derrière le bureau, et le notaire étala son dossier.

Jeremy l'entendit à peine expliquer la procédure : il se revoyait dans une pièce semblable où s'était conclu son divorce avec Maria. La même table en merisier, entourée de chaises capitonnées, et ces étagères chargées d'ouvrages de droit, avec de grandes baies vitrées laissant pénétrer la lumière du soleil. Pendant quelques minutes, le notaire détailla l'acte de vente, page par page. Il leur exposa les chiffres, le montant des prêts bancaires, le détail des vérifications obligatoires et des prélèvements fiscaux. Il se sentit brusquement dépassé par les événements, d'autant plus qu'il lui faudrait trente ans pour s'acquitter de la totalité de ses dettes. Il apposa pourtant sa signature en bonne place, et fit passer le document à Lexie. Aucun d'eux ne posa la moindre question et ne songea à interrompre la procédure. Jeremy surprit le notaire en train d'échanger un bref regard avec Mme Reynolds, qui se contenta de hausser les épaules.

Finalement, le notaire rassembla les trois dossiers, destinés au vendeur, à ses propres archives, et aux acheteurs.

Jeremy se leva pour recevoir le document, ainsi que les félicitations du notaire. Mme Reynolds ne leur adressa pas la parole en sortant de la pièce, mais une fois dehors, elle les félicita à son tour avant de regagner promptement sa voiture.

En plein soleil, Jeremy et Lexie restèrent perplexes jusqu'à ce qu'elle se décide à rompre le silence.

— Si nous allions voir la maison ?

Jeremy prit son temps avant de répondre :

— Nous pourrions parler d'abord...

— On parlera là-bas, trancha Lexie.

À peine garé devant la maison, Jeremy remarqua les ballons accrochés au mât, près de la porte d'entrée ; il aperçut ensuite la bannière de bienvenue.

— Je suis passée ce matin, pour te préparer une surprise, expliqua Lexie.

— C'en est une.

Jeremy n'en dit pas plus, et Lexie hocha la tête : un infime mouvement, presque imperceptible, qui en disait long. Après avoir ouvert la portière en silence, elle se dirigea vers la maison sans l'attendre.

Jeremy la sentait déçue et irritée, comme lui. Il savait ce qui s'était passé avec Trevor Newland, et elle savait qu'il savait. Malgré tout, elle préférait, apparemment, éviter d'y faire allusion. Quand il sortit de la voiture, Lexie était déjà sur la véranda. Les bras croisés, elle tournait la tête vers l'ancienne plantation de cyprès. Il la rejoignit, en entendant le crissement de ses pas dans le silence.

Elle se mit à chuchoter :

— J'avais tout prévu, tu sais... Quand j'ai acheté la bannière et les ballons, j'étais si heureuse... Je pensais te proposer un pique-nique après la signature de l'acte de vente. On aurait pris quelques sandwiches et des sodas à Herbs, et je t'aurais fait la surprise de t'emmener ici... chez nous, pour la première fois... On se serait assis sur la véranda, derrière la maison... pour célébrer un jour unique entre tous.

Elle s'interrompit.

— Aucune de mes prévisions ne va se réaliser !

L'espace d'un instant, il regretta son attitude. Mais il n'avait rien à se reprocher : après avoir appris un événement que Lexie n'avait pas jugé bon de lui confier, il lui avait simplement demandé des explications.

Elle émit un long soupir, puis elle lui fit face.

— Que veux-tu savoir de plus au sujet de Trevor Newland ? Je t'ai déjà parlé de Trevor. Il a surgi à Boone Creek un été, il y a quelques années. Nous nous sommes disputés finalement, et il est parti... C'est tout.

— Je t'ai demandé ce qui s'est passé !

— Quel intérêt présente cette question ? Je tenais à lui, il est parti, et je n'ai plus jamais eu de ses nouvelles.

— Mais il s'est passé quelque chose...

— Pourquoi insistes-tu ? J'avais trente et un ans quand nous nous sommes rencontrés, toi et moi, pour la première fois. Je ne vivais pas dans une caverne et je ne me cachais pas non plus au fond d'un grenier. Bien sûr, j'étais sortie avec des garçons avant de te connaître ! Certaines personnes ont compté pour moi. Mais pour toi aussi... et je ne passe pas mon temps à te harceler au sujet de Maria ou de tes anciennes petites amies. Je me demande ce qui t'arrive depuis quelque temps : je dois prendre mille précautions pour ne pas te contrarier à chaque instant. Bon, j'aurais peut-être dû te parler de Trevor... mais, vu ton comportement récent, nous aurions fini une fois de plus par nous quereller.

— Mon comportement ?

Lexie haussa le ton.

— Un peu de jalousie me paraît normal, mais la tienne prend des proportions ridicules. D'abord Rodney, maintenant Trevor ! Vas-tu me demander le nom de tous les garçons avec qui je suis sortie au lycée ? Veux-tu savoir avec qui je suis allée au bal ? Avoir des détails sur mon premier baiser ? Jusqu'où iras-tu ?

— Il ne s'agit pas de jalousie !

— De quoi, alors ?

— De confiance.

Une profonde incrédulité se peignit sur le visage de Lexie.

— Comment veux-tu que je te fasse confiance si tu doutes de moi ? Cette semaine, j'ai à peine osé dire bonjour à Rodney, surtout depuis le retour de Rachel. Je craignais ta réaction... Je ne sais toujours pas où elle est allée ni ce qui lui arrive ! J'ai si peur de te décevoir que je n'ai pas eu une seconde pour la questionner. Et maintenant que nos relations se normalisent, tu fais ton enquête sur Trevor. Si tu cherches un prétexte à une nouvelle dispute, ne compte pas sur moi. Je commence à me lasser.

— Ce n'est pas moi qui fais des cachotteries, objecta Jeremy.

— Je ne fais pas de cachotteries.

— J'ai lu le journal de Doris ! Et j'y ai vu tes initiales...

— Mes initiales ?

— C'est écrit noir sur blanc ! L. M. D. était enceinte, mais Doris ne pouvait pas prédire le sexe de l'enfant. Connaissant le carnet de Doris, cela signifie que la grossesse n'irait pas jusqu'à son terme... L. M. D., c'est-à-dire Lexie Marin Darnell, oui ou non ?

— C'était dans son journal ?

— Oui, ainsi que le nom de Trevor Newland.

— Un instant, je te prie...

— J'ai vu tes initiales et ton nom ; il m'a suffi de faire le rapprochement. Tu étais donc enceinte !

— Et alors ? Quel est le problème ?

— Tu ne m'as pas fait assez confiance pour m'en parler. Je commence à me lasser de ces secrets entre nous ! Je me sens blessé...

Elle l'interrompit brusquement.

— Tu te sens blessé ? As-tu pris la peine de penser à mes sentiments lorsque tu lisais le journal de Doris ? As-tu songé à ce que j'ai éprouvé, *moi* ? Au fait que j'évite de repenser à cette période... la plus horrible de ma vie ? Rien à voir avec ta personne, ni avec ma confiance en toi... J'étais enceinte, j'ai fait une fausse couche... Ce sont des choses qui arrivent, Jeremy.

— Tu ne comprends pas mon point de vue !

— Quel point de vue ? Tu cherchais un prétexte pour provoquer une nouvelle dispute entre nous ce matin, et tu en as trouvé un. Je te félicite, mais je n'en peux plus... Tu as beau être stressé, ce n'est pas une raison pour t'en prendre à moi.

— Qu'est-ce que ça veut dire ?

Lexie leva les mains au ciel.

— Tu n'arrives plus à écrire ! C'est de cela qu'il s'agit, et tu le sais parfaitement. Tu m'en veux, comme si c'était de ma faute. Tout prend des proportions démesurées et j'en subis les conséquences... Un ami a des ennuis, je lui parle, tu m'accuses aussitôt de ne pas me confier à toi. J'ai fait une fausse couche il y a quatre ans ; même reproche, sous prétexte que je ne t'ai pas averti. J'en ai assez de jouer toujours le mauvais rôle parce que tu es en panne d'inspiration.

— Je te rappelle que c'est moi qui ai fait le sacrifice de venir ici...

— C'est ça, tu t'es sacrifié ! On dirait que tu as tout gâché...

— Je n'ai pas dit cela.

— Non, mais c'est ce que tu sous-entends ! Tu es stressé parce que tu n'écris plus et tu m'en veux. Je n'y suis pour rien ! Et mon stress à moi, y as-tu pensé ? C'est moi qui ai organisé notre mariage et qui surveille la rénovation de notre maison – alors que j'attends un enfant... En échange, je m'entends reprocher de ne pas avoir dit la vérité. Même si je t'avais tout raconté dans les moindres détails, tu trouverais d'autres raisons d'être furieux contre moi ! Tu critiques tout ce que je fais, et j'ai l'impression de te connaître de moins en moins.

Jeremy s'emporta à nouveau.

— Tu passes ton temps à me critiquer toi aussi. Je m'habille mal, je ne commande pas les plats qu'il faut au restaurant, je veux acheter une voiture qui te déplaît... Je n'ai même pas eu le droit de choisir la maison dans laquelle nous allons vivre ! Tu prends toutes les décisions, et mes idées ne sont jamais prises en compte.

Les yeux de Lexie lancèrent des éclairs.

— C'est parce que je pense à notre future famille, alors que tu ne penses qu'à toi !

— Qu'est-ce que tu racontes ? C'est moi qui ai renoncé à *ma* famille parce que tu refusais de me suivre. J'ai risqué *ma* carrière en venant ici, et je vis dans un motel sinistre, au milieu d'animaux empaillés, parce que tu as peur des ragots ! Enfin c'est moi qui finance les achats que tu as décidés...

— Tu me reproches aussi nos dépenses ?

— Je vais me retrouver sans le sou en moins de temps qu'il ne faut pour le dire. Certaines de ces rénovations pouvaient attendre. Nous n'avions pas besoin d'un berceau à cinq cents dollars ! Ni d'une commode bourrée de vêtements, alors que le bébé n'est pas encore né ! Évidemment, je m'inquiète de ne pas écrire. Comment ferai-je pour payer tout ce que tu exiges, si je ne trouve rien ici. Ni énergie ni inspiration... Rien !

Quand Jeremy se tut, ils se dévisagèrent un long moment.

— Penses-tu vraiment qu'il n'y a *rien* ici ? dit enfin Lexie. Le bébé et moi, on ne représente rien pour toi ?

— Tu sais très bien ce que je veux dire.

— Non, pas du tout. Si tu m'expliquais ?

Jeremy, soudain épuisé, hocha la tête, puis il descendit les marches de la véranda sans répondre.

Sur le point de prendre la voiture, il décida de la laisser à Lexie qui en aurait besoin. Il la récupérerait plus tard. Après avoir sorti les clefs de sa poche, il les lança contre le pneu, et remonta l'allée sans un regard en arrière.

11.

Quelques heures plus tard, Jeremy, assis dans un fauteuil, regardait par une fenêtre de la maison de ses parents dans le Queen's. En début d'après-midi, il avait fini par emprunter la voiture de Doris pour aller se changer et prendre ses affaires à Greenleaf, avant de foncer à l'aéroport. Frappée par son expression, Doris ne lui avait posé aucune question, et, pendant le trajet, il n'avait cessé de ruminer sa dispute avec Lexie.

Au début, il n'avait eu aucun mal à lui en vouloir, car elle avait triché pour se donner l'avantage. Mais à mesure que les kilomètres défilaient et que ses émotions s'apaisaient, il avait commencé à se demander si par hasard elle n'avait pas raison. Pas sur toute la ligne – elle était en effet responsable de l'escalade de leur discussion – mais sur certains points au moins. Lui reprochait-il réellement son manque de confiance, ou bien lui faisait-il payer le stress qu'il subissait ? En toute honnêteté, le stress faisait partie de l'équation, mais il n'était pas lié uniquement à son blocage. Et l'énigme des mails n'était toujours pas résolue.

Des mails qui l'amenaient à se demander si le bébé

était de lui, et éveillaient sa défiance au sujet de Lexie. Qui les avait envoyés, et dans quel but ?

Qui savait que Lexie était enceinte ? Doris, bien sûr, ce qui la plaçait en première ligne. Mais il ne la croyait pas capable d'une telle trahison, et, d'après Lexie, elle ne savait pas se servir d'un ordinateur. Or, la personne qui lui avait envoyé les mails était experte en la matière.

Quant à Lexie... Il se souvenait de son expression quand il lui avait annoncé sa découverte. À moins que sa confusion n'ait été feinte, elle ignorait que son nom figurât dans le carnet de sa grand-mère. Doris lui avait-elle dit qu'elle la savait enceinte ? Lexie l'avait-elle informée spontanément de son état ? Elles n'avaient peut-être pas échangé un seul mot à ce sujet. Tout dépendait de la date à laquelle avait eu lieu la fausse couche. Il laissa finalement un message à son ami, le *hacker*, pour lui rappeler l'urgence de sa requête. Avant de raccrocher, il le pria de le joindre sur son portable dès qu'il aurait la moindre information.

Une heure après, il allait enterrer sa vie de garçon, mais il n'était pas d'humeur à cela. S'il se réjouissait de passer un moment avec Alvin, il ne souhaitait pas aborder son problème avec lui. Une soirée de fête s'annonçait, alors qu'il n'avait absolument pas le cœur à rire.

Son père sortit de la cuisine.

— Tu ne te prépares pas ?

— Je suis prêt.

— Avec cette chemise ? Tu as l'air d'un bûcheron.

Dans sa hâte de faire ses bagages et de s'éloigner de Boone Creek – et se rendant compte qu'il avait transpiré dans les vêtements qu'il portait à la signature de la vente – il avait décroché sa chemise de flanelle de son cintre. Était-ce un effort inconscient pour donner raison à Lexie ?

— Ma chemise ne te plaît pas ?

— Elle a du caractère... Tu l'as achetée là-bas ?

— C'est un cadeau de Lexie.

— Ça se discute... Ce vêtement pourrait sans doute m'aller, mais je ne pense pas qu'il te convienne. Surtout ce soir !

— On verra bien.

— Comme tu voudras, fit le père de Jeremy en s'asseyant sur le canapé. Dis-moi ce qui t'arrive ! Tu t'es disputé avec Lexie avant ton départ ?

— Pourquoi cette question ?

— À cause de ton attitude... Elle est furieuse que tu enterres ta vie de garçon ?

— Pas le moins du monde.

— Certaines femmes détestent cette coutume. Elles prétendent toutes qu'elles s'en fichent, mais, en réalité, elles ont du mal à admettre que leur fiancé aille reluquer de jolies filles.

— J'ai prévenu Alvin que ce genre de plaisanterie ne m'intéresse pas !

— Alors, pourquoi cette dispute ? As-tu envie de m'en parler ?

— Non, fit Jeremy, après avoir hésité un instant. Il s'agit de ma vie privée.

Son père hocha la tête.

— Une simple remarque, si tu permets... Lorsque les raisons pour lesquelles un couple se dispute s'étalent sur la place publique, il faut s'attendre au pire. Mais pourquoi me priverais-je de te donner un petit conseil ?

— Tu ne t'en es jamais privé jusqu'à maintenant !

— Tous les couples se querellent. Tu as intérêt à t'en souvenir.

— Je m'en souviens.

— Oui, mais tu trouves que vous vous disputez plus qu'il ne faut, Lexie et toi. Ce n'est pas à moi de trancher ! Comme tu m'as présenté cette jeune femme, je peux te dire au moins que tu as fait le bon choix et que tu dois t'efforcer de résoudre les problèmes qui vous troublent en ce moment. Lexie est exceptionnelle... Ta mère pense que tu as beaucoup de chance, et tout le monde ici partage cette opinion.

— Tu la connais à peine. Vous vous êtes vus une seule fois !

— Sais-tu qu'elle écrit chaque semaine à ta mère depuis que tu nous as quittés ? Et à tes belles-sœurs aussi...

— Je l'ignorais, admit Jeremy après un silence.

— Ça ne m'étonne pas. Elle nous téléphone, elle envoie des photos... Ta mère a eu un aperçu de sa robe de mariée et de la pièce montée. Lexie la tient au courant des travaux de votre maison, elle lui a même envoyé des cartes postales représentant le phare. Tout cela pour que nous puissions nous réjouir à l'avance ! Ta mère trépigne d'impatience à l'idée de passer un peu plus de temps avec elle.

— Pourquoi ne m'a-t-elle rien dit ?

— Elle voulait peut-être te surprendre au moment du mariage. Tant pis si je suis indiscret ; je tenais à te signaler que peu de gens en auraient fait autant. Elle a compris que ta mère regrettait ton départ, mais au lieu de se formaliser, elle cherche à l'apaiser. C'est admirable.

— Je n'en reviens pas, admit Jeremy.

Lexie n'en finirait jamais de le surprendre...

— Tu as déjà été marié, reprit son père, mais tu dois tout recommencer à zéro. N'oublie pas de prendre du recul, et si tu passes par des moments difficiles, souviens-toi des raisons pour lesquelles tu es tombé amoureux. Tu as eu l'opportunité de rencontrer une femme unique en son genre ; votre rencontre est la chance de votre vie... Elle a un cœur d'or. Personne ne peut s'y tromper !

— Pourquoi me donnes-tu l'impression de prendre son parti, comme si j'étais responsable de notre dispute ?

Le père de Jeremy lui adressa un clin d'œil.

— Je commence à te connaître et je sais que tu as l'art de soulever des problèmes. Sinon, comment écrirais-tu tous ces articles ?

Jeremy finit par rire à contrecœur.

— Et si tu te trompais ? Si elle était fautive ?

— Eh bien, je pense qu'il faut être deux pour danser le tango... Je suppose que vous avez raison et tort l'un et l'autre. C'est ce qui se passe dans la plupart des querelles de ménage ! Les gens sont ce qu'ils sont et personne n'est parfait, mais le mariage apprend à vivre en équipe. Vous avez la vie devant vous pour vous découvrir mutuellement. Il y aura de temps en temps des étincelles, mais si vous avez fait le bon choix et si vous vous aimez, vous trouverez toujours moyen de surmonter les obstacles.

Plus tard, dans la soirée, Jeremy, adossé à un mur de l'appartement d'Alvin, une bière à la main, observait les invités ; beaucoup regardaient la télévision. Surtout à cause des tatouages, Alvin était un fan d'Allen Iverson, et, comme par hasard, les 76ers de Philadelphie affrontaient les Hornets en phase finale. La plupart des invités auraient sans doute préféré regarder les Knicks, sur lesquels ils avaient misé le mercredi précédent. Cette soirée leur donnait toutefois un prétexte pour assister au match plus bruyamment que ne le leur permettait leur épouse restée au foyer, s'ils en avaient une... Jeremy n'avait aucune certitude à ce sujet pour certains d'entre eux, aussi tatoués et « percés » qu'Alvin. Ils semblaient prendre du bon temps. Quelques-uns buvaient depuis leur arrivée et avaient déjà du mal à articuler. Par moments, l'un ou l'autre semblait se souvenir de la célébration à laquelle Alvin l'avait invité. Il s'approchait alors de Jeremy.

« Tu t'amuses ? » ou « Encore une bière ? » marmonnait-il. « Ça va ! », répondait-il.

Bien qu'il n'ait pas vu ces gens-là depuis plusieurs mois, peu d'entre eux éprouvaient le besoin de prendre de ses nouvelles, ce qui semblait logique car ils étaient plus les amis d'Alvin que les siens. En promenant son regard autour de la pièce, il s'aperçut qu'il reconnaissait à peine la moitié des invités.

Pourtant, c'était en principe *sa* soirée ! Il aurait été tout aussi heureux de la passer simplement en compagnie d'Alvin, Nate, et ses frères, mais Alvin ne ratait pas une occasion de faire la fête. Il semblait d'ailleurs ravi, d'autant plus que les 76ers avaient deux points d'avance à la troisième manche. Chaque fois qu'ils marquaient un but, il était le premier à rugir, suivi par ses frères. Seul Nate, qui n'avait jamais été un passionné de sport, ne semblait pas s'intéresser au match. Il préférait la pizza.

La soirée avait bien commencé : à son entrée dans la pièce, on l'avait accueilli comme s'il revenait du front. Ses frères s'étaient groupés autour de lui et l'avaient bombardé de questions au sujet de Lexie, de Boone Creek et de la maison. Nate lui avait aimablement proposé une liste d'articles à écrire, dont l'un concernait l'usage de l'astrologie comme mode d'investissement de plus en plus populaire. Il l'avait écouté avec intérêt, en admettant que c'était un sujet assez original pour une chronique, sinon un article ;

puis il l'avait remercié en lui promettant d'y réfléchir, sans trop y croire.

Il avait tout de même pu oublier ses problèmes un moment. La distance lui permettait de raconter avec humour ses irritations quotidiennes à Boone Creek. Quand il avait évoqué la rénovation de sa maison, ses frères avaient ri à gorge déployée en écoutant ses descriptions des ouvriers au travail, et il s'était surpris en train de rire lui aussi. Ses frères avaient jubilé en apprenant que Lexie l'avait installé à Greenleaf et ils l'avaient supplié de photographier sa chambre pour leur permettre d'admirer les animaux empaillés. Ils voulaient aussi une photo de Jed, qui avait pris au cours de la conversation des proportions presque mythiques. Et ils le supplièrent, comme Alvin, de leur faire part de ses impressions s'il allait à la chasse. Finalement, ils s'étaient rapprochés de la télévision pour se mettre dans l'ambiance ; lui-même s'était contenté de regarder de loin.

— Jolie chemise, fit Alvin à brûle-pourpoint.

— Tu me l'as déjà dit deux fois !

— Et ce n'est pas la dernière... Que Lexie te l'ait offerte ou non, elle te donne l'air d'un touriste.

— Et alors ?

— On sort ce soir ! On va faire la fête en l'honneur de tes dernières nuits de célibataire, et tu es habillé comme si tu venais de traire les vaches. Ça n'est pas toi.

— C'est *moi* maintenant !

— Il me semble qu'au début tu n'étais pas enchanté de cette chemise.

— Je m'y suis habitué.

— On s'habitue à tout, mais je t'assure qu'elle intrigue mes amis.

Jeremy, qui tenait son verre à la main depuis une heure, avala une gorgée de bière tiède.

— Que veux-tu que ça me fasse ? La moitié porte des T-shirts achetés à des concerts de rock, et l'autre moitié est couverte de cuir. De toute façon, je n'aurais pas l'air à ma place.

— Peut-être... Mais as-tu remarqué l'entrain qu'ils apportent à cette soirée ? Je ne pouvais pas m'imaginer passant la nuit avec Nate comme unique invité !

Jeremy aperçut son agent de l'autre côté du séjour. Revêtu d'un costume trois pièces, le crâne luisant de transpiration et une tache de pizza au menton, il semblait encore plus incongru que lui. Sous son regard, Nate lui adressa un signe avec sa tranche de pizza.

— Je dois donc te remercier d'avoir invité tes amis à ma dernière soirée de célibataire ?

— Qui voulais-tu que j'invite ? protesta Alvin. Les types du *Scientific American* ne semblaient pas motivés. Il ne restait donc que tes frères, Nate, et des femmes... Je ne m'étais pas rendu compte que tu vivais à ce point en ermite. D'ailleurs, ce n'est que la « pré-soirée », destinée à nous mettre en forme pour la suite.

— J'hésite à te demander ce que tu as prévu.

— Tu as raison ! C'est une surprise.

Il y eut un grondement et la bière gicla : on repassait un but marqué par Iverson.

— Nate t'a déjà parlé ? reprit Alvin.

— Oui. Pourquoi ?

— Je ne veux pas qu'il te gâche ta soirée avec tes articles. C'est un sujet sensible pour toi en ce moment, mais tu vas essayer d'en faire abstraction quand nous serons dans la limousine.

— Pas de problème ! mentit Jeremy.

— C'est pour cela que tu t'adosses au mur au lieu de regarder le match ?

— Je me prépare à cette soirée.

— J'ai plutôt l'impression que tu essayes de te dominer. Tu en es encore à ta première bière, il me semble...

— Oui, eh bien ?

— Tu enterres ta vie de garçon, Jeremy ; et tu as le droit de t'éclater. Tu es même censé t'éclater... Si tu prenais une autre bière pour que la soirée commence ?

— Ça va. Je n'ai besoin de rien.

— Tu as changé.

Jeremy préféra garder le silence.

— Je sais que tu te maries, mais...

La phrase d'Alvin resta en suspens ; Jeremy le transperça du regard.

— Mais quoi ?

— Tout ! marmonna Alvin. La manière dont tu t'habilles, ton attitude... Ça ne te ressemble pas...

Jeremy haussa les épaules.

— Je suis peut-être en train de mûrir.

— Peut-être, soupira Alvin, en décollant l'étiquette de sa bouteille de bière.

Après le match, la plupart des amis d'Alvin s'attardèrent près du buffet pour finir jusqu'à la dernière miette de pizza, avant d'être chassés de l'appartement.

Jeremy descendit l'escalier avec Alvin, Nate, et ses frères, puis ils s'entassèrent dans la limousine qui les attendait. Ils y trouvèrent une autre caisse de bière glacée, et Nate lui-même se sentit dans l'ambiance.

Supportant mal l'alcool, il titubait après trois bières, et commençait déjà à cligner des paupières.

— Clausen..., murmurait-il. Il te faut encore une histoire comme celle que tu as écrite sur Clausen... Mets la main sur un autre éléphant. Tu m'entends ?

Jeremy s'efforça d'ignorer son haleine alcoolisée.

— Oui, je dois mettre la main sur un autre éléphant.

— Exactement !

— J'ai bien compris, Nate.

— Un véritable éléphant, hein !

— Un animal avec d'immenses oreilles, une longue trompe, et aimant les cacahuètes.

Nate hocha la tête.

— Tu n'as plus qu'à réfléchir.

Alvin se pencha pour indiquer l'adresse au chauffeur. Quelques minutes après, la voiture s'arrêtait. Les frères de Jeremy finirent leur bière avant de sortir.

Dernier à s'extraire de la limousine, Jeremy s'aperçut qu'ils s'étaient arrêtés devant le bar branché où ils avaient célébré, en janvier, son apparition à *Primetime Live*. Avec son éclairage spectaculaire, l'endroit était aussi clinquant et bondé qu'à l'époque. Derrière les vitres, il n'y avait apparemment pas un seul siège disponible.

— J'ai pensé que tu aimerais commencer ici, fit Alvin.

— Pourquoi pas ?

— Eh ! brailla Nate, je connais cet endroit.

Il pivota sur lui-même.

— J'y suis déjà venu !

L'un des frères de Jeremy intervint :

— Allez, mon vieux, entrons !

— Mais où sont les danseuses ?

— Plus tard ! dit un autre frère de Jeremy. La nuit commence à peine...

Jeremy se tourna vers Alvin, qui haussa les épaules.

— Je n'avais rien prévu dans ce style, mais tu sais comment sont les gens quand il s'agit d'enterrer sa vie de garçon... Tu ne vas pas me considérer comme responsable de tout ce qui va se passer maintenant...

— Bien sûr que si !

— Tu es un vrai boute-en-train ce soir !

Jeremy suivit son ami jusqu'à la porte d'entrée ; Nate et ses frères se faufilaient déjà à l'intérieur. L'atmosphère qu'il respirait lui avait été autrefois familière. Des gens élégamment habillés pour la plupart ; certains paraissaient sortir tout droit de leur bureau. Son regard se posa sur une brune pulpeuse, sirotant une boisson d'apparence tropicale à l'extrémité opposée du bar ; jadis, il lui aurait offert un verre. Bizarrement, il eut une pensée pour Lexie, et il palpa un instant son téléphone portable en se demandant s'il devait l'appeler pour lui annoncer qu'il était bien arrivé – et, peut-être même lui présenter des excuses.

— Que veux-tu boire ? lui lança Alvin.

Déjà au bar, il se penchait pour faire signe au garçon.

— Rien pour le moment.

À travers la foule, Jeremy aperçut ses frères, rassemblés à l'autre bout du bar. Nate titubait en rejoignant un groupe qui passait.

Alvin commanda deux gin tonics ; après avoir payé, il en tendit un à Jeremy.

— Bois ! lui ordonna-t-il. Et souviens-toi que tu enterres ta vie de garçon. En tant que garçon d'honneur, j'insiste pour que tu te détendes.

— Je me détends.

— Pas du tout ! Que se passe-t-il ? Vous vous êtes encore disputés Lexie et toi ?

Jeremy crut entrevoir au loin une femme avec qui il était sorti en d'autres temps. Jane quelque chose... Ou bien Jean ?

Il s'en fichait ; l'essentiel était d'échapper à la question d'Alvin.

— Plus ou moins, admit-il en se redressant.

— Vous vous disputez tout le temps ! Tu n'as jamais pensé que c'était peut-être significatif ?

— Tu exagères...

— Qu'est-ce qu'elle te reprochait cette fois-ci ? Aurais-tu oublié de l'embrasser passionnément avant d'aller à l'aéroport ?

Jeremy fronça les sourcils.

— Ce n'est pas le genre de Lexie.

— En tout cas, quelque chose ne tourne pas rond. Veux-tu m'en parler ?

— Non, pas maintenant.

— Alors, ça doit être grave !

Jeremy avala une gorgée d'alcool qui lui brûla le gosier.

— Peu importe ! Si tu refuses de me parler, tu devrais peut-être te confier à tes frères. Depuis que tu es ici, j'ai la conviction que tu n'es pas heureux. Alvin s'interrompit pour donner plus de poids à ses paroles. C'est peut-être la raison pour laquelle tu n'arrives plus à écrire.

— Je ne sais pas, mais je peux affirmer que ça n'a rien à voir avec Lexie. Et je ne suis pas malheureux.

— Les arbres te cachent la forêt...

— Qu'as-tu derrière la tête, Alvin ?

— J'aimerais simplement que tu prennes le temps de réfléchir.

— À quoi ? À t'entendre, j'ai l'impression que tu ne veux pas que j'épouse Lexie.

— En effet, je pense que tu as tort. J'ai essayé de t'ouvrir les yeux avant que tu ailles t'exiler là-bas. Tu ne la connais pas réellement... et une partie de ton problème tient au fait que tu commences à t'en rendre compte. Il n'est pas trop tard...

— Je l'aime ! s'écria Jeremy, exaspéré. Pourquoi me dis-tu cela ?

— Parce que tu es sur le point de commettre une erreur ! Je m'inquiète à ton sujet, comprends-tu ? Tu n'écris plus, tu es de plus en plus fauché, tu n'as pas l'air de faire confiance à Lexie ; elle ne t'avait même pas dit qu'elle avait déjà été enceinte... Et maintenant, vous vous disputez pour la énième fois...

— Que dis-tu ?

— Je disais que tu es sur le point de commettre une erreur...

— Mais ensuite ? tonna Jeremy.

— Quoi, ensuite ?

— Tu as dit que Lexie a déjà été enceinte.

— C'est-à-dire que...

— Comment le savais-tu ?

— Je suppose que tu m'en as parlé...

— Non ! Je ne l'ai appris que ce matin, et je ne t'ai rien dit. Alors, comment le savais-tu ?

Tandis que Jeremy foudroyait Alvin du regard, les pièces du puzzle se rassemblèrent brusquement dans son esprit. Les mails mystérieux... Le bref coup de cœur d'Alvin pour Rachel, à qui il avait suggéré de lui rendre visite... Son allusion, au cours d'une de leurs conversations, signifiant qu'il pensait toujours à elle... Enfin, l'absence inexpliquée de Rachel, peu de temps avant, et le fait qu'Alvin avait dû raccrocher parce qu'il avait quelqu'un chez lui.

Jeremy retint son souffle car tout lui semblait d'une simplicité évidente.

Rachel avait été pendant des années la meilleure amie de Lexie... Elle avait accès au journal de Doris et connaissait son contenu... savait certainement qu'il était en possession de ce journal... avait des problèmes avec Rodney à cause de Lexie...

Et Alvin était toujours en rapport avec son ex-épouse. De vieux amis, qui n'avaient aucun secret l'un pour l'autre...

— Rachel est venue te voir à New York, dit finalement Jeremy, d'une voix vibrante de colère.

— Non.

Jeremy, prenant brutalement conscience de l'ampleur de la trahison d'Alvin, le dévisagea comme s'il le voyait pour la première fois.

— Tu m'as envoyé ces mails... Tu m'as menti !

— Je peux t'expliquer...

— À quoi bon ? Je te prenais pour un ami.

— Je suis ton ami, protesta Alvin.

Jeremy ne sembla pas l'entendre.

— Tu savais à quel point j'étais stressé...

Alvin posa une main sur son bras.

— Bon, Rachel est venue ici, et c'est moi qui t'ai envoyé ces mails. Mais elle ne m'a annoncé sa visite que la veille de son arrivée, et j'étais aussi surpris que toi. Je te donne ma parole ! Quant aux mails, je te les ai adressés parce que je m'inquiétais à ton sujet. Depuis ton départ, tu n'es plus le même ; je voulais t'empêcher de faire une bêtise.

Jeremy ne dit mot.

— Je ne prétends pas que tu as tort de l'épouser, ajouta Alvin dans un profond silence, en exerçant une pression sur son bras. Elle m'a paru vraiment charmante, mais ta précipitation est ridicule. Même si elle est une femme exceptionnelle, ce que j'espère, tu dois savoir où tu en es.

Toujours incapable de faire face à Alvin, Jeremy soupira.

— Maria t'a appris la véritable raison de notre divorce, n'est-ce pas ?

— Oui, admit Alvin, apparemment soulagé que son ami y voie clair. Elle m'a dit qu'elle ne croyait

181

pas à ta paternité... Je t'assure qu'elle était encore plus méfiante que moi ! Ça m'a fait réfléchir et je t'ai envoyé ce mail. J'ai peut-être eu tort... Je croyais sincèrement que tu l'effacerais, mais quand tu m'as appelé, j'ai compris à quel point tu étais perturbé... et que tu te posais des questions toi aussi.

Alvin s'interrompit pour laisser ses paroles faire leur chemin.

— Ensuite, reprit-il, Rachel surgit chez moi ! Après avoir bu quelques verres, elle se met à me raconter que Rodney tient encore à Lexie, et je me souviens que Lexie s'était débrouillée pour passer une soirée avec lui... Plus elle me parle, plus j'en apprends sur le passé de Lexie... Son idylle avec ce type et le fait qu'elle est tombée enceinte... Ce qui me prouve, une fois de plus, que tu sais bien peu de chose sur elle.

— Que cherches-tu à insinuer ?

— J'estime simplement que tu prends une grave décision et je te répète que tu devrais savoir où tu en es.

— Sous-entends-tu que l'enfant est de Rodney ?

— Aucune idée, mais ce n'est pas la question.

— Non ? s'indigna Jeremy. Alors, quoi ? Veux-tu que je plaque ma fiancée enceinte pour revenir à New York et sortir avec toi ?

Alvin leva les mains au ciel.

— Je n'ai pas dit cela.

— Tu m'en donnes pourtant l'impression ! hurla Jeremy, résolu à ne plus rien entendre.

Quelques personnes se retournèrent, mais il ignora leur regard interrogateur.

— Écoute-moi bien, Alvin ! Je n'ai rien à faire de tes conseils. Il s'agit de mon enfant. Je vais épouser Lexie et m'installer à Boone Creek, parce que c'est là que je souhaite vivre.

— Inutile de crier...

— Tu m'as menti !

— Je voulais t'aider.

— Tu m'as trahi !

Alvin haussa le ton lui aussi.

— Je me suis contenté de te suggérer des questions que tu aurais dû te poser toi-même depuis le début.

— Ça ne te regardait pas !

— Je n'avais pas l'intention de te nuire... D'ailleurs, je n'étais pas le seul à penser que tu allais trop vite. Tes frères partagent mon point de vue.

Cette remarque glaça Jeremy ; Alvin en profita pour plaider sa cause.

— Le mariage est une affaire sérieuse, mon vieux ! Il ne s'agit pas d'inviter une femme à dîner, mais de l'avoir à tes côtés, toute ta vie, quand tu te réveilles. On ne tombe pas amoureux du jour au lendemain, et tu ne fais pas exception à la règle. Elle t'a charmé, tu l'as trouvée intelligente et jolie ! Mais de là à décider de passer ta vie avec elle... De là à renoncer à ta ville natale et à ta carrière sur un coup de tête...

Le ton pressant d'Alvin – celui d'un professeur essayant de convaincre un élève doué mais têtu – suggéra plusieurs réponses à Jeremy. Affirmer à Alvin qu'il était persuadé d'être le père de cet enfant ; lui reprocher ses mails non seulement pervers mais sinistres ; lui déclarer qu'il aimait Lexie et que rien ne ferait obstacle à son amour. Mais il en avait déjà assez dit, et Alvin n'admettrait jamais ses torts... alors qu'il était totalement fautif.

Les yeux rivés sur son verre, il fit tourbillonner sa boisson avant de rencontrer le regard d'Alvin. D'un geste brusque, il lui lança le fond de son verre au visage, avant de le prendre au collet et de le faire reculer de quelques pas. Alvin, déséquilibré, alla se plaquer contre une colonne.

Prêt à le frapper, il se contenta d'approcher son visage du sien, au point de respirer son haleine.

— Plus question de te revoir ou de t'adresser la parole, murmura-t-il.

Sur ces mots, il pivota sur lui-même et sortit.

12.

— Il ne m'a pas donné de nouvelles, admit Lexie le lendemain, au cours de l'après-midi.

— Je suis sûre que tout se passe bien, affirma Doris, assise en face d'elle à une table d'Herbs.

Lexie hésita : Doris lui disait-elle la vérité ou cherchait-elle à la rassurer par de bonnes paroles ?

— Si tu avais vu le regard qu'il m'a lancé hier ! J'ai eu l'impression qu'il me haïssait.

— Peux-tu l'en blâmer ?

Lexie leva les yeux.

— Qu'est-ce que tu racontes ?

— Rien de bien compliqué... Aimerais-tu découvrir, au sujet de Jeremy, une chose qui t'empêcherait de lui faire confiance ?

Lexie, furieuse, se cabra.

— Je ne suis pas venue pour entendre ça !

— Puisque tu es ici, tu vas m'écouter. Tu croyais que j'abonderais dans ton sens, mais quand tu m'as raconté ton histoire, j'ai pensé à la réaction de ton fiancé face à tous ces événements. Il te surprend en train de tenir la main de Rodney, puis tu annules un rendez-vous pour passer la soirée avec ledit Rodney, et, finalement, il apprend que tu as déjà été enceinte... Je ne m'étonne pas qu'il ait été furieux.

Lexie allait répondre ; Doris lui imposa le silence d'un geste.

— Je sais que tu n'apprécieras pas cette remarque, mais il n'est pas le seul fautif dans cette affaire.

— Je lui ai présenté des excuses et je lui ai tout expliqué !

— Peut-être, mais ce n'est pas suffisant. Tu lui as fait des cachotteries à trois reprises... Comment veux-tu mériter sa confiance dans ces conditions ? Tu aurais dû lui parler de Trevor... Si j'avais su, je ne lui aurais jamais prêté mon journal.

— Je n'avais aucune raison de lui parler de cette histoire ! Je n'y pense plus depuis des années ; c'est arrivé il y a si longtemps...

— Pour lui, c'est arrivé vendredi. À sa place, je serais probablement furieuse moi aussi.

— On dirait que tu prends sa défense.

— Sur ce point, je prends sa défense.

— Doris !

— Tu es fiancée, Lexie. Je sais bien que Rodney a toujours été ton ami, mais la règle du jeu a changé maintenant. Il aurait suffi de parler franchement à Jeremy, au lieu de dissimuler !

— C'est parce que je me doutais de sa réaction.

Doris transperça sa petite-fille du regard.

— Il t'aurait suffi de l'appeler pour lui dire que tu voulais parler à Rodney, que tu cherchais Rachel, et que tu te demandais si tu étais plus ou moins responsable de son départ. Je suis sûre qu'il aurait compris ! Tu ne lui as pas raconté l'essentiel, et ce n'était pas la première fois. Juste après, il apprend que tu as déjà été enceinte...

— Tu veux dire que je dois *tout* lui raconter ?

— Pas tout, Rachel, mais cette chose-là probablement. Il ne s'agit pas d'un secret d'État, et même si tu préférais oublier, tu aurais dû te douter qu'il finirait par savoir. Il aurait mieux valu que tu te confies à lui...

Lexie se tourna vers la fenêtre, les lèvres pincées. Doris, craignant qu'elle ne lui fausse compagnie, lui prit la main.

— Je te connais, Lexie, tu es obstinée. Mais je t'assure que tu n'as rien d'une victime. Jeremy non plus ! Vos difficultés, le stress que vous subissez... c'est la vie. Et la vie à tendance à vous tendre des pièges quand on s'y attend le moins. Tous les couples ont des hauts et des bas, tous se querellent... Vous êtes un couple, donc vous ne pouvez pas fonctionner sans un minimum de confiance réciproque.

Lexie réfléchit en silence aux remarques de Doris, les yeux tournés vers la fenêtre. Un cardinal atterrit sur le rebord, se mit à sautiller comme s'il était en feu, puis s'envola. Bien qu'elle ait vu cent sinon mille fois des oiseaux se poser ainsi, elle eut l'impression bizarre que ce cardinal cherchait à lui transmettre un message. Elle attendit vainement son retour...

Au-dessus de sa tête, le ventilateur ronronnait en décrivant des cercles dans le vide.

— Tu crois que Jeremy va revenir, dit-elle enfin d'une voix anxieuse.

Doris lui serra la main avec conviction.

— Il reviendra !

Malgré ses doutes, Lexie ne demandait qu'à la croire.

— Il ne m'a pas donné de nouvelles depuis son départ, souffla-t-elle. Pas un seul coup de fil !

— Laisse-lui le temps de t'appeler. Il essaye d'y voir clair et il passe le week-end avec ses amis. Souviens-toi qu'il enterre sa vie de garçon.

— Je sais...

— Ne te monte pas la tête, ma petite. Quand est-il censé revenir ?

— En principe dimanche soir, mais...

— Tu peux compter sur lui ! Et quand il arrivera, montre-lui que tu es heureuse de le revoir. Questionne-le au sujet de son week-end, écoute ses réponses avec intérêt... Ensuite, arrange-toi pour lui manifester tes sentiments. J'ai été mariée longtemps, Lexie. Je sais ce que je dis.

Lexie sourit malgré elle.

— Tu parles comme une conseillère conjugale.

Doris haussa les épaules.

— Je connais les hommes. Ils peuvent être fous de rage, frustrés, ou accablés par les soucis professionnels ou personnels ; mais on en fait très facilement le tour quand on sait ce qui les motive. Et une des choses qui les motive, c'est leur besoin constant d'être appréciés et admirés. Donnez-leur cette impression et vous pourrez attendre de grandes choses de leur part.

Lexie dévisagea sa grand-mère, qui reprit avec un sourire espiègle :

— Évidemment, leur femme doit aussi les satisfaire sur le plan sexuel, s'occuper parfaitement de la maison, organiser la vie quotidienne, être belle et disponible pour partager leurs loisirs... Mais l'admiration est fondamentale !

— Vraiment ? fit Lexie, désemparée. Devrai-je marcher pieds nus et m'acheter des dessous affriolants quand je ne serai plus enceinte ?

Doris reprit son sérieux.

— Inutile d'aller jusque-là ! Ne t'imagine pas que tu seras la seule à faire des sacrifices. Dans un couple, l'homme doit se sacrifier lui aussi. Corrige-moi si je me trompe, mais tu comptes sur Jeremy pour te prendre la main tendrement quand vous regardez un film, pour t'écouter et partager tes sentiments, pour passer une partie de son temps avec votre enfant... Il est censé gagner assez d'argent non seulement pour acheter une maison mais pour la faire rénover... Je peux te dire carrément que pas un seul homme ne se contente de travailler dur et de se sacrifier pour le bien-être de sa famille, ou de passer des heures avec ses gosses malgré sa fatigue, tout en les dorlotant, en les embrassant et en écoutant les doléances de sa femme. Penses-tu qu'il n'attend rien en échange ? Un homme, conclut Doris, s'engage à rendre sa femme heureuse, dans l'espoir qu'elle en fera autant.

Elle prit la main de Lexie.

— Je te répète que vous êtes embarqués sur le même bateau, mais les hommes et les femmes n'éprouvent pas les mêmes désirs. C'est ainsi depuis la nuit des temps et ça continuera pendant des siècles encore... Si vous en prenez conscience tous les deux et si vous faites en sorte de satisfaire vos désirs réciproques, vous aurez une vie de couple harmonieuse. La confiance est un élément essentiel ! En fin de compte, il n'y a rien de plus simple.

— Pourquoi me dis-tu cela ?

Doris adressa un sourire entendu à sa petite-fille.

— Tu le sais parfaitement, et j'aimerais que tu te souviennes de mes paroles quand tu seras mariée. Si tu trouves que c'est difficile maintenant, attends un peu ! Les choses peuvent empirer ou s'améliorer d'une manière totalement imprévisible ; mais tant que vous vous souviendrez que vous vous aimez – et que vous agirez en connaissance de cause – vous ne risquez rien.

Lexie resta un instant pensive.

— S'agirait-il du petit discours prénuptial que tu me réservais depuis longtemps ?

Doris lâcha la main de Lexie.

— Peut-être, mais je n'avais pas prévu de te le tenir maintenant. Ça m'est venu comme ça.

— Alors, tu es certaine qu'il va revenir ?

— Bien sûr ! J'ai vu la manière dont il te regarde, et je te garantis qu'il est sincère.

— Tu peux te tromper.

— Souviens-toi que je suis télépathe !

— Non, tu es voyante.

Doris se contenta de hausser les épaules.

— C'est parfois du pareil au même !

Lexie s'arrêta en sortant d'Herbs, clignant des yeux sous la lumière éblouissante de l'après-midi ensoleillé. Tout en cherchant ses clefs, elle songea à la sagesse des paroles de Doris. Elle avait eu du mal à admettre le point de vue de sa grand-mère sur sa situation, car rien n'est plus malaisé que de se remettre en question.

Depuis que Jeremy l'avait laissée plantée sous le porche, elle bouillait de rage, comme si sa rancune pouvait tenir ses soucis en échec ; elle commençait pourtant à se juger mesquine au souvenir de leur dispute. Elle ne voulait pas entrer en conflit avec lui et elle se sentait lasse de leurs querelles. Quel mauvais départ pour un couple ! Elle hocha la tête avec conviction en se glissant derrière le volant. Il ne lui restait plus qu'à changer immédiatement...

Elle s'éloigna du parking, sans but précis, mais son instinct la guida vers le cimetière, où elle observa les pierres tombales de ses parents. Devant leurs noms gravés dans le granite, elle eut une pensée pour le couple dont elle aurait tant souhaité se souvenir. Sa mère était-elle calme ou rieuse ? Son père un fan de football ou de base-ball ? Des pensées futiles, mais elle aurait aimé savoir jusqu'à quel point sa mère ressemblait à Doris, et si elle lui aurait adressé les mêmes conseils. Probablement... Après tout, elles étaient mère et fille. À cette idée, elle se surprit en train de sourire, et décida d'appeler Jeremy dès son retour. Histoire de lui présenter une fois de plus ses excuses et de lui dire qu'il lui manquait.

Comme si sa mère l'écoutait, une légère brise fit osciller les branches du magnolia en une approbation à peine chuchotée.

Lexie passa près d'une heure au cimetière à imaginer Jeremy chez ses parents. Assis dans le vieux fauteuil rembourré du séjour, il lui semblait si proche qu'elle croyait l'entendre parler à son père dans la pièce voisine. Elle se souvint de ses impressions, la première fois qu'elle avait franchi le seuil de cette maison où il avait grandi parmi les siens. Elle le revoyait ce soir-là, lui jetant des regards enamourés, et, plus tard, promenant tendrement son doigt sur son ventre pendant leur nuit au Plaza.

Comme elle jetait un coup d'œil à sa montre, elle se dit qu'elle avait des courses à faire au supermarché, des papiers à remplir à la bibliothèque et des cadeaux d'anniversaire à acheter pour des collègues. Mais elle éprouva soudain un tel désir de rentrer à la maison qu'elle tourna le dos aux tombes de ses parents et regagna sa voiture, aiguillonnée par un sentiment d'urgence.

Elle conduisit lentement pour éviter les lapins et les ratons laveurs qui détalaient en général sur ce tronçon de route. À l'approche de son bungalow, elle appuya plus fermement sur l'accélérateur, avec une impatience inexplicable. Et quand elle s'engagea dans sa rue, elle écarquilla les yeux de stupéfaction à la vue de la voiture de Doris, garée là. Elle aperçut alors, sur les marches, la silhouette d'un homme assis, les coudes appuyés sur les genoux.

Sur le point de bondir, elle parvint à descendre sans hâte de sa voiture et à remonter l'allée comme si de rien n'était.

— Salut ! fit Jeremy, qui s'était levé avant même qu'elle mette son sac sur son épaule.

— Tu n'as pas encore pris l'accent d'ici, remarqua-t-elle en arborant un sourire.

Les yeux baissés, Jeremy semblait insensible à l'espièglerie de sa remarque.

— Je suis contente de te voir, l'étranger, reprit-elle. Ce n'est pas souvent qu'un si bel homme attend mon retour sur ma véranda.

Quand Jeremy leva les yeux, elle lut une profonde lassitude sur ses traits.

— Je commençais à me demander où tu étais, marmonna-t-il.

Debout face à lui, elle faillit se jeter dans ses bras, au souvenir du contact de ses mains sur sa peau ; mais son attitude réservée la fit hésiter.

— Je suis contente de te voir...

Pour toute réponse, Jeremy ébaucha un pâle sourire.

— Tu m'en veux toujours autant ?

Le voyant perplexe, elle posa une main sur son bras et murmura précipitamment, pour être sûre de ne rien oublier :

— Tu as le droit de m'en vouloir, Jeremy ! J'aurais dû t'informer de tout cela et je ne recommencerai plus jamais à te faire des cachotteries. Je te demande pardon.

— Tu parles sérieusement ?

— Oui, j'ai eu tout le temps de réfléchir.

— Je te demande pardon moi aussi, souffla Jeremy. J'aurais dû modérer ma réaction.

Un silence plana, durant lequel Lexie prit conscience de la lassitude et du chagrin qui émanaient de sa silhouette. Elle s'approcha de lui instinctivement et, après un instant d'hésitation, il lui ouvrit les bras. Elle s'y glissa, l'embrassa doucement sur les lèvres et laissa reposer sa tête sur son torse. Ils restèrent un long moment enlacés, mais le manque de passion de leur étreinte était flagrant.

— Tu te sens bien ? chuchota Lexie.

— Pas totalement, répondit Jeremy.

Elle le prit par la main pour l'entraîner à l'intérieur et fit une pause dans le séjour. Allait-elle s'asseoir à côté de lui ou sur un siège voisin ? Jeremy se faufila jusqu'au canapé et s'y effondra, puis, penché en avant, passa une main dans ses cheveux.

— Assieds-toi ici, Lexie ; j'ai quelque chose à te dire.

Le cœur palpitant, elle s'approcha. La chaleur de sa jambe contre la sienne, elle se crispa malgré elle.

— Il s'agit de nous deux ?

Tourné vers la cuisine, Jeremy regardait dans le vague.

— Oui, dans un sens...

— Et de notre mariage ?

Jeremy acquiesça et Lexie s'attendit au pire.

— Tu repars à New York ?

— Comment peux-tu avoir une pareille idée ? À moins que *tu* souhaites que je m'en aille...

— Bien sûr que non ! Mais devant ton attitude, je ne sais plus où j'en suis...

— Désolé, Lexie, je n'aurais pas dû être aussi évasif, mais je ne sais pas exactement où j'en suis moi non plus... En tout cas, je ne t'en veux pas et je n'ai pas la moindre intention de rompre ! J'aurais mieux fait de préciser cela tout de suite.

Lexie finit par se détendre.

— Alors, de quoi s'agit-il ? S'est-il passé quelque chose pendant ta soirée new-yorkaise ?

— Oui, entre autres...

Jeremy reprit depuis le début pour en arriver à son angoisse de ne plus écrire, à ses soucis au sujet du coût de la maison, et aux sentiments de frustration qu'il éprouvait parfois à Boone Creek. Ce n'était pas la première fois qu'il tenait ce genre de discours, mais Lexie s'aperçut qu'elle n'avait pas vraiment pris la mesure des difficultés qu'il rencontrait.

Il lui parlait sans agressivité, comme s'il s'adressait en partie à lui-même. Elle s'imposa le silence jusqu'à ce qu'il ait terminé.

— Et puis, reprit-il en se redressant, je vous ai surpris la main dans la main, Rodney et toi. Tout en me disant que je n'avais aucun souci à me faire, je me suis monté la tête, peut-être à cause de mes autres problèmes... Je cherchais bêtement des raisons de t'en vouloir !

Jeremy ébaucha un sourire et ajouta :

— C'est exactement ce que tu m'as fait comprendre l'autre jour ; mais quand tu es retournée voir Rodney, j'ai craqué. Et il y a une autre chose dont je ne t'ai pas encore parlé ; cette chose s'est produite après chacun de ces événements.

Lexie lui prit la main, rassurée qu'il ne manifeste aucune réticence.

Il lui parla des mails qu'il avait reçus ; de sa colère et de son angoisse. Elle l'écouta, de plus en plus troublée.

— C'est comme ça que tu as découvert ce qu'il y avait dans le journal de Doris ? lui demanda-t-elle enfin.

— Oui, et je suppose que je n'aurais rien remarqué en d'autres circonstances.

— Mais... qui a pu agir ainsi ?

— Alvin.

— Alvin t'aurait envoyé ces mails ? C'est impensable ! protesta Lexie. Il n'avait aucun moyen de savoir...

— Rachel l'a mis au courant. Quand elle a disparu de Boone Creek, elle est allée le voir à New York.

Lexie hocha la tête.

— Non, elle n'a pas pu faire ça ! Je la connais depuis toujours...

Jeremy lui raconta le reste de l'histoire en s'efforçant de n'omettre aucun détail.

— Je suis sorti du bar en coup de vent, sans savoir où aller. Au bout d'un moment, j'ai entendu des gens courir derrière moi. Mes frères... Me voyant furieux, et ayant sans doute bu un coup de trop, ils étaient prêts à la bagarre... Ils voulaient savoir ce que je reprochais à Alvin, et s'ils devaient avoir une « petite conversation » avec lui. Je leur ai conseillé de laisser tomber.

Paradoxalement, Jeremy était intarissable, et Lexie essayait de ne rien perdre de ses paroles.

— Mes frères ont fini par me ramener au bercail, conclut-il, mais je n'ai pas fermé l'œil de la nuit. Chez mes parents, je ne pouvais parler à personne de mon problème ; j'ai donc changé mon billet d'avion pour prendre le premier vol, ce matin.

— Je croyais qu'il était ton ami, fit Lexie quand il se tut, à bout de souffle.

— Moi aussi...

— Pourquoi a-t-il fait cela ?

— Je n'en sais rien.

— À cause de moi ? Pourquoi m'en veut-il ? Il me connaît à peine, il ignore tout de nos sentiments réciproques... C'est...

— C'est mal ! déclara Jeremy à la place de Lexie.

Elle épongea une larme inopinée.

— Je ne comprends pas...

— Moi non plus ! s'écria Jeremy. Mais je suppose qu'à sa manière tortueuse, il voulait m'éviter un désastre potentiel. En tout cas, je ne veux plus entendre parler de lui !

— Pourquoi ne m'as-tu pas parlé de ces mails plus tôt ? articula Lexie, avec un regard farouche.

— Qu'aurais-je pu te dire ? Je ne savais pas qui me les avait envoyés, ni pourquoi. Et puis, j'étais si stressé...

— Tu as parlé à ta famille ?

— Je n'ai fait aucune allusion à ces mails.

— Mais non ! riposta Lexie d'une voix tremblante. Leur as-tu parlé de tes doutes au sujet... du géniteur de mon enfant ?

— Je sais que je suis le père.

— Bien sûr que tu es le père ! Je n'ai jamais eu de rapports sexuels avec Rodney. Tu es le seul homme avec qui j'aie couché depuis des années.

— Je sais...

— Je tenais tout de même à te confirmer que l'enfant que je porte est *le nôtre*. Je te le jure !

— Je sais, répéta Jeremy.

— Mais tu as eu des doutes, ne serait-ce qu'un instant, fit Lexie d'une voix brisée. Tu me surprends d'abord chez Rodney, puis tu découvres que j'ai déjà été enceinte, ce qui s'ajoute à tes autres inquiétudes...

— Ça va, Lexie.

— Non, ça ne va pas. Tu aurais dû m'en parler, et nous aurions élucidé tout cela ensemble.

— Maintenant c'est fini. Nous n'avons plus qu'à aller de l'avant !

— Tu as dû me détester.

— Je ne t'ai jamais détestée, murmura Jeremy en

étreignant Lexie qu'il sentait à bout de forces. Souviens-toi que nous nous marions la semaine prochaine !

Elle se blottit dans ses bras en soupirant.

— Je ne souhaite pas qu'Alvin assiste à notre mariage...

— Moi non plus, mais j'ai encore une chose à te dire.

— Je ne veux plus rien entendre ! Je suis assez bouleversée pour aujourd'hui.

— C'est une chose qui te fera plaisir.

Lexie jeta un regard interrogateur à Jeremy, comme pour le conjurer de ne pas mentir.

— Merci ! souffla-t-il.

— Merci pour quoi ?

Il lui sourit, puis l'embrassa doucement sur les lèvres.

— Merci pour les lettres que tu adresses à ma famille, et surtout à ma mère. Ce que tu as fait là me rappelle que j'ai choisi d'épouser la meilleure des femmes.

13.

Une pluie froide et cinglante s'écrasait en rafales sur les fenêtres. Les nuages gris, apparus insidieusement la nuit précédente, entraînaient dans leur sillage une brise matinale, qui arrachait les dernières fleurs des cornouillers. En ce début de mai, il ne restait plus que trois jours avant le mariage.

Jeremy avait pris ses dispositions pour retrouver ses parents à l'aéroport de Norfolk, d'où ils le suivraient dans une voiture de location jusqu'au phare du cap Hatteras, à Buxton. En attendant leur arrivée, il aidait de son mieux Lexie à passer les derniers coups de fil pour vérifier que tout était prêt.

Ce temps sinistre n'amoindrissait en rien leur passion ravivée. La nuit du retour de Jeremy, ils avaient fait l'amour avec une frénésie inhabituelle, et il avait ressenti une véritable décharge électrique lorsque leurs corps s'étaient rencontrés. Comme s'ils cherchaient, en s'unissant, à effacer la colère et le chagrin des derniers mois.

Maintenant qu'ils s'étaient allégés de leurs secrets réciproques, Jeremy avait le cœur alerte, pour la première fois depuis longtemps. Son mariage imminent lui donnait une bonne excuse pour éviter de penser à son travail, et il profitait volontiers de cette trêve.

Il faisait du jogging deux fois par jour et prit la décision de continuer par la suite. Bien que la rénovation de la maison ne soit pas achevée, l'entrepreneur leur avait promis qu'ils pourraient emménager bien avant la naissance du bébé – probablement fin août. Lexie, soulagée, avait mis aussitôt sa maison en vente, dans l'espoir de consolider leurs économies vacillantes.

Herbs était le seul endroit où ils n'allaient jamais. Sachant ce que Rachel avait raconté à Alvin, Lexie ne souhaitait pas la revoir de sitôt. La veille au soir, Doris leur avait téléphoné en s'étonnant que ni l'un ni l'autre ne soit passé lui dire bonjour. Lexie l'avait assurée qu'elle n'était pas fâchée, tout en la remerciant d'avoir remis les pendules à l'heure au cours de leur dernière rencontre.

Aucune visite n'ayant suivi, Doris rappela sa petite-fille.

— Je commence à croire que tu me fais des cachotteries, lui déclara-t-elle. Si tu continues, je viens chez toi et je m'installe sur ta véranda jusqu'à ce que tu passes aux aveux.

Lexie tenta de la calmer en invoquant les préparatifs du prochain week-end.

— Je ne suis pas née de la dernière pluie, rétorqua Doris. Je sais quand on m'évite, et c'est le cas.

— Ce n'est pas le cas !

— Alors, qu'attends-tu pour faire un saut au restaurant ?

Lexie hésita, et Doris lui demanda à brûle-pourpoint si, par hasard, Rachel y était pour quelque chose. Face à un mur de silence, elle soupira :

— C'est bien ça ? J'aurais dû m'en douter ! Lundi, elle semblait m'éviter elle aussi. Qu'a-t-elle encore fait ?

Lexie réfléchissait à une réponse convenable, quand elle entendit Jeremy entrer dans la cuisine. Croyant qu'il venait chercher un verre d'eau ou grignoter un sandwich, elle lui adressa un sourire distrait avant de remarquer son expression.

— Rachel est ici, lui annonça-t-il. Elle veut te parler.

Rachel sourit machinalement en voyant Lexie entrer, puis détourna son regard. Lexie garda le silence, tandis que, sur le seuil, Jeremy se balançait d'un pied sur l'autre, avant de s'éclipser par la porte de derrière pour les laisser en tête à tête.

Dès qu'elle entendit la porte se refermer, Lexie s'assit face à Rachel.

— Pardon ! dit celle-ci à brûle-pourpoint, en tordant nerveusement un mouchoir entre ses mains. (Sans maquillage elle paraissait lasse et abattue.) Je regrette ce qui s'est passé et je comprends que tu sois furieuse contre moi. Je ne te voulais aucun mal et je ne me doutais absolument pas de ce qu'allait faire Alvin.

Lexie resta muette ; Rachel prit sa tête entre ses mains et se massa les tempes.

— Quand il m'a appelée, ce week-end, pour me donner des explications, je me suis sentie horrifiée. Si j'avais deviné ne serait-ce que le centième de ce qu'il allait faire, je ne lui aurais pas dit un mot. Il m'a trahie...

La phrase de Rachel resta en suspens.

— Tu n'es pas la seule ! s'exclama Lexie. Il a trahi Jeremy aussi.

— Tout est de ma faute.

— Oui, en effet.

Le flux des pensées de Rachel sembla se tarir subitement. Se sentait-elle coupable, ou contrariée

200

d'avoir été prise en faute ? Rachel était une amie qu'elle avait crue digne de sa confiance, mais Jeremy en aurait dit autant au sujet d'Alvin, songea Lexie.

— Explique-moi comment ça s'est passé, lança-t-elle soudain.

Rachel, le dos bien droit, se mit à parler comme si elle avait répété son rôle depuis plusieurs jours.

— Tu sais que nous avons eu des problèmes, Rodney et moi, n'est-ce pas ?

Lexie acquiesça d'un signe de tête.

— Eh bien, tout a commencé comme ça... Il est clair que vous n'avez pas le même point de vue, Rodney et toi, sur votre relation. Tu le considères simplement comme un ami, alors que tu représentes une sorte de fantasme pour lui, et je doute qu'il finisse par t'oublier un jour. Quand il me regarde, j'ai souvent l'impression que c'est toi qu'il souhaiterait voir. Ça a l'air idiot, mais chaque fois qu'il sonne à ma porte, je ne me sens pas à la hauteur, même si je suis bien habillée et si nous avons fait des projets pour la soirée... Donc, un jour où je rangeais quelque chose dans le bureau de Doris, j'ai trouvé le numéro de téléphone d'Alvin. Je ne sais pas ce qui m'a pris... Comme je me sentais déprimée et solitaire, j'ai décidé de lui passer un coup de fil. Je ne sais pas ce que j'attendais, mais nous nous sommes mis à causer. Je lui ai parlé de ma relation avec Rodney, et du fait qu'il n'arrive pas à t'oublier... Il m'a appris, très posément, que tu attendais un enfant. Son intonation m'a laissé supposer qu'il n'était pas sûr que Jeremy soit le géniteur, et qu'il s'interrogeait au sujet de Rodney...

Lexie sentit son estomac se serrer.

— Je tiens à te dire, reprit Rachel que je n'ai jamais cru que tu étais enceinte de Rodney. Je sais que vous n'avez jamais couché ensemble ! J'ai exposé mon point de vue à Alvin et je n'y ai plus pensé. Honnêtement, après avoir raccroché, je ne m'attendais même pas à discuter une autre fois avec lui ; mais j'étais contente d'avoir eu de ses nouvelles. Quand je me suis disputée à nouveau avec Rodney, j'ai eu envie de prendre le large, et j'ai décidé, sur un coup de tête, d'aller passer quelques jours à New York. Il fallait absolument que je parte, et cette ville m'a toujours attirée... En arrivant, j'ai donc appelé Alvin et nous avons bavardé presque toute la nuit. J'étais si perturbée que j'ai dû boire un coup de trop. À un moment, il a été question de toi ; j'ai laissé entendre que tu avais déjà été enceinte, et que c'était indiqué dans le journal de Doris.

Voyant Lexie hausser les sourcils, Rachel hésita avant de préciser :

— Doris rangeait son journal dans son bureau, et j'avais remarqué tes initiales à côté du nom de Trevor. Ce n'était pas mes oignons, et j'aurais mieux fait de me taire, mais il s'agissait pour moi de paroles en l'air. Je ne pouvais pas deviner qu'Alvin envoyait des mails à Jeremy, dans l'espoir de provoquer une rupture entre vous... Je ne m'en suis aperçue que le week-end dernier, après le passage de Jeremy à New York. Alvin m'a appelée samedi, paniqué, et il m'a lâché le morceau. J'en étais malade ! Non seulement à cause du rôle que j'ai joué dans cette affaire, mais parce qu'il m'a manipulée d'un bout à l'autre.

Les yeux fixés sur son mouchoir en lambeaux, elle ajouta, au bord des larmes :

— Je te jure que je ne te voulais aucun mal, Lex, mais j'aurais mieux fait de me taire... Tu as parfaitement le droit d'être furieuse contre moi, et je comprendrais que tu ne veuilles plus jamais me revoir. Si j'étais toi, ce serait peut-être ma réaction... Il m'a fallu du temps pour trouver le courage de venir ici. Je n'ai rien mangé depuis deux jours, et je tenais à te dire la vérité, même si ça n'a pas grande importance. Je te considère comme une sœur, et Doris est plus proche de moi que ma propre mère... Ça me brise le cœur de t'avoir blessée et d'avoir été complice d'Alvin sans le savoir. Je te jure que je suis navrée !

Un silence plana. Rachel, qui avait parlé d'un seul trait, semblait épuisée par l'effort. Des lambeaux de son mouchoir en papier jonchaient le sol ; elle se pencha pour les ramasser.

Cependant, Lexie réfléchissait aux arguments de son amie et à sa part de responsabilité. Elle se sentait partagée entre sa contrariété et une compassion croissante. Rachel était impulsive et jalouse, fragile et parfois irresponsable, mais incapable de la trahir. Elle la croyait sincère quand elle lui avait affirmé qu'elle n'avait rien comploté avec Alvin.

— Bon ! dit-elle.

Rachel leva les yeux.

— Je suis en colère mais je sais que tu ne l'as pas fait exprès, reprit Lexie.

— Je regrette...

— Je sais.

— Que vas-tu dire à Jeremy ? s'inquiéta Rachel.

— La vérité... C'est-à-dire que tu n'avais pas conscience de ce que tu faisais.

— Et à Doris ?

— Je ne l'ai pas encore mise au courant. Franchement, j'hésite.

Rachel soupira de soulagement.

— Même topo pour Rodney, ajouta Lexie.

— Et nous deux ? On pourra rester amies ?

Lexie haussa les épaules.

— Je suppose que nous n'avons pas le choix, étant donné que tu es ma demoiselle d'honneur.

Les yeux de Rachel s'illuminèrent.

— Vraiment ?

— Vraiment, fit Lexie en souriant.

14.

Le jour du mariage, le soleil se leva sur un océan paisible, dont les flots irisés brillaient de mille feux. Une brise légère s'attardait sur la plage tandis que Doris et Lexie préparaient le petit déjeuner des hôtes du cottage. Doris avait rencontré les parents de Jeremy pour la première fois et particulièrement sympathisé avec son père. Les frères de Jeremy – et leurs épouses –, toujours exubérants, avaient passé presque toute la matinée accoudés à la balustrade de la véranda, en admiration devant les pélicans bruns qui semblaient chevaucher au loin les marsouins.

La présence de ses frères avait surpris Jeremy, car Lexie avait tenu à limiter le nombre des invités. La veille, quand il les avait vus descendre de l'avion à Norfolk, il s'était demandé si elle les avait prévenus à la dernière minute, en raison du problème avec Alvin. Mais ses belles-sœurs s'étaient jetées dans ses bras en chantant les louanges de Lexie, qui les avait invités individuellement et avait manifesté le désir de mieux les connaître.

Il y avait en tout seize invités : la famille de Jeremy, Doris, Rachel, Rodney, et un « substitut » d'Alvin, trouvé à la dernière minute.

Quelques heures après, Jeremy, debout sur la

plage, attendait l'apparition de Lexie, quand Gherkin vint lui tapoter le dos.

— Je vous l'ai déjà dit, mais je suis très honoré que vous m'ayez choisi comme témoin en cette merveilleuse occasion !

Vêtu d'un pantalon bleu en polyester, d'une chemise jaune et d'une veste de sport écossaise, le maire offrait un spectacle pittoresque. Jeremy se dit que la cérémonie n'aurait pas été la même sans lui... et sans Jed.

Jed, le taxidermiste local, avait été par ailleurs ordonné prêtre. Soigneusement peigné et revêtu de son costume des grands jours, il approchait pour la première fois Jeremy sans faire grise mine.

Comme l'avait souhaité Lexie, la cérémonie fut à la fois extrêmement sobre et romantique. Ses beaux-parents se tenaient près du jeune couple, entourés par les frères et belles-sœurs de Jeremy, en demi-cercle. Un guitariste local, assis sur le côté, jouait une musique suave ; et un étroit sentier avait été bordé de coquillages par les frères de Jeremy, après le déjeuner. Une douzaine de flambeaux rehaussait l'or du ciel au soleil couchant. Rachel, bouleversée, s'agrippait à son bouquet de fleurs comme si elle n'allait plus jamais le lâcher.

Pieds nus comme Jeremy, Lexie portait une délicate couronne de fleurs sur sa tête ; Doris, rayonnante, la conduisit à l'autel. Quand Lexie s'immobilisa, elle l'embrassa sur la joue, avant de gagner le premier rang – où la mère de Jeremy passa aussitôt un bras autour de ses épaules.

D'un pas glissant, Lexie s'approcha de Jeremy, un bouquet de fleurs sauvages à la main. De subtiles effluves s'échappaient de ses cheveux.

Ils firent face à Jed, qui ouvrait sa bible avant de prendre la parole. Le timbre mélodieux de sa voix impressionna l'auditoire lorsqu'il lut certains passages, après avoir souhaité la bienvenue aux invités. D'un air grave, sous ses sourcils froncés, il parla aux jeunes époux d'amour et de fidélité, de patience et d'honnêteté, et de la place de Dieu dans leur vie. Il les avertit qu'ils affronteraient des obstacles au cours de leur existence, mais que leur foi chrétienne et leur confiance réciproque les aideraient à les franchir. Son éloquence était surprenante, et, comme un professeur assuré du respect de ses élèves, il les amena en douceur à se jurer fidélité.

Gherkin tendit l'anneau à Jeremy, qui en reçut un de Lexie. Jeremy sentit ses mains trembler. Au même instant, Jed les déclara mari et femme. Jeremy embrassa Lexie. La main dans la main, devant Dieu et sa famille assemblée, il lui promit, le plus naturellement du monde, un amour et une fidélité éternels.

Après la cérémonie, les invités s'attardèrent sur la plage. Doris avait disposé un buffet sur une table de pique-nique. Un à un, les membres de la famille de Jeremy vinrent féliciter les jeunes mariés, les embrasser et leur donner l'accolade, et Gherkin fit de même. Jed s'était éclipsé sans laisser au jeune couple le temps de le remercier, mais il réapparut au bout de quelques minutes, avec une boîte en carton de la taille d'un réfrigérateur. Entre-temps, il avait remis sa tenue de travail, et ses cheveux avaient retrouvé leur état naturel.

Lexie et Jeremy le rejoignirent au moment précis où il déposait à terre son précieux carton.

— Qu'est-ce que c'est ? s'étonna Lexie. Vous n'étiez pas censé nous faire un cadeau !

Jed se contenta de hausser les épaules, laissant entendre qu'un refus de sa part le vexerait. Elle se pencha pour le serrer dans ses bras, puis il l'encouragea, d'un haussement d'épaules réitéré, à ouvrir l'emballage.

Le carton contenait le sanglier empaillé auquel Jeremy l'avait vu travailler ; l'animal, dans le plus pur style de Jed, semblait prêt à lacérer quiconque oserait l'approcher.

— Merci, murmura Lexie.

Jeremy surprit alors le taxidermiste en train de rougir, sans doute pour la première fois de sa vie.

Plus tard, alors que le buffet commençait à se dégarnir et que l'événement tirait à sa fin, Jeremy s'éloigna des invités pour aller vagabonder au bord de l'eau.

Lexie le rejoignit, pensive.

— Tout va bien ?

Il l'embrassa.

— Tout est pour le mieux, et j'ai très envie de faire un petit tour.

— Seul ?

— J'aimerais me pénétrer de tout cela...

— Comme tu voudras, mais ne t'absente pas trop longtemps. Nous rentrons au cottage dans quelques minutes.

Il attendit que Lexie engage une conversation avec ses parents pour aller marcher à pas lents sur le sable, en écoutant le bruissement des vagues le long du rivage. Tandis qu'il déambulait, le film de la cérémonie se déroulait dans son esprit : l'expression de Lexie quand elle l'avait rejoint, la force tranquille du discours de Jed, la sensation de vertige qu'il avait éprouvée quelques heures plus tôt en s'engageant à un amour éternel.

À chaque pas, il éprouvait le sentiment croissant que tout était possible, et que même le ciel, avec ses teintes exquises, pavoisait en l'honneur de son mariage. Au niveau de l'ombre allongée du phare, il remarqua un groupe de chevaux sauvages, rassemblés sur une dune herbeuse, devant lui. La plupart des mustangs broutaient l'herbe, mais l'un d'eux lui rendit son regard. Il s'avança, impressionné par la vigueur de son arrière-train et par le balancement rythmé de sa queue.

Il eut un instant l'illusion de pouvoir le toucher, et, après avoir ralenti le pas, il amorça instinctivement un geste amical à son intention. Curieux, le cheval dressa ses oreilles et se mit à hocher la tête non moins amicalement. Il l'observa en silence, émerveillé par ce mode imprévisible de communication.

Et quand il pivota sur lui-même, le spectacle de sa mère et de Lexie, affectueusement enlacées, le persuada une fois de plus qu'il vivait le plus beau jour de sa vie.

Les semaines suivantes s'écoulèrent comme un rêve. Une vague de chaleur estivale précoce avait déferlé sur Boone Creek, et la ville s'abandonnait à un rythme doux et lent. À la mi-juin, Lexie et Jeremy s'étaient installés eux aussi dans une confortable routine ; les turbulences des semaines précédentes n'étaient que de lointains souvenirs. Même la rénovation de la maison progressait à un rythme plus satisfaisant, quoique lent et coûteux. Leur facilité d'adaptation à leur nouvelle vie ne les surprenait guère, mais ils ne s'étaient pas attendus à une telle différence entre leur vie conjugale et l'époque de leurs fiançailles.

Après une brève lune de miel au cottage, agrémentée de grasses matinées au lit et de longues promenades, l'après-midi sur la plage, ils regagnèrent le bungalow de Lexie. Jeremy vida sa chambre de Greenleaf et installa provisoirement son bureau dans la chambre d'amis, mais au lieu de chercher à écrire, il passait presque tout son temps à préparer la maison aux visites d'acheteurs éventuels. Il tondit le jardin, tailla les haies, repeignit l'extérieur de la véranda. Il effectua également quelques travaux de peinture à.l'intérieur et rapatria une partie du fatras stocké dans le cabanon de Doris. Les visiteurs étant rares et la vente impérative, en vue du financement et de la rénovation de leur nouvelle demeure, Lexie et lui souhaitaient présenter la maison sous son meilleur jour.

Par ailleurs, la vie à Boone Creek avait repris son cours habituel. Gherkin s'excitait au sujet du festival d'été ; Jed avait retrouvé son mutisme habituel ; Rodney et Rachel se fréquentaient à nouveau et semblaient beaucoup plus heureux.

Malgré tout, des ajustements semblaient nécessaires dans certains domaines. Par exemple, Jeremy ne savait pas exactement quelle dose de préliminaires était attendue de lui depuis qu'il vivait en couple. Lexie semblait insatiable ; lui-même envisageait d'autres formes d'intimité non moins gratifiantes. Il voulait cependant la satisfaire. Mais... comment ? Devait-il la câliner chaque nuit ? Combien de temps ? Dans quelle position ? Il s'efforçait de percer à jour la complexité des désirs de sa femme, ce qui n'était pas une tâche facile.

Il y avait aussi la température de la pièce dans laquelle ils dormaient. Alors qu'il appréciait vivement l'air conditionné et le ventilateur fixé au plafond, Lexie avait toujours froid. Quand une chaleur moite régnait à l'extérieur et que fenêtres et murs lui brûlaient les doigts, il s'allongeait sur le lit en sous-vêtements, le front moite, après avoir réglé le thermostat dans la salle de bains. Au bout de quelques secondes, Lexie allait remonter la température, puis se glissait sous un drap et deux couvertures, tirés jusqu'à ses oreilles, en frissonnant comme si elle venait de traverser les frimas de la toundra.

— Pourquoi fait-il si froid, demandait-elle ?

— Parce que je transpire à grosses gouttes, iro-
nisait-il.

— Tu transpires, alors qu'on gèle ici.

Ils étaient en tout cas sur la même longueur
d'onde quand il s'agissait de faire l'amour. Dans les
semaines qui suivirent la cérémonie, Lexie semblait
toujours brûlante de désir. Comme il se doit au cours
d'une lune de miel, le mot « non » n'appartenait pas
à son vocabulaire. Jeremy supposait que ses inhibi-
tions avaient cédé depuis qu'elle était une femme
mariée. D'autre part, elle ne résistait pas à son
charme... Enivré par ce sentiment, il songeait sans
cesse à elle, tout en s'affairant dans la maison. Il se
remémorait les contours harmonieux de son corps,
la douceur de sa peau nue au contact de la sienne...
Et il lui arrivait d'émettre un soupir alangui au souvenir de son haleine parfumée, ou de sa chevelure
dans laquelle il passait voluptueusement les doigts.
Quand elle revenait de la bibliothèque, il se contentait
à grand-peine d'un chaste baiser, et gardait les yeux
rivés sur ses lèvres pendant le dîner, en attendant le
moment de l'étreindre. Jamais elle ne le repoussait.
Même s'il était sale et malodorant, après des travaux
de jardinage, ils se débarrassaient de leurs vêtements
à peine entrés dans la chambre.

Et soudain, tout changea.

Un matin, le soleil se leva normalement, mais
quand il se coucha le soir, Lexie avait cédé la place
à une sœur jumelle sans réaction. Il se souvenait précisément de la date de ce premier refus : le 17 juin.
Il avait passé sa matinée à se persuader que ce n'était
pas un drame, tout en se demandant s'il avait commis
quelque bévue. Dans la soirée, un nouveau refus l'attendait, et pendant huit jours leur relation s'était
poursuivie sur ce mode. En réponse à ses avances,
elle se disait fatiguée ou « pas d'humeur à ça ».

Allongé sur le lit, il n'avait plus qu'à bouder : bizarrement, il était devenu pour elle un simple compagnon de chambre, censé la câliner, avant de s'endormir dans la fournaise.

— Tu n'as pas l'air en forme, remarqua-t-elle, le matin suivant son premier refus.

— J'ai mal dormi.

— Tu as fait de mauvais rêves ?

Malgré ses cheveux ébouriffés et son long pyjama, il la trouvait étrangement séduisante. Devait-il s'en vouloir ou avoir honte de penser à faire l'amour dès qu'il la voyait ? Le danger des habitudes... De toute évidence, la manière dont ils avaient vécu les semaines précédentes ne convenait plus à Lexie. Son premier mariage lui avait appris au moins une chose : il ne faut jamais se plaindre de la fréquence des relations sexuelles. Alors que les femmes sont *parfois* consentantes, les hommes sont *toujours* demandeurs. Une différence essentielle ! Dans le meilleur des cas, les couples trouvent un compromis acceptable, même s'il ne les satisfait pas totalement.

Donc, pas question de geindre en répondant à Lexie qu'il aurait voulu que leur lune de miel se prolonge un peu plus longtemps. Une cinquantaine d'années, peut-être.

Le fait que leur vie quotidienne n'ait subi aucun changement au cours de cette période contribuait à rassurer Jeremy. Ils lisaient le journal, discutaient de choses et d'autres, et elle l'incitait à la suivre dans la salle de bains pour prolonger leur conversation quand elle se préparait le matin.

Pendant la journée, il faisait son possible pour ne pas ressasser. Le soir, il se mettait au lit en se promettant de ne pas se laisser affecter par un nouveau refus – non sans avoir remonté le thermostat avec une certaine agressivité.

Mais, les semaines passant, il se sentait de plus en plus frustré et perturbé. Un soir, ils regardèrent un peu la télévision, flirtèrent un peu après avoir éteint les lumières, puis Jeremy gagna l'autre côté du lit pour se rafraîchir. Lexie chercha à lui prendre la main.

— Bonne nuit, murmura-t-elle, en passant doucement son pouce sur sa paume.

Il ne se donna pas la peine de répondre, mais, le lendemain matin, Lexie semblait maussade quand elle se dirigea vers la salle de bains. Il la suivit, et quand ils se furent brossé les dents et rincé la bouche, elle lui jeta un regard noir.

— Dis-moi ce qui n'allait pas hier soir !

— Que veux-tu dire ?

— J'avais envie de faire l'amour et tu t'es endormi !

— Comment pouvais-je deviner ?

— Il me semble que je t'ai pris la main.

Jeremy écarquilla les yeux : était-ce ainsi que Lexie lui faisait des avances ?

— Désolé ! Je ne m'étais pas rendu compte.

— Ce n'est rien, grommela Lexie d'un air sombre.

En se dirigeant vers la cuisine, Jeremy se promit d'être vigilant la prochaine fois qu'elle lui prendrait la main au lit.

Justement, cela se produisit deux soirs plus tard. Il se tourna vers elle si précipitamment que les draps s'emmêlèrent quand il chercha à l'embrasser.

— Que fais-tu ? maugréa-t-elle, en se dégageant.

— Tu m'as pris la main...

— Et alors ?

— L'autre jour, ça signifiait que tu avais envie de faire l'amour.

— En effet, mais je t'avais légèrement caressé la main avec mon pouce ; pas cette fois-ci.

— Donc, tu n'en as pas envie ! conclut Jeremy, déconcerté.

— Pas vraiment... Ça ne t'ennuie pas si je dors ?

Jeremy étouffa un soupir.

— Non, ça va.

— On se caresse tout de même un peu ?

— Si tu veux...

Il finit par y voir plus clair le lendemain matin. À son réveil, il avait trouvé Lexie assise sur le canapé – ou plutôt cherchant en même temps à s'asseoir et à s'allonger – avec le haut de son pyjama remonté sur ses seins. L'abat-jour était orienté de manière à projeter la lumière sur son ventre.

— Que fais-tu ? s'étonna-t-il.

— Viens vite et assieds-toi à côté de moi.

Il la rejoignit sur le canapé, tandis qu'elle lui désignait son estomac.

— Regarde bien, et surtout ne bouge pas !

Jeremy obtempéra et vit, sur son ventre, une petite tache enfler brusquement. Un phénomène si rapide qu'il ne comprit pas tout de suite.

— Tu vois ? fit Lexie.

— Je crois avoir vu quelque chose ; mais quoi ?

— C'est le bébé ! Notre fille donne des coups de pied. Depuis quelques semaines je crois la sentir bouger un peu, mais ce matin j'en suis sûre !

Le même phénomène se renouvela.

— Ça y est ! J'ai vu ! s'exclama Jeremy.

Lexie hocha la tête, fascinée.

— Elle n'arrêtait pas de se manifester ce matin. Comme je ne voulais pas te réveiller, je suis venue ici pour mieux observer.

— Extraordinaire !

— Donne-moi ta main.

Lexie plaqua sa paume contre son ventre. Quelques secondes plus tard, il sentit une secousse.

— Ça te fait mal, Lexie ?

— Non, on dirait une pression. C'est difficile à décrire, mais prodigieux...

À la lumière de la lampe, la beauté de Lexie resplendissait.

— Maintenant ça vaut la peine, non ? murmura-t-elle.

— Ça a toujours valu la peine.

Elle posa une main sur la sienne.

— Je suis désolée que nous n'ayons pas fait l'amour depuis quelque temps, mais je me sentais nauséeuse. Je ne m'y attendais pas, car je n'ai jamais eu de nausées, même le matin... Mon estomac était si bizarre que j'avais peur de vomir si nous faisions l'amour.

— Ne t'inquiète pas, Lexie ; ce n'est pas un problème pour moi.

— Pourtant, j'ai eu l'impression de te contrarier.

— Tu crois ?

— Absolument ! Tu te tournais dans tous les sens et tu soupirais à fendre l'âme. Maintenant, je ne me sens plus bizarre...

— Plus du tout ?

— Je me sens aussi bien qu'après notre mariage.

— Vraiment ?

Lexie hocha la tête avec un regard ensorceleur.

Le travail de Jeremy continua à lui poser problème au cours de ses premiers mois de vie conjugale. Fin juillet, comme en mai et juin, il avait envoyé à son rédacteur en chef l'une de ses chroniques rédigées à l'avance. La dernière ! L'échéance approchait, et il ne lui restait plus que quatre semaines pour avoir une idée originale.

Néanmoins, quand il s'asseyait devant son ordinateur, l'inspiration ne venait toujours pas.

Avec le mois d'août arriva une chaleur implacable dont Jeremy avait entendu parler sans jamais en faire l'expérience. Bien que New York soit abondamment pourvue en jours torrides et moites, il s'en était accommodé grâce à la climatisation des appartements. Boone Creek était au contraire une ville avec un fleuve et un festival d'été, qui poussaient ses habitants hors de chez eux.

Comme l'avait prévu Gherkin, le festival attira des milliers de visiteurs de la partie est de l'État. Les rues bondées étaient jalonnées de dizaines de kiosques vendant de tout : sandwiches de viande au barbecue, brochettes de crevettes, etc. Près du cours d'eau, le carnaval ambulant proposait des tours sur de mini-montagnes russes et une grande roue grinçante, devant lesquelles des enfants faisaient la queue. L'usine de papier voisine avait offert des milliers de pièces de bois – blocs cubiques, circulaires ou triangulaires – pour leur permettre de réaliser toutes sortes de constructions imaginaires.

L'astronaute avait remporté un grand succès auprès de tous et passé des heures à signer des autographes. Gherkin avait par ailleurs exploité fort habilement le thème de l'espace. L'atelier maquillage vous proposait de vous peindre, non pas en animal, mais en navette spatiale, météore, planète et satellite. En outre, il avait convaincu la société Lego d'offrir mille coffrets, dans lesquels les gamins trouvaient leur propre navette à assembler. Cette activité se déroulait sous un velum géant, très apprécié par les parents eux-mêmes, car c'était le seul endroit ombragé du secteur.

Jeremy et Lexie se rendirent au festival. Au bout de quelques minutes, Jeremy transpirait à grosses gouttes, tandis que Lexie, enceinte d'un peu plus de six mois, était dans un état plus pitoyable encore.

Sans paraître vraiment massive, elle était assez ronde pour que plus d'une femme âgée, qui n'était pas au courant de son état jusque-là, hausse les sourcils à sa vue. Mais, le premier moment de surprise passé, on leur manifesta une sympathie évidente.

Lexie minimisa courageusement sa lassitude et proposa à Jeremy de rester aussi longtemps qu'il le souhaiterait. Devant ses joues cramoisies, il lui affirma qu'il ne tenait pas à prolonger sa visite, et suggéra d'aller passer le reste du week-end loin de la foule.

Après avoir préparé leur sac de voyage, ils se mirent en route pour le cottage de Buxton. La température n'était guère différente, mais la brise venue de l'océan et la fraîcheur de l'eau leur offrirent une agréable diversion. À leur retour, ils apprirent que Rodney et Rachel étaient fiancés. Ils avaient fini par résoudre leurs problèmes, et, deux jours plus tard, Rachel pria Lexie d'être sa demoiselle d'honneur.

La rénovation de la maison progressait également. Les gros travaux étaient terminés, la cuisine et les salles de bains comme neuves ; seules manquaient les touches finales qui transformeraient ce chantier en une maison accueillante. Leur emménagement était prévu à la fin du mois. Somme toute, le moment idéal, car ils venaient de recevoir une offre d'un charmant couple de retraités, originaires de Virginie et désireux de prendre possession du bungalow dès que possible. Sa « panne d'écriture » mise à part, Jeremy vivait des jours heureux. Quand il songeait aux épreuves que Lexie et lui avaient traversées avant leur mariage, il se disait que leur couple en était sorti renforcé ; et il regardait sa femme en se répétant qu'il n'avait jamais éprouvé un tel amour.

Comment aurait-il pu se douter qu'il devait s'attendre au pire ?

16.

— Nous n'avons pas encore choisi le prénom du bébé, déclara Lexie.

Par ce début de soirée de la deuxième semaine d'août, Lexie et Jeremy étaient assis sur la véranda de leur nouvelle maison. Ils n'avaient pas encore emménagé, mais, profitant de l'absence des ouvriers pour la journée, ils contemplaient l'eau, plate comme un miroir. Sans le moindre souffle de brise, les cyprès argentés de la rive opposée semblaient pousser à l'envers.

— J'ai décidé de m'en remettre à toi, répliqua Jeremy.

Il s'éventait avec un exemplaire de *Sports Illustrated*, dans la chaleur nocturne.

— Impossible ! protesta Lexie. C'est notre enfant ! Je veux connaître ton opinion.

— Tu la connais déjà, mais tu n'es pas d'accord.

— Pas question d'appeler notre fille Misty !

— Misty Marsh[1] ne te dit rien ?

Jeremy avait suggéré ce prénom pour plaisanter, la semaine précédente. Lexie avait été si négative qu'il prenait plaisir à la taquiner depuis.

---

1. « Marais brumeux ». *(N.d.T.)*

— Rien du tout !

Vêtue d'un short et d'un ample T-shirt, elle était moite de chaleur. Voyant que ses pieds commençaient à enfler, Jeremy lui avait apporté un vieux seau pour les surélever.

— Ça sonne bien, pourtant.

— Si tu joues avec ton nom de famille, pourquoi pas Smelly Marsh ou Creepy Marsh[1] ?

— Je gardais ces prénoms en réserve pour nos fils.

— Ils te seraient éternellement reconnaissants... Tu n'as vraiment aucune idée ?

— Non, je te répète que je m'inclinerai devant ta décision.

— Le problème est que je n'ai pas décidé.

— Comme tu as acheté tous les livres en librairie sur les prénoms, tu n'arrives plus à faire ton choix.

— Je voudrais un prénom qui convienne à notre bébé !

— Aucun prénom ne « conviendra »... Aucun bébé n'a la tête d'une Cindy ou d'une Jennifer. Tous les bébés font penser à Elmer Fudd, dans les dessins animés.

— Absolument pas ! Les bébés sont si mignons...

— Mais ils se ressemblent tous.

— Non ! Et je te préviens dès maintenant que je serai affreusement déçue si tu n'es pas capable de reconnaître notre fille à la pouponnière.

— Pas de problème, tous les enfants portent une carte d'identification.

— Tu dois être capable de la reconnaître !

— Bien sûr ! Elle sera le plus beau bébé de Caroline du Nord. Les photographes du monde entier afflueront pour la photographier, en disant :

---

1. « Marais nauséabond ou marais sinistre ». *(N.d.T.)*

« Elle en a de la chance d'avoir les oreilles de son père ! »

Lexie éclata de rire.

— Et sa fossette !

— Oui, comment oublier ma fossette ?

— Et pour demain... es-tu impatient ?

— Follement impatient ! La première échographie était impressionnante... mais cette fois-ci nous allons vraiment *la* voir.

— Merci de m'accompagner.

— Ça va de soi ! J'adore les échographies... J'espère qu'ils vont m'en imprimer une pour que je puisse la montrer à mes copains en me vantant un peu.

— Quels copains ?

— Je ne t'ai pas dit ? Jed passe son temps à m'appeler pour me tenir de longs discours.

— La chaleur te trouble l'esprit, il me semble. J'avais cru comprendre qu'il ne t'adresse toujours pas la parole.

— C'est juste, mais ça n'a aucune importance, je veux qu'on m'imprime une échographie pour pouvoir me permettre d'admirer ma fille quand j'en ai envie.

Lexie haussa un sourcil.

— Tu es sûr maintenant qu'il s'agit d'une fille ?

— Oui, tu as fini par me convaincre.

— Qu'en déduis-tu au sujet de Doris ?

— Elle a une chance sur deux de ne pas se tromper, comme tout le monde.

— Toujours dans la contradiction ?

— Disons plutôt que je suis sceptique.

— L'homme de mes rêves !

— J'aime te l'entendre dire, murmura Jeremy.

Lexie, soudain incommodée, se trémoussa sur sa chaise, en quête d'une meilleure position.

— Que penses-tu du projet de mariage de Rodney et Rachel ?

— Je suis favorable au mariage ; c'est une institution respectable.

— Tu n'as pas l'impression que c'est un peu précipité ?

— Quelle question ! Je t'ai demandée en mariage quelques semaines après notre première rencontre, alors qu'ils se sont connus enfants. Ils se posent peut-être la même question à notre sujet.

— Ça ne m'étonnerait pas ! On parle beaucoup de nous ici.

— Vraiment, Lexie ?

— Voyons, Jeremy ! Que fait-on dans une petite bourgade ? On papote... On s'intéresse à la vie des autres, on partage des informations à leur sujet, on s'interroge sur la vie qu'ils mènent, on résout leurs problèmes à leur place. Bien sûr, personne ne l'admet, mais c'est la pure vérité. On vit comme ça.

Jeremy resta un moment songeur.

— Mais alors, que dit-on de nous ?

— Certaines personnes font courir le bruit que nous nous sommes mariés parce que je suis enceinte. D'autres supposent que tu ne supporteras pas longtemps de vivre à Boone Creek, ou se demandent comment nous avons pu acheter notre maison. On nous croit couverts de dettes, contrairement aux principes en vigueur ici ! Les langues se délient et les ragots vont bon train.

— Tu n'y vois pas d'inconvénient ?

— Pourquoi m'inquiéter si on nous laisse en paix et si tout le monde nous fait bonne figure ? D'ailleurs nous en faisons autant ; ce qui me ramène à Rodney et Rachel. Tu ne trouves pas que leur mariage est un peu précipité ?

Ils lisaient tous les deux au lit ce soir-là. Jeremy s'était finalement plongé dans *Sports Illustrated*, et parcourait un article sur une équipe féminine de volley-ball, quand Lexie posa son livre.

— Penses-tu parfois à l'avenir ?

Jeremy s'arracha à son magazine.

— Oui, tout le monde y pense.

— Comment l'imagines-tu ?

— Notre avenir, ou celui du monde ?

— Sérieusement !

— Sérieusement, il y a toutes sortes de manières d'aborder ce sujet. On pourrait parler du réchauffement de la planète et des conséquences qu'il entraîne pour l'humanité... Ou de l'existence de Dieu, de l'éternité, et du sens parfois dérisoire de la vie sur terre. Il pourrait être question de problèmes économiques et de leurs répercussions à long terme... Ou encore de politique : notre prochain président nous apportera-t-il la prospérité ou l'enfer ?

Lexie interrompit Jeremy d'un geste.

— Seras-tu toujours pareil ?

— C'est-à-dire ?

— Comme ça ! Tatillon, toujours prêt à couper les cheveux en quatre... Je n'avais pas l'intention de discuter philosophie avec toi, mais de causer un peu.

— Eh bien, risqua Jeremy, j'espère que nous serons heureux. Je souhaite vivre avec toi jusqu'à la fin de mes jours...

Apparemment satisfaite, elle serra son bras.

— Je pense la même chose, mais il m'arrive de... Je me demande parfois comment nous serons en tant que parents. Ça m'inquiète...

— Nous serons parfaits. Tu seras parfaite !

— Qui sait ? Notre fille pourrait devenir une de ces adolescentes révoltées qui s'habillent en noir, se droguent et couchent avec tous les garçons.

— Sûrement pas !

— D'où te vient cette certitude ?

— Notre fille sera délicieuse ! Avec la mère qu'elle aura, je n'en doute pas.

— Ce n'est pas si simple. Les enfants ont une personnalité qui s'affirme quand ils grandissent... quoi qu'on fasse.

— Tout dépend de l'éducation qu'ils ont reçue.

— Ça ne suffit pas toujours. Nous aurons beau lui offrir des leçons de piano et des cours de danse, lui faire faire du sport, l'amener à l'église tous les dimanches, l'inonder d'amour... Un jour ou l'autre, quand elle sera adolescente, nous n'aurons pas nécessairement notre mot à dire.

— Tu t'inquiètes vraiment ? s'étonna Jeremy.

— Je réfléchis. Pas toi ?

— Comme tous les parents, nous chercherons à montrer le droit chemin à notre enfant.

— Et si ça ne suffit pas ?

— Je suis sûr que tout ira bien ! Je te connais et je crois en toi. Tu seras une mère formidable ! Souviens-toi aussi que j'ai écrit des articles au sujet de l'hérédité et de l'éducation. Les deux ont de l'importance, mais l'éducation est en général le facteur déterminant.

— Pourtant...

— Nous ferons de notre mieux et nous obtiendrons certainement de bons résultats.

— Tu as écrit des articles à ce sujet ? fit Lexie intriguée.

— Non seulement j'ai écrit des articles, mais j'ai mené des recherches approfondies. Je sais de quoi je parle !

— En tout cas, conclut Lexie, que tu aies tort ou raison, tu viens de me dire exactement ce que je souhaitais entendre.

— Vous voyez ici le cœur du bébé, dit le docteur, le lendemain, en montrant une image floue sur l'écran de l'ordinateur. Voici ses poumons et sa colonne vertébrale.

Jeremy se pencha et pressa la main de Lexie, sur la table d'examen ; le service d'obstétrique et de gynécologie de Washington n'était certainement pas sa tasse de thé.

Les premiers tirages granuleux de l'échographie étaient encore accrochés au réfrigérateur, et il se réjouissait de revoir le bébé ; mais à la vue de Lexie sur la table d'examen, les pieds dans les étriers, il avait eu l'impression d'une intrusion dans son intimité.

Certes, le docteur Andrew Sommers – un homme grand et svelte, aux cheveux bruns ondulés – cherchait à donner l'illusion qu'il prenait tout simplement le pouls de sa patiente, laquelle jouait volontiers le jeu. Tandis qu'il l'examinait, ils échangeaient des commentaires sur la récente vague de chaleur et les feux de forêt dans le Wyoming. Le médecin avait manifesté son intention d'aller prendre un repas à Herbs, dont certaines de ses patientes lui avaient vanté les mérites. Par moments, il s'interrompait pour poser des questions plus ciblées : Lexie avait-elle des contractions passagères ? Des vertiges ? Des étourdissements ? Elle lui répondait le plus naturellement du monde.

Jeremy, qui était assis au niveau de la tête de Lexie, se sentait dans une situation surréaliste. Évidemment, ce médecin recevait des dizaines de patientes chaque jour, mais quand le Dr Sommers chercha à l'entraîner dans la conversation, il eut grand-peine à soutenir son regard, en feignant d'ignorer l'examen qu'il pratiquait. Lexie s'était sans doute habituée à ce processus, qu'il avait le privilège d'ignorer, en tant qu'homme.

Quand le Dr Sommers s'éclipsa, Jeremy et Lexie attendirent quelques minutes l'arrivée de la technicienne. Celle-ci pria Lexie de remonter sa chemise et étala du gel sur son ventre rond.

— Pardon, j'aurais dû vous prévenir que c'est froid, dit-elle en la voyant sursauter. Maintenant, nous allons savoir comment se porte votre bébé !

Au fur et à mesure que se déroulait l'échographie, la technicienne leur décrivit ce qui apparaissait sur l'écran.

— Êtes-vous sûre que c'est une fille ? lui demanda Jeremy.

Bien qu'il en ait reçu l'assurance la semaine précédente, il avait eu du mal à interpréter l'image, et n'avait pas osé exprimer ses doutes.

— Tout à fait sûre ! s'écria la technicienne, en déplaçant une fois de plus la sonde.

Elle lui désigna l'écran.

— Voici un bon angle ! Regardez bien.

Jeremy regarda avec attention.

— Je ne comprends pas exactement à quoi ça correspond.

— Voici les fesses, et les jambes sont là... Comme si le bébé était assis sur la caméra.

— Je ne vois rien !

— Justement, voilà pourquoi nous savons que c'est une fille.

Lexie rit de bon cœur ; il se pencha vers elle.

— Dis bonjour à Misty !

— Ne gâche pas mon plaisir, riposta Lexie en exerçant une pression sur sa main.

— Et maintenant, dit la technicienne, je n'ai plus qu'à prendre quelques mesures pour m'assurer que le développement est normal.

Elle déplaça à nouveau la sonde, pressa un bouton, puis un autre ; Jeremy se souvint qu'elle avait procédé de la même manière la fois précédente.

— Accouchement prévu le 19 octobre. C'est bien ça ?

Elle prit les mesures du cœur et du fémur, et parut brusquement se figer sur place. Elle fronça les sourcils et déplaça la sonde plus rapidement, avec de fréquentes pauses pour examiner chaque image. Elle semblait vérifier tous les paramètres.

— Que faites-vous ? lui demanda Jeremy.

— Un simple contrôle, murmura-t-elle, sans se déconcentrer.

Elle prit encore des mesures en hochant la tête. Jeremy vit apparaître et disparaître des images de sa fille sous tous les angles.

— Tout va bien ? reprit-il.

Les yeux rivés sur l'écran, elle inspira profondément avant de murmurer d'une voix neutre :

— Il y a quelque chose que j'aimerais montrer au médecin.

— C'est-à-dire ?

— Je vais le chercher ; il sera en mesure de vous en dire plus que moi. Ne bougez pas, je reviens tout de suite.

Au son de sa voix, Lexie blêmit, et pressa la main de Jeremy.

Angoissé, il comprit que la technicienne avait vu une chose inhabituelle, différente... qui l'avait alarmée. Le temps s'était arrêté pour lui, et il envisagea différentes hypothèses.

— Que se passe-t-il ? souffla Lexie.

— Je ne sais pas.

— Un problème avec le bébé ?

— Elle n'a pas dit cela.

La gorge sèche, Jeremy chercha à se rassurer lui-même autant que Lexie.

— Je suis sûr que ce n'est rien !

— Alors, pourquoi va-t-elle chercher le médecin ?

— Elle est probablement censée l'appeler si elle remarque quelque chose.

— Qu'a-t-elle remarqué ?

— Aucune idée !

En désespoir de cause, Jeremy rapprocha son siège de Lexie.

— Le rythme cardiaque est bon et notre fille grandit. Elle nous aurait prévenus avant s'il y avait une anomalie.

— Tu as vu son visage ? insista Lexie. Elle paraissait effarée.

Jeremy garda les yeux braqués sur le mur opposé. Bien qu'il soit avec Lexie, il se sentait très seul.

Peu de temps après, le médecin et la technicienne entrèrent dans la pièce en arborant un sourire contrit. Le médecin s'assit à la place de la jeune femme. Ni Lexie ni Jeremy ne soufflèrent mot ; dans un profond silence, ils entendaient les battements de leur propre cœur.

— Voyons un peu, murmura le Dr Sommers.

La technicienne ajouta un peu de gel.

Il manipula la sonde en silence. Les images défilaient plus lentement, car il avait moins d'expérience de la console.

— Un problème ? demanda Lexie d'une voix tremblante, au bout d'un moment. Que cherchez-vous ?

— Pour être franc, votre bébé ne grandit pas suffisamment et il semble manquer de liquide amniotique.

Jeremy vit du coin de l'œil Lexie se mordre les lèvres.

— Que va-t-il arriver ? murmura Lexie.

Le médecin prit un ton rassurant.

— Ne vous en faites pas, il va malgré tout continuer à se développer mais nous allons devoir surveiller cela d'un peu plus près, pour être sûr que tout se passe bien.

Jeremy sentit sa tête tourner.

— Que faire ? articula-t-il. Lexie n'est pas en danger ?

— Ne craignez rien pour elle ! Cette maladie n'affecte absolument pas la mère. D'autre part, il n'y a rien à faire, sinon attendre. Lexie doit se reposer et prendre des précautions... Je serais favorable à une échographie de niveau II, qui nous donnerait une image plus précise. Ensuite, nous procéderons à des échographies régulières... probablement une toutes les deux ou trois semaines. C'est tout pour le moment.

— Comment cela s'explique-t-il ? souffla Lexie.

— Vous n'y êtes pour rien. C'est probablement dû à une anomalie du placenta. Mais à l'heure actuelle, votre bébé n'a aucun problème. Son rythme cardiaque est excellent, et son cerveau se développe... Pour l'instant, tout va bien. Nous allons veiller à ce que tout continue à bien se passer, et que ce manque de liquide ne provoque pas de souffrance chez le bébé. Si jamais nous constatons une souffrance fœtale, nous vous ferions une césarienne.

— Le bébé est en danger ?

— Il y a un risque effectivement, je ne peux vous le cacher : il faut le surveiller très régulièrement pour vérifier que sa croissance se poursuit et qu'il ne manque pas d'oxygène. Au moindre signe de souffrance dépisté, nous devrons pratiquer une césarienne pour sauver le bébé.

— Voulez-vous dire que je ne mènerai pas ma grossesse à son terme ?

— La naissance prématurée est une éventualité qu'il faut envisager. Toutefois, si votre bébé continue de grandir avec une quantité de liquide minimum, une naissance naturelle à terme est possible.

17.

Ils risquaient de perdre le bébé.

Dès que le médecin eut quitté la pièce, Lexie s'effondra, et Jeremy refoula ses larmes à grand-peine. À bout de forces, il lui rappela que le bébé n'avait pas de problème pour l'instant et qu'il continuerait probablement à bien se porter. Au lieu de la calmer, ses paroles semblaient accroître son désespoir. Ses épaules se soulevaient et ses mains tremblaient dans les siennes ; quand elle se libéra de son étreinte, il sentit que sa chemise était trempée de larmes.

Lexie se rhabilla en silence ; seul résonnait dans le silence le son rauque de sa respiration, comme si elle retenait ses sanglots. Suffoquant dans la pièce exiguë, il eut un vertige. Et quand il vit Lexie boutonner sa blouse sur son ventre proéminent, il dut faire un effort pour ne pas s'effondrer.

Non, c'était impossible ! Il ne pouvait pas croire à ce cauchemar... Les précédentes échographies n'avaient révélé aucune anomalie. Pourtant, quelque chose ne tournait pas rond. Il aurait souhaité que Lexie s'allonge et reste totalement immobile. En même temps, il désirait qu'elle continue à déambuler et à vivre comme si de rien n'était. Que faire pour protéger leur bébé ? L'air se raréfiait de plus en plus autour de Jeremy, et il était pétri d'angoisse.

Leur bébé risquait de mourir. Leur petite fille... Peut-être le seul enfant qu'ils auraient la chance de concevoir...

Il eut envie de quitter cette pièce et de ne plus jamais y revenir. En même temps, il souhaitait parler au médecin à nouveau, pour s'assurer qu'il avait bien compris. Il voulait se confier à sa mère, à ses frères, à son père, et pleurer dans leurs bras ; il voulait aussi se taire et surmonter cette épreuve avec stoïcisme. Il voulait mettre son bébé à l'abri ; il se répéta cela plusieurs fois comme pour l'inciter à se tenir à distance du danger.

Quand Lexie prit son sac, il eut le cœur brisé à la vue de ses yeux cerclés de rouge. Cela n'aurait pas dû se produire ! Alors qu'ils s'attendaient à une journée heureuse, ils étaient maintenant plongés dans l'angoisse, et l'avenir s'annonçait encore plus sombre.

Dans le vestibule, la technicienne piqua du nez dans ses papiers lorsqu'ils passèrent en se dirigeant vers le bureau personnel du médecin. Ils s'assirent face à lui, et le Dr Sommers leur montra les échographies imprimées, en leur expliquant à nouveau la conduite à tenir et en leur faisant les mêmes remarques. Il était important, leur dit-il, de récapituler, car la plupart des gens, étant sous le choc, ne l'entendaient pas la première fois. Il insista sur le fait que le fœtus allait bien.

— Je sais combien ce que je vous dis là est éprouvant, répéta le médecin.

Non, pensa Jeremy, il n'en avait pas la moindre idée ! Ce n'était pas son bébé, son enfant. La photo de sa fille, avec des couettes, et agenouillée devant un ballon de football, souriait dans un cadre posé sur son bureau. Sa fille était en bonne santé, donc il ne *savait* pas.

En sortant du bureau, Lexie craqua à nouveau et trouva refuge dans ses bras. Ils échangèrent à peine quelques mots pendant le trajet de retour, dont Jeremy se souvint à peine ensuite.

Lexie avait appelé Doris en arrivant. Elles étaient maintenant assises toutes les deux dans le séjour. Lexie avait pleuré en lui ouvrant la porte, et pleuré encore en s'asseyant sur le canapé. Doris fondit en larmes à son tour en assurant Lexie que son bébé serait normal, que Dieu avait béni leur union, et qu'elle devait avoir foi en lui. À la demande de Lexie, Doris promit de garder le secret, et Jeremy s'abstint de parler à sa famille. Il se doutait de la réaction de sa mère, du son de sa voix au téléphone, et des appels incessants qui s'ensuivraient. Même si elle croyait lui remonter le moral, ce serait exactement l'inverse. Or, il ne pouvait s'imaginer soutenant quelqu'un – surtout sa mère – alors qu'il arrivait à peine à soutenir Lexie et à maîtriser ses propres émotions. Mais il devait être fort dans leur intérêt à tous les deux.

Deux jours plus tard, ils allaient au centre médical de l'East Carolina University, à Greenville, pour l'échographie de niveau II. Lexie se présenta à l'accueil et remplit les formulaires avec un calme apparent. Dans la salle d'attente, elle posa son sac sur la table basse, puis sur ses genoux, puis à nouveau sur la table. Elle alla prendre un magazine dans le présentoir, mais ne l'ouvrit pas, une fois revenue à son siège. Après avoir glissé une mèche de cheveux derrière son oreille, elle parcourut la salle du regard. Elle glissa ensuite une mèche derrière son autre oreille et scruta la pendule.

Les jours précédents, Jeremy s'était tourné et retourné dans son lit pendant la nuit, à l'idée que le bébé était en danger, alors que cette grossesse était vraisemblablement la seule possible. Lexie n'aurait pas dû être enceinte et dans ses plus noirs moments, il allait jusqu'à se demander si le malheur qui fondait sur lui n'était pas une revanche de la Nature dont il avait transgressé les lois. Car il n'était pas censé avoir un enfant ; il n'aurait jamais dû être père.

— À chacun de mes gestes, je crains de mal faire, dit tout à coup Lexie.

— Je crois que ça ne se passe pas comme ça...

— J'ai peur, Jeremy.

Après avoir glissé un bras autour de ses épaules, il lui avoua qu'il avait peur lui aussi.

On les escorta dans la pièce où avait lieu l'examen. Lexie remonta sa chemise dès l'entrée de la technicienne. Celle-ci se mit tout de suite au travail. Malgré son sourire, une tension presque palpable régnait dans la pièce.

Le fœtus apparut sur l'écran. L'image étant beaucoup plus nette, les traits du bébé étaient visibles : son nez, son menton, ses paupières, et ses doigts. Quand Jeremy jeta un coup d'œil furtif à Lexie, elle lui serra la main avec une intensité fébrile.

Le bébé allait bien. Mais il restait encore dix semaines d'attente.

— Je déteste cette attente, dit Lexie. Attendre et espérer, sans savoir ce qui va se passer...

C'était exactement ce que pensait Jeremy, les mots qu'il s'interdisait de prononcer en sa présence. Une semaine s'était écoulée depuis que le médecin leur avait annoncé la nouvelle. Une autre échographie était prévue moins de deux semaines après.

— Tout ira bien, marmonna-t-il.

— Pourquoi fallait-il que ça tombe sur moi ? Sur nous deux ?

— Je n'en sais rien, mais tout finira par s'arranger.

— Peux-tu me le promettre ?

Non, pensa Jeremy, mais sa réponse fut tout autre.

— Tu es en bonne santé, tu manges sainement, tu as une bonne hygiène... Tant que tu continueras, et que tu te reposeras, le bébé se portera bien.

— Ce n'est pas juste, gémit Lexie. Les journaux regorgent d'articles sur des femmes qui accouchent en ignorant presque qu'elles étaient enceintes ; qui ont des bébés parfaitement sains qu'elles abandonnent ; ou bien qui fument et boivent sans avoir de problème. Je suis peut-être mesquine, mais ça me révolte ! Maintenant, je ne peux même plus profiter du reste de ma grossesse. Je me réveille chaque matin, vaguement angoissée, et, tout à coup, *boum* ! Je suis anéantie en me souvenant que quelque chose en moi – oui, en moi – risque de tuer mon bébé. Et j'aurai beau faire, je ne pourrai pas arrêter ce processus !

— Tu n'y es pour rien.

— Alors, qui ? Le bébé ? Quelle faute ai-je commise ?

Jeremy venait de s'apercevoir que non seulement Lexie était terrifiée, mais qu'elle se sentait coupable.

— Tu n'as rien fait de mal, murmura-t-il tristement.

— Mais ça se passe en moi...

— Pour l'instant, tout va bien, et je suis persuadé que c'est en partie grâce à toi. D'après ce que nous savons, le bébé se porte parfaitement !

Jeremy avait peu d'expérience de la mort, alors que Lexie l'avait toujours eue pour compagne : elle

235

avait perdu non seulement ses parents, mais son grand-père quelques années avant. Malgré sa compassion, il ne pouvait pas deviner ce qu'elle avait ressenti, car il ne la connaissait pas à l'époque. Quelle serait sa réaction si leur bébé mourait ?

Même si la prochaine échographie était parfaitement normale, le bébé pouvait souffrir à tout moment. S'ils arrivaient avec le moindre retard à l'hôpital ? Le bébé serait perdu et ils auraient le cœur brisé. Lexie se blâmerait-elle alors ? Le blâmerait-elle *lui*, car une autre grossesse était totalement improbable ?

Qu'éprouverait-elle en passant devant la chambre du bébé, dans leur nouvelle maison ? Garderait-elle les meubles qu'elle avait achetés pour la nursery, ou vendrait-elle le tout ? Adopteraient-ils un enfant ?

Il n'avait pas la réponse à ces questions.

Le temps s'écoula lentement la semaine suivante. Lexie restait allongée et prenait son mal en patience ; il ne chercha même pas à écrire. Puisqu'il ne trouvait pas la force de se concentrer, il décida de nettoyer leur future maison, dont la rénovation allait bientôt s'achever. Il lava les carreaux à l'intérieur et à l'extérieur, passa l'aspirateur dans l'escalier, gratta les éclaboussures de peinture sur les plans de travail de la cuisine. Des tâches lassantes qui lui apportaient un certain réconfort.

Les peintres terminaient les pièces du rez-de-chaussée et le papier mural de la chambre d'enfant était déjà posé. Lexie avait choisi la plupart des meubles de cette pièce. Après leur livraison, il passa deux après-midi à les assembler et à terminer l'installation de la chambre.

Quand il eut fini, il amena Lexie jusqu'à la maison et la porta jusqu'à la chambre. Il lui dit de fermer les yeux.

— Maintenant, tu peux les ouvrir, lui annonça-t-il sur le seuil.

Toutes les angoisses de Lexie au sujet de leur avenir se volatilisèrent un instant. L'ancienne Lexie était de retour. Une future maman souriante, et enchantée de l'expérience qu'elle vivait.

— Tu as tout fait ? s'étonna-t-elle.

— Presque tout. Les peintres m'ont aidé pour les stores et les rideaux. Je me suis chargé du reste.

— C'est magnifique !

Lexie entra dans la chambre.

Sur la moquette était jeté un tapis orné de canards. Dans un coin, le berceau, au matelas recouvert d'un fin tissu de coton, trônait sous le mobile qu'ils avaient choisi un siècle plus tôt. Les rideaux étaient assortis au tapis et aux petites serviettes posées sur la commode. Sur la table à langer s'amoncelaient couches, tubes de pommade, et essuie-mains. Un petit manège musical tournait doucement sous la chaude lumière d'une lampe décorative.

— Comme notre déménagement approche, je me suis dit qu'il était temps d'installer cette chambre.

Lexie désigna un petit canard de porcelaine, posé sur la table.

— C'est toi qui l'as choisi ?

— Il est assorti au tapis et aux rideaux. S'il ne te plaît pas...

— Il me plaît, mais je suis surprise...

— Pourquoi ?

— Quand nous avons fait du shopping ensemble, tu n'avais pas l'air d'apprécier...

— Je suppose que j'ai fini par m'habituer, et puis j'ai le droit de m'amuser moi aussi. Tu crois qu'elle aimera ce canard ?

Lexie s'approcha de la fenêtre et passa un doigt sur le rideau.

— Elle l'adorera, comme moi !

Lexie laissa tomber le rideau et contempla le berceau. Elle souriait à la vue des petits animaux en peluche qu'il y avait disposés, mais son sourire s'évanouit brusquement. Elle croisa les bras, et Jeremy comprit que ses soucis étaient de retour.

— Nous devrions être en mesure d'emménager ce week-end, observa-t-il. En fait, les peintres m'ont dit que nous pouvons dès maintenant stocker des meubles dans les chambres, en attendant qu'ils terminent la peinture du séjour. Je pensais installer ensuite mon bureau, et peut-être notre chambre. Je me charge de tout.

— Très bien, marmonna Lexie.

Jeremy fourra ses mains dans ses poches.

— J'ai réfléchi au prénom du bébé. Ne t'inquiète pas, j'ai renoncé à Misty.

Elle haussa un sourcil.

— Je me demande pourquoi je n'y avais pas pensé plus tôt ! ajouta Jeremy.

— Quelle est ton idée ?

Il hésita en se rappelant ce prénom sur une page du journal de Doris, et sur la pierre tombale à côté de celle du père de Lexie.

— Claire..., murmura-t-il, après avoir pris une profonde inspiration.

Devant l'expression indéchiffrable de Lexie, il craignit un instant de l'avoir choquée ; mais elle se dirigea vers lui, un sourire aux lèvres. Après l'avoir enlacé elle abandonna sa tête sur son épaule, et il referma ses bras autour d'elle. Bien que leur angoisse n'ait pas lâché prise, ils étaient moins seuls.

— Ma mère..., souffla-t-elle.

— Oui, fit-il, je ne peux pas imaginer un autre prénom pour notre fille.

Cette nuit-là, Jeremy se mit à prier pour la première fois depuis des années.

Élevé dans la religion catholique, il assistait en famille aux offices de Noël et de Pâques, mais sans conviction. Néanmoins, il n'avait jamais douté de l'existence de Dieu ; et malgré le scepticisme sur lequel il avait fondé sa carrière, il estimait que croire était non seulement naturel mais rationnel. Sinon, comment expliquer l'harmonie de l'univers ? L'évolution de la vie ? Bien des années plus tôt, il avait écrit une chronique – étayée par des raisonnements mathématiques – dans laquelle il doutait qu'une forme de vie se manifeste ailleurs que sur notre planète, en dépit de l'existence de millions de galaxies et de milliards d'étoiles.

Cette chronique avait connu un grand succès et lui avait valu un abondant courrier. La plupart de ses lecteurs admettaient l'idée que Dieu avait créé l'univers, mais certains lui avaient opposé la théorie du big bang. Dans la chronique suivante, il avait expliqué que, selon cette théorie, toute la matière de l'univers avait été concentrée, à l'origine, en une sphère très dense, de la taille d'une balle de tennis. Celle-ci avait ensuite explosé, donnant naissance à l'univers tel que nous le connaissons. Pour conclure, il posait la question suivante : « A priori, quelle est l'hypothèse la plus crédible ? Celle de l'existence de Dieu, ou celle selon laquelle toutes les molécules de l'univers auraient été jadis concentrées en une boule minuscule ? »

Même les personnes croyant comme lui à la théorie du big bang ne savaient rien de la création initiale de cette petite sphère. Les athées prétendaient qu'elle avait toujours existé, alors que les croyants affirmaient qu'elle était l'œuvre de Dieu. Il n'y avait aucun moyen de les départager. C'était essentiellement une question de foi.

Pourtant, il n'avait jamais admis que Dieu puisse intervenir dans les événements humains. Il ne croyait pas aux miracles et avait dénoncé l'imposture de plus d'une guérison par la foi. Selon lui, Dieu ne faisait pas le tri entre les prières, exauçant certaines, en ignorant d'autres arbitrairement. Dieu, pensait-il, accordait ses faveurs à tous, dans un monde imparfait qui mettait la foi de chacun à l'épreuve.

Ses croyances n'étaient pas rigoureusement conformes à celles de l'Église, et il assistait à la messe surtout pour faire plaisir à sa mère. Elle en avait conscience et lui suggérait parfois de prier. Il promettait d'essayer, sans y parvenir. Jusqu'à cette nuit-là...

À genoux et les mains jointes, il implora Dieu de prendre son bébé sous sa protection. Il pria ensuite en silence, faisant vœu de devenir le meilleur des pères. Il promettait aussi d'assister régulièrement à la messe, d'introduire la prière dans sa vie quotidienne, et de lire la Bible jusqu'à la dernière ligne. Dieu pourrait-il lui adresser un signe s'il comptait exaucer ses prières ?

Il ne reçut aucune réponse.

— Il m'arrive de ne plus savoir ce qu'elle attend de moi, admit Jeremy.

Le lendemain, il était assis face à Doris, à une table d'Herbs. Comme il n'avait pas mis sa famille au courant, elle était la seule personne à qui il pouvait se confier.

— Je sais, disait-il, qu'elle a besoin de mon

soutien, et j'essaye d'être fort et optimiste. Je lui promets que tout va s'arranger ; j'évite de la rendre plus anxieuse qu'elle n'est déjà. Mais...

Sa phrase resta en suspens.

— Mais c'est difficile, parce que vous êtes aussi anxieux qu'elle, conclut Doris.

— Oui... Je regrette de vous impliquer à ce point.

— Je suis déjà impliquée ! Je sais que vous faites le maximum et qu'elle peut se fier à vous. C'est une des raisons pour lesquelles elle vous a épousé. Quand nous discutons toutes les deux, elle me dit que vous lui avez été d'un grand secours.

Derrière les fenêtres, Jeremy voyait des gens prendre leur repas sur la véranda, en conversant paisiblement, comme s'ils n'avaient aucun souci. Lui-même ne connaîtrait plus jamais la paix...

— Je n'arrête pas d'y penser, admit-il. Nous avons une autre échographie demain, et je redoute ce rendez-vous. C'est comme si je voyais déjà l'expression de la technicienne. Elle devient très silencieuse, avant de me dire que nous devons parler à nouveau au médecin. Ma gorge se noue à cette pensée, et je sais que Lexie est dans le même état que moi. Depuis quelques jours, je la trouve très tendue. Plus la séance d'échographie se rapproche, plus nous nous inquiétons.

— C'est normal.

— J'ai même prié...

Doris leva les yeux au ciel en soupirant, et reposa son regard sur Jeremy.

— Moi aussi, souffla-t-elle.

Le lendemain, la prière de Jeremy avait été exaucée. Le bébé grandissait, son rythme cardiaque était vif et régulier. Une bonne nouvelle, déclara le médecin.

Lexie et Jeremy éprouvèrent un bref soulagement, mais le temps de regagner leur voiture, ils s'étaient rendu compte qu'ils devaient revenir dans deux semaines – et qu'ils avaient encore huit semaines d'attente.

Ils emménagèrent quelques jours après : Gherkin, Jed, Rodney, et Jeremy aidèrent à charger les meubles dans le camion, tandis que Rachel et Doris s'occupaient des cartons, et que Lexie dirigeait les opérations, assise dans un fauteuil, sur la véranda. Le bungalow étant peu spacieux, la nouvelle maison semblait encore vide quand on y plaça les meubles.

Jeremy en fit les honneurs. Gherkin suggéra immédiatement qu'elle soit ajoutée à la liste des demeures historiques, tandis que Jed posait le sanglier empaillé bien en vue près d'une fenêtre.

Rodney s'approcha de Jeremy au moment où Lexie et Rachel entraient dans la cuisine.

— Je voulais vous présenter des excuses...

— Pourquoi ?

— Vous vous en doutez... Je tenais aussi à vous remercier d'avoir maintenu l'invitation de Rachel à votre mariage. Il y a longtemps que je voulais vous le dire. C'est très important pour elle !

— Sa présence comptait beaucoup pour Lexie aussi.

Rodney ébaucha un sourire, puis redevint grave.

— Vous avez fait du bon travail ici. Cette maison est méconnaissable !

— Grâce à Lexie, qui a tout organisé.

— En tout cas, je vous souhaite une vie de famille heureuse...

— Je l'espère.

— Et félicitations pour votre futur bébé ! C'est

une fille, paraît-il. Rachel lui a déjà acheté une multitude de vêtements. Ne le dites pas à Lexie, mais je crois qu'elle lui réserve une surprise... une douche pour bébé.

— Elle sera ravie. À mon tour de vous féliciter pour vos fiançailles avec Rachel.

Rodney tourna son regard vers la cuisine où Rachel venait de disparaître.

— Nous avons beaucoup de chance vous et moi, n'est-ce pas ?

Jeremy, ému, resta sans voix.

Il finit par passer à son rédacteur en chef un appel qu'il redoutait et différait depuis des semaines. Histoire de lui annoncer qu'il ne lui enverrait pas de chronique pour le mois en cours. Sa première défection... Sentant son interlocuteur surpris et déçu, il l'informa des complications de la grossesse de Lexie.

Ce dernier s'adoucit immédiatement et voulut savoir si elle était en danger et devait s'aliter. Il éluda sa question, sous prétexte qu'il ne souhaitait pas entrer dans les détails.

Un silence au bout du fil lui fit comprendre que son rédacteur en chef imaginait le pire.

— Pas de problème, déclara enfin celui-ci. Nous allons recycler l'une de vos anciennes chroniques, publiée il y a quelques années. Je parie que personne ne s'en apercevra ! Préférez-vous choisir vous-même ou nous laisser faire ?

Jeremy garda le silence.

— Eh bien, je m'en charge ! Prenez bien soin de votre épouse, c'est l'essentiel pour le moment, conclut son rédacteur en chef.

Cet homme avait du cœur, malgré d'autres défauts par ailleurs. Il le remercia.

— Puis-je faire autre chose pour vous ?

— Non, je tenais simplement à vous avertir, répondit Jeremy.

Un crissement lui fit comprendre que son interlocuteur se calait dans son fauteuil.

— Prévenez-moi si vous ne pouvez pas vous charger de la suivante non plus. Dans ce cas, nous en recyclerons une autre.

— Je vous tiens au courant, promit Jeremy. J'espère vous soumettre quelque chose d'ici peu.

— Gardez le moral ! Vous traversez une épreuve, mais je suis sûr que tout finira par s'arranger. Ceci dit, j'ai hâte de voir sur quoi vous travaillez. Faites-moi signe dès que vous serez prêt. Et surtout pas de précipitation...

— Que voulez-vous dire ?

— Je faisais allusion à votre prochain article de fond. Comme je n'ai pas eu de vos nouvelles depuis longtemps, je suppose que vous avez un travail important en chantier. Vous vous cachez toujours quand vous trouvez un sujet génial. Je sais que vous avez autre chose en tête pour l'instant, mais souvenez-vous que vos révélations sur Clausen ont fait forte impression ! Nous serions donc ravis que votre prochain article de fond paraisse dans *nos* colonnes plutôt qu'ailleurs. Je tenais à vous signaler cela et à vous assurer que nous serons compétitifs en matière d'honoraires. Et – qui sait ? – une présentation en couverture du magazine serait même envisageable... Pardonnez-moi d'évoquer cette éventualité maintenant. Il n'y a pas d'urgence ; vous avez tout le temps de vous préparer.

— J'y songerai, soupira Jeremy, face à son ordinateur.

Il se sentait coupable... Bien qu'il n'ait pas réellement menti à son rédacteur en chef, il avait quelque peu triché, de peur d'être licencié immédiatement et remplacé par quelqu'un d'autre. Une telle bienveillance le déstabilisait.

Pour un peu, il aurait rappelé ce type afin de lui dire toute la vérité, mais son bon sens l'emporta. Son rédacteur en chef s'était montré tolérant car il n'avait pas le choix. Qu'aurait-il pu lui dire d'autre ? *Je suis désolé pour votre femme et votre bébé, mais comprenez-moi, les délais sont les délais, et je vous renvoie si je n'ai rien reçu dans cinq minutes !* Non de tels propos n'étaient pas concevables, d'autant plus que le magazine souhaitait publier son prochain article de fond, auquel il était censé travailler. Il était incapable d'y penser. Le fait qu'il ne parvenait pas à écrire sa chronique était assez inquiétant en lui-même, mais il avait fait le nécessaire. Il n'avait plus à se poser de problème pendant quatre semaines, peut-être huit. Si l'inspiration n'était pas revenue d'ici là, il dirait toute la vérité sans hésiter. En effet, à quoi bon se prétendre écrivain quand on ne peut plus écrire ? Que ferait-il alors ? Qui payerait les factures ? Comment subviendrait-il aux besoins de sa famille ?

Il n'en savait rien, mais pour l'instant ses principaux sujets d'inquiétude étaient Lexie et Claire. Objectivement, elles avaient beaucoup plus d'importance pour lui que sa carrière, et elles auraient la priorité, qu'il soit capable d'écrire ou non...

18.

Comment décrire les six semaines suivantes ? Comment s'en souviendrait-il rétrospectivement ? Se souviendrait-il du temps passé à chercher à distraire Lexie. De ses recherches dans les brocantes et chez les antiquaires, en quête d'éléments nécessaires à la décoration de leur maison ? Et du fait que le cadeau de Jed avait fini par trouver sa place chez eux ?

Se souviendrait-il du moment où il avait appelé ses parents pour leur annoncer la mauvaise nouvelle ? Il avait alors fondu en larmes irrépressibles, comme s'il pouvait enfin donner libre cours à ses émotions trop longtemps refoulées, sans chagriner Lexie. Ou bien se souviendrait-il des nuits interminables passées devant son ordinateur, en oscillant entre le désespoir et la colère à l'idée de renoncer à sa carrière ?

Non, conclut-il, il se souviendrait d'une période de transition anxieuse, partagée en tranches de quinze jours entre deux échographies.

Bien que leurs craintes demeurent inchangées, le choc initial commençait à se dissiper, et leurs soucis n'étaient plus omniprésents jour et nuit. Un mécanisme de survie semblait s'être déclenché – graduellement et de manière à peine perceptible – pour compenser le poids insoutenable de leurs émotions.

Plusieurs jours s'étaient écoulés depuis la dernière échographie quand il s'était rendu compte qu'il n'avait pas été paralysé par son angoisse pendant une bonne partie de l'après-midi. Lexie suivait le même rythme. Pendant cette période de six semaines, ils eurent plus d'un dîner romantique, et il leur arriva plusieurs fois de rire en regardant des films comiques, ou de s'évader dans les livres. Bien que leurs angoisses surviennent encore à l'improviste – par exemple à l'occasion d'une contraction passagère –, ils semblaient accepter l'un et l'autre l'idée qu'ils n'y pouvaient rien.

Il arrivait même à Jeremy de se demander s'ils devaient réellement s'inquiéter. Alors qu'il avait commencé par imaginer les issues fatales, il supposait parfois qu'ils repenseraient un jour à la grossesse de Lexie avec un soupir de soulagement. Ils se remémoreraient la période horrible qu'ils avaient traversée, en remerciant le ciel que tout se soit bien passé.

Pourtant, à l'approche de chaque échographie, ils devenaient plus silencieux. La plupart du temps, ils se taisaient pendant le trajet, et Lexie lui prenait la main en regardant fixement défiler le paysage.

L'échographie du 8 septembre ne montra aucune souffrance du bébé. Il restait peu de liquide amniotique mais suffisamment pour qu'il continue à se développer. Encore six semaines d'attente. Ils célébrèrent l'événement avec un jus de pomme glacé. Quand ils s'assirent sur le canapé, il surprit Lexie en lui montrant un petit paquet soigneusement enveloppé. Ce dernier contenait un baume. Il la fit allonger confortablement, et, après lui avoir retiré ses socquettes, entreprit de lui masser les pieds.

— Je pensais que ça te ferait plaisir, déclara-t-il.

Elle lui sourit, sceptique.

— Aurais-tu l'impression que j'ai les pieds enflés ?

— Pas du tout ! prétendit-il, en la frictionnant entre les orteils.

— Et mon ventre, as-tu remarqué comme il a grossi ?

— Si tu y tiens, je veux bien l'admettre, mais tu as l'air en meilleure forme que la plupart des femmes enceintes.

— Je suis énorme ! On dirait que j'essaye d'avaler un ballon de basket.

— Tu es parfaite. De dos, on ne devine même pas que tu es enceinte. C'est seulement quand tu te tournes sur le côté que tu risques de heurter la lampe par mégarde.

Lexie éclata de rire.

— Attention, je suis une femme enceinte au bord de la crise de nerfs !

— Voilà pourquoi je te masse les pieds. Tu l'as bien mérité...

Elle se cala dans le canapé et baissa la lumière de la lampe.

— C'est plus reposant comme ça...

Il la massa en silence, en l'écoutant gémir de plaisir par instants. Ses pieds se réchauffaient petit à petit sous sa main.

— Avons-nous des cerises enrobées de chocolat ? demanda-t-elle soudain.

— Je ne crois pas. Pourquoi ?

— Comme ça... J'en meurs d'envie.

Il cessa de la masser.

— Veux-tu que j'aille t'en acheter tout de suite ?

— Bien sûr que non ! Nous célébrons l'événement après une longue journée... Pourquoi devrais-tu courir au supermarché parce que j'ai une envie stupide ?

Il prit le flacon et poursuivit le massage.

— Tout de même, murmura Lexie, ces cerises sont délicieuses...

— Bon, je vais t'en acheter !

Elle le fixa un instant.

— J'ai l'impression de te chasser.

— Pas de problème, ma chérie.

— Tu continueras à me masser en revenant ?

— Aussi longtemps que tu le souhaiteras...

Un sourire plana sur les lèvres de Lexie.

— T'ai-je dit que je suis heureuse d'être ta femme et que j'ai une chance folle de t'avoir rencontré ?

Jeremy déposa un baiser sur son front.

— Tu me le dis chaque jour, ma chérie.

Pour l'anniversaire de Lexie, Jeremy avait demandé au Dr Sommers s'il pouvait la distraire un peu de sa vie de recluse en l'emmenant voir un spectacle et dîner au restaurant. Elle avait jusque-là respecté scrupuleusement et avec beaucoup de stoïcisme les consignes de repos, ne faisait aucun excès et restait la plupart du temps allongée. Comme on approchait du terme et que tout allait bien, le médecin avait accepté. Jeremy offrit donc une élégante robe noire de grossesse à Lexie, il prit deux places au théâtre de Raleigh et loua une confortable limousine. Ils dînèrent avant le spectacle et dormirent dans un luxueux hôtel.

Il s'était dit que c'était exactement ce dont elle avait besoin : une occasion de quitter la ville et d'échapper à ses soucis. Au cours de la soirée, il se rendit compte que cette soirée en amoureux lui faisait le plus grand bien à lui aussi.

Tandis que se déroulait le spectacle, il lut les émotions de Lexie sur son visage. Elle se pencha

plusieurs fois vers lui, puis ils se tournèrent simultanément l'un vers l'autre, mus par un accord tacite. À
la sortie, il vit plus d'un regard masculin s'attarder
sur elle : malgré sa grossesse évidente, elle était
splendide. Il se sentit fier de sa beauté et de son
indifférence aux regards admiratifs. Comme dans un
rêve, il frissonna presque lorsqu'elle passa son bras
sous le sien, et il surprit l'expression d'envie du
chauffeur quand il lui ouvrit la porte de la limousine.

On prétend que les dernières étapes de la grossesse n'ont rien de romantique, mais Jeremy n'était
absolument pas de cet avis. Faire l'amour étant
devenu inconfortable et dangereux, ils restèrent
allongés côte à côte, en se racontant leurs souvenirs
d'enfance. Ils parlèrent des heures durant et rirent
au souvenir de certains épisodes ; au moment
d'éteindre, Jeremy se surprit en train de souhaiter
qu'une telle nuit dure une éternité.

Il aimerait Lexie jusqu'à la fin des temps.

Après l'avoir enlacée dans l'obscurité, il commençait à sommeiller lorsqu'elle dirigea doucement
ses mains vers son ventre. Le bébé s'était réveillé et
donnait force coups de pied ; il eut alors le sentiment
que tout irait bien et qu'ils n'avaient pas à s'inquiéter. Enfin, ils s'endormirent en souhaitant passer
des milliers de soirées semblables à celle-ci.

Le lendemain matin, ils se donnèrent la becquée
au petit déjeuner, comme à l'époque de leur lune de
miel. Ils échangèrent encore des dizaines de baisers,
mais ils redevinrent silencieux au retour : la magie
des heures précédentes s'était dissipée, et ils redou-
taient l'un comme l'autre l'avenir qui les attendait.

La semaine suivante, comprenant qu'une semaine
de plus ne serait d'aucun secours, Jeremy appela son
rédacteur en chef. Celui-ci lui répéta qu'il n'y avait

pas de problème et qu'il compatissait à ses soucis ; mais un soupçon d'impatience dans sa voix lui rappela qu'il ne pourrait pas différer éternellement. De plus en plus stressé, il ne ferma pas l'œil pendant deux nuits ; cette pression n'était rien comparée à celle que Lexie et lui ressentaient à l'approche de la prochaine échographie.

La pièce était la même, ainsi que la console et la technicienne, mais plus rien ne leur semblait comme autrefois. Une fois le gel étalé sur le ventre de Lexie, la technicienne plaça la sonde. Le rythme cardiaque se fit entendre aussitôt, vif et régulier, au grand soulagement de Lexie et Jeremy.

Ils savaient maintenant ce qu'il fallait contrôler, anticipant les moindres déplacements de la sonde, et devinant les pensées de la technicienne. Tandis qu'elle observait l'écran, il voyait à travers ses yeux et réfléchissait en même temps qu'elle.

Le bébé grandissait, déclara la technicienne comme si elle se parlait à elle-même, mais la faible quantité de liquide amniotique rendait l'examen plus difficile à ce terme. Elle continua à prendre son temps, image après image. Jeremy savait qu'elle leur donnerait de bonnes nouvelles, mais elle s'exprima en des termes inattendus. Le médecin, leur dit-elle, l'avait incitée à les rassurer si tout allait bien mais elle préférait aller le chercher pour n'avoir aucun doute. Lexie et Jeremy eurent l'impression d'attendre une éternité qu'elle revienne avec lui.

Le Dr Sommers paraissait tendu et las, peut-être à la suite d'un accouchement nocturne, mais il se montra patient et méthodique. Après avoir examiné les résultats, il se rangea à la conclusion de la technicienne.

— Le bébé va bien, déclara-t-il ; encore mieux

que prévu, mais il reste vraiment peu de liquide amniotique.

— Faut-il le faire naître ? demanda Jeremy.

— On pourrait y songer, mais cela nécessiterait une césarienne qui présente certains risques. C'est un acte chirurgical important. C'est toujours une éventualité, mais pas pour le moment...

Jeremy hocha la tête en silence. Plus que quatre semaines d'attente.

Ils regagnèrent la voiture, la main dans la main. Une fois assis dans la voiture, Jeremy lut sur le visage de Lexie l'inquiétude qu'il éprouvait lui-même. On leur avait annoncé que le bébé allait bien, mais que le risque était toujours présent, et ils ne pouvaient s'empêcher de se demander s'il serait normal et bien portant.

— Rentrons à la maison, murmura Lexie d'un air abattu, les lèvres pincées.

— C'est ce que tu veux ?

— Oui.

Jeremy allait démarrer quand elle prit sa tête entre ses mains.

— C'est affreux ! J'en ai assez.

Moi aussi, faillit répondre Jeremy, mais il se contenta d'articuler d'une voix apaisante :

— Je te comprends, Lexie.

Alors qu'il aurait voulu trouver un moyen de calmer le jeu, elle avait surtout besoin qu'il l'écoute.

— Désolée, murmura-t-elle. C'est aussi pénible pour toi que pour moi, et je sais que tu partages mon inquiétude ; mais il me semble que tu la maîtrises beaucoup mieux.

Jeremy pouffa de rire malgré lui.

— Crois-tu ? Mon estomac a chaviré à l'instant même où le Dr Sommers est entré dans la pièce. J'ai pris les médecins en horreur. Ils me donnent la chair de poule... En tout cas, pas question que Claire fasse des études de médecine ! J'y veillerai personnellement.

— Comment peux-tu plaisanter en de pareilles circonstances ?

— C'est une manière de gérer mon stress.

— Tu pourrais piquer une crise de nerfs.

— Je te laisse ce privilège !

— Je ne m'en suis pas privée.

— Ne t'inquiète pas ! En plus, ce n'était pas une si mauvaise nouvelle... Jusqu'à maintenant tout va bien. Que demander de plus ?

Lexie lui prit la main.

— Prêt à rentrer à la maison ?

— Oui, et nous boirons un jus de pommes *on the rocks* pour calmer nos nerfs.

— Tu auras droit à une bière et je prendrai un jus de pommes en te regardant avec envie.

— Salut !

La semaine suivante, après le dîner, Jeremy s'était retiré dans son bureau et gardait les yeux rivés sur l'écran de son ordinateur.

Il se retourna et vit Lexie, debout sur le pas de la porte. Malgré son ventre saillant, elle était toujours la plus belle femme au monde.

— Ça va ? Tu ne devrais pas te lever, fit-il.

— Ça va. J'étais simplement venue voir comment ça marche pour toi.

Depuis leur mariage, il lui parlait de son blocage uniquement lorsqu'elle le questionnait. Pourquoi lui aurait-il fait part de ses difficultés quotidiennes ? À force de l'entendre se lamenter, elle aurait fini par le prendre pour un raté ! Il préférait trouver refuge dans son bureau, en espérant qu'une intervention divine permettrait à l'impossible de se réaliser.

— Toujours pareil, marmonna-t-il, quelque peu évasif.

Il supposa qu'elle allait s'éloigner en hochant la tête, selon son habitude depuis qu'il avait différé ses deux dernières chroniques.

Contre toute attente, elle entra dans son bureau.

— Tu accepterais ma compagnie ?

— Volontiers ! D'autant plus que je manque d'inspiration... Mais assieds-toi.

— Une dure journée ?

— Toujours le même problème, tu sais.

Au lieu de s'installer sur une chaise, dans un coin de la pièce, elle se dirigea vers Jeremy et plaça un bras sur l'accoudoir. Il recula aussitôt son siège pour qu'elle prenne place sur ses genoux.

Elle passa un bras autour de ses épaules.

— Désolée de t'écraser ! Je deviens si lourde...

— En tout cas, n'hésite pas à t'asseoir sur mes genoux chaque fois que tu en as envie.

Après l'avoir regardé un moment, elle soupira longuement.

— Ce n'est pas juste pour toi...

— Qu'est-ce que tu racontes ?

Elle traça un motif invisible sur son épaule.

— Ce n'est pas juste du tout, depuis le début.

— Je ne comprends pas !

— Quand je pense à ce que tu as fait ces neuf derniers mois, j'aimerais te dire que je ne veux plus jamais te quitter quoi qu'il arrive. Bon, ça n'a aucun sens, alors venons-en aux faits ! J'ai épousé un homme de plume, et je veux que tu le restes.

— Je fais mon possible depuis que je suis ici...

— Justement ! Sais-tu pourquoi je t'aime ? J'apprécie ton comportement depuis que nous avons appris le problème avec Claire. Tu as toujours l'air sûr que tout va s'arranger. Chaque fois que je déprime, tu trouves quelque chose à dire ou à faire. Mais je t'aime surtout en tant que personne, et je voudrais t'aider par tous les moyens.

Elle noua ses bras autour de son cou.

— J'ai beaucoup réfléchi, ces derniers temps, aux difficultés que tu rencontres. Tous ces changements, depuis le mois de janvier, c'est peut-être trop pour toi. Notre mariage, la maison, ma grossesse... sans oublier le fait que tu es un homme déraciné. Ton travail est totalement différent du mien ! Je sais chaque jour ce qui m'attend. C'est parfois monotone ou frustrant, mais je ne mets pas la bibliothèque en péril si je n'ai pas accompli ma tâche. Toi, tu as le devoir d'être créatif. Je serais incapable de rédiger une chronique chaque mois, ou d'écrire des articles aussi passionnants !

Jeremy ne parvint pas à dissimuler sa surprise quand Lexie passa un doigt à travers ses cheveux.

— Dès que j'avais quelques minutes de répit à la bibliothèque, reprit-elle, je les lisais. Je crois avoir lu tout ce que tu as écrit et je ne veux pas que tu renonces. Si la vie ici t'empêche d'écrire, je ne t'imposerai pas un tel sacrifice.

— Qui parle de sacrifice ? J'ai décidé de venir, et tu ne m'as pas forcé.

— Non, mais tu savais que je refuserais de m'éloigner de Boone Creek. Maintenant, j'ai changé.

Leurs regards se croisèrent.

— Tu es mon mari, et je te suivrai si tu dois retourner à New York pour retrouver ton inspiration.

— Tu partirais de Boone Creek ?

— S'il le faut pour que tu continues à écrire.

— Et Doris ?

— Je viendrais certainement lui rendre visite. Mais elle comprendrait. Nous en avons déjà discuté ensemble.

Lexie sourit, dans l'expectative, et Jeremy prit le temps de réfléchir. Il pensait à la métropole trépidante, aux lumières de Times Square, à la ligne d'horizon des gratte-ciel de Manhattan illuminés la nuit. Sans oublier ses joggings quotidiens à Central Park, son bistrot préféré, les innombrables restaurants, les spectacles, les magasins, les gens...

Soudain, il revint à la réalité. À travers la vitre, il apercevait l'écorce blanchie des cyprès au bord de la rivière dont les eaux paisibles reflétaient le ciel. Non, il ne partirait pas ; il n'en avait même pas envie !

— Je suis heureux à Boone Creek, murmura-t-il avec une véhémence qui le surprit lui-même. New York ne me rendra pas mon inspiration.

— En es-tu sûr ?

— Absolument. J'ai tout ce qu'il me faut ici même.

Quand elle s'éloigna, il mit son bureau en ordre, et aperçut, au moment d'éteindre, le journal de Doris posé à côté de son courrier. Ce carnet était là depuis qu'ils avaient emménagé. Il était temps de le rendre, mais il se surprit à le feuilleter, en lisant les noms écrits sur les pages. Combien de ces gens-là vivaient encore dans la région et qu'étaient devenus les enfants annoncés ? Allaient-ils au collège ? Étaient-ils mariés ? Savaient-ils que leur mère était allée consulter Doris avant leur naissance ? Il se demanda combien de personnes croiraient Doris si elle passait à la télévision avec son journal et racontait son histoire. La moitié des téléspectateurs, peut-être plus. Pourquoi les gens étaient-ils si crédules ?

Il alluma l'ordinateur et analysa cette question en suggérant des réponses à mesure qu'elles lui venaient à l'esprit. Il prit des notes sur l'influence qu'exerce la théorie sur l'observation, sur la différence entre les anecdotes et la réalité, sur la confusion fréquente entre des affirmations énergiques et la vérité, sur les rumeurs sans fondement, sur le fait que la plupart des gens se passent de preuves. Après avoir rassemblé une quinzaine d'observations, il cita des exemples pour les étayer.

Devant son clavier, il était pris de vertige en voyant les mots couler de source. Il n'osait ni s'interrompre, ni allumer la lampe, ni aller chercher une tasse de café, de peur que sa muse ne l'abandonne. Au début, il n'osait même pas rectifier ses erreurs, mais il s'enhardit peu à peu et les mots continuèrent à affluer. Une heure plus tard, il contemplait avec satisfaction ce qui allait devenir sa prochaine chronique, intitulée « Pourquoi les gens croient n'importe quoi ».

Il l'imprima et la relut. Son travail n'était pas achevé et nécessitait des retouches, mais la structure était là. D'autres idées lui venaient, et il avait la soudaine certitude d'être libéré de son blocage. Il continua malgré tout à prendre des notes sur une feuille de papier.

Lexie l'attendait en lisant sur le canapé du séjour.

— Je croyais que tu viendrais me rejoindre, dit-elle.

— C'était mon intention.

— Alors, que faisais-tu ?

Il lui tendit les pages imprimées, sans dissimuler un sourire.

— Veux-tu lire ma prochaine chronique ?

Elle prit les pages qu'elle feuilleta rapidement.

— Tu viens d'écrire cela ?

Il acquiesça d'un signe de tête.

— C'est formidable ! J'ai hâte de te lire.

Elle lut attentivement sa chronique ; dans son intense concentration, elle enroulait une mèche autour d'un doigt. En l'observant il eut une soudaine explication de son blocage : il n'était pas dû à son installation à Boone Creek, mais peut-être au sentiment – plus ou moins inconscient – qu'il ne pourrait plus jamais repartir.

Venant d'un autre, cette hypothèse lui aurait paru absurde, mais il était sûr de son point de vue et un sourire flottait sur ses lèvres. Il voulait fêter l'événement en étreignant Lexie jusqu'à la fin de ses jours. Il se réjouissait d'élever sa fille en un lieu où l'on pouvait attraper des lucioles en été, et voir l'orage approcher à l'abri de la véranda. Il se sentait dans son élément, et il avait la certitude que le bébé se porterait bien, après toutes les épreuves qu'ils avaient traversées, Lexie et lui.

Quand l'échographie suivante – la dernière avant l'accouchement – eut lieu le 6 octobre, il apprit qu'il avait vu juste. Claire allait bien. Jusque-là...

19.

Quand il finit par comprendre ce qui se passait, tout se troubla dans son esprit, mais comme il dormait, cela lui sembla pardonnable. « Aïe ! » fut, en tout cas, le premier mot qu'il prononça ce matin-là.

— Réveille-toi ! fit Lexie en lui donnant encore un coup de coude.

Toujours groggy, il tira sur le drap.

— Pourquoi me donnes-tu des coups de coude en plein milieu de la nuit ?

— Il est près de cinq heures du matin et je crois que c'est le moment.

— Le moment de quoi ?

— D'aller à l'hôpital.

En entendant ces mots, il bondit sur place et rejeta le drap, puis il se frotta les yeux.

— Tu as des contractions depuis quand ? Pourquoi ne m'as-tu rien dit ? En es-tu sûre ?

— Presque... J'ai des contractions assez régulières, qui n'ont rien à voir avec celles de Braxton-Hicks.

— Alors, ça y est ?

— Je te répète que je ne suis pas tout à fait sûre.

Il prit une profonde inspiration.

— Bon, pas de panique !

— Je ne panique pas.

— D'ailleurs, il n'y a aucune raison de paniquer !

— Je sais.

Ils se regardèrent dans les yeux un long moment.

— J'ai besoin de prendre une douche, dit finalement Jeremy.

— Une douche ?

— Oui. Je me dépêche, et nous partirons aussitôt après.

Il ne parvint pas à se dépêcher. Après avoir pris une longue douche, il dut essuyer deux fois les miroirs embués pour se raser. Il se brossa les dents, passa le fil dentaire, appliqua son after-shave. Ensuite, il se gargarisa deux fois, régla le sèche-cheveux à petite vitesse et mit de la mousse et du gel avant de se brosser les cheveux. Ses ongles avaient poussé ; il était en train de les couper et de les limer quand il entendit la porte s'ouvrir derrière lui.

Les épaules voûtées, Lexie tenait son ventre.

— Qu'est-ce que tu fabriques ? Pourquoi est-ce si long ?

— J'ai presque fini.

— Il y a une demi-heure que tu es dans la salle de bains.

— Sans blague ?

— Oui, sans blague !

Lexie écarquilla les yeux en le voyant faire.

— Tu es en train de te couper les ongles ?

Elle s'éloigna en titubant, sans laisser à Jeremy le temps de répondre.

Comment aurait-il pu se douter qu'il se comporterait ainsi le jour J ? Il s'imaginait parfaitement calme et grave, se préparant avec une formidable

efficacité, tout en réconfortant sa femme. Il s'empa-
rerait des sacs qu'elle avait préparés, et il foncerait
à l'hôpital, en tenant le volant d'une main ferme.

Il ne s'attendait pas à se sentir aussi terrifié. Il
n'était pas encore prêt à devenir père ! Qu'était-il
censé faire ? Les couches ? Le lait en poudre ? Il
n'en avait pas la moindre notion. Il lui fallait un jour
ou deux pour lire quelques-uns de ces livres dans lesquels Lexie était plongée depuis des mois. Mais il
était trop tard... Pourquoi avait-il attendu si longtemps ?

— Non, nous ne sommes pas encore partis, disait
Lexie au téléphone. Il n'est pas prêt.

Elle parlait à Doris, comprit Jeremy, et, d'après le
son de sa voix, elle était loin d'être contente.

Il se mit à enfiler ses vêtements ; il passait une
chemise au-dessus de sa tête quand elle raccrocha.
Le dos cambré, elle souffrait. Il attendit en silence la
fin de sa contraction, puis il l'aida à se relever et
l'escorta vers la voiture avec un peu plus d'assurance.

— N'oublie pas le sac ! s'écria-t-elle.

— Je reviendrai le chercher.

Le temps d'arriver à la voiture, une autre
contraction était survenue. Il fit marche arrière
immédiatement.

— Le sac ! reprit-elle en grimaçant de douleur.

Il freina sec et fila à toutes jambes vers la maison.
Il ne s'attendait vraiment pas à cela.

Les routes étaient noires et vides sous le ciel
sombre. Le pied sur l'accélérateur, Jeremy fonça vers
Greenville – où l'accouchement aurait lieu, en raison
d'éventuelles complications. Il avait appelé le secré-
tariat téléphonique du médecin pour le prévenir
qu'ils étaient en route.

Après une nouvelle contraction, Lexie, très pâle,

s'adossa à son siège. Il appuya plus fort sur l'accélérateur.

Ils fonçaient sur les routes désertes ; la ligne blême de l'aube se dessinait à l'horizon. Lexie était étrangement silencieuse. Ni l'un ni l'autre n'avaient prononcé un seul mot depuis qu'ils étaient en route.

— Comment te sens-tu ? marmonna-t-il.

— Ça va, mais tu pourrais conduire plus vite...

Du calme ! se dit Jeremy. Son cœur battait à se rompre. Oui, du calme avant tout ! Il sentit la voiture déraper légèrement dans un tournant.

— Pas si vite ! fit Lexie. Je ne veux pas mourir avant d'arriver à l'hôpital.

Il ralentit, mais se remit à accélérer à chaque contraction de Lexie. Maintenant qu'elles semblaient espacées de huit minutes, leur restait-il le temps nécessaire ? Et pourquoi n'avait-il pas lu un des livres qui l'auraient initié ?

À Greenville, la circulation s'intensifia. Il dut s'arrêter à plusieurs feux rouges. Au second, il se tourna vers Lexie. Elle lui parut encore plus enceinte qu'avant leur départ.

Il répéta :

— Comment te sens-tu ?

— Cesse de me poser cette question ! Tu seras le premier informé si ça ne va pas.

— On y est presque.

— Bon !

Jeremy fixait le feu de croisement. Qu'attendait-il pour passer au vert ? N'était-il pas évident qu'il y avait urgence ? Il jeta un coup d'œil à sa femme, en s'interdisant de lui demander une fois plus comment elle se sentait.

Jeremy s'arrêta à l'entrée des urgences. Dès qu'il eut annoncé, d'un air égaré, que sa femme avait des contractions, un aide-soignant s'approcha de la voiture avec un fauteuil roulant et emmena Lexie. Il les suivit à l'intérieur. Malgré l'heure, l'endroit était bondé, et trois personnes attendaient déjà au comptoir d'accueil.

Vu les circonstances, il supposa que Lexie serait tout de suite transférée à la maternité. L'aide-soignant se contenta de rouler son fauteuil jusqu'au comptoir, où ils rejoignirent la file d'attente.

Derrière ce comptoir, les infirmières sirotaient leur café en bavardant. Jeremy trépignait d'impatience, d'autant plus que les personnes qui le précédaient ne semblaient nullement en danger de mort ; la plupart souhaitaient simplement mettre à jour une ordonnance. Un homme était même d'humeur à flirter...

Le tour de Jeremy arriva enfin. Sans lui laisser dire un mot, une infirmière – qui n'avait cure des souffrances de Lexie – brandit un formulaire.

— Remplissez les trois premières pages, signez la quatrième, et je souhaiterais voir votre carte d'assurance.

— Est-ce vraiment indispensable ? Ma femme a des contractions. Pourrait-on l'emmener d'abord dans la salle de travail ?

L'infirmière daigna s'intéresser à Lexie.

— De combien sont espacées vos contractions ?

— Environ huit minutes.

— Quand ont-elles commencé ?

— Je ne sais pas... Il y a trois heures, peut-être.

L'infirmière hocha la tête et regarda Jeremy.

— Les trois premières pages... Signez la quatrième, et n'oubliez pas la carte d'assurance.

Décontenancé, Jeremy prit le questionnaire et alla s'asseoir. Des papiers à remplir à un moment pareil ! Le monde se noyait dans la paperasse alors qu'il y avait urgence... Il allait retourner au comptoir d'accueil pour expliquer calmement la situation à l'infirmière quand il entendit la voix de Lexie :

— Hello ?

Elle était toujours assise dans son fauteuil roulant, près du comptoir, de l'autre côté de la pièce.

— Tu m'abandonnes ici ? reprit-elle.

Jeremy sentit des regards se poser sur lui. Quelques femmes l'observaient d'un air mauvais.

— Pardon ! dit-il en s'empressant de se lever.

Il traversa la salle pour rouler Lexie jusqu'à son siège.

— N'oublie pas le sac, Jeremy !

— Tu as raison.

Il retourna le chercher, en ignorant les regards, et s'assit à côté d'elle.

— Comment te sens-tu ?

— Je te donne un coup de poing si tu me poses cette question une fois de plus. Sérieusement !

— Oh, pardon !

— Remplis les papiers, s'il te plaît.

Quelques minutes après, il se dirigeait à nouveau vers le comptoir d'accueil. Malencontreusement, quelqu'un d'autre avait eu la même idée et était arrivé avant lui. Il dut attendre à nouveau ; quand ce fut son tour, fou de rage, il tendit le formulaire sans un mot à l'infirmière.

Celle-ci prit son temps, examina tranquillement chaque page, fit des photocopies, et sortit quelques bracelets d'un tiroir. Elle inscrivit le nom de Lexie et son numéro d'identification sans se presser, tandis qu'il trépignait. C'était absurde ! Il allait écrire une lettre de protestation.

— Très bien, dit enfin l'infirmière. Prenez un siège et nous vous appellerons dès que nous serons prêts.

— Nous allons encore attendre ? s'indigna Jeremy.

L'infirmière le regarda par-dessus ses lunettes.

— Votre premier enfant ?

— Oui, en effet.

— Prenez un siège, répéta l'infirmière en hochant la tête. Nous allons vous appeler. Mettez tout de suite les bracelets.

Au bout d'un siècle, on appela enfin Lexie.

Peut-être pas réellement un siècle, mais encore plus selon les critères de Jeremy. Une nouvelle contraction s'était amorcée, et Lexie, les lèvres pincées, avait posé ses deux mains sur son ventre.

— Lexie Marsh ?

Jeremy bondit sur place et sautilla derrière le fauteuil roulant. En quelques pas, il atteignait les portes battantes.

— La voici, annonça-t-il. Nous allons dans sa chambre ?

— Par ici, fit l'infirmière, indifférente au ton péremptoire de Jeremy. Nous allons au service d'obstétrique. Troisième étage...

Elle se tourna vers Lexie.

— Ça va mon petit ?

— Je viens d'avoir une contraction. Elles sont encore espacées de huit minutes.

— Si nous y allions ? maugréa Jeremy.

L'infirmière et Lexie se tournèrent vers lui. Son ton leur avait peut-être semblé un peu sec, mais l'heure n'était pas aux bavardages.

— C'est votre sac là-bas ?

— Je vais le chercher, marmonna Jeremy, confus.

— Nous *vous* attendrons !

Jeremy faillit remercier l'infirmière d'un ton sarcastique, mais ce n'était pas le moment de s'en faire une ennemie si elle devait assister Lexie pendant l'accouchement.

Après avoir empoigné le sac, il fonça à travers un dédale de corridors, prit l'ascenseur, s'engagea dans un couloir, et entra dans la chambre. Enfin !

La chambre était vide et fonctionnelle comme toutes les chambres d'hôpital. Lexie se leva de son fauteuil roulant et revêtit une blouse avant de s'installer sur son lit avec précaution. Pendant quelques minutes, des infirmières firent des allées et venues dans la pièce. Elles prirent la tension de Lexie, mesurèrent l'ouverture du col, et lui posèrent différentes questions sur le début de ses contractions, leur fréquence, l'heure de son dernier repas, et les éventuelles complications de sa grossesse. On la relia finalement à un écran de contrôle. Jeremy et elle constatèrent alors le rythme cardiaque rapide du bébé.

L'infirmière les rassura :

— C'est un rythme normal !

Tournée vers Lexie, elle installa une feuille de température au pied du lit.

— Je suis Joanie, précisa-t-elle, et je m'occupe de vous ce matin. Comme vos contractions ne sont pas très rapprochées, vous risquez de passer un certain temps ici. Je ne peux pas vous dire quelle sera la durée du travail ! Parfois, le rythme s'accélère brusquement ; mais il arrive que la progression soit lente et régulière. Ne vous croyez pas obligée de rester alitée. Certaines femmes se sentent mieux quand elles déambulent, d'autres préfèrent s'asseoir, ou même marcher à quatre pattes. En attendant la péridurale que vous avez souhaitée, je vous conseille de vous mettre à l'aise, autant que possible.

— Bien, fit Lexie.

— Quant à vous, monsieur...

— Je m'appelle Marsh, Jeremy Marsh. Je suis le mari de Lexie, et nous allons avoir un bébé.

L'infirmière parut amusée par cette réponse.

— Je m'en doutais, monsieur Marsh ! Vous êtes ici pour réconforter votre femme. Il y a une machine à glaçons au bout du couloir ; vous pouvez lui en apporter autant qu'elle voudra. Près du lavabo, vous trouverez des gants de toilette pour lui éponger le front. Si elle désire marcher, soutenez-la. Il se peut qu'elle titube si une contraction survient brutalement. Soyez là pour l'empêcher de tomber !

— Vous pouvez compter sur moi, murmura Jeremy, en récapitulant l'ensemble de ces tâches.

L'infirmière se dirigea vers la porte.

— Vous partez ? s'étonna-t-il.

— Je dois aller jeter un coup d'œil sur une autre patiente. D'ailleurs je ne peux pas vous être utile pour le moment, si ce n'est en appelant l'anesthésiste. Je reviens dans un instant !

— Que devons-nous faire en attendant ?

— Vous pourriez regarder la télévision, si vous le souhaitez. La télécommande est sur la table de nuit.

— Ma femme a des contractions ! Elle n'est pas d'humeur à regarder la télévision.

— Pourquoi pas ? marmonna l'infirmière. Je vous répète que vous êtes ici pour un certain temps. J'ai vu une femme pour laquelle le travail a duré... près de trente heures.

Ils blêmirent tous les deux. Trente heures ! Ils eurent à peine le temps d'y songer, car une autre contraction survint. Non seulement l'inconfort de Lexie mais la douleur qu'il éprouva quand elle planta ses ongles dans sa main détournèrent l'attention de Jeremy.

Une heure plus tard, ils allumaient la télévison.

À contrecœur, mais ils n'avaient rien trouvé de mieux à faire entre les contractions, encore espacées de huit minutes. Jeremy eut l'intuition soudaine que le bébé allait prendre son temps : pas encore au monde et déjà apte à faire languir son entourage.

Même s'il ne l'avait pas su à l'avance, il se serait attendu à la naissance d'une fille...

Lexie allait bien. Il le savait non seulement parce qu'il l'avait questionnée, mais parce qu'elle avait réagi en lui assénant un coup de poing dans le bras.

Doris apparut au bout d'une demi-heure environ, en habits du dimanche, ce qui allait de soi un si grand jour.

Rétrospectivement, Jeremy se félicita d'avoir pris une douche : au train où allaient les contractions, ils avaient du temps devant eux.

À peine arrivée, Doris fonça vers le lit, bien décidée à prendre la direction des opérations. Elle avait mis au monde un enfant, déclara-t-elle, et savait donc à quoi s'en tenir. Quand elle demanda à sa petite-fille comment elle se sentait, Lexie lui répondit sans lui décocher le moindre coup de poing.

Jeremy se sentit vaguement contrarié par la simple présence de Doris. Une réaction mesquine de sa part, admit-il, car Doris avait élevé Lexie et souhaitait partager ses émotions en ce grand jour ; mais il pensait malgré tout que c'était une affaire de couple et que ces effusions entre femmes pouvaient attendre.

Il alla s'asseoir dans un coin, sans manifester son mécontentement, car, en de telles circonstances, la moindre erreur diplomatique pouvait provoquer un drame.

Pendant les trois quarts d'heure suivants, il écouta

d'une oreille la conversation des deux femmes, en regardant *Good Morning America*. Il s'agissait de la campagne électorale opposant Al Gore à George W. Bush – dont il perdait le fil chaque fois que Doris ou Lexie haussait le ton. C'était moins pénible que de les entendre parler de son comportement bizarre quand Lexie l'avait réveillé ce matin-là !

— Il se coupait les ongles ? ironisa Doris en l'observant.

— Je les trouvais un peu longs...

— Ensuite, il a conduit comme un dingue, intervint Lexie. Les pneus crissaient sur le bitume...

Jeremy tenta de se justifier.

— Je croyais qu'elle allait accoucher. Si seulement j'avais su que nous avions des heures devant nous !

— Écoutez, fit Doris, comme je ne suis pas née de la dernière pluie, je me suis arrêtée en route au drugstore, pour acheter quelques magazines. Rien de passionnant, mais ça aide à passer le temps...

— Merci, Doris, je suis contente que tu sois ici, susurra Lexie.

— Et moi donc ! J'attendais ce moment depuis si longtemps.

Lexie sourit.

— Je vais aller boire un café en bas, si tu permets, reprit Doris.

— Bien sûr !

— Je peux vous rapporter quelque chose, Jeremy ?

— Non merci.

Jeremy préférait ignorer les borborygmes de son estomac : si Lexie n'avait pas le droit de manger, lui non plus. C'était la moindre des choses.

— À tout à l'heure, pépia Doris.

Elle se dirigea vers la porte et tapota l'épaule de Jeremy, en se penchant pour murmurer :

— Ne vous inquiétez pas pour ce matin ; mon mari a eu la même réaction autrefois. C'est normal ! Je l'ai surpris en train de ranger son bureau quand j'étais sur le point d'accoucher.

Les contractions devinrent plus rapides. Toutes les sept, puis six minutes. Une heure plus tard, elles semblaient s'être stabilisées à cinq minutes. Joanie et Iris – une autre infirmière – alternaient leurs visites.

Doris était toujours au rez-de-chaussée, et Jeremy se demanda si par hasard elle avait lu dans ses pensées qu'il souhaitait rester seul avec Lexie. La télévision marchait toujours, mais personne n'y prêtait attention. Tandis que les contractions se rapprochaient, Jeremy épongeait le front de Lexie et lui donnait des glaçons. Elle n'avait aucune envie de marcher et gardait les yeux tournés vers l'écran de contrôle, pour surveiller le rythme cardiaque du bébé.

— Tu es anxieux ? lui demanda-t-elle enfin.

— Non, pas vraiment. La dernière échographie date d'il y a deux semaines ; elle était bonne. Je t'assure que tout se passera bien. Si le médecin était inquiet, il aurait les yeux rivés à des tas d'écrans et il serait déjà en train de parlementer avec plusieurs de ses collègues.

Lexie hocha la tête sans conviction. Elle ne croirait à rien tant qu'elle n'aurait pas son bébé dans ses bras.

— Il faudra lui donner un frère ou une sœur, déclara-t-elle. Je ne veux pas d'une fille unique comme moi.

— Ça ne t'a pas si mal réussi !

— Je sais, mais, pendant toute mon enfance, j'ai envié mes amis : ils avaient quelqu'un avec qui jouer les jours de pluie, et avec qui parler à table. Toi qui

as eu cinq frères, tu ne trouves pas que c'est merveilleux ?

— Pas toujours... Plus jeune, mon sort n'était pas
si enviable. Être le dernier de six enfants signifie
beaucoup de douches froides et de serviettes de
bain trempées !

— Je ne veux tout de même pas d'une fille unique.

— Moi non plus, mais commençons par accueillir
celle-ci, et nous verrons ensuite.

— Voudrais-tu adopter un enfant si...

— Si tu n'es plus jamais enceinte ?

— Oui, murmura Lexie.

— On pourrait adopter un enfant, mais il paraît
que ça prend du temps.

— Il faudrait commencer les démarches...

— Ce n'est peut-être pas le moment !

— Dès que le bébé aura quelques mois, par
exemple... On pourrait essayer d'avoir un enfant par
nos propres moyens, mais nous avons intérêt à
gagner du temps si ça ne marche pas. Je ne veux pas
une trop grande différence d'âge entre eux !

Jeremy essuya une fois encore le front de Lexie.

— Tu as beaucoup réfléchi...

— Quand j'ai appris que nous risquions de perdre
le bébé, j'ai compris à quel point je voulais devenir
mère, quoi qu'il arrive.

— Il n'arrivera rien, mais je te comprends.

Lexie prit la main de Jeremy et couvrit ses doigts
de baisers.

— Si tu savais comme je t'aime ?

— Je sais.

— Et toi, tu ne m'aimes pas ?

— Je t'aime plus qu'il y a de poissons dans la mer
et plus haut que la lune.

Lexie, intriguée, jeta un regard inquisiteur à
Jeremy.

— C'est ce que me disait ma mère quand j'étais petit, murmura-t-il.

Lexie lui embrassa encore les doigts.

— Tu le diras à Claire aussi ?

— Chaque jour !

Une autre contraction survint à cet instant.

Doris réapparut peu après, et, les heures passant, les contractions devinrent progressivement de plus en plus fréquentes : toutes les cinq minutes, puis toutes les quatre et demie. À quatre minutes, on mesura une fois de plus le col de l'utérus de Lexie.

— Il est temps d'appeler l'anesthésiste, déclara alors Joanie d'un air entendu. Vous en êtes déjà à six centimètres de dilatation.

Jeremy ne comprit pas exactement ce que signifiait ce chiffre, mais s'abstint de questionner l'infirmière.

— Les contractions sont plus intenses ? demanda celle-ci, en jetant son gant dans la corbeille.

Lexie ayant répondu par l'affirmative, elle lui désigna l'écran.

— Pour l'instant le bébé réagit bien. Quant à vous, ne vous inquiétez pas, dès que la péridurale sera installée, vous ne souffrirez plus.

— Bien, fit Lexie.

— Si vous changez d'avis, vous pouvez encore renoncer à la péridurale, suggéra Joanie.

— Je ne change pas d'avis. Combien de temps encore, selon vous ?

— Difficile de prévoir, mais à ce rythme, je dirais environ une heure...

Jeremy sentit son cœur palpiter au même rythme que celui du bébé, lui sembla-t-il. Il s'efforça de respirer plus calmement.

L'anesthésiste arriva quelques minutes après, et Joanie pria Jeremy de sortir de la pièce. Il y consentit, mais, debout sur le seuil avec l'infirmière, il jugea cette requête assez absurde. L'installation de la péridurale ne risquait pas d'être aussi impudique que la mesure du col de l'utérus.

— Lexie m'a appris que vous vous êtes remis à écrire, remarqua Doris.

— Effectivement, j'ai écrit plusieurs chroniques la semaine dernière.

— Et avez-vous un projet d'article de fond ?

— Plusieurs, mais il faudra que je m'organise. Je suppose que Lexie n'apprécierait pas que je m'absente quelques semaines après la naissance du bébé. En tout cas, il y a un autre article que je crois pouvoir écrire à la maison. Moins percutant, peut-être, que celui sur Clausen, mais assez fort...

— Félicitations ! Je suis heureux pour vous, dit Doris.

— C'est un grand soulagement...

— J'ai entendu dire que vous allez appeler votre fille Claire.

— En effet.

— J'ai toujours aimé ce prénom, fit sereinement Doris.

Un silence plana, et Jeremy comprit qu'elle avait une pensée pour sa fille défunte.

— Vous auriez dû la voir quand elle est venue au monde, reprit Doris. La tête couverte de cheveux très noirs, et une de ces voix ! J'ai tout de suite deviné que je devrais la tenir à l'œil. Elle avait un sacré tempérament...

— Moi qui la prenais pour une parfaite « belle » du Sud !

— Vous voulez rire ? C'était une gentille gamine,

mais rien ne l'arrêtait. En troisième année de primaire, l'institutrice l'a renvoyée à la maison parce qu'elle avait embrassé tous les garçons de sa classe pendant la récréation. On l'a bouclée jusqu'au soir, avec obligation de ranger sa chambre ! Et on l'a sermonnée pour qu'elle comprenne que ce n'était pas admissible. Eh bien, le lendemain, même topo. Furieux, nous sommes allés la chercher à l'école ; elle s'est contentée de nous dire qu'elle aimait embrasser les garçons, même si on la punissait ensuite.

— Lexie le sait ? s'esclaffa Jeremy.

— Pas nécessairement... Je m'étonne de vous avoir raconté cette anecdote, mais avoir des enfants change un être humain du tout au tout. Ça sera pour vous la plus éprouvante et la meilleure des expériences.

— Je suis prêt !

— Prêt ? Pourtant, vous paraissez terrifié.

— Non, mentit Jeremy.

— Me permettez-vous de prendre votre main quand vous affirmez cela ?

La dernière fois que Doris avait pris sa main, Jeremy avait éprouvé la sensation étrange qu'elle lisait dans son âme. Même s'il refusait d'y croire, il s'était passé quelque chose...

— Je ne vous permets pas, marmonna-t-il.

Doris sourit.

— Vous avez de bonnes raisons d'être troublé et inquiet. C'est une grande responsabilité... mais vous vous en tirerez parfaitement.

Jeremy garda le silence, en se disant qu'il en saurait plus dans une petite heure.

Grâce à la péridurale, Lexie ne souffrait plus ; elle devait observer l'écran de contrôle pour sentir ses contractions. Vingt minutes après, son col était dilaté de huit centimètres. À dix arriverait le moment tant attendu.

Le rythme cardiaque du bébé était toujours parfaitement normal ; l'humeur de Lexie meilleure.

— Je me sens *bien*, martela-t-elle, en insistant sur le dernier mot.

— On dirait que tu viens de siffler deux bières.

— J'ai exactement cette impression ! Cette péridurale est formidable ; j'aurais eu tort de m'en passer. Les contractions étaient douloureuses.

— J'ai cru le comprendre. Veux-tu encore des glaçons ?

— Non, je suis en pleine forme maintenant.

— Ça se voit.

— Tu as l'air en forme toi aussi.

— Grâce à la douche que j'ai prise ce matin !

— Je n'arrive toujours pas y croire, plaisanta Lexie.

— Je voulais être à mon avantage sur les photos.

— Ça se saura.

— Tu n'auras qu'à montrer les photos.

— Non, je veux que tout le monde sache que tu prenais ton temps, pendant que je me tordais de douleur.

— Tu ne te tordais pas de douleur ; tu bavardais avec Doris au téléphone !

— Intérieurement, je me tordais de douleur, mais je ne m'extériorise pas. Souviens-toi que je suis une femme courageuse.

— Non seulement courageuse, mais belle.

— Tu en as de la chance !

— Et je t'aime, murmura Jeremy en lui serrant la main.

— Moi aussi, je t'aime.

Le moment était venu.

Les infirmières s'affairaient dans la salle d'accouchement. Le médecin finit par arriver, et, comme les infirmières, contrôla encore une fois le col de l'utérus de Lexie. Assis sur son tabouret et penché en avant, il expliqua ce qui se passerait ensuite. Il demanderait à Lexie de pousser à l'arrivée de la contraction. Après trois ou quatre de celles-ci, le bébé serait là ; entre-temps, elle devrait économiser ses forces. Lexie et Jeremy buvaient ses paroles.

— Le rythme cardiaque est vif et régulier, et je n'attends pas d'incident fâcheux à la naissance. Nous avons un pédiatre dans la salle. Il examinera le nouveau-né pour vérifier que tout va bien, ce que je pense.

Jeremy et Lexie hochèrent du chef nerveusement.

— Tout ira bien, conclut le médecin. Faites ce que je vous dirai, et vous serez parents d'ici à quelques minutes.

— D'accord, souffla Lexie.

— Où dois-je aller ? demanda Jeremy.

— Restez là, c'est parfait.

Tandis que le médecin réglait les derniers détails, une autre infirmière entra dans la salle, accompagnée d'un pédiatre, qui se présenta comme le Dr Ryan. Un plateau chirurgical contenant des instruments stériles fut roulé vers le lit et découvert. Le médecin semblait parfaitement détendu, tandis que le Dr Ryan bavardait avec l'infirmière.

À la contraction suivante, le médecin pria Lexie de saisir ses mollets et de pousser. Elle grimaça sous l'effort, et le médecin vérifia une fois de plus le rythme cardiaque du bébé. Lexie serra de toutes ses forces la main de Jeremy.

Le médecin s'installa plus confortablement sur son tabouret.

— Très bien ! Maintenant, détendez-vous une minute. Reprenez votre souffle et nous ferons un nouvel essai. Poussez un peu plus fort si possible.

Jeremy se demanda s'il était possible de pousser plus fort, mais Lexie obtempéra sans hésiter.

— Très bien. Continuez !

Lexie continua à pousser, et Jeremy oublia la douleur qui transperçait sa main. La contraction prit fin.

— Détendez-vous encore. C'est bien.

Lexie reprit son souffle, et Jeremy essuya son front moite. À la contraction suivante, elle recommença, les yeux clos, les dents serrées, le visage rougi par l'effort. Les infirmières étaient au garde-à-vous. Tenant toujours la main de Lexie, Jeremy était émerveillé par cette soudaine accélération des événements.

— C'est bien, dit le médecin. Poussez une dernière fois très fort, et on y sera...

Ensuite, tout devint flou, et Jeremy ne put jamais s'expliquer comment c'était arrivé. Plus tard, il se rendit compte qu'il ne gardait en mémoire que des bribes, ce dont il se sentait parfois coupable.

Quel était son dernier souvenir clair et net de Lexie ? Il la revoyait remontant les jambes au début de la contraction. Le visage luisant de transpiration, elle était essoufflée, tandis que le médecin la priait de pousser une dernière fois de toutes ses forces. Il croyait l'avoir vue sourire.

Et puis ? Il n'avait aucune certitude, car son regard était attiré par les jambes de Lexie ; par les mouvements rapides et souples du médecin. Il assistait à la naissance de son enfant probablement pour la seule et unique fois. Bien qu'il se considère comme un homme sensé et raisonnable, cette idée le perturbait. Soudain, la pièce sembla rétrécir autour de lui. Il avait à peine conscience de la présence de Doris, et il entendait Lexie gémir, tandis que Claire commençait à apparaître. Sa tête d'abord, puis – à la suite d'une savante manœuvre de l'accoucheur – ses épaules, suivies presque immédiatement par le reste de son corps.

En un instant, il était devenu père. Il se sentit bouleversé à l'idée de la vie nouvelle qui l'attendait.

Couverte de liquide amniotique et toujours attachée au cordon ombilical, Claire était une masse gluante d'un brun rougeâtre, qui se mit d'abord à haleter. Le Dr Ryan la déposa sur une table, on inséra un tube d'aspiration dans sa bouche pour dégager sa gorge, et c'est alors qu'elle poussa son premier cri. Le pédiatre l'examina aussitôt. De sa place, Jeremy n'aurait su dire si elle allait bien ; le monde continuait à rétrécir autour de lui. Il entendit vaguement Lexie haleter à son tour.

— Rien ne laisse penser que cet enfant ne soit pas normal, déclara le docteur Ryan. Elle a tous ses doigts et ses orteils et elle est mignonne comme tout. Couleur et respiration normales.

Claire vagissait encore quand Jeremy se tourna vers Lexie ; et tout se passa si vite que, longtemps après, il avait toujours du mal à comprendre.

— Vous avez entendu ? fit-il.

Les yeux fixés sur elle, il n'entendait plus qu'un bip régulier derrière lui. Les yeux clos, Lexie avait la tête sur l'oreiller, presque comme si elle dormait.

Il s'étonna d'abord. Pourquoi ne se tournait-elle pas vers le bébé ? Le médecin bondit si brusquement que son tabouret fut projeté contre le mur, derrière son dos. Une infirmière lança une information au sujet du code, et le docteur Sommers cria à l'autre d'emmener tout de suite Jeremy et Doris.

Oppressé, il hurla :

— Que se passe-t-il ?

L'infirmière le prit par le bras et l'entraîna hors de la pièce.

— Quelque chose ne va pas ! Attendez ! reprit-il.

— Je vous en prie, supplia l'infirmière. Vous ne pouvez pas rester.

Hagard, il gardait les yeux fixés sur Lexie ; Doris avait la même réaction. Quelque part au loin, une infirmière appelait les aides-soignants à la rescousse. Le médecin comprimait la cage thoracique de Lexie.

Tout le monde semblait paniqué.

— Non ! s'écria-t-il, en essayant de se libérer.

— Emmenez-le ! répéta le médecin.

Jeremy sentit que quelqu'un d'autre saisissait son bras et l'entraînait. Pourquoi Lexie ne bougeait-elle pas ? Mon Dieu, pourquoi ? Elle allait se réveiller !

Il hurla à nouveau :

— Que se passe-t-il ?

On l'entraîna dans le corridor. Des voix lui disaient de se calmer, mais il entendait à peine. Du coin de l'œil, il vit passer dans le couloir une civière, portée par deux aides-soignants. Ils s'engouffrèrent dans la salle d'accouchement.

Deux autres aides-soignants maintenaient Jeremy contre le mur. Il suffoquait, son corps était raide et glacé. Doris sanglotait. Des gens allaient et venaient autour de lui, mais il se sentait seul au monde. L'horreur à l'état pur... Au bout d'une minute, la civière réapparut. Penché sur Lexie, le médecin pratiquait toujours la respiration artificielle.

Tout à coup, le temps parut ralentir. Jeremy se sentit faiblir lorsque Lexie disparut derrière les portes battantes, à l'extrémité du couloir. Il était vidé de ses forces, à peine capable de tenir debout. Sa tête tournait.

— Ça ne va pas ? demanda-t-il. Où l'emmène-t-on ? Pourquoi est-elle immobile ?

Ni les aides-soignants, ni les infirmières, n'osèrent croiser son regard.

On les emmena, Doris et lui, dans une pièce d'un genre particulier. Ni salle d'attente ni salle d'hôpital. Sièges recouverts de vinyle bleu alignés le long des murs, moquette. À cela s'ajoutait une table basse parsemée d'un fatras de magazines criards, sous des tubes au néon ; un crucifix sur le mur opposé. Ils étaient seuls.

Pâle et tremblante, Doris regardait dans le vague. Il s'assit à côté d'elle, se leva pour faire les cent pas, et se rassit. Il lui avait demandé ce qui se passait, mais elle n'en savait guère plus que lui. Le visage caché entre ses mains, elle fondit en larmes.

Il ne parvenait plus à déglutir ni même à penser. Il essaya de se remémorer la succession des événements, mais il était incapable de se concentrer.

Le temps semblait s'étirer.

Des secondes, des minutes, des heures... Il ne savait pas combien de temps s'était écoulé. Que s'était-il passé ? Lexie allait-elle survivre, et que devait-il faire ? Il faillit foncer dans le couloir pour obtenir une réponse. Avant tout, il avait besoin de la voir pour savoir comment elle allait. Doris continuait à pleurer à côté de lui, ses mains tremblantes jointes en une prière désespérée.

Paradoxalement, il s'était toujours souvenu de la salle d'attente de l'hôpital ; mais il avait beau faire, il ne se rappelait plus le visage du psychologue qui avait fini par venir lui parler. Même le médecin n'était plus l'homme qu'il avait vu dans la salle d'accouchement, ni au cours de leurs précédents rendez-vous. Il se souvenait simplement de son effroi quand il les avait vus surgir. Doris et lui s'étaient levés : tout en souhaitant obtenir une réponse, ils auraient préféré ne plus rien entendre. Puis Doris s'était accrochée à son bras comme à une bouée de sauvetage.

— Comment va-t-elle ? souffla-t-il.

Le médecin semblait épuisé :

— Je suis navré d'avoir à vous dire... que votre femme a été victime d'une embolie amniotique.

Jeremy sentit à nouveau sa tête tourner. Pour se calmer, il fixa son attention sur la blouse du Dr Ryan, éclaboussée de sang. Les mots du médecin semblaient venir de très loin.

— Le liquide amniotique a dû pénétrer dans l'un des vaisseaux de l'utérus. Un événement absolument imprévisible... Il n'y avait rien à faire...

La pièce se resserra autour de Jeremy, et Doris s'affaissa sur son épaule.

— Oh non ! Non... non..., psalmodiait-elle.

Retenant son souffle, il entendit vaguement le médecin ajouter :

— C'est très rare, mais une fois que le fluide a pénétré dans un vaisseau, il peut remonter jusqu'au cœur. Je suis navré, mais elle n'a pas survécu. Toutefois, le bébé est en parfaite santé...

Doris titubait ; il parvint miraculeusement à la maintenir debout. Tout lui semblait aberrant. Lexie ne pouvait pas avoir rendu l'âme. Elle était en bonne santé. Quelques minutes plus tôt, il parlait avec elle. Elle avait poussé pour accoucher.

Non, c'était impensable. Et pourtant...

Le médecin lui-même semblait sous le choc alors qu'il continuait à lui expliquer.

Hébété et nauséeux, Jeremy le dévisagea à travers ses larmes.

— Je peux la voir ?

— Elle est à la pouponnière, sous des lampes, fit le Dr Sommers, soulagé de pouvoir enfin répondre à une question. (C'était un homme sensible, que les événements affectaient manifestement.) Elle va tout à fait bien !

Jeremy eut du mal à trouver ses mots.

— Non, articula-t-il, c'est ma femme que je souhaiterais voir...

20.

Jeremy longea le corridor comme un zombie. Le médecin marchait en silence, un demi-pas derrière lui.

Il ne voulait pas le croire, il ne parvenait pas à donner un sens à ses paroles. Il y avait un malentendu ; Lexie était encore au nombre des vivants. Pendant que le Dr Sommers lui parlait, quelqu'un avait remarqué une réaction – une certaine activité cérébrale, un léger battement de cœur – et tout s'était remis en route. À l'instant même, on la soignait, et elle allait de mieux en mieux. C'était exceptionnel, presque miraculeux, mais il savait qu'elle allait s'en tirer. Elle était jeune et robuste. Mourir à trente-deux ans était impensable.

Comme le médecin s'arrêtait devant une pièce, à proximité de l'unité de soins intensifs, Jeremy sentit son cœur bondir dans sa poitrine à la pensée qu'il avait peut-être vu juste.

— Je l'ai fait transporter ici pour que vous ayez un peu d'intimité, déclara le médecin, blême.

Il posa une main sur l'épaule de Jeremy.

— Prenez votre temps. Je suis vraiment navré...

Machinalement, Jeremy tendit une main tremblante vers la porte. Elle pesait au moins une tonne, mais elle s'ouvrit. La silhouette allongée sur le lit attira son regard. Inerte, sans perfusions, sans écrans de contrôle, exactement comme il l'avait vue, le matin, des centaines de fois. Endormie, les cheveux déployés sur l'oreiller... Mais bizarrement, ses bras étaient le long de son corps. On aurait dit que quelqu'un qui ne la connaissait pas les avait placés là.

La gorge serrée, il se crut dans un tunnel : tout était noir sauf elle. Il ne voyait qu'elle, mais il ne voulait pas la voir ainsi, les bras raides. Elle devait se réveiller ! Elle n'avait que trente-deux ans. Elle était saine et robuste. Une battante ! Et elle l'aimait ; elle était toute sa vie.

Mais quelque chose ne collait pas : ses bras auraient dû être repliés, ou l'un d'eux au-dessus de sa tête, ou posés sur son ventre...

L'air lui manqua.

Sa femme était morte... *Sa* femme...

Ayant maintenant la conviction que ce n'était pas un rêve, il donna libre cours à ses larmes, en se disant qu'elles ne cesseraient jamais.

Peu après, Doris arriva pour faire ses adieux à sa petite-fille. Jeremy s'éclipsa. Il déambulait le long du corridor, dans un état second, en remarquant à peine les infirmières et la bénévole qui le dépassa avec un chariot. Elles détournèrent également leur regard. Était-ce parce qu'elles savaient ce qui s'était passé, ou parce qu'elles l'ignoraient ?

Il regagna la pièce où il avait vu le médecin, avec un sentiment d'absolue faiblesse. Les forces lui manquaient pour pleurer. Il était à bout, près de s'effondrer. Tandis que des images de la salle d'accouchement défilaient dans son esprit, il s'efforçait de déceler le moment exact où l'embolie s'était déclenchée. Un signe annonciateur aurait-il dû l'avertir ? Était-ce quand elle avait haleté. Ou juste après ? Il se sentait coupable de ne pas l'avoir incitée à faire pratiquer une césarienne, ou bien à modérer ses efforts – si ses efforts excessifs étaient la cause de l'embolie. Il était furieux contre lui-même, contre Dieu, contre le médecin, et même contre le nouveau-né.

Il ne souhaitait même pas le voir, persuadé qu'en venant au monde, ce bébé avait *volé* la vie de sa mère. Sans ce bébé, Lexie aurait été encore à ses côtés ! Sans lui, ils n'auraient pas vécu ces derniers mois dans un tel stress. Sans lui, ils auraient pu faire l'amour. Maintenant, plus rien ne restait. Ce bébé lui avait tout pris. Sa femme était morte à cause de lui, et il se sentait plus mort que vif.

Comment ferait-il pour aimer cette petite fille ? Pour lui pardonner ? Pour la tenir dans ses bras en oubliant que Lexie avait payé de sa vie pour la mettre au monde ? Sa haine était parfaitement naturelle, étant donné le tort qu'elle avait causé à la femme qu'il aimait.

Il avait conscience d'éprouver de mauvais sentiments. Des sentiments contre nature de la part d'un père ; mais comment aurait-il pu imposer silence à son cœur ? Pouvait-il faire ses adieux à Lexie, et accueillir le bébé aussitôt après ? Comment était-il censé se comporter ? Devait-il serrer Claire dans ses bras, et susurrer comme les autres pères ?

Et ensuite ? Après son retour de l'hôpital ? Il se sentait incapable de s'occuper d'un autre être, tant il avait de mal à ne pas se recroqueviller sur lui-même, à même le sol. Il ne connaissait rien aux nouveaunés ; c'était, évidemment, à leur mère d'en prendre soin. Lexie avait lu tous ces livres de puériculture, et elle avait appris à s'occuper d'un enfant. Pendant toute sa grossesse, il s'était satisfait de son ignorance,

car il comptait sur elle pour lui enseigner les rudi-
ments. Mais le bébé avait d'autres intentions...

Ce bébé qui avait tué sa femme.

Au lieu de prendre le chemin de la pouponnière,
il s'effondra à nouveau dans l'un des fauteuils de la
salle d'attente. Il se reprochait d'éprouver de tels
sentiments, mais Lexie était morte en couches. À
notre époque, et à l'hôpital ! Oubliées les guérisons
miraculeuses ! Les événements hors du commun,
retransmis à la télévision ! Tout cela était inconce-
vable. Il ferma les yeux, dans l'espoir d'échapper à
son cauchemar s'il se concentrait suffisamment.

Doris le trouva là. Il ne l'avait pas entendue entrer
dans la pièce, mais il ouvrit les yeux au contact de sa
main sur son épaule. Le visage bouffi et ravagé par
les larmes, elle semblait sur le point de s'effondrer.

— Vous avez appelé vos parents ? fit-elle d'une
voix brisée.

— Je devrais, mais je n'en ai pas encore eu la
force.

Les épaules secouées de sanglots, elle murmura :

— Oh, Jeremy !

Il se leva pour l'étreindre, et ils pleurèrent,
enlacés, en cherchant à se soutenir mutuellement.

Doris se dégagea la première et essuya ses larmes.

— Vous avez vu Claire ?

À ces mots, Jeremy sentit toute son animosité
revenir.

— Non, murmura-t-il, pas depuis la salle d'accouchement.

Doris ébaucha un sourire triste, qui broya littéra-
lement ce qui restait du cœur de Jeremy.

— Elle est tout le portrait de Lexie.

Jeremy se détourna. Il ne voulait pas entendre
cela ! On ne devait pas lui parler du bébé. Était-il

censé se réjouir de cette naissance ? Pourrait-il connaître à nouveau le bonheur ?

Ce qui aurait dû être le plus beau jour de sa vie s'était mué en un cauchemar épouvantable. Rien ne l'avait préparé à cette tragédie. Et maintenant ? Il devait non seulement survivre, mais prendre soin du petit être qui avait *tué* sa femme !

— Elle est belle, murmura Doris dans un profond silence. Vous devriez aller la voir.

— Hum ! Pas encore.... Je ne veux pas.

Jeremy sentit que Doris l'observait et lisait dans son âme à travers le brouillard de son chagrin.

— Elle est *votre* fille.

— Je sais, marmonna Jeremy, en sentant sa colère bouillonner sous sa peau.

Doris lui prit la main.

— Lexie souhaiterait que vous vous en occupiez ; alors, faites-le pour votre femme. Elle souhaiterait que vous alliez voir votre enfant, que vous le preniez dans vos bras. Je sais que c'est dur, mais vous ne pouvez pas refuser cela à Lexie. Ni à moi, ni à Claire... Venez !

Sur ces mots, Doris trouva la force de le prendre par le bras et de l'entraîner dans le corridor, jusqu'à la pouponnière. Il avançait comme un automate, de plus en plus anxieux à chaque pas. Il avait peur de voir sa fille. Tout en se reprochant son animosité envers elle, il ne pouvait se faire à l'idée qu'il cesserait peut-être de lui en vouloir un jour ; qu'il lui pardonnerait d'avoir provoqué la mort de Lexie...

Mais rien ne pouvait arrêter Doris. Elle poussa des portes battantes ; de l'autre côté des femmes enceintes et de jeunes mamans étaient entourées de leur famille. Des infirmières s'affairaient autour d'elles comme des abeilles dans une ruche.

Quand il passa devant la pièce où avait eu lieu

l'embolie, il dut s'appuyer contre le mur pour ne pas tomber.

Après le poste des infirmières, ils tournèrent en direction de la pouponnière. Le carrelage moucheté de gris perturbait Jeremy. Sa tête tournait. Il aurait voulu échapper à Doris et s'enfuir ; appeler sa mère et lui raconter ce qui s'était passé. Il aurait pleuré au téléphone et trouvé une excuse pour craquer, pour être dispensé de son devoir.

Plus loin, quelques inconnus, assemblés dans le corridor, épiaient à travers la paroi vitrée de la pouponnière. Le doigt pointé, ils murmuraient, un sourire aux lèvres : « Elle a son nez », ou bien : « Je crois qu'elle aura des yeux bleus. » Il les détesta aussitôt d'éprouver une joie et une excitation qu'il aurait dû partager. Il ne pouvait s'imaginer parmi eux, interrogé sur l'enfant qui était le sien et les entendant s'extasier sur la beauté de son « adorable petite fille ».

Il croisa ensuite l'infirmière présente au moment de la mort de Lexie : elle vaquait à ses occupations comme si de rien n'était.

Doris s'arrêta un instant et lui pressa le bras.

— C'est ici, lui annonça-t-elle, en lui désignant une porte.

— Vous m'accompagnez ?

— Non, je vous attends.

— Je vous en prie, venez avec moi !

— C'est un acte que vous devez accomplir seul.

— Venez tout de même !

Doris refusa de céder, mais son visage se détendit soudain.

— Vous l'aimerez, murmura-t-elle. Dès que vous la verrez, vous l'aimerez...

Le coup de foudre est-il possible ? Il en avait toujours douté.

L'expression de l'infirmière changea dès qu'il entra dans la nursery d'un pas hésitant. Elle n'avait pas assisté à l'accouchement, mais la rumeur avait fait le tour du service : une jeune femme en parfaite santé était morte brusquement, laissant un mari sous le choc et un nourrisson sans mère. L'infirmière aurait pu manifester sa compassion ou se détourner ; elle préféra esquisser un sourire, en lui désignant les berceaux près de la fenêtre.

— Votre fille est à gauche.

La voix altérée de l'infirmière, venue de très loin, rappela à Jeremy combien cette scène était contre nature. Lexie aurait dû être là...

— Elle est belle, fit la voix.

Il s'approcha machinalement du berceau, partagé entre la tentation de se sauver et l'envie de voir sa fille. Il avait l'impression d'assister à cette scène à travers le regard d'un autre. Ce bébé n'était pas le sien.

Il hésita en voyant le prénom de Claire, puis le nom de Lexie, sur une bande plastifiée, autour de sa cheville. Après avoir refoulé ses larmes, il se pencha pour contempler sa fille. Minuscule et vulnérable sous les lampes chauffantes, elle était enveloppée dans une couverture et portait un bonnet. Sa peau rose semblait douce et saine.

À la manière de tous les nourrissons, elle agitait parfois les bras par saccades, comme si elle s'habituait petit à petit à respirer, au lieu de recevoir l'oxygène de sa mère. Son thorax se soulevait et s'abaissait rapidement. Jeremy se pencha vers elle, fasciné par ses mouvements en apparence incontrôlés : elle ressemblait étrangement à Lexie. La forme des oreilles, le point léger au menton.

— Un tout petit bébé mais un merveilleux bébé, dit l'infirmière, au-dessus de l'épaule de Jeremy. Elle dort presque tout le temps, et pleure à peine quand elle se réveille.

Jeremy se taisait, insensible.

— En principe, vous pourrez la ramener chez vous demain, ajouta la jeune femme. Aucune complication n'est apparue, et elle arrive déjà à téter. Contrairement à certains nourrissons, elle s'est mise sans difficulté au biberon. Oh, regardez, elle se réveille !

— Ah bon, chuchota Jeremy, les yeux écarquillés.

L'infirmière effleura le thorax de Claire.

— Bonjour, ma douce, ton papa est ici.

Claire agita les bras à plusieurs reprises.

— Que se passe-t-il ? s'inquiéta Jeremy.

— C'est normal, fit l'infirmière, en remontant la couverture.

Elle répéta :

— Bonjour, ma douce...

Jeremy sentit le regard de Doris peser sur lui, à travers la paroi vitrée.

— Vous voulez la prendre dans vos bras ?

Jeremy, la gorge nouée, se dit que ce bébé si petit, si fragile, risquait de se briser au moindre geste. Il n'oserait pas y toucher... Et pourtant, il s'entendit murmurer instinctivement :

— Je peux la prendre ?

— Bien sûr !

L'infirmière déposa Claire dans ses bras avec une efficacité et un naturel qui le laissèrent pantois.

— Je ne sais pas comment..., souffla-t-il. Je n'ai jamais fait ça...

— Rien de plus facile !

L'infirmière parlait d'une voix douce. Elle était

290

plus âgée que lui, nota Jeremy, mais plus jeune que Doris. Il se demanda si elle-même avait des enfants.

— Asseyez-vous dans le rocking-chair, lui conseilla-t-elle, et je vous la confie. Il suffit de passer votre bras derrière son dos, en soutenant sa tête. Ensuite, l'essentiel est de l'aimer pour toujours.

Jeremy s'assit, au bord des larmes. Il n'était pas encore prêt. Il était en manque de Lexie... Il fallait au moins lui laisser le temps de la pleurer.

Le visage de Doris lui apparut un instant derrière la vitre ; un vague sourire semblait flotter sur ses lèvres. L'infirmière s'approcha, aussi à l'aise que si elle s'était acquittée de cette tâche des milliers de fois.

Quand il tendit ses mains, le poids léger de Claire s'y déposa. Une seconde après, elle était nichée dans ses bras.

Une multitude d'émotions submergea Jeremy : son sentiment d'échec quand il avait accompagné, jadis, Maria chez le médecin ; son effroi dans la salle d'accouchement ; son désarroi le long du corridor ; et l'angoisse qu'il venait d'éprouver à l'idée de prendre son enfant dans ses bras.

Claire parut fixer son regard sur son visage. Claire était tout ce qui lui restait de Lexie ; la fille de Lexie, par la chair et l'esprit. Il retint son souffle, tandis que des images défilaient dans sa tête. Lexie, assez confiante pour avoir un enfant de lui ; Lexie qui l'avait épousé, malgré ses imperfections, car elle le considérait comme le genre de père que méritait Claire ; Lexie, qui avait sacrifié sa vie pour lui donner une fille... Il avait la soudaine certitude qu'elle avait fait ce choix et serait prête à recommencer.

Doris avait raison : Lexie voulait qu'il aime Claire comme elle l'aurait aimée elle-même, et maintenant elle comptait sur sa force. Il devait être fort pour Claire...

Malgré le tumulte de son cœur, il contempla sa fille en se disant qu'elle était la seule raison de sa présence sur terre. Il consacrerait sa vie à l'aimer, à la choyer, à la soutenir, jusqu'au jour où elle serait capable de voler de ses propres ailes. Son amour inconditionnel donnerait un sens à la vie. Lexie s'était sacrifiée en sachant qu'il serait capable de comprendre cela.

À cet instant, tout en regardant Claire à travers ses larmes, il se sentit fondre d'amour pour elle, et son seul désir fut de la chérir et de la protéger tant qu'il vivrait.

Épilogue

Février 2005

Jeremy battit des paupières en entendant la sonnerie du téléphone. La maison semblait somnoler, enveloppée d'un épais édredon de brouillard ; il se força à s'asseoir, surpris d'avoir dormi un moment. Il n'avait pas fermé l'œil la nuit précédente, et n'avait dormi que quelques heures par nuit depuis des semaines.

Le téléphone sonna à nouveau. Il le saisit et pressa le bouton pour répondre.

— Jeremy, fit son frère, ça ne va pas ?

— Ça va.

— Tu dormais ?

Jeremy regarda machinalement son réveil.

— À peine une vingtaine de minutes. Ce n'est pas trop grave...

— Je vais te laisser tranquille.

À la vue de sa veste et de ses clefs sur la chaise, Jeremy se souvint de tout ce qu'il voulait faire ce soir-là. Une autre nuit d'insomnie... Il se félicita soudain de cette sieste imprévue.

— Non, répondit-il ; je ne vais pas me rendormir. Je suis content de t'entendre. Comment vas-tu ?

Il tendit l'oreille vers le couloir pour écouter Claire.

— Je t'appelais parce que j'ai reçu ton message... celui que tu m'as laissé il y a un ou deux jours. Tu semblais épuisé. Un vrai zombie...

— Désolé. J'avais passé la nuit debout.

— Encore ?

— Ce sont des choses qui arrivent.

— Un peu trop souvent ces derniers temps ! Maman s'inquiète à ton sujet. Elle pense que si ça continue, tu risques de tomber gravement malade.

— Je ne risque rien.

— Tu me parais mal en point !

— Pas plus que des tas d'autres types.

— En tout cas, maman m'a demandé de t'inciter à dormir plus. Mission accomplie ! Mais comme je t'ai réveillé, tu n'as plus qu'à aller te recoucher.

Jeremy parvint à rire malgré sa fatigue.

— Sûrement pas maintenant !

— Pourquoi pas ?

— À quoi bon ? Je passe des nuits entières sans fermer l'œil.

— Des nuits entières ?

— Absolument, martela Jeremy. C'est ce que l'on appelle l'insomnie.

Son frère hésita au bout du fil.

— Je ne comprends toujours pas ce qui t'empêche de dormir !

Jeremy aperçut par la fenêtre un ciel impénétrable, et un brouillard d'argent, omniprésent. Pensant à Lexie, il s'entendit murmurer :

— Des cauchemars...

Ces cauchemars avaient commencé le mois précédent, juste après Noël, sans raison apparente. Claire l'avait aidé à préparer des œufs brouillés et ils avaient pris leur petit déjeuner ensemble. Il avait ensuite emmené sa fille faire du shopping, puis il l'avait déposée quelques heures chez Doris. En fin d'après-midi, elle avait regardé *La Belle et la Bête*, pour la énième fois. Au dîner, ils avaient mangé de la dinde et des macaronis au fromage, et il lui avait lu, après son bain, les mêmes histoires que d'habitude. Elle n'était ni fiévreuse ni inquiète en allant au lit ; quand il était passé la voir, vingt minutes après, elle dormait profondément.

Mais, juste après minuit, elle s'était réveillée en hurlant. Il avait foncé dans sa chambre à coucher pour la rassurer. Quand elle avait fini par s'apaiser, il avait remonté les couvertures sous son menton avant de l'embrasser sur le front. Une heure plus tard, elle se réveillait à nouveau en hurlant.

Et ainsi de suite pendant presque toute la nuit ; mais, le matin, elle ne gardait pratiquement aucun souvenir de ces épisodes. Quant à lui, épuisé et l'œil vitreux, il s'était félicité qu'elle ait retrouvé son calme. Il se trompait, car le même phénomène s'était reproduit cette nuit-là et les suivantes.

Au bout d'une semaine, il avait amené Claire chez le médecin. D'après lui, elle était en bonne santé ; ses terreurs nocturnes, relativement fréquentes, passeraient avec le temps.

Au lieu de passer, elles avaient empiré. Alors qu'elle se réveillait deux ou trois fois par nuit au début, elle en était maintenant à quatre ou cinq réveils, comme si elle faisait un cauchemar à chaque cycle de sommeil. Seuls les mots tendres qu'il lui murmurait en la berçant lui apportaient un certain apaisement. Il avait essayé de la faire dormir dans son lit, ou de dormir dans le sien, et il l'avait gardée pendant des heures endormie sur ses genoux. Il avait essayé la musique, une veilleuse, du lait chaud au coucher. Il avait appelé sa mère ainsi que Doris. Claire s'était réveillée en hurlant au cours de la nuit qu'elle avait passée chez son arrière-grand-mère. Aucune solution n'était à l'horizon.

Si le manque de sommeil rendait Jeremy tendu et anxieux, il en était de même pour Claire. Ses crises de colère, ses larmes imprévisibles, ses insolences étaient plus fréquentes que d'habitude. À quatre ans, elle pouvait se permettre ce genre d'écarts ; mais quand Jeremy se mit à lui répondre nerveusement, il ne put mettre sa réaction sur le compte de l'immaturité. Fatigué et à cran, il était surtout dévoré d'anxiété. Si Claire avait un grave problème, si elle ne retrouvait pas un sommeil normal, quelque chose de terrible risquait de se produire. Qu'allait-elle devenir ? Il était responsable de sa fille, et il ne se sentait pas à la hauteur...

Il se souvint de son père, le jour où David, son frère aîné, avait été victime d'un accident de voiture. Âgé de huit ans à l'époque, il l'avait surpris assis dans son fauteuil, le regard vague, et tassé sur lui-même. Un instant, il ne l'avait même pas reconnu ! Avait-il mal compris ses parents quand ils lui avaient expliqué que David était sain et sauf ? Son frère était peut-être mortellement blessé, et ils n'osaient pas lui dire la vérité. Haletant, il allait fondre en larmes quand son père était enfin sorti de sa torpeur. Il s'était blotti sur ses genoux et les favoris paternels lui avaient râpé la joue.

— David est sain et sauf, avait répondu son père quand il l'avait questionné, mais cela ne m'empêche pas de me faire du souci.

— Du souci pour moi ?

Son père l'avait serré dans ses bras en murmurant :

— Oui, pour vous tous ! On continue à s'inquiéter pour ses enfants, quel que soit leur âge...

Jeremy se remémorait cet épisode, tandis qu'il jetait un coup d'œil sur Claire. Il mourait d'envie de la prendre dans ses bras, au moins pour tenir ses cauchemars à distance. Elle s'était assoupie depuis une heure et elle ne tarderait pas à se réveiller en hurlant, mais, pour l'instant, elle respirait paisiblement.

Il aurait aimé savoir quelles images se forgeaient dans son inconscient. Comme la plupart des enfants, elle évoluait à un rythme extraordinaire, maîtrisant de mieux en mieux le langage et la communication non verbale, développant sa coordination, découvrant les limites à respecter et les règles qui régissent le monde. Comme elle n'en savait pas encore assez pour éprouver les angoisses qui réveillent les adultes en pleine nuit, il supposait que ses cauchemars étaient soit un produit de son imagination hyperactive, soit une tentative pour donner un sens à la complexité du monde. Mais sous quelle forme se manifestaient-ils ? Voyait-elle des monstres ? Se sentait-elle menacée par quelque chose ? Il n'en avait pas la moindre idée. L'esprit d'un enfant est un mystère pour les adultes...

Il lui arrivait de s'adresser des reproches à lui-même. Avait-elle remarqué qu'elle était différente des autres enfants ? En effet, lorsqu'ils allaient au parc, il était souvent le seul père présent. S'étonnait-elle que tout le monde ait apparemment une mère, sauf elle ? Bien sûr il n'était pas blâmable ; personne ne l'était. Ils étaient les victimes innocentes d'une tragédie, et un jour viendrait où il dirait à Claire quel était *son* cauchemar.

Un cauchemar qui se passait dans un hôpital, et qui n'appartenait pas seulement au domaine des rêves.

Après avoir marché sur la pointe des pieds jusqu'à la penderie, il prit une veste sur un cintre, et laissa planer son regard autour de lui. Il se souvenait de la surprise de Lexie, en s'apercevant qu'il avait lui-même décoré la nursery.

Comme Claire, celle-ci s'était transformée depuis. Il l'avait retapissée en jaune et mauve pastel. Sur le mur, à mi-hauteur, courait une frise de fillettes angéliques, en robe du dimanche. Claire avait participé à ce choix et était restée assise, jambes croisées, tandis qu'il travaillait.

Au-dessus de son lit étaient accrochés les deux objets qu'il aurait souhaité le plus mettre à l'abri des flammes, en cas d'incendie. À l'époque où Claire venait de naître, il avait demandé à un photographe de prendre des dizaines de photos d'elle, des gros plans en noir et blanc. Ses pieds, ses mains, ses yeux, ses oreilles, et son nez. Il avait fait un montage et encadré les deux grands collages. En les voyant, il se rappelait combien sa fille lui avait semblé minuscule la première fois qu'il l'avait tenue dans ses bras.

Pendant les semaines qui avaient suivi la naissance de Claire, Doris et sa mère avaient travaillé en équipe pour l'aider à s'occuper du bébé. Sa mère était venue, séance tenante, lui rendre visite, et lui inculquer les notions de base : comment changer une couche, la température du biberon, la meilleure manière de donner des médicaments à Claire de sorte qu'elle ne les recrache pas.

Pour Doris, nourrir le bébé était une forme de thérapie, et elle passait des heures à bercer Claire après ses biberons. Il entendait souvent les deux femmes bavarder à voix basse dans la cuisine ; parfois sa mère murmurait des paroles de consolation à Doris, en larmes.

Ces deux femmes énergiques s'étaient attachées

l'une à l'autre et ne lui permettaient pas de s'apitoyer sur lui-même. Elles lui ménageaient des moments de solitude pendant lesquels Claire était sous leur garde, mais elles insistaient pour qu'il se prenne en charge malgré son chagrin. Il était le père de Claire et en avait la responsabilité. Sur ce point, elles faisaient front commun.

Petit à petit, il avait dû apprendre à s'occuper d'un bébé, et, avec le temps, son chagrin s'était un peu apaisé. Au début, il le submergeait du matin au soir, mais, par la suite, il l'oubliait par instants, trop absorbé par les soins qu'il donnait à sa fille. À l'époque, il fonctionnait en pilotage automatique, et il avait eu un sentiment de panique quand le moment de repartir était venu pour sa mère. Elle lui avait tout expliqué maintes fois, en l'incitant à l'appeler s'il avait la moindre question à lui poser. En outre, Doris habitait à deux pas, et il pourrait s'adresser au pédiatre en cas de besoin.

Malgré les encouragements de sa mère, il l'avait suppliée de prolonger un peu son séjour. C'était impossible lui avait-elle répondu, et elle avait ajouté qu'il devait assumer ses responsabilités, dans l'intérêt de sa fille.

Pendant sa première nuit seul avec Claire, il avait vérifié qu'elle allait bien au moins une douzaine de fois. Elle était dans le couffin, à côté de son lit ; à l'aide d'une lampe de poche, posée sur sa table de nuit, il s'assurait qu'elle respirait normalement. Quand elle se réveillait en pleurant, il la nourrissait et lui faisait faire son rot ; le matin, il la baignait, et s'affolait de la voir frissonner. Il mettait beaucoup plus de temps qu'il n'aurait cru à l'habiller. Il l'allongeait ensuite sur une couverture, dans le séjour, et l'observait en prenant son café. Il comptait travailler pendant sa sieste, mais n'y parvenait pas ; au moment de sa deuxième sieste, il n'y parvenait guère plus. Durant ce premier mois, il arriva tout juste à maintenir son courrier à jour.

Les semaines, puis les mois se succédèrent, et il finit par prendre un rythme. Son travail s'était organisé autour des changements de couches, des biberons, du bain, et des visites au pédiatre.

Celui-ci vaccina Claire, et il n'hésitait pas à l'appeler quand sa jambe restait enflée et rouge quelques heures après l'injection. Il l'installait dans son siège de voiture et l'emmenait avec lui dans les magasins ou à l'église. En un rien de temps, elle avait commencé à sourire et à rire ; elle tendait souvent les doigts vers son visage, et il passait des heures à la regarder, exactement comme elle le regardait. Après avoir pris des centaines de photos de sa fille, il filma avec sa caméra l'instant où elle lâcha la table basse pour faire ses premiers pas.

À mesure que le temps passait et que les anniversaires se succédaient, Claire grandissait et sa personnalité s'affirmait. Toute petite, elle ne portait que du bleu et du rose ; à quatre ans, elle portait maintenant du violet. Elle aimait colorier, mais détestait peindre. Son anorak préféré avait un écusson de Dora l'exploratrice sur la manche ; elle le portait même quand le soleil brillait. Elle choisissait elle-même ses vêtements et s'habillait toute seule, bien qu'elle ne sache pas encore nouer ses lacets. Elle savait déjà reconnaître la plupart des lettres de l'alphabet. Sa collection de DVD de Disney occupait presque toute l'étagère à côté de la télévision. Après son bain, il lui lisait trois ou quatre histoires, avant de s'agenouiller à côté d'elle pour la prière.

Il éprouvait des joies dans sa vie, mais pas mal de lassitude aussi. Et le temps lui jouait de drôles de tours : il passait à toute vitesse quand il s'éloignait de chez lui (il avait toujours un retard d'une dizaine de minutes), alors qu'il avait l'impression que des heures s'étaient écoulées, lorsqu'il avait joué seulement quelques minutes à la poupée Barbie ou fait des coloriages, assis par terre.

Il se disait parfois qu'il devrait mener une vie différente, mais, après avoir réfléchi, il comprit qu'il n'avait aucun désir de changement.

Comme Lexie l'avait prédit, Boone Creek était l'endroit idéal pour élever Claire. Bien qu'un peu moins mobile en vieillissant, Doris, qu'ils allaient voir souvent à Herbs, était ravie de passer du temps avec son arrière-petite-fille. Jeremy retenait à grand-peine un sourire quand une femme enceinte entrait dans le restaurant en demandant Doris. Rien de plus naturel, se disait-il.

Trois ans plus tôt, il avait décidé de la prendre au mot et de procéder à une vérification, sous contrôle, de ses dons. Elle avait rencontré quatre-vingt-treize femmes, à qui elle avait prédit le sexe de leur bébé ; et quand les résultats, sous scellés, avaient été décachetés, tout était juste.

Le petit livre qu'il avait publié ensuite à ce sujet avait figuré parmi les best-sellers pendant cinq mois. Il admettait, dans sa conclusion, ne pouvoir fournir aucune explication scientifique.

Jeremy regagna la salle de séjour. Après avoir jeté la veste de Claire sur une chaise, à côté de la sienne, il alla jusqu'à la fenêtre et ouvrit les rideaux. Sur le côté, à peine visible, se trouvait le jardin que Lexie et lui avaient modifié à leur arrivée dans la maison.

Il pensait souvent à Lexie, surtout par les nuits tranquilles comme celle-ci. Depuis sa disparition, il n'était pas sorti avec une seule femme et n'en éprouvait aucun désir. Il savait les gens soucieux à son sujet. Un à un ses amis et les membres de sa famille lui avaient parlé d'autres femmes, mais sa réponse ne variait pas : il était trop absorbé par Claire pour envisager une rencontre. Il aurait pu ajouter qu'une partie de lui-même était morte en même temps que Lexie. Quand il l'imaginait, elle n'était jamais inerte sur son lit d'hôpital. Il la revoyait sourire du haut de Riker's Hill, s'illuminer la première fois qu'elle lui avait fait sentir les coups de pied de Claire dans son ventre, ou bien lire un livre d'un air passionné. Il croyait entendre son rire contagieux. Elle était encore vivante en lui et il se demandait ce qu'il serait devenu s'il n'avait jamais croisé son chemin. Se serait-il marié malgré tout ? Habiterait-il encore New York ? Il n'en savait rien, mais, rétrospectivement, il avait l'impression que sa vie avait commencé cinq ans plus tôt. D'ici à quelques années, garderait-il le moindre souvenir de sa vie d'avant, et de l'homme qu'il était alors ?

Il ne se sentait pas malheureux, malgré tout. Il était satisfait de l'homme, et surtout du père qu'il était devenu. Lexie avait vu juste : l'amour donnait un sens à sa vie. Il chérissait les moments où Claire descendait l'escalier, le matin, pour le rejoindre quand il lisait le journal en buvant son café. Son pyjama de travers, une manche remontée et le ventre à l'air, elle s'arrêtait un instant, les yeux écarquillés, dans la vive lumière de la cuisine. Ses cheveux ébouriffés formaient un halo sombre autour de sa tête.

— Bonjour, papa, murmurait-elle en se frottant les yeux.

— Bonjour, ma chérie.

Il la prenait sur ses genoux ; elle s'abandonnait aussitôt dans ses bras, la tête sur son épaule, et les deux bras noués autour de son cou.

— Je t'aime tant, disait-il.

— Moi aussi, papa.

En de tels instants, il souffrait de tout son être à l'idée qu'elle n'avait jamais connu sa mère.

C'était le moment.

Jeremy enfila son blouson, remonta sa fermeture Éclair. Muni de l'anorak, du bonnet et des moufles de Claire, il se dirigea ensuite vers la chambre de sa fille.

La main sur son dos, il sentit les battements réguliers de son cœur.

— Claire, ma chérie ? J'aimerais que tu te réveilles...

Il la secoua doucement ; elle fit rouler sa tête d'un côté à l'autre.

— Allons, ma douce !

Il la souleva dans ses bras. Elle était légère comme une plume, pour quelques années encore.

— Papa...

Il lui sourit, en se disant qu'elle était le plus bel enfant du monde.

— Il est temps d'y aller !

— Oui, papa, murmura-t-elle, sans ouvrir les yeux.

Il l'assit sur son lit, glissa ses bottes en caoutchouc sur son épais pyjama, enfila ses bras dans les manches de son anorak. Après lui avoir mis ses moufles et son bonnet, il la souleva à nouveau.

— Papa ?

— Oui ?

Elle bâilla.

— Où on va ?

— On va faire un tour.

En traversant le séjour, Jeremy s'assura que ses clefs étaient dans sa poche.

— En voiture, papa ?

— Oui.

Avec une adorable mimique de surprise, elle se tourna vers la fenêtre.

— Mais il fait nuit...

— Oui, souffla-t-il, il fait nuit, et il y a du brouillard.

Dehors, l'air était frais et humide, et la route devant leur maison semblait enfouie dans le brouillard. La lune et les étoiles avaient disparu du ciel, comme si le reste de l'univers avait été effacé d'un coup de gomme.

Jeremy cala Claire contre son épaule pour prendre ses clefs dans sa poche, puis il la déposa sur son petit siège.

— Ça fait peur, comme dans *Scooby-Doo*, papa.

— Oui, admit-il en bouclant sa ceinture, mais on ne risque rien.

— Je sais.

— Tu sais comme je t'aime, ma chérie ?

Elle roula des yeux comme une actrice.

— Tu m'aimes plus qu'il y a de poissons dans la mer et plus haut que la lune. Je sais...

— Ah !

— Il fait froid.

— Il fera plus chaud dès que j'aurai démarré.

— On va chez grand-mère ?

— Non, elle dort. On va dans un endroit spécial.

Derrière les vitres de la voiture, les rues paisibles de Boone Creek étaient plongées dans le sommeil. À l'exception de quelques vérandas, tout était sombre dans la plupart des maisons. Jeremy conduisit doucement à travers les collines brumeuses des environs.

Après s'être arrêté devant le cimetière de Cedar Creek, il sortit une lampe torche du compartiment à gants, déboucla la ceinture de Claire et entra dans le cimetière, la main de sa fille serrée dans la sienne.

Il était minuit passé à sa montre, mais il avait encore quelques minutes devant lui. Les feuilles bruissaient sous ses pas, et le brouillard laissait peu de visibilité. Claire marchait à ses côtés, la lampe à la main ; il ne lui fallut pas plus d'une seconde pour savoir où ils se trouvaient.

— On va voir maman ? demanda-t-elle. Pourquoi on a oublié d'apporter des fleurs ?

En effet, ils apportaient des fleurs habituellement.

Plus de quatre années auparavant, Lexie avait été enterrée dans l'ancien cimetière, auprès de ses parents. Il avait fallu une autorisation spéciale du comté, mais Gherkin, le maire, était intervenu à la demande de Doris et Jeremy.

— Tu vas voir, murmura-t-il, en s'arrêtant un instant.

— Qu'est-ce qu'on fait ici ?

— Tu vas voir, répéta Jeremy.

Ils firent quelques pas en silence.

— On peut voir si les fleurs sont encore là ?

Jeremy sourit, content qu'elle lui pose cette question et que cette escapade en pleine nuit ne l'effraie pas.

— Bien sûr, ma chérie.

Depuis les obsèques de Lexie, Jeremy se rendait au cimetière au moins une fois tous les quinze jours, généralement avec Claire. C'est là qu'il lui apprenait à connaître sa mère.

Il lui parlait de leurs promenades au sommet de Riker's Hill, de leur première rencontre, et de sa décision de venir s'installer à Boone Creek, car il ne pouvait plus se passer d'elle. Il parlait à Claire surtout pour entretenir le souvenir de Lexie dans sa mémoire ; mais Claire l'écoutait-elle réellement ? En tout cas, à moins de cinq ans, elle pouvait répéter ses récits comme si elle les avait vécus. À leur dernière visite, elle l'avait écouté en silence, d'un air profondément songeur. « Je regrette qu'elle soit morte », avait-elle murmuré en regagnant la voiture. C'était peu avant Thanksgiving, et il n'aurait su dire si cela avait un rapport avec ses cauchemars, car ils n'avaient commencé qu'environ un mois après.

Dans la nuit froide et humide, ils atteignirent les tombes. Claire avait orienté la lampe torche de manière à éclairer les noms de James et de Claire, puis celui de Lexie Marsh, ainsi que les fleurs qu'ils avaient déposées la veille de Noël.

Jeremy mena Claire à l'endroit où Lexie et lui avaient aperçu pour la première fois les lumières. Il s'assit et prit sa fille sur ses genoux. Il se souvenait de Lexie lui parlant de ses cauchemars d'enfant, au sujet de ses parents. Sentant qu'un événement exceptionnel se préparait, Claire restait presque immobile.

Claire était la fille de Lexie plus encore qu'il n'aurait cru, car lorsque les lumières se mirent à danser dans le ciel, il la sentit se blottir contre lui. Claire, dont l'arrière-grand-mère croyait aux fantômes, regardait, fascinée, le spectacle qui se déroulait sous ses yeux. Il eut immédiatement l'intuition qu'elle en avait fini avec ses cauchemars et qu'elle dormirait désormais d'un sommeil paisible. Il était incapable de donner une explication rationnelle, mais la suite prouverait que son intuition était juste. Il avait d'ailleurs appris, au cours des dernières années, que la science n'a pas réponse à tout.

Comme toujours, les lumières ascendantes et descendantes étaient un phénomène prodigieux, qu'il contempla avec le même émerveillement que sa fille. Elles se prolongèrent une seconde de plus qu'en temps normal, ce qui lui permit de capter l'expression stupéfaite de Claire.

— C'est maman ? demanda-t-elle enfin, d'une voix à peine plus audible que le vent dans le feuillage des arbres.

Il lui sourit, la gorge nouée, en la serrant tendrement. Seul au monde avec sa fille, dans les ténèbres, il eut une pensée pour Lexie, dont il sentait la présence parmi eux. Si elle pouvait les voir à cet instant, elle sourirait de joie à l'idée que sa fille et son mari allaient s'en tirer.

— Oui, fit-il, c'est maman. Je pense qu'elle voulait te voir...

Remerciements

Pour ce roman en particulier, je tiens à remercier ma femme, Cathy. Non seulement elle m'a inspiré le personnage de Lexie, mais elle a été d'une patience remarquable quand j'écrivais. Je me réveille chaque jour en me disant que j'ai beaucoup de chance de l'avoir épousée.

Je remercie mes enfants – Miles, Ryan, Landon, Lexie et Savannah – qui n'oublient jamais de me rappeler que je suis romancier, mais père avant tout.

Je suis extrêmement redevable également à Theresa Park, mon agent, car je peux m'adresser à elle chaque fois que l'envie m'en prend. En outre, elle trouve toujours le mot juste quand je rencontre des difficultés. Je me félicite de travailler avec elle.

Jamie Raab, mon éditrice, mérite une fois de plus une gratitude éternelle. Elle est non seulement perspicace mais charmante ; je n'aurais pas pu écrire ce livre sans elle.

Larry Kirshbaum, qui dirige brillamment le groupe Warner Books, s'oriente vers de nouveaux horizons ; je ne peux pas le laisser partir sans faire une dernière fois son éloge. Je sais, Larry, que c'était une décision difficile, mais tu es sûrement le meilleur juge. Ayant eu l'honneur et le privilège de travailler avec toi, je te souhaite bonne chance pour l'avenir qui t'attend.

Maureen Egen, une autre « sommité » de Warner Books, a toujours été charmante et avisée. J'ai apprécié chacun des instants que nous avons passés ensemble.

Denise Di Novi, ma « sainte patronne » dans l'univers d'Hollywood, est – et a toujours été – une bénédiction dans ma vie.

Howie Sanders et Dave Parks, mes agents à UTA, veillent toujours sur moi. Je suis ravi de travailler avec eux.

Jennifer Romanello et Edna Farley, mes agents de publicité, sont merveilleusement douées. C'est grâce à elles que je peux encore aller à la rencontre de mes lecteurs.

Lynn Harris et Mark Johnson, responsables de *The Notebook*, sont et seront toujours mes amis.

Mon avocat, Scott Schwimer, un homme au grand cœur, a également la capacité extraordinaire de s'assurer que chaque contrat est tel qu'il devrait être.

Flag, qui crée les couvertures américaines de mes livres ; Harvey-Jane Kowal, qui gère certains problèmes de publication ; Shannon O'Keefe, Sharon Krassney et Julie Barer méritent aussi ma gratitude.

Je tiens à remercier deux autres personnes. D'abord le Dr Rob Patterson, qui m'a parlé du syndrome de la bride amniotique. Si j'ai tout bon, c'est grâce à lui ; j'assume la responsabilité de mes éventuelles erreurs. Je remercie, ensuite, Todd Edwards, qui a récupéré ce roman dans le disque dur lorsque j'ai eu une panne d'ordinateur. Je lui exprime ici ma reconnaissance.

Un dernier mot pour Dave Simpson, Philemon

Grey, Slade Trabucco et les athlètes sur piste de New Bern High School et de TRACK EC (le programme Olympique Junior) que j'ai eu le plaisir de rencontrer et d'entraîner. Merci de m'avoir donné le meilleur de vous-mêmes !

Une bouteille à la mer
Nicholas Sparks

Le jour où elle découvre, sur une plage de Cape Cod, une bouteille échouée contenant la lettre d'un homme à la femme de sa vie qui vient de mourir, Theresa est bouleversée. Elle décide de retrouver l'auteur, résolue à savoir quel homme se cache derrière des mots qui ont éveillé au plus profond d'elle-même un sentiment qu'elle n'ose pas encore nommer... Mais lui, saura-t-il de nouveau aimer et être aimé ?

(Pocket n°10797)

Au-delà de l'amour

La raison du cœur
Nicholas Sparks

Jeremy est journaliste d'investigation. C'est en le voyant
à la télévision que Doris a l'idée de l'inviter à venir
enquêter sur un phénomène qui se produit dans sa ville.
Dans le petit cimetière, depuis que des tombes ont été
profanées, des lumières fantomatiques apparaissent
lorsque la nuit tombe. Bien décidé à trouver une explication rationnelle à ce mystère, Jérémy commence ses
recherches, au cours desquelles il croise Lexie, la petite-
fille de Doris. Mais lorsqu'il découvre enfin la vérité
et veut la partager avec la jeune femme, celle-ci se
révèle introuvable…

(Pocket n° 13660)

De l'amour au cauchemar...

Le gardien de son cœur
Nicholas Sparks

Quatre ans après la mort de son mari, Julie est prête à aimer de nouveau. Mais elle hésite entre Mike, son ami de toujours, et Richard Franklin, un homme séduisant et cultivé, installé depuis peu dans sa ville. Si le premier aime Julie depuis de nombreuses années sans oser se déclarer, le second fait preuve de beaucoup d'imagination pour la séduire. En décidant finalement d'éconduire Richard, Julie ne sait pas ce qui l'attend : ce prétendant se révèle sous un jour inattendu… et inquiétant. Heureusement, un ange gardien veille sur elle…

(Pocket n° 13265)

Il y a toujours un Pocket à découvrir

Cet ouvrage a été imprimé en France par

C P I
Bussière

à Saint-Amand-Montrond (Cher)
en juin 2009

Cet ouvrage a été composé et mis en pages
par ÉTIANNE COMPOSITION
à Montrouge.

POCKET - 12, avenue d'Italie - 75627 Paris Cedex 13

— N° d'imp. : 90867. —
Dépôt légal : juin 2009.

"You're going to be mine," Linc said forcefully, and pulled her into his arms.

Even through the red haze of passion that was fogging Toni's mind, she knew the answer. "No."

His lips brushed across hers, leaving fire, then pressed down hard, making that same fire rush to the pit of her stomach with explosive force. She clung, pressing herself against him. His touch had her trembling like a young girl receiving her first kiss.

He laughed softly, and the warmth of the laugh entered her mouth. "Yes. Every complex, mysterious, sensual inch of you will be mine. Your scent is in my skin, your taste in my blood. I've got to have you—and I will. . . ."

WHAT ARE *LOVESWEPT* ROMANCES?

They are stories of true romance and touching emotion. We believe those two very important ingredients are constants in our highly sensual and very believable stories in the *LOVESWEPT* line. Our goal is to give you, the reader, stories of consistently high quality that may sometimes make you laugh, sometimes make you cry, but are always fresh and creative and contain many delightful surprises within their pages.

Most romance fans read an enormous number of books. Those they truly love, they keep. Others may be traded with friends and soon forgotten. We hope that each *LOVESWEPT* romance will be a treasure—a "keeper." We will always try to publish

LOVE STORIES YOU'LL NEVER FORGET
BY AUTHORS YOU'LL ALWAYS REMEMBER

The Editors

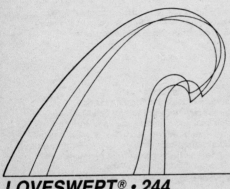

LOVESWEPT® · 244

Fayrene Preston
Sapphire Lightning

BANTAM BOOKS
TORONTO · NEW YORK · LONDON · SYDNEY · AUCKLAND

SAPPHIRE LIGHTNING

A Bantam Book / March 1988

Published simultaneously in the United States and Canada

---

*Bantam Books are published by Bantam Books, a division
of Bantam Doubleday Dell Publishing Group, Inc. Its trademark, consisting of the words "Bantam Books" and the
portrayal of a rooster, is Registered in U.S. Patent and
Trademark Office and in other countries. Marca Registrada.
Bantam Books, 666 Fifth Avenue, New York, New York 10103.*

PRINTED IN THE UNITED STATES OF AMERICA

O   0 9 8 7 6 5 4 3 2 1

One
___

The early morning surf of Long Island Sound lapped within inches of Linc Sinclair's feet as he jogged along the beach. Overhead, gulls dipped and wheeled, casually following his progress while keeping an alert eye out for their next meal. A few hours earlier, the tide had gone out, leaving behind treasures of shells, seaweed, and driftwood on the wet sand.

Someone else might stop to look, but Linc had seen it all hundreds of times before. He ran on this beach every morning before he went to work, a routine that never varied. He considered this his own pocket of freshly washed time and space to enjoy before the demands of the day caught up with him. It was a challenge of body, a freedom of the mind.

As he jogged around a bend and headed down the stretch of beach on the last mile to his house, a figure in the distance caught his attention, a figure that hadn't been there when he had jogged past earlier. Curious, he squinted his eyes, trying to make out who it could be. This strip of beach was private, with only two homes situated above it, his and his cousin Kyle's. Kyle's home had stood vacant for many years, but there had never been any problem with vandalism, and Linc didn't mind that occasionally kids would come and play on the beach in front of either of the houses.

Drawing closer, he could see that a large plaid blanket had been spread on the beach almost directly in front of Kyle's house. A woman was sitting on it, baby beside her. Intrigued, Linc slowed his pace to a fast walk, starting his cooldown period earlier than usual.

The woman was staring out at the Sound and hadn't yet noticed him. The baby was on its stomach, surrounded by toys. As he watched, the baby's hand came up and batted at a bright red ball, sending it rolling down the beach toward the water and into Linc's path. The baby let out a squeal of annoyance that the ball was getting away.

Linc stopped and picked it up. A moment later he was dropping to his knees in front of the woman and staring into the most beautiful eyes he had ever seen. They were the color of a smoky topaz gem.

Unable to tear his gaze away, he held up the ball and gestured to the baby. "I believe this must belong to one of you."

Her lips curved upward into an easy smile, a smile he found unaccountably entrancing. "Ah, that belongs to Matthew. Matthew, can you say thank you?"

Matthew gave a kick and a gurgle and rolled over on his back.

The incredible eyes sparkled with amusement. "Matthew says thank you."

"He's entirely welcome." Finding himself at an uncharacteristic loss for words, Linc frantically searched for something to keep the conversation going. But it was as if a fog had drifted in off the water and misted his mind. He couldn't think! Finally he asked, "How old is he?"

"Six months." She picked up a green calico teddy bear and handed it to the little boy, waiting patiently until he had a firm grasp on the toy.

Linc used the few moments her attention was taken by the baby to study her. Her hair was sunlit brown, straight and thick, and just past shoulder length. A white lace camisole top molded high rounded breasts and exposed golden-beige arms and throat. Long, bare legs stretched out from beneath a denim skirt and white petticoat. Grains of sand clung to her legs and feet, and he felt the wildest urge to reach out and brush away the glistening particles.

She looked back at him. "Do you jog here often?"

"Every morning. I'm a little later than usual today though. An overseas call held me up."

She pulled her legs up and clasped her arms around her knees, causing the petticoat to froth around her like surf foaming onto a golden beach. "Then you live around here?"

He nodded, briefly wondering why he felt there

was something more than curiosity behind her question. Then he turned his attention to the loving way the morning sun seemed to gild her skin, intensifying the already golden tone.

"For a long time?"

Again he nodded.

A clouded expression crossed her face, and was gone abruptly. "It's a dazzling morning, isn't it?" she asked.

"Dazzling," he agreed, thinking that by now his pulse rate should have slowed from the exertion of his jog, and knowing why it hadn't. Did she feel the same sort of breathlessness in her chest? he wondered. The same sort of curling heat in the pit of her stomach?

The breeze was tossing her hair this way and that, and she didn't seem to mind, but a long, shining strand of hair blew across her face. Linc intended only to push it away, but his fingers touched her skin and found a rose petal.

At his touch, she went utterly still. He let his fingers stroke across her cheek, back and forth. Her eyes widened, her mouth parted slightly. If he were to bend a little closer, he would be able to feel her breath against his lips. Linc couldn't have said why this was happening. He, who analyzed everything, refused to analyze. He, who almost never had a spontaneous moment, let the moment rule.

His eyes fixed on her lips. She drew a shuddering breath but said nothing. The blood in his veins was heating with each moment that passed. Was she feeling the same way? he wondered.

His fingers began the irresistible journey down

her throat to its base, where he found a rapidly beating pulse, his proof that she was as much affected as he. His chest heaved as he drew in air. Raising his eyes to hers, he saw a brilliance of depth that told him if he sank into the topaz pools, he might never reach the bottom. It would be worth it, he decided.

Then, beneath his fingers, he felt a shiver run through her. He pulled his hand away, and his fingertips still burned from the contact.

"Are you cold?" he asked, aware of the thickness in his voice, the tightness of every muscle in his body.

"Yes," she whispered. "I must be." Automatically checking on the baby with a dart of her eyes, she reached behind her for a denim jacket that matched the skirt. Before she could don it, though, he took it from her hands.

"Let me help," he murmured, and shifted his position so that he was behind her. So close to her that he could feel the warmth radiating from her body, he held up the jacket. The glance she threw over her shoulder revealed how bewildered she was. He understood. Unspoken feelings were running between them like currents of electricity. Heat and desire had come up as suddenly as a summer storm. But he felt no remorse. Ten minutes ago he hadn't known she existed; now she was everything he wanted.

She shrugged into the jacket, and as he adjusted the garment over her shoulders, he decided he had better think of something to say . . . something to fill up time so that he could stay here beside her a little longer. Perhaps forever.

Her hair caught in the collar of her jacket. When she didn't seem to notice, he gathered the silky mass in his hands and lifted it free. As he did, he brushed the back of her neck. More heat. And she felt it, because she jerked away from his hand, from the fire.

"Thank you," she said softly.

Think of something, Linc. He moved so that he was again sitting in front of her and waved his hand toward the picnic basket to her side. "You're having breakfast?"

She nodded as if she were distracted, and at that moment he would have given everything he owned to know what she was thinking.

Her hair, gleaming with sunlight, cascaded over one shoulder as she tilted her head. "Food always tastes better outdoors, don't you think?"

"I'm sure you're right."

"But you're not certain? Don't you ever eat alfresco?"

He smiled. "Rarely, I'm afraid."

For a moment she appeared unsure about what she was going to say next. Her gaze lighted on the picnic basket. "May I offer you coffee and a croissant?"

There was nothing at all flirtatious about her, yet his body was definitely responding to her as if there were.

He saw the topaz shimmer of her eyes, the gentle smile on her lips, and then he saw the gold band on the third finger of her left hand. Hard, cold disappointment burst in his gut. The mist cleared from his mind.

Damn! Why hadn't he seen the ring before? She had a baby, didn't she? Of course she would be married!

He had been so entranced by her, he had actually been unable to think straight. *Him.* Linc Sinclair. Immobilized by a pair of topaz eyes. No one who knew him would believe it. *He* didn't believe it.

"No, thank you." It took a disproportionate amount of energy to decline her offer of coffee and a croissant, but he needed to leave. And he would. Soon. "I've never seen you here before. Are you just visiting?"

"Yes. I wanted to see it."

"It?"

Her hand gestured to encompass the hundred-and-eighty-degree vista of the Sound. "It's lovely," she said, but he thought he detected a particular sadness to her words.

A man could spend a lifetime trying to understand the nuances of this woman, he thought, and enjoy every minute of that lifetime. He was going to leave. Now.

Then he heard her laugh, a sound that entrapped him with its crystal purity.

"Matthew, my love, where *are* you going?"

Linc glanced around and saw that the baby had somehow squirmed his way off the blanket and onto the sand.

She pulled the baby onto her lap and bent her head to the task of stripping off his socks and rolling up the legs of his rompers. When she was done, she looked up.

Her eyes were as brilliant and warm as before, but he could tell she was about to leave him. He was right.

"Matthew wants to go investigate the water. It was nice talking with you. Thanks for retrieving his ball."

Before he could think of anything to say to detain her, she was up, holding her baby and walking down to the water's edge. For a few minutes more Linc stayed where he was, watching as she waded into the surf and dangled the little boy's feet into the water.

The baby's squeals of delight and her laughter came drifting back to him, mingled with the sounds of the wind and the surf. He lifted his hand as if to capture the sound. Realizing what he was doing, he turned the gesture into a wave, but she never looked around to see it.

Linc was nearly home before it dawned on him that he hadn't even asked her name—nor had she asked his. And it took ten minutes under the cold, stinging water of his shower before he managed to convince himself it was for the best.

Papers skidded across the highly polished surface of Linc's mahogany desk as he pushed away the documents in front of him with more force than the act called for. Leaning his head against the high-backed executive chair, he closed his eyes and rubbed his temple with a slow circular motion. It was only eleven o'clock in the morning, and he was ready for the day to be over.

The hours since he had gotten to his office had been filled with petty annoyances. Par for the course, he admitted. But today his tolerance level had droppped below zero. As part-owner and chief executive officer of one of the oldest and most revered banks on the East Coast, he thrived on details. Today seemed to be the exception, however, to just about all the precepts of his life.

The continuing images in his mind of the young woman with the smoky topaz eyes and bare, sand-covered legs could be explained, he assured himself. Seeing her, stopping to talk to her, had been a break in his routine, that was all.

The images would pass.

The replay of her every word would cease.

The sound of her laughter would fade.

It had to happen, or he would lose his mind. It was as simple as that.

Elizabeth McCarry gazed with indecision at the young woman standing so confidently before her. Elizabeth had worked in the Sinclair Bank for thirty years, and been Linc Sinclair's secretary for the past ten. Never had she been at a loss as to just what was the proper procedure to follow, and after all, as she well knew, proper procedure was so very important.

The problem was that no one like this young woman, with her tousled mass of hair and strange-colored eyes, had ever appeared in Mr. Sinclair's office before.

And the young woman wouldn't take no for an answer.

Elizabeth tried once more. "You've admitted to me that you don't have an appointment. Mr. Sinclair never sees *anyone* without an appointment. It's procedure, you see."

Toni smiled in sympathy with the woman's problem. "I'm sure he'll see me if you'll just tell him I'm here."

The lines deepened between Elizabeth's eyebrows as she drew them tighter together. This situation couldn't have happened at a worse time. Today Mr. Sinclair was in one of the blackest moods she had ever seen. He had actually snapped at her, and he certainly wasn't being his usual efficient self. But she couldn't tell this young woman that. It wouldn't be proper.

Elizabeth glanced once more at the young woman's attire. She was dressed in *blue jean* material, of all things—skirt and jacket. And her petticoat was even showing, all lacy and frothy! Totally inappropriate. Still, what could she do? The young woman was determined. She supposed she could call security, but that would create a scene, and every good secretary knew that scenes were to be avoided at all costs.

Elizabeth gave a heavy sigh and reached for the phone. "What did you say your name was?"

Toni's smile broadened. "I didn't. You didn't ask. My name is Antonia Sinclair."

Elizabeth nearly dropped the phone. "Sinclair?"

"Antonia Sinclair," Toni repeated.

Elizabeth's finger only just managed to find the proper button. "Mr. Sinclair, Antonia Sinclair is here to see you."

• • •

Giving herself time to adjust to her own shock, Toni settled into the soft leather of the wing-back chair. Dressed in a navy-blue three-piece pinstripe suit, and sitting behind the massive desk, Linc Sinclair looked every inch the hard, tough-minded businessman Kyle had described to her. The suit and the dignified, restrained decor of his office made him seem totally different from the man she had talked to on the beach this morning. Yet he was definitely the same man!

When he had said then that he lived nearby, it had crossed her mind he would probably know the Sinclair family. But it had never occurred to her that the man could be Linc Sinclair himself!

If she were to venture close enough, she was convinced that the man behind the desk would smell of money and computer printouts. The man on the beach had smelled of sweat and virile masculinity.

Her mind was reeling. When she had looked up and seen him kneeling in front of her this morning, thought had been temporarily blocked. Unfamiliar feelings had surged, and she had actually responded physically and emotionally to him— Kyle's cousin—the *same* man who was so calmly talking to her now!

"It's hard for me to believe you're Kyle's widow."

She had expected to be thoroughly scrutinized by Linc Sinclair. What she hadn't expected was that his dark blue eyes, almost sapphire in color, would bore into her with a heated intensity that unsettled—just as they had this morning.

However, she gave no hint as to what she was thinking or feeling. "Your lawyer, Maxwell Gordon, will verify my identity. After all, he did come to the funeral."

As she intended, he caught the censure in her words. "My grandmother took Kyle's death very hard."

"Ah, yes, Victoria. Kyle said when you were boys, you called her Queen Victoria."

She made him feel strangely on the defensive, Linc reflected. She also made him burn for her. "For a while there, I was extremely worried about her health. As she was unable to travel, I felt my place was with her."

"Of course."

The relief Linc felt that she was someone's widow and not someone's wife was boundless. Nevertheless, his eyebrows rose at her cool tone. "I'm sure Maxwell told you that the family wished for Kyle to be buried here."

Toni had known this interview wasn't going to be easy, and she had been right. But for an entirely different reason than she had thought. Dealing with Kyle's estranged cousin would have been ten times less difficult than dealing with the man who had earlier raised goose bumps on her simply by placing his fingers on her skin. "Oh, yes, Mr. Gordon was quite clear on that point. However, Kyle loved Ibiza so much, I knew he would have wanted to be buried there."

Linc had never been jealous of his cousin a day in his life, but the thought of Toni and Kyle living and loving on the sun-drenched island of Ibiza off the coast of Spain had him turning green. He picked up a heavy gold pen and began to rub his thumb up and down its shaft with considerable pressure. "Then you and Kyle discussed his burial wishes?"

"No," she said quietly, firmly. "We discussed his *life* wishes. And he wanted nothing more than to spend the rest of his life on Ibiza."

Linc found it strangely intolerable that his cousin had been close enough to her to discuss life-long plans, much less make love to her. "Maxwell said nothing about a child."

Although her lips turned up, they were not smiling. "At the time of the funeral, I didn't know I was pregnant."

"And you didn't see fit to notify the family when you found out."

"It was no one's concern but mine."

Linc's thumb had gone white, so hard was it pressing against the pen. "Antonia—"

"Toni, please."

Carefully he set the pen down. "Toni, surely you see why my grandmother and I would be interested. Kyle's will left you his house and personal effects, but his stock in the bank reverted to the family because there were no children. Matthew, as his son, will now be entitled to that stock." He paused. "I assume that's why you came here, to gain control of the child's stock." He didn't care why she was here, only that she was.

"Aren't you even going to ask if Matthew *is* Kyle's son?"

If it had been any other woman in the world,

Linc would have. But he couldn't bring himself to ask the question of the girl with the golden-brown eyes and the golden-brown hair and the golden-brown skin, who had managed to enchant him so thoroughly in such a short amount of time. "No."

"You can rest easy, Mr. Sinclair. Matthew doesn't need the stock, and I don't want the stock for him."

"Kyle would have wanted him to have it. And my name is Linc."

"How would you know what Kyle would have wanted?"

Linc stood and walked around his desk to perch on its edge. Without the width of the desk separating them, Toni felt a sudden sense of vulnerability. And she caught his scent. Instead of money and computer printouts, as she had imagined, Linc smelled of leather and spice and virility. Quite simply, he sent her senses spinning. As a result, it wasn't Linc's softly spoken question that made her feel as if she needed to regain her balance.

"Did Kyle teach you to hate me as much as he did?"

She fixed the brilliance of her smoky topaz eyes on him. "I'm not going to lie to you. He had such strong feelings against you that I couldn't help but be affected by them. The reality is, though, I don't even know you."

She was his cousin's widow, he reminded himself. She had lain in Kyle's arms. She had borne Kyle a son. His grandmother would most certainly declare that she was out for the family's money.

And it didn't matter. None of it. He wanted to

scoop her into his arms and taste all the flavors and textures that she possessed. And he could think of nothing to stop him. Except her. "No, you don't know me," he said softly, "but now that you're here, that will change."

Toni remembered the unexpected waves of heat that had scorched through her this morning at his nearness, and it was happening again. Fighting the helpless urge to go to the source of the heat, she swallowed hard. "I came for the key to the house. That's all."

"I see." He stood up and thrust his hands into the pockets of the pinstripe pants. "When did you get into town?"

"Yesterday."

Tired of craning her neck upward, she got to her feet and found herself within inches of Linc's body. Carefully, she moved around the chair until she stood behind it.

Watching her closely, Linc asked, "Where's Matthew?"

"At the Water's Edge Hotel. The manager had a baby-sitter that he highly recommended."

"Do you think he'll be all right there for a while?"

She nodded. "He should nap for another hour or so."

"Then I'll take you over to the house."

"That's not necessary."

"You'll never know how necessary it is, Toni."

Two

The house where Kyle had grown up was just as he had described it, Toni thought, shrugging out of the denim jacket and tossing it onto a chair. He had said it was big, dark, old, and formal, and, indeed, the house was all those things.

"It was built around the turn of the century," she heard Linc say. His being here attested to the fact that he had gotten his way, something she was sure he was quite used to doing. On the other hand, she had insisted that she drive her rental car and follow him, and in that she had gotten her way.

"It's colonial revival style," he said. "Kyle's parents moved here when they were first married. I suppose it's obvious from the size of the house that they expected a large family. Kyle was their only child though."

Her gaze wandered around the drawing room,

surveying the stiffly placed tapestry-and-velvet-covered furniture and the valuable art objects and portraits, trying to imagine Kyle growing up here. It would have been hard for a creative, imaginative boy to breathe in this room, and she guessed the house epitomized the reasons he had left. "It might be a big house, but Kyle felt suffocated here."

Linc stood in the center of the room, his only movement that of his dark blue eyes as they followed her. "Kyle evidently told you a lot about his home and family. For the past ten years, though, he gave us very little information. We knew that he was studying art, but not with whom. And concerning you, we knew only your name—Antonia."

It was hard to ignore the caressing sound he gave her name as he let it roll off his tongue, but Toni somehow managed. Or so she told herself.

"This house is too dark." Walking briskly around the room, she jerked back the heavy draperies that covered the tall palladian windows. As each drape was opened, more and more sun flooded into the room, touching the antique furniture and Aubusson rugs.

"Aunt Charlotte never liked the drapes opened," Linc commented absently, his eyes on Toni. "She was afraid the sun would ruin the rugs and the furniture."

Toni turned to him. "And what was your opinion?"

His mouth split into an engaging grin, and without warning her heart did a flip-flop. *Don't smile at me like that,* she thought. *I don't want to be charmed by you.*

"I thought the house was too dark, but then, the house I grew up in was much the same."

"You obviously flourished, though. You're still here. In town, I mean."

"I have my own house now. There's lots of light in it."

She ran her finger across the surface of a Louis XVI writing desk and came away with only a minimal amount of dust.

"A cleaning lady comes in once every two weeks to air out the house and to dust," Linc explained. "I think Victoria's refusal to have dust covers put on was her way of keeping up her hope that one day Kyle would return."

"There wasn't a chance," Toni said flatly.

"That's a pretty negative attitude," he said mildly.

"Not mine. Kyle's."

"I'm glad it's not yours."

Nerves came to life all over her body at the soft, intimate tone of his voice. Clenching her jaw, she decided that these renegade responses to Linc Sinclair were simply going to have to be controlled or her stay in Fairview would provide complications and difficulties she didn't need.

With more determination than she felt, she headed toward the staircase. Thinking aloud to keep her mind off the man who was following her, she said, "If the upstairs is as well-maintained as the first floor, then Matthew and I will be able to move in this afternoon. I'll have to see about getting the utilities turned on, though, and run out and get some fresh linen and groceries."

"Then you'll be staying in the house?"

He was right behind her as she reached the second-floor landing. She hastened her pace, poking her nose in first one room and then another. "Of course. I think a house that's lived in sells better."

"Sells!" At the doorway of a corner bedroom, he grasped her upper arm and turned her to face him. "You can't sell this house!"

He was so close to her, she could see the fine shading of the hard bone structure of his face. She also couldn't fail to notice the way the sensual shape of his lips was drawn into a firm, straight line. This morning she had seen those same lips softened, and she had wondered . . . "If you'll check Kyle's will, you'll find I can sell it. This house is mine now."

"But I naturally assumed you had come here to live."

Even as she shook her head, she registered how upset her announcement had made him. For just a moment she allowed her guard to drop. Unthinkingly she placed her hand over his. "I realize that this house has been in your family a long time, and that you didn't expect that I would—"

"What I didn't expect was *you*," he said forcefully, and pulled her into his arms.

Before her heart had time to beat again, his mouth was covering hers. A sound escaped her that blended protest, acceptance, satisfaction. It was plain that both of them had wanted the kiss, she thought hazily. She wasn't going to lie to herself. This was a kiss that had to be. And once it was over, the temptation would be gone. Forgotten.

His arms folding her into his powerful body stopped her next thought. Her arms crept around his neck, her fingers found themselves threading upward into his hair. The firmness of his lips on hers was insistent, commanding, just as she had imagined they might be. She opened her mouth. The immediate surge of his tongue was wildly erotic. A fire settled around her and in her.

"Lord, you taste good," he murmured, "like you feel, like you smell. Complex, sensual, mysterious, feminine."

One hand went to the white eyelet of her camisole and covered her breast. It had been so long since she had been kissed or touched, and she had never responded like this. Ever. Not even to Kyle, though God knew she had tried.

So caught was she in the fiery blaze of his lovemaking, she didn't even notice that he had unbuttoned the top four buttons of her camisole until she felt his large hand slip beneath the material to take full possession of her sensitive, throbbing breast. Shudders of sensation ran through her body like bolts of searing heat.

"You're going to be mine," he said, thumbing her tight, aching nipple, then taking it between his finger and thumb. "Mine."

Even through the red haze of passion that was fogging her mind, she knew the answer. "No."

His lips brushed across hers, leaving fire, then pressed down hard, opening her mouth for another thrust of his tongue and making that same fire rush to the pit of her stomach with an exploding force. She clung, pressing herself against him.

His touch had her trembling like a young girl receiving her first kiss. The hardness of his thighs against the lower part of her body had her legs feeling as though they had turned to water.

He laughed softly and the warmth of the laugh entered her mouth. "Yes. Every complex, mysterious, sensual inch of you will be mine." His grasp on her breast tightened. "Now, Toni. We'll make sense of it later. I'm hurting for you."

If he hadn't loosened his hold on her so that he could maneuver her backward into the room and toward the bed, Toni wasn't sure what would have happened. If he had simply sunk to the floor with her, she might have spread her legs and taken him into her without another thought.

And been left to regret the fact afterward. Bitterly.

Fortunately the slight break in the contact of their bodies brought her a semblance of sanity. She jerked away from Linc. "No," she said to him before turning and stumbling into the room.

The sunlight that was streaming in from two sets of uncurtained windows nearly blinded her. For a moment she was disoriented. Then her vision cleared and she was able to see the simply furnished room and the two doors that were inset into a third wall. Badly shaken by the temporary leave of her senses that had made her respond so hotly to Linc, she had to force herself to investigate. One door opened into a closet and the second led to a smaller room.

"This room was never used much," Linc said from somewhere behind her.

Hearing the desire still thick in his voice, she

didn't dare turn to look at him. "Then I think I'll use it. I can put Matthew in the adjoining room. His crib is being shipped. It should be here in a day or two. Until then, we can make do."

"Toni."

"That's the wonderful thing about babies. They can sleep practically anywhere. As long as there's something to prevent them from falling, of course."

"Toni, look at me."

Never in her entire life had anyone called her a coward, and, she decided, she wasn't going to make this the first occasion. Slowly she turned around. Linc hadn't moved. He was still standing in the doorway. In his three-piece suit he was impeccable, formidable, and a man whom, no matter how much she denied it, she still wanted.

"You can't ignore what just happened," he said.

"Yes, I can," she said. A light was smoldering in the darkness of his blue eyes, holding her captive with its heat. But when his gaze lowered to her heaving chest, she realized that her camisole was still open. Flushing, she reached for the buttons.

"There's a powerful chemistry between us, Toni, and you can't tell me you haven't felt it since the moment I handed you Matthew's red ball."

She dragged a hand through the shining length of her hair, uncaring that when her hand came away, the hair fell back into disarray. "I felt it, but I plan to ignore it, and I suggest you do the same. It will make things a whole lot easier."

"Easier!" he exploded, and took several steps toward her.

Toni backed away and turned toward the windows. She was sure that as soon as Linc left, she would be able to enjoy the view. The Sound was there. And there was another house about a half mile down the beach.

"Easier for whom, Toni?"

His words were laced with bewildered frustration.

"I'm your cousin's widow, Linc." His hands grasped her arms and swiveled her around without any sign of gentleness.

"Right. *Widow.* Kyle has been dead for over a year."

"That changes nothing."

"I don't understand."

"I plan to raise his son the way he would have wanted."

"Where?"

She blinked at the harshly barked question. "I haven't made up my mind yet."

"I'm surprised. Your mind seems to be made up about everything else—the house, the Sinclair family, you and me."

She felt the sarcastic edge to his voice as if it were making slices into her skin. In denial lay sanity. "There is no you and me! We met only this morning!"

"And I wanted you the minute I looked into those topaz eyes of yours."

"I—I'm sorry. I'm sure it was all my fault."

"It was no one's fault, dammit!" He shook her slightly. "Your scent is in my skin. Your taste is in my bloodstream."

Fire crawled slowly along her nerves. "It was only one kiss, Linc," she whispered.

His mouth crushed down on hers. "That's two," he declared, then claimed her mouth again. "Three. Four. Five."

"Stop it!" she cried, and pushed away from him. "You don't understand!"

"Then for God's sake, explain it to me, Toni!"

She wrapped her arms around her waist. "I can't. You're just going to have to take my word that anything between you and me is impossible."

He swung away from her with something close to violence. *"Damn!"*

She drew in a shuddering breath. "I'm sorry—"

"Don't even say it, Toni."

Long minutes passed.

"I don't suppose you'd care to tell me why you still wear your wedding ring?"

Silence greeted his muttered question and grew to huge proportions before Linc turned to look at her again. When he did, there was no sign of either violence or passion.

He reached to the inside pocket of his suit jacket and pulled out a card and pen. Scribbling rapidly, he said, "This is the name and number of one of the top real estate salespeople in Fairview. You won't find anyone more capable of handling the sale of this house."

"Thank you," she said, taking the card from him, careful to avoid contact of any sort.

He replaced the pen, and went on smoothly. "I haven't had the opportunity to tell Victoria of your arrival, of course, but I know she'll be eager to meet you and Matthew."

Toni gave a little laugh, telling herself that she

was grateful he had apparently forgotten there had been passion between them. "You speak for Victoria. I'm impressed. Kyle said no one did."

"In this case, I'm entirely confident that she's going to be delighted to find she has a great-grandson."

"You mean once it's proven to her that Matthew is Kyle's."

Her lightly spoken remark drew a laserlike blue gaze. "Is he?"

"Yes."

"She's going to be delighted. Can I tell her you'll come to dinner tonight?"

"No."

"No?"

"It's going to take me all afternoon to get us settled. Matthew is going to be tired, and I probably will be too."

He nodded understandingly. "Then perhaps you can see her tomorrow afternoon."

"I'll have to see."

"I'll tell her you'll call."

"That will be fine."

"And I'll contact the utility companies and make sure you'll have the utilities on by this evening."

"Thank you."

"Good-bye, then."

"Good-bye, Linc."

She stood where she was, listening to his footsteps retreating down the hall. A minute later she heard the distant sound of the big front door being closed.

Good, she thought. He was gone. She could

breathe now. Everything was back on an even keel.

She glanced down at the card she held within the dampness of her palm. On one side was his name, title, and business phone number. She turned the card over. The name Doris Grayson was scrawled in distinctive black letters along with a phone number.

Linc Sinclair apparently could turn his emotions on and off as he chose. She admired the ability. She particularly appreciated him doing it in this case. She just wondered why he had had to change his mind so blasted fast, that was all.

After a restless night, oddly enough Toni had awakened refreshed. In an old pair of frayed blue-jean shorts and a blue silk shell top, she set about going through the enormous house one room at a time, trying to decide what should be done. By early afternoon every window in the house that Toni could manage to open had been opened, and the furniture in the drawing room had been completely rearranged.

She lay down to rest a moment on the quilt she had placed over the Aubusson rug. Beside her, Matthew gurgled happily. She turned her head to smile at him. "So what do you think of this place, sweetie? Pretty somber, huh?"

The baby came up on all fours and rocked back and forth before sprawling back on his stomach. She patted his back. "Don't worry, you'll be crawling soon. And then I won't be able to keep up with you."

She sighed and rolled her head to stare at the ceiling. "This was your daddy's home, but he wouldn't have wanted you to grow up here. He told me he never wanted to come back. I know I'm doing the right thing!"

Matthew let out a squeal and patted his red ball, sending it rolling a couple of inches along the quilt. The action reminded Toni of yesterday morning and of the moment Linc had handed her the ball. He had said that he wanted her from that moment. But later she had asked him to stop his sensual assault on her, and he had. More than likely, she wouldn't see him again.

Impulsively, she reached for Matthew and placed him on her stomach. "Enjoy being young for as long as you can, sweetie. It's far less complicated than being a grown-up."

Some minutes later Linc Sinclair walked silently into the drawing room to see Toni on all fours, crouched behind a sofa, totally absorbed in a game of peek-a-boo with her son. He couldn't see Matthew, but when Toni peered around the corner of the sofa and said, "I see you, Matthew," Linc heard the delighted laughter of the baby.

He turned to his grandmother, who had followed him into the drawing room. The look on her face was one of utter astonishment. He cleared his throat. "Toni."

From her position on the floor, Toni cast a surprised glance over her raised derriere, then scrambled to her feet.

"I'm sorry we startled you, but the front door was open, so we thought we'd come in."

"That's all right," she said, telling herself it was surprise that was making her heart race and not the sight of Linc. This afternoon he was dressed casually in a pair of charcoal gray chinos and a beautiful blue shirt that was open at the throat.

He placed a hand on the arm of the woman next to him. "This is my grandmother, Victoria Sinclair. She was eager to meet you."

I'll bet, Toni thought. "Won't you come in and sit down?"

Victoria was slightly shorter than Toni's own five-foot six-inch height, but one would never have known by her rail-straight bearing. Her figure was well-maintained, lacking the grandmotherly plumpness that most women her age seemed to acquire. Her hair was gloriously silver and neatly fixed on top of her head in a hairstyle that wouldn't have looked odd with a diamond tiara atop it. After a thorough inspection of the room, she chose a straight-backed armchair.

"It would appear that you have rearranged the furniture," Victoria said as an opening salvo.

Toni threw a quick glance around the room, pleased with the way she had grouped the chairs and sofas into more natural conversation areas. "That's right. It looks warmer and more comfortable this way, don't you think?"

"The furniture in this room hasn't been moved since it was first placed here some forty-odd years ago," Victoria answered in a particularly booming voice.

"Really? How very boring."

Having just discovered that he was being completely ignored, Matthew let out a little cry. Before Toni could get to him, Linc scooped him up from the floor into his big arms, took him to a sofa, and sat down with him. "And this is Matthew, Grandmother."

Victoria looked down her aristocratic nose at the squirming baby. "So I see. He doesn't look much like Kyle, does he?"

"He looks like himself," Toni said, restraining with difficulty the impulse to toss this starchy old lady out on her regally coiffed head. The woman was Kyle's grandmother, and, as such, deserved respect. But mixed emotions on the subject were battling inside Toni's heart because Kyle had felt compelled to run from this same woman in order to gain happiness.

But the current feeling of need to protect Matthew overrode every other consideration, and she sank onto the sofa within arm's reach of him and Linc.

"Matthew has the same fair coloring that Kyle had, Grandmother," Linc said, sending the baby a private smile. Matthew cooed a response.

Don't turn out to be good with my son, Toni silently pleaded. *I don't want to think of you as a potential father.*

Victoria's piercing eyes were concentrated on her grandson. "I've never seen you hold a baby before."

Linc gazed down at Matthew, who was currently drooling on the thin gold watch on his wrist. "Maybe because there haven't been any babies around for me to hold."

"Hmmph! I also don't recall you ever being available on a Saturday afternoon before. You've played golf every Saturday afternoon since you've been out of school."

Complete equanimity marked Linc's answer. "A change of routine is good for everyone, don't you think?"

"But you never change your routine!"

"Then it's about time I did."

With another hmmph, Victoria turned away from Linc and back to Toni. "As you know, Antonia, I've written you more than once on the subject of your duty in coming home. It's good that you've finally decided to comply."

Toni started in surprise. "I haven't come here to comply with anything."

Linc intervened. "I told you, Victoria. Toni plans to sell this house and live elsewhere."

"Yes, you did tell me, but I was sure you were wrong. After all, Antonia is a Sinclair widow now. That means she has certain responsibilities. And once she is made to see—"

Toni's temper was steadily rising. "Talk to me, Victoria, not to Linc."

As she said his name, Toni glanced toward him to see that Matthew's forehead was resting against Linc's chest, and his chubby hand was tugging on a button of Linc's shirt as he tried to get it into his own mouth. Linc seemed quite unperturbed, but Toni scooted across the couch and straightened Matthew away from Linc.

"Very well," Victoria said. "I will. I am, unfortunately, unfamiliar with your background, Antonia, but I would hope that you were raised with a certain amount of awareness of what responsibility means."

"Without being rude," Toni said, "I'd like to point out that how I was raised is really no concern of yours."

"She's not intimidated by you, Victoria," Linc said, laughter evident in his voice. "Give it up."

Don't defend me, Toni thought. *I don't want you to turn out to be a nice man.*

He swiveled Matthew around on his lap so that the back of the baby's head was resting against his chest.

Undaunted by her grandson's admonition, Victoria leaned forward slightly. "Would I know your parents?"

At that, Toni had to smile. "Let's just say that I would be very surprised if you and my parents had ever traveled in the same social circles."

The older woman nodded with a knowing look on her face. "It's just as I suspected. Among other things, the social aspect of your responsibilities is frightening to you, but we can change that. I can give you lessons, teach you how to conduct yourself, take you shopping. Soon you'll be in the swim of things. The Sinclairs head this town's society, Antonia, and always have. We must maintain the continuity."

Irritated both by Victoria's arrogant assumptions and the body heat she could feel radiating from Linc, Toni's response was sharper than she intended. "Forget about trying to fit me into some sort of mold for Sinclair widows! It can't be done.

As soon as this house is sold, I'll be taking Matthew and leaving."

"Matthew is Kyle's son. He belongs here."

Suddenly unable to stand the fact that Matthew was gurgling happily away in Linc's lap, fascinated with Linc's long, slender fingers, Toni pulled Matthew out of his arms and onto her lap. "I don't mean to be unkind, Victoria, but the truth is, Kyle was very unhappy here. He wouldn't want his son raised here."

For the first time since she had sat down, Victoria Sinclair appeared hesitant. "Kyle's accident . . ."

"Yes?"

"Did he suffer?"

"No. As you know from the cable I sent, he was traveling in a small plane from Madrid to Paris for an art show. His plane went down in the Pyrenees and all on board were killed instantly."

"Thank God he didn't suffer."

Toni's head tilted to one side. She was puzzled. Victoria and the Sinclair family had made Kyle's life miserable while he was alive. Why should Victoria care if he had suffered in death?

Beside her, Linc moved, and suddenly Toni realized just how close she was sitting to him. From her position, she could see how tautly the chino pants stretched across his strongly corded thighs. She shifted farther down the couch. Linc didn't appear to notice.

"Victoria, perhaps it's time I call Jasper to drive you home so that you can rest."

"I'm perfectly fine, Linc," she snapped, the arrogance returned in full measure to her voice, "and I'm also perfectly capable of calling Jasper myself. He's just outside at the curb, after all."

Toni caught the glint in Linc's dark blue eyes that indicated his grandmother's growled reply had made him happy. These Sinclairs, she concluded, evidently understood only one another.

Victoria straightened her already erect posture. "Well, it's obvious that our next step will be a party."

Toni's mouth fell open. "A party!"

"To introduce you to Fairview society. Next Saturday night, I think. That will give us a week. My house, of course."

"I insist that it be at my house," Linc put in smoothly.

Victoria frowned. "Nonsense. All the Sinclair parties are at my home."

"Not the ones that I give," Linc said with irrefutable logic.

"Well . . ."

"Then it's settled. You'll handle the invitations, Victoria. I'll handle everything else."

"Oh, very well."

Linc stood up and walked to his grandmother. "I'll see you to the door, Victoria."

"You're not leaving just yet, then?" she asked, getting to her feet.

"Not just yet."

At the doorway, Victoria turned and looked back at Matthew. Perhaps it was the light, but for a moment Toni received the impression that some of the rigidity had gone out of the older woman.

"He does have Kyle's coloring, doesn't he? Kyle was such a beautiful baby."

Hugging Matthew to her, Toni watched the two Sinclairs leave the room together, grandmother and grandson, both formidable and powerful figures. She thought of the softness she had seen in Victoria as she had gazed at Matthew, and decided it had been an illusion.

Her eyes went to her son's cherubic face. "So, sweetie, what do you think of your relatives? They're quite something, aren't they? Hard to figure out. Harder still to live with, from what your daddy said."

"Mama mama," Matthew cooed sweetly, and stuffed a fist into his mouth.

Toni smiled at her son. "You do seem to like Linc, though. Just be careful, young man, to whom you give your affections."

"Having a mother-son chat, are you?"

Her head came up as Linc walked back into the room. "Matthew and I talk all the time. It's not too early to start giving him advice."

Smiling, Linc said gently, "He loves to hear your voice. Whenever you talk to him, he gets this rapt expression on his little face. I don't blame him. You have a beautiful voice."

Her heart gave an unwanted jolt. "Thank you."

He inclined his head. "You're welcome. "Now," he rubbed his hands together. "What can I do to help?"

"Help?"

"Toni, you moved every stick of furniture in this drawing room—heavy furniture. I'm here to see that you move nothing else without help."

Don't be considerate. I don't want to believe that you might be kind.

Shaking her head, she stood up and rested Matthew on her hip. "I don't plan on moving anything else, at least for today. But there is one thing you might be able to help me with."

"What's that?"

"This house needs a good, thorough cleaning from top to bottom, not just a once-over-lightly dusting like its been receiving. Do you know of anyone I could get in who could help me?"

He hit his forehead with the flat of his palm. "Of course, how stupid of me. I should have thought of it myself. Anna, my housekeeper, has a younger sister who would probably be delighted to help. Her name's Kathy. I'll check with her and get back to you. Also, there's a cleaning service for the heavy stuff."

"Great. Well, if you'll excuse me, I need to feed Matthew now and put him down for his nap."

Without warning, Linc's blue eyes darkened. "Do you breast-feed him?"

Words threatened to clog in her throat. "No. I didn't have enough milk for him. The doctor said that perhaps it was because of the shock of Kyle's death so early in my pregnancy. At any rate, Matthew takes a bottle quite happily."

Matthew's head had lowered to his mother's shoulder and his hand had come to rest over her heart. Linc picked up his little hand and watched smilingly as the baby's fingers curled around his.

But Linc's seemingly innocent action had placed the back of his hand firmly against her breast, and through the silk of her shell top Toni could feel the scorching heat of his touch. Her heartbeat jumped, then began to thud.

Holding her gaze, Linc began to slowly circle the back of his hand over the soft, full mound. Through the silk, her nipples tautened. "There's just one more thing," he said softly.

Her lips moved, but she couldn't have said whether any word came out. "What?"

"Come have dinner at my house tonight."

"No."

Her answer was pure reflex. He ignored it.

"I'll line up Kathy to baby-sit. If I can't get her, I'll get someone else who's equally reliable. And Anna will make something wonderful for dinner."

"No."

The back of his hand moved down over her nipple and back up again, bringing a gasp from her. Her chest felt tight. She couldn't breathe. Linc's eyes were blazing. She couldn't move.

"Then tomorrow night. Eight o'clock," he murmured, and dropped a soft kiss on her lips. "I'll see you then."

He was nearly out of the door before she came to her senses. "Wait. I don't know where you live."

"Just a half mile down the beach. You can see the house from your bedroom window."

Three

The day had gone well, Toni thought, closing the door on her sleeping son and turning back into the bedroom she had taken as her own. About eight o'clock this morning a bright-eyed, cheerful young woman named Kathy had appeared at the front door, eager to clean, cook, play with Matthew, run errands, or do whatever Toni needed. At twenty-two, Kathy was just three years younger than Toni herself and Toni had liked her immediately. Grudgingly, she told herself that she must remember to thank Linc.

Kathy was downstairs at the moment, fixing herself a bite to eat. But as soon as Toni was ready to leave for Linc's, Kathy, a part-time college student, would come up and use this room next to the baby's to study in until she got back. But would she ever be ready to go to Linc's? she wondered. How did she go about preparing to see him again?

Toni sank onto the bed and stared up at the ceiling. She hadn't supposed that her stay in Fairview would be pleasant or easy. Kyle had told her too much about Victoria and Linc for her to believe it would be. And they were certainly all that Kyle had said they were.

The real problem lay in the fact that they were *so much more.* Victoria had felt pain when she had asked if Kyle had suffered. She had softened when she had looked at Matthew and remembered her own grandson as a baby. And Linc was throwing a party for her, asking her to dinner, obtaining help for her. He had even given her the name of a real estate agent!

And most of all, every time she got near him, the danger of her going up in flames increased.

A knock on the door snapped her out of her reverie.

"Yes?"

Kathy stuck her golden-red head around the door. "I was just checking to see if you were ready yet."

"Oh, my gosh!" Toni groaned, and shifted off the bed. "I haven't even started yet."

"If I were having dinner with Linc Sinclair tonight, I would have spent all day getting ready," Kathy said, perfectly serious.

Toni grinned and walked to the window. Down the beach, she could see Linc's house. Behind her she heard Kathy say, "Great house, huh? His parents' house used to stand on that very spot, but he tore it down and built his own. My sister told me that his grandmother nearly had a heart attack at the idea, but he simply told her that his parents' house had been right for them, and that he wanted to build a house that was right for him. Then he went right ahead and did it."

So Linc had grown into a stronger man than Kyle had. So what? Toni asked herself. The knowledge changed nothing. It neither made her think more of Linc or less of Kyle. Toni swiveled quickly away from the window. "Do me a favor and grab something out of the closet for me, will you?" she asked, rushing across the hall to the bathroom. "I'm not sure what I've got in there."

"You've got some great stuff," she heard Kathy yell a few minutes later.

"Thanks," she called back, applying a fast application of foundation, then powder and blush. "Unfortunately, I wasn't able to pack as lightly as I usually do. I knew I'd be here for a while, and then, Matthew and I stopped over in New York for a few days before we came here."

"Really? Did you get to see any shows?"

"No, I was there on business." She reached for the eye shadow and brushed a mere hint of warm bronze shimmer onto her lids.

"Do any shopping?"

"A little." Grimacing at her reflection in the mirror, she picked up the hairbrush.

"Boy, you've got *some* assortment of clothes!"

"I decided I'd better bring something for every occasion." An application of mascara finished Toni's makeup job. Back in the bedroom, she discovered Kathy still standing at the closet.

She reached past her and pulled out an ivory

lace skirt. "This used to be a tablecloth. I got it in a flea market in Valencia, Spain."

Kathy's mouth dropped open as she took in the exquisite full circular skirt. "You're kidding."

"Nope. You should have seen it when I found it—stains all over it. I dyed it."

Toni walked to a bureau. From one drawer she pulled out an ivory cashmere-and-silk ribbed knit sweater that was sleeveless and cut in on the shoulders. From another drawer she pulled an ivory silk half-slip. Retracing her steps to the bathroom, she put the articles of clothing on.

Several minutes later she was back in the bedroom, and Kathy's green eyes were shining in admiration. "I wish I could look as glamorous as you."

Toni's eyes slewed toward Kathy in astonishment. "But you're lovely! Look at you. Your skin is positively luminous. That sprinkle of freckles across your nose is guaranteed to drive any man wild. And I've never seen more beautiful hair. It's got a natural body and shining color that most women would kill for." She tilted her head to one side. "Do you always wear it in a ponytail?"

Kathy shrugged. "Most of the time. When you go to college at night like I do, and study and work during the day, there's not a lot of time to spend arranging your hair."

"Who's talking about arranging? If it were mine, I'd just let it fall. As a matter of fact, that's what I do to mine. It just sort of falls."

"And it looks gorgeous."

"Stop!" Toni held up her hand. "We'll continue

this discussion another time. Right now, I'm late. Somewhere in this room you'll find an orange silk shawl. You look for it while I try to discover where I put my gold hoop earrings."

Kathy clapped her hands together enthusiastically. "Great plan."

Toni chose to take the beach route to Linc's house instead of the road. She loved the way the surf sounded, as if it were murmuring a secret message to her, the way the sand crunched beneath her bare feet, and the way the wind threaded its gentle, cool fingers through her hair. Connecticut was different from Ibiza, the island on which she had made her home for the last ten years, but that didn't mean Connecticut wasn't wonderful in its own special way, she decided. She'd like to see it in winter, when everything was covered with snow and the tree branches were encased in ice. Yes, that definitely would be lovely. She'd be able to work well when the air was cold and crisp and logs burned gently on a fire.

Up ahead she could see the lights of Linc's house glowing from countless windows and doors. The house wasn't at all what she would have expected of Linc. The three-story structure seemed to flow out of and toward the Sound in a beautiful medley of lines and curves, wood and glass. It was almost as if it had been there forever and at the same time as if it weren't there at all.

She had met the man only three days before, but already she knew his sum total didn't add up to just a stuffy New England banker. There was a warmth beneath the surface. Shoot! she thought in disgust. There was a raging fire! But it didn't matter, because he was still Kyle's cousin, the cousin Kyle had resented his whole life long.

Linc slid open the glass door of his den and greeted Toni. A pair of sandals now covered her feet as she stood on the redwood deck that aproned his house and overlooked the Sound. "Hi, I wasn't sure which way you'd come, so I've been sort of monitoring all entrances."

Despite her self-imposed rigidity, she had to smile. "That must have been quite a job. This house is enormous."

Toni couldn't believe it, but a faint blush actually came up in Linc's cheeks. "Yeah, well, it was my own fault. I should have told you I'd come down and get you. I've been kicking myself ever since."

Don't be endearing, Toni silently begged. *I don't want to think of you as lovable.*

"I enjoyed the walk along the beach. Don't worry about it."

"Good, then. Come on in, and let me get you something to drink."

"A club soda with lime will be fine."

He nodded. "I'll be right back with it."

Toni turned to the task of inspecting the immense room in which she stood. Even at night a great flow of air, light, and space was evident. The rom was furnished mainly in a contemporary style, the effect being sophisticated yet vastly comfortable. Two beautifully curved sofas were covered with rose velvet, but a masculine effect had been achieved by resting a square, solid granite cocktail table between the two. Around the room, the dark, rich woods of fifteenth- and sixteenth-century antiques gleamed, adding strength and vigor to the striking visual sweep. But more than anything, the art interested Toni.

Oh, Linc, please, please don't turn out to have an affinity for art!

Unfortunately for her, her silent plea was for naught.

A Cézanne, one of his complicated still lifes, hung side by side with a Matisse, a masterpiece of simplified color, line, and composition. A fragmented nude declared itself to Toni at one glance as a Picasso, while on another wall, a brilliantly bold Sevirno hung. Toni smiled and passed on.

A Rubinoff portrait of a gnarled old man caught her attention with its moving depth and detail. Then she was captured by a Chagall fantasy. She was having such a good time, she was totally unprepared for the sight that greeted her as she turned to view another wall. A huge tapestry hung there. Shock held her still.

The tapestry had been created out of burlap, silk, and wool. The tapestry wasn't so much a picture of something as it was a *feeling* of something. Deep blue color ran along the bottom, with different shades of blue, turquoise, and aqua ascending in a rippling effect to a sandy tan shore, then upward to a sky of gold, peach, and cerulean blue.

The sudden sound of Linc's voice behind her made her jump. "It's wonderful, isn't it?" he asked.

"Ummm," she murmured noncommittally, took the glass from his hand, and turned back to the tapestry.

"It's a Penelope, of course. I bought it from a gallery in New York a few years back, and I was damned lucky to get it. I didn't mind a bit the small fortune I paid."

"Oh?"

Toni took a sip of her bubbling club soda and suddenly wished she had asked for something stronger.

His arm came over her shoulder to point at the tapestry. Did you notice the shimmer of gold every so often? Penelope spun threads of gold into the yarn so that every once in a while you get a glimmer, like light reflecting off sparkling water."

Linc was standing so close behind her that the tapestry faded before Toni's eyes. As had happened each time they had been together, his nearness evoked a warmth that eclipsed everything else.

"Besides the unusual use of colors and textures, I think I like the surprises in Penelope's work the best. I think the gold sparks can also be interpreted as hidden fire beneath the coolness of the water."

His hand had come to rest on her shoulder. Toni stepped quickly away.

Linc decided not to comment on her abrupt move away from him. It was enough for now, he told himself, that she was here in his house. He watched her run her hand over the sensuous bronze curves of a Henry Moore sculpture.

"You look lovely tonight," he said.

Smiling, she turned and held out the circle of her skirt. "Someone once ate off this."

"Your skirt?"

"It used to be a tablecloth."

"And what did your sweater used to be?" he asked, reflecting that he had yet to see her wear a bra. But then, he had learned that Toni wasn't a woman for convention in her clothes. It made him wonder about the rest of her life.

"My sweater's always been a sweater."

She looked so disgusted that he threw back his head and laughed. "I think everything I've seen you in since you've come here has been wonderful."

She shook her head and grinned. "I'm sure your grandmother just loved my jean shorts yesterday afternoon."

"Victoria's one of a kind," he said, sipping from a glass of amber liquid but keeping his dark blue eyes on her. "And so are you."

She lifted her head with a sudden tension, but the ringing of the phone interrupted whatever she had been about to say. Linc walked to the phone, answered, and turned back to her. "It's Kathy," he said, holding out the receiver.

Toni spoke worriedly to the babysitter. After a brief rapid exchange, she hung up. "Matthew woke up right after I left and has been fussing ever since. I'm convinced he's just teething, but still I feel I should go home."

Linc set down his glass. "Then I'm coming with you."

• • •

Toni took the crying Matthew into her arms and smiled at Kathy. "I know it isn't anything serious, but I just couldn't have enjoyed the evening knowing that Matthew was miserable."

Kathy nodded. "I understand. Can I do anything to help?"

"You wouldn't happen to know if there's any whiskey in the house, would you?"

Linc spoke up. "As a matter of fact, there is. There's a wine cellar in the basement. My aunt and uncle kept it well stocked with all sorts of goodies. Come on, Kathy. I'll show you where it is in case Toni ever needs anything else from there."

Toni sat down in the rocking chair and began talking and humming softly to Matthew. By the time Linc returned, the baby's cries were lessening.

"I told Kathy to go on home," Linc said.

"Good." Toni dipped her finger in the glass of whiskey Linc held out and rubbed it on the baby's sore gums. "You should go home too. There's really no need for you to stay."

"I want to."

Toni dropped a kiss atop Matthew's head. "I can't stand to see him hurting. He's so little."

"He's beautiful."

Toni looked up quickly, catching a slightly wistful expression on Linc's face. "Thank you. I think so too." Once again she wet her finger in the whiskey. Only an occasional whimper could be heard from Matthew now.

A night-light glowed in the baby's room, creating an unintended intimacy, and both Toni and Linc were speaking in low tones.

"I've always wanted a family," he volunteered, catching her off guard.

"Really? What's stopped you from having one?" She was genuinely curious. According to Kyle, Linc was the type of man who had two point five children—one boy, one girl, one dog.

He grinned. "A wife."

"A wife should be the least of your problems, Linc," she said softly. Matthew's little eyes were slowly closing, his crying spree having worn him out. "You must be one of the most eligible men on the East Coast."

"I suppose, but I'm particular." He was leaning up against the doorjamb, his arms crossed over his chest. The light from the next room outlined his long, lean body.

Toni decided she would be infinitely better off if she dropped the subject of Linc and a family. He was looking at her and Matthew with a tenderness that wasn't at all good for her peace of mind. It would be best if he left. "I'm sorry about dinner," she murmured in an effort to draw the evening to a conclusion.

"That's okay. We'll eat here."

"Here?"

"Didn't you get to the grocery store yesterday? You said you were going."

"Well, sure, but I didn't get anything that you'd want to eat. Look, why don't you just go on home and eat that wonderful meal that was prepared for you?"

"What did you buy yesterday?"

"Disposable diapers," she whispered shortly. Matthew had fallen fast asleep. Toni stood up, walked with him to the crib, and laid him down. Standing by the crib, she patted his back gently, continuing to reassure him with her presence and touch in hopes that he would be able to sleep through the night now.

"I meant in the way of food."

Her back was to Linc, but she heard the amusement in his voice. He wasn't easily put off, she'd give him that. "Things from the deli, plus items like chips and weiners. Nothing special."

"If it was nothing special, why did you buy it?" he whispered back.

Despite her sleeping son, Toni's answer practically came out a hiss. "Because I was hungry for American hot dogs."

"Fine. I'll go start dinner."

Toni had no choice. She followed him.

The kitchen was large, the stove and refrigerator outdated, but Toni liked the room. Earlier, she had picked some wild roses and placed them in a bowl on the windowsill. Night breezes drifted through the open windows, bringing scents of roses and salt-ladened surf. Toni sat on the edge of the oversized oak table, her once-again bare feet dangling, and watched as Linc coaxed a fire to life in the brick fireplace that dominated one wall.

"What are you doing?" she asked.

He cast a look of mock horror over his shoulder. "Don't tell me you've never roasted hot dogs before?"

"Sure, plenty of times. I would never have thought you had, that's all."

"I'll have you know I was a Boy Scout."

She groaned. "I should have known. And I bet you made straight A's too."

"I brought the teacher lots of apples."

"Sounds like you were a perfect kid."

"I was inquisitive too. When I was five, I got hold of my grandfather's Meerschaum pipe collection, put soap and water in them, and proceeded to blow bubbles to see if the bubbles would come out curved like the pipes. Then a few years later, I put glue on my teacher's chair so that I could see the effects of two different fibers bonding together."

He had such a look of innocence on his face, she burst out laughing. *Don't make me like you*, she thought even as she followed him around the kitchen with her gaze while he loaded his arms with condiments, buns, two knives, and two forks. These he deposited in the center of the table, then set about collecting the rest of their meal.

When he was once again kneeling before the fire, roasting their weiners, she said, "Why did you and your grandmother make Kyle's life so miserable?"

His back stiffened, but he didn't turn around. "I wondered how long it would take you to ask that question."

She had used the question as a defense of sorts, as if conjuring up Kyle and his inner suffering could protect her from Linc's warmth and charm. But now that the question was out, she was sorry, for she had heard the pain in Linc's voice. "Kyle resented you."

"I know. And there wasn't a damned thing I could do about it."

"Did you try?"

Linc stood and carried the weiners to the table, where he deposited them on a plate behind Toni. Still sitting on top of the table, she swiveled to face him and crossed her legs. "Well, did you?"

His dark blue eyes were piercing as he looked at her. "Would you believe me if I said yes?"

Good question, she thought.

He leaned a hand on the table. "Look, Kyle and I both lost our parents when we were young. That put us under the same roof growing up—Victoria's. Now, as I'm sure you've seen for yourself, Victoria is not the most flexible person in the world. She loved us—"

"Love? You call trying to push a young boy into her idea of what he should be *love*?"

"Yes, I do. It's obviously not your idea of love, and it sure as hell isn't mine. But it was hers. She was brought up with the idea that duty and family came first and that was the way she raised us."

"And she got a fifty percent success rate with her method, didn't she?"

He raked a hand through his hair with obvious frustration. "I liked school. I liked the family business. I took to it like a duck takes to water. I can't imagine anything I'd rather do in my life than run the bank and manage our other family interests. Does that make me some sort of evil monster?"

"It does if you made Kyle feel like he was a failure because he wanted to do something different." Toni knew firsthand the heartache of failure.

"Did Kyle say that I did that?"

Toni hesitated. "Not in so many words—but there was something there, deep inside him, that gave me the impression he actually hated you. What was between you two to have made him feel that way?"

Linc's jaw tightened. "Unfortunately, Kyle always saw me as a rival. I knew how he felt, but there was nothing I could do about it. I couldn't be less than I was, Toni. Try to understand. As for Victoria, I learned to take her as she is. Kyle never did."

Kyle's memory made bitterness tinge her voice. "Your grandmother loved you because you were all that she wanted you to be."

"She loved me because I was her grandson, and she loved Kyle in the same way. Only he could never see it."

She was silent for a moment. "He did the right thing in leaving here."

"I think so too."

"What does your grandmother think?"

"Victoria was crushed and distraught when he left. We both tried to stay in touch with him, but it was obvious he didn't want to hear from us. We were hoping that with time. . . . Fate hasn't been kind to the Sinclair family, Toni. Victoria was widowed young. Kyle and I lost our parents. Kyle was killed." He paused, and slowly smiled enticingly. "But now we have you and Matthew. Our luck has changed for the better."

A sense of survival made her fight against the smile and the absurd feeling that walls were closing in around her. "You don't have us. We'll be leaving as soon as this house sells."

He studied her for a moment. "Have you called the real estate agent yet?"

"I plan to first thing in the morning."

He nodded thoughtfully, then raised his hand to cup her cheek. "Toni, I realize that you loved Kyle, and because of that love you came here mistrusting and resenting us. In the short time you'll be here, I ask that you give us a chance."

She started to shake her head, but with pressure from his hand on her cheek, he stopped her. "I'm not going to leave you alone. I can't."

The thunder of her heartbeat came up in her ears. Her eyes fixed on the full, sensual shape of his mouth. The palm of his hand caressed her skin.

And then he pressed a soft kiss to her lips and whispered, "But I'll leave you alone for now and let you eat." With that he slid onto the table, crossed his legs, and eyed the food with interest. "This looks good!"

Four

Doris Grayson's gold bracelets clattered together as her hand progressed along the clipboard that held a tidy sheaf of papers. "This is going to be the easiest commission I'll ever make," she declared, moving quickly into yet another room, taking notes as she went.

Interested in an outsider's opinion of the house, Toni followed along behind. "Do you really think so?"

Doris rolled her thickly lashed gray eyes. "Are you kidding? It's never occurred to anyone that a Sinclair house might go on the market. As soon as the word gets out—and believe me I'll see that it will—we'll have only to sit back and wait. You're going to get a bundle."

"The money isn't important. I just want to get the house off my hands."

"Money's always important, and don't let anyone tell you differently."

Toni smiled at the real estate agent's back. Doris's tall, slim figure was covered in an elegantly cut suit. Her feet were shod in gleaming Italian leather. Her hair was tucked into a perfect French twist. Besides being obviously quite capable, Doris Grayson was very attractive, and Toni couldn't help speculate on just how well Doris and Linc knew each other.

Doris waved a manicured hand toward a wall. "I wouldn't bother to repaint or anything. Whoever moves in will want to redecorate themselves."

"I wasn't sure. I've never sold a house before."

"In this case, there's nothing for you to do but sit back and relax." They had returned to the drawing room, and Doris took a moment to consult her notes. "Now, how about the furniture, drapes, and rugs? Are you going to keep them, sell them separately, or let them go with the house?"

Toni looked around. "I plan to go through the house for any personal family things that I think Matthew may want when he's older. What remains, I'll offer first to Victoria and Linc. What they don't want, I'll let go with the house."

Doris's pen glided across the paper. "Fine. Just let me know. I'll set a price, but at the same time I'll let any prospective buyer know that they may have a chance to purchase the furniture, and if so, the price will be higher."

Toni had to control a shudder. She hadn't known Kyle's parents, but this had been their home. The idea of reducing someone's life to dollars and cents was somehow abhorrent to her. She had to remind herself that it was what Kyle would have wanted.

Doris finally stopped writing. "I guess that's it then. For now anyway. I'll have to give Linc a great big thanks for referring you to me. It's a real coup to have this house as a listing."

"Do you know Linc well?"

Doris smiled. "I suppose I could say not as well as I'd like to, but I'll spare you the clichés. Linc and I dated at one time. Parted before I was ready to. And we have remained friends." Her gray eyes turned reflective for a moment, then she sighed. "Yes, unfortunately, I guess that about sums it up."

Toni grinned, liking Doris. She just wished that she thought that Doris and Linc had never shared a kiss, much less something more. And she just wished that she didn't have that wish.

As Doris turned for the door, she said, "By the way, I'm looking forward to Linc's party Saturday night."

"Oh, good, you're coming. At least I'll know one person."

"Don't worry about that. All of Fairview society is agog to meet the young Sinclair widow."

Doris Grayson smiled broadly as she heard Linc Sinclair's voice at the other end of the line. "Linc, I'm so glad you called. I wanted to thank you for referring your cousin's widow to me."

"That's why I'm calling."

Of course, he would be calling on business, Doris thought ruefully. Sometimes dreams refused to die, even dreams of a confirmed businesswoman such as herself. "Is there anything wrong?"

"Not at all. I'd just like you to hold off a while on showing the house, that's all."

"I don't understand. Toni told me she wanted the house sold as soon as possible."

"I feel there's a possibility she may change her mind. I'd like to give her that opportunity."

"Linc, Toni is my client. We signed a contract."

"In order to make up to you any loss of income," Linc went on as if she hadn't spoken, "I'm going to give you the exclusive listing for Sinclair Incorporated's new condominium development. Every unit."

Doris was struck silent by Linc's offer. He was talking about an extremely lucrative, not to mention prestigious, business proposition. If she handled it properly, by the time the last condominium was sold, she would at long last be in a position to open her own real estate agency. Wheels busily turned in her head.

"I assume we have a deal then?" Linc asked.

"It will be a pleasure working with you," she answered.

"Fine. Oh, and, Doris. You understand, this is to remain between the two of us."

His voice was smooth as silk, but Doris heard the steel. "I understand perfectly." She hung up the phone and for approximately thirty seconds allowed herself to mourn the loss of a dream, the winning of Linc's love. Then she let out a scream of jubilation. Another dream—her own agency—was finally going to come true.

Dressed in nothing but an ivory silk camisole and matching bikini panties, Toni padded to the bedroom window. Fog hung over the Sound. On the beach, wisps of diaphanous gray vapor lay trapped in low areas and nestled in coves. The morning was quiet . . . still . . . lonely.

Unerringly her eyes were drawn toward Linc's house. There wasn't a sign of life coming from it. He had called her the morning after their impromptu hot dog dinner to tell her that something had come up and he was going to have to go to New York for a few days.

She hadn't heard from him since. Not that she cared. It was just that tomorrow night he was supposed to be having a party for her.

She reached for a pair of jeans and pulled them on, remembering that Victoria had called her twice. The first call had been to inquire if she might accompany Toni on a shopping trip for an "appropriate" dress for the party. Toni had politely declined. The second call had been a magnanimous offer on Victoria's part to set her at ease by "schooling her in the complex and intricate ways of society." Toni had likewise—and still politely—declined.

Intricate ways, indeed, Toni thought, turning away from the window. She picked up a thigh-length silk wrap that had teal, periwinkle, and jade flowers hand-painted on it, and slipped her arms through the wide sleeves.

As she headed downstairs for her first cup of coffee, she reflected that her upbringing might have been unconventional by Victoria's standards, but she certainly needed no lessons in etiquette.

Her father, Antonio Sevirno, was an artist whose greatness had been realized before she had been born. Her mother, Caitlin Bellford, was a writer who just last year had won her second Pulitzer for one of her sweeping, probingly insightful, bestselling novels.

Their marriage was fiery and tempestuous. Their friends and frequent houseguests included the rich, the powerful, and the famous. Toni smiled to herself. As their only child, she had been included in everything.

Her godfather was a prominent world leader. Her godmother was a prima ballerina. Growing up in such an eclectic environment, her tutoring in "complex and intricate ways" had already been started by the time she could walk.

With the smile still lingering on her face, she entered the kitchen to find Kathy there, just pouring herself a cup of coffee. "Are you early, or am I late?"

Kathy swung her head around. "I'm early. I know most people sleep in on Saturday, but I can't. I've just never developed the knack. Too many years of getting up at the crack of dawn to study, I guess."

Toni poured herself a cup of coffee. "I know what you mean. But with me, it's always been work that drew me out of bed."

"Work? What kind of work?"

Toni shook her head. "I'll tell you about it sometime. Listen, are you still available to baby-sit for Matthew tomorrow night?"

"I sure am. I'm looking forward to it. Matthew is a little doll."

A glow of pride and love spread through Toni. "He is, isn't he?"

"Are you getting nervous about the big party?"

Toni looked at her in surprise. "Heavens no."

"Boy, I would be! The people who'll be there run this town and half of New York."

"Maybe, but they don't run me."

"They'll try."

They already have, thought Toni. "Hey, since you're here to take care of Matthew, I think I'll take my coffee down to the beach."

"Great. The longer you stay, the longer I'll have Matthew all to myself."

Toni found a dune that overlooked the beach and spread the quilt out among a wave of tall beach grass. The fog-shrouded beach created a heightened sense of seclusion. Visibility was poor and activity was nonexistent. But Toni settled onto the quilt quite contentedly. Solitude had been her friend for as long as she could remember.

There had always been activity in her home when she was growing up, yet her parents each worked in solitude. When she had started her own work—the joyous and wondrous task of weaving tapestries—she had discovered a new world of solitude. And her marriage hadn't changed that. Perhaps it should have, but then, Kyle was an artist who understood the need to create. In that, they had been well matched. But only in that.

Toni took a sip of her coffee and tried to push away the guilt that always encompassed her when she thought of Kyle. Poor Kyle. She had tried so hard to love him, and she had failed so miserably. She liked to think he never knew, that he had died feeling that she loved him dearly. She liked to think so, but remembering the sadness she sometimes glimpsed in his eyes, she wasn't sure she did.

The moist air felt good against Linc's face as he jogged along the beach. Every moment of his New York trip had been spent on business and he had taken no time to run. As a result, the exercise was all the more welcome.

But what was even more welcome to Linc was the fact that he was home. No, that wasn't quite right, he corrected himself as he rounded a bend. He enjoyed the home he had made for himself, but he had never before practically broken his neck to conclude his business so that he could come back to it.

No. Toni was the reason he was so damned happy to be back. He caught sight of her house and slowed his pace, thinking.

He had never gambled, personally or professionally. Although he dealt in high-stakes finance every day, he knew what he was doing. His methods were brilliant and very sure, and his approach had made his bank one of the most secure in the nation. And in his personal life he had never had the urge to gamble. It went against his nature.

But then Toni had entered his life, and everything had changed. He had told her he had wanted her since the moment of that first look into her eyes. What he hadn't told her was that he had fallen instantly in love with her too. When he had found out she was a widow, he had been elated. When he had found out she had reason to be prejudiced against him and planned to leave as soon as the house could be sold, he had been plunged into despair.

Desperation had led him to bribe Doris into holding off showing the house, but he didn't feel good about it.

Suddenly Linc came to a complete stop and looked up. Their situation might be complicated, but his love for Toni was simple. He wanted to see her. He needed to be with her.

He began to climb toward the house. Then he saw her.

With a fast-beating heart Toni followed his progress as he came up the dune and through the beach grass, considering the possibility that Linc was the reason she had wanted to be on the beach in the first place, and not liking the conclusion she finally had to draw.

He dropped down beside her. Strongly muscled legs were bared by the athletic shorts he was wearing. His old gray sweatshirt had a rip at one shoulder and was stained with sweat. All in all, he exuded healthy male vitality. For a banker, Toni mused, he was in awfully good shape and damned sexy. Inside her, a heated tension sprang to life that increased as she felt the possessive caress of his dark blue gaze.

"Hi," he said softly.

She drew the flowered silk wrap closer around her. "Hi. When did you get back?"

"Late last night. I wanted to call, but I was afraid I would wake Matthew." He paused. "I missed you."

She looked away. "I've been busy. I've been going through the house, room by room, collecting anything I think Matthew might want later."

"That's a good idea."

"Pictures, little momentos, things like that. Nothing big."

"It's his and yours. All of it. Take anything you want."

She nodded, still not looking at him. She didn't have to look at him. She could feel him—his heat, his power, his need. He made her want to run. He made her want to stay.

"Toni?"

With a slowness that revealed her conflict, she turned toward him.

His hand came up to cup her face, and he stared into her eyes. "I'm going to kiss you."

"No."

"I have to," he said simply. "There were times this last week during business meetings when I should have been concentrating on the matter at hand. Instead, all I could think about was you. My lips would actually heat at the memory of how they had felt as they had pressed against your mouth. My hands would tingle, remembering how your breasts had molded so sweetly into them."

She had begun to tremble. She couldn't speak, so she tried to shake her head. Then she found she couldn't move.

"You want it too," he whispered. "I know you do." His head lowered, his lips came closer to hers. "Tell me you don't."

She opened her mouth. "I . . ." She couldn't finish her sentence; reason was lost to her. He was too close. On a quilt, on a sand dune, in the midst of a fog, he had somehow managed to give her the impression that he was surrounding her— even before he began to make love to her, as she knew he was about to do.

His lips touched hers lightly. Once. Twice. But they didn't linger. They brushed across her mouth, then back, then across again, until the nerve endings in her lips were pulsating, and an ache had started in the pit of her stomach.

His lips were tormenting her, never quite stilling, never quite satisfying. She lifted her face, wanting the pressure of his mouth bearing down on hers. All she got was a gentle kiss at the corner of her lips. A strangled sound broke from her.

Her arms wound around his neck. Her hand went to the back of his head. "Linc," she murmured, his name a plea.

His lips crushed down on hers, and without

decreasing the pressure, he lowered her to the quilt. Her wrap fluttered open and fell back, exposing the delicate silk camisole she wore. His body covered her. The tall beach grass whispered around them. One long, bare leg insinuated itself between her jean-clad ones. A warm mist began to fall, dampening his back, bejeweling her hair.

"You never, ever have to plead with me, Toni. Just ask."

His mouth was warm on hers, his body a welcome weight. When he slipped his hand beneath the hem of the camisole and up to her breast, she shivered with reaction. On her skin fire replaced silk. It shouldn't be good, but it was. Oh, dear Lord, she thought, it was!

"Tell me what you want," he whispered, "tell me, Toni, and I'll do it."

His thumb flicked across her nipple, then took it and gently tugged. She arched in response.

"What do you want?"

She couldn't tell him. But she also couldn't tell him to stop. She wanted him. A high fever was raging within her. Her body needed to be cooled, and she knew of only one way to do that. She couldn't ask though. And she couldn't allow him to go any further.

But his mouth took possession of a throbbing nipple, and she couldn't help but cry out. He sucked tenderly, then stronger. And at the same time his hips moved against her in a rhythm she couldn't mistake.

It was too much for her. The torment. The desire. The raw need. She was going to tell him what she wanted.

But she felt him still. "Linc?"

"Shhh. Just a minute. Listen."

At first all she could hear was the heavy beat of her heart. Then she heard it too. The distant sound of a dog barking.

"The dog's coming closer." Husky emotion made his words uneven. "Probably there's a jogger with him."

"Oh." She was relieved. She was frustrated. She was furious with herself. She closed her eyes and wished that the previous minutes had never happened. And all the while her body throbbed with the still-aching desire that assured her they had.

Linc rolled off her, pulled her camisole over her breasts, and sat up. He looped his hands around his drawn-up knees and bent his head. "It got out of hand. I'm sorry."

"That's all right." She sat up and pulled the wrap around her. "It won't happen again."

His head turned, and his dark blue eyes leveled on her. "You don't understand. I'm not apologizing for what happened. I'm apologizing for where it happened. Next time we'll be completely private." He gave a raspy laugh. "Although I can't promise. It seems no matter where we are, I touch you and forget everything."

Toni stood up. "I told you, Linc. It won't happen again." And then she ran back to the house, leaving the quilt, her empty coffee cup, and Linc behind.

• • •

In the early morning hours before dawn, the phone rang and Toni reached for it. "Hello?"

"Your father's at it again," came the grim response.

At the sound of her mother's voice, Toni came instantly awake. "Hi! It's so good to hear your voice. How are you?"

"I'm fine." Caitlin Bellford's voice was affectionate, but she added ominously, "Considering. And how are you, darling?"

"All right, I suppose."

"You suppose? Are those dreadful Sinclairs giving you a hard time?"

"Not really." Not in the way her mother meant, at any rate. "As a matter of fact, Linc Sinclair is throwing a party tonight in my honor. To introduce me to Fairview society."

"Ahhh. Fairview society. I see." There was a long silence. "What's Fairview like, anyway?"

Toni pushed herself up in bed. "Well, I really haven't had a chance to form too much of an impression. I've been busy here at the house. But from what I've been able to gather, though, it seems rather closed, although I have met two very nice people—my real estate agent and a young woman who's helping me with the house and with Matthew."

"And how is my grandson? I know he's missing his grandmama, isn't he?"

Toni smiled wryly. "Yes, Mother. And your grandson is almost perfect."

"Well, of course he is. It's just too bad he has such an awful person for a grandfather."

"What's he done now?"

"Nothing new. He's simply taken another mistress, that's all."

A long sigh escaped her. "I'm sorry, but as you say, that's nothing new. He's done it before."

"I can't even remember how often! It's a wonder he has time to paint, isn't it?"

"I'm convinced nothing really happens. He paints them, that's all. At any rate, they never stay for long. You've got nothing to worry about."

"Worried! Who's worried? I'm disgusted, that's what I am."

"Disgusted? Why?"

"Do you remember Sylvia? Nice girl. She wanted to be a writer and actually had a small talent in that direction. And then there was Bethany. She wasn't too bad. She helped with the housework and ran errands. Well, of course, the list is endless—each one younger than the next."

Toni listened, visualizing in her mind the enormous white sun-washed villa on Ibiza that was her parents' home. For several years now the two of them had lived at opposite ends of the villa. It was an unorthodox way to live, but it worked for them. Or at least it had until now.

She heard her mother say, "But this latest one is beyond redemption! Rhonda!"

The name was said with such scorn, Toni's eyebrows rose. Caitlin Bellford lived her life by her own standards, not caring a whit what the world thought. Over the last few years she had put up with what she called her husband's "nursery brigade," recognizing that these young women somehow made him feel younger. But obviously, Toni thought with concern, something had changed. "What's she done? What's Dad done? Mother, *what's wrong*?"

"The girl has nothing but oatmeal between her ears, Toni. I cannot abide stupidity, you know that."

"Is this Rhonda *that* stupid?"

A disturbing silence came over the phone line and lasted for perhaps a minute. "I don't know, Toni. Maybe it's just me."

Five

Getting through this evening, Linc thought, smiling through gritted teeth at a particularly boring couple, was going to be quite a challenge for him. The party was in full swing. Everyone appeared to be having a great time.

He was in agony. He had no idea how he was going to manage to act the polite host, when his whole being was riveted on Toni. The truth was, he didn't want to perform his duties as host.

He wanted to snarl instead of smile. He wanted to tell everyone to get the hell out of his home instead of welcoming them.

Across the room Toni stood, looking absolutely stunning. The above-the-knee dress she wore was amazing, and appeared to him little more than a cobweb spun out of gold. In actuality, it consisted of two pieces—a figure-fitting strapless underdress of gold silk, and a loose-fitting overdress of sheer beaded gold-silk chiffon. The beads, also gold, were made of translucent crystals and sewn onto the sheer material in a delicate lace pattern.

He wanted to see her out of the dress and naked.

Her golden-brown hair lay in perfect order around her shoulders, brushed to shining smoothness.

He wanted to see her hair in its usual tousled state, spread out over a pillow.

Three-inch-heeled gold sandals completed her elegant ensemble and gave her additional height.

He wanted to see her barefoot, as she usually was, and clinging to him, as she hadn't been since yesterday morning.

Someone said something to him, but he didn't hear.

Someone beckoned to him. He didn't respond.

On the third finger of her left hand, her golden wedding band gleamed.

He wanted that damned ring off her hand! And he wanted to replace it with one of his own.

Doris Grayson took advantage of a break in the crowd around Toni to speak confidentially. "Congratulations, you're the hit of the party."

"It's natural. I'm the only one here they don't know. They're just curious."

Doris took a sip of champagne. "Ummm, you're right about their curiosity. And by the way, I've noticed you're remarkably adept at answering their questions without telling them anything."

Toni raised her eyebrows at Doris's perception but said nothing. Her gaze scanned the crowd, locating Victoria at the opposite end of the room. For most of the evening Victoria had been by her side. She supposed Victoria wanted to make sure she did nothing to disgrace the family.

But parties like this were a breeze for Toni. What *was* causing her a great deal of trouble, however, was the way her body was reacting to Linc. After initially greeting her, he hadn't come near her all evening. But his eyes had stayed on her, creating an awareness in her that she didn't know how to handle.

She heard Doris give an envious sigh. "If I ever sell your house, maybe I'll be able to afford a dress like yours. Are you aware that every time you move you shimmer?"

"What do you mean, *if* you sell my house? I thought it was going to be easy."

"Well . . . yes, it is. That is, I'm sure it will be. Fairly sure, that is."

"But it's been on the market for almost a week, and you haven't shown it to anyone. Why is that?"

Doris took a large gulp of champagne. "It takes time for people to get the news, Toni. Nothing for you to worry about."

"But you said—"

"Have you noticed the three young women standing over by the Sevirno?" Doris asked quickly.

With a frown Toni looked over at her father's painting. "What about them?"

"They're the current officers of Fairview's Junior Auxiliary. Have you noticed their dresses?"

"No. Should I have?" Toni made the mistake of letting her gaze wander toward Linc, and found him engaged in conversation with two men. His profile was turned to her so that she could see the strong lines of his face and body. She had seen him dressed in jogging and casual attire and also in a three-piece business suit, and he had been almost impossible to resist. But in the dark evening suit and startling white shirt he was wearing tonight, he was devastating. *Please don't let me be falling in love with you, Linc.*

"They're dressed alike," Doris said.

"What?"

"Different designers, of course, but still alike. I've kind of made it a hobby, watching these Junior Auxiliary women."

"Is that so?" Toni couldn't imagine why Doris was going on about the clothes of a group of women.

"It's fascinating. They have a sort of uniform. Their daytime uniform is something I've named 'little girl chic'. Dropped-waist dress. Puffy short sleeves. Silk, of course. And the one thing that is an absolute must—a bow! A big bow or a small bow, it doesn't matter, but one is not dressed correctly unless one has a bow. Now, the bow can be at the collar, or it can be around the hip, or it can be in the hair. It can even be on one's hose. By the way, it is always *white* hose, and the hose can be plain or have a print, but the print must *not* be colored."

"What about shoes?" Toni asked, entertained in spite of herself.

"Daytime casual. In the price range of a hundred and fifty to two hundred dollars. Most important that the shoes be a certain brand name. It's also important that the heels be no higher than an inch and a half, because one never, but *never* wears high heels!"

Toni laughed. "And evening?"

"Full, full skirts, ballet length, fitted waist, small scoop neck. Sleeves, long and tight to the wrist. This last is so they can wear their little diamond wristlets."

"Wristlets?"

Doris shrugged. "Bracelets. As for rings, one never wears but *one* stone on each hand." She grinned wickedly. "I'm waiting for them to discover the nose as a likely place for a diamond. They do know about the ears, however. And it is always, but *always* diamond studs. A tiny dangle is permissible on occasion though."

"You're making this up!"

"Look by the Sevirno. Those three women epitomize Fairview's Junior Auxiliary. And by the way, their role model is Victoria Sinclair. Uh-oh. They're heading this way. Damn! And I haven't even told you about their sport clothes yet. I'll see you later."

Before Toni could blink, Doris had melted into the crowd, and she was alone, facing the three women whose wardrobe Doris had just neatly dissected.

The dark-haired lady standing in the middle of the little group possessed earnest blue eyes, which were covered by oversize, electric-blue-framed glasses. "Hello," she said. "I'm Joanne, current chairperson for the Ways and Means Committee for our Junior Auxiliary."

"It's nice to meet you, Joanne." Toni held out her hand to the woman who lightly shook her fingertips.

The champagne blonde to Joanne's left spoke up with an affected, slightly nasal drawl. "I'm Claudia, president of the Junior Auxiliary."

Toni gave a pleasant smile to the cool blonde who had a drop-dead sophistication about her.

"And I'm Judi, our social chairman," the young woman to Joanne's right said. "We're so happy you're here!" Judi had strawberry-blond hair and fairly bubbled with enthusiasm. Some of her enthusiasm died, however, when she thought about what she'd said. "Of course, we're not at all happy about *why* you're here. Kyle Sinclair dying and all. We're very sorry about that."

"That's all right, Judi," Toni said reassuringly.

Judi sighed her relief. "That's a gorgeous dress you're wearing. No one wears dresses like that around here. It's just not done." A stricken look crossed her face. "What I mean is— "

"You must mean my dress is not like everyone else's," Toni finished for her.

Judi nodded.

"Well, you're absolutely right, Judi. It's a one of a kind, made especially for me by a very good friend."

Claudia raked Toni with an assessing look. "Oh, you mean homemade."

"Right, homemade." Toni hid her amusement as she thought of her friend, the internationally known designer, whose fashion house had been on the leading edge of fashion for years and who had designed the dress for her.

Joanne spoke up understandingly. "We've heard that you lived on an island. I'm sure it must have been difficult to shop there, cut off as you were from everything."

"Yes, but I managed to get off the island now and again." Toni folded her hands in front of her and searched the room for Linc. When her gaze collided with his, she almost gasped aloud at the heat—heat both felt and seen.

"How nice," Claudia intoned.

Toni looked at her blankly. "I beg your pardon?"

"That you managed to get away to do some shopping from time to time."

"Oh, yes. Shopping." What was wrong with her? Toni wondered. Normally, she would have been able to carry on five such conversations, all at the same time.

"We'd like to drop by one afternoon around tea-time to discuss a matter of the utmost importance," Joanne said.

Toni noticed that a beautiful woman had suddenly attached herself to Linc's side. She wondered who the woman was. She also wondered why Linc had to smile down at her as charmingly as he was doing.

"Mrs. Sinclair!" she heard Claudia say, her tone extremely deferential and totally different from when she had been speaking to her. "How nice to see you."

Toni turned back to the group in front of her

just in time to see Victoria incline her head in acknowledgment of the three young women. Toni had often seen European royalty use just such a gesture.

Judging by the expression on their faces, it was obvious to Toni that Joanne, Claudia, and Judi were clearly in awe of Victoria, and she didn't blame them. Tonight, in an elegant, long black silk dress, with ropes of pearls around her neck, Victoria looked quite magnificent.

"Antonia, my dear, you must come and meet Mr. and Mrs. Thornegood."

"I'd be delighted to," she said, grateful for the interruption. "Ladies, it was very nice talking with you."

Joanne, Claudia, and Judi picked up their cue.

After they had walked away, Victoria fixed her with an all-encompassing stare. "How are you holding up?"

Toni regarded the older woman curiously. "Just fine."

"I was watching you before I came over, and I thought you looked rather tense and uncomfortable. I know those women can be a bit boring at times. It must be especially trying since you're not used to this sort of thing."

Toni couldn't have been more astonished if Victoria had lifted her skirt and begun to dance the Charleston. "You mean you were actually concerned about me, and came over on a rescue mission!"

A small smile hovered around Victoria's stern mouth. "Who better to guard against baby dragons than a full-grown combat-seasoned dragon?

Now, if you'll follow me, I'm sure we'll be able to find Mr. and Mrs. Thornegood. Stand on his left side. He's deaf in his right ear."

"Are you enjoying yourself?" Linc asked.

"It's a lovely party," Toni replied, eyeing him cautiously. After feeling the power of his gaze on her all evening, it was a jolt to have him so close. If a look across a room could heat, an actual touch could burn. "It was very nice of you to host it."

Humor tinged his voice but didn't reach his eyes. His face was hard and dangerous-looking. "Someone taught you exceedingly good manners. Who? Your parents?"

She shrugged, not sure what he was after.

"Well, maybe you can tell me where these parents of yours are, Toni?"

"They live on Ibiza. Why?" Linc was being frankly belligerent, and she knew that he hadn't been drinking, because she had been observing him.

"It's just that I know so little about you. For instance, have you lived abroad all your life?"

He was obviously angry, but she had no idea why. In any event, she had had enough of his attitude. "No," she said shortly. "I was born in Sante Fe, New Mexico, and spent the first twelve years of my life there and in San Francisco. Any more questions?"

"Yes, dammit! Why in the hell do you still wear your wedding ring? You're not married anymore!"

A quick glance around assured her that no one

had heard, even though he had raised his voice. She deliberately lowered hers. "That's really none of your business, Linc. And this is no place to engage in such a conversation."

The dark intensity of his eyes revealed a violent disturbance brewing inside him, a storm whose turbulence she could feel all the way to her soul. He took hold of her arm in a grip that bruised. "Then let's go someplace where we can talk."

She shrugged his hand off. "What is wrong with you, Linc? Why are you acting this way?"

A muscle in his jaw tightened. "I've been watching you all evening, along with everyone else in the room. You've talked, you've smiled, you've shimmered. You've knocked them all over with your charm. But no one in this room has been able to find out anything about you; you've neatly blocked their efforts to go beyond the most shallow social pleasantries."

"I don't think anyone really cares."

"How do you know? You didn't give them a chance, did you?"

"I don't know what you're talking about," she lied uncomfortably.

"Yes, you do." He recaptured her arm, and his voice dropped to a rough rumble. "But it doesn't matter, Toni. I know all I need to know, at least for now. I know that you're not about to let any of us get close, because then you might want to stay here with us, and God forbid that might happen."

He was absolutely right, she thought, extremely ill at ease with his insight, but admitting that to him would be admitting a vulnerability. "Linc, I don't know why you're so angry with me. And I certainly don't know why you've chosen to confront me in the middle of a party. But I think we'd better end this conversation right now. We're beginning to cause comment."

"I don't give a damn!"

"Maybe you don't, but think of your grandmother. Now, if you'll excuse me, I'm going to find someone else to talk to, someone who's a little more calm than you."

Intending to do no such thing, she extricated herself from his grip with a hard wrench of her arm and headed for the nearest doorway. Her goal was to leave as quickly as possible. But when she turned into a long hallway, she realized she had no idea where the nearest outside door was.

Voices came to her from somewhere nearby, so she ducked through the next door she saw, and found herself in a powder room. Grateful to be alone at last, she leaned back against the marble countertop that ran along one wall, and dropped her head into her hands.

Damn Linc Sinclair anyway! she thought. What right did he have to scramble her thoughts and leave her limbs shaking this way? What right did he have to make her question her plans to be a perfect widow for Kyle? What right did he have to make her body tingle with anticipation as if it had never been made love to before?

Just like it was doing now.

The groan she gave masked the turning of the knob, but at the opening of the door and the appearance of Linc, her head jerked up. "Get out!"

He entered and closed the door behind him. "If you didn't want anyone to come in, you should have used the lock."

"I forgot."

"Don't worry. I'll lock it," he said, and did so.

The room was small, with no place for her to retreat. As it was, she could feel the ledge of the marble counter digging into her hips as she pressed back against it. "Linc, this is foolish."

"I'll tell you what's foolish," he said softly, advancing toward her until they were standing toe to toe. "What's foolish is the way you keep running from me."

"I don't—"

"Oh, yes, Toni, you do. Yesterday morning on the dune. Just minutes ago in the other room." His fingers came up to tangle in the shining thickness of her hair. "Can you tell me why that is?"

"No," she whispered.

"I don't know the answer either," he said, making a fist around a portion of her hair so that she was forced to lift her face to him. "But I'm going to find out."

Don't kiss me, Linc. I don't want to dissolve in heat.

He crushed his mouth down on hers, his tongue thrust into her mouth, and then she did begin to slowly dissolve in heat. The kiss was wild and hot, and she responded with a hunger she hadn't known was in her. With arms tight around his neck, she strained into him, feeling drugged.

"I've been going crazy all night with wanting you," he said softly.

Against the lower portion of her body she felt the evidence of his ardor. Between her thighs, moist heat was accumulating. A brass and crystal dish of potpourri sent a fragrance of cinnamon, aromatic spices, and fresh pine out into the little room, where it mingled with the heady scent of their desire.

Linc's hand closed around Toni's breast and discovered silk chiffon, crystal beads, and softness. "Damn this dress. Take it off."

Surprise briefly parted the haze of sweet passion that was surrounding her. "Here?"

"Here. We're not going to wait any longer."

"But there are people everywhere."

"I don't care. I'm not going to give you the chance to run from me again."

Suddenly he lifted her onto the counter, pushed the hems of both parts of her dress up her thighs, and positioned her legs around his waist. Drawing her back against him, he thrust his pelvis hard against her.

The haze of passion closed around her once again, entrapping her with its urgent sweetness.

"I told you yesterday morning that no matter where we are, I touch you and forget everything," he whispered, his lips gentling on hers, his tongue beginning to lazily explore her mouth. "Do you remember?"

She sighed and was uncertain whether or not she actually said yes. The caress of his hand on her breast was sliding beads and silk across the skin, creating an intensive abrasive pleasure.

With his free hand Linc stroked up her inner

thigh. A lacy garter belt held up her stockings, and he soon found the space of smooth, soft skin between the edge of her panties and the top of the stocking. Making slow circles with the pads of his fingers, he kissed her deeply.

"Lord, Toni, you're what my dreams are made of. You're the substance of what I want my future to be."

Passion was steaming the air around them. Desire was seeping into her every pore. She didn't want to think about what he was saying. She only wanted to feel. "Oh, Linc."

"You've only got to tell me, Toni." His words came out like ruched velvet. "Tell me."

"I can't," she whispered quite truthfully, but was uncertain of the real reason. So many emotions were swirling inside her. Wants, doubts, and needs twisted and spun so fast, she couldn't catch hold of them to identify them.

Then his fingers slipped beneath the lace hem of her panties. Just like that. And just like that she came undone. Delicate flesh parted under his gentle probing, and the hidden feminine nub there sprang to nerve-tingling life.

A broken sound came from deep within his throat. "Toni, you're everything I've ever wanted, and now that I've found you, I can't deny myself."

The slow circling massage of his fingers had her head thrown back in unbelieving ecstasy. Her hands clung to his shoulders while wave after wave of sensation flowed through her.

The knob rattled as someone tried to open the door.

"Dammit, go away!" Linc yelled hoarsely.

"Sorry," came the surprised reply.

Toni made a weak effort to push against his chest.

"Shhh," he whispered, holding her still beneath his hands and continuing the maddening attention to her with his fingertips.

"Someone else will come," she managed, then gasped as he thrust his fingers upward.

"Let them. I can't stop."

And she couldn't protest anymore. With his steady stroking, she soared higher and higher. Her legs tightened around his waist. His mouth came down on her throat, his other hand had full possession of her breast. It was incredible. She couldn't go any higher, she thought. And then she did.

He held her, kissed her, murmured things she didn't understand, then touched her again.

Sanity would never return, she decided as she peaked once again, then in the next moment clung to him helplessly and slowly floated down, down, as if on a zephyr. It was all right, she thought, because she didn't want sanity to return. She would stay forever on this wondrous plane of feeling where reality never intruded and rapture prevailed. "Linc," she said breathily.

From far away, perhaps the other side of the door, she heard the faint noise of people talking. She stirred, but the sound of Linc's voice made all else fade away. "I'm going to have you," he whispered. "On the floor. Me inside you. Until everyone gives up and goes home." With her legs still around him and his mouth on hers, he lifted her off the counter and began turning with her.

"Linc, are you in there?" Victoria Sinclair called.

He went quite still.

Victoria knocked on the door. "Linc?"

"Yes, Grandmother?" he answered, only a trace of roughness in his voice.

Toni pushed against him, lowering her feet to the floor.

"I'm looking for Antonia," Victoria said. "Have you seen her?"

His dark blue eyes went to Toni. In them she saw that his inner storm had not diminished, but rather had grown to immense proportions. The knowledge made her go cold, then hot.

"No," he said, "but give me a minute, and I'll see if I can find her."

"Fine." There was a pause. "Are you all right?"

"Yes, Victoria. Don't worry. I'll be out soon."

When he was certain his grandmother had left, he allowed the door to take his weight, falling back against it, bowing his head, and crossing his arms over his chest. Toni was afraid to say anything to him, so she swiveled toward the mirror and made a not-so-successful attempt to comb her hair with her fingers. Her legs felt like water. At any moment she was sure she was going to collapse.

In the mirror she saw him raise his wrist to look at his watch. "Everyone should be leaving soon, but I want you to stay."

"I'm going home."

"Toni"—he spread his hands out—"I know this

has been awkward, but I also know it's been damned wonderful. It wasn't planned, but it happened."

She shook her head. "Stop. Please, just stop, Linc." Her tone was flat, her words were as firm as she could make them. "Don't you see, it's no use. What happened here"—she glanced around helplessly—"it just can't happen again."

"Toni—"

"Go tell your grandmother that you found me, that I've left to go back to the house, and that I'll call her tomorrow."

Instantly he straightened. "Toni, please listen to me."

"No, Linc, you listen to me. I'm leaving now, and I don't want you to try to stop me."

His eyes reflected a vivid violence, but he stepped aside and opened the door for her.

Six

Toni gazed down at her sleeping son. He was on his stomach, with his small bottom raised in the air and his mouth slightly open. Usually she loved to watch him sleep. His sweet, contented sleep gave her peace. But tonight she felt only turmoil.

Walking into her bedroom, she looked around her. Kathy had gone home, and even with Matthew in the next room, the house felt incredibly empty. Or maybe it was *she* who felt empty.

She skimmed the beaded overdress up her body, off her head, and tossed it onto the bed. It fell into a radiant heap, and the lamp on the bedside table picked out individual gold beads to touch with light. Since she had already taken off her shoes, stockings, and garter belt, she was left in only the strapless underdress, really little more than a silk slip.

But she was warm and needed no wrap. Warm?

She almost laughed aloud at the word. She was hot! A layer of heat was running just beneath her skin. She wasn't even close to being over what had happened with Linc. She wasn't sure she ever would be.

Stifling a groan, she hurried out of the room, down the stairs, and into the drawing room. She clicked on a lamp, and light pooled softly out into the darkened room. Still not satisfied, she went to each window and raised it, one by one. Wind came blowing in, bringing with it a coolness that she desperately needed.

The curtains billowed out and goose bumps rose along her arms, but the heat remained beneath her skin. Heat caused by Linc Sinclair. Kyle's cousin. The one man in the world she should have never become involved with.

Damn! She lay down on the big velvet couch in the center of the room, shut her eyes, and willed away his image in her mind. But it didn't work. For when she again opened her eyes, he was standing a few feet away from her, looking down at her.

She didn't question why he was there. She knew. So she simply returned his stare, taking in the fury and the passion of every line of his lean, muscular body. He had taken his jacket off and his tie hung loose around the opened collar of his white shirt. Her body began to tremble with a need she couldn't control.

"Why did you marry Kyle?" he asked, his voice low and rough.

"Because he needed me," she replied.

The intensity of his eyes struck her like sapphire lightning. "Is that all it takes, Toni? To need you? Because if that's it, let me tell you, *I qualify!*"

He jerked his tie from around his neck with a vicious tug and sent it hurtling across the room. Heedless of flying buttons, his shirt came off next. Then he sank onto the couch beside her and took her into his arms.

Their coming together was cataclysmic. Sudden, yet not sudden at all. Violent, yet extremely careful. His lips were urgent, unable to get his fill of her mouth. His tongue was demanding, claiming hers with devastating possession. His hands were burning her with their every touch.

A skillfully hidden zipper in the underdress was somehow released, and the gold silk garment joined his shirt on the Aubusson carpet. Stretching out full-length beside her, he slowed his actions, but only a bit.

"This time we're going to finish what we start, Toni.

"Yes," she whispered. "Yes."

Taking her breast in his hand, he lowered his mouth. When he began tugging on her nipple, using gentle pressure from his teeth, she writhed and cried out with a passion that couldn't be mistaken or denied.

Hearing her cry, Linc knew his control, tenuous as it already was, was near the end. Her body was already moving as if he were in her, and he was molten with his need for her. Even his fingertips felt as if they were conveying fire. It took very little time for him to finish undressing both of them.

He was hard, and a pain was coiling and twisting in the pit of his stomach, thick and hot. His hand dipped between her legs and found her ready for him, damp and sweet.

Her hands clutched at him. "I want you so much," she said, then gasped.

He needed no further encouragement. He slid his hands under her, grasping the soft curves of her buttocks and lifting her to him. Then he entered her with one deep, hot thrust that had her moaning.

She arched up to him; he drove into her. His hardness became a part of her softness. The wind flowed through the window and over them, unable either to cool the two of them or to find where his body began and hers ended.

Dawn sent streams of pale light flooding into the drawing room. The curtains no longer billowed wildly, but fluttered gently with the early morning breeze.

On the floor Linc stretched his long length and opened his eyes. Missing the warmth of her body beside him, he murmured, "Toni?"

When he received no answer, he sat up and looked around. There was no one in the room but him. The gold underdress was gone, too, and his clothes had been picked up, folded neatly, and placed on the sofa. Cushions had been replaced. It was as if the room had been sterilized, freeing it of any sign of the torrid night he and Toni and just spent together.

America's most popular, most compelling romance novels...

Here, at last...love stories that really involve you! Fresh, finely crafted novels with story lines so believable you'll feel you're actually living them! Characters you can relate to...exciting places to visit...unexpected plot twists...all in all, exciting romances that satisfy your mind and delight your heart.

Get one full-length Loveswept FREE every month!
Now you can be sure you'll never, ever miss a single
Loveswept title by enrolling in our special reader's home
delivery service. A service that will bring you all six new
Loveswept romances each month for the price of five—and
deliver them to you before they appear in the bookstores!

Examine 6 Loveswept Novels for

15 days FREE!

(SEE OTHER SIDE FOR DETAILS)

With a frown he reached for his pants.

In the kitchen Toni moved about, rearranging things. Not that the dishes or utensils needed rearranging, but she had already made coffee, and short of going up and waking Matthew, she couldn't think of anything else to do. And she desperately needed something to do!

"How long have you been awake?"

She swung around at the first sound of Linc's voice. "For a couple of hours."

He eyed her speculatively. She had on a yellow sundress that draped lovingly over her body like rays from the sun. He wished it were his body covering her as it had all through the night. "You've already taken a shower?"

She nodded, fingering the satin ribbon that ran around the neckline of the dress.

"Why didn't you wake me?"

"You seemed to be sleeping really well. I didn't want to bother you."

"Bother me?" His eyebrows rose. "After last night, Toni?"

She turned away and reached above her into a cabinet for another cup. "Would you like some coffee?"

"No," he said from directly behind her and swiveled her around to face him. "I want an explanation. What's wrong? Tell me why you're acting this way?"

"Nothing's wrong."

"Sell it to someone who'll buy it, Toni. During the night, in my arms, you were hot and willing. Dear Lord, it was fantastic! I lost count of the times. Now it's like you've wiped our lovemaking right out of your mind."

"I'm trying."

He brought his face close to hers and spoke very slowly, very plainly. "It's impossible, Toni. You can't forget. I won't let you."

She shrugged from beneath his hands and walked to the other side of the kitchen. "Maybe not. And you're right. Last night I was willing. I wanted you very badly." He started to reach for her, but she held up her hand to stop him. "I've charted a course for my life, Linc. It's a good course, and there are sound reasons behind my decision."

"Kyle." The disgust in his voice was not for his cousin, but for her reasoning. "How long are you going to mourn him, Toni?"

"I just want to raise his son in the way he would have wanted. What's so wrong with that?"

"Nothing as long as you don't sacrifice yourself in the process."

"I don't consider it a sacrifice. I consider it my duty."

"Did you love him that much?" he asked, quieter now.

Emotion smoked the topaz color of her eyes. "I loved him, but not in the way he wanted. Not in the way he deserved to be loved."

This time she couldn't keep him from reaching for her. Or from touching her. He stroked her cheek, then briefly brushed her lips with his fingertips. "Tell me about it."

Don't be gentle with me, Linc, or my resolve

will come apart. "He came to Ibiza to study with my father."

Linc leaned back to prop his hips against the edge of the table. "Who's your father?"

"An artist of some skill," she said, instinctively glossing over the question. "Over the years he's taken under his wing a few select people whom he thought showed promise. Kyle arrived on Ibiza so wounded, so needy, yet with such talent. My parents and I instinctively wanted to help him."

His jaw tightened with anger. "By that time he'd been gone from here several years. It looks like he'd have forgotten his grievances against us."

"His wounds ran deep, Linc. He needed someone to have faith in him, someone to love him."

"Okay, I guess I have to accept that. But wanting to help someone, Toni, is no reason to marry him."

"No. I see that now. But he fell in love with me, and I mistook my caring for loving." She gave a sad little laugh. "I never did measure up as a wife."

"By whose standards?"

"Mine. And Kyle's probably, although he never said anything. I wish he could have lived to see his son. Matthew would have healed a lot in him, a lot that I couldn't."

He watched her for a minute, then gave a heavy sigh. "Okay, Toni. I understand about your marriage to Kyle now. But what does it have to do with us?"

"Don't you see? I failed as Kyle's wife. I don't plan to fail as his widow."

A long silence filled the kitchen, broken only by occasional calls of sea gulls to one another as they glided out over the Sound.

"That's the most incredibly ridiculous thing I've ever heard in my life, Toni. If I thought it would do any good to shake some sense into you, I would."

She wrapped her arms around her body and turned away. "Leave me alone, Linc. Just leave me alone."

"All right. Maybe that would be best. For now at any rate. But, Toni, if you think that what's between us is just going to fade way, you're not thinking very clearly."

"Toni!" Doris Grayson greeted the woman on the other end of the phone with false enthusiasm. "How are you?"

"Fine, just fine. Listen, Doris, the reason I've called—"

"Great party the other night! I really enjoyed it. Now that I think about it, you left early, didn't you? I sympathize. All those Fairviewites in one place can be a little overwhelming, can't they?" She was babbling, trying to think of a way to get off the phone quickly. She had been dreading this call from Toni, but had known it would come sooner or later. "Once you get used to it all, though, it's not so bad. How have you been?"

"You've already asked, remember? I said fine."

"Oh, that's right. I do remember now." Doris drummed her nails against the desktop. "Well, then, how's your darling baby boy?"

"Great, Doris. About the reason I called . . . it's the house—"

"Ooops, sorry! But I've just gotten an urgent message. I must leave right away. Someone thinks they've spotted flames coming from my house."

"That's terrible!"

"Yes, isn't it? Well, good-bye."

"Wait! I just wanted to tell you not to show my house, at least for a while."

"What?" Doris barked in a voice so sharp and loud, Toni was forced to jerk the receiver away from her ear.

"It's taking me longer than I thought to clear things up here. I just don't want you selling the house before I'm ready to leave, that's all."

"Well, I can understand that," Doris said, calmer. "Uh, do you have any idea how long it's going to be before you're ready to put the house back on the market."

"No." In her kitchen Toni twisted the telephone cord around and around her finger. "That is, don't take if off the market. Leave it listed."

Doris's voice rose again. "But you just asked me not to show it!"

"Yes, I did," Toni said, speaking firmly and wishing she felt that way inside. "But I definitely want you to leave it on the market and continue to let people know it's for sale, but just not yet. Understand?"

Doris shook her head *no*, and said, "Yes, of course I do, Toni. And I think it's a wonderful idea. I'll take care of it immediately."

"Good. Thank you. I'm sorry I've held you up. I hope the message was mistaken about your house."

"My house?"

"The flames coming from your house," Toni reminded.

"Oh, my Lord, yes! The flames! I guess I'd better go, hadn't I?"

"Yes. And let me know if I can do anything to help."

"That's very sweet of you, Toni. Good-bye."

Doris hung up the phone, swung her feet up on her desk, placed her hands behind her head, leaned back in her chair, and smiled up at the ceiling.

Toni sat slumped at her kitchen table. She had no idea what she was doing or why. She only knew she wasn't ready to leave Fairview.

She hadn't been entirely truthful with Doris. As a matter of fact, she had lied. There was very little left to be sorted through, and what there was, she was procrastinating on. Kathy had begun an inventory of the contents of the house, and was so efficient at it, she would be through in no time.

Soon, she concluded, there would be no excuse left for her to remain in Fairview. She'd have to allow the house to be shown, it would sell, and she and Matthew would leave.

Then the question of where they would go would have to be faced. She had a house on Ibiza, and her parents lived nearby on the island. But that didn't necessarily mean she had to return. The world was open to her, but the ability or willingness to make a decision on the matter seemed to have deserted her.

She glanced down at the ring on the third finger of her left hand. She remembered so well the day Kyle had placed it there. They had been married in a tiny white chapel by the sea. The orange trees had been in blossom. She had worn ivory lace. Her mother had laughed. Her father had cried.

She began fiddling with the ring, pushing it up to her knuckle, then pulling it back into place. It had always been a little big, never quite fitting. It would be easy, physically, to take the ring off, she thought. But emotionally it might be impossible.

She felt as if she were being pulled apart. Her will to do what Kyle would have wanted was as firm as ever. Yet her feelings for Linc were so powerful that she was in danger of being engulfed by them.

Two forces were fighting inside her, leaving her exhausted, confused, and inert.

What should she do?

In the past she had always found solace in work, but to set up a loom here the size of the one she usually worked on would be impractical. Still, she thought, fiddling with the ring again, she urgently needed to work. A sudden idea hit her. She straightened and reached for the Yellow Pages.

Seven

Toni sat composedly under the assessing stare of the three women who were sitting side by side on the long couch across from her. A short while ago Kathy had told her that the current officers of the Junior Auxiliary were waiting for her in the drawing room, and she had been surprised.

Now she was having a hard time keeping a straight face. All three were wearing dresses that exactly matched Doris's description.

Joanne's hair was pulled straight back into a sleek ponytail at the nape of her neck and affixed with a large bow, Claudia's silk dress had an artist's bow, soft and floppy, at its collar. Judi's low-waisted dress was adorned with an enormous bow that perched perkily on her left hip.

They hadn't said a word to her since she had entered the room and bid them good afternoon.

They were probably in shock, she decided, from finding her barefoot and in shorts.

"Ladies," she prompted gently. "To what do I owe this honor?"

Behind the spotlessly clean lenses of Joanne's large glasses, her eyes widened with astonishment. "But we told you the night of Linc's party that we would be over to discuss a matter of great importance."

Claudia straightened her bow. "Surely you remember?"

Judi scooted to the very edge of the sofa. "Since we have a new Sinclair among us, we naturally wouldn't have dreamed of making any decisions without you."

Not having the slightest idea what they were talking about, Toni decided not to worry about it. "I see. And what would you have done if I hadn't come to town?"

All three looked momentarily baffled.

"We would have had the ball anyway, as we do every year," Claudia said, "but since you are here, we knew you would want to participate in the planning."

"And what is it exactly that you think we are planning?"

"We told you. A ball."

"I see." To give herself time, Toni rose and went to the bell pull to ring for Kathy. "Would you ladies care for tea?"

A chorus came back to her of "Oh, yes, how delightful" and "That would be lovely."

Kathy appeared so fast, Toni decided that she

must have been just outside the door, listening. "Just exactly what is this ball—a fund-raiser for charity?" Toni asked, grateful for Kathy's presence. She looked young and fresh in a pair of faded jeans and a T-shirt that said LED ZEPPELIN FOREVER. To Toni, the sight brought normalcy to the room.

Judi piped up. "It's a chance for us to get gorgeous new ball gowns!"

Kathy leaned over and whispered in Toni's ear. "You'd never believe that her husband is head of a major think tank, would you?"

Toni shot the younger girl a look of disbelief.

"Actually," Claudia intoned in her nasal drawl, "the ball is to benefit the Children's Hospital."

"Through the years we've purchased many pieces of up-to-date equipment with the money we've raised," Joanne added.

"And you've had a formal ball every year?" Toni asked, not sure why she was asking. It shouldn't matter to her. Fairview wasn't her home.

"Of course. It's tradition."

"Kathy, could you bring us some tea, please." Under her breath she added, "These women wouldn't recognize a new idea if it hit them over the head."

"Be careful. They're like steamrollers. They're used to having their way," Kathy whispered warningly, but a mischievous smile hovered around her lips as she left the room.

Toni sat back down. "First of all, I want you to understand, I'm not going to be in Fairview much longer."

"But you just arrived!"

"Why ever would a Sinclair want to leave Fairview?"

"I don't understand."

Toni almost smiled, realizing that they were quite sincere in their belief that Fairview was the center of the universe.

Trying to decide what to do about the situation, Toni looked up to see Kathy hurrying into the room, a large silver tray in her hand, tall, exquisitely cut Waterford crystal glasses rattling. She sat the tray down in front of Toni with a gentle thud, and presented her jean-clad rear end toward Toni's illustrious guests. "Have I missed anything?" she whispered urgently. Before Toni could answer, she picked up a glass and thrust it at Toni. "This one's yours." Somehow managing to lift the other three glasses in one hand, waitress-like, she distributed them to the current officers of the Junior Auxiliary.

"I thought we were going to have tea," Claudia said, gazing dubiously at her glass.

"This is a special blend of iced tea I thought you ladies would enjoy. I call it 'Connecticut tea.' "

Joanne took a sip. "Well, it's certainly cool and refreshing.'

"And sweet," Judi said delightedly.

Claudia drank a tentative sample, then added her approval. "Very nice."

"I'll just go get some snacks," Kathy said, whizzing out of the room.

Toni stood a sip of her own tea and didn't find it sweet at all. But before she could say anything, Kathy was back with another tray of salted nuts, salted chips, and a hot Mexican sauce for dipping. Then she settled on the floor beside Toni's chair.

After a deep swallow of tea, Joanne said, "Well, now, getting back to the subject of the ball, there wouldn't be a lot of work for you to do. Mainly, we want you to lend your name to support this worthy cause."

"My name is very important to me. I don't lend it out like a library book."

"Of course the Sinclair name is important. My word, the *Sinclairs* are important. That's why your name would lend weight and prestige to our event." Joanne reached for a handful of nuts.

Toni settled back in her chair and gazed thoughtfully at the three high-class versions of the witches in *Macbeth*. "Okay. Let me get this straight. You give a formal ball every year as a fund-raiser for the Children's Hospital."

"That's right." Claudia beamed at Toni as if she were a slow child who had finally understood a difficult lesson.

Judi, having just tried a large chip topped with hot sauce, went, "Ohhh!" and reached for her tea.

Kathy jumped up and scooted out of the room, reappearing moments later with a tall pitcher. She began to refill the ladies' glasses. Toni held her half-empty glass out, but Kathy plopped the pitcher down on the table, grabbed Toni's glass and zipped out. When she reentered the room, Toni's glass was full.

"Kathy, are you feeling all right?" she asked, deciding that Kathy must have gotten too much sun yesterday when the two of them had taken Matthew for a picnic on the beach. "Perhaps you should go lie down."

Kathy crossed her legs and sank to the floor, Indian-style, murmuring, "I wouldn't miss this for the world."

Toni mentally shrugged. "Claudia, has your group considered doing something else instead of a ball?"

"Something else?" Joanne's grip on her iced tea glass tightened, and her eyes looked particularly owlish behind her glasses. "Why on earth would we do that?"

"As I understand it, the money you raise goes to benefit the children. Why not plan an event that children would enjoy and at the same time that would raise the money you need?"

"But could we still wear our ball gowns?" Judi asked, smacking her lips contentedly after emptying her second glass. Kathy silently refilled it.

Claudia leaned forward with the air of someone imparting confidential information. "Toni, my dear, since you are a Sinclair *only* by marriage, perhaps you do not understand the part that tradition plays in our little community." She tugged at the bow at her neck. "Is it a little warm in here?"

"I'll raise a window," Kathy said, leaping up.

Toni fought a losing battle with impatience. "I'm not suggesting a radical idea here. I just like the notion of involving children."

"But children are so icky!" Joanne held out her glass to Kathy for a refill.

Toni studied Joanne for a moment. Earnest,

neatly dressed Joanne looked as if she weren't the type to use a word like *icky*. But then again, she decided, she might be wrong. As she watched, Joanne crossed one white-hose-clad leg over the other and began to swing her low-heeled, name-brand shoe from the tip of her toe.

"Well, I suppose we could have their nannies in attendance," Claudia drawled. She grasped the two ends of her neck bow and pulled her arms out straight, untying it. "Damned hot in here."

"Have some more tea," Kathy said, pouring more into each of the three glasses.

"What exactly did you have in mind, Toni?" Joanne asked as she licked salt from the peanuts off her fingers, then took a large gulp of tea.

"A carnival."

"A *carnival!*"

All three women stared at her dumbfounded. Judi clapped her hands against the sides of her head. Joanne's hand came to her mouth to stifle a gasp. Leaning forward, Claudia pressed her face into her hand and covered her eyes.

Toni's original impression of the witches in *Macbeth* was immediately replaced with the three monkeys—Hear No Evil, Speak No Evil, and See No Evil. It was as if she had committed a wicked sin by suggesting something so outrageous.

"I think it would be fun," Toni heard herself saying and not believing what she was about to suggest. "As a matter of fact, we can use the grounds of this house as the carnival site."

Judi slid glumly down in the couch, and as she

did, her skirt climbed up her thighs. "I guess that means no ball gowns."

"I suppose holding it on Sinclair grounds would give the event a certain cachet," Joanne mumbled. "Kathy, what *is* in this tea. It's absolutely heavenly."

Kathy smile serenely. "It's an old family recipe."

"The Borgia family?" Toni asked under her breath, knowing by now that the "tea" the three of them were drinking was nothing like the orange pekoe in her glass. Louder, she said, "Perhaps you should go make some coffee, Kathy."

A cacophony of protests greeted her suggestion. "No! No! We want more tea!"

Claudia picked up the pitcher. "I'll just drink the rest of this. Kathy, you go get more." She brought the crystal rim of the pitcher to her fashionably painted lips and upended it, sending the remaining contents gliding down her throat.

Kathy rose to do Claudia's bidding, and Toni followed her out of the room. "What in the world is in that tea?"

Somehow, Kathy managed a wide-eyed innocent look. "I didn't have much time, so it's really nothing much. Just Scotch, bourbon, vodka, triple sec, a little flat Coke for color, and a squeeze of lemon. Oh, and some sugar."

Toni closed her eyes and groaned. "What are you doing?"

"Helping you get the carnival."

"Kathy, give them regular tea this time. Lots of caffeine."

"You know they won't drink it. They want my

version. Besides, you're absolutely right about this. The carnival would be fresh and fun, something this town desperately needs."

Toni threw up her hands in a helpless gesture. How had she let herself become involved anyway? This wasn't her fight. It wasn't even her town. And even if they threw their dumb ball, money would still be raised, new equipment would still be bought.

She had almost convinced herself. She managed to get halfway down the hall before she remembered the children. Why shouldn't they have a good time? It was for their hospital. Returning to the room, she decided to get the illustrious Junior Auxiliary officers to agree on the carnival as soon as possible and then see that they got safely home.

Joanne was fiddling with her hair. "Actually, I'm beginning to like the idea of a carnival. I'm just not sure how to go about it."

"The wonderful thing about the American telephone system," Toni said, starting in again, "is that everything you could possibly want is at the end of your fingertips."

Joanne tossed her hair bow in the air and watched it plummet to the floor. Then she pulled the elastic band from her ponytail, put the band on the end of her thumb, pulled it back with the opposite hand, and aimed it at a portrait of a long-dead Sinclair. The missile went zinging across the room to hit the venerable old gentleman squarely on the nose. "Just what sort of things are at carnivals?" She shook her head and her hair flew out around her in disarray. "My, that feels better," she sighed with contentment, and reached for her glass which just happened to be full again.

Toni gazed at her worriedly. "Well, of course we would have games, so booths would have to be built. We could use the husbands of the members of the Junior Auxiliary to build and man them."

Claudia snorted like an asthmatic pony. "My husband is as inept with tools as he is in bed."

Toni tried to persevere. "And for food we'd have caramel apples, cotton candy, popcorn—things like that."

Judi thwarted Toni's plans by slipping off the sofa and landing in an ungraceful heap on the floor. "My husband can solve world problems, but he's not capable of changing a light bulb. But I do have to say that old chrome-dome's hot stuff in the sack."

"My husband is a gynecologist," Joanne told Toni with great dignity, "so he knows all the parts. He just never has figured out what to do with them."

Toni sank back in her chair and covered her eyes.

Kathy leaned over to her. "Do you think you ought to get something in writing before Larry, Moe, and Curly over there sober up."

"Good afternoon, ladies," Linc said, walking into the room as if it were the most natural thing in the world for him to be there. In fact, he hadn't been here since the morning after the party. "I hope I'm not interrupting anything."

Toni had never been so glad to see anyone in her life.

"Hi, Linky-Winky." Claudia began unbuttoning her blouse. "We were just having a discussion about sex."

Linc threw Toni a puzzled look.

Joanne was leaning over the back of the couch, trying to find her shoes. Her white hose were sagging noticeably around her ankles. Turning her head so that she could look at him over her shoulder, she suggestively wiggled her rear end. "I bet you're good in bed, Linc."

"You've got to help me get them home," Toni hissed to him.

Kathy, currently on the floor in hysterics, was being no help.

"What's happened here?" he asked. "They look like three of Salvador Dali's clocks."

"Believe it or not, we were planning the fundraiser for the Children's Hospital."

"I always wondered what went on in these planning sessions."

"Never mind. Just do something."

"I think I'd better call their husbands," he said, springing into action. "Kathy, you make coffee."

"I want more tea," Joanne insisted, and slouched over the side of the couch.

"No more tea," Toni said firmly.

"I have to go potty," Judi cried from her position on the floor.

Having righted herself, Joanne said, "Well, I must say, I think a carnival is a splendid idea!" Then she sank back, out cold.

•   •   •

Three surprised husbands had collected their wives, Kathy had gone home, and Matthew had been fed and put to bed. Outside, in the hush of the evening, rain had begun to fall. And now Toni and Linc were alone.

A small fire burned in the fireplace, and standing by it, Toni felt the heat on her legs. "How have you been?"

"Missing you," he said, resting his hips against the back of a big chair.

She had missed him too, she thought. Incredibly. Such a short time ago she had thought of him as Kyle's enemy and therefore someone not to get too close to. Now she thought of him as a man who had learned her intimately in one night, a man who could be funny, gentle and wildly passionate.

"It seems as if you've been busy though," he said. "I don't think the Junior Auxiliary will ever be the same."

"Things did get a little out of hand."

He grinned. "I wouldn't worry about it. Believe me, things could only improve with that organization. And by the way, I think your idea of a carnival is a great one. Naturally, I'll help."

"Thanks."

He studied her thoughtfully. "What made you get involved, Toni?"

Her shoulders lifted. "I'm not sure. One minute I was telling them that I wouldn't be here long. And the next, I was offering them the use of the grounds."

"Does that mean you've decided to stay?"

She shifted uneasily. "For a while, I guess."

He exhaled deeply. "Toni, I've tried to give you some breathing space, but I can't stay away any longer. I need you too much. I love you too much."

Her heart missed a beat, then began to thud heavily. A cool, damp gust of wind came through the window. Behind her, the fire sputtered. "What did you say?"

"I love you, Toni."

She gazed across the space that separated them with eyes that were solemn. "Don't love me."

"Why don't you ask me to stop the sun from rising in the morning? It might be easier. I want you to marry me. I'm *asking* you to marry me."

"You don't know what you're saying." Unconsciously she walked to him. "Linc, I failed miserably at marriage."

Their faces were on a level with each other. He put his hands on her waist and brought her closer. "And so you think it follows that you'd fail at our marriage. Well, I'm willing to bet that you're wrong."

She tried to push away from him, but he wouldn't let her.

"I've always taken the careful conservative approach to life. It's suited my nature. But I can't with you. You're too important to me. You're an urgency that flows in my blood."

Toni could feel her limbs weaken, but inside her there remained a cold, calm center. "I'd be lying, Linc, if I didn't say you'd become important to me too. But—"

"There's that *but* again, isn't it?" he said softly.

"You're a strong woman, Toni. You've buried a husband, and you went through a pregnancy and birth by yourself. I guess I have to face the fact that I may not be able to change your mind."

"I'm sorry."

He straightened to his full height and looked down at her. "Please, marry me, Toni."

"I can't."

"Then answer this. Do you want me?"

"Yes," she whispered. "I want you, but—"

"Shhh. No buts. No second thoughts. Not on this." His breath quickened; his voice roughened. "You want me. And I want you. I've never heard of anything more basic and simple and elemental. Let's satisfy each other while we can."

And then before she could say anything, his lips took hers with a driving hunger that shook her so strongly, she could almost feel the foundation on which she had built her life start to crumble beneath her.

The cold, calm center inside her dissolved, and she gave herself to the lovemaking, allowing herself to forget . . . for just a little while. Beneath her hands the muscles of his back played as he shifted and moved and drew her ever closer. Wanting to touch him, she pulled his shirt from his waistband and ran the flat of her hands beneath the material to his skin.

Against her, his body was hard. On her breast, his hand was tender.

Quickly they undressed and found their way to the couch. He entered her deeply, filling her. A thrill shot all the way to her toes. She held him close, her legs clamped around him, her hands learning and memorizing him. The feel of his skin, smooth and muscled, gave her immense pleasure. His weight on her and his length moving in and out of her gave her ecstasy beyond belief.

With his every thrust, rivers of fire rippled through her, each ripple stronger and more intense than the last.

Outside, the rain softened, the night deepened. Inside, their lovemaking continued unceasingly with a rhythm that ebbed and flowed.

Hours passed for Toni without awareness of anything or anyone but Linc. Fires within smoldered, blazed, then became banked for periods of time that had no measure.

She was barely able to open her eyes when she felt him lifting her and carrying her up the stairs. When he settled her into the bed and climbed in beside her, she snuggled against his warmth.

In the morning when Toni woke, Linc had gone, but there was a note beside her on the pillow. She reached for it and read, "I love you. Linc."

She folded it and held it to her breast.

She had always sensed that Kyle's feelings for Linc had been something akin to hatred. And she understood—to a certain extent, at any rate—his anger and resentment. But now that she had met Victoria and Linc, she was able to see them with perhaps a more clear-sighted vision than Kyle had. She truly believed that they had loved him, but he hadn't been strong enough to take their love yet be his own man.

She was an artist, but she would never let anyone's objection to her work break her apart as Kyle had. And somehow she didn't think that Linc would object to her art.

Was that instinct that made her think that, she wondered, or was it love? Love was a strong possibility. Like a strand in one of her tapestries, Linc and woven himself into her life. Except he wasn't just a strand anymore. He was coming close to being the whole tapestry.

All alone in the room, she smiled. No, she thought, she was wrong. He *was* the whole tapestry. And, *yes*, she loved him!

Her smile slowly faded, like light when the sun disappears behind a cloud. Now that she knew that she loved him, she wasn't sure what to do about it. Or if she should do anything at all.

A couple of days later Toni answered the door to Victoria. She had called Victoria the morning after the party, but since that time there had been no contact between them.

"Victoria, how nice to see you. Come in."

Victoria advanced into the house as her namesake must have once advanced into the Grand Reception Room in Windsor Castle. Settled into the drawing room, it took her very little time to get to the point. "I had expected you to come visit me by now, Antonia."

The trickle of guilt she felt was deserved, Toni

thought. "I'm sorry. I've been really busy with the house, but at the very least I should have called."

Victoria looked around the room, taking in the opened drapes, the raised window, and the bowls of fresh flowers. "It looks different."

Toni's hackles were beginning to rise when Victoria added, "It's more comfortable this way, isn't it?"

Somehow Toni managed to cover her shock. "I think so. I could never have stayed here for any length of time with the room as it was, dark and closed-in."

"No, I can see that," Victoria said thoughtfully, but in the next instant her piercing eyes came into play. "I understand, Antonia, that you've become involved with the annual fund-raising event for the Children's Hospital."

"Yes, well, they did seem to need help."

The older woman nodded. "I couldn't be more pleased, my dear. It's been a long time since we've had a Sinclair in the Junior Auxiliary."

"I haven't joined the organization, Victoria. My involvement goes only as far as this particular event. The plans are going very well, by the way."

Victoria fell silent for a moment, seeming to ponder some weighty matter. "You've been here for a while now, Antonia. Is it possible that you might reconsider and stay in Fairview permanently?"

What a change, Toni thought, from the rather autocratic way Victoria had addressed the same subject when they had first met. Then she had spoken of "duty." Now she was asking, *is it possible.*

It was a subject that had occupied a lot of Toni's thoughts lately, but she took her time in answering, not wanting to mislead her in any way. She loved Linc, and she had about convinced herself that she would be able to put Kyle's memory and his feelings for his family behind her. Still, she didn't want to falsely raise Victoria's hopes.

"I'm not sure if it's possible or not. I have a lot to consider, Matthew being my main concern, of course."

Victoria sighed. "Yes, yes. And I'm fully aware that Kyle's opinion of us is coloring your decision. But I want you to be aware that it would mean a great deal to my grandson, Linc, as it would to me, if you would make your home here with us."

She knows about Linc and me, Toni thought, but simply nodded. "Can I offer you any refreshment, Victoria? I could make us some iced tea or—"

"No, no, I won't be staying long. Jasper is waiting outside. He has a box of Kyle's belongings to give to you. I had the maid get them together. I'm not sure what she found, but I thought you might like to see some of what I've kept of his these past years."

"That's very thoughtful of you, Victoria. Thank you."

"Not at all. And . . ."

"Yes?"

"I'd like to see Matthew. If he's awake, that is."

If she hadn't heard Victoria's request with her

own ears, she wouldn't have believed it. "I left him upstairs with Kathy when I came down to answer the door. I'll go check."

As it happened, Matthew was wide awake and cooing happily. Victoria held out her arms to him, and with misgivings, Toni settled the baby onto her lap.

Victoria sat stiffly, her arms rigid, her hands on Matthew's waist. "I haven't held a baby since my own were babies. Then they were brought to me only at certain times of the day after they'd been bathed and fed. I hired only the most competent of nannies."

"Didn't you hold Linc and Kyle?"

"No, I don't believe I did. They were raised in much the same way as their parents had been. Just as I was, for that matter. Your generation seems to have new ideas."

Toni's voice was firm. "No one will raise my son but me."

"Yes, well, we did what we thought best at the time," Victoria said, gazing down at Matthew. "Just as you are doing now."

Before she could answer her, Matthew reached for the long strand of pearls that hung around Victoria's neck and stuck them in his mouth. Toni immediately lunged for him, but Victoria said, "No. Leave him alone. He'll soon tire of them."

It was half past ten, and Toni still found herself unable to come to grips with the letter she had found in the box that Victoria had brought to her that afternoon.

Toni was sure that the maid who had gathered Kyle's belongings together had put this particular letter in by mistake, because Victoria would never have wanted her to read it.

It was a letter from Kyle to his grandmother, written just after he had left Fairview. Rage and hate weighted each of his words, rage and hate directed squarely at his cousin, Linc Sinclair.

Kyle's words, written so many years before, told Toni that he had felt he had been a disappointment to Victoria. In an effort to try to win her love and prove to her that his work was worthwhile, he had started a portrait of her without her knowledge. When Linc had found out, Kyle had sworn him to secrecy.

Every spare moment when he wasn't working in the bank, he painted in an old shed on the edge of Victoria's property. According to the letter, he felt it was the best work he had ever done. Linc, he said, had realized it too.

Kyle had almost finished with Victoria's portrait, when he came home one afternoon to find the shed had been burned to the ground, his painting in it.

Indisputable evidence pointed to arson. And it was obvious, Kyle said, that his cousin had been responsible. Linc had been the only one to know that he was painting there, and Linc had clearly been afraid that Kyle would win Victoria's love with the portrait.

Linc had burned the shed and, with it, the portrait of Victoria.

Toni was stunned. To have his work destroyed, the one thing Kyle had hung all his hopes on, must have been like having a piece of his soul destroyed. Now Toni knew she hadn't even scratched the surface in understanding Kyle's feelings toward his family. No wonder he had never wanted to return!

And, Lord help her, now she knew for sure that he would definitely never want Linc to be the father of his son.

Eight

Upstairs, in the opposite corner of the house from her bedroom, Toni had set up her newly purchased table-size loom. The room was well away from the main activity of the house, and had a set of large curved bay windows that overlooked the Sound and provided wonderful light.

She had begun to work there the morning after reading Kyle's letter; and she had been here almost constantly ever since. Kathy had brought Matthew in to see her. She had hugged him close to her, then handed him back to Kathy. Her mother had called to say that she was flying to Fairview for a visit. Toni had said, "How nice," and kept working. Several times Linc had called. She had had Kathy tell him that she was busy.

And she was. Although work had not put an end to her heartache, or solved any of her problems, it had served to keep her sane.

Pushing her hair from her face, she gazed down with a frown of concentration at the tapestry taking form on the loom. She had decided to do four small tapestries, each depicting a season of the year. For spring, she would use the softest of cottons and the sheerest of chiffons. For summer, silk; and for fall, suede and leather.

Not surprisingly, perhaps, given her mood, she had chosen to start with winter, and she was working with the coarsest-textured, bleakest-colored burlap she had been able to find. What did surprise her, however, was that she had begun to weave white angora through the work. The angora had a gentling effect, reminding perhaps that there was beauty and goodness even in the harshest of situations. She wondered if she was trying to convince herself of that.

Absorbed, she didn't hear Linc enter the room.

"Toni?"

She spun around so fast she almost lost her balance, "Linc, what are you doing here?"

"I've come to see you, obviously. What's wrong? Did I startle you?"

She moved her body to block as much of his view of the loom as possible. "Yes, I guess you did."

She had deliberately avoided him the last couple of days. Now his presence made her realize how desperately she had wanted to see him.

He started toward her, his arms held out. A signal from her brain screamed, *Stop him. Don't let him touch you.* But her body was sending her another signal, and so she stood where she was, waiting for him.

It seemed forever before he reached her. In actuality only a couple of seconds passed before his mouth came down on hers. His lips were firm, and he used them to bring all her senses to life. His fingers tangled in her golden brown hair, his hand slid down to cup her bottom and pull her against him.

The feel of his strong, hard body was like touching heaven. How could one ever give up heaven? she wondered helplessly. And how could heaven ever be wrong for you?

"Lord, Toni, I can't take these separations," he growled into her ear. "When I'm not with you, there's a part of me that's missing."

There was a soft, melting feeling inside her, but she had to stop herself from giving in to that feeling completely.

She had fallen in love for the first time in her life. But she was in love with a man who had cold-bloodedly set fire to a work of art—a work of art that her husband had hoped would win him his lifelong dream: his grandmother's approval.

Something in her was saying that Linc could never wantonly destroy anything that was beautiful and good.

But there was the letter, evidence she had never been supposed to see.

And there was the loyalty she felt to the father of her child.

Tragically, it seemed there was no decision to be made. Her path seemed marked for her.

"Toni," Linc said, pressing light, sweet kisses to her face. "What is it?"

"Nothing." Her body had gone tense. She forced herself to relax and subsided against him. Lord, but she needed him—to have his hard length filling her, stroking her, bringing her to the point where passion could distort reality—at least for a little while.

Drawing away, he looked down. "Kathy told me you were up here. What're you doing?"

"I—"

"What's this?"

He had suddenly spotted the loom, and Toni's heart gave a lurch.

He moved around her for a closer look. "You're weaving? Why didn't you ever tell me you had a hobby like this?"

He was too astute an art collector not to realize sooner or later whose work he was looking at, Toni realized. Still, she delayed the inevitable. "I guess the subject just never came up."

He bent over the tapestry. "Remarkable. It has a disturbing feel to it, yet there's a haunting beauty also."

She waited.

"You're very good, Toni."

"Thank you."

He straightened and turned to her. "You're Penelope."

"Yes."

His dark blue eyes held the angry look of a storm, just as they had the night when they had first made love. "I have just one question. Why in the hell haven't you told me?"

"My real name has always been kept a secret."

"That's no damned answer, Toni."

"It *is* an answer, if you'll just listen. My work is very private to me. I've always preferred anonymity."

"I asked you why you didn't tell *me*!"

"When I came here, you were nothing more to me than Kyle's cousin. I never in a million years expected to become involved with you. At first there was no reason to tell you. And later it didn't seem important."

"Didn't seem important! Toni, your works are world famous!"

"Yes, they are. But how would your knowing that I'm Penelope help to solve the problem between you and me? Don't you see? I had other things on my mind."

He placed his hands on his hips. "I have one of your tapestries. You saw it in my house."

"I remember," she said, and smiled. "Sorry about the small fortune you told me you had to pay for it."

He grinned. "I also said it was worth it, if I remember right. How did you come to take the name Penelope, anyway?"

"I started weaving fabrics together when I was a young girl. At the time, I was a perfectionist. An unreasonable perfectionist. Each night, after working all day, I would unravel all my work, convinced it was terrible. My parents teased me about that trait by nicknaming me Penelope."

"Ah, after Ulysses's wife, Penelope. As I remember it, many suitors tried to persuade her that Ulysses was dead and to marry again. She held them off by saying that she had to weave a shroud for her father-in-law. Each day she worked on the shroud, each night she unraveled the work she accomplished during the day."

"That's right."

"You may no longer be the unreasonable perfectionist you called yourself, Toni, but the name Penelope still fits."

She was puzzled. "What do you mean?"

"Faithful Penelope. You're a widow, living for the memory of her husband."

She didn't want to talk to him about Kyle. "There's something else you should know."

"What's that?"

"My mother's coming for a visit."

"Good, I'll look forward to meeting her."

"You don't understand. My mother is Caitlin Bellford."

Eyes wide with astonishment, he said. "If your mother is Caitlin Bellford, that means you father is . . ."

"Antonio Sevirno."

"Good Lord."

"Yes, well, I did tell you that he was an artist of some skill."

"Some skill, hell! Your father's one of the modern masters. And your mother!"

"They're the other reason I never wanted anyone to know who Penelope was. I wanted to prove I could make it on my own. And that's a little difficult to do when one's parents and their art are routinely described in superlatives."

"You've done it. You should be proud."

She shrugged away his compliment.

More quietly, he said, "Would you have told me if I hadn't discovered the tapestry?"

"I don't know."

"Dammit, Toni! Just when I think we have a chance, you say something like that."

Don't sound so hurt, Linc. I don't want you to be in pain because of me. She gave a false laugh. "At any rate, you would have soon found out about my parents, since my mother's coming."

"Yes." Thinking, he lifted his hand to touch her cheek. How would he ever be able to leave her alone? And what was he going to do without her when she had gone? He felt a raw pain score through his heart. "I want to make love to you."

Her breath came out in surprise. "What?"

"Can you tell me you don't want me?"

"I—"

"Well, can you?"

Loyalty to Kyle. Passion for Linc. Despair over what Linc had done to Kyle. It all converged and clashed within her. In the end, honesty won.

"No, I can't."

"Then take your clothes off and come here."

"Kathy's downstairs."

"No, she's not. She said she was going to take Matthew to the beach for a while. So, Toni. Take your clothes off. Please."

A burning hunger flushed through her, and she began to undo the buttons of her camisole one by one. This was all wrong, she thought, but she wasn't able to help herself. Her need for him far exceeded any other considerations.

Linc watched, his body hard and aching. He had never known such urgent desire, but then, he had never before known Toni.

Almost catching fire beneath his heated stare, Toni reached the last button, clasped the two front edges of the garment, and pulled them back.

Her breasts were bared for his sight, yet somehow Linc managed to stop his hands from reaching for her. His temptation hadn't even begun though, for in the next instant he saw her nipples pucker into succulent buds for his private delight.

And she didn't hesitate, but went on. With a shrug from her, the thin straps fell off her shoulders, and the lacy top slid down her arms to the floor. Next to come loose was the fastener of her shorts, then the zipper. Soon the faded shorts were off and all that was left were a pair of narrow, silk panties that rode low on her hips.

Her topaz eyes held his, and they were smoked with the same desire he was feeling. She was so beautiful, he thought. And she was standing there, nearly naked. In moments he could have her on the floor and be in her. And dear Lord, the release he would have! It would go on and on.

Her hands went to the panties and slowly peeled them down her hips to the tops of her thighs, then on down the long, smooth expanse of her golden-brown legs. He remembered those legs that first morning he had seen her on the beach, stretched out from beneath the froth of her petticoat. And he also remembered her legs the night they had clamped around his back. They had held him tightly while he had driven into her again and again.

She stepped out of the panties and kicked them away. Her breasts were high and firm, and as she walked to him, he saw their fullness sway. She was everything he would ever want, but because of a dead man's hatred, he wasn't sure that he was going to be able to share the rest of his life with her, and the knowledge tore at his gut.

She lifted her arms and entwined them around his neck. Then she pressed her soft body against him.

Violent need had coiled and gathered in his loins. The pain of his arousal was so powerful, he thought he might die. But the anguish of loving her and not knowing how she felt was stronger than his passion. Was she willing to give him her body, yet not her heart? He had to know. He gripped her arms and pushed her away.

"Linc?"

She spoke his name on a desire-filled sigh, and he nearly pulled her back to him. Control was hard fought for, but finally won.

"Do you love me, Toni?"

She blinked. "What?"

"Do you love me? Answer me."

Her passion froze within her, formed into ice crystals, then shattered apart. If she told him that she loved him, that would be it. She'd be committed. Once her confession of love was out in the open, it couldn't be ignored, or denied—regardless of the past or her responsibilities.

But as much as she couldn't tell him she loved him, she also couldn't tell him that she didn't love him. For that would be a lie, a monstrous lie.

Her courage wavered, then solidified, and she kept silent.

He looked at her for a long moment, then bent, picked up her shorts, and handed them to her. "Get dressed," he said softly, and left.

Toni wrapped her arms around her waist and sank to the floor in tears.

"I've left your father," Caitlin Bellford said, striding into the house, the taxi driver following her carrying several suitcases. "Where have you put me?" she asked her daughter.

"Upstairs, second bedroom to the right."

Caitlin turned toward the cab driver. "You wouldn't mind taking them upstairs, would you?"

"No, ma'am."

No one over refused Caitlin anything, Toni reflected with humor, watching the young man struggle up the stairs with the luggage.

Caitlin turned her famous brown eyes on her daughter. "Why haven't I gotten a hug?"

"Oh, I'm *so* glad to have you here," Toni whispered, and went into her mother's outstretched arms. "I've missed you!"

"And I'm glad to be here. I want to hear everything. What you've been doing? Why hasn't the house sold? Have you been working? Especially, I want to hear about the Sinclairs. But first I must see Matthew. Where is he and why wasn't he here to greet me?"

"Follow me," Toni said, thinking with love that Caitlin Bellford, like a tornado or a hurricane, could always be relied on to stir up things. She was a formidable woman who could be at once dignified and totally outrageous.

As fate would have it, those words also described Antonio, which was why she hadn't been at all surprised at her mother's first words to her. She was convinced that the day God had created her parents' marriage, he had been playing with two pieces of flint.

Later that afternoon, she and Caitlin sat on the shaded back terrace of the house, talking. Toni had spread three quilts together to serve as a large play area for Matthew, and at the moment he seemed extremely busy holding a teething biscuit with one hand and reaching for a brightly colored plastic ring with the other.

"I'm not going back to your father, Toni, and you might as well know it."

"Because of Rhonda?

"She's a model known for her mysterious allure. But as far as I can see, the only mystery is how she managed to be born without a brain."

Toni grinned. "Still, I can't understand why, after all these years, and—"

"All those women?"

"Exactly."

Caitlin's brown eyes scanned the distant horizon that was already coloring with the sunset. "Your father may be a great artist, but as a man he can be incredibly selfish and thoughtless."

"I know that, but you've put up with it for a long time, and despite everything managed to have a marriage that meant a lot to both of you."

"I'm not as young as I once was, Toni. I have to think of myself now."

None of what her mother had said had alarmed Toni until she heard Caitlin say she wasn't young anymore. Caitlin had always been ageless and indomitable. Now Toni noticed what she had never seen before—the faint lines that etched her mother's face and the gray hairs that had begun to appear in her brown hair. "Mother, are you all right?"

Caitlin reached over and patted her daughter's hand. "I'm fine. Just a little tired. Traveling does me in, you know."

"I've been around the world with you, Mother, and you eat up time zones with relish."

Caitlin shrugged. "These days I try to adopt a laissez-faire attitude regarding time zones."

"Since when?"

"Now, darling, why don't you tell me about this Linc Sinclair. He sounds extremely interesting."

In the privacy of her bedroom, late that night, Toni stood at her window and stared down the beach at Linc's house. Lights still shone from some of the ground-floor rooms, including the den. What was Linc doing? Was he thinking of her as she was of him? She grimaced. If he was, it was with anger and hurt. And he had every reason to do so.

From his viewpoint, her behavior toward him must have seemed insensitive, perhaps even mindless and erratic. She refused to marry him, continued to insist that she would be leaving Fairview soon and remained silent when he asked if she loved him. Yet she would make love to him at a mere touch.

Her reason for taking Matthew and leaving was strong. Evidence backing up that reason was irrefutable. But she loved Linc. And despite Kyle's tortured, angry letter, some small, distant part of her brain was telling her that Linc couldn't have wantonly destroyed something so beautiful and so meaningful.

That was why her actions were so contradictory. Linc didn't know that, but, she concluded, he deserved to. She owed him that much.

Toni stood on the deck of Linc's house, the night behind her, the lighted interior of his den in front of her. She could see him inside, sprawled on one of the rose velvet sofas, a drink in one hand, a book in the other. A shirt lay discarded over a chair, his bare feet were propped up on the granite cocktail table.

When she raised her hand to knock against the glass door, he looked up. But she had deliberately stepped out of the light so that he couldn't see her.

It gave her a few precious moments more to study him before the relaxed expression on his face was wiped away.

As he started toward the door, she drank in the sight of his broad chest and the way dark, curly hairs ranged across the upper part, circled his nipples, then tapered to disappear beneath the waistband of his pants. The buckle of his belt was undone and hanging loose, leaving her with images in her head of the two times she had seen him wearing no clothes at all.

He slid the door open. "Why, Toni. What a pleasant surprise."

Just as she had thought, his face had turned hard and mocking. Oh, yes, she realized. He was angry.

"You're out late," he said, leading her into the room. He waited until she sat, then chose the opposite sofa.

He didn't even want to sit next to her. "I couldn't sleep."

His smile didn't reach his eyes. "Try a good stiff drink and a book. That's what I'm doing."

"What are you reading?"

"*War and Peace.* I figure it's going to be a long night."

She reached into the pocket of her skirt and drew out the letter. "I brought something else for you to read."

"What?"

"It's a letter to Victoria from Kyle, written right after he left Fairview. It came to me by mistake, but it explains Kyle's attitude toward you. And . . . maybe it will help explain why I can't marry you."

He didn't move. He simply continued to stare hard at her. "Why can't you just tell me what's in it?"

"I'd rather not." She stood, reached across the granite table, and handed him the letter.

He kept his eyes on her while he took the letter from her and slipped it out of its envelope. Only after he had unfolded it did he lower his eyes and begin to read.

It didn't take him very long. Too soon his eyes had lifted. The emotion in them made her feel as if she should take measures to protect herself. Which was all wrong, wasn't it? It was he who should be on the defensive.

"When did you get this?" he asked.

"The other day. I discovered it in a box of Kyle's things that Victoria brought over. The maid must have found it and put it in by mistake."

"When exactly, Toni, did you get this?"

"Exactly?" She swallowed hard. "The day after we last slept together."

"That's what I thought." The laugh that erupted from him was hollow. "I remember I left a note on your pillow. I was so damned hopeful about us after that night."

He should have been, she thought. That morning she had awakened and for the first time admitted to herself that she loved him. "Linc, about the letter . . ."

Abruptly he stood and tossed the letter onto the table. "You believe it."

It wasn't a question. It was scarcely a statement. It was more of an utterance. She jumped up. "Kyle was my husband. I knew him very well, and he believed every word he wrote in that letter. More than that, I'm an artist. I, better than anyone, understand what it would do to a person to have his work so cruelly destroyed.

"Cruelly, Toni?" Thrusting his hands into his pockets, he moved from behind the cocktail table. "You think I'm capable of blatant cruelty?"

Tears sprang to her eyes. "Tell me I'm wrong! Tell me you didn't do it! Tell me one reason I shouldn't believe my husband."

He smiled. "There you go again, honey. Thinking of yourself as married."

"Tell me, damn you!"

The blue of his eyes darkened with an anger so savage she recoiled.

"It's my word against a dead man's, isn't it?"

Desperate for him to say he hadn't burned the portrait, she cried, "If you didn't do it, Linc, then who did?"

A cloudlike expression shifted across his face, then was gone. Bending over, he picked up the letter and handed it to her. "Good night, Toni."

Nine

The morning of the carnival, from her upstairs workroom Toni stared down on what currently seemed like pandemonium and reflected on the days that had just passed.

Creating a full-scale carnival, with strolling clowns, pony rides on the beach, and a stage for music and magic acts had been a snap for her. Seeing a silent, cold Linc, day in and day out, working with the other men as they set up booths and rides, had not. Just getting through the days had been awful for her. He smiled and played with Matthew, he chatted pleasantly with Caitlin, he teased Kathy. But he treated Toni like a stranger.

By now her nerves were frayed. Tomorrow, she vowed, she would tell Doris to start showing the house, and then she and Matthew would fly back to Ibiza. She had decided it was the only way. Caitlin could stay here if she wanted. If not, Toni thought, Kathy could keep an eye on the house for her.

She shifted her gaze to the "Winter" tapestry on the loom. It was finished, and she was pleased. The soft white angora that she had woven into and through the harshness of the burlap had given an intriguing contrast. The other three pieces should turn out just as well. She would start on "Spring" when she returned to Ibiza.

Dammit! Why didn't the prospect of returning to Ibiza make her feel better? She picked up a stack of fabric and threw it. Pieces of cotton, silk, and chiffon hit the wall, then slithered to the floor in a colorful heap.

By two o'clock that afternoon the carnival was in full swing, and it spread over Toni's lawn like a colorful quilt. She had been lucky to locate a carnival owner who, for a relatively small amount of money, was willing to let them use several of his rides. Already they were running at maximum capacity.

In addition, all sorts of fun-filled activities were taking place in the booths that the husbands and friends of the Junior Auxiliary had hastily built.

Clowns wearing voluminous suits weaved through the crowds. They were called "Pickpocket Clowns." For the price of a ticket, a child could have the pleasure of delving deep into the pockets of the clown's suit and pulling out surprises.

A stage stood off to one side, where magic acts were currently being performed. Later tonight, a dance floor would be unfolded, and a band would take the stage.

"It's going remarkably well, I think," Joanne said, twisting her head in order to take in everything. But she twisted around so quickly, the ends of the ponytail that she had fixed to one side of her head smacked her in the face.

"I think so too," Toni agreed, grinning.

Joanne, Claudia, and Judi had been remarkably cooperative since the "Connecticut tea affair." That afternoon seemed to have wrought some slight changes in the three women. For one thing, their clothes no longer looked quite so much like uniforms.

Sophisticated Claudia was wearing a split skirt this afternoon. Unfortunately, the material of her blouse was printed with a hundred tiny little bows.

Joanne had on a very fetching sundress, backless, but with a sash that tied in the back in a large bow.

And Judi had on a one-piece jumpsuit, whose shoulder straps tied in bows. Judi's daughter was wearing the same outfit, Toni noticed.

It was Judi who took a sip of her lemonade and bemoaned, "It doesn't have the impact of Kathy's tea, but I suppose it's safer."

"I'd love to know what happened after I got home that night," Claudia murmured in her nasal drawl. "The next morning I woke up with a splitting headache, and my husband had a smile from ear to ear."

"I know what you mean," Joanne said. "My husband was in a good mood for days, but he won't tell me why."

Toni wasn't quite sure why either. All she knew was that the three husbands had come by to thank Kathy and to get her recipe. Toni had made them promise to use it only on special occasions. Hiding a smile, she reflected that Kathy should market her "Connecticut tea." It seemed to have a remarkable effect on both husbands and wives.

She glanced down at her schedule. "Does anyone know who's in the Toss and Dunk booth at the moment. I can't read my writing. It's either the mayor or the principal of the high school."

"I think it's Linc," Claudia said, shading her eyes. "I saw him walking over there a few minutes ago. He looks quite splendid in shorts."

Judi perked up. "I saw those shorts. They fit him like a glove! Lord, but they do things to his body the three of us have only fantasized about! What do you suppose will happen when they get wet?"

Joanne lifted a finger. "Actually, isn't it one of our duties to check the level of water in that tank? I'm sure it must be, now that I think about it. Why don't we stroll over?"

"I may even buy a ticket or two," Claudia said. "I haven't thrown a ball since I was in school. It would be roaring good fun to hit that little metal disk and make Linc fall into the water."

Judi flipped her blond hair with her fingers. "We should all have a go at it. It's for such a good cause."

"I have to be in the Teddy Bear booth in just a

few minutes," Toni said quickly. "I think I'll take Matthew for a ride on the merry-go-round first."

"See you later, then," the three women called gaily, setting off for the Toss and Dunk booth.

Watching them go, Toni wondered if they even remembered they had wanted a formal ball.

Matthew gurgled and bubbled all through his merry-go-round ride, while Toni, who was holding him on her lap, wondered miserably just how Linc did look in wet shorts. Her imagination had her face flushing with heat by the time the ride was over and she handed her son over to Kathy.

The Teddy Bear booth was a very simple operation. Rows of teddy bears sat upright on wooden risers, with plates on their heads. If a child could toss a coin onto the plate and have it stay, the teddy bear would be his.

All went well until about halfway through her shift. A girl had just won one of the teddy bears, and Toni went to replace it, when suddenly one end of a riser collapsed, sending teddy bears and plates skidding.

The group of little girls standing at the booth broke into giggles.

Toni grinned at them. "Sorry, kids. I guess I'll have to close for repairs. It shouldn't take long though. Go have a ride or two and come back later."

After they skipped off she investigated and found that the end of the riser hadn't been properly nailed. Locating a hammer and nails, she set about fixing it.

She had hammered in several nails when she

made a terrible mistake. As she raised the hammer for the next swing, she looked up and saw Linc sauntering down the aisle between the booths. His wet shorts and T-shirt were plastered to his body like skin that had deliberately and lovingly set out to shape and mold each bulge and muscle in order to show it off to its best advantage.

He looked heart-stoppingly magnificent and brain-numbingly desirable.

The hammer came down right on her thumb, and she cried out as pain was sent screaming along every nerve path of her body.

In the next second Linc was vaulting over the ledge of the booth. "What happened?"

"Nothing," she mumbled, her thumb in her mouth, her eyes smarting with tears.

"Let me see," he demanded, squatting beside her and taking her hand to examine the thumb. "This is going to hurt for a while." He raised his head. The anger she had gotten used to seeing in his eyes was now tinged with concern. "Do you want some aspirin?"

She shook her head. "I'll be fine."

He was so close! It would take only a little shift of position on her part, and she would be touching him. Her thumb might be throbbing, but still her body responded with an avid hunger to his nearness. She found herself having to fight against the need to inhale deeply, to breathe in his potently virile scent.

His legs drew her gaze. The muscles were rigid and fully defined as he squatted beside her. In his lap, a bulge was unmistakable. For a moment her desire for him was so strong, she had to inhale sharply in order to ward off the wave of dizziness that attacked her.

He dropped her hand, and instinctively she stuck her thumb back into her mouth. His eyes darkened and narrowed on her mouth as she sucked gently on her injured thumb. "I'll get someone to relieve you," he said shortly.

"That's not necessary. I'll just set up the booth again and—"

"Don't be stupid, Toni. I'll do this. You go rest."

It would be pointless to argue with him, she decided, feeling strangely as if she wanted to cry. Not because her thumb was still pulsing with pain—but because she knew that if she stayed around him for very long, she was going to make a fool of herself. She stood up. "All right. Thanks."

"Sure."

At the house Toni decided to take two aspirin tablets after all, then went out to join Victoria and Caitlin on the back terrace. Matthew lay on his pallet of quilts, whimpering fussily.

"He doesn't want to take his nap," Caitlin explained.

"I think he might be hot," Victoria put in.

"I took his little shirt off," Caitlin said, "but perhaps if we could bring a fan out here."

"Antonia, have you run across any fans while going through the house?"

Toni turned on her heel and went back into the house, reflecting on the unlikely friendship that had sprung up between Victoria and Caitlin. They were so different from each other, but they seemed to have found a few areas of common ground, Matthew being the biggest one.

Caitlin Bellford's presence in Fairview had caused quite a stir. As for Victoria's reaction, Toni had seen a slight widening of her eyes as she had realized who Toni's parents were, but her noble bearing had never faltered.

All afternoon long Toni had watched people approach the terrace to pay their respects to Victoria, and to meet Caitlin. To the person, they went away awestruck. Toni knew, though, that Fairview hadn't seen anything yet. If she knew her father at all, and she did, he would soon be coming after his wife.

Grimacing at the old wiring system in the house, she plugged in an extension cord, then ran the cord out a window and onto the terrace. As she walked outside with the fan, she heard Victoria say, "The genetic pool of our two families can't be faulted."

Caitlin nodded her agreement. "I've always wanted a lot of grandchildren, but now it seems it's not to be."

Deciding to ignore both of them, she connected and turned on the fan, then lay down beside her son. Soon both of them were asleep.

An hour later Toni awoke, surprised that she had been able to nap. A quick check assured her that Matthew was still fast asleep.

"I didn't intend to sleep," she said, rising gracefully from the quilt.

"You needed a nap," Caitlin said, looking over at her. "You haven't been sleeping well at night."

Toni contemplated her mother as she walked over to a glass-topped table and poured herself a glass of lemonade. "If you know that, then I guess that means you haven't been sleeping either."

"I manage. Victoria, you know, I'm beginning to like this house. It could use a few improvements, naturally. More windows, some walls knocked out. That sort of thing. But I think it could be made very livable."

"I'm glad you think so, Caitlin. I've been trying to convince Antonia to stay here. I lost Kyle. I don't want to lose Matthew."

With a supreme effort Toni attempted to shut out the sadness she heard in Victoria's voice. Leaving the terrace, she headed for the carnival. Kyle's letter had been addressed to Victoria, and from its worn state, she guessed the letter had been read many, many times. Yet Victoria would have long ago forgiven Linc.

Unfortunately, it wasn't as simple for her.

"Hey, Toni!" Kathy bounced up to her. "You did a super thing here with this carnival. The kids are having a great time."

Toni smiled. Kathy seemed to have been born with an abundance of enthusiasm, and it always made her feel better. "I hope so." She searched the crowd and found two nurses wheeling two small patients across the grass. "How are the kids from the hospital doing?"

"I think the people from the hospital are about ready to start taking a few of them back. Those kids have had a lot of fun, though, and a few of them will be able to stay a little longer."

"I'm glad. That makes it all worthwhile, doesn't it?"

"Yeah. Oh. I almost forgot! I need a favor. I just passed the Catch a Whale by the Tail booth. Linc's over there, and he's running out of prizes. I told him I'd bring another box over, but my sister needs me to help out in the Baked Goods booth. Will you take it to him?"

"Well, I—"

"Great! I'll see you later. Oh, and if you need any help with Matthew, just give me a yell."

"Oh, good," Toni muttered with despair. Just what she didn't need—another encounter with Linc. The last one had sent her for the aspirin bottle.

The Catch a Whale by the Tail booth was one set up with the small child in mind, but as Toni climbed into the back of the booth with the large box of prizes in her arms, she saw that there was only one child currently playing.

A trough of constantly moving water ran across the front of the booth at a level low enough for a child to be able to reach easily. Ten little plastic whales bobbed merrily in the water with numbers, one through ten, painted on them. Their tails curved upward. The idea was for the child to use a fishing pole that had a loop in the end of the line, and to maneuver that loop around the whale's tail and pull it from the water. Whatever number was on the whale indicated what prize the child would get.

Unaware that Toni had entered the booth, Linc smiled at the small boy in front of him who had been trying valiantly for the past fifteen minutes to hook himself a whale. The boy had no hair, obviously a sufferer of the ravages of chemotherapy. "Good try, Danny. I know you would have gotten that whale on the next try, but your nurse says it's time to go back to the hospital." Danny's face crumpled, but Linc was already reaching for one of the prizes, a yo-yo, and slipped it to him. "When you come back next year, these whales had better be on their guard, hadn't they?"

Nodding, Danny's face split into a wide grin, and his nurse led him away.

"That was a really nice thing to do," Toni said.

Linc started and yanked his head around. Suddenly his face resembled a thundercloud. "What are you doing, carrying that heavy box?"

"It's not that heavy." She bent over to put it down.

And at the same time he said, "Here, I'll get it."

When she stood and turned back around, she found him so close, she lost her balance and would have fallen backward if he hadn't reached out to steady her. They were outdoors, but suddenly Toni had a hard time breathing. And a cooling breeze was blowing, but her skin had gone hot.

His brows knitted together. "Are you all right?"

She nodded.

He didn't release her. He felt the heat of her skin, and strong desire welled up in him. Damn! Linc thought. Why couldn't he be immune to her? Why did this one woman, out of all the women he had ever known, have the ability to make him feel like a boy discovering for the first time he had hormones he couldn't control. "Is your thumb still giving you problems?"

For a minute she couldn't even remember hurting her thumb. "No. I took some aspirin as you suggested."

"I'm glad." His fingers had begun to rub up and down her arm, and he wasn't even sure how it had happened. He'd stop in a minute, he told himself. He was just making sure that she wouldn't fall.

She placed her hands on his chest. His T-shirt was dry now, but it still stretched across his chest as if it were part of him. Beneath two of her fingers she could feel his nipples. Ever so slightly, she began rubbing across those hard peaks. "Did you mean what you said?"

"What?" Damn, but her hands felt good on him. He could feel himself hardening. They had made love so few times, and they wouldn't be making love again, yet his body was reacting as if it didn't know that—as if they had been making love all their lives, and as if they were going to begin to make love in the next few seconds.

"You told Danny that when he came back next year, he would do better." She could feel his heart pounding heavily beneath her hands. All at once she wanted to raise his T-shirt and place her mouth on his nipples. She had never done that before. Her finger stopped for a moment right over one of the rigid buds as she imagined what it would be like to suck it.

"Danny'll be back," he said hoarsely. His hands had tightened on her arms, and his head was lowering toward her. Maybe if he kissed her just once, he thought, then he wouldn't want to so badly anymore.

"Does that mean there'll be a carnival again next year?" She kept one finger on his nipple simply because she couldn't bear to leave it alone, but she dropped the other hand to the waistband of his shorts and worked her hand beneath the T-shirt. If she could just feel his skin, then she would be all right.

"I don't see why not. There'd be a lot of kids disappointed if there wasn't another carnival." He felt the soft palm of her hand on his flesh and thought he might explode. He closed his eyes. His loins were full and throbbing. Maybe if he moved his pelvis a little closer to her, pressed into her, maybe then that might relieve the awful, aching pain.

"I'm glad," she said huskily. "I'm glad I've done something good here." His body was touching hers now, but she began to slide her hand between them and across his stomach to where the dark hair narrowed and disappeared into his shorts, thinking it would be so nice if she could just feel the crisp roughness of it beneath her hands.

He shifted restlessly. "The grown-ups are enjoying the carnival as much as the kids are." He was going to be okay, he told himself. He was in complete control. Then he felt her fingers dip beneath the waistband of his shorts. "Toni," he muttered thickly.

"Mr. Sinclair, can we play?" a young voice piped up.

Toni and Linc jerked apart as if they'd just touched a live wire.

Evening had fallen over the carnival as Toni walked out on the terrace. All the children had been taken home, and two by two and in groups, the adults were coming back. Fairy lights were twinkling high in the branches of the trees. A nearly full moon was obliging by shining a silver river of light over the Sound. A band had already begun to play.

She had changed into a deep chocolate-brown polished-cotton strapless dress. The bodice was a bustier that laced up the front and tied between her breasts with a bow. *If you can't beat them, join them*, Toni thought with a smile. Beneath the full circle skirt, a dotted gold-tulle crinoline ruffled.

Without knowing why, she turned her head to the left, then understood the urge. Linc was walking down the beach, toward her house, his head down, deep in thought. As she and a lot of other people had done, he had also changed.

An involuntary smile came to her lips as she remembered one of the reasons he had had to change. At one point in the afternoon she had looked up to see Linc holding Matthew in his arms. Linc had had a chocolate ice cream bar in his hand that he was letting Matthew gum, heedless of the fact that the ice cream was dripping all over him. Matthew had looked like a little chocolate-covered cherub. And Linc—

Oh, Linc, why did you have to be Kyle's cousin?

Tonight he was wearing charcoal-gray slacks paired with a crisp burgundy-checked sport shirt that had its short sleeves rolled up and its neck open. She couldn't look at him without wanting him, so she went back into the house to get Matthew and her mother. She had decided to let Matthew sleep in a crib out on the terrace this evening, because she didn't want him to be upstairs in the house, alone. It would be just for as long as the carnival lasted, and down here he would have Caitlin to keep an eye on him, and perhaps Victoria too.

That evening all prices went up. Where the children had been able to enjoy the rides or take their chances at booths for twenty-five cents, now the prices ranged from five to twenty-five dollars. And as Toni wandered around the carnival, stuffing bits of cotton candy into her mouth and letting it melt on her tongue, she reflected that the hospital would be receiving a lot of new equipment this year. But beyond being happy for the children, she felt no satisfaction.

Longing and loneliness were too prevalent in her soul. She was in the middle of a crowd, but she was alone.

She needed to do something, she decided, to shake the feeling. Stopping, she gazed up at the Ferris wheel. Had she ever ridden one? she wondered. Maybe, she thought, when she had been a child and lived in Santa Fe, but she couldn't remember.

On impulse, she tossed the cotton candy into a nearby trash receptacle and paid for her ticket. When the next seat emptied, the operator beckoned her into it. Gingerly, she sat down.

"Are you alone, honey?" the operator asked, his thick black brows climbing high beneath his cap.

"Yes, is that okay?"

He took his cap off, scratched his head, and looked around. "It's better if the seat is full. More money, you know. Hey, you!" he suddenly bellowed. "Want to take a ride with this pretty little lady?"

Toni followed the direction of the man's gaze, then cringed with mortification. He was shouting at *Linc*!

"Yeah, Linc, go for a ride!" someone else yelled.

"Come on, Linc," yet another voice exhorted. "It's for charity, after all!"

With obvious reluctance, at least in Toni's eyes, Linc paid for a ticket and joined her in the seat. Suddenly what had seemed to be a nice wide seat narrowed drastically. She tried to pull in her skirt, but it kept billowing out over his legs.

"Don't worry about it," he said shortly, crossed his arms, and stared straight ahead like a man doomed to an experience he was going to hate but prepared to grit his teeth and get through it the best he could.

His attitude made Toni mad. As the operator pulled the bar down and locked them in, she said,

"Nice night." She was determined to make him talk to her.

He made a grunting sound in response.

"You've got something against the night?" Toni asked sharply. In the next instant the Ferris wheel started with a jerk, and she let out a gasp that brought his head around.

"What's the matter?"

Her hands took a death grip on the bar. "Does it always go this fast?" she asked, barely able to catch her breath as the big wheel spun them up, around, and down, then up again.

"Haven't you ever been on one of these before?" he asked curiously.

"I don't know. I can't remember." Now she was the one who was staring straight ahead. She was afraid to move. Her arms were rigid as she held on to the bar, and every important muscle she possessed was tensed for disaster.

"Ferris wheels are perfectly safe."

"How do you know?" she cried as the wheel took them down once more and left her stomach at the top.

"I've ridden hundreds."

That made her look at him. "Hundreds?"

He smiled slightly. "Well, maybe fifty."

"Really?" She thought about it. "Knowing that doesn't make me feel any better."

In a move that took her completely by surprise, he put his arm around her shoulders and drew her against him. "Come on, Toni, there's nothing to be afraid of!"

He had put his arm around her only to get her

to relax, she knew, but the effect on her body was the same as if he were about to make love to her. Her heart was still racing madly, but now it was because of him and not because of the Ferris wheel.

Just then, as their seat reached the summit of the wheel, they stopped. "What's happening?" she asked, panic making her voice louder than normal.

His hand patted her bare arm. "We've just stopped to let some people off and board some new people, that's all."

Gingerly she peered over the bar and down to see that he was right. She sat back and looked at him. "I guess you think I'm silly."

"No."

She smiled at him, then saw his face harden. Damn him anyway! she thought, directing her gaze, instead, to the carnival around them. From this distance everything looked beautiful. It appeared as though a million colored lights were blazing. They could hear the music from the dance area. A slow romantic song was being played at the moment. Unable to resist, she cautiously swiveled her head to look back at him and saw that he was staring broodingly at her.

"You know, don't you," he said, "that this carnival is going to make a lot more money than any of the balls ever did?"

"No one's told me any of the previous year's figures, but if that's right, I'm glad." She paused. "Did you ever attend any of the balls?"

"Every year."

His arm was still around her, searing her skin where it touched. "I suppose you took a date."

"Every year."

The Ferris wheel started up again. Without thinking about it, she pressed closer against him. "Did . . . you ever, uh . . ."

"What, Toni?"

"Like any of them?"

"I wouldn't have taken them if I hadn't."

"And I suppose you held them close to you when you danced?" She wasn't quite sure why she was asking him these questions. She supposed it was his nearness—that and the agony of knowing she would never dance with him, never do anything ever again with him.

"Of course," he said roughly. "Toni, what is this?"

They were going down again, and her petticoat flared and fluttered with the updraft. She tried to push the skirts back into place and ended up brushing his knee. Self-consciously she jerked her hand away. "I was just curious, I guess, about how you are with other women. I was just wondering . . . if you held them close, kissed them" —she swallowed—"then took their clothes off like you've done mine."

"Toni." He groaned. "Stop it."

She bowed her head. "I'm sorry."

Their chair was rounding the top, when simultaneously the Ferris wheel halted with a hard jolt and below and around them every light blacked out.

"Linc!"

"It's all right. It's just a power failure, that's all. They'll have it repaired in no time."

"It must be a citywide failure, because I can't see any lights anywhere, including your house. Thank goodness, Mother's with Matthew."

Down below them there was a shocked silence. Then people starting laughing and talking, shouting back and forth to one another, enjoying the novelty of the blackout.

"Hey, you folks up on the Ferris wheel!" they heard the operator yell. "Just sit tight. They'll have it fixed in a jiffy."

"You heard the man," Linc said. Now they didn't have to talk so loud. There was no music or noise of machinery to compete with, only laughter and the murmur of the Sound behind them.

Toni remained silent, drinking in the stillness and the absolute blackness around them. In years to come she would remember this moment, with Linc by her side. The very last time she would ever be this close to him.

"Are you afraid?" he asked.

She shook her head, then realized he couldn't see her. "No." She laughed. "But I'm glad you're with me."

"I'm glad too."

The huskiness in his voice made her turn her head. Her eyes had begun to adjust to the dark, and with the help of starlight, she could make out his features. "Linc, I'm sorry . . . for everything. I guess there were just too many things against us."

He lifted his finger to her lips. "Shhh."

The breeze was blowing her hair back, leaving her cheek vulnerable to his gaze. His hand came up to the side of her face. She didn't flinch. And he couldn't seem to take his hand away. Beneath his fingertips he felt softness and heat. "I don't want to kiss you," he said quietly.

"You shouldn't," she said.

Their faces were very close. He could feel her breath against his skin. The pads of his fingers softly stroked her temple. "I know."

"I don't want you to."

His fingers lightly skimmed up the side of her face, then back again. "Neither of us want it, Toni."

"You're right."

"It shouldn't happen."

She managed to shake her head. "No."

"But I think I'm going to have to kiss you."

"Yes."

When he brought his mouth to hers, he found that her lips were already parted. Immediately he thrust his tongue into her mouth, and she met it with her own. She tasted of passion and cotton candy. The flavor of her flowed into him, exciting him, enticing him, making him want.

Her breasts pressed against him as she struggled to get nearer to him. Sanity had no place in his thoughts. He wanted those breasts like he had never wanted anything else. He wanted them so badly that his hand was shaking when he raised it to the lace tie of her bustier.

The tie came undone with incredible ease. The bustier parted with hardly an effort. And then her breast was in his hand, and it had all happened so simply, he couldn't remember why he had been resisting all night the idea of taking her in his arms and doing exactly this.

"How could anything be this soft and yet so firm at the same time?" he said, treasuring the breast with caressing movements of his hand.

It was enough, he told himself, and in the next minute was thinking, the hell it was! In the center of his palm he felt the tempting pressure of her nipple. He didn't even stop to think what he would do next. His hand stroked to beneath her breast, then pushed upward, and his head bent. When he took the nipple between his teeth, he heard her soft cry.

"Linc, not here."

"No one can see us," he said, never for a moment letting go of the nipple. He couldn't. It would be impossible for him. "We're up here, all alone, suspended in midair. We could be up here all night. I may make love to you."

"No, Linc," she said, but even to her, her voice sounded weak. Her need for him was apparently endless, her passion bottomless. What could she do but allow herself this opportunity to love him one more time. For this moment she would put aside the thought of how she must live her life tomorrow and the day after that. For this moment she would welcome what was now.

"Think of how exciting it would be to make love up here," he said, raising his head to kiss her.

"It would be dangerous," she gasped, the rhythm of her breathing broken and ragged. His tongue

rubbing against hers made her forget the heartache that would come.

"It might be worth it," he muttered right before
he dipped his head again to begin sucking. Then
he groaned. Pure honey was what he was drawing
from her. Thick, hot, and sweet—it was running
in his veins and amassing in his loins. A dizziness rushed to his head, so potent was the
experience.

He held on to her tightly. She was going to
leave; she thought he had set fire to that shed.
But at least for now, he would have her.

The laughter and talking had faded long ago.
He could hear nothing but the pounding of his
heartbeat, taste nothing but the sweetness of her.
His hand went to beneath her skirt and slid up
her smooth satin thigh to her heat. Lord! Would
he never get enough of her? His fingers slipped
beneath the elastic. He heard her moan and felt
her fingers tangle in his hair.

The lights came back on with a surge, the brilliance blinding him, the suddenness freezing him.

Ten

The Ferris wheel began moving slowly downward, stopping at intervals as people below them got off.

While Toni hastily rearranged her clothes and laced up the bustier bodice of her dress, Linc raged at himself.

How could he have lost control like that? He had been about to make love to a woman— and at the top of a damned Ferris wheel, at that!—who, because of a dead man's memory, refused to marry him and believed he had burned a beautiful painting.

His gaze shifted sideways, and he saw that Toni's unsteady hands were having trouble with the laces of her dress. Impatiently he reached over and brushed her hands aside. "I'll do it."

But he soon found out for himself that the task was easier said than done. With the lights back on and her dress still partially parted, he could now see the creamy flesh of her breasts, one of which he had had in his mouth just moments before. He almost groaned at the remembrance. Then the backs of his hands brushed against her softness, and his own hands suddenly became unsteady and inept.

Oh, yes, he thought grimly, making love at the top of a Ferris wheel would definitely have been tricky and most probably dangerous, but the state of his body told him he would have most certainly done it.

Somehow he managed to secure the dress, but he was left even angrier at himself. Lord, but being with her and knowing he couldn't have her was tearing him apart! He had to get away from her! As soon as their chair reached the bottom and the bar was released, Linc catapulted out of the seat and strode off.

Toni's actions were slower. Emotions, thoughts, and feelings were churning inside her, making it difficult to distinguish any individual sentiment, concept, or sensation from the other. Her feet felt like lead as she made her way toward the house. A dull pain was being transmitted from her heart. This passion for Linc had to die, or else she might.

Making her way back up to the house, she noticed that the blackout seemed to have only heightened the excitement of the carnival. For her part, she just wished all the people would go home.

She found her mother and Victoria sitting quite contentedly on the terrace where she had left them a couple of hours before. She glanced over at the crib. "How's Matthew?"

Caitlin smiled. "He's been sleeping like a little angel."

"Where were you during the blackout?" Victoria asked. "We were worried about you."

She hesitated, but could see no other way than to tell the truth. "At the top of the Ferris wheel."

"Good heavens!" Caitlin exclaimed. "All the time?"

"I was all right. . . . I wasn't alone."

Victoria was the one who asked the expected question. "Who was with you?"

"Linc."

"Good, then he took care of you." She nodded with satisfaction, then glanced at her diamond-studded watch. "I believe it's time for me to go home."

"Can I drive you?" Toni asked.

"No, no, my dear. It's very sweet of you to offer, but Jasper will be waiting for me out front." She stood and turned to Caitlin. "Now, you will call Dr. McAlester first thing in the morning, won't you?"

Caitlin shot a surprisingly guilty look at her daughter, but said, "Yes, I will, and thank you for recommending him."

"Not at all. He's an excellent man and has been the Sinclair family doctor for years. Good night, Antonia. I'm sure I will be seeing you soon."

"Good night, Victoria." She waited until Victoria had left, then turned to her mother. "Why does she want you to call a doctor? Is there something you haven't told me?"

"Actually, there is something I've been meaning to—"

"*Fire!*" someone shouted, sending the crowd into a frenzy.

"Run down the beach and call the fire department!" someone else yelled.

Linc bounded up on the terrace. "Come on, Toni. We've got to get Matthew and your mother away from the house."

"I'm perfectly capable of getting myself to safety, young man," Caitlin said. "Just take care of my grandson."

"You mean the house is on fire?" Toni asked, incredulous.

Linc had Matthew in his arms. "At least a part of it definitely is. Smoke and flames can be seen in your workroom. Let's go."

Once they were at a safe distance, Toni turned and gazed with horror at the upper corner of the house. Smoke was billowing out of the bay windows, and occasional flames could be seen licking upward.

"You're right, Linc, it's my workroom."

He passed a still-sleeping Matthew to her. "Stay here." Then he took off, running toward the house.

"Wait, Linc! Where are you going?"

He didn't answer and was soon disappearing into the house. If she hadn't had Matthew, she would have followed him, so strong was the impulse. A quick glance around showed that Caitlin was some distance away, organizing the crowd into a semblance of order.

Since she couldn't go after him, she fixed her gaze on the window and remembered the stack of fabric she had thrown at the wall hours earlier. The pieces of cotton, silk, and chiffon had fallen to the floor in a heap—in front of a wall socket, perhaps? With the house's ancient wiring, she could see how the sudden surge of power, when the lights had come back on, could have sent a spark flying out into the room and onto the pile of cloth.

Then because she couldn't help it, her mind went back to Linc, who was somewhere in the house, putting himself in danger. But why?

Caitlin returned to her side, extremely put out. "Some silly woman over there named Judi was having hysterics. Seemed to think we were all going to burn. I was about ready to toss her into the fire myself."

Without comment Toni handed Matthew to her mother and strained to see into the house. Although she could see only smoke and flames coming from her workroom, she had no idea how extensive the fire was. What on earth was Linc doing? There weren't any people in the house to be saved.

The sound of sirens grew louder, and now Toni was practically in hysterics herself. Why, oh, why, hadn't Linc waited for the fire department?

Behind her she could hear the crowd murmuring their concern. Their concern was magnified a thousandfold within her. Surely, Toni thought, he hadn't been foolish enough to try to get her or Caitlin's purses. Or maybe some of the valuables.

Everything in that house could be replaced. Linc couldn't!

A sob choked in her throat. *Where was he?* Just when she thought she couldn't take it a second more, and she'd have to go in after him, she saw him coming out of the house with something in his hand. Relief flooded through her, and thinking only of how incredibly happy she was to see him, she ran to him. They met at the steps of the terrace.

"Linc, thank God! I was so worried. I was afraid something had happened to you. I was about to—"

It was the utter coldness in his eyes that stopped her. That and his silence. He thrust something at her. Bewildered, she looked down. In her hands was the "Winter" tapestry.

"I didn't do it for you," he said. "I did it because extraordinarily beautiful things should never be destroyed." And then he stalked away.

She stared down at the tapestry in her hands. Firemen were hurrying up the steps beside her and into the house. She thought she heard her mother calling to her.

But shock was holding her still. The impact of what Linc had just done was hitting her like a gale force wind. When he had realized the tapestry would be destroyed, he had instinctively reacted, rushing to save it, and in the process putting himself in the way of unknown danger. It made sense that a man wouldn't react automatically and immediately to two similar situations in two different ways. He couldn't possibly have burned that shed to the ground.

For an intelligent woman, she was incredibly stupid. Linc had loved her, but she had hurt him badly. There was a fine line between love and hate, and what she had seen in his eyes as he had thrust the tapestry at her had not been love.

"You were lucky the damage was confined to that one area," her mother said to her the next morning as they ate breakfast on the terrace.

Since the house was so big, the smoke hadn't reached the other part of the house and they had been able to spend the night, albeit without electricity. That had bothered neither of them though. They had simply found some wonderful brass and blown-glass oil lamps in the basement and used those.

Intending to have the entire house rewired, Toni had already hired electricians and they would be starting today.

"Ummm. The problem is, the house is going to need a lot of work before I can sell it." She didn't add that it was also going to change her plans to leave Fairview right away. And now more than ever, she thought, it would be best if she left. Linc most assuredly wouldn't want her around.

"There didn't seem to be much interest in the house anyway." Caitlin took a sip of her coffee.

Toni thought of her telephone call to Doris and inwardly cringed with guilt. "Okay, Mother, enough about the house. It's time you told me why you're going to call Dr. McAlester this morning."

Caitlin shifted uneasily to her seat. "I've been

meaning to tell you." She paused while she took another sip of her coffee. "But it's hard for me even to think about, much less talk about."

Cold fear trickled into Toni's bloodstream. She couldn't think of one subject Caitlin Bellford had ever had trouble talking about. Caitlin was an amazingly intelligent, honest, and forthright woman. It was one of the things that made her such a great writer. "Mother, what is it?"

"I found a lump in my breast about four weeks ago."

Toni almost came up out of her seat. "Oh no! And you haven't been to a doctor!"

Caitlin shook her head. "It hit me hard, Toni. To know that there's something growing in my body that shouldn't be there has made me feel very fragile. That's a feeling I've never had before. It's been terribly difficult for me to come to terms with it."

Toni's heart went out to her. "I can only imagine." She reached across the table and clasped her mother's hand. "I'm so sorry. What's been Dad's reaction?"

"I haven't told him." Caitlin's voice hardened. "He's been busy with Rhonda."

"Oh, come on! Since when has any of the 'nursery brigade' ever really come between you two? Besides, he would want to know."

"Don't you see, Toni, for the first time in my life I feel old. They're going to cut into me. I could lose a breast. Or worse," she finished softly.

Toni got up and went to her mother's side.

Putting her arm around her, she said, "I understand what you're saying. But, Mother, you know as well as I do that early detection and treatment can make all the difference. You should have gone to the doctor right away. If you had, by now you would have known for sure one way or the other, and you wouldn't have had to go all these weeks, worrying. And all alone, I might add."

"Don't lecture me, Toni. Life is very precious. I realize that. I have only to look at Matthew,"—she smiled—"and you, to realize that. And intelligently I know that surgery and even losing one or both of my breasts can't be compared with the risk of death. I've reacted very stupidly, but, I might add, humanly."

"Being human is permissible," Toni said. "Being stupid isn't. Not for you, at any rate. Maybe for Rhonda." She paused, waiting for the smile that finally came, although reluctantly, from her mother. "So now that you've come to your conclusion, what are you going to do?"

"I'm going to call the doctor right now," she said, getting up and heading into the house.

Other than when she had had Matthew, Toni had never spent any time in a hospital. She gazed around the waiting room and rubbed her arms. Was it all hospitals, she wondered, or was the Fairview Hospital just particularly cold and sterile? Yet another glance at the clock told her that it had been only thirty minutes since they had wheeled Caitlin into surgery.

The doctor had seen Caitlin right away and ordered both a mammogram and a sonogram, but the tests had proved inconclusive. Today a biopsy was being performed, and depending on what they found, the surgery could continue.

Toni dropped her head into her hands, not even wanting to think about the possibility.

Minutes later a hand came down on her shoulder, making her jump. When she looked up, she saw Linc.

"I'm sorry," he said quietly. "I didn't mean to startle you."

She hadn't seen him since the night of the carnival, although there hadn't been a minute when he was out of her thoughts. "What are you doing here, Linc?"

Somewhat stiffly, he took a seat beside her. "Victoria told me about Caitlin's surgery. I didn't think you should be here alone."

It meant so much to her that he had come, but she kept her gratitude to herself because she knew that he wouldn't appreciate it. "Victoria wanted to come, but I insisted that she remain at home."

"I know. She told me. The surprise is that she did as you asked."

"Victoria and I have come to understand each other."

He nodded, but didn't say anything.

She twisted her hands together in her lap. "Linc, I'm going to give you the 'Winter' tapestry, with an IOU for the other three when they're done."

"I don't want it or the other three."

The indifference in his eyes almost stopped her cold. Only her determination to try to make amends to him made her go on. "I know it's too late, but I just want to say that I realize you couldn't have destroyed Kyle's painting." Nervously, she gave a small, miserable laugh. "The thing of it is, my subconscious was telling me all along you couldn't have."

He smiled derisively. "It's just that that damned letter was speaking louder. I understand, Toni."

"I would have followed my instincts sooner or later." Her need to penetrate his defenses made her edge closer to him, but he might as well have been in the next state, so withdrawn was he. "There were too many things that pointed to the fact that you couldn't have done it—your love of art being one. It was just that my feeling of responsibility toward Kyle was very strong. Your actions during the fire just clarified things, that's all."

"You don't have to explain anything to me."

"But I want to. I want to say . . . I'm sorry, Linc. I'm sorry for everything. And I want to say"—she gazed around her, then back at him—"I want to say I love you."

He remained silent for so long, she thought he wasn't going to speak. Finally, he said, "It's not enough, Toni."

She nearly broke into tears. "But what else can I do?"

"When you figure it out, I'll be waiting."

"Antonia! Antonia!"

Toni glanced up to see a tall dramatic-looking figure striding down the hospital corridors toward them. Toni rose and went to meet her father. Immediately she was enveloped in his big arms. "Where's your mother? I've got to see her right away!"

Toni pulled back and gazed up at him. "She's already in surgery, Dad. They took her in about forty-five minutes ago."

"But I chartered the fastest plane available! I told you I'd be here!"

Antonio Sevirno was one of a kind, she thought. He was a loving father and a brilliant man. He had only one fault. He sometimes forgot that the world didn't revolve around him. "Dad, don't talk so loud. You're in a hospital. And surgeons have schedules. They don't wait for planes."

"Nonsense! They wait for their turn on the golf links. Why shouldn't they wait for planes too. Especially mine!"

"Dad—"

"Well, never mind then, how is she?"

"She was afraid, but she was being incredibly brave."

His thick black brows drew together, a mark of his anxiety. "Did you tell her I was coming?"

"No. She's been very upset about Rhonda."

"Who?"

"Rhonda. Your latest model."

He scowled. "Oh, her." He waved a hand in a dismissive, wide arc. "Pretty girl, but no brains. I sent her packing right after your mother left. And

I was all set to come after Caitlin and bring her home when you called."

"I'm glad you're here, Dad."

"Antonia,"—he took her shoulders in a firm grip and stared hard at her with his penetrating black eyes—"your mother is going to be all right, isn't she?"

"I hope so. But I can't tell you for sure that she will be."

"She's got to be all right!" he bellowed. "She can't die! I need her too badly!"

"Have you told her that?"

"I don't have to! She knows it!"

"Maybe. But, Dad, when she wakes up, tell her. And then tell her again. And in the meantime, please lower your voice. You're going to get us thrown out of here."

He threw back his head and gazed down his aquiline nose. "Who would dare?"

Probably no one, she thought with a sigh. "Never mind. Come over here. There's someone I want you to meet."

"I've just been upstairs to see Caitlin," Victoria said, coming into the drawing room where Toni was picking up Matthew's toys.

"Then you must have met Dad. He's been constantly by her side ever since she woke up in the hospital two days ago. He's aware that he could have lost her, and the experience seems to have changed him. Both of them, for that matter. Thank

God, though, the biopsy showed the mass was benign."

"She's looking wonderful, and the two of them seemed very contented and happy together. I'm not sure Fairview will ever be the same with two such illustrious people as residents."

"Residents?"

"Didn't you know? They're thinking of staying here, in this house. I understand they have quite a few improvements in mind, but at least you won't have to worry about selling it."

"Really?" Toni managed faintly.

Victoria nodded. "Your father is all that I've ever read. Quite flamboyant."

Toni smiled, fingering one of Matthew's rattles. "When it comes to my father, no one has ever been able to exaggerate too much. By the way, I have something of yours." She rose to her feet, went to the desk in the corner of the room, and picked up the letter there. "This was in the box of Kyle's things that you brought over, but obviously it was put there by mistake." She walked over and handed the letter to the older woman.

At the sight of the letter, all the blood drained from Victoria's face. "My Lord, you never should have seen this."

In alarm, Toni dropped to her knees beside the older woman's chair. "Are you all right? Please forgive me, I didn't mean to upset you. Can I get you anything?"

"No, no. I'm fine, it's just that . . ." Her voice trailed off.

"Victoria, I don't know who burned that shed, but I do know that Linc didn't do it."

"I know he didn't. I did."

Toni sat back on her heels. "What did you just say?"

Victoria stared at the letter, yellowed with age, that she held in her hands. "You see, I happened on that shed one day and saw Kyle's portrait of me. It was wonderful, and I knew that what I dreaded most—losing him—might come true. I had always been blind to what he wanted. I thought only of what I wanted. I did that day too."

Toni placed a hand over Victoria's. "You don't have to tell me this if it's too upsetting."

"It's time it was out. I've carried the burden of what I've done in my heart for years, where it's eaten at me, day in and day out. Only God can forgive me now. Kyle is dead."

"Victoria, please don't go on. You're going to make yourself ill."

Victoria turned to look at Toni. "Kyle had a real talent, didn't he?"

Toni nodded, watching her anxiously.

"That day, for the first time, I could no longer ignore my grandson's talent, because I was staring right at it. It was a magnificent portrait." Her shoulders rose and fell. "I've tried to understand what happened next ever since. I suppose the answer is that just for a moment I lost control. At any rate, I set fire to that shed." Her voice broke. "It was a horrible, horrible thing for me to do, and it's been tearing me apart ever since."

"Oh, Victoria," Toni said sadly.

"Kyle came home, saw the burned shell of the shed, and left. I never saw him again. When I got his letter and realized that he thought Linc had done it, I couldn't bring myself to tell him the truth. Pride, I guess." A tear escaped her eye and fell down her faultlessly made-up face. She ignored it. "I kept praying that time would heal, and he would come home. But he never did. And now he never will." Another tear fell, followed by another. Brusquely she wiped them away. "Did you show this letter to Linc?"

Toni nodded.

"Then he must have realized that I was the one who had done it."

"If he did, he didn't say anything to me."

"He wouldn't. It wouldn't be in his character."

"No, I guess not. He's a good man, Victoria. I couldn't love Kyle like I should have, but I love Linc with all my heart."

"I'm glad."

"I don't know if we can work things out though. In my own way I've been blind too."

Victoria grasped Toni's hand and held it tightly. "Try, my dear. Don't let pride or anything else stand in your way."

Linc stood on his deck, gazing up at the sky. Tonight the moon had carved a fully rounded silver circle into the black sky, and it was casting a path of light across the dark waters of the Sound. The night was beautiful, but try as he might, he couldn't enjoy it. He was tired, and his body felt as if he had been beaten—a result of too little sleep and too much tension.

Which was a result of Toni. She was always on his mind. She was always in his dreams.

A sound of disgust erupted from him. He whirled around, intending to go into the house. But he never even took a step.

Toni was standing by the open sliding glass door. Light from the den spilled out around her and radiated through the thin gauze of her white sundress, plainly outlining her long legs. The effect was somehow more erotic than if she had been in leg-baring shorts. A familiar pain began in his loins.

Not wanting her to know the effect she was having on him, he kept all expression from his face.

"Hello, Linc."

"Toni. What brings you out tonight? It's rather late for a walk."

"I want to talk to you."

"I can't imagine what we have to talk about."

"Nevertheless, I have some things to say to you, and I'd appreciate it if you would listen."

He loved her so much, and he had missed her as he would if she were actually a vital part of his body—like his heart. Just the sight of her was nearly enough to make him break down. He had to be careful, he thought. If he didn't act cautiously, he could lose control. It had been embarrassingly easy at the top of a Ferris wheel. In his own home he might have her undressed and be making love to her before he even realized what he was doing.

"We'll stay out here, I think."

She nodded and stuck her hands into the pockets of her skirt. "Linc, I've come to a few conclusions over the last week, and I wanted you to know about them."

He crossed his arms over his chest and stared at her from beneath half-lowered lids.

Unsettled, but determined, she continued, "I always felt that I couldn't love Kyle the way he wanted me to, and my guilt over that fogged my vision. But I've forced myself to face a few facts this last week. Now I realize that, in a lot of ways, I did make him happy—by being his wife, by supporting him, and just by being with him. And he had four good years on Ibiza. He worshiped my father, and during that time he was able to turn out a body of work that deserves to be seen. I plan to arrange a showing soon." She had no idea what impact her words were having on Linc. Not a muscle in his body had moved since she had begun talking. But she had gone too far to stop now. "My parents loved him, and in a very special way, so did I. I also realize you and Victoria loved him. I feel that somehow Kyle knows now and is at peace."

"Is that all?"

She shook her head. "No. I've come to bring you something."

"I told you I didn't want the tapestry."

"It's not the tapestry." She walked to him. "Hold out your hand."

"What?"

"Hold out your hand. Please."

Slowly he raised his hand, palm up. With the fingers of her right hand, she grasped her wedding ring and pulled it off. "Here," she said, holding it out to him. "I don't want to wear this anymore."

He stared down at the ring in his hand for a long time. To Toni, it seemed like forever before his palm closed over the ring and he put it into his pocket.

"Are you sure?" he asked.

"I love you, Linc."

"Thank God!" He folded her to him and kissed her with all the deep, consuming love that was in him. He barely lifted his lips to whisper, "I love you, Toni, and I have since the first moment I saw you."

She hadn't known a heart could hold so much joy, she thought, pressing closer to him. When he swept her up in his arms and strode into the house, she was taken completely by surprise.

"What are you doing?"

They were through the den and he was taking the stairs two at a time before he answered her. "We're going to my bedroom. This time, we're going to make love in a bed."

A long time later, they lay together, their limbs entwined. An overhead ceiling fan bathed them with its breeze, cooling their bodies and drying their damp skins. "Making love with you in a bed is wonderful," Linc said reflectively, "but I still have this great urge to try it at the top of a Ferris wheel."

A gust of laughter burst from her. "Linc!"

"Oh, come on, Toni. Admit it. You'd like to try it too."

"Well . . ."

Satisfaction laced his voice. "That's what I thought. Now all I have to do is arrange a power failure."

"Anything you say."

"Anything?"

"Uh-huh."

"Okay, how about this?" He turned his head to whisper something perfectly outrageous in her ear.

"Fine by me," she managed with a straight face. "Linc, I have a question I want to put to you."

"I know the logistics are a bit dicey, but—"

"Linc, pay attention. I want to ask, *will you marry me*?"

Absolute quiet filled the room. Toni's nerves stretched tighter and tighter. All her hopes were out in the open. Every fear she had ever had surfaced. Could it be that she had hurt him so badly he would never marry her? She rolled away from him, intending to turn on the bedside lamp so that she could see his face. But then she felt him pulling her back to him, and she heard his voice.

"Toni! What took you so long to ask?"

He kissed her with a combination of gentleness and fierceness that had her gasping for breath, and Toni knew that she had found the man who she was going to live with all the days of her life, and who would be a strong and loving father to Matthew.

Maybe tomorrow she would tell him that she had asked Doris not to show the house. She had a brief moment to wonder how he would react, but then he sank back into her and she could think no more.

THE EDITOR'S CORNER

At LOVESWEPT, we believe that the settings for our books can be Anywhere, USA, but we do like to be transported into the lives of the hero and heroine, and into their worlds, and we enjoy it very much when our authors create authentic small town or big city settings for their delicious love stories. This month we'll take you from a farm in Oklahoma, to a resort town on the ocean in New Jersey, to the big cities of Los Angeles, New York, and Chicago, so settle into your favorite traveling armchair and enjoy these new places and new couples in love.

Fran Baker has done a wonderful job recreating the world of the farmer and oilman in **THE WIDOW AND THE WILDCATTER,** #246, a heartwarming and heartwrenching story of love, family, and land. Chance McCoy is a hero you'll love to love. He's strong, gorgeous, adventurous, and available to the woman who needs him to make her and her grandfather's dream come true. What begins as a dream to strike it rich ends as dreams of love are fulfilled for Chance and Joni. Fran Baker certainly does strike it rich in this story!

With our next title, we leave the farmlands of Oklahoma for the New Jersey shore where Cass Lindley, heroine of **SILK ON THE SKIN,** LOVESWEPT #247, owns an exclusive boutique in a resort town, and is the major stockholder of the family's lingerie business. Cass has her hands full of silks, satin, and lace when she discovers that her company is in trouble. M&L Lingerie creates the finest intimate garments for the market but the. chairman of the board, Ned Marks, decides they should compete with Fredrick's of Hollywood! Cass is appalled and finally listens to the new president, Dallas Carter, who has a plan to oust Ned. Cass has never mixed business with pleasure but Dallas is too good and too sexy to remain just a professional colleague. They become colleagues in the bedroom as well as the boardroom, pledging a lifelong commitment to each other. Author Linda Cajio has done it again with a sophisticated and sexy love story.

(continued)

Meanwhile, in Los Angeles the subject is real estate, not lingerie. In fact, our heroine is fighting our hero to save her family's ancestral home! **THE OBJECT OF HIS AFFECTION,** LOVESWEPT #248, is another Sara Orwig special. Hilary Wakefield has to resort to dynamite to get Brink Claiborn's attention. It works and the real explosion is the one that happens between them. The gorgeously muscled heartbreaker makes her tremble with smoldering need, and Hilary knows she is flirting with danger by losing her heart to a man she disagrees with on just about everything. But, as usual, Sara Orwig manages to find a common ground for these two lovers who just can't stay away from each other.

January St. John whisks Houston Tyler to an isolated island off the coast of Maine because she's desperate to see the man who stole her heart after only a brief but intense encounter. So begins **JANUARY IN JULY,** LOVESWEPT #249, by Joan Elliott Pickart, and from beginning to end one of your favorite LOVESWEPT authors brings you a love affair to rival any other. January is very wealthy and Houston is a working man—a man who uses his hands and his body in his work and it shows! They come from different worlds but once their hearts touch one another, social differences dissolve. In their island hideaway, they have the opportunity to savor kisses and explore the fireworks that their love creates. They're sensational together, and nothing else matters. Thank you Joan!

LET'S DO IT AGAIN, LOVESWEPT #250, is a first book for us by a new LOVESWEPT author, Janet Bieber. You are all probably familiar with the successful writing team Janet Joyce which has published twenty romances. Well, Janet Bieber was half of that team and now she's gone solo with **LET'S DO IT AGAIN.** So, do give a warm welcome to Janet! I'm sure you're going to enjoy her wonderful story of two lovers who can't let their divorce stand in the way of their love. **LET'S DO IT AGAIN** is about starting over. It's about two adults who have the rare opportunity to learn from their mistakes and build a stronger relationship the second time around. Dave St. Claire returns from traveling the globe determined to

(continued)

convince his ex-wife, Maggie, that they should get rid of that "ex." Dave has realized that a happy family life is really what's important, but meanwhile Maggie has built a life of her own without her wandering husband. But electricity is still there sizzling beneath the surface, and his sweet addictive kisses have grown more potent with time. They get to know each other again, emotionally and physically, and Maggie finally believes his promises. After all, a piece of paper didn't make them stop loving one another!

We end the month appropriately with **THE LUCK OF THE IRISH** by Patt Bucheister, LOVESWEPT #251, a story about trusting and allowing love to grow when you're lucky enough to find it. When Kelly McGinnis first spotted the mysterious woman stepping out of a limousine, he thought of soft music, moonlit nights, and satin sheets! Clare Denham tantalized him with her charm and humor. Clare felt dangerously attracted to the Irishman who had kissed the Blarney Stone and now had powers she couldn't fight. Why fight it when falling in love is the most glorious experience of a lifetime? Patt Bucheister convinced her characters to take the plunge, and I, for one, am glad she did!

We've discovered that in our recent Editor's Corners we accidentally called Kay Hooper's incredible hero, Joshua Long by the wrong last name. I just want to clarify that the dashing and virile Joshua Long is the hero of the "Hagen Strikes Again" series from Kay Hooper.

Enjoy!
Sincerely,

Kate Hartson

Kate Hartson
   Editor
LOVESWEPT
Bantam Books.
666 Fifth Avenue
New York, NY 10103

The first Delaney trilogy

Heirs to a great dynasty, the Delaney brothers were united by blood, united by devotion to their rugged land . . . and known far and wide as

THE SHAMROCK TRINITY

Bantam's bestselling LOVESWEPT romance line built its reputation on quality and innovation. Now, a remarkable and unique event in romance publishing comes from the same source: THE SHAMROCK TRINITY, three daringly original novels written by three of the most successful women's romance writers today. Kay Hooper, Iris Johansen, and Fayrene Preston have created a trio of books that are dynamite love stories bursting with strong, fascinating male and female characters, deeply sensual love scenes, the humor for which LOVESWEPT is famous, and a deliciously fresh approach to romance writing.

THE SHAMROCK TRINITY—Burke, York, and Rafe: Powerful men . . . rakes and charmers . . . they needed only love to make their lives complete.

☐ RAFE, THE MAVERICK by Kay Hooper

Rafe Delaney was a heartbreaker whose ebony eyes held laughing devils and whose lilting voice could charm any lady—or any horse—until a stallion named Diablo left him in the dust. It took Maggie O'Riley to work her magic on the impossible horse . . . and on his bold owner. Maggie's grace and strength made Rafe yearn to share the raw beauty of his land with her, to teach her the exquisite pleasure of yielding to the heat inside her. Maggie was stirred by Rafe's passion, but would his reputation and her ambition keep their kindred spirits apart?   (21846 • $2.75)

LOVESWEPT

☐ *YORK, THE RENEGADE by Iris Johansen*

Some men were made to fight dragons, Sierra Smith thought when she first met York Delaney. The rebel brother had roamed the world for years before calling the rough mining town of Hell's Bluff home. Now, the spirited young woman who'd penetrated this renegade's paradise had awakened a savage and tender possessiveness in York: something he never expected to find in himself. Sierra had known loneliness and isolation too—enough to realize that York's restlessness had only to do with finding a place to belong. Could she convince him that love was such a place, that the refuge he'd always sought was in her arms?

(21847 • $2.75)

☐ *BURKE, THE KINGPIN by Fayrene Preston*

Cara Winston appeared as a fantasy, racing on horseback to catch the day's last light—her silver hair glistening, her dress the color of the Arizona sunset . . . and Burke Delaney wanted her. She was on his horse, on his land: she would have to belong to him too. But Cara was quicksilver, impossible to hold, a wild creature whose scent was midnight flowers and sweet grass. Burke had always taken what he wanted, by willing it or fighting for it; Cara cherished her freedom and refused to believe his love would last. Could he make her see he'd captured her to have and hold forever?

(21848 • $2.75)

IRISH NAMES
FOR CHILDREN

PATRICK WOULFE

Revised by Gerard Slevin

GILL AND MACMILLAN

First published 1923
Reprinted 1967
Revised edition 1974
Reprinted 1976
Reprinted 1978
Reprinted 1979

Gill and Macmillan Ltd
15/17 Eden Quay
Dublin 1
with associated companies in
London and Basingstoke
New York, Melbourne, Delhi,
Johannesburg

7171 0697 7

5 4

Cover design by Hilliard Hayden

Printed in the Republic of Ireland by Cahill Printers Limited

CONTENTS

PREFACE

THE study of given names involves past and present, man's behaviour then and now in a particularly intimate little corner of his being. Corners may be more interesting and revealing than the broader areas of which they are part.

Why do people choose certain names for their children? It seems to me perfectly reasonable that a boy should be called, say, John Francis Mark: John after his grandfather, Francis after a maternal relative and Mark because both parents liked the name. He will, of course, probably be known as Mark. It seems to me perfectly reasonable that a boy born in Tuam should be called Jarlath. In a Dublin street some time ago I overheard a girl saluting another girl who was standing in a bus queue. 'Hello, Odette,' said she. 'Hello, Odile,' responded the other girl. This seemed to me quite extraordinary.

Obviously, as far as given names are concerned I am conditioned, perhaps even prejudiced. So are we all. It is over fifty years since Father Woulfe prepared his study of Irish names for children. He was keenly aware, as you will see in his Introduction which has been left virtually unaltered in this new edition, of 'the reluctance of parents to break away from the family tradition and violate the social usages which regulate the giving of names'. Tradition and social usages still exist in our day, but are they quite the same tradition and the same usages?

I think both change and continuity are perceptible. In the first place one notes the effect of easier communications, of the widening horizons presented by the printed word, the cinema, television and travel. If a mother-to-be is deeply moved by the euphony and associations of a name she encounters during her pregnancy, it may be difficult to prevent her from giving it to her child. A fine performance of *Swan Lake* may explain Odette and Odile; fifty years ago the average young Irish mother would have been exposed to no such influence. A couple who have honeymooned in Austria may romantically prefer Carl to Charles for their first boy. As the world grows smaller we may share a market in given names as in everything else.

And, strangely but understandably, the other direction of change is the very opposite of this. I am convinced that there are far more people today choosing genuine old native Irish names for their children than there were fifty years ago. We are conscious of the world, and of our need for unity with it, but we are also conscious of our own identity; to seek and enjoy the one is by no means to abandon the other. Think of the number of girls now who are called Orla and Ciara, of the boys who are called Colm—simple pleasing names which are memorable and spellable anywhere and which spring at the same time out of the heart of Ireland. They would have been few, if any, in Woulfe's day. Was he ahead of his time in perceiving a need? Did his book achieve a purpose which it continues to serve?

Together with these gusts of change there is, I think, a steady wind of continuity which will in time draw the gusts into itself and make what it wills of them. Parents will still quite properly think of a father or grandfather when naming a child. There will still, quite properly, be Finbars from Cork and Declans from Waterford. In the case of some names there may now be subtleties of inspiration which might be considered by the social historian. According to Woulfe, the Normans brought the name Martin into Ireland in memory of St Martin of Tours, but it is not impossible that its use now may commemorate another Martin, the Dominican Martin de Porres.

I have added some names which have become

frequent and accepted in Ireland since Woulfe's day: Philomena, for example, and Bernadette, and Deirdre. In re-presenting his text I have retained separate entries for variants or diminutives which have, as it were, taken on a separate existence—Maud, Andrew, Nuala—but have absorbed others into the main entry for the name; there seemed little point in making separate entries for such doubtful entities as Ribeart, Ribirt, etc. as variants of Robert. In the matter of spelling, it is obviously easy to suggest Tiarnach for Tighearnach but it is always possible that not every Bríghid would wish to be Bríd. I have borne this in mind and have broadly refrained from suggesting a simplification or contraction of Woulfe's spelling where I feared the character of the name or its proper pronunciation might be thus destroyed. I have amplified some entries where I thought a little more information would be helpful. I have throughout been impressed by the width of the original compiler's learning. Wherever I have touched his text I can but pray that it is for its adornment.

G. S.
1974

INTRODUCTION
TO THE FIRST EDITION (1923)

The main reason why Irish names are not more frequent at the baptismal font is that parents are seldom acquainted with a sufficient number to enable them to make a satisfactory selection when the occasion arises. Besides, it is not enough to know that a name is Irish. Parents require to know something about the names they give their children, especially if they be new and unfamiliar.

This little book is intended to supply the desired information. In addition to a practically complete list of the names in use in Ireland at the present day, it contains a large number of names which, though now obsolete, once found favour with our ancestors and might very appropriately be revived as baptismal names for Irish children. Among them are many names of Irish saints taken from the Martyrology of Donegal. To these especially the attention of parents is directed. Most of them will be found suitable in every respect for modern use. And in regard to each name sufficient information is given to enable parents to make a proper selection.

The names at present in use are, it will be observed, drawn from different languages, Latin, Greek, Hebrew, the Celtic and Teutonic languages. The original form of each name is given, together with its signification, as far as it is possible to ascertain it. By Irish names are meant names which have their root in the Irish language. Some of these are very ancient, going back beyond the dawn of Irish history to a period when the different branches of the Celtic race were yet one and undivided; and down through the ages they have been borne by the saints and heroes of our race. Of foreign names, a few came in with

Christianity, others were introduced by the Norsemen, but the bulk of our present names came in with the Anglo-Norman invaders, supplanting almost entirely our old Gaelic names. They are in great part scriptural names and the Latin and Greek names of saints. I am far from suggesting that all these should be rejected and that the choice of parents should be confined to Irish names exclusively. The names of the Blessed Virgin, St John the Baptist, the Apostles and the great saints and heroes of our own race have a claim to be remembered.

Various considerations will influence parents in their choice of a name. Very often the attractiveness of the name itself will have great weight. The ideal name is one which is short, simple and euphonious, not altogether unknown, but preferably one illustrious in history or borne by some great saint. And fortunately we have many such names on our roll. Aodhán (Aidan, Edan), Art, Beacán (Becan), Brian, Caoimhghin (Kevin), Caomhán (Kevan), Cathal, Ciarán (Kieran), Coinneach (Kenny), Colm, Colmán, Conall, Conán, Cormac, Crónán, Déaglán (Declan), Diarmaid (Dermot), Dónal (Donall, Donald), Éanán (Enan), Éanna (Enda), Earcán (Ercan), Earnán (Ernan), Éimhín (Evin), Eoghan (Owen), Fearghus (Fergus), Fiachra (Fiachra, Feary), Fionán, Flann, Flannán, Lonán, Lorcán, Lúcán, Neasán, Niall, Odhrán (Oran), Rónán, Seanán (Senan), Tiarnán (Tiernan) are examples which do not exhaust the list. Patrons of dioceses and parishes have a claim upon parents and their names will often be found suitable for adoption at the baptismal font. Again, some families have their special patrons among the Irish saints. I have noted instances. The saint on whose day a child is born or baptised has a special claim. In such cases the child is said to have 'brought its name with it'. A Calendar showing the feast-days of Irish saints whose names are recommended for adoption is given at page 55.

Finally, in some families certain names are traditional and hereditary and have been in uninterrupted use for perhaps a thousand years, as Saerbhreathach (Justin) and Ceallachán (Callaghan) among the MacCarthys, and Cinnéide (Kennedy) among the O'Briens. Such names should not be allowed to die out. I have frequently noted the families among which a name is hereditary.

The actual number of names at present in use in Ireland is comparatively small, perhaps not exceeding eighty or one hundred, so that, apart altogether from the question of reviving our ancient names, there is need of some addition to our present stock. Mary and John are by far the most popular names in the country, and the same appears to be true of the country as a whole. John, for John the Baptist, has always been a favourite name among Christian nations. Michael, which only a few centuries ago was an extremely rare name in Ireland, now bids fair to rival in popularity the name of the national apostle. Our old Irish names have almost completely died out. Such scriptural names as Daniel, Timothy, Cornelius and Jeremiah are, however, merely substitutes for the Irish names Dónal (Donall, Donald), Tadhg (Teige), Conchobhar (Conor) and Diarmaid (Dermot) respectively. Similarly, Denis stands for Donnchadh (Donough), and we have further examples among the rarer names, as: Eugene for Eoghan (Owen), Malachy for Maeleachlainn (Melaghlin), and Terence for Toirdealbhach (Turlough). Brigid is the only Irish name that finds any favour with our women, though it is far from being as popular as is generally supposed. Winifred stands for Úna and, among rarer names, Deborah for Gobnait, the patroness of Ballyvourney. Altogether, less than twenty per cent of our men and eight per cent of our women bear names of Gaelic origin.

The custom of assimilating Irish to foreign names, as illustrated by the examples just given, is old in Ireland.

During the Middle Ages Irish scholars writing in Latin, instead of latinising the Irish names with which they had to deal, often simply substituted for them well-known Latin names of somewhat similar sound or meaning; and when at a later period these names came to be anglicised it was in many instances the Latin equivalent that was translated, not the original Irish name. In this way Brian was equated with Bernard, Eoghan with Eugene, Toirdealbhach with Terence, and so on. In such cases there is little or no connection between the Irish name and its English equivalent. For that reason I have in many of the headings in my lists enclosed these substitute forms in brackets.

By reverting to the proper anglicised forms much might be done to gaelicise our names; and in the case of adults this could be done at once. There is no reason why all our Daniels, for instance, might not at once become Donals and all our Jeremiahs Dermots. Generally speaking, any anglicised form enclosed in brackets in the headings in the lists given in this book might with advantage be exchanged for one outside the brackets, thus at once securing both a better anglicised form and one nearer the Irish original. Much has already been done in this direction even in the case of names of foreign origin. Sean is now quite common for John, and Eamon for Edmund.

Another reason, in addition to that already stated, why Irish names are not more frequently given to children is the reluctance of parents to break away from the family tradition and violate the social usages which regulate the giving of names. But even in that case something might be done on the lines just indicated. Custom will sometimes require a child to be given a particular name. Let us suppose that the name of the paternal grandfather is Jeremiah and that the child has to be called after him. Now, Jeremiah is merely an incorrect substitute in English for the Irish name Diarmaid, of which the ordinary phonetic rendering is Dermot, and there should be no violation of social usage in calling the child by that name.

It need hardly be necessary to remind parents that names may be taken by children at confirmation as well as at baptism, and thenceforward retained in after-life.

Superiors of religious communities will also find in this little book suitable Irish names for their subjects.

Miceal Caoimhin Padraig Ó hAllmhurain

Cry Blood, Cry Erin

ABBREVIATIONS

angl.—anglice, anglicised
Ang.-Sax.—Anglo-Saxon
Celt.—Celtic
cf.—compare
comp.—compound
deriv.—derivative
dim.—diminutive
Eng.—English
fem.—feminine
Fr.—French
Frank.—Frankish
g.—genitive*

Gen.—Genesis
Ger.—German
Gr.—Greek
Heb.—Hebrew
Lat.—Latin, latinised
masc.—masculine
Mid. Ir.—Middle Irish
Norm.—Norman
Old Fr.—Old French
Old Ir.—Old Irish
q.v.—which see
Teut.—Teutonic

*Indicated only where genitive differs from nominative.

NAMES FOR BOYS

Abbán, *g.* -áin: Abban; dim. of *abb*, an abbot; the name of a famous Leinster saint of the sixth century; associated chiefly with Wexford.

Ábraham, *g.* -aim: Abraham; Heb., from its similarity to *ab hamon*, father of a multitude (cf. *Gen.* 17:5); the name of the progenitor of the Jewish nation; propagated in France and the Netherlands through St Abraham of Auvergne; introduced into Ireland by the Anglo-Normans, but never became common.

Ádhamh, *g.*—aimh, **Ádam,** *g.* aim: Heb. *adamah*, of the soil; the name of the first man; apparently in use in Ireland and Scotland from early Christian times; one of the most popular names among the Anglo-Normans.

Adhamhnán, *g.* -áin: Adamnan, Eunan; dim. of Ádhamh (q.v.); the name of a celebrated Abbot of Iona in the seventh century, author of the Life of St Columcille and patron of the diocese of Raphoe.

Águistín, Ághuistín: Augustine, Augustin, Austin, etc.; Lat. Augustinus, dim. of Augustus, venerable; the name of the renowned Bishop of Hippo and Doctor of the Church; also of the Apostle of England. To the latter it was that it owed its popularity in England, where it was formerly common as Austin. It is only in comparatively recent times that it has come much into use in Ireland. Also Abhuistín, Aibhistín and Oistín.

Aibhne: Eveny; a Derry name, peculiar to the O'Kanes, MacCloskeys and O'Brallaghans.

Ailbe, Ailbhe: Alby, Alvy, (Albert, Bertie); the name

of the patron of the diocese of Emly; revived in recent times, but the angl. form is generally Albert (Bertie), which is incorrect. St Ailbe died in 541. His feast is kept on 12 September.

Ailfrid: Alfred; Ang.-Sax. Aelfred, elf-counsel; the name of a king of the West Saxons, known as Alfred the Great; came into Ireland at the time of the Anglo-Norman invasion, but did not long survive. It has been revived comparatively recently.

Ailín: Alan, Allen; an ancient Irish personal name, probably dim. of some name commencing with *ail*, noble.

Aindréas, Aindrias, *g.* -réis, -riasa: Andrew; Gr. Andreas, from *aner*, *g. andros*, man; the name of one of the twelve Apostles, the brother of St Peter. The adoption of St Andrew as the patron of Scotland made Andrew a national name. It was also one of the commonest names among the Anglo-Norman settlers in Ireland (*see* Aindriú).

Aindriú: Andrew; a var. of Aindréas (q.v.) through the Norman-French Andreu; very common among the Anglo-Norman settlers in Ireland.

Ainéislis: Aneslis, (Standish, Stanislaus); comp. of *ain-*, negative, and *éislis*, neglect, forgetfulness, hence careful, thoughtful; an Irish name formerly in use among the O'Gradys, O'Donovans, O'Heynes and other families.

Alaois, Alabhaois: Aloys, Aloysius; Teut. Hlúdwig, famous battle, Frank. Hluodowig, Cluodowic, Cludowich (Lat. Chlodovisus and Ludovicus), Clovis, Clouis, Fr. Louis, Provençal Aloys (Lat. Aloysius); adopted in Ireland in honour of St Aloysius Gonzaga, canonised in 1726.

Albán, *g.* -áin: Alban; Lat. Albanus, from *albus*, white; the name of the protomartyr of England, St Alban of Verulamium (now St Alban's) who was executed about 304.

Alphonsus, Alfonsus, *g.* -uis: Alphonsus, Alfons; Teut. Adalfuns, noble eagerness; a name adopted in Ireland in honour of St Alphonsus Liguori, founder of the Congregation of the Most Holy Redeemer and Doctor of the Church, canonised in 1839.

Alsander, *g.* -air: Alexander, Alex, Alick; Gr. Alexandros, defending men; perhaps the most widespread as well as the most famous of all personal names. The conquests of Alexander the Great caused it to become widely diffused among eastern nations, while the large number of saints· and martyrs of the name in the early Church—the Roman Martyrology mentions no fewer than thirty-nine—popularised it all over Europe. It was introduced into Scotland by Queen Margaret, whose third son became Alexander I of Scotland in 1107. It was borne by three of the Scottish kings and became a national name. It was also very common among the early Anglo-Norman settlers in Ireland. The ordinary Gaelic forms of the name in Ireland and Scotland were Alastar (Allister), Alastrann and Alastrom.

Ambrós, *g.* -óis: Ambrose; Gr. Ambrosios, immortal, divine; the name of the great fourth-century Bishop of Milan and Doctor of the Church; never, however, very common in Ireland. Ambhrus is an Ulster variant.

Amhlaoibh: Auliffe, Olave, (Humphrey); Norse, Ólafr, ancestral relic; also written Onlaf and Anlaf; a name introduced by the Norsemen and adopted by the Irish; it first occurs in the Annals at the year 851; in West Munster it has been absurdly angl. Humphrey. St Olave, King of Norway, who was slain in battle, 29 July 1030, has made it one of the most popular of Scandinavian names.

Anluan, *g.* -ain: Anlon, (Alphonsus); comp. of *an*, great, and *luan*, hero, champion, or warrior; a rare name, found only among the O'Briens and a few other families; angl. Alphonsus among the MacEgans of Kerry; also, but less correctly, written Annluan.

Anmchadh, *g.* -aidh, -adha: (Ambrose); a rare name peculiar to the O'Maddens, among whom it was angl. Ambrose.

Annraoi: Henry, Harry. Also written Hannraoi, Hanraoi. *See* Éinrí.

Antoine, Anntoin, Antoin: Antony, Anthony, Anthin; Lat. Antonius, an ancient Roman name, popularised by St Antony of Padua. It was introduced into Ireland by the Anglo-Normans, but never became very common.

Aodh, *g.* Aodha and Aoidh: Ea, (Hugh); Celt. *aidu-s*, fire, Old Ir. Aed; an ancient and very common Irish name; a favourite name among the O'Connors of Connacht and the O'Neills and O'Donnells of Ulster; now always angl. Hugh. Aodhaigh (Hughey) is a pet form.

Aodhagán, *g.* -áin: Egan; dim. of Aodh, q.v.; Old Ir. Aidacan.

Aodhán, *g.* -áin: Aidan, Aedan, Edan; dim. of Aodh, q.v.; fairly common in the eighth and ninth centuries. Twenty-three saints of the name are mentioned in the Martyrology of Donegal.

Aonghus, *g.* -ghusa, -ghuis: Angus, Aeneas, Eneas, Neese, Neece, Niece; Celt. *oino-gustu-s* (from *oinos*, one, and *gustus*, choice), Old Ir. Oingus, *g.* Oingusso, Mid. Ir. Oengus, Aengus, *g.* -gusa; an ancient and once common Irish name, frequent among the MacDonnells, O'Dalys, O'Leynes, etc.; sometimes shortened to Naos, q.v. Five saints of the name are mentioned in the Martyrology of Donegal.

Aralt, *g.* -ailt: Harold; Norse, Haraldr, army-might; a name brought into Ireland by the Norsemen.

Árdal, Árdghal, *g.* -ail: Ardal, (Arnold); comp. of *árd*, high, and *gal*, valour; a favourite name among the MacKennas and MacMahons of Ulster by whom it was angl. Arnold.

Art, *g.* Airt: Art, (Arthur); Celt. **arto-s*, stone, or bear; an ancient Irish personal name; common among the MacMurrough Kavanaghs, O'Connors and O'Molloys in Leinster, the O'Keeffes and O'Learys in Munster, the O'Haras and O'Rourkes in Connacht, and the O'Neills in Ulster; generally angl. Arthur.

Artúr, *g.* -úir: Arthur; a name of uncertain origin; in use in Ireland in the ninth century and among the Scoto-Irish in the time of St Columcille; occurs in the form of Artuir, Lat. Arturius, in Adamnan's Life of the saint.

Baothghalach, *g.* -aigh: Behellagh, Beolagh, (Boetius, Bowes); comp. of *baoth*, vain, foolish, and *galach*, valorous; a name peculiar to the MacEgans, O'Dalys, and a few other families.

Barra: Barry, a pet form of Bairrfhionn or Fionnbhar, q.v., the name of the patron of the diocese of Cork.

Beacán, *g.* -áin: Becan; dim. of *beag*, small; the name of a celebrated Munster saint of the sixth century. His feast was kept on 26 May.

Bearach, *g.* -aigh: Barry; deriv. of *bear*, spear, javelin, or anything pointed; the name of a celebrated Connacht saint of the sixth century, Abbot of Cluain

Coirpthe in the present county Roscommon, and patron of the O'Hanlys; explained in the Life of the saint as signifying 'one who takes a direct aim at an object, or reaches it, as it were, with the point of sword'. 'Rightly has this name been given to him,' said the priest, Froech, by whom he was baptised, 'for he shall be a saint and his place shall be in heaven.' Bearach, angl. Barry, continued in use as a Christian name among the O'Hanlys down to recent times.

Bearchán, *g.* -áin: Bercan; dim. of Bearach, q.v.; the name of five Irish saints.

Bearnárd, *g.* -áird: Bernard, (Barney); Frank. Bernhard, strong bear, brave warrior; the name of the celebrated Abbot of Clairvaux, whose fame made it universal in Europe; introduced into Ireland by the Anglo-Normans, among whom it was rather common, and later adopted as a synonym for the native name Brian, q.v.

Beartlaidh: Bartley; a modern rendering of Bartley, a dim. of Bartholomew. *See* Parthalán.

Beineón, *g.* -óin: Benignus, Benen; Lat. Benignus, good, kind, mild; the name given by St Patrick to his favourite disciple and successor in the See of Armagh. Beanón, Beineán and Bineán are variants.

Beircheart, *g.* -cheirt: (Benjamin, Ben, Bernard, Bertie); Ang.-Sax. Beorhthere, bright-army; the name of an Anglo-Saxon saint who settled at Tullylease, Co. Cork, where he died on 6 December 839; common in many parts of Cork, Kerry and Limerick under the angl. form of Benjamin; in parts of Tipperary it is made Bernard.

Bhailintín: Valentine; Lat. Valentinus, dim. of *valens*, strong, healthy; the name of several martyrs in the early Church; never common in Ireland. Bhail (Val) is a pet form.

Bran, *g.* Brain and Broin: Bran; an old and once common Irish name meaning 'raven'; in use in the family of O'Byrne down to the middle of the seventeenth century or later.

Bréanainn, *g. same,* **Breandán,** *g.* -áin: Brendan; the name of several Irish saints, of whom the most celebrated were St Brendan, Abbot of Clonfert, and St Brendan of Birr. The name in modern Irish is Breandán, Breanndán.

Breasal, *g.* -ail: Brasil, (Basil); Old Ir. Bressal, from Celt. *brestelo-s,* strife, war; the name of an Irish saint whose feast-day was 18 May; common among the O'Kellys and O'Maddens of Connacht.

Brian, *g.* -ain: Brian, Bryan, (Bernard; Barnaby, Barney); a name made famous by King Brian Bóroimhe, victor at the battle of Clontarf in 1014 and the most celebrated monarch of Ireland. The name has been widely used in most Irish families.

Brochadh, *g.* -adha, -aidh: Morgan; a corruption in West Connacht of Murchadh, q.v.

Buadhach, *g.* -aigh: Buagh, (Boetius, Victor); deriv. of *buaidh,* victory; formerly a favourite name among the O'Sullivans.

Cailean, *g.* -ein: Colin; a Scots Gaelic form of the Irish Coileán, q.v.; more or less peculiar to the Campbell family.

Cairbre: Carbry; Old Ir. Coirbre, charioteer; a name used frequently by the O'Farrells, O'Beirnes and other families. Four bishops of this name are mentioned in the Martyrology of Donegal.

Calbhach, *g.* -aigh: Calvagh, Callough, (Charles); an Irish name, meaning 'bald'; once common among the O'Connors of Offaly, O'Carrolls of Ely, O'Molloys, O'Donnells, O'Reillys, etc.; now generally angl. Charles. Also An Calbhach.

Caoimhghin: Kevin; Old Ir. Coemgen, comely birth; the name of the saintly Abbot of Glendalough, to whose celebrity the popularity of the name is due.

Caolán, g. -áin: Kealan, Kelan; dim. of *caol*, slender; the name of seven Irish saints.

Caomhán, g. -áin: Kevan; of *caomh*, comely, mild, etc.; sometimes Latinised Pulcherius by translation; the name of no fewer than fifteen Irish saints.

Carlus, g. -uis: Charles; the Latin name Carolus which was adopted by the Norsemen in honour of Charlemagne (Carolus Magnus) and by them introduced into Ireland.

Cárthach, g. -aigh: Cartagh, Cartage, Carthage; Old Ir. Carthach, from Celt. *karatako-s*, loving; an ancient Irish name borne by the celebrated Abbot and Bishop of Lismore and patron of that diocese.

Cathair: Cahir, (Charles); a Donegal var. of Cathaoir, q.v.; found chiefly in the families of O'Doherty and O'Gallagher.

Cathal, g. -ail: Cahal, (Charles); Celt. *katu-valo-s*, battle-mighty an ancient and very common Irish name, especially among the O'Connors of Connacht, O'Farrells, O'Reillys, O'Rourkes and Maguires; generally angl. Charles.

Cathaoir: Cahir, (Charles); Celt. *katu-viro-s*, Old Ir. Cathfer, Cather, battle-man, warrior; an ancient Irish name, most frequent among Leinster families, especially the O'Connors of Offaly, the MacCoghlans, O'Molloys and O'Byrnes; angl. Charles.

Cathbharr, g. -airr: Caffar; comp. of *cath*, battle, and *barr*, head, hence a helmet; a name peculiar to the O'Donnells of Tirconnell.

Ceallach, g. -aigh: Kellagh, (Celsus); an ancient and once very common Irish name, meaning 'war' or 'strife'; borne by at least three saints, of whom one was the celebrated Archbishop of Armagh, better known as St Celsus, who died at Ardpatrick in Munster on 1 April 1129.

Ceallachán, *g*. -áin: Callaghan; the name of two Irish saints in the Martyrology of Donegal; also that of a celebrated King of Munster in the tenth century, and borne by his descendants, the MacCarthys and O'Callaghans.

Cearbhall, *g*. -aill: Carroll, (Charles); a common Irish name, especially among the O'Dalys; angl. Charles.

Cian, *g*. Céin: Kian, Kean, Cain; an old Irish name, meaning 'ancient'; common among the O'Haras and O'Garas of Connacht and the O'Carrolls of Ely, who, no doubt, took it from their great ancestor, Cian, the son of Olioll Olum, King of Munster, and among the O'Mahonys of South Munster, after their great ancestor, Cian, the son-in-law of Brian Bóroimhe, who led the forces of Desmond at the battle of Clontarf; the angl. form Cain has, of course, no connection with the biblical figure.

Cianán, *g*. -áin: Kienan, Kenan; dim. of Cian, q.v.; the name of three Irish saints, of whom one was the celebrated Bishop of Duleek.

Ciarán, *g*. -áin: Kieran; dim. of *ciar*, black; the name of no fewer than fifteen Irish saints mentioned in the Martyrology of Donegal, of whom the best known are St Kieran of Saighir, patron of the diocese of Ossory, and St Kieran, Abbot of Clonmacnoise and patron of that diocese. Their feasts occur respectively on 5 March and 9 September. A name widely used, associated particularly with Cape Clear and with parts of Connacht.

Cillian, *g*. -léin: Killian; dim. of Ceallach, q.v.; the name of a celebrated Irish missionary who was martyred at Wurtzburg in Germany on 8 July about the year 689. Cillín is a variant.

Cinnéide, Cinnéididh, Cinnéidigh: Kennedy; comp. of *ceann*, head, and *éide*, armour, hence 'helmeted-head'; the name of the father of Brian Bóroimhe; used by the O'Briens.

Clement: Lat. *clemens*, merciful, the name of a disciple of St Paul and of many popes. Strangely, it has never been very popular in Ireland. Clem is a diminutive.

Coileán, *g.* -áin: Colin; also written Cuileán; an old Irish personal name meaning 'whelp', the same as the Scottish Cailean or Colin among the Campbells; rather rare and in later times almost peculiar to the family of O'Dempsey.

Coilín: Colin; a var. of Coileán, q.v. Coilín was also used among Anglo-Irish families as a pet form of Nicol or Nicholas.

Cóilín: Colman; dim Colmán, q.v.; used in Connemara.

Coinneach, *g.* -nigh: Canice, Kenny; a later form of Cainneach, fair one; the name of the patron of Kilkenny.

Coireall, *g.* -rill: Kerill, (Cyril); the name of a saintly Irish bishop whose feast was kept on 13 June.

Colla: Colla; an ancient Irish name, formerly common among the MacDonalds, MacSweenys and MacMahons of Ulster.

Colm, *g. same,* **Colum,** *g.* -uim: Colm, Colum, Columba; an old Irish name, signifying 'dove'; made famous by St Columcille, Apostle of Scotland, whose name signifies 'dove of the church'.

Colmán, *g.* -áin: Colman, Columban; dim. of *colm*, dove; formerly one of the commonest of Irish names; borne by nearly one hundred Irish saints, of whom three are patrons of Irish dioceses, namely, Cloyne, Dromore and Kilmacduagh.

Comán, *g.* -áin: Coman; dim. of *cam*, bent; the name of twelve Irish saints, from one of whom Roscommon (Ros Comáin) was so called.

Comhghall, *g.* -aill: Cole; Old Ir. Comgell, co-pledge, fellow-hostage; the name of the celebrated Abbot of Bangor and six other saints mentioned in the Martyrology of Donegal.

Comhghan, *g.* -ain: Cowan; also written Comhdhan; Old Ir. Comgan, co-birth, perhaps meaning 'twin' (cf. Tomás); the name of three Irish saints.

Conaire: Conary; an ancient Irish name.

Conall, *g.* -aill: Conall, Connell; Celt. *kuno-valo-s*, high-mighty; an ancient and once common Irish personal name. Eight saints of the name are mentioned in the Martyrology of Donegal.

Conán, *g.* -áin: Conan; the name of at least six Irish saints, of whom one was St Conan of Assaroe, Co. Donegal, a relative of St Columcille, who flourished in the sixth century and was venerated on 8 March.

Conchobhar, *g.* -air: Conor, Connor, Naugher, Noghor, Nohor, Conny, Con, (Cornelius, Corney, Neil); an ancient and very common Irish name, meaning 'high will' or 'desire'; found in most Irish families; always popular but generally angl. Cornelius.

Conn, *g.* Cuinn: Conn, Con, (Constantine); Old Ir. Cond, from Celt. *kondo-s*, sense, reason, intelligence; also a freeman; an ancient Irish name, common among the O'Neills, O'Donnells and O'Rourkes. In the seventeenth century it was angl. Constantine by the O'Neills.

Connlaoi, *g. same,* **Connlaodh,** *g.* -aodha, **Connlaoth,** *g.* -aotha: Conleth, Conley; comp. of *connla,* prudent, chaste, and *aodh,* fire; written Conlaid in the Book of Armagh; the name of the patron of the diocese of Kildare.

Consaidín: Constantine; Lat. Constantinus, a name which seems to have been adopted by the O'Briens in the twelfth century but never became common. It was the name of the first Christian emperor of Rome, Constantine the Great (c. 288–337).

Cormac, *g.* -aic: Cormac, (Charles); Old Ir. Corbmac, chariot-son, charioteer, or son of Corb; an ancient Irish name, very common among the MacCarthys, MacDermotts, MacDonoughs, Maguires, O'Clerys, O'Connors of Connacht, O'Donnells and O'Farrells; sometimes angl. Charles. Eight saints of the name are mentioned in the Martyrology of Donegal.

Criomhthann, *g.* -ainn: Crevan; an old, but rare, name, meaning 'fox'; common among the Kavanaghs of Leinster. It was the first name of St Columcille. St Criomhthann was venerated on 23 May.

Criostal, *g.* -ail: Christopher, Christy; a Scottish and North of Ireland form of Críostóir, q.v.

Críostóir, *g.* -óra: Christopher, Christy; Gr. Christophoros, Christ-bearing; a name in use from early Christian times and popularised through Europe by the legend of St Christopher, who was reputed to have carried Christ in the form of a child across a bridgeless river. It does not appear to have been frequent among the first Anglo-Norman settlers in Ireland, but by the end of the sixteenth century it had become rather common.

Cróchán, *g.* -áin: Crohan; the name of a Kerry saint,

much venerated in Cahirdaniel and its neighbourhood.

Crónán, *g.* -áin: Cronan; dim. of *crón*, dark-brown;
the name of the celebrated Abbot of Roscrea and
more than twenty other Irish saints.

Cuan, *g.* -ain: Cuan, the name of four Irish saints.

Cúchoigcríche, *g.* Conchoigcríche: Peregrine; an
Irish name meaning 'hound of the border'; peculiar to the Mageoghegans, O'Molloys, and a few
other families in Westmeath and Offaly. Probably
obsolete. Peregrine was supposed to be a translation; Cúchríche, *g.* Conchríche, is a variant.

Cúchonnacht, *g.* Conchonnacht: (Constantine); a
favourite name among the Maguires, meaning
'hound of Connacht'.

Cuimín: Cumin, Comyn; dim. of *cam*, bent; the name
of several Irish saints.

Cúmhaí, *g.* Conmhaí: Cooey, Hughey, (Quentin,
Quintin, Quinton); a rare Derry name, meaning
'hound of the plain'; peculiar to the families of
O'Kane and MacCloskey, by whom it was angl.
Quintin.

Cúmheá, *g.* Conmheá: Covey; an Irish name signifying 'hound of Meadh' (a place name); peculiar to
the MacNamaras.

Cú Uladh, *g.* Conuladh: Cullo, Cooley; an Irish
name, meaning 'hound of Ulidia' (an ancient king-
dom from which the province of Ulster derives its
name); used among the MacMahons, MacCawels,
MacCanns, and some other families.

Daibhéid: David; Nor. Davet, dim. of David (*see*
Dáibhid).

Dáibhid, Dáibhidh: David; Heb. Dávídh, beloved;

the name of the great King of Israel, psalmist and prophet; the national name in Wales, out of reverence for St David of Menevia; rather common among the Anglo-Normans, who brought it into Ireland where it has ever since enjoyed a steady popularity. In the spoken language it is often shortened to Dáith, Dáth, Dáithín.

Dáire: Dary; an old Irish name. Darragh may also be an anglicisation.

Dáithí: Dahy, Davy, David; (1) an old Irish name, meaning 'swiftness', 'nimbleness'; borne by the celebrated King Dahy and retained by his descendants, the O'Dowds, down to recent times; and (2) a form of Dáibhidh, q.v.

Damhlaic: Dominic, Dominick; a very common name in Derry for Doiminic, q.v.

Damhnaic: Dominic, Dominick; an Irish form of Dominic; in use in Co. Derry.

Déaglán, g. -áin: Declan; the name of the patron of Ardmore, where his feast is kept on 24 July; a name in frequent use in Co. Waterford.

Deasmhumhnach, g. -aigh: Desmond; an old Irish name or designation, meaning 'native of (or belonging to) Desmond (or South Munster)'.

Diarmaid, g. -ada: Dermod, Dermot, (Darby, Jeremiah, Jeremy, Jarmy, Jerry, Jerome); Old Ir. Diarmait, comp. of di, without, and airmit, injunction, or fharmait, envy, hence 'freeman'; an ancient and very common name, especially among the MacCarthys, MacDermotts, O'Briens and O'Connors; still found in every part of Ireland, but generally angl. Jeremiah. Eleven saints of the name are mentioned in the Martyrology of Donegal.

Doiminic: Dominic, Dominick; Lat. Dominicus, belonging to the Lord, or born on Sunday; the name of the founder of the Order of Preachers, the Spaniard Dominic de Guzman (1170-1221), in whose honour it was adopted in Ireland.

Dónal, Domhnall, *g.* -aill: Donall, Donald, (Daniel); Old Ir. Domnall, from Celtic *dumno-valo-s,* world-mighty, *dubno-valo-s,* mighty in the deep; one of the most ancient and popular of Irish names, used in every part of the country, but generally angl. Daniel; also one of the most popular names in Scotland, where it is angl. Donald. Only one saint of the name is mentioned in the Irish martyrologies; his feast was kept on 26 April.

Donn, *g.* Duinn: Donn; a rare name, almost peculiar to the family of Maguire.

Donnán, *g.* -áin: Donnan; dim of *donn,* brown; the name of four Irish saints.

Donnchadh, *g.* -adha, -aidh: Donogh, Donough, Donaghy, (Donat, Denis, Duncan); Old Ir. Donnchad, Dunchad, from Celt. *donno-catu-s,* brown warrior, or strong warrior; an ancient and very common Irish name, still found in every part of the country, but generally angl. Denis. The Scots make it Duncan. St Dunchadh was Abbot of Iona; his feast was kept on 25 May.

Dualtach, Dubhaltach, *g.* -aigh: Dualtagh, Duald, (Dudley); a rare Irish name, meaning 'black-jointed'; borne by the celebrated antiquary Dubhaltach Mac Firbhisigh, called in English Duald or Dudley MacFirbis.

Dubhán, *g.* -áin: Dowan; dim. of *dubh,* black; the name of two Irish saints whose feasts were kept on 11 February and 11 November respectively.

Dubhdáleithe, *g.* Duibhdáleithe: (Dudley); an ancient Irish personal name, meaning 'the black man of the two sides (or halves)'; very infrequent in recent times, if not actually obsolete.

Dubhdara, Dubhdarach, *g.* Duibhdarach: (Dudley); an old Irish name, meaning 'the black man of the oak'; used in West Connacht, angl. Dudley.

Dubhghall, *g.* -aill: Dugald, Dougal; comp. of *dubh*, black, and *gall*, a foreigner; a name given by the Irish to the Danes; angl. Dugald in Scotland where it is more popular than it is in Ireland.

Dubhghlas, *g.* -ais: Douglas; comp. of *dubh*, black, and *glas*, blue; mainly used in Scotland.

Eachann, *g.* ainn: Hector; a later form of Eachdhonn, horse-lord; an old Irish name much used by the Scots, by whom it is anglicised Hector.

Éadbhárd, *g.* -áird: Edward; Ang.-Sax. Eadweard, blessed-guard; the name of two saintly Kings of England, known respectively as Edward the Martyr and Edward the Confessor; introduced into Ireland by the Anglo-Normans, but has been almost completely absorbed by Éamon, q.v.

Éamon, *g.* -ain, **Éamonn,** *g.* -ainn, -uinn: Eamon, Edmund, Edmond, (Edward); Ang.-Sax. Eadmund, blessed-protection; the name of a saintly King of East Anglia, who was martyred on 20 November 870; introduced into Ireland by the Anglo-Normans, where it has become very popular and has almost completely absorbed the other great Anglo-Saxon name Edward, the Irish Éamon generally standing for both names.

Éanán, *g.* -áin: Enan; the name of several Irish saints.

Éanna: Enda; an old Irish name, made famous by St Enda, Abbot of Aran, whose feast is on 21 March.

Earcán, *g.* -áin: Ercan, Erkan; dim. of *earc*, red or speckled; the name of several saintly Irish bishops and priests.

Earnán, *g.* -áin: Ernan, (Ernest); dim. of *earna*,

knowing, experienced; the name of eight Irish saints.

Éibhear, *g.* -bhir: Ever, Heber, (Ivor); a common name among the MacMahons and a few other families in Ulster; also common in Cape Clear Island, angl. Heber; in the North sometimes angl. Ivor. Also written Éimhear.

Éigneachán, Eigneachán, *g.* -áin: (Aeneas, Eneas, Ignatius); dim of Éignach or Eignach; an old Irish name peculiar to the O'Donnells, O'Dohertys, and a few other families of Tirconnell, pronounced locally Eighneachán or Ighneachán. The use of the name Ignatius in Ireland in modern times is no doubt due to St Ignatius de Loyola, who founded the Society of Jesus in 1534.

Éimhín: Evin; dim. of *eimh*, swift, active; the name of three Irish saints, one of whom was the founder of Monasterevan and patron of the O'Dempseys.

Éinrí: Henry, Harry; Teut. Heimrich or Heinrich, home-rule; one of the commonest names among the early Anglo-Norman settlers in Ireland; widely adopted by Irish families, especially the O'Neills. Also written Annraoi, Hannraoi, Hanraoi.

Eireamhón, *g.* -óin: Erevan, Heremon, Hermon, (Irving); an ancient Irish name, used down to modern times in Cape Clear Island; now pronounced Eireamhán.

Eirnín: Ernin; dim of *earna*, knowing, experienced; the name of no fewer than seventeen Irish saints.

Eochaidh, *g. same or* -adha: Oghie; formerly a very common name, but it has declined considerably in popularity. It was a favourite name among the O'Hanlons. Eachaidh (Aghy) is a variant.

Eoghan, *g.* -ain: Eoghan, Owen, (Eugene); an ancient and rather common Irish name, explained as meaning 'well-born'; though this may be because of its association with Eugene which is from Gr. Eugenios, 'noble, well-born'; Eugene is, in fact, the usual anglicisation. Eoghainín (Oynie) is a diminutive.

Eóin: Eoin, John, (Owen); Heb. Johanan, gracious gift of Jehovah; the name of the precursor of Our Lord, and of the beloved disciple; common in all Christian countries; in use in Ireland from early Christian times; one of the most frequent names among the Anglo-Norman settlers, and, as John, the most popular name for men in Ireland over a considerable period. *See also* Seán.

Eóin Baiste: John Baptist, from St John the Baptist, the immediate precursor of Christ.

Fachtna, g. *same or* -nan: Fachnan, (Festus); the name of four Irish saints, one of whom is patron of the dioceses of Ross and Kilfenora; formerly in use among the O'Kellys of Connacht by whom it was angl. Festus.

Fáilbhe: Falvy; an ancient Irish name, borne by fourteen Irish saints.

Faolán, g. -áin: Felan; dim. of *foal*, wolf; the name of fourteen Irish saints, one of whom was a brother of St Fursey and a famous missionary in Flanders, where he was killed about the year 656.

Fearadhach, g. -aigh: Farry, (Ferdinand); an ancient Irish name, meaning 'manly', rather common in early times; in use over a long period among the O'Maddens and O'Naughtons of Connacht by whom it was angl. Farry. Finally it was turned into Ferdinand.

Feardorcha, g. Firdorcha: Fardoragh, (Frederick; Ferdinand); also An Feardorcha; comp. of *fear,*

Gearárd, *g.* -aird: Gerard; Frank. Gerhard, spear-brave; a name borne by two saints, one Bishop of Toul and the other Abbot of Namur, after whom it became popular among the Normans, who introduced it into Ireland. It appears, however, to have soon died out, having been apparently absorbed by Gerald (*see* Gearalt). Giorárd is a variant. The present popularity of the name in Ireland is due to St Gerard Majella.

...róid: Garrett, Gerald, Gerard; apparently not a ...im. of Gerald (*see* Gearalt), but merely the ...orman pronounciation of that name. Gioróid is a ...riant.

...par, *g.* -air: Jasper; a name assigned to one of the ...agi who came from the East to adore the Infant ...viour. The Magi, according to tradition, were ...ee kings named Gaspar, Melchior and ...thasar, who afterwards suffered martyrdom. ...e translation of their supposed relics from ...stantinople to Milan, and thence to Cologne in ...twelfth century, made their names known in ...ope. Gaspar became very common in Germany, ...was in use in France as Gaspard and in ...nd as Jasper. All three names were used in ...nd, but none of them ever became common. ...r was represented in the Fiants of Elizabeth ...aspar Synnott'. 'Jaspar Browne', and 'Jaspar ...'. Melchior was current in the neigh-...ood of Youghal, while Balthasar was a name ...among the Nugents.

: Gilbert; Frank. Giselbert, pledge-bright; ...mmon as Gilbert among the Normans who ...ced it into Ireland.

...g. -úin: Gibbon; a dim. of Gilbert (*see* ...).

...araigh: Gilvarry; an Irish name meaning ...of St Barry' (*see* **Bearach**).

man, and *dorcha*, dark, hence 'the dark-complexioned man'; a rather common name in the sixteenth century and in use down to comparatively recent times, but probably obsolete.

Fearganainm, *g.* Firganainm: Fergananym, (Ferdinand); comp. of *fear*, man, *gan*, without, and *ainm*, name, hence 'anonymous, nameless'. This peculiar name was formerly rather common in Ireland. It is supposed to have been first given to persons who had not been baptised in their childhood.

Fearghal, *g.* -ghail, -ghaile: Fergal, Farrell; an ancient and once very common name, especially among the MacDonnells, MacDonoughs, Mageoghegans, O'Farrells, O'Neills and O'Rourkes. It is supposed to have been the Irish name of the celebrated St Virgilius, the Irish *fear* having been equated with the Latin *vir* (man).

Fearghus, *g.* -ghusa, -ghuis: Fergus, (Ferdinand); Celt. **ver-gustu-s*, super-choice, super-selection. Old Ir. Fergus, *g.* -gosso; a name frequently used in both Ireland and Scotland. Ten saints of the name are mentioned in the Martyrology of Donegal.

Feichín: Fehin, (Festus); dim. of *fiach*, raven; the name of five Irish saints, one of whom was Abbot of Fore and patron of West Connacht, where the name is now angl. Festus. St Feichin's day is 20 January.

Feidhlim: Phelim, Felim, (Felix, Philip); a shortened form of Feidhlimidh, q.v.

Feidhlimidh: Felimy, Phelimy, Phelim, Felim, (Felix, Philip); an ancient Irish name, explained as meaning 'ever good'; common among the Maguires, O'Connors, O'Donnells, O'Neills and O'Reillys; and borne by six Irish saints, one of whom is patron of the diocese of Kilmore.

Feoras, *g.* -ais: Pierce; an Irish form of the Norman Piers, from the Lat. Petrus, Fr. Pierre.

Fiacha, Fiach, *g.* -chach: Feagh; a name among the O'Byrnes, borne by the famous Feagh MacHugh. St Fiacha's day was 27 December.

Fiachra, *g.* -rach: Fiachra, Feary; the name of eight Irish saints, of whom the most celebrated was St Fiachra the Solitary, founder of the monastery of Breuil in France, whose shrine is a constant place of pilgrimage where innumerable miracles are said to have been performed. The French form of the name is Fiacre.

Finghin: Fineen, Finneen, Finnin, (Florence, Florry); an ancient Irish name, explained as meaning 'fair birth' or 'fair offspring'; common among the MacCarthys, O'Sullivans, O'Mahonys, O'Driscolls, and other families in West Munster, by whom it is absurdly angl. Florence. St Finghin's day was 5 February.

Finnian, *g.* -éin: Finnian, Finian; dim. of *fionn*, fair; the name of several Irish saints, of whom the most celebrated were St Finnian, Abbot of Moville, and St Finnian, Abbot of Clonard and founder of the famous school of that place.

Fionán, Fionnán, *g.* -áin: Fionan, Finan; dim. of *fionn*, fair; the name of at least nine Irish saints, some of whom were very celebrated, such as St Fionan Cam and St Fionan the Leper.

Fionn, *g.* Finn: Finn; an ancient and once common name; made famous by Fionn MacCumhail. It was borrowed by the Norsemen and used as a Christian name in Scandinavia and Iceland.

Fionnbharr, *g.* -airr: Finbar; comp. of *fionn*, fair, and *barr*, head; the name of several Irish saints, of whom one is patron of the diocese of Cork; also called Bairrfhionn, shortened to Barra, q.v.

Fionntán, *g.* -áin: Fintan; dim. of *fionn*, fair; th of upwards of twenty Irish saints, of whom the most celebrated was St Fintan of Clo

Fitheal, *g.* -thil: (Florence, Florry); a corr Fithcheallach (whence the surname cheallaigh); in use among the O' (Conrys), by whom it was angl. Florenc

Flann, *g.* Flainn, Floinn: Flann, Flan Florry); an ancient and once common meaning 'ruddy'. It survived among t and O'Mulconrys (Conrys) down to recent times. Several saints of t mentioned in the Martyrology of D

Flannán, *g.* -áin: Flannan; dim of *fl* name of the patron of the dioc whose feast is kept on 18 Decemb

Folc: Foulk, Fulke; a Frankish nar the Normans and used among a f generally pronounced Fúc.

Frainc: Frank; a pet form of Franc

Fursa: Fursey, the name of a sain in 650; honoured in Galway

Gabriel: Heb. 'strong man of Archangel who brought t Mary. It has never been c

Garbhán, *g.* -áin: Garvan; d name of five Irish saints.

Gearalt, *g.* -ailt: Gerald; Te a name introduced int Normans. it was rare at sixteenth century had popularity has again de Gearóid.

Giolla Bhríghde: Gilbride; an Irish name meaning 'servant of St Brigid' (*see* Bríghid).

Giolla Chríost: Christian; an Irish name meaning 'servant of Christ'.

Giolla Dhé: Gildea; an Irish name meaning 'servant of God'.

Giolla Easpuig: Archibald; an Irish name meaning 'bishop's servant'; strangely angl. Archibald in the North of Ireland and in Scotland.

Giolla Íosa: Gillisa, Gillesa, Gill; an Irish name meaning 'servant of Jesus'.

Giolla na Naomh: (Nehemiah); an Irish name meaning 'servant of the saints'.

Glaisne: Glasny; formerly a favourite name in several Ulster families; survived down to recent times.

Gofraidh, Gothfraidh, Gothraidh, *g. same or* -adha: Godfrey, Gorry; Norse Gothfrithr, God-peace; a Norse name early adopted by the Irish, among whom it was at one time rather common.

Gordan, *g.* -ain: Gordon; a name among the O'Neills of Ulster, first borne by a son of Sir Phelim O'Neill, who was so called from his grandfather, the Marquis of Huntly in Scotland, whose family name was Gordon.

Greagoir, *g.* -ora: Gregory; Gr. Gregorios, watchman; a frequent episcopal name in the Eastern Church from early times, and borne by no fewer than sixteen popes. Although rather common among the early Anglo-Norman settlers, it never became popular in Ireland. Grioghar is a variant.

Hannraoi, Hanraoi, *g.* id.: Henry, Harry; common var. of Éinrí, q.v.

Hoibeard, *g.* -aird: Hubert, (Hugh); Teut. Hugibert, mind-bright; a common name in France; introduced into Ireland by the Anglo-Normans, but never became popular. St Hubert was the patron of hunters.

Hoireabard, *g.* -aird: Herbert; Frank. Haribert, Heribert, army-bright; common as Herbert among the Anglo-Norman settlers in Ireland, but it quickly declined in popularity and for centuries has been very rare.

Iarfhlaith, *g.* -atha: Jarlath; the name of the patron of the diocese of Tuam.

Íomhar, *g.* -air: Ivor; Norse Ivarr; a name borrowed by the Irish from the Norsemen; several Danish Kings of Dublin were so called.

Íosac, *g.* -aic: Isaac; Heb. Yshq-El, 'May God smile', 'May God be kind', 'laughter'; the name of the Jewish patriarch, son of Abraham and father of Esau and Jacob; probably so called on account of the joy occasioned by his birth (cf. *Gen.* 17:17); always exceedingly rare in Ireland; Íosóc and Íosóg are variants.

Íosep, Íoseph, Joseph; Heb. Yoseph, 'May God add' (cf. *Gen.* 30:23, 24); the name of one of the sons of Jacob and Rachel, afterwards chief minister of Pharaoh in Egypt, and also of the spouse of the Blessed Virgin Mary and foster-father of Jesus Christ; in use in Ireland from early Christian times and re-introduced by the Anglo-Normans, but it is only within comparatively recent times that it has become really popular.

Irial, *g.* -ail: Irial; an ancient Irish name; used principally by the O'Farrells, O'Kennedys and O'Loghlens.

Iústás, g. -áis: Eustace; Gr. Eustachus, fruitful; the name of a Roman martyr whose relics were translated to the Church of St Denis at Paris in the twelfth century, making the name common in France. It was brought into Ireland by the Anglo-Normans, but has always been very rare.

Jonathan: Heb. 'Jehovah (Yahweh) has given'. The name of David's friend does not appear to have been used generally as a Christian name in early times. There has been a perceptible increase in its use in Ireland.

Labhrás, g. -áis: Laurence; Lat. Laurentius, 'of Laurentum', a town in Latium; the name of a celebrated Roman deacon who suffered martyrdom under Valerian in the third century; popular among the Anglo-Normans, who introduced it into Ireland. Sometimes Labhras and Lubhrás.

Lachtna: (Lucius); the name of the great-grandfather of Brian Bóroimhe; hence the name Lucius among the O'Briens.

Laoighseach, Laoiseach, g. -igh: Lysagh, (Lucius, Lewis, Louis); 'of Laois'; a name in use among the O'Mores and a few other families.

Lasairian, Laisrian, g. -éin: Laserian; dim. of *lasair*, flame; the name of four Irish saints, one of whom is patron of the diocese of Leighlin.

Leachlainn: Laughlin, Lanty; a shortened form of Maeleachlainn, q.v.

León, g. -óin: Leo; Lat. Leo, g. -onis, lion; a common Latin name, borne by thirteen popes, in honour of the last of whom—the great Pope Leo XIII—it was adopted in Ireland.

Liam: William; a pet form of Uilliam, q.v.

Lochlainn: Loughlin, Laughlin; a name borrowed from the Norsemen. The native home of the northern invaders was known to the Irish as Lochlainn, a name which is supposed to signify 'Lakeland' or 'Fiordland'. This was quickly adopted by the Irish as a personal name and became very popular. Dr MacBain suggests that it was originally MacLochlainne 'son of Scandinavia', hence a Scandinavian. Lochlann, *g.* -ainn, is a variant.

Lomán, *g.* -áin: Loman; dim. of *lom*, bare; the name of four Irish saints, one of whom was disciple of St Patrick.

Lonán, *g.* -áin: Lonan; dim. of *lon*, blackbird; the name of eight Irish saints.

Lorcán, *g.* -áin: Lorcan, (Laurence); dim of *lorc*, fierce; the Irish name of St Laurence O'Toole, patron of the diocese of Dublin.

Lúcán, *g.* -áin: Lucan; the name of four Irish saints.

Lúcás, *g.* -áis: Lucas, Luke; Gr. Loukas, traced by St Jerome to the Hebrew and explained by him as meaning 'resurrection', but generally considered to be a contraction of the Greek form, Loukanos, of the Latin Lucanus, a Roman forename probably derived from Lucania, a district in Southern Italy; the name of one of the four Evangelists, native of Antioch and physician by profession. Lucas was the old English form of the name, as it is still in Spanish and Portuguese. Labhcás is a variant in parts of Connacht.

Lughaidh, *g.* -adha: Lewy, (Lewis, Louis, Aloysius); an ancient Irish name, borne by ten saints; a favourite name among the O'Clerys.

Maeleachlainn, Maelsheachlainn, *g.* Maoileachlainn: Melaghlin, Laughlin, Lanty, (Malachy, Milo, Miles,

Myles); an Irish name, meaning 'servant of St
Secundinus', disciple of St Patrick and patron of
the family of Ó Maoilsheachlainn, or O'Melaghlen;
rather common in the tenth and succeeding
centuries, especially among the O'Melaghlens,
O'Farrells, O'Kellys and O'Connors; in modern
times disguised as Malachy.

Maelíosa, *g.* Maoil Íosa: Maelisa; formerly a not
uncommon Irish name, signifying 'servant of
Jesus'.

Maghnus, *g.* -usa, -uis: Manus, (Manasses); Lat.
Magnus, great; a name adopted by the Norsemen
in honour of Charlemagne (Carolus Magnus), and
by them introduced into Ireland. It became very
common among some Irish families, especially the
O'Donnells of Tirconnell. Often pronounced
Mághnus or Maonus. Eight saints of the name are
mentioned in the Roman Martyrology.

Mainchín: Munchin, (Mannix); dim. of *manach*,
monk; the name of several Irish saints, one of
whom is patron of the diocese of Limerick.

Máirtín, Mártain: Martin; Lat. Martinus, dim. of
Martius (deriv. of Mars, the Roman god of war);
the name of the celebrated St Martin of Tours, said
to have been a relative of St Patrick, in whose
honour it was popular in France, whence the
Normans brought it into England and Ireland.
Under the form of Mártan, however, it had already
been in use in Ireland from early Christian times.

Maitias, *g.* -tís, **Maithias,** *g.* -this: Matthias; probably
of same origin as Maitiu, q.v.; the name of the
Apostle who supplied the place of Judas; always
rare in Ireland.

Maitiú: Matthew; Heb. Mattathiah, gift of Jehovah;
the name of one of the twelve Apostles and the first
of the four Evangelists; a rare name among the

early Anglo-Norman settlers in Ireland. Mait is a pet form, Maitin a diminutive and Matha a variant.

Maodhóg: Mogue, (Aidan, Moses); a var. of Aodhán, q.v. Particularly associated with Co. Wexford. The initial M represents the possessive pronoun *mo*, my, prefixed as a term of endearment to the names of saints, while *-óg* is merely another dim. termination.

Maoilir: Meyler; Welsh Meilir or Meilyr; very rare.

Maolbheannachta, *g.* Maoilbheannachta: Benedict; an ancient Irish name, signifying 'one desirous of the blessing'.

Maolcholm, Maolcholuim, *g.* Maoil-: Malcolm; an Irish name signifying 'servant of St Columcille'; a royal name in Scotland where it is still much favoured. It does not appear to have been at any time a very common name in Ireland.

Maolmórdha, *g.* Maoilmórdha: (Miles, Myles); an ancient Irish name signifying 'majestic chief'; a favourite name among the O'Reillys, by whom it was angl. Miles or Myles.

Maolmhuire, *g.* Maoilmhuire: (Meyler, Milo, Miles, Myles); an Irish name signifying 'servant of the Blessed Virgin Mary'; a favourite name among the MacSweenys, by whom it was angl. Miles or Myles.

Maolruadhán, *g.* Maoilruadháin: Melrone; an Irish name meaning 'servant of St Ruadhan'.

Marcus, *g.* -uis: Marcus, Mark; Lat. Marcus, a common name in ancient Rome and its provinces; of uncertain origin, but supposed to be a deriv. of Mars, the Roman god of war; the name of the second of the four Evangelists. The Anglo-Normans brought it into Ireland, but it never became common.

man, and *dorcha*, dark, hence 'the dark-complexioned man'; a rather common name in the sixteenth century and in use down to comparatively recent times, but probably obsolete.

Fearganainm, *g.* Firganainm: Ferganonym, (Ferdinand); comp. of *fear*, man, *gan*, without, and *ainm*, name, hence 'anonymous, nameless'. This peculiar name was formerly rather common in Ireland. It is supposed to have been first given to persons who had not been baptised in their childhood.

Fearghal, *g.* -ghail, -ghaile: Fergal, Farrell; an ancient and once very common name, especially among the MacDonnells, MacDonoughs, Mageoghegans, O'Farrells, O'Neills and O'Rourkes. It is supposed to have been the Irish name of the celebrated St Virgilius, the Irish *fear* having been equated with the Latin *vir* (man).

Fearghus, *g.* -ghusa, -ghuis: Fergus, (Ferdinand); Celt. **ver-gustu-s*, super-choice, super-selection. Old Ir. Fergus, *g.* -gosso; a name frequently used in both Ireland and Scotland. Ten saints of the name are mentioned in the Martyrology of Donegal.

Feichín: Fehin, (Festus); dim. of *fiach*, raven; the name of five Irish saints, one of whom was Abbot of Fore and patron of West Connacht, where the name is now angl. Festus. St Feichin's day is 20 January.

Feidhlim: Phelim, Felim, (Felix, Philip); a shortened form of Feidhlimidh, q.v.

Feidhlimidh: Felimy, Phelimy, Phelim, Felim, (Felix, Philip); an ancient Irish name, explained as meaning 'ever good'; common among the Maguires, O'Connors, O'Donnells, O'Neills and O'Reillys; and borne by six Irish saints, one of whom is patron of the diocese of Kilmore.

Feoras, *g.* -ais: Pierce; an Irish form of the Norman Piers, from the Lat. Petrus, Fr. Pierre.

Fiacha, Fiach, *g.* -chach: Feagh; a name among the O'Byrnes, borne by the famous Feagh MacHugh. St Fiacha's day was 27 December.

Fiachra, *g.* -rach: Fiachra, Feary; the name of eight Irish saints, of whom the most celebrated was St Fiachra the Solitary, founder of the monastery of Breuil in France, whose shrine is a constant place of pilgrimage where innumerable miracles are said to have been performed. The French form of the name is Fiacre.

Finghin: Fineen, Finneen, Finnin, (Florence, Florry); an ancient Irish name, explained as meaning 'fair birth' or 'fair offspring'; common among the MacCarthys, O'Sullivans, O'Mahonys, O'Driscolls, and other families in West Munster, by whom it is absurdly angl. Florence. St Finghin's day was 5 February.

Finnian, *g.* -éin: Finnian, Finian; dim. of *fionn*, fair; the name of several Irish saints, of whom the most celebrated were St Finnian, Abbot of Moville, and St Finnian, Abbot of Clonard and founder of the famous school of that place.

Fionán, Fionnán, *g.* -áin: Fionan, Finan; dim. of *fionn*, fair; the name of at least nine Irish saints, some of whom were very celebrated, such as St Fionan Cam and St Fionan the Leper.

Fionn, *g.* Finn: Finn; an ancient and once common name; made famous by Fionn MacCumhail. It was borrowed by the Norsemen and used as a Christian name in Scandinavia and Iceland.

Fionnbharr, *g.* -airr: Finbar; comp. of *fionn*, fair, and *barr*, head; the name of several Irish saints, of whom one is patron of the diocese of Cork; also called Bairrfhionn, shortened to Barra, q.v.

Fionntán, *g.* -áin: Fintan; dim. of *fionn,* fair; the name of upwards of twenty Irish saints, of whom one of the most celebrated was St Fintan of Clonenagh.

Fitheal, *g.* -thil: (Florence, Florry); a corruption of Fithcheallach (whence the surname Ó Fith-cheallaigh); in use among the O'Mulconrys (Conrys), by whom it was angl. Florence.

Flann, *g.* Flainn, Floinn: Flann, Flan, (Florence, Florry); an ancient and once common Irish name, meaning 'ruddy'. It survived among the MacEgans and O'Mulconrys (Conrys) down to comparatively recent times. Several saints of the name are mentioned in the Martyrology of Donegal.

Flannán, *g.* -áin: Flannan; dim of *flann,* ruddy; the name of the patron of the diocese of Killaloe, whose feast is kept on 18 December.

Folc: Foulk, Fulke; a Frankish name introduced by the Normans and used among a few families. It was generally pronounced Fúc.

Frainc: Frank; a pet form of Francis. *See* Proinnsias.

Fursa: Fursey, the name of a saint who died in France in 650; honoured in Galway and Louth.

Gabriel: Heb. 'strong man of God', the name of the Archangel who brought tidings of great joy to Mary. It has never been common in Ireland.

Garbhán, *g.* -áin: Garvan; dim. of *garbh,* rough; the name of five Irish saints.

Gearalt, *g.* -ailt: Gerald; Teut. Gerwald, spear-might; a name introduced into Ireland by the Anglo-Normans. it was rare at first, but by the end of the sixteenth century had become very common. Its popularity has again declined. *See also* Gearárd and Gearóid.

Gearárd, *g.* -aird: Gerard; Frank. Gerhard, spear-brave; a name borne by two saints, one Bishop of Toul and the other Abbot of Namur, after whom it became popular among the Normans, who introduced it into Ireland. It appears, however, to have soon died out, having been apparently absorbed by Gerald (*see* Gearalt). Giorárd is a variant. The present popularity of the name in Ireland is due to St Gerard Majella.

Gearóid: Garrett, Gerald, Gerard; apparently not a dim. of Gerald (*see* Gearalt), but merely the Norman pronounciation of that name. Gioróid is a variant.

Geaspar, *g.* -air: Jasper; a name assigned to one of the Magi who came from the East to adore the Infant Saviour. The Magi, according to tradition, were three kings named Gaspar, Melchior and Balthasar, who afterwards suffered martyrdom. The translation of their supposed relics from Constantinople to Milan, and thence to Cologne in the twelfth century, made their names known in Europe. Gaspar became very common in Germany, and was in use in France as Gaspard and in England as Jasper. All three names were used in Ireland, but none of them ever became common. Gaspar was represented in the Fiants of Elizabeth by 'Gaspar Synnott'. 'Jaspar Browne', and 'Jaspar Butler'. Melchior was current in the neighbourhood of Youghal, while Balthasar was a name in use among the Nugents.

Gilibeirt: Gilbert; Frank. Giselbert, pledge-bright; very common as Gilbert among the Normans who introduced it into Ireland.

Giobún, *g.* -úin: Gibbon; a dim. of Gilbert (*see* Gilibeirt).

Giolla Bhearaigh: Gilvarry; an Irish name meaning 'servant of St Barry' (*see* Bearach).

Giolla Bhríghde: Gilbride; an Irish name meaning 'servant of St Brigid' (*see* Bríghid).

Giolla Chríost: Christian; an Irish name meaning 'servant of Christ'.

Giolla Dhé: Gildea; an Irish name meaning 'servant of God'.

Giolla Easpuig: Archibald; an Irish name meaning 'bishop's servant'; strangely angl. Archibald in the North of Ireland and in Scotland.

Giolla Íosa: Gillisa, Gillesa, Gill; an Irish name meaning 'servant of Jesus'.

Giolla na Naomh: (Nehemiah); an Irish name meaning 'servant of the saints'.

Glaisne: Glasny; formerly a favourite name in several Ulster families; survived down to recent times.

Gofraidh, Gothfraidh, Gothraidh, *g. same or* -adha: Godfrey, Gorry; Norse Gothfrithr, God-peace; a Norse name early adopted by the Irish, among whom it was at one time rather common.

Gordan, *g.* -ain: Gordon; a name among the O'Neills of Ulster, first borne by a son of Sir Phelim O'Neill, who was so called from his grandfather, the Marquis of Huntly in Scotland, whose family name was Gordon.

Greagoir, *g.* -ora: Gregory; Gr. Gregorios, watchman; a frequent episcopal name in the Eastern Church from early times, and borne by no fewer than sixteen popes. Although rather common among the early Anglo-Norman settlers, it never became popular in Ireland. Grioghar is a variant.

Hannraoi, Hanraoi, *g.* id.: Henry, Harry; common var. of Éinrí, q.v.

Hoibeard, *g.* -aird: Hubert, (Hugh); Teut. Hugibert, mind-bright; a common name in France; introduced into Ireland by the Anglo-Normans, but never became popular. St Hubert was the patron of hunters.

Hoireabard, *g.* -aird: Herbert; Frank. Haribert, Heribert, army-bright; common as Herbert among the Anglo-Norman settlers in Ireland, but it quickly declined in popularity and for centuries has been very rare.

Iarfhlaith, *g.* -atha: Jarlath; the name of the patron of the diocese of Tuam.

Íomhar, *g.* -air: Ivor; Norse Ivarr; a name borrowed by the Irish from the Norsemen; several Danish Kings of Dublin were so called.

Íosac, *g.* -aic: Isaac; Heb. Yshq-El, 'May God smile', 'May God be kind', 'laughter'; the name of the Jewish patriarch, son of Abraham and father of Esau and Jacob; probably so called on account of the joy occasioned by his birth (cf. *Gen.* 17:17); always exceedingly rare in Ireland; Íosóc and Íosóg are variants.

Íosep, Íoseph, Joseph; Heb. Yoseph, 'May God add' (cf. *Gen.* 30:23, 24); the name of one of the sons of Jacob and Rachel, afterwards chief minister of Pharaoh in Egypt, and also of the spouse of the Blessed Virgin Mary and foster-father of Jesus Christ; in use in Ireland from early Christian times and re-introduced by the Anglo-Normans, but it is only within comparatively recent times that it has become really popular.

Irial, *g.* -ail: Irial; an ancient Irish name; used principally by the O'Farrells, O'Kennedys and O'Loghlens.

Iústás, g. -áis: Eustace; Gr. Eustachus, fruitful; the name of a Roman martyr whose relics were translated to the Church of St Denis at Paris in the twelfth century, making the name common in France. It was brought into Ireland by the Anglo-Normans, but has always been very rare.

Jonathan: Heb. 'Jehovah (Yahweh) has given'. The name of David's friend does not appear to have been used generally as a Christian name in early times. There has been a perceptible increase in its use in Ireland.

Labhrás, g. -áis: Laurence; Lat. Laurentius, 'of Laurentum', a town in Latium; the name of a celebrated Roman deacon who suffered martyrdom under Valerian in the third century; popular among the Anglo-Normans, who introduced it into Ireland. Sometimes Labhras and Lubhrás.

Lachtna: (Lucius); the name of the great-grand-father of Brian Bóroimhe; hence the name Lucius among the O'Briens.

Laoighseach, Laoiseach, g. -igh: Lysagh, (Lucius, Lewis, Louis); 'of Laois'; a name in use among the O'Mores and a few other families.

Lasairian, Laisrian, g. -éin: Laserian; dim. of *lasair*, flame; the name of four Irish saints, one of whom is patron of the diocese of Leighlin.

Leachlainn: Laughlin, Lanty; a shortened form of Maeleachlainn, q.v.

León, g. -óin: Leo; Lat. Leo, g. -onis, lion; a common Latin name, borne by thirteen popes, in honour of the last of whom—the great Pope Leo XIII—it was adopted in Ireland.

Liam: William; a pet form of Uilliam, q.v.

Lochlainn: Loughlin, Laughlin; a name borrowed from the Norsemen. The native home of the northern invaders was known to the Irish as Lochlainn, a name which is supposed to signify 'Lakeland' or 'Fiordland'. This was quickly adopted by the Irish as a personal name and became very popular. Dr MacBain suggests that it was originally MacLochlainne 'son of Scandinavia', hence a Scandinavian. Lochlann, *g.* -ainn, is a variant.

Lomán, *g.* -áin: Loman; dim. of *lom*, bare; the name of four Irish saints, one of whom was disciple of St Patrick.

Lonán, *g.* -áin: Lonan; dim. of *lon*, blackbird; the name of eight Irish saints.

Lorcán, *g.* -áin: Lorcan, (Laurence); dim of *lorc*, fierce; the Irish name of St Laurence O'Toole, patron of the diocese of Dublin.

Lúcán, *g.* -áin: Lucan; the name of four Irish saints.

Lúcás, *g.* -áis: Lucas, Luke; Gr. Loukas, traced by St Jerome to the Hebrew and explained by him as meaning 'resurrection', but generally considered to be a contraction of the Greek form, Loukanos, of the Latin Lucanus, a Roman forename probably derived from Lucania, a district in Southern Italy; the name of one of the four Evangelists, native of Antioch and physician by profession. Lucas was the old English form of the name, as it is still in Spanish and Portuguese. Labhcás is a variant in parts of Connacht.

Lughaidh, *g.* -adha: Lewy, (Lewis, Louis, Aloysius); an ancient Irish name, borne by ten saints; a favourite name among the O'Clerys.

Maeleachlainn, Maelsheachlainn, *g.* Maoileachlainn: Melaghlin, Laughlin, Lanty, (Malachy, Milo, Miles,

Myles); an Irish name, meaning 'servant of St Secundinus', disciple of St Patrick and patron of the family of Ó Maoilsheachlainn, or O'Melaghlen; rather common in the tenth and succeeding centuries, especially among the O'Melaghlens, O'Farrells, O'Kellys and O'Connors; in modern times disguised as Malachy.

Maelíosa, *g.* Maoil Íosa: Maelisa; formerly a not uncommon Irish name, signifying 'servant of Jesus'.

Maghnus, *g.* -usa, -uis: Manus, (Manasses); Lat. Magnus, great; a name adopted by the Norsemen in honour of Charlemagne (Carolus Magnus), and by them introduced into Ireland. It became very common among some Irish families, especially the O'Donnells of Tirconnell. Often pronounced Mághnus or Maonus. Eight saints of the name are mentioned in the Roman Martyrology.

Mainchín: Munchin, (Mannix); dim. of *manach*, monk; the name of several Irish saints, one of whom is patron of the diocese of Limerick.

Máirtín, Mártain: Martin; Lat. Martinus, dim. of Martius (deriv. of Mars, the Roman god of war); the name of the celebrated St Martin of Tours, said to have been a relative of St Patrick, in whose honour it was popular in France, whence the Normans brought it into England and Ireland. Under the form of Mártan, however, it had already been in use in Ireland from early Christian times.

Maitias, *g.* -tís, **Maithias,** *g.* -this: Matthias; probably of same origin as Maitiu, q.v.; the name of the Apostle who supplied the place of Judas; always rare in Ireland.

Maitiú: Matthew; Heb. Mattathiah, gift of Jehovah; the name of one of the twelve Apostles and the first of the four Evangelists; a rare name among the early Anglo-Norman settlers in Ireland. Mait is a pet form, Maitin a diminutive and Matha a variant.

Maodhóg: Mogue, (Aidan, Moses); a var. of Aodhán, q.v. Particularly associated with Co. Wexford. The initial M represents the possessive pronoun *mo*, my, prefixed as a term of endearment to the names of saints, while -*óg* is merely another dim. termination.

Maoilir: Meyler; Welsh Meilir or Meilyr; very rare.

Maolbheannachta, *g.* Maoilbheannachta: Benedict; an ancient Irish name, signifying 'one desirous of the blessing'.

Maolcholm, Maolcholuim, *g.* Maoil-: Malcolm; an Irish name signifying 'servant of St Columcille'; a royal name in Scotland where it is still much favoured. It does not appear to have been at any time a very common name in Ireland.

Maolmórdha, *g.* Maoilmórdha: (Miles, Myles); an ancient Irish name signifying 'majestic chief'; a favourite name among the O'Reillys, by whom it was angl. Miles or Myles.

Maolmhuire, *g.* Maoilmhuire: (Meyler, Milo, Miles, Myles); an Irish name signifying 'servant of the Blessed Virgin Mary'; a favourite name among the MacSweenys, by whom it was angl. Miles or Myles.

Maolruadhán, *g.* Maoilruadháin: Melrone; an Irish name meaning 'servant of St Ruadhan'.

Marcus, *g.* -uis: Marcus, Mark; Lat. Marcus, a common name in ancient Rome and its provinces; of uncertain origin, but supposed to be a deriv. of Mars, the Roman god of war; the name of the second of the four Evangelists. The Anglo-Normans brought it into Ireland, but it never became common.

Mathghamhain, *g.* -amhna: Mahon, (Matthew); a well-known Irish name, signifying 'bear'; borne by the brother of Brian Bóroimhe, and common among the O'Briens, O'Connors, O'Farrells, etc., but in later times disguised under the angl. form of Matthew.

Meallán, *g.* -áin: Mellan, Meldan; prob. from *meall*, pleasant; the name of four Irish saints.

Meilseoir, *g.* -óra: Melchior; a name attributed to one of the Magi (*see also* Geaspar); in use in the neighbourhood of Youghal.

Mícheál, Micheál, *g.* -chíl: Michael; Heb. Mikāēl, 'Who like God?'; the name of one of the Archangels, chief of the heavenly hosts and conqueror of Satan; rare until comparatively recent times, but now one of the most popular names in Ireland.

Muircheartach, *g.* -aigh: Murtagh, Murtha, Murty, Murt, (Mortimer); comp. of *muir*, sea, and *ceart*, right, meaning 'sea-director', 'expert at sea', 'able navigator'; an ancient Irish name, common among the O'Briens, O'Connors, etc.; it is often disguised under the anglicised form of Mortimer, with which it has no connection.

Muireadhach, *g.* -aigh: Murry; deriv. of *muir*, sea, meaning 'seaman'; also 'lord'; formerly a very common Irish name; borne by two saints, one of whom is patron of the diocese of Killala.

Muirgheas, *g.* -gheasa, -ghis: (Maurice); comp. of *muir*, sea, and *gus*, choice; formerly a common Irish name; now merged in Muiris, q.v.

Muiris: Maurice; Lat. Mauritius, Moorish, a Roman name for a man of Moorish lineage; borne by the captain of the Theban legion who was martyred, together with his companions, in Switzerland, by order of Maximinian, in the third century;

common among the Anglo-Norman settlers in
Ireland.

Murchadh, *g.* -adha, -aidh: Murrough, (Morgan);
Celt. *mori-catu-s, sea-warrior; an ancient Irish
name formerly common in most Irish families,
especially among the O'Briens, O'Flahertys, etc.; it
is generally concealed under the anglicised form of
Morgan.

Naomhán, *g.* -áin: Nevan; dim. of *naomh*, holy; the
name of an Irish saint whose feast was kept on 13
September.

Naos, *g.* -sa: Neece, Neese, Niece, (Nicholas); a pet
form of Aonghus, q.v.; associated particularly with
Ulster.

Neasán, *g.* -áin: Nessan; the name of five Irish saints,
of whom the best known is St Nessan, the deacon of
Mungret.

Niall, *g.* Néill: Niall, Neal, Neale, Neil; an ancient
Irish name specially common in Ulster among the
O'Neills, O'Donnells, O'Dohertys, O'Boyles, and
some other families; in modern times the gen. Néill
is sometimes used instead of the nominative.

Niallán, *g.* -áin: Niallan; dim. of Niall, q.v.

Nioclás, *g.* -áis: Nicholas; Gr. Nikolaos, victory of the
people; the name of one of the seven first deacons.
The legend of St Nicholas, Bishop of Myra, the
patron saint of children, sailors, pawnbrokers and
wolves, made it universal. It was one of the
commonest names among the early Anglo-Norman
settlers in Ireland and has retained its popularity.
Niocol (Nicol) is a short form.

Odhrán, *g.* -áin: Oran, Odran; dim. of *odhar*, pale-
green; the name of nine Irish saints, one of whom
is patron of Waterford.

Oilibhéar, *g.* -éir: Oliver; almost certainly a gallicised form of the Norse Ōlafr or Ōleifr, ancestor's relic (*see* Amhlaoibh); a name introduced into Ireland by the Anglo-Normans and once fairly common, until its association with Cromwell made it unpopular. With the beatification of Blessed Oliver Plunket it has returned to favour.

Oisín: Ossin, Ossian; dim. of *os,* deer; the name of the poet of the Fianna, son of Fionn MacCumhail; also borne by four Irish saints.

Oistín: Austin; a Norse form of Augustine. It occurs in the Annals of Ulster, at the year 874, as the name of a son of Amhlaoibh, King of the Norsemen. *See also* Águistin.

Oscar, *g.* -air: Oscar; Norse Asgeirr, a common Norse name, meaning 'divine spear', the same as the Ang.-Sax. Osgar (occurring in Domesday Book); but *oscar* is also an Irish word, meaning 'champion' or 'combatant'; the name of the son of Oisín and grandson of Fionn MacCumhail; also a name among the Maguires in the fourteenth century.

Pádraig, Pádraic, Pádhraig, Pádhraic: Patrick; Lat. Patricius, Patritius, patrician, noble; the name of the national apostle of Ireland. Padhra, Páid, Paidi, Páidín, and Parra are pet forms.

Parthalán, Párthalán, Párthlán, Pártlán, Partnán, *g.* -áin, **Partlón,** *g.* -óin: Bartholomew, Bartlemy, Bartley, Barkley, Berkley, Barclay, Bartel, Parlan, Bat, Batt; Heb. Bar Talmai, son of Talmai; the name of one of the twelve Apostles; fairly common in Ireland.

Peadar, *g.* -air: Peter; Lat. Petrus, rock; the name given by Christ to Simon, son of Jonas, whom he made chief of the Apostles and the foundation-stone of his church. This form of the name is comparatively recent, Piaras (q.v.) being the form previously in general use. Peadair is a variant.

Piaras, *g.* -ais: Piers, Pierce; the Norman form of Peter (*see* Peadar), from French Pierre; a common name among the early Anglo-Norman settlers in Ireland.

Pilib: Philip; Gr. Philippos, horse-lover; the name of one of the twelve Apostles; in use in Ireland in early Christian times; a very common name among the Anglo-Norman settlers. Sometimes Filib.

Píus: Pius; Lat. Pius, pious; the name of twelve popes.

Pól, *g.* Póil: Paul; Lat. Paulus, small; the name of the Apostle of the Gentiles; never a common name in Ireland.

Preanndaigh: Frank; a pet form of Proinnsias; in use in Omeath.

Proinnsias, Proinnséas, Próinsias, *g.* -séis: Francis, (Frank); Lat. Franciscus, Frenchman, a name given in his youth to St Francis of Assisi (whose original name was Giovanni), because, it is said, of the readiness with which he acquired and spoke the French language, and which from him became a name of world-wide popularity.

Rádhulbh, *g.* -uilbh: Ralph; Teut. Raedwulf, swift-wolf, or counsel-wolf, Frank. Radulf; one of the most frequent names among the Anglo-Norman settlers in Ireland, but it rapidly declined in popularity, and even in the sixteenth century was very rare.

Raghnall, *g.* -aill: Reginald, Reynald Ronald, (Randal, Randolph); Teut. Reginwald, Reginwald, mighty-power, Norse Rognvaldr, Nor. Ragenald, Regnault, Reynald, Eng. Reynold; a Teutonic name which reached us by two channels, first through the Norsemen when it was largely borrowed by the Irish and Scottish Gaels, especially the MacDonnells, by whom it was incorrectly angl. Randal, and again through the Anglo-Normans, among whom it was very common. The pronounciation is often Rághnall or Raonall.

Rannulbh, *g.* -uilbh: Randolph; Frank. Randulf, shield-wolf; a name introduced by the Anglo-Normans, but always very rare. Its angl. form, Randal, has been absorbed by Raghnall, q.v.

Réamonn, *g.* -oinn: Raymond, Redmond, Mundy; Teut. Raginmund, Reginmund, mighty-protection, Fr. Raimond, or Ang.-Sax. Raedmund, counsel-protection; a name introduced by the Anglo-Normans and not uncommon in many Irish families.

Riocárd, *g.* -áird, **Riocard,** *g.* -aird: Rickard, Richard; Teut. Rikhard, Richard, rule-hard, Fr. Ricard, Ricart, Richard; one of the most frequent names among the Anglo-Norman settlers in Ireland. It owed its popularity to an Anglo-Saxon King of Kent, who in the seventh century left his throne to become a monk at Lucca, where he was reputed to have wrought many miracles.

Risteárd, *g.* -áird: Richard; a var. of Riocárd, due to French influence. This is the common form of the name. Cf. Italian Ricciardo for Riccardo.

Rodhlann, *g.* -ainn: Roland, Rowland; Teut. Hruodlant, Hrothland, famous-land, Nor. Rollant, Roland; a name introduced by the Anglo-Normans, among whom, however, it was not of frequent occurrence. Rodhlaidhe is a pet form.

Rodhulbh, *g.* -uilbh: (Ralph); Teut. Hruodwulf, Hrothwulf, famous-wolf, Nor. Rodulf (Rolf in Domesday Book); a rare Anglo-Norman name; absorbed by Rádhulbh, q.v.

Roibeárd, *g.* -áird. **Roibeard,** *g.* -aird: Robert; Teut. Hruodberht, Hrothberht, fame-bright, Nor. Rodbert, Fr. Robert; one of the commonest names among the early Anglo-Norman settlers in Ireland, but it declined in popularity and is now a rather rare name. Roibín (q.v.) is a diminutive; Ribeard, Ribeart, Ribirt, Riobárd and Riobart are variants.

Roibhilín: Revelin, (Roland, Rowland); a rare name, peculiar to the MacDonnells and the Savages of the Ards, Co. Down; perhaps the same as Ravelin of the Domesday Book; also written Raibhilín and Ruibhilín.

Roibín: Robin; dim. of Roibeárd, q.v. Roibean is sometimes a variant.

Rónán, *g.* -áin: Ronan; dim. of *rón,* seal; an ancient Irish personal name, borne by twelve saints.

Ros, *g.* Rossa: Ross; a rare name, used among the Mageoghegans, MacMahons, Maguires, O'Loghlens and some other families.

Ruadhán, *g.* -áin: Rowan; dim. of *ruadh,* red; the name of the celebrated Abbot of Lorrha, whose feast was kept on 15 April.

Ruaidhrí: Rory, Roderick, (Roger, Roddy); Roderick is from the Teut. Hruodric, Norse Rothrekr, fame-ruler; a name introduced by the Norsemen and which became very common in many Irish families; now often incorrectly angl. Roger. Ruaidhrí may also be a native Irish name, deriving from *ruadh,* red. Raidhrí and Reidhrí are dialectical variants.

Saerbhreathach, *g.* -aigh: Justin; comp. of *saor* and *breathach,* meaning 'noble judge'; a common name among the MacCarthys, borne by the father of Cárthach, from whom the family name.

Sailbheastar, *g.* -air: Sylvester; Lat. Silvester, found in a wood; the name of two popes; brought into Ireland by the Anglo-Normans, but always very rare.

Séadna: (Sidney); an ancient Irish name, borne by four saints.

Séafra, Seafraid, Siofraidh: Sheary, Geoffrey, Jeffrey; a var. of Gofraidh (q.v.) owing to French influence; a common name among the early Anglo-Norman settlers in Ireland. Séartha, Séarthra are variants.

Séamus, *g.* -uis: Shemus, James; Heb. Yā'aqōb, literally 'one who takes by the heel' (Gen. 25:25, 27:36), from *'aqeb*, heel, hence to trip up, defraud, supplant by subtlety; the name of the Jewish patriarch (Jacob) and of two of the twelve Apostles; common among the Anglo-Norman settlers. It is in honour of St James the Greater that the name is used in Ireland, as in Europe generally. In late Latin the name was found as Jacobus and Jacomus, hence the French Jacques, the English James and the Irish Séamus. Siomaidh and Simidh (Jimmy) are pet forms.

Seán, *g.* -áin: Sean, Shane, John; Old Fr. Jehan, Fr. Jean; a var. of Eóin, q.v.; one of the commonest names among the early Anglo-Norman settlers in Ireland and it became in time our most popular man's name; also written Seaghán and Seón, the latter being a late form from the English John.

Seanán, *g.* -áin: Senan, Sinan, Synan, Sinon; dim. of *sean*, old, wise; the name of upwards of twenty Irish saints, of whom the most celebrated is St Senan of Iniscathy; his feast is kept on 8 March. Sionán is a variant.

Séarlas, *g.* -ais, **Séarlus,** *g.* -uis: Charles; Teut. Carl, Karl, man, Fr. Charles; a rare name in Ireland until James I, hoping to avert the bad luck associated with the name James Stuart, called his son and eventual heir Charles as a lucky royal name.

Séathrún, Seathrún, *g.* -úin: Sheron, Geoffrey, Jeffrey; probably from Fr. dim. of Geoffrey. Searthún is a variant.

Seoirse: George; Gr. Georgos, husbandman, rustic; rare in Ireland before the advent of the Hanoverian dynasty. Seorsa is sometimes a variant.

Seosamh, *g.* -aimh, **Seosap,** *g.* -aip, **Seosaph,** *g.* -aiph: Joseph; var. of Iósep, q.v.

Siadhal, Siaghal, *g.* -ail: Shiel; an old Irish name, borne by two saints, one of whom is said to have been Bishop of Dublin.

Síomón, *g.* -óin, **Síomonn,** *g.* -oinn, **Síomún** *g.* -uin: Simon; Heb. Shim'ón (Simeon), from the root *sháma'*, to hear (cf. *Gen.* 29:33); Greek form Simon, confused with Ang.-Sax. Sigemund, victory-protection; the first name of St Peter and the name of another of the Apostles; rather common among the early Anglo-Norman settlers in Ireland.

Siseal, *g.* -sil: Cecil; Lat. Caecilius, dim. of *caecus*, blind.

Solamh, *g.* -aimh: Solomon; doubtless the scriptural name; used among the MacNamees and O'Mellans of Ulster.

Somhairle: Sorley, (Samuel, Charles); Norse Sumerlide, summer-wanderer; a name of Norse origin; especially common among the MacDonnells, by whom it was angl. Sorley, now disguised as Samuel and Charles. Samhairle (Charles) is a dialectical variant.

Steafán, *g.* -áin: Stephen; Gr. Stephanos, crown, or wreath; the name of the protomartyr of the

Christian faith; a rather common name among the early Anglo-Norman settlers in Ireland. Steimhin, Stiabhán, Stiabhna, Stiana, Stibhin, Stiofán are variants.

Suibhne: Sivney, (Simon); and old Irish name meaning 'well-going'; borne by seven Irish saints.

Tadhg, *g.* Taidgh: Teige, Teague, (Thaddaeus, Thaddeus, Thady, Thade, Timothy, Tim); an ancient and very common Irish name, meaning 'poet' or 'philosopher'; found in every part of Ireland, but in more recent times generally angl. Timothy. St Tadhg was martyred at Wurtzburg; his feast was kept on 8 July. Taidhgín is a diminutive.

Teabóid, Tiobóid: Tibbot, Theobald, (Tobias, Toby); Teut. Theodbald, people-bold, Nor. Thebault, Thebaut, Thibault, Thibaut; a rare name, introduced by the Anglo-Normans.

Téadóir, *g.* -óra: Theodore; Gr. Theodoros, God-gift.

Tiarnach, Tighearnach, *g.* -aigh: Tierney; deriv. of *tighearna*, lord, and meaning 'lordly'; an old Irish name, borne by four saints, of whom the best known is St Tierney of Clones.

Tiarnán, Tighearnán, *g.* -áin: Tiernan; dim. of *tighearna*, lord; a common name among the O'Rourkes. St Tiernan's day was 8 April.

Tiomóid: Timothy; Gr. Timotheos, honouring God; an ancient name, in use even in pagan times; borne by the disciple of St Paul. In Ireland it appears to be of comparatively recent introduction and is very rare. Timothy as an angl. form of Tadhg (q.v.) is, however, very common, but does not appear to have been in use before the Cromwellian period.

Toirdealbhach, *g.* -aigh: Turlough, (Terence, Terry, Charles); an Irish name, possibly meaning 'shaped like Thor', the Norse god of thunder; a common name among the O'Briens, O'Neills, O'Donnells, O'Connors of Connacht, MacSweenys, and other families; now generally angl. Terence. Tarla and Traelach are variants.

Tomaltach, g. -aigh: Tomaltagh, Tumelty, (Timothy); an old Irish name, formally rather frequent, especially among the O'Connors of Connacht; it is now disguised under the angl. form of Timothy.

Tomás, g. -áis: Thomas; an Aramaic word meaning 'twin', the same as the Greek Didymus; the name of one of the twelve Apostles; very common among the early Anglo-Normans out of devotion to St Thomas Becket. Tomáisín (Tommy) is a diminutive.

Tuathal, g. -ail: Toal, Tully; Celt. *touto-valo-s*, people-mighty; an ancient and once rather common name in Ireland, which has become rare in modern times.

Uaine, Uaithne, Uaitne: Hewney, Oney, Owney, Oynie, (Anthony, Antony); an old Irish name, found among the O'Mores, O'Loghlens, and other families, by whom it was angl. Antony.

Ualtar, g. -air: Walter; Teut. Waldhar, Walthar, Walther, rule-folk, Nor. Walter; one of the commonest names among the early Anglo-Normans in Ireland, but has never been a name of general popularity. Uaitéir is a variant.

Uileog: Ulick, (Ulysses); a dim. of Uilliam, q.v. Uilleac and Uillioc are variants.

Uilfrid: Wilfrid; Ang.-Sax. Wilfrith, will-peace.

Uilliam: William; Teut. Willehelm, Wilhelm, will-helmet (protection), Nor. Willaume; the most common name among the early Anglo-Norman settlers in Ireland. It owed its popularity to William the Conqueror.

Uinseann, Uinsionn, *g*. -sinn: Vincent; Lat. Vincentius, conquering; a name introduced by the Anglo-Normans; its use at the present time is no doubt due to the celebrity of St Vincent de Paul, the Apostle of the Poor.

Úistean, *g*. -tin: Euston; Nor. Hutchen, dim. of Hugh; a name among the MacDonnells.

Ultan, *g*. -ain: Ultan; the name of eighteen Irish saints mentioned in the Martyrology of Donegal.

Unfraidh: Humphrey; Teut. Hunfrid, Hunfrith, the folk-name Huni, possibly meaning 'giant', and *frith*, peace; a rare name among the Anglo-Normans. It appears to have gone entirely out of use, except as an angl. form of Amhlaoibh, q.v.

NAMES FOR GIRLS

Abaigeal: Abigail, Heb. *'abigal,* father of joy, joyfulness; the name of the wife of King David, noted for her prudence and beauty; used in Derry and Omeath. Abaigh (Abbie, Abbey) is a pet form.

Agata: Agatha; Gr. *agathos,* good; the name of a celebrated Sicilian virgin and martyr of the third century. O'Connell's heart rests in her church at Rome.

Aghna: Ina; the name of two Irish saints; probably an Irish form of Agnes (*see* Aignéis).

Aifric, *g.* -ice: Afric, Africa, Aphria; Celt. 'pleasant'; the name of two Abbesses of Kildare, one of whom died in 738 and the other ín 833; also used in Scotland and the Isle of Man. It was a lady of this name, Africa, daughter of Godred, King of Man, and wife of John de Courcy, that founded the Cistercian Abbey, known as the Grey Abbey, in the Ards of Co. Down.

Aignéis: Agnes; Gr. *agnos,* sacred, pure; the name of a Roman virgin, martyred in 304; introduced into Ireland by the Anglo-Normans.

Ailbhe: Alvy, Elva; also written Oilbhe, (Olive); common as a woman's name in Ireland.

Ailis, Ailís, Ailíse, Ailse: Alicia, Alice, Aylice, Elsha; a pet form of Adelaide (Teut. Adalheid, noble rank); a name introduced by the Anglo-Normans. Ailidh and Alaidh (Alley) are pet forms.

Aimilíona: Amelia; a Nor. dim. of Aemilia (*see* Eimíle); a name introduced by the Anglo-Normans.

Áine: Anne, Anna; an ancient Irish name; still common, but now merged in the Hebrew Anna, q.v.

Aingeal: Angela; Lat. Angela, angel.

Aisling, Aislinn, *g.* -e: Ashling, (Esther); an Irish name meaning 'vision', 'dream'; used in Derry and Omeath.

Aithche: Atty; the name of a holy virgin, patroness of Cill Aithche in the barony of Kenry, Co. Limerick, where her feast-day (15 January) was formerly kept as a holiday and a station held.

Alastríona: Alastrina, Alexandra; the fem. form of Alastar. *See* Alsander.

Allsún: Allison, Alison; dim. of Ailís, q.v.; used occasionally in Ireland; strongly associated with Scotland.

Ánna, Anna: Anna, Anne; Heb. Hannah, grace; a biblical name, borne by the mother of Samuel, the wife of Tobias, and the mother of the Blessed Virgin Mary. It is to the last of these that the name owes its popularity. Very common in Ireland; confused with the native name Áine, q.v.

Annábla: Annabel, Annabella, Arabella, Bella; a name of uncertain origin; introduced into Ireland by the Anglo-Normans, but never became popular.

Annstás: Anastasia; Gr. Anastasia, from *anastasis*, resurrection; a name given by the early Christians to the newly baptised to signify that they had arisen to a new life; introduced into Ireland by the Anglo-Normans. Stéise is a pet form.

Aodhnait, *g. same or* -ata, -atan: Enat, Ena, Eny; fem. dim. of Aodh (q.v.), corresponding to the masc. Aodhán (q.v.); the name of an Irish saint whose feast was kept on 9 November.

Aoibheann, *g.* -bhne: Eavan; Old Ir. Aibfinn, Aebfind, fair form; an ancient Irish name, borne by the mother of St Enda.

Aoife: Eva; an ancient Irish name.

Athracht, *g. same or* -a: Attracta; the name of an Irish virgin saint, of Ulster origin, who flourished in the sixth century and founded the nunnery of Killaraght, near Lough Gara, Co. Sligo, where her memory is revered on 11 August.

Báb, Babe, a pet name.

Baibín: Barbara, Barbary, Bab; a pet dim. of Baírbre, q.v.; common in West Galway.

Báirbre, Bairbre: Barbara, Barbary; Gr. *barbaros,* strange; a name in use among the ancient Romans; borne by a holy virgin and martyr of Nicodemia in the third century, who became the patroness of architects and engineers; common in Connacht.

Bean Mhí: Benvy; an Irish name, meaning 'Lady of Meath'; in use down to the beginning of the seventeenth century.

Bean Mhumhan: Benvon; an Irish name meaning 'Lady of Munster'; in use down to the beginning of the seventeenth century.

Bébhinn, *g.* -bhinne: Bevin, (Vivian); an ancient Irish name, meaning 'melodious lady'; borne by, among others, the mother and a daughter of Brian Bóroimhe.

Bernadette: French diminutive of Bernard; owes its popularity in Ireland and in other Catholic countries to St Bernadette Soubirous (1844–79) to whom the Blessed Virgin Mary appeared at Lourdes.

Bláth, *g.* -áithe: Flora; an ancient Irish name, meaning 'blossom' or 'flower-bud'; borne by two virgin saints.

Bláthnaid: Florence; dim. of Bláth, q.v.; an ancient Irish personal name.

Blinne: Blanche; a corruption of Moninne; the name

of an Irish virgin, patroness of Killevy, Co.
Armagh, whose feast-day is 6 July. Bluinse may be
a corruption.

Bríghid, Bríd, *g.* -íghde, -íde: Brigid, Bride, Breeda
(Bridget); an ancient Irish name, probably derived
from *brigh*, strength; the name of the goddess of
poetry in pagan Ireland; sanctified and made for
ever illustrious by St Brigid of Kildare, patroness of
Ireland. It does not appear to have come into
common use as a woman's name until the
seventeenth or eighteenth century. The frequent
angl. form Bridget is due to the resemblance of the
Irish name to that of the celebrated Swedish widow,
St Bridget. Bríghde and Bríghdín (Bridie, Breda,
Bidina, Bidelia, Dina, Delia, Dillie, Beesy, etc.) are
diminutives or variants.

Caitrín, Caitríona: Catherine; Gr. Katharine,
supposedly from *katharos*, pure; the name of a
celebrated virgin and martyr of Alexandria,
brought into Europe by the crusaders; but the
popularity of the name is mainly due to St
Catherine of Sienna. Cáit (Kate), Caiti (Katty),
Caitilín (Kathleen), Cáitín (Katie), Caitlín
(Kathleen) and Catraoine (Catherine) are
diminutives and variants. Traoine and Tríona
(Trina, Katie, Katty) are pet forms of Catraoine or
Caitríona.

Caoilfhionn, *g.* -finne: Keelin; comp. of *caol*, slender,
and *fionn*, fair; the name of an Irish virgin saint
who was venerated on 3 February.

Caoimhe: Keavy; an Irish name, signifying
'gentleness', 'beauty', 'grace', 'courtesy'; borne by a
Scoto-Irish saint whose feast-day is 2 November.

Carmel: Heb. 'fruitful field'. The use of the name in
Ireland is associated with Our Lady of Mount
Carmel.

Ciannait, *g. same or* -ata, -atan: Kinnat, Keenat; fem. dim. of *cian*, ancient, corresponding to the masc. Cianán, q.v.; the name of an Irish virgin saint, commemorated on 23 March.

Ciar, *g*, Céire: Ciara, Keara; a saint of this name died at Kilkeare, Co. Tipperary in 679.

Clare: Lat. *clarus*, clear, bright; Fr. Claire. The use of the name in Ireland and in other Catholic countries is due to St Clare of Assisi (1193–1253), follower and friend of St Francis and founder of the Poor Clares.

Clodagh: the name of a river in Co. Tipperary, increasing in popularity as a name for girls in Ireland in recent times.

Cristín, Cristíona: Christine, Christina; Lat. Christina, deriv. of Christianus, a Christian; the name of a Roman virgin who was martyred at Bolsena in 295; brought into Scotland by Queen Margaret in the eleventh century and into Ireland by the Anglo-Normans.

Damhnait, *g. same or* -ata, -atan: Devnet, Downet, Dymphna; fem. dim. of *damh*, poet, corresponding to the masc. Damhán; the name of a celebrated Irish virgin who was martyred at Gheel in Belgium. She is patroness of Gheel where her feast is kept on 15 May.

Dearbháil, *g*. -áile: Derval, Dervilia, (Dervla); comp. of *dearbh*, true, and *áil*, desire; an ancient Irish name.

Deirdre: an ancient Irish name, of uncertain etymology. Deirdre was the heroine of the tale of the Sons of Uisneach which inspired plays by Yeats and Synge at the beginning of the present century.

Doireann, *g*. -rinne: Dorren, (Dorothy, Dolly); an ancient Irish name, meaning 'sullen'. Doreen is possibly an anglicisation, but it may also be a diminutive of Dorothea, Dorothy, Gr. 'gift of God'.

Éadaoin, *g.* -ine: Edwina; The name of a holy virgin of Moylurg (Boyle), Co. Roscommon, whose festival day was 5 July. In English usage Edwina is a recent feminine form of Edwin.

Earnait, *g. same or* -ata, atan: Ernet; fem. dim. of *earna,* knowing, corresponding to the masc. Earnán, q.v.

Eibhilín, Eibhlín: Eileen, Eveleen, Aileen, Ellen, Helen, Ellie, Eily, Nellie, Nell, Lena; Gr. Elene, from *ele,* sunlight; the name of the mother of Constantine the Great, Emperor of Rome; introduced into Ireland by the Anglo-Normans. It may also be a derivative of German Avelina (Evelyn). Aibhilín is a variant. Neill and Neilli are pet forms.

Eiléanóir, Eileanóir, Eilíonóra: Eleanor, Eleanora; supposed by some to be a distinct name, but really only a Provençal form of Helena (*see* Eibhlín); introduced into Ireland by the Anglo-Normans. Léan is a pet form.

Eilís, Eilíse: Elizabeth, Eliza, Elsie, Lizzie, Bessie, Betsey, Betty, (Alicia, Alice, Aylice); Heb. Elishéba', meaning 'God hath sworn', or 'God is satisfaction'; the name of the wife of Zachary and mother of John the Baptist, and of many other holy women; Isabella was the form under which it first came into Ireland.

Eimíle: Emily; Lat. Aemilia, the fem. form of Aemilius, the cognomen of one of the most ancient of the patrician *gentes* of Rome, and the name of several early martyrs.

Eistir: Esther; Heb. Estér; of Persian origin, the name of the Hebrew lady who was wife of

Assuerus, King of Persia; popularised in France by Racine; in Ireland given to children born about Easter.

Eithne: Ethna, Etney, (Annie); an Irish personal name, meaning 'kernel'; borne by three virgin saints.

Etaoin, *g.* -aoine: Aideen; a saint honoured in the neighbourhood of Moylurg in Connacht.

Fainche: Fanny; the name of two saintly Irish virgins, one the sister of St Enda of Aran and patroness of Rossory, on Lough Erne, whose feast was kept on 1 January; and the other patroness of Cluain-caoi, in the neighbourhood of Cashel, who was venerated on the twenty-first of the same month.

Faoiltiarna, Faoiltighearna: Whiltierna; comp. of *faol* wolf, and *tighearna*, lord (? lady); the name of an Irish virgin whose feast-day was 17 March.

Fianait, Fiadhnait, *g. same or* -ata, -atan: Feenat, Feena; fem. dim. of *fia*, deer; the name of a saintly Irish virgin whose festival was celebrated on 4 January.

Fionnuala, Fionnghuala: Finola, Nuala, (Flora, Penelope, Penny, Nappy); comp. of *fionn*, fair, and *guala*, shoulder; an ancient Irish name, common down to the end of the seventeenth century and still in use, but often shortened to Nuala and sometimes disguised under the angl. form of Penelope.

Gemma: It. *gemma*, precious stone. Its use in Ireland at the present day is due to the fame of a modern Italian saint, Gemma Galgani.

Gobnait, *g. same or* -ata, -atan: Gobinet, Gobnet,

Gubnet, Gubby, (Abigail, Abbey, Abbie, Abina, Deborah, Debby, Webbie); fem. dim. of *gob*, mouth, corresponding to the masc. Gobán; the name of a celebrated Munster virgin, the patroness of Ballyvourney, whose feast is kept on 11 February; common in Cork, Kerry and Limerick, but generally angl. Abbey and Debby.

Gormfhlaith, g. -atha: Gormlaith, Gormley, (Barbara, Barbary); comp. of *gorm*, blue, and *flaith*, lord (? lady).

Gráinne: (Grace, Gertrude, Gertie); an ancient Irish name, borne by Diarmaid's lady and by the O'Malley sea-queen of the sixteenth century.

Hilde: Hilda, Hildy; the name of a saintly Irish abbess, who was venerated on 18 November; presumably from the Teut. *hild*, battle. It has been made famous by the great St Hilda, Abbess of Whitby (614–680).

Íde: Ida, Ita; Old Ir. Itu, thirst; the name of the celebrated Abbess of Kileedy, in West Limerick, whose feast is kept with great solemnity on 15 January.

Isibéal: Isabel, Isabella, Sybil, Sibby, Elizabeth, Eliza, Bessie, (Annabel, Annabella, Bella); the French form of Elizabeth (*see* Eilís); apparently the form in which the name first came into Ireland. Iseabal and Sibéal are variants. Sibi and Siobaigh are pet forms.

Labhaoise: Louisa, Louise; the fem. form of Alaois, q.v.

Lasairíona, Lasairfhíona: Lassarina; comp. of *lasair*, flame, and *fíon*, wine; an ancient Irish name.

Lil, Líle: Lilly, Lelia. The derivation is uncertain; pet forms, perhaps, of Elizabeth or of Cecilia. Elizabeth seems the more likely source, in Ireland at least.

Luighseach, g. -sighe: Lucy; the fem. form of Lughaidh, q.v.; the name of an Irish virgin saint who was venerated on 22 May.

Máda: Maud; a contraction of Matilda (*see* Maitilde).

Madailéin: Madeline; a name assumed in honour of St Mary Magdalen. Máighdlín is a variant.

Máible: Mabel; a shortened form of Amabel, from Lat. Amabilis, loveable, which superseded the original.

Máire: Mary, Moira, Maura, Marie, Maria; from a Heb. word Miryám, or better Mariám, a name of difficult interpretation, as are all names which appear in a very contracted form and in which it is difficult to discover the root-word from which they are derived. About seventy different meanings are given to Mary, in great part suggested by devotion to the Mother of God rather than by solid critical sense. Historically and grammatically examined, it seems very likely that it is a Hebrew name signifying 'bitterness', in the sense of grief, sorrow, affliction, either in reference to the pains of childbirth, or to the moral condition of the mother and family, oppressed by some great misfortune, or perhaps to the sad period of the Egyptian bondage, to which the Israelites were subject at the time of the birth of the first Mary, the sister of Moses. It was afterwards the name of several Jewish women, including the Blessed Virgin Mary, Mother of Jesus Christ, but was very slow in creeping in to the Western Church. It is only about the middle of the twelfth century that we find the first instance of its use in Europe, whither apparently it had been brought by the devotion of the crusaders. Even in

Ireland, there were few Marys until comparatively recent times. I find only a few instances of the use of the name before the seventeenth century; in modern times it became the most popular woman's name. The ordinary form of the name is Máire, Muire being used exclusively for the Blessed Virgin Mary, and, therefore, the most honoured of all names of women. Máirín (Maureen, Moreen, May, Molly) is a diminutive; Mallaidh (Molly) and Máille, Máilse, Máilti (Molly, Margery, Marjory) are pet froms Méars is a form once used in Kerry, perhaps no longer. Paili, Pails, Pal (Poll, Polly) are variants of Mallaidh.

Máiréad: Margaret, Maggie, Madge, Meg, Meggy; Gr. Margarites, pearl; the name of a Christian virgin who was martyred at Antioch in the last general persecution; brought to Europe by the crusaders, when it became very common in France and England; introduced by the Anglo-Normans into Ireland, where it has ever since been very popular, and is now found under a great variety of forms. Mairéad, Máirghréad, Mairghréad, Maighréad, Muraod, Muráid, Muiréad and Muirghéad are other forms. Peig, Peigi (Peg, Peggy) are variants of Meg and Meggy.

Mairsil, Mairsile: Marcella; Lat. Marcella, a fem. dim. of Marcus, q.v.; the name of a saintly Roman widow; common in France, whence apparently it came into Ireland.

Maitilde: Matilda; Ger. Mahthild, might-battle; the name of a royal German saint, the mother of the Emperor Otho I, a lady remarkable for her humility and patience; formerly very common in France; brought to England by the wife of William the Conqueror and into Ireland by the Anglo-Normans. The Flemings called the name Mahault, whence the Norman forms, Molde and Maud. Both

Matilda and Maud were in use in England, but neither ever became common in Ireland. Maiti (Matty) is a pet form, and Tilde (Tilda) is a diminutive.

Marta: Martha; a biblical name of uncertain origin, possibly a fem. form of Aramaic *mar*, lord; borne by the sister of Lazarus and Mary, and by an Abbess of Kildare in the eighth century.

Meadhbh, *g,* Meidhbhe, Meadhbha: Maeve, Meave, (Maud, Mabbina, Mabel, Margery, Marjory, Madge); the name of the celebrated Queen of Connacht in the first century; also borne by an Irish saint who was venerated on 22 November. Meidhbhín (Meaveen, Mabbina) is a diminutive.

Mealla: Mella; the name of several holy women in ancient Ireland.

Míde: Meeda; a var. of Íde (Ita) q.v., by the prefixing of *mo*, my, as a term of endearment.

Moncha: Monica; a name of unknown origin, borne by the mother of St Augustine.

Mór, *g.* Móire: More, (Martha, Mary, Agnes); an ancient and, until comparatively recent times, very common Irish name, signifying 'great'; still in use, but disguised under the angl. forms of Martha, Mary, or Agnes. Móirín (Moreen) is a diminutive.

Muadhnait, *g. same or* -ata, -atan: Monat, Mona; dim. of *muadh*, noble; the name of an Irish virgin saint, whose festival day was 6 January.

Muireann, Muirinn, *g.* -rinne: Morrin, (Marion, Madge); an ancient Irish name, meaning 'of the long hair'. Murainn is a variant.

Muirgheal, *g.* -ghile: Murel, Muriel; comp. of *muir*, sea, and *geal*, bright, meaning 'sea-bright', or 'fair one of the sea'.

Nábla, Náible: Annabel, Annabella, Nabla, Bella, (Mabel); a shortened form of Annábla, q.v.

Nainsí, Nainseadh, Neans: Nancy, Nance, Nan, Anne; popular variants of Ánna, q.v.

Noel: Lat. *natalis dies*, French *noel*, a name given to children of either sex born at Christmas time; of comparatively recent use in Ireland.

Nóra: Nora, Norah, Honor, Honora, Honoria, Nonie, Nano, Nanno, (Hannah); a shortened form of Onóra q.v. Nóinín, Nóirín (Nonie, Daisey) are pet forms.

Nuala: Nuala, (Nappy, Penelope, Penny); a shortened form of Fionnuala, q.v.

Odharnait, *g. same or* -ata and -atan: Ornat, Orna; fem. dim. of *odhar*, pale, olive-colour, corresponding to the masc. Odhrán, q.v.; the name of an Irish saint, venerated on 13 November.

Onóra: Honor, Honora, Nora, Norah, (Hannah); Lat. Honoria, fem. dim. of Honorius, honourable; a name introduced into Ireland by the Anglo-Normans; very popular under the shortened form of Nóra, q.v.

Órfhlaith, *g.* -atha: Orlaith, Orla; an old Irish name meaning 'golden lady'.

Patricia: fem. form of Patricius, Patrick; appears, surprisingly, to be of Scottish origin. Its use in Ireland is quite recent and may have been influenced by the fact that the name was borne by Princess Patricia of Connacht, a grand-daughter of Queen Victoria.

Philomena: Gr. *philos*, friend, and *menos*, power; popular in Ireland in recent times because of the cult of St Philomena whose relics were thought to have been found in Rome in 1802. In the light of the adverse decision as to the authenticity of the relics its use may be expected to decline.

Proinnséas, Próinséas: Frances, (Fanny); Lat. Francisca, fem. form of Franciscus, or Francis; a name adopted in honour of St Francis of Assisi and borne by a saintly Roman widow, whose feast-day is 9 March.

Ranait, Rathnait, *g. same or* -ata, -atan: Renny; fem. dim. of *rath*, grace or prosperity; the name of an Irish saint who is patroness of Kilkenny, Co. Kildare.

Richael, *g.* -chile: Richella; the name of a virgin saint whose feast-day was 19 May.

Ríoghnach, *g.* -aighe: Regina, Riona; the name of a saintly Irish virgin, whose feast was kept on 18 December; she was the sister of St Finnian of Clonard.

Rita: dim. of Margaret or Margarita; *see* Máiréad.

Róis, Róise: Rose; Teut. Hros, horse, Nor. Rohais, Roese, Roesia; a name introduced, no doubt, by the Anglo-Normans; borne by a lady of the Maguires in the early part of the sixteenth century. The name of St Rose of Lima is derived from the Latin *rosa*, rose. She was first named Isabella, but was afterwards called Rose from the rose-like appearance of her face in childhood. Róis was, however, a woman's name in Ireland long before the birth of St Rose. Róisín is a diminutive.

Rosemary: a name of recent origin, derived no doubt from the plant so called, but probably owing its popularity to a euphonic combination of the old and much-loved names Mary and Rose.

Sadhbh, *g. same or* Saidhbhe: Sive, (Sabia, Sophia, Sophy, Sarah, Sally); an ancient Irish name meaning 'goodness'; generally angl. Sally in modern times. Sabha (Sally) is a variant in West Connacht; Sadhbha (Sophia, Sophy) in Donegal and Derry. Saidhbhín (Sabina) is a diminutive.

Séarlait: Charlotte; fem. dim. of Charles; a name of comparatively recent formation.

Seosaimhín: Josephine; fem. dim. of Joseph (*see* Iósep); a name of comparatively recent formation; borrowed from the French.

Síle: Cecelia, Cecily, Celia, Selia, Sheila, Sheela, (Sabina, Sibby, Sally, Julia, Juley, Judith, Judy, Jude); Lat. Caecilia, dim. of *caeca*, blind; the name of a celebrated Roman virgin and martyr, the patroness of musicians; introduced by the Anglo-Normans and ever since common in Ireland, but generally wrongly angl. Julia. Sisile (Cecilia, Cecily) is a late form.

Sinéad: Jane, Janet, Jenny; a dim. of Fr. Jeanne, from Johanna (*see* Siobhán). Sine and Sineaid are Derry variants.

Siobhán: Joan, Johanna, Hannah, (Julia, Juley, Judith, Judy, Jude, Susanna, Susan, Nonie); the fem. form of Joannes, or John (*see* Eóin and Seán), which became common in France in the twelfth century as Jehanne and Jeanne, and in England as Joan; brought into Ireland by the Anglo-Normans, where it has ever since been one of the most popular of women's names. Siobháinín (Hannah, Josephine) is a diminutive; Siubhán and Siubháinín are variants.

Sláine: Slany; an old Irish name meaning 'health'; common among the O'Briens.

Sorcha: Sorcha, (Sarah, Sally); an old Irish name,

signifying 'clear' or 'bright'; in modern times it is angl. Sarah or Sally.

Súsanna: Susanna, Susan; Gr. Sousana; Heb. Shushannah, lily-grace; the name of a Hebrew maiden who, on being falsely accused of adultery, was condemned to death, but saved by Daniel who showed that her accusers were calumniators; introduced into Ireland by the Anglo-Normans. Sósanna is a variant and Siúi and Sósaidh (Susie) are pet forms.

Toiréasa: Teresa, Tessie; a name of uncertain origin; peculiar to Spain until the sixteenth century, when the fame of St Teresa made it world-wide.

Treasa, Treise: an old Irish name, meaning 'strength'; adopted as the Irish equivalent of Teresa (*see* Toiréasa).

Úna: Una, Uny, Oona, (Unity, Winifred, Winefred, Winnie, Winny, Agnes); an ancient and once common Irish name; in modern times it is generally angl. Winifred. Juno, made famous by O'Casey, is said to be another form of the name.

Ursula: Ursula; Lat. Ursula, little bear; the name of a Breton maiden who was martyred at Cologne in the fifth century.

Vanessa: a name coined by Dean Swift for Esther Vanhomrigh; it is obviously a partial anagram.

CALENDAR

JANUARY

1	Fainche		Éimhín	14	Flann	22	Colmán
	Aodhán	8	Fionán	15	Íde		Lonán
	Oisín		Cillian		Aithche	23	Lúcán
	Colmán	9	Faolán	16	Diarmaid		Coinneach
	Fionntán		Ciarán		Maelíosa	25	Aodh
	Earnán		Bréanainn		Cillian	26	Eirnín
2	Mainchín	10	Diarmaid	17	Ultan	27	Lúcán
3	Cillian	11	Suibhne		Earnán	28	Meallán
	Fionntán		Earnán	19	Fachtna	29	Bláth
4	Aodh		Fáilbhe		Suibhne		Crónán
	Fianait		Rónán	20	Feichín	30	Ailbe
5	Ciarán	12	Cuimín		Aonghus		Éanán
6	Diarmaid		Conán		Fearghus		Crónán
	Muadhnait	13	Mainchín		Crónán	31	Aodhán
7	Crónán		Colmán	21	Flann		Coinneach
	Donnán		Rónán		Fainche		

FEBRUARY

1	Bríghid		Fiachra		Fionán	21	Fionntán
2	Colmán		Fáilbhe	14	Caomhán		Colmán
3	Colmán	9	Rónán		Mainchín		Crónán
	Caoilfhionn		Colmán	15	Bearach	22	Feichín
4	Lomán	10	Crónán		Fearghus		Caomhán
	Ciarán	11	Finnian	16	Aodh	23	Eirnín
5	Finghin		Gobnait		Aonghus	24	Cuimín
6	Colm		Dubhán	17	Fionntán		Ciarán
7	Aodh	12	Siadhal		Cormac	25	Cianán
	Colmán		Fionán	18	Aonghus	26	Crónán
	Fionntán		Cuimín		Colmán		Beacán
	Meallán		Lughaidh	19	Feichín		Eithne
	Lomán		Crónán		Odhrán	27	Comhghan
	Lonán		Aodhán	20	Crónán	28	Eirnín
8	Colmán	13	Conán				

MARCH

1	Seanán		Conán	16	Aodhán		Ciannait
	Colm		Ciarán		Fionán	24	Lughaidh
	Éanán		Crónán		Abbán	25	Éanán
2	Lughaidh	9	Bríghid	17	Pádraig	26	Cárthach
	Cuan		Proinnséas		Tiarnach		Garbhán
	Finnian		Séadna		Beacán		Cillian
	Conall		Lughaidh		Faoiltiarna		Cormac
3	Conall	10	Séadna	18	Conall	27	Fionntán
	Cillian		Fáilbhe		Comán	28	Conall
	Fachtna		Colmán		Caomhán	29	Fearghus
5	Ciarán	11	Aonghus	20	Aodhán		Aodhán
	Cárthach	12	Cillian		Conán		Eithne
6	Cairbre	13	Caomhán	21	Éanna	30	Fearghus
	Odhrán	14	Ultan	22	Fáilbhe		Colmán
	Bríghid		Flannán	23	Fearghus	31	Faolán
8	Seanán		Caomhán		Mainchín		
	Siadhal	15	Eoghan				

APRIL

1 Ceallach	Aodhán	Fáilbhe	Crónán
Aodhán	Fáilbhe	17 Donnán	Dónal
2 Conall	9 Colmán	Eochaidh	Seanán
3 Comán	Seanán	Lughaidh	Conán
4 Tiarnach	10 Bearchán	Garbhán	27 Ultan
Ultan	11 Maodhóg	18 Eoghan	28 Crónán
Colmán	Aodh	Lasairian	Suibhne
5 Beacán	Seanán	10 Cillian	20 Donnán
7 Seanán	12 Eirnín	20 Flann	Fáilbhe
Fionán	14 Cillian	21 Bearach	Éanán
Aodh	Colmán	22 Ceallachán	30 Rónán
8 Rónán	15 Ruadhán	24 Diarmaid	Ciarán
Tiarnán	16 Ultan	26 Beacán	

MAY

1 Ultan	Odhrán	Earnán	Rónán
Mainchín	10 Comhghall	17 Finnian	Aghna
Rónán	Aodh	18 Bran	Luighseach
Oisín	Cathal	Colmán	23 Criomhthann
2 Fiachra	11 Caoimhghin	Breasal	Comán
Colmán	Fionntán	Aghna	24 Ultan
Éanán	12 Eirnín	19 Ciarán	Bearchán
3 Connlaoi	13 Tiarnach	Cuimín	Colmán
Cairbre	14 Cárthach	Richeal	25 Donnchadh
4 Aodh	Garbhán	20 Colmán	26 Beacán
Crónán	15 Muireadhach	21 Colmán	Colmán
5 Faolán	Comán	Cuimín	27 Cillian
Seanán	Colm	Bríghid	28 Faolán
6 Colmán	Colmán	Fionnbharr	Eoghan
7 Bearchán	Damhnait	Rónán	31 Eoghan
8 Comán	16 Bréanainn	22 Conall	Eirnín
Bréanainn	Odhrán		

JUNE

1 Crónán	Lonán	14 Ciarán	Diarmaid
Cuimín	Faolán	15 Colmán	Cormac
Colmán	7 Colm	16 Séadna	22 Crónán
2 Aodhán	Caomhán	Colmán	Suibhne
Seanán	9 Colm	17 Colmán	23 Faolán
3 Caoimhghin	10 Bearach	Aodhán	24 Cormac
4 Colm	12 Caomhán	18 Colmán	26 Colmán
Eirnín	Giolla Chríost	10 Colmán	27 Aodh
Colmán	Crónán	Caolán	28 Eirnín
5 Bearchán	13 Coireall	Fáilbhe	30 Caolán
6 Iarfhlaith	Damhnait	20 Faolán	Fáilbhe
Colmán		21 Suibhne	

JULY

1 Cuimín	Cillian	14 Colmán	Colmán
Conán	Colmán	15 Colmán	24 Déaglán
Ultan	Tadhg	Rónán	Comhghall
Eirnín	9 Garbhán	17 Flann	Crónán
3 Cillian	10 Cuan	18 Fionntán	25 Colmán
Maolmhuire	Aodh	Fáilbhe	Fionnbharr
Ultan	Seanán	Ceallach	Neasán
4 Fionnbharr	Ultan	Crónán	Fiachra
5 Éadaoin	11 Fáilbhe	19 Oisín	Caolán
Fearghus	Lonán	Colmán	27 Bréanainn
Ultan	Colmán	Ciarán	28 Comhghall
6 Blinne	12 Colmán	Aodhán	29 Comán
Eithne	Ultan	Fearghus	Ciumín
7 Maolruadháin	13 Fionntán	20 Fáilbhe	Caolán
Tiarnach	Ultan	22 Oisín	31 Colmán
8 Diarmaid	Eirnín		

AUGUST

1 Colm	Aodhán	Bríghid	Odhrán
Fáilbhe	Seanán	Lúcán	19 Éanán
2 Lonán	Cillian	14 Fachtna	22 Cuimín
Feichín	8 Colmán	Cuimín	23 Eoghan
Comhghan	9 Ultan	Caomhán	24 Faolán
3 Feidhlimidh	Feidhlimidh	15 Aodh	26 Comhghall
Aodhán	Ciarán	Colmán	Faolán
Cróchán	Colmán	16 Conán	27 Aodhán
4 Molua	10 Cuimín	17 Beacán	28 Feidhlimidh
5 Colmán	11 Athracht	Seanán	30 Fiachra
Eirnín	Donnán	Earnán	Crónán
Ranait	13 Lasairian	18 Eirnín	31 Aodhán
6 Lughaidh	Muireadhach	Colmán	Aodh
7 Crónán	12 Íomhar	Rónán	Cillian

SEPTEMBER

1 Cuimín	8 Fionntán	Seanán	Seanán
Fáilbhe	Fearghus	Caomhán	26 Colmán
2 Seanán	9 Ciarán	Colmán	27 Finnian
Colm	Fionnbharr	17 Cuimín	28 Fiachra
Éanán	Conall	19 Fionntán	Diarmaid
3 Colmán	10 Finnian	20 Aodhán	29 Ciarán
4 Ultan	Fionnbharr	22 Aodh	Neasán
Cuimín	Fearghus	Colm	Colm
Comhghall	Odhrán	Colmán	Comhghall
Aodhán	11 Colmán	23 Adhamhnán	Colmán
Fáilbhe	12 Ailbe	24 Ceallachán	30 Lughaidh
Fiachra	Colmán	25 Fionnbharr	Faolán
Seanán	13 Naomhán	Caolán	Colmán
6 Colm	14 Cormac	Colmán	Bríghid
Colmán	Caomhán		Seanán
7 Ultan	16 Lasairian		

58

OCTOBER

1 Colm	10 Fionntán	Colm	Odhrán
Fionntán	Seanán	18 Colmán	27 Odhrán
Colmán	11 Coinneach	19 Crónán	Colmán
2 Odhrán	Lomán	Colmán	Earnán
4 Colmán	12 Fiachra	Faolán	28 Colmán
Seanán	Diarmaid	20 Aodhán	Suibhne
Fionán	Faolán	Fionntán	Conán
5 Baothghalach	Aodhán	Colmán	29 Colmán
6 Lughaidh	13 Comhghan	21 Fionntán	Cuan
Colmán	14 Colm	Mainchín	Caolán
Aodh	15 Cuan	22 Cillian	Aodh
7 Comhghall	Cormac	23 Cillian	30 Colmán
Ceallach	Colmán	24 Lonán	Feidhlimidh
Colmán	16 Colmán	Colmán	31 Comán
8 Ciarán	Caomhán	25 Lasairian	Colmán
9 Fionntán	Caoimhghin	26 Earnán	Faolán
Aodhán	Eoghan		

NOVEMBER

1 Cairbre	Aodhán	12 Cuimín	Comán
Lonán	7 Fionntán	Mainchín	Garbhán
Bréanainn	Colmán	Eirnín	22 Ultan
Colmán	8 Colm	Lonán	Meadhbh
Crónán	9 Beineón	13 Odharnait	24 Colmán
Aodh	Aodhnait	Eirnín	Cianán
2 Aodhán	Fionntán	14 Lorcán	Colmán
Lughaidh	10 Aodh	Colmán	Bearchán
Caoimhe	Ciarán	16 Fionntán	25 Fionán
3 Caomhán	Fearghus	17 Aonghus	27 Fearghal
4 Tiarnach	Comán	18 Rónán	29 Bréanainn
5 Colmán	11 Cairbre	Hilde	Fianait
Flannán	Crónán	21 Colmán	Cianán
Faolán	Dubhán	Aodhán	30 Cuimín
6 Crónán			

DECEMBER

1 Neasán	11 Colm	Ríoghnach	24 Maolmhuire
Bréanainn	12 Finnian	Flannán	Cuimín
2 Mainchín	Colmán	Seanán	Seanán
3 Colmán	13 Bréanainn	Colmán	25 Aodhán
4 Bearchán	Colm	Éimhín	26 Iarfhlaith
Mainchín	Cormac	20 Diarmaid	Comán
5 Colmán	14 Cormac	Eoghan	Lasairian
Seanán	Fionntán	Feidhlimidh	27 Fiacha
6 Beircheart	Eirnín	21 Flann	Colmán
Meallán	Colmán	22 Ultan	28 Cillian
Neasán	15 Flann	Éimhín	Feichín
7 Colmán	Colmán	23 Colmán	29 Éanán
8 Bréanainn	Crónán	Rónán	Mainchín
Fionán	18 Caomhán	Eirnín	31 Éanna
10 Colmán	Cuimín	Feidhlimidh	

INDEX
English–Irish

References are not given for those names whose English and Irish forms can be clearly identified as equivalents and which would occupy identical positions in the alphabetical sequences. Diminutives and pet forms are included if they have become generally accepted as distinct names or if their relationship to the original names is not readily apparent. All names for which there is more than one Irish equivalent are also included; less preferable substitute forms are enclosed in parentheses, as in the main entries.

(1) NAMES FOR BOYS

Adamnan *Adhamhnán*
Aedan *Aodhán*
Aeneas *Aonghus*
     (*Éigneachán*)
Aghy *Eochaidh*
Aidan *Aodhán*
    (*Maodhóg*)
Alan *Ailín*
Albert (*Ailbe*)
Alby *Ailbe*
Alex,
  Alexander *Alsander*
Alfons *Alphonsus*
Alfred *Ailfrid*
Alick *Alsander*
Allen *Ailín*
Allister *Alsander*
Aloysius *Alaois*
    (*Lughaidh*)
Alphonsus *Alphonsus*
    (*Anluan*)
Alvy *Ailbe*
Ambrose *Ambrós*
    (*Anmchadh*)

Andrew *Aindréas*
    Aindriú
Aneslis *Ainéislis*
Angus *Aonghus*
Anthin *Antoine*
Anthony,
  Antony *Antoine*
    (*Uaine*)
Archibald *Giolla Easpuig*
Arnold (*Árdal*)
Arthur (*Art*)
    Artúr
Augustin,
  Augustine *Águistín*
Auliffe *Amhlaoibh*
Austin *Águistín*
    Oistín

Barclay *Parthalán*
Barkley *Parthalán*
Barnaby (*Brian*)
Barney *Bearnard*
    (*Brian*)

Barry *Barra*
　　Bearach
Bartel *Parthalán*
Bartholemew *Parthalán*
Bartlemy *Parthalán*
Bartley *Beartlaidh*
　　Parthalán
Basil (*Breasal*)
Bat,
　Batt *Parthalán*
Becan *Beacán*
Behellagh *Baothghalach*
Benedict *Maolbheannachta*
Benen *Beineón*
Benignus *Beineón*
Ben,
　Benjamin (*Beircheart*)
Beolagh *Baothghalach*
Bercan *Bearchán*
Berkley *Parthalán*
Bernard *Bearnárd*
　　(*Beircheart*)
　　(*Brian*)
Bertie (*Ailbe*)
　　(*Beircheart*)
Boetius (*Baothghalach*)
　　(*Buadhach*)
Bowes (*Baothghalach*)
Brasil *Breasal*
Brendan *Bréannain*
Buagh *Buadhach*

Caffar *Cathbharr*
Cahal *Cathal*
Cahir *Cathair*
　　Cathaoir
Cain *Cian*
Callaghan *Ceallachán*
Callough *Calbhach*
Calvagh *Calbhach*
Canice *Coinneach*
Carbry *Cairbre*
Carroll *Cearbhall*
Cartage,
　Carthage *Cárthach*
Cartagh *Cárthach*
Cecil *Siseal*
Celsus (*Ceallach*)

Charles (*Calbhach*)
　　Carlus
　　(*Cathair*)
　　(*Cathal*)
　　(*Cathaoir*)
　　(*Cearbhall*)
　　(*Cormac*)
　　Séarlas
　　(*Somhairle*)
　　(*Toirdealbhach*)
Christian *Giolla Chríost*
Christopher *Criostal*
　　Críostóir
Cole *Comhghall*
Colin *Cailean*
　　Coileán
　　Coilín
Colman *Cóilín*
　　Colmán
Colum,
　Columba *Colm*
Columban *Colmán*
Comyn *Cuimín*
Con *Conchobhar*
　　Conn
Conary *Conaire*
Conleth *Connlaoi*
Conley *Connlaoi*
Connell *Conall*
Connor,
　Conor *Conchobhar*
Constantine (*Conn*)
　　Consaidín
　　(*Cúchonnacht*)
Cooey *Cúmhaí*
Cooley *Cú Uladh*
Cornelius (*Conchobhar*)
Covey *Cúmheá*
Cowan *Comhghan*
Crevan *Criomhthann*
Crohan *Cróchán*
Cullo *Cú Uladh*
Cumin *Cuimín*
Cyril (*Coireall*)

Dahy *Dáithí*
Daniel (*Dónal*)
Darby (*Diarmaid*)

Dary *Dáire*
David *Daibhéid*
   Dáibhid
   Dáithí
Declan *Déaglán*
Denis (*Donnchadh*)
Dermod,
  Dermot *Diarmaid*
Desmond *Deasmhumhnach*
Dominic,
  Dominick *Damhlaic*
     Damhnaic
     Doiminic
Donaghy *Donnchadh*
Donald *Dónal*
Donat (*Donnchadh*)
Donogh,
  Donough *Donnchadh*
Dougal *Dubhghall*
Douglas *Dubhghlas*
Dowan *Dubhán*
Duald *Dualtach*
Dudley (*Dualtach*)
   (*Dubhdáleithe*)
   (*Dubhdara*)
Dugald *Dubhghall*
Duncan (*Donnchadh*)

Ea *Aodh*
Edan *Aodhán*
Edmond,
  Edmund *Éamon*
Edward *Éadbhárd*
   (*Éamon*)
Egan *Aodhagán*
Enan *Éanán*
Enda *Éanna*
Eneas *Aonghus*
   (*Éigneachán*)
Ercan *Earcán*
Erevan (*Eireamhón*)
Erkan *Earcán*
Ernan *Earnán*
Ernest (*Earnán*)
Ernin *Eirnín*
Eugene *Eoghan*
Eunan *Adhamhnán*
Eustace *Iústás*

Euston *Úistean*
Eveny *Aibhne*
Ever *Éibhear*
Evin *Éimhín*

Fachnan *Fachtna*
Falvy *Fáibhe*
Fardoragh *Feardorcha*
Farrell *Fearghal*
Farry *Fearadhach*
Feagh *Fiacha*
Feary *Fiachra*
Fehin *Feichín*
Felan *Faolán*
Felim *Feidhlim*
   Feidhlimidh
Felimy *Feidhlimidh*
Felix (*Feidhlim*)
   (*Feidhlimidh*)
Ferdinand (*Fearadhach*)
   (*Feardorcha*)
   (*Fearganainm*)
   (*Fearghus*)
Fergal *Fearghal*
Fergananym *Fearganainm*
Fergus *Fearghus*
Festus (*Fachtna*)
   (*Feichín*)
Finan *Fionán*
Finbar *Fionnbharr*
Fineen *Finghin*
Finian *Finnian*
Finn *Fionn*
Finneen *Finghin*
Finnin *Finghin*
Fintan *Fionntán*
Florence (*Finghin*)
   (*Fitheal*)
   (*Flann*)
Florry (*Finghin*)
   (*Fitheal*)
   (*Flann*)
Foulk *Folc*
Francis *Proinnsias*
Frank *Frainc*
   Preanndaigh
   (*Proinnsias*)
Frederick (*Feardorcha*)

Fulke   *Folc*
Fursey   *Fursa*

Garret,
  Garrett   *Gearóid*
Garvan   *Garbhán*
Geoffrey   *Séafra*
            Séathrún
George   *Seoirse*
Gerald   *Gearalt*
          Gearóid
Gerard   *Gearárd*
          Gearóid
Gibbon   *Giobún*
Gilbert   *Gilibeirt*
Gilbride   *Giolla Bhríghde*
Gildea   *Giolla Dhé*
Gill   *Giolla Íosa*
Gillesa,
  Gillisa   *Giolla Íosa*
Gilvarry   *Giolla Bhearaigh*
Glasny   *Glaisne*
Godfrey   *Gofraidh*
Gorry   *Gofraidh*
Gregory   *Greagoir*

Harold   *Aralt*
Harry   *Éinrí*
          Annraoi
          Hannraoi
Hever   *Eibhear*
Hector   *Eachann*
Henry   *Éinrí*
          Annraoi
          Hannraoi
Herbert   *Hoireabard*
Heremon   *Eireamhón*
Hermon   *Eireamhón*
Hewney   *Uaine*
Hubert   *Hoibeard*
Hugh   *(Aodh)*
        (Hoibeard)
Hughey   *Cúmhaí*
Humphrey   *(Amhlaoibh)*
              Unfraidh

Ignatius   *(Éigneachán)*

Irving   *(Eireamhón)*
Isaac   *Íosac*
Ivor   *(Éibhear)*
          Iomhar

James   *Séamus*
Jarlath   *Iarfhlaith*
Jasper   *Geaspar*
Jeffrey   *Séafra*
            Séathrún
Jeremiah   *(Diarmaid)*
Jeremy   *(Diarmaid)*
Jerome   *(Diarmaid)*
John   *Eóin*
        Seán
John Baptist   *Eóin Baiste*
Joseph   *Íosep*
            Seosamh
Justin   *Saerbhreathach*

                KIERNAN
Kealan   *Caolán*
Kean   *Cian*
Kelan   *Caolán*
Kellagh   *Ceallach*
Kenan   *Cianán*
Kennedy   *Cinnéide*
Kenny   *Coinneach*
Kerill   *Coireall*
Kevan   *Caomhán*
Kevin   *Caoimhghin*
Kian   *Cian*
Kienan   *Cianán*
Kieran   *Ciarán*
Killian   *Cillian*

Lanty   *Leachlainn*
          (Maeleachlainn)
Laserian   *Lasairian*
Laughlin   *Leachlainn*
            Lochlainn
            (Maeleachlainn)
Laurence   *Labhrás*
            Lorcán
Leo   *León*
Lewis   *(Laoighseach)*
          (Lughaidh)
Lewy   *Lughaidh*

Loughlin *Lochlainn*
Louis (*Laoighseach*)
    (*Lughaidh*)
Lucius (*Lachtna*)
    (*Laoighseach*)
Luke *Lúcás*
Lysagh *Laoighseach*

Mahon *Mathghamhain*
Malachy (*Maeleachlainn*)
Malcolm *Maolcholm*
Manasses (*Maghnus*)
Mannix (*Mainchín*)
Manus *Maghnus*
Mark *Marcus*
Martin *Máirtín*
Matthew *Maitiú*
    (*Mathghamhain*)
Matthias *Maitias*
Maurice (*Muirgheas*)
    Muiris
Melaghlin *Maeleachlainn*
Melchior *Meilseoir*
Meldan *Meallán*
Mellan *Meallán*
Melrone *Maolruadháin*
Meyler *Maoilir*
    (*Maolmhuire*)
Miles (*Maeleachlainn*)
    (*Maolmhuire*)
    (*Maolmórdha*)
Milo (*Maeleachlainn*)
    (*Maelmhuire*)
    (*Maolmórdha*)
Mogue *Maodhóg*
Morgan (*Brochadh*)
    (*Murchadh*)
Mortimer (*Muircheartach*)
Moses (*Maodhóg*)
Munchin *Mainchín*
Mundy *Réamonn*
Murrough *Murchadh*
Murry *Muireadhach*
Murt,
  Murtagh,
  Murty,
  Murth,

Murtha,
Murthagh, *Muircheartach*
Myles (*Maeleachlainn*)
    (*Maolmhuire*)
    (*Maolmórdha*)

Naugher *Conchobhar*
Neal,
  Neale *Niall*
Neece,
  Neese *Aonghus*
    Naos
Nehemiah (*Giolla na Naomh*)
Neil (*Conchobhar*)
    Niall
Nessan *Neasán*
Nevan *Naomhán*
Nicholas (*Naos*)
    Nioclás
Nicol *Nioclás*
Niece *Aonghus*
    Naos
Noghor *Conchobhar*
Nohor *Conchobhar*

Odran *Odhrán*
Oghie *Eochaidh*
Olave *Amhlaoibh*
Oliver *Oilibheár*
Oney *Uaine*
Oran *Odhrán*
Ossian,
  Ossin *Oisín*
Owen *Eoghan*
    (*Eóin*)
Owney *Uaine*
Oynie (*Eoghan*)
    Uaine

Parlan *Parthalán*
Patrick *Pádraig*
Paul *Pól*
Peregrine *Cúchoigcríche*
Peter *Peadar*
Phelim *Feidhlim*
    Feidhlimidh
Phelimy *Feidhlimidh*

Philip   (*Feidhlim*)
          (*Feidhlimidh*)
          Pilib
Pierce,
   Piers *Feoras*
          Piaras

Quentin,
   Quintin (*Cúmhaí*)

Ralph   *Rádulbh*
        (*Rodhulbh*)
Randal (*Raghnall*)
Randolph
   Randulph (*Raghnall*)
             Rannulbh
Raymond   *Réamonn*
Redmond   *Réamonn*
Reginald *Raghnall*
Revelin   *Roibhilín*
Reynald   *Raghnall*
Richard   *Riocárd*
          Risteárd
Rickard   *Riocárd*
Robert   *Roibeárd*
Robin   *Roibín*
Roderick *Ruaidhrí*
Roger   (*Ruaidhrí*)
Roland *Rodhlann*
        (*Roibhilín*)
Ronald *Raghnall*
Rory   *Ruaidhrí*
Rowan   *Ruadhán*
Rowland *Rodhlann*
        (*Roibhilín*)

Samuel (*Somhairle*)
Senan   *Seanán*
Shane   *Seán*
Sheary *Séafra*
Shemus *Séamus*
Sheron *Séathrún*
Sidney (*Séadna*)
Simon   *Síomón*
        (*Suibhne*)

Sinan,
   Sinon   *Seanán*
Sivney *Suibhne*
Solomon *Solamh*
Sorley *Somhairle*
Standish (*Ainéislis*)
Stanislaus (*Ainéislis*)
Stephen *Steafán*
Sylvester *Sailbheastar*
Synan *Seanán*

Teague,
   Teige *Tadhg*
Terence (*Toirdealbhach*)
Terry (*Toirdealbhach*)
Thaddaeus,
   Thaddeus (*Tadhg*)
Thady (*Tadhg*)
Theobald *Teabóid*
Theodore *Téadóir*
Thomas *Tomás*
Tibbot *Teabóid*
Tiernan *Tiarnán*
Tierney *Tiarnach*
Timothy (*Tadhg*)
          Tiomóid
Toal *Tuathal*
Tobias,
   Toby (*Teabóid*)
Tully *Tuathal*
Tumelty *Tomaltach*
Turlough *Toirdealbhach*

Ulick *Uileog*
Ulysses (*Uileog*)

Valentine *Bhailintín*
Victor (*Buadhach*)
Vincent *Uinseann*

Walter *Ualtar*
Wilfrid *Uilfrid*
William *Liam*
         Uilliam

(2) NAMES FOR GIRLS

Abbey,
  Abbie (*Abaigeal*)
      (*Gobnait*)
Abigail *Abaigeal*
      (*Gobnait*)
Afric,
  Africa *Aifric*
Agnes *Aignéis*
      (*Mór*)
      (*Úna*)
Aideen *Etaoin*
Aileen *Eibhilín*
Alastrina *Alastríona*
Alexandra *Alastríona*
Alice,
  Alicia *Ailis*
      (*Eilís*)
Alison *Allsún*
Alley (*Ailis*)
Allison *Allsún*
Alvy *Ailbhe*
Amelina *Aimilíona*
Anastasia *Annstás*
Angela *Aingeal*
Annabel,
  Annabella *Annábla*
      Isibéal
      Nábla

Anne,
  Anna *Áine*
      Anna
      (*Eithne*)
      Nainsí
Aphria *Aifric*
Arabella *Annábla*
Ashling *Aisling*
Attracta *Athracht*
Atty *Aithche*
Aylice *Ailis*
      (*Eilís*)

Barbara,
  Barbary *Baibín*
      Báirbre
      (*Gormfhlaith*)

Bella *Annábla*
      Isibéal
      Nábla
Benvon *Bean Mhumhan*
Benvy *Bean Mhí*
Bessie *Eilís*
      Isibéal
Betty *Eilís*
Bevin *Bébhinn*
Bidelia (*Bríghid*)
Bidina (*Bríghid*)
Blanche *Blinne*
Breda,
  Breeda *Bríghid*
Brid,
  Bride,
  Bridie *Bríghid*
Bridget (*Bríghid*)

Catherine *Caitrín*
Cecilia,
  Cecily *Síle*
Celia *Síle*
Charlotte *Séarlait*
Christine,
  Christina *Cristín*
Ciara *Ciar*

Daisey (*Nóra*)
Deborah (*Gobnait*)
Delia (*Bríghid*)
Derval,
  Dervilia,
  Dervla *Dearbháil*
Devnet *Damhnait*
Dillie (*Bríghid*)
Dina (*Bríghid*)
Dolly (*Doireann*)
Doreen (*Doireann*)
Dorothy (*Doireann*)
Dorren *Doireann*
Downet *Damhnait*
Dymphna *Damhnait*

Eavan *Aoibheann*

Edwina *Eadaoin*
Eileen *Eibhilín*
Eleanor,
  Eleanora *Eiléanóir*
Eliza,
  Elizabeth *Eilís*
          Isibéal
Ellen *Eibhilín*
Elsha *Ailis*
Elsie *Eilís*
Elva *Ailbhe*
Emily *Eimíle*
Ena *Aodhnait*
Enat *Aodhnait*
Eny *Aodhnait*
Ernet *Earnait*
Esther (*Aisling*)
       Eistir
Ethna *Eithne*
Etney *Eithne*
Eva *Aoife*
Eveleen,
  Evelyn *Eibhilín*

Fanny *Fainche*
      (*Proinnséas*)
Feena *Fianait*
Feenat *Fianait*
Finola *Fionnuala*
Flora *Bláth*
      (*Fionnuala*)
Florence *Bláthnaid*
Frances *Proinnséas*

Gertrude (*Gráinne*)
Gormlaith *Gormfhlaith*
Grace (*Gráinne*)
Gubby *Gobnait*
Gubnet *Gobnait*

Hannah (*Nóra*)
        (*Onóra*)
        Siobhán
Helen *Eibhilín*

Honor,
  Honora,
  Honoria *Nóra*
          Onóra

Ida *Íde*
Ina *Aghna*
Isabel,
  Isabella *Isibéal*
Ita *Íde*

Jane *Sinéad*
Janet *Sinéad*
Jenny *Sinéad*
Joan *Siobhán*
Joanna,
  Johanna *Siobhán*
Josephine *Seosaimhín*
          (*Siobhán*)
Judith (*Síle*)
       (*Siobhán*)
Julia (*Síle*)
      (*Siobhán*)
Juno (*Úna*)

KATELYN
Kate *Caitrín*
Kathleen *Caitrín*
Keara *Ciar*
Keavy *Caoimhe*
Keelin *Caoilfhionn*
Keenat *Ciannait*
Kinnat *Ciannait*

KENLEIGH
Lean *Eiléanóir*
Lelia *Lil*
Lena *Eibhilín*
Lizzie *Eilís*
Louisa,
  Louise *Labhaoise*
Lucy *Luighseach*

Mabbina (*Meadhbh*)
Mabel *Máible*
      (*Meadhbh*)
      (*Nábla*)

Madeline *Madaléin*
Madge *Máiréad*
      (*Meadhbh*)
      (*Muireann*)
Maeve *Meadhbh*
Maggie *Máiréad*
Marcella *Mairsil*
Margaret *Máiréad*
Margery *Máire*
      (*Meadhbh*)
Maria,
  Marie *Máire*
Marion (*Muireann*)
Marjory *Máire*
      (*Meadhbh*)
Martha *Marta*
      (*Mór*)
Mary *Máire*
Matilda *Maitilde*
Maud *Máda*
      (*Meadhbh*)
Maura *Máire*
Maureen *Máire*
      (*Mór*)
May *Máire*
      (*Mór*)
Meave *Meadhbh*
Meeda *Míde*
Meg *Máiréad*
Mella *Mealla*
Moira *Máire*
Molly *Máire*
Mona *Muadhnait*
Monat *Muadhnait*
Monica *Moncha*
Moreen (*Máire*)
      Mór
Morrin *Muireann*
Murel,
  Muriel *Muirgheal*

Nan *Nainsí*
Nancy *Nainsí*
Nano,
  Nanno *Nóra*

Nappy (*Fionnuala*)
      (*Nuala*)
Nellie *Eibhilín*
Nonie *Nóra*
      Siobhán
Nora *Nóra*
      Onóra
NUREEN

Olive *Ailbhe*
Oona *Úna*
Orla,
  Orlaith *Orfhlaith*
Orna,
  Ornat *Odharnait*

Peggy *Máiréad*
Penelope (*Fionnuala*)
      (*Nuala*)
Penny (*Fionnuala*)
      (*Nuala*)
Polly *Máire*
PATRICIA

Regina *Ríoghnach*
Renny *Ranait*
Richella *Richeal*
Riona *Ríoghnach*
Rose *Róis*

Sabia,
  Sabina (*Sadhbh*)
      (*Síle*)
Sally (*Sadhbh*)
      (*Síle*)
      (*Sorcha*)
Sarah (*Sadhbh*)
      (*Sorcha*)
Selia *Síle*
Sheila *Síle*
Sibby *Isibéal*
      (*Síle*)
Sive *Sadhbh*
Slany *Sláine*
Sophia (*Sadhbh*)

Susan,
  Susanna (*Siobhán*)
          Súsanna
Sybil *Isibéal*

Teresa *Toiréasa*
       Treasa
Tessie *Toiréasa*
       Treasa

Tilda (*Maitilde*)
Trina (*Caitrín*)

Unity (*Úna*)

Vivian *Bébhinn*

Webbie (*Gobnait*)
Whiltierna *Faoiltiarna*
Winifred (*Úna*)